The Secret History
Donna Tartt

校园秘史

〔美〕唐娜·塔特 著　胡金涛 译

人民文学出版社
PEOPLE'S LITERATURE PUBLISHING HOUSE

著作权合同登记号:图字 01-2016-1662

Donna Tartt
THE SECRET HISTORY

图书在版编目(CIP)数据

校园秘史/(美)塔特著;胡金涛译.—北京:人民文学出版社,2016
(唐娜·塔特作品系列)
ISBN 978-7-02-011524-2

Ⅰ.①校… Ⅱ.①塔… ②胡… Ⅲ.①长篇小说-美国-现代 Ⅳ.①I712.45

中国版本图书馆 CIP 数据核字(2016)第 069283 号

责任编辑 卜艳冰 仲召明
封面设计 汪佳诗
版式设计 高静芳

出版发行 人民文学出版社
社 址 北京市朝内大街 166 号
邮政编码 100705
网 址 http://www.rw-cn.com

印 刷 山东德州新华印务有限责任公司
经 销 全国新华书店等

字 数 541 千字
开 本 720 毫米×1000 毫米 1/16
印 张 34.5
版 次 2016 年 8 月北京第 1 版
印 次 2016 年 8 月第 1 次印刷

书 号 978-7-02-011524-2
定 价 55.00 元

本书根据维京出版社一九九二年版翻译，英文版所引用的古希腊语、拉丁语、意大利语、法语均直接译成汉语，并加注予以说明。承蒙复旦大学张巍老师对古典学知识予以加注说明，在此特表诚挚谢意。

我询问语文学家的源起，做出如下的论断：

一、一个青年人不可能了解真正的希腊人和罗马人是什么样子。

二、他也不知道自己是否适合去了解他们。

——尼采《不合时宜的考察》

来吧，让我们用讲故事的方式度过这段闲暇时光，这个故事讲述的是英雄所受的教育。

——柏拉图《理想国》

小 引

邦尼辞世好几个星期后，山中的积雪开始融化，我们大家这时才意识到情况有多么糟糕。他们发现尸体时，邦尼已经死了大约十天。这次行动是佛蒙特州历史上规模最大的搜救行动之一。政府出动州警察、联邦调查局，还调用军队的直升机；学校停课，汉普顿市印染厂关闭，人们从新汉普郡、纽约州北部、波士顿蜂拥而至。

许多事情的发生都无法预料，但很难相信亨利那个不起眼的计划居然奏效了。我们没想把尸体藏到人们不容易找到的地方。其实，我们根本就没有刻意把它藏起来，只是留在他摔下去的地方，并且幻想着在有人发现邦尼失踪之前，某个过路的倒霉蛋被尸体绊倒，然后发现了它。这个故事既简单又能自圆其说：几块松动的岩石和一具躺在峡谷底部的尸体，尸体的脖子明显摔断了，脚后跟深深地戳进泥泞的刹车印子里，表明他是从上面掉下来的。这显然是一场爬山导致的意外事故，仅此而已。如果不是因为当天晚上的一场大雪，故事就会这样结束：人们默默地为他哭泣，举办一场小型葬礼。可是这场雪将他完全覆盖，没有留下一丝痕迹。十天后雪终于开始融化时，那些州警、联邦调查局探员和镇上的搜救队员们才发现，他们其实一直都在尸体上行走，尸体上的雪被他们踩得像冰块一样硬。

我不敢相信自己也要对这场骚动负一部分的责任；更加难以置信的是，我还学会了敷衍——对那些拿着相机的、穿着制服的、黑压压地散布在卡塔赖特峰上的人群，他们看起来就像被装在糖罐儿里的蚂蚁一样——并且丝毫没有引起人们的怀疑。可是敷衍是一回事，而走出来则不幸成了完全不同的另外一码事儿。我一度以为自己已经在那个四月的下午，将那个峡谷和与之相关的记忆都抛在脑后了，可是现在我不那么肯定了。现在，搜救队员已经离去，周遭的生活也渐渐平静下来。我逐渐意识到，尽管多年来我可能自以为已经生活在别处，可其实我一直都没有离开过那里：就在那个高高的地方，新草深处有个泥泞的刹车印子，天空在闪亮的苹果树花的映衬之下显得黯淡，而在夜晚会伴随着雪降下来的第一股寒气，已经弥漫在空气当中。

你们在这儿干吗呢？邦尼说，很惊讶地发现我们四个人都在等着他。

没什么，我们在找蕨类植物，亨利回答。

我们在矮树丛中窃窃私语了一番，然后最后看了尸体一眼，还四处看了看，确定没有掉下钥匙、眼镜，还互相问了是不是每个人都收拾好了自己的东西。接着，大家就一个接一个地走出树林。我忍不住朝后瞥了一眼那些跳将起来挡住我身后去路的小树苗。我还记得自己是怎么回去的，记得在松树中间飘零的大块大块的孤零零的雪花，记得大家心存感激地挤进汽车，像出外度假的家人一样奔驰在路上，亨利紧咬着牙关开过一个又一个的泥坑，我们其他人斜靠在座位上，像孩子一样大声谈笑着；尽管我还清楚地记得即将要面对的那个漫长而可怕的夜晚，以及随后的那些漫长而可怕的日日夜夜；可是只要回头望去，这些岁月就会渐渐流失，我就仿佛又看到身后的那幅景象，那个峡谷，那些小树苗渗透出的一派郁郁葱葱的景色——那是一幅我永远也不会忘记的画面。

也许我原本可能会有很多故事，但我现在没有其他故事了。这是我能讲的唯一的一个故事。

上　部

第一章

人们常说的文学作品中的“致命缺陷”，也就是那贯穿整个人生的显眼的瑕疵，真的存在于现实生活中吗？我曾经以为它不存在，可现在对此深信不疑。我的致命缺陷就是：病态地不惜一切代价地追求独特的风格。

我现在开始说关于自己的愚蠢的故事。

我叫理查德·帕蓬，今年二十八岁。十九岁之前，我从没到过新英格兰，也没去过汉普顿大学。我出生在加州，而且——这我最近才发现——从本性上而言是个加州人。关于我是加州人这一点，我直到现在才承认，而且是在发生了那件事之后。当然，这一点现在已经不重要了。

我在普雷诺长大，那是加州北部硅谷的一个小镇。我没有兄弟姐妹。父亲经营着一家加油站，妈妈是家庭主妇。随着我年龄增长，家里的经济日益拮据，妈妈不得不又出来工作，在圣何塞市郊一家大芯片厂的办公室里接电话。

普雷诺，这个词让人想起露天影院、成片的住房开发区和从柏油路面上升起的滚滚热浪。我在那儿度过了一段毫无意义的时光，那段记忆就像一次性塑料杯一样可以随手丢弃。从某种意义上说，那段时光也是一项伟大的恩赐。正因为如此，我离家的时候，才能杜撰出一段全新的、更加让人满意的个人史，这完全是需要刺激而环境简单造成的后果。一个多姿多彩的过去更容易让陌生人接受。

我想象之中的绚烂童年，充满了关于游泳池、柑橘园，还有放浪形骸、魅力四射的明星父母的记忆。这些故事使得原本单调而真实的生活黯然失色。其实，我已经记不起真实的童年生活中的许多往事了，只剩下一堆令人伤感却又杂乱不堪的东西：一年到头都穿的那双运动鞋；从超市买来的彩色图书和漫画。这一切既没意思，更谈不上美好。在那个年纪，我身材过高，沉默寡言，脸上容易长雀斑。我的朋友不多，可这究竟是因为我挑剔还是环境的影响，我直到现在也说不好。我在学校的成绩好像还不错，但是也谈不上优秀。我喜欢读《汤姆·斯威夫特》，还有托尔金的书，也喜欢看电视。我经常躺在空荡荡的客厅里的地毯上看电视，放学之后，我总是这样打发漫长而又单调的下午时光。

说实话，我不大能够记起那些日子里发生过的事情，除了弥漫在那些岁月中的某种情绪，那种淡淡的伤感是同星期天晚上看"迪斯尼的奇妙世界"联系在一起的。星期天是让人伤心的日子——早早地就要上床睡觉，因为第二天还要去上学，我还总担心着家庭作业是不是做错了。我看到灯火通明的迪斯尼乐园城堡上的夜空绽放出焰火时，就会陷入一种更加常见的恐惧，那是对周而复始地被禁锢在沉闷的学校和家庭里而产生的恐惧。我周围的环境为我的沮丧情绪提供了有力的经验上的论据。我父亲心胸狭窄，我们的房子丑陋不堪，妈妈对我也不在意。我穿的衣服都是便宜货，头发被剪得太短，学校里好像也没有人喜欢我。在我的记忆中，既然这样的事实已经存在了好久，那么我能够预料到生活将毫无疑问地继续这样压抑下去。简单地说，我觉得自己的生活被以某种微妙的方式从根本上搅乱了。

所以一开始我无法让自己接受朋友们的生活，或者我理解的他们的生活并不奇怪。查尔斯和卡米拉都是孤儿（小时候我多么盼望自己是个孤儿啊!），他们在弗吉尼亚州的一所房子里由祖母和姑婆们抚养长大：其实，这才是我想要的童年生活，有马匹、小河和枫香树。还有弗朗西斯，他妈妈生他时只有十七岁——她当时是一个任性的、面色苍白的红头发女孩，有个有钱的老爸，跟着万斯·韦恩乐队的鼓手跑了。但是不到三周她就回来了，这段婚姻也只维持了不到六周；而且就像弗朗西斯老挂在嘴边的那样，外公外婆抚养他和妈妈，就像抚养姐弟一样。他们的宽宏大量让喜欢飞短流长的人印象深刻——什么英国保姆、私立学校、在瑞士避暑、在法国过冬等等。你要是愿意，我还要提到坦率的"老"邦尼。跟我小时候一样，他的童年也没有什么双排扣的夹克和舞蹈课。他拥有一个典型的美国式童年。他父亲曾是克莱门松橄榄球队的球星，现在成了银行家。他有四个兄弟，没有姐妹。他们住在郊外一所大房子里，经常划船、打网球，还时不时弄出些精彩的救球动作什么的，非常热闹。他们在科德角避暑，读波士顿的寄宿学校，而且在橄榄球赛季开车出去野餐。邦尼整个人都会给你一种极富教养、彬彬有礼的感觉，这一点只要看看他跟你握手的动作，或者跟你讲笑话的样子就知道了。

不论是现在还是过去，我都不可能跟他们当中的任何一个有什么共同之处，除了我们都懂希腊语，在一起待过一年这一点。如果爱是一种共同拥有的东西，那它也许就是我们的共同点吧。不过我知道，鉴于我下面要讲的故事，我这个论点听上去可能有些奇怪。

事情是这样的。

我高中毕业后，去了家乡一所规模很小的大学（我的父母是反对的，他们显然希望我能够帮父亲打理生意，其实这也是我急切盼望逃离家庭的原因之一）。我在那里待了两年，学习古希腊语。当然，这不是出于我对这门语言的喜爱，而仅仅是因为我读的是医学预科（你瞧，只有金钱才是改变我命运的唯一途径，而医生们赚的钱可不少）。辅导老师建议我学一门外语以修完文科的学分，况且希腊语课碰巧是在下午上，这样我就可以在星期一睡个懒觉了。这是一个完全偶然的决定，但是结果正如你所见，这个决定影响了我的命运。

我的希腊语学得不错，成绩突出，在最后一年还拿到了古典学系的奖学金。这是我最喜欢的一门课，因为它是唯一一门在固定教室里上的课，你看不见装着牛心的罐子，闻不到福尔马林的气味，也看不到关着尖叫的猴子的笼子。起初，我以为我只要努力学习，就能够克服对所学专业打心底里的恶心和厌恶，兴许再用功一点，我还能装出对它颇有天分的样子。可情况并非如此。几个月过去了，对于学习生物，我即使不是彻头彻尾的厌恶，也谈不上有任何兴趣。我的成绩很糟糕，自然备受老师和同学们的轻视。我背着父母转到英国文学专业，这好像是命中注定的事。我感觉自己正在自取灭亡，而且肯定会追悔莫及，因为我当时还深信，在一个利润丰厚的领域里失败要好过在一个连我父亲（他既不懂金融也不懂学术）都认为最不赚钱的领域里茁壮成长。他认为，我只要选择了文学，就一定会待在家里无所事事，成天只知道找他要钱。而他再三跟我强调，他根本不想给我钱。

就这样，我开始学习文学，并且发现自己非常感兴趣。但是，我对家庭越发厌恶了。我无法解释周遭的环境带来的绝望感。尽管我现在才怀疑，环境因素和性格，我不论在哪儿都不会开心的，不管是在比亚里茨①，还是在加拉加斯，或者是卡普里群岛。但是，当时我却执拗地相信，我的不幸源于普雷诺，或许至少有部分原因是普雷诺。在某种程度上，弥尔顿是正确的。心灵是人的归宿，可以把地狱变成天堂，也能够把天堂变成地狱等等。可毋庸置疑的是，普雷诺与天堂的相似程度，比其他更令人忧伤的城市还要少。上高中的时候，我喜欢放学后在大型商场里闲逛。我在明亮而冰冷的商场大厅里晃来晃去，直到自己被琳琅满目的商品、条形码、闲逛的人、坐扶手电梯的人、镜子、背景音乐、各种嘈杂和灯光弄得昏昏沉沉。这个时候我觉得脑子里面的保险丝好像被烧断了，突然之间一切都变得不可理解：目光所及之处是没有形体的各种色块，以及模糊不清的四处游离的分子结构。后来，我就像一具行尸走肉，木然地来到车库，开着车去棒球场。当然，我根本就不会下车，只是双手把着方向盘，呆呆地看着抵抗龙卷风的围栏和冬天里发黄的枯草出神。我一直要看到太阳下山，天色暗得什么都看不见才会作罢。

我总是困惑地以为，自己的不满是波西米亚式的不满，我甚至可能在内心深处还有点模糊的马克思主义精神（我十几岁的时候曾对社会主义抱有一点兴趣，主要是为了惹父亲生气），但我无法真正地理解这种不满。如果有人暗示，这是因为我的性格中具有很明显的清教徒的烙印——实际情况正是这样——我会非常气愤。不久前，我在笔记本里发现了这样一段话，大概是我十八岁时写的："对我来说，这个地方闻起来就有一股腐臭味，就是那种熟透的水果发出来的气味。在任何别的地方，生育、性交和死亡这样骇人听闻的行为——这些令人难以置信的人生中的剧变，也就是希腊人称之为'miasma'的污秽之事——都没有这么残忍，或是被粉饰成这么漂亮的模样；任何地方都没有这么多人深信谎言、反复无常和死亡、死亡、死亡。"

我觉得这些文字非常粗糙。从这些句子的语气上来看，我如果继续留在加

① 法国西南部一城市。十九世纪，这里是贵族云集之地，现为冲浪胜地。

州，最终可能会加入某个邪教，至少会去尝试某种怪异的节食方法。我记得当时自己正在研读毕达哥拉斯，被他的一些想法深深吸引着——比如说穿白色的长袍，或者禁食有灵魂的食物什么的。

可是我去了东海岸。

我去汉普顿，完全是命运的捉弄。那是感恩节假期里一个阴雨绵绵的晚上，电视里正在播放棒球比赛什么的。我和父母大吵了一架，回到自己的房间。我不记得争吵的具体细节了，反正我们总是在争吵，不外乎是钱和学校的事，我在衣柜里乱翻一气，想找到外套，结果找出这样一件东西：佛蒙特州汉普顿市汉普顿大学的一本宣传小册子。

这本小册子是我两年前收到的。因为我的会考成绩还不错（虽然没有好到要拿奖学金的程度），有很多大学都给我寄过小册子，而这本小册子从高三时就一直夹在我的几何课本里。

天知道这本小册子怎么会在衣柜里。我留下它，也许是因为它印制得非常精美吧。高三的时候，我花了好多时间来研究这些照片。我总想着，是不是盯着它们看得时间够长，渴望足够强烈，就能够走进图片里，融入那种清晰、纯净的安静之中呢？直到现在，我还记得那些照片，它们就像我小时候喜欢看的故事书中的那些图片一样漂亮：闪闪发亮的绿色草坪、在远处冒着雾蒙蒙的白汽的山峰；还有在多风的秋日里，铺在马路上齐脚踝深的落叶，以及篝火、山谷中的雾气、大提琴、深色的玻璃窗和雪。

佛蒙特州汉普顿市汉普顿大学，始建于一八九五年（单是这一点就让我惊讶，我还不知道普雷诺有什么建筑是一九六二年之前建成的）。学生人数五百人。男女同校。本校实行进步教育法，专攻文科，择优录取。“汉普顿大学给学生提供全面系统的人文科学类课程，我们追求的目标是：不仅要让学生获得所学领域严密的基础知识，而且要让他们在西方艺术、文明和思想方面进行深入的研究。只有这样，我们能提供给每个学生的才不仅仅是有力的事实，还有学识上的坚实基础。”

佛蒙特州汉普顿市汉普顿大学。至少在我听来，这个名字本身就带有英国国教的韵味。我对英格兰一直心驰神往，但对那些教区小镇上传来的甜美而深沉的旋律无感。我盯着被称为“科蒙斯”① 的这座建筑的图片看了许久。它充斥着一股淡淡的学术色彩——与普雷诺不一样，与我见过的其他地方都不一样。这种色彩让我想起在灰尘密布的图书馆里度过的漫长时光，还有陪伴着我的那片寂静和四周老旧的书籍。

母亲边敲门边叫我的名字，我没有回答。我把小册子背面的登记表撕下来，开始填写。姓名：约翰·理查德·帕蓬。地址：加州普雷诺市弥摩撒教区四四八七号。你是否愿意收到关于助学金的相关资料？是。第二天，我就把表格寄走了。

接下来的几个月是一场沉闷而且没有尽头的和文书工作的战斗，我们像士兵一样在战壕中短兵相接，僵局和对峙随时出现。我父亲拒绝填写关于助学金的任何文件。最后，我实在是没辙了，只好从他的丰田车的仪表板上的小柜子里偷偷拿出纳税申报单，自己填完了表。漫长的等待。接着，招生部主任来信了。我们需要对你进行面试，你什么时候能够乘飞机来佛蒙特？我可没钱坐飞机去那儿，于是我写信告诉了他。接着又是等待，又来信了。如果我接受奖学金，学校可以报销我的交通费用。与此同时，关于助学金的包裹也到了。父亲付不起学校要求家庭负担的那部分费用，就算付得起也拒绝支付。就这样，这种来来往往的拉锯战持续了八个月之久。直到今天，我还是弄不懂，到底是哪些连锁事件把我带到了汉普顿。最后，满怀同情的教授来信了，他说我的情况可以特别对待。在普雷诺，我坐在自己小房间里金色长绒毛地毯上，满怀憧憬地在表格上回答问题的情景，仿佛还历历在目。不到一年之后，我在汉普顿下了大巴，拎着两个手提箱，兜里只揣着五十美元。

我从未去过圣达菲以东、波特兰以北的地方。我从伊利诺伊州的某个地方上车，经过一个漫长而焦虑的夜晚，再从巴士上走下来时是早上六点，太阳正从山上升起，满眼可见的都是白桦树和绿得让人惊讶的草坪。而我昏昏沉沉、严重缺乏睡眠，在高速公路上整整旅行了三天，觉得这里简直就是梦中的国度。

我觉得学校的宿舍根本就不是宿舍——或者至少不像我见过的宿舍。墙壁是

① 大学里的公共活动场所。

由煤渣做成的空心砖砌成的，泛着压抑的黄光，但是装饰了白色的墙板，安着绿色的百叶窗，而且就坐落在科蒙斯后面，掩映在长着枫树和岑树的小树林中。更让我没想到的是，自己的房间竟然会那么丑陋和令人失望。我第一次走进房间时惊呆了——这是一个白色的房间，窗户大大的，朝北开，上面光秃秃的（连窗帘都没有），跟僧侣住的地方差不了多少，而且橡木地板上全是刮痕，天花板也像阁楼一样，徐徐地斜了下来。第一个晚上，我就着微光坐在床上，呆呆地看着墙壁慢慢由灰色变成金色，再变成黑色，耳边听着从走廊的那一头传来的一个女高音隐隐的忽高忽低的歌声，直到光线完全暗下去，而这个女高音继续在黑暗中螺旋状上升，就像一个死亡天使。在那个晚上，空气凛冽而稀薄，我的记忆中从来没有过这样的空气。在灰尘笼罩的普雷诺，我从来没有离低矮的房屋的轮廓如此遥远。

开学前的那几天，我不是一个人待在那个白惨惨的房间里，就是坐在汉普顿大学明亮的草坪上。最初的那些日子里，我真正地感受到了前所未有的幸福。我像个梦游者一样四处闲逛，为那些美好的事物所倾倒，沉醉其中。看啊，那里有一群脸蛋红扑扑的姑娘在踢足球，她们头上的马尾辫子来回甩动，叫声和笑声在充溢着柔和微光中的草地上空飞扬。苹果树被苹果压得吱吱响，掉下来的苹果被草地衬托得愈发红艳，正在腐烂，发出一阵阵浓浓的甜香，引得黄蜂围过来不停地嗡嗡乱转。再看那个科蒙斯所在的钟楼：铺满常青藤的墙壁，还有白色的尖顶，远远望去，景色真是令人着迷。我怎么也忘不了第一次在夜晚看到白桦树时的那种惊讶，白桦树就像幽灵一样从黑暗中升起，冰冷而秀美。这里的夜晚比你的想象还要丰富：夜黑风高、包罗万象，杂乱无章，还因为那些眨着眼睛的星星而显得狂野。

我本来计划接着学希腊语，因为这是我唯一擅长的语言。但是，我告诉选科老师（一位名叫乔治斯·拉法格的法国教师，有着蜜色的皮肤和尖尖的鼻子，鼻孔很长，像海龟的一样），他只是笑了笑，双手的指尖紧紧压在一起。“恐怕不行。”他说，带着浓重的口音。

“为什么？”

“因为我们只有一名希腊语老师，而他对学生又非常挑剔。”

“我学过两年希腊语。”

“恐怕没什么两样。再说，你如果要学英国文学，就必须学一门现代语言。我的基础法语课上还有名额，德语和意大利语也有一些名额。西班牙语，”他看了看手上的单子，“学西班牙语的人最多，不过，只要你愿意，我可以再跟德尔加多先生谈谈。”

“您是否能跟希腊语老师谈谈呢？”

“我不知道是不是有用。他收的学生人数很少。非常少。再者，我觉得，他选人主要是看关系，而不是看成绩。”

他的口气里明显带着一丝嘲讽，同时也在向我暗示：如果坚持自己的观点，他可能不想跟我谈下去了。

“我没明白您的意思。”我说。

其实，我已经明白了。拉法格的回答让我很惊讶。“不是那么回事儿，”他说，“他当然是位杰出的学者，也非常有魅力。但是，我觉得他的一些教学理念很古怪。他和他的学生基本不和学院里的其他人打交道。我不明白他们为什么还把他的课安排成普通课程——这是误导，每年都有人搞不清楚这一点——因为，他的课几乎是封闭的。有人告诉我，如果想跟着他学习，就得跟他读一样的书，持有跟他相似的观点。像你这样以前学习过古典科目的学生，他拒绝了不止一两个。而我，”他扬起一边的眉毛，“学生只要想学我的课，并且具备资格，我随时都欢迎。非常民主，不是吗？这才是最好的办法。”

“在这儿经常发生这种事儿吗？”

“当然了。每所学校都有难缠的老师。而且不止一个，”让我惊讶的是，他压低了嗓门，“这儿的好多老师比他更加难缠。不过你不要对别人讲这是我说的。”

“不会的。”我说，他这种突然亲密的举动让我有点儿吃惊。

“你不对别人讲那就太好了。”他身子前倾，窃窃私语，说话时两片薄薄的嘴唇基本没有动。“我坚持对你选课的看法。也许你还没有发觉，但是我在文学学院里确实有几个不共戴天的敌人。也许你根本不会相信，甚至在我们系里就有。不过，”他接下来的语气就正常多了，“他的情况很特殊。他在这儿教了很多年，但上课不要酬劳。”

“为什么？”

“他很有钱，把工资都捐给大学了，我想他每年大概只是象征性地收取一美元，为了纳税的缘故吧。”

“哦。”我回答。我在汉普顿才待了几天，却已经很熟悉学校在财政方面的困难。据说学校获得的捐款很有限，而且还有人克扣。

拉法格说：“我虽然很喜欢教书，但是老婆和女儿都还在法国——迟早都要用钱的，不是吗？”

“也许我还是要跟他谈谈。”

拉法格耸了耸肩。“你可以试试。不过我还是建议你不要问他有没有时间见你，或许他不会见你。他叫朱利安·莫罗。”

我倒不是非学希腊语不可，可是拉法格说的话激起了我的兴趣。我下了楼，走进第一间办公室。一个瘦瘦的长相很尖刻的金发女人坐在前台，一脸倦容，正大口吃着三明治。

“我在吃午饭，”她说，“两点钟再来。”

“对不起。我在找一个老师的办公室。”

“噢，我是登记员，不是交换机。不过也许我知道，你想找谁？”

“朱利安·莫罗。”

“哦，他啊，”她说，很惊讶，“你找他干吗？我想他在吕克昂①的楼上。”

“什么地方？”

“只有他一个老师在那儿。他喜欢清静。你会找到他的。”

其实，要找到吕克昂一点儿也不容易。那是校园边上的一所小房子，很古老，墙上爬满常青藤，把墙面都盖得看不见了。楼下的报告厅和教室都是空的，黑板干净，地板刚刚打过蜡。我无助地四处逛着，很久之后才在房子的另一个角落里找到一架很小的、光照也很不好的楼梯。

我一走到上面，映入眼帘的是一条长长的、冷冷清清的长廊。我听着鞋子在

① 亚里士多德在雅典创办的学府。

油布上发出的噪音，轻快地迈着脚步，不停地看着关着的门上面的数字或者名字，然后看到一扇门上镶着一个铜制卡座，里面嵌着一张雕版名牌，上面写着“朱利安·莫罗”。我站了一会儿，短促地敲了三下门。

过了大概一两分钟，这扇白色的门开了一条缝。一张脸朝外看着我。这是一张小小的、充满智慧的脸庞。他的眼神非常警觉，但是脸上的神情却像一个问号那样泰然自若。这张脸上的一些特征似乎是属于年轻人的——小精灵一样上扬的眉毛，灵巧的鼻子、轮廓分明的下巴和嘴巴——但这绝不是年轻人的脸，头发也已经雪白。

我还在那儿站着，他朝我眨眨眼。

“我能为你做点儿什么？”他的声音理性、和蔼，就像好脾气的大人正在对小孩说话。

“我——呃，我叫理查德·帕蓬——”

他的头偏向一边，又眨了眨眼睛。他的眼睛很亮，像麻雀的眼睛那样和蔼可亲。

“我想上您的古希腊语课。”

他的脸色一沉。“哦，非常抱歉。”从他的声音判断，他确实很抱歉。他的态度让我难以置信，好像他比我还要感到抱歉。“我不知道该怎么安慰你，可是没有名额了，我的班已经满了。”

他这种真诚的歉意反倒鼓舞了我。我说：“肯定有什么办法再加一名学生——”

“我确实非常抱歉，帕蓬先生。”他说，好像正在安慰我不要为了好友的离世而过于伤心，尽力让我明白，他实在帮不了我，“因为我只收五名学生，我确实没有想过再多收一个。”

“五个学生实在不多。”

他立即摇摇头，闭上眼睛，好像实在无法忍受别人的恳求。

“我真的挺想收你的，可是我没法儿考虑这事儿，”他说，“我实在很抱歉。我能失陪一会儿吗？我这儿正好有个学生。”

一个多星期过去了。我开始上课，并且从一位叫罗兰博士的心理学教授那儿找到了一份工作。我到底要帮他做什么“研究”，我一直都没有搞清楚；他年纪很大，总是昏沉沉的，不修边幅，还我行我素，经常在教师休息室里虚度时光。我还交了一些朋友，大多数都是跟我住同一栋宿舍的一年级新生。

“朋友”这个词用在这里可能不太准确。我们虽然一起吃饭，一起进进出出，不过这主要是因为我们谁也不认识——当时那种情况还不算太糟糕。而且，我只要碰到在汉普顿大学待过的人，就会向他们打听朱利安·莫罗的情况。

几乎每个人都知道他，我得到的关于他的消息五花八门，自相矛盾：有人说他才华横溢，也有人说他是个彻头彻尾的骗子；有人说他根本就没有上过大学，也有人说他学富五车，在四十年代就已经小有名气，并且与埃佐拉·庞德和T.S. 艾略特关系甚密；有人说他的钱财来源于同一家享有特权的银行的合伙人关系，也有人说他是在大萧条时期收购了被抵押的财产；有人说他逃避了兵役（从时间上来看，这点实在难以自圆其说）；还有人说他跟梵蒂冈有关联；甚至还有人说他是中东某个没落贵族家庭的后裔，跟佛朗哥时期的西班牙有着千丝万缕的联系。当然，以上各种说法的真实性无法证实，只是我听到关于他的传闻越多，对他的兴趣就越大。于是，我转而开始观察他和他的那一小拨学生在校园里的举动。他的班上共有四名男生，一名女生。从远处看，他们和其他学生没有什么不同。但你走近一点观察，就会发现，他们是非常引人注意的一群人——至少在我看来是如此。我从来没有看到过像他们这样的人，他们每个人都像是从图画或者小说里走出来的人物。

有两个男孩戴眼镜，而且奇怪的是，他们戴的居然是同样的款式：细小而老旧的金边眼镜。两人当中个子高一点儿的那个——他个子相当高大，超过六英尺——长着深色头发，有个方方的下巴，皮肤苍白而粗糙。如果他的轮廓没有这么鲜明，或者镜片后面的眼睛没有那么空洞，他说不定是个很帅的小伙子。他通常穿深色的英式西服套装，带一把雨伞（这副形象在汉普顿大学堪称一道奇怪的风景），在一群群嬉皮士、垮掉的一代、大学预科生、朋克当中步履僵硬地穿过，就像一位古板的芭蕾舞女那般举止夸张。在他这么大个子的人身上看到这样的举止，真是令人惊讶。“他叫亨利·温特。”我指着他问朋友时，朋友这么告诉我。

那时他在远处，为了避开一群在草地上演奏的鼓手而特意绕了一个大圈。

个子较小的那个——但也小不了多少——是个邋里邋遢的金发男孩，脸颊总是红扑扑的，嘴里总是嚼着口香糖，总是一副喜气洋洋的样子。他的双手捏成拳头，深深地插进裤子口袋里，而裤子的膝盖处总是有两个大鼓包。他每天都穿着同一件夹克衫，一件没有样子的棕色斜纹软呢服，衣服的胳膊肘磨坏了，袖子总是不够长。他的沙色头发向左分开，因此总是有一绺头发挡住戴着眼镜的眼睛。他名叫邦尼·柯克兰，“邦尼”是“埃德蒙”的简称。他的嗓门沙哑而洪亮，你经常能听到他的声音在食堂上空回响。

第三个男孩是这帮人里面最奇怪的。他身材瘦削而优雅，看起来似乎弱不禁风，双手却强健有力，写满精明的脸像白化病人一样苍白，而脑袋上则顶着一头我从来没有见过的又短又乱的火红的头发。我（完全错误地）觉得，他的穿衣风格很像阿尔弗雷德·道格拉斯或者孟德斯鸠：漂亮的带有法式滚边的浆得直挺挺的衬衫；扎眼的领带；他走路时那件黑色的长外套随风起伏，简直是学生王子和开膛手杰克的综合体。有一次，我还兴奋地看到，他居然戴着一副夹鼻眼镜！后来，我才发现那不是真正的夹鼻眼镜，镜框上装的只是普通的玻璃而已，而且他双眼的视力其实比我的还好很多。他叫弗朗西斯·阿伯那蒂。我继续追问他的情况时，引起了男同学的怀疑，他们不知道我为什么会对这样一个人感兴趣。

还有一对男女。我经常看见他们在一起，开始时还以为他们是男女朋友关系。但有一天我非常近距离地观察时，发现他们长得非常像，必定是兄妹。后来，我才知道他们其实是双胞胎。他们俩像极了，都有着暗金色的头发，中性化的脸庞，一样清晰的面部轮廓。他们就像一对佛兰芒天使，同样的欢欣、庄重。

汉普顿大学里最不常见就是浅色衣服，因为这里尽管充斥着伪知识分子和颓废的青少年，但因为礼节所需，这里最常见的就是黑色衣服。他们却偏爱穿浅色的衣服，尤其是白色的。在这个充斥着香烟和黑暗的诡异的世界里，他们就像是从寓言中走出来的人物，或者像某个被人遗忘的游园会上走出来的已经辞世很久的人。由于他们是校园里面唯一的一对双胞胎，要弄清楚他们是谁非常容易。他们分别叫查尔斯·麦考利和卡米拉·麦考利。

对我来说，他们所有人都是高不可攀的。但是，我只要有机会，就会去观察他们：看，弗朗西斯在门廊上逗猫；亨利开着一辆白色小车飞驰而过，朱利安就坐在后座上；邦尼从楼上的窗户中探出身来，朝站在下面的草地上的双胞胎喊着什么。我得到的信息越来越多。弗朗西斯·阿伯那蒂来自波士顿，而且据大多数人说，他家里非常富有。据说亨利家也很有钱；不仅如此，他还是个语言方面的天才。他能说好几国语言，不论古老的还是现代的，而且还在仅仅十八岁时就出版了一本阿那克里翁①的译著。我是从乔治斯·拉法格那里听说这事儿的，他谈起这件事情时，口气酸溜溜的，不愿意多谈；后来我才发现，原来亨利在上大一时当着整个文学系师生的面，给过拉法格难堪，那还是在拉法格做的关于拉辛的一个年度讲座的提问时间里。那对双胞胎住在校外的一套公寓里，他们好像是从南方来的。邦尼·柯克兰有个习惯：夜深人静时在房间里播放约翰·菲利普·苏泽②的进行曲，还把音量开到最大。

毋庸讳言，我对这些事情显然已经太过于关注。这时我已经在学校里安顿下来；我们已经开始上课，而我也为了功课忙得不可开交。对于朱利安·莫罗以及他的希腊语班上的学生的兴趣，虽然还是很浓，但是已经开始萎缩，尤其是在发生了那件奇怪的事情之后。

那是开学第二周的星期三上午，我正在图书馆为罗兰博士复印材料，随后将去上十一点的课。仅仅三十分钟，我的眼睛就看花了，于是我回到前台，把复印机的钥匙递给管理员。我正转身要走，突然看见他们——邦尼和那对双胞胎，他们正坐在一张桌子前，桌子上面摆满纸张、钢笔和墨水。我对那些墨水的印象尤其深刻，因为我被它们深深地迷住了，而那些又长又直的黑色钢笔看起来非常古旧且难写。查尔斯穿着一件白色网球运动衫，卡米拉穿的是一条海军领太阳裙，还戴着一顶草帽。邦尼的斜纹软呢夹克搭在椅背上，衬里上的几道大大的裂缝和几块污迹都显而易见。他的胳膊支在桌子上，头发挡住眼睛，皱皱巴巴的衬衫袖子被带条纹的带子高高挽起。他们脑袋聚在一起，小声交谈着。

我突然特别想知道他们在说些什么。于是，我朝他们桌子后面的书架走

---

① 古希腊抒情诗人。

② 苏泽（1854—1932），美国乐队指挥和作曲家，创作了大量喜剧歌剧和进行曲。

去——这段路很长，我得装出要找什么书的样子——我一直朝前走，直到伸手就能够到邦尼的胳膊。我背对着他们，随手拿起一本书——碰巧是一本荒谬的社会学著作——假装翻看着后面的索引。次级分析。次级越轨。次级团体。中学。

“这个我不知道，”卡米拉说，“如果希腊人正乘船去迦太基，那应该是宾格。还记得吗？到什么什么地方去？语法就是这么规定的。”

“不可能。”那是邦尼的声音，他鼻音很重，絮絮叨叨，就像得了长岛型牙关紧闭症的 W. C. 费尔斯 ①，“这里不是到哪个地方去，而是去哪个地方。我打赌是个离格。”

然后是一阵杂乱的稀里哗啦翻动纸张的声音。

“等等，”查尔斯说，他的声音很像妹妹，同样沙哑，略带南方口音，“看这儿。他们不仅正乘船去迦太基，还要攻打它。”

“你瞎说。”

“我没有，确实是这样。看看下一句。要找到与格。”

“你确定？”

“绝对的。去迦太基。”

“我看不出来。”邦尼说，他的声音像极了电影《盖里甘的岛》当中的瑟斯顿·豪·威尔，“就是离格。那些难词儿一般都是离格。”

一阵短暂的沉默。“邦尼，”查尔斯说，“你弄混了。拉丁语才有离格。”

“哦，当然了，这个我知道，”邦尼有些恼羞成怒，困惑地思索了一阵之后，好像觉得自己真的搞混了，“但是你明白我的意思。不定过去时、离格，这些东西其实都是一样的……”

“查尔斯，”卡米拉说道，“在这个地方用与格也不对。”

“当然对了。他们正乘船去进攻，难道不是吗？”

“是的，但完整的句子是，希腊人正在乘船去迦太基。”

“但是我把‘epi’放在前面。”

“好，我们可以进攻，仍然用到 epi，但是由于第一原则，我们不得不用到

① 美国历史上最著名的喜剧演员之一。

宾格。”

种族隔离。自我。自我意识。我一边浏览索引，一边绞尽脑汁想着他们应该用什么语格。希腊人乘船过海去迦太基。去迦太基。到什么地方去。从什么地方来。迦太基。

突然，我灵机一动，想出来了。我合上书，把它放回书架，转过身。“打扰一下。”我说。

他们马上停止讨论，看上去都很惊讶，全都转过头来看着我。

“抱歉，打扰了，你们觉得位置格能用在这里吗？”

良久，没有一个人说话。

“位置格？”查尔斯问道。

“把后缀 zde 加到 karchido 前面试试看，”我回答，“我觉得应该填 zde。如果用了这个词，就没有必要再用介词了，在他们准备去打仗时才要用到 epi。它的意思是‘向迦太基’，因此你们根本没必要担心语格的问题。”

查尔斯看了看卷子，又看了看我。“位置格？”他说，“这种语格太少见了。”

“你确信它真的能够用来修饰迦太基吗？”卡米拉问。

这个我倒没想过。“也许不行吧，”我回答，“不过我知道可以用来修饰‘雅典’这个词。”

查尔斯伸出手去，将桌子另一边的那本词典拖了过来，开始一页一页地查找。

“哦，妈的，别费劲了，”邦尼有点儿心烦，“不必变格，也不需要介词来修饰，我看没什么不好。”他往椅子里面靠了靠，抬头看着我。“哥们儿，咱俩握个手。”我伸出手去，他一把抓住，使劲儿握了握，胳膊肘儿差点儿把桌上的墨水瓶给碰倒了。“很高兴认识你，是啊，是啊。”他说，同时伸出另一只手，整理挡住眼睛的那几缕头发。

一下子成为众人瞩目的焦点让我有点儿不适应；那种感觉就像那些我最喜欢的画中人物突然停下自己正在做的事情，抬起头来跟我说话。昨天，弗朗西斯（当时他穿着一件时髦的黑色羊毛衫，抽着烟）在走廊里跟我擦肩而过。他的胳膊碰到我的胳膊那一瞬间，我觉得他跟我一样，是个普普通通的活生生的人。可是接下来，他又似乎变成了幻觉，就像我想象中的虚构人物，从走廊那头大步走过来，对我视而不见——就像鬼魂一样，据说飘荡的鬼魂，对活着的生命是视而不见的。

查尔斯一边翻着词典，一边站起身来跟我握手。“我是查尔斯·麦考利。”

“理查德·帕蓬。”

“啊，原来是你。”卡米拉突然说道。

“怎么了？”

“就是你。你来问过上希腊语课的事儿。”

“这是我妹妹，”查尔斯跟着介绍，“这位是——邦，你已经认识他了？”

“不，不，还没呢。你可给我帮了大忙。我们还有十个这样的练习，可是时间只剩下五分钟了。我叫埃德蒙·柯克兰。”邦尼说，又一次握住我的手。

“你学希腊语多久了？”卡米拉问。

“两年了。”

“你学得还不错。”

“真遗憾你不在我们班。”邦尼说。

然后是一段令人难堪的沉默。

“嗯，”查尔斯有点儿不自在，“朱利安在这种事情上确实有点儿怪。”

“你为什么不再去找他呢，”邦尼说，“送他几束鲜花，告诉他你爱柏拉图，然后他就会完全听命于你了。”

又是一阵沉默，比上一次的沉默更加令人难堪。卡米拉笑了笑，但不完全是冲着我——她的笑容甜美而空洞，完全是礼节性的，好像把我当成了侍者或者商店店员。仍然站在她身旁的查尔斯也笑了，还礼貌地扬了扬眉毛——这个动作可能表明他很紧张，也可能是别的什么意思，但是在我看来，却是“就这样完了？”的含义。

我嘟哝了几声，正要转身离去，邦尼——他正盯着我背后看——突然伸出一只胳膊，抓住我的手腕。“等等。”他说。

我很惊讶地回头看去。原来亨利刚刚从大门走进来——依然是深色套装、雨伞这一全套行头。

亨利走到桌子跟前时，还假装没看见我。“你们好啊，”他打招呼，“做完了吗？”

邦尼朝我甩甩头。“亨利，我们给你介绍个人。”他说。

亨利抬眼一瞟，但是脸上的表情没有任何变化。他先把眼睛闭上，然后猛地睁开，好像有我这么一个人挡住他的视线，是一件不可思议的事情。

“对了，”邦尼说，“他叫理查德——理查德什么来着？”

“帕蓬。”

“是啊是啊。理查德·帕蓬。学希腊语的。”

亨利这才抬头看了看我。“当然不是在这儿学的吧。”他说。

“不是，”我回答，勇敢地迎向他的目光，但是他的目光实在太无礼，我不得不把目光移向别处。

“哦，亨利，看看这个，”查尔斯急急忙忙地说道，再次翻开那些卷子，“我们本来要在这里用与格或者宾格，但是他建议我们用位置格，你觉得呢？”

亨利斜倚在查尔斯的肩上，开始看卷子。“嗯，已经不再使用的位置格，”他说道，“很有荷马的特色。当然，在语法上肯定没错，但是跟上下文有点儿脱节了。”他又回过头来将我审视了一番。灯光正好照在他细小的眼镜片上，因此我无法看见后面的眼睛。“很有意思。你是研究荷马的？”

我本来要说是的，但是又觉得他肯定会考我，并且很乐意看到我犯错误，这样他就能够轻而易举地纠正我。“我喜欢荷马。”我轻轻说道。

他冷冰冰地看着我，带有明显的嫌恶。“我爱荷马，”他说，“当然我们学的东西更加现代一些，像柏拉图、古希腊悲剧作家之类的。”

我竭力想说点儿什么来回答他，可是他已经移开目光，显然已经对我没有了兴趣。

“我们该走了。”他说。

查尔斯将卷子收拢到一起，站起来；卡米拉站在他身旁，这一次她也伸手过来跟我握手。他们并肩站立时非常相像，但相似的地方主要不是面部轮廓，而是仪态和举止，这种神似感是互相影响和模仿的结果，你会觉得，一个人的眨眼动作几秒钟之后会在另一个人的眼皮上体现出来。他们的眼睛都是同样的灰色，显得平静而充满智慧。我觉得姐姐非常漂亮，有一种不安分的、带有中世纪风格的美丽，不过粗心的观察者也许根本就看不出这一点。

邦尼把椅子往回一推，拍了拍我的肩膀。“哥们儿，”他说，“我们什么时候聚一聚，谈谈怎么学希腊语，怎么样？”

“再见。”亨利朝我点点头说。

“再见。”我回答。他们大踏步地走开了，我立在原地，看着他们肩并肩，排成一个大方阵，离开了图书馆。

几分钟后，我去罗兰博士的办公室给他送复印好的材料。我问他能否提前支付我勤工俭学的支票。

他靠在椅子里，用黯淡而布满血丝的眼睛盯着我。“你是知道的，”他说，“在过去的十年里，我给自己定的一条规矩就是不提前支付工资。我来跟你解释一下原因。”

“我知道，先生。”我急忙回答。罗兰博士一谈到他的“规矩”，至少要谈半个小时。“我能够理解。只是现在我遇到了紧急情况。”

他朝前倾了倾身子，清了一下喉咙。“那个，”他问，“到底是什么情况？”

他双手合拢，放在面前的桌子上。他的手上青筋暴露，关节周围散发出淡蓝的珍珠般的光泽。我盯着他的手。我需要十到二十美元，非常急需，可是我来找他时没有想好该怎么开口。“我不知道要怎么说，”我说，“只是发生了点儿事情。”

他紧皱眉头。有人说罗兰博士的老态龙钟只是表象，可是我觉得这是非常真实的。但有些时候，在你没有防备的情况下，他的思维可能会出奇地清晰——通常跟正在进行的话题没有关系——不过这也说明，在他混乱不堪的意识里，还有一些理性的程序在轰隆隆地运行。

“是我的车。”我灵机一动，突然说道。其实我根本就没有车。“我得找人把车修一下。”

我没想到他会继续问下去，他已经活跃起来。“车出了什么问题？”

“传动装置出了毛病。”

“是双路的还是风冷的？”

“风冷的。”我有点儿站不稳。我没料到谈话会这样峰回路转。我对汽车一无所知，连轮胎都不会换。

“你买的是那种小的 V-6 系列吗？”

“嗯。”

“这一点儿也不奇怪。所有的孩子都喜欢那种车。”

我不知道该怎么回答。

他拉开办公桌抽屉，拿出一些东西来，举在眼睛跟前仔细地看，然后又把它们放回去。“根据我的经验，如果传动装置出了问题，这车就没法儿要了，”他说，“V-6 系列的车尤其如此。你倒不如把车直接扔到垃圾处理场去。我呢，现在有一辆九八摄政王朝布鲁哈姆，已经用了十年。我一直做常规检查和保养，每行驶一千五百公里就更换过滤器，每行驶三千公里就换机油。跑起来飞快，跟做梦一样。要小心城里的那些加油站。”他很尖锐地说道。

“对不起，您刚才说……”

他总算找到支票本。“你应该去找会计，但是这个也应该可以，”他一边说一边打开支票本，在上面费劲地写着，“在汉普顿，有些人一发现你是大学里的，就会收你双倍的钱。最好的修理公司是雷迪姆德公司——虽然给你的都是回收再利用的部件，但是你只要注意保养，开起来的感觉还不错。”

他撕下支票，递给我。我扫了一眼，高兴得几乎心跳停止。二百美元！他已经签了字，可以立即兑现。

“记住，不要让他们多收你一分钱。”他嘱咐道。

“不会的，先生。”我说，喜悦之情溢于言表。我该拿这笔钱干些什么呢？他也许很快就会忘了给过我这么多钱。

他把眼镜往下拉了拉，从镜片上面看着我说：“记住，是雷迪姆德修理公司，就在高速公路的第六个出口那儿。他们的招牌像个十字架。”

“谢谢您。”我说。

我走出大厅，士气高昂。二百美元就躺在我的口袋里。我要做的第一件事情就是下楼找一个公用电话亭，叫辆出租车，去汉普顿市中心。如果说我有什么特长的话，就是不动声色地说谎。这可能是我的一种天赋。

我在汉普顿市中心干了些什么呢？其实，我当时被好运冲昏头脑，干不了什么事情。但那天我过得非常愉快。我穷怕了，于是来不及多想就走进广场上一家很贵的男士服装专卖店，买了几件衬衫。接着我去救世军商店，在捐助箱里翻出一件哈里斯牌软呢外套，还有一双合脚的雕花棕色皮鞋、衬衫袖链扣，以及一条好玩的旧领带，上面的图案是一群男子在捕鹿。我从商店出来时，欣喜地发现自己还剩下将近一百美元。我是不是应该去书店转转？还是去看电影？或者去买瓶威士忌尝尝？各种各样的选择蜂拥而来，在这个明朗的秋日里，它们低语着，微笑着，将走在人行道上的我重重包围，我就像被一群妓女围住的乡下男孩一样束手无策。最终，我毫不犹豫地冲出包围，走向街角的那个电话亭，叫辆车回学校。

我一回到房间，就把所有的衣服都铺在床上。那几个衬衫链扣都经过雕琢，上面还留着别人名字的缩写，但是看起来跟真金没什么区别。令人昏昏欲睡的秋日阳光从窗外泼洒进来，照在这些链扣上，使它们闪闪发光。橡木地板上的那些黄色的坑坑洼洼也盛满阳光，显得奢华、富有，令人陶醉。

第二天下午，朱利安给我开门时，我突然产生了一种时光倒流的感觉。他还是把门只打开一道缝，小心翼翼地从门缝里往外看，好像他的办公室里有什么宝贝，他要好好保护，不能让旁人看到。在接下来的几个月里，我对他的这种举止越来越熟悉。即使现在，在多年以后远离校园的地方，有时候，我在梦里还会发现自己站在那扇白色的房门前，等待着他的出现，而他就像童话故事中的守门人一样：长生不老，充满警觉，有着孩童般的狡猾。

他看见是我，把门缝开大一点儿（至少比第一次要大）。“又是你吗，帕皮先生？”他问。

我懒得纠正他。“是我。”

他看了我一会儿。“知道吗，你的名字很棒，”他说，“有些法国国王就姓帕皮。”

“您现在忙吗?”

“有幸见到一个法国王位继承人——你也许真的是，我总是有时间的。”他显然心情不错。

“我恐怕还不是。”

他笑了，引用了一句希腊谚语，那句谚语大意是诚实是一个危险的美德。让我惊讶的是，他把门打开了，让我进去。

房间非常漂亮，根本就不像是办公室，而且比从外面看起来要大得多。房间通风很好，四面都是白墙，天花板很高，微风轻轻吹动着浆过的窗帘。在房间一角，一个低矮的书架旁边放着一张大圆桌，上面杂乱地摆着茶壶和希腊语书籍；房间里到处都是花儿，有玫瑰、康乃馨、银莲花，摆放在他的办公桌、圆桌和窗台上。那些玫瑰尤其芬芳，空气中香气浓重，还混合着佛手柑、中式红茶，以及微微的樟脑墨水的气味。我深深地吸了一口气，这一切真是令人沉醉。我的目光所及之处都是美好的事物——来自东方的小毯子、瓷器、像珠宝一样精巧的微型画——绚丽的色彩让我感觉自己好像走进了一座小型的拜占庭风格的教堂：外表看来平淡无奇，可是里面却另有乾坤，到处都是金粉和镶嵌饰品，好像天堂一般。

他坐到窗户旁边的一把扶手椅里，示意我也坐下。“我想你来是为了上希腊语课的。”他说。

“嗯。”

他的眼神和蔼而坦率，眼珠中灰色多过蓝色。“可是现在已经开学很久了。”他说。

“我想继续学希腊语。学了两年再荒废，非常可惜。”

他深深地皱了皱眉，显得有些淘气，然后低头看着自己合拢的双手，思索了一会儿。“听说你是从加州来的。”

“是的，我是。”我说。我很惊讶，是谁告诉他的?

“我不认识几个西部人”他说，“我如果去那儿，不知道会不会喜欢。”他顿了一下，好像在沉思，但最终似乎并未把问题想通。“加州有些什么?”

我滔滔不绝地说了起来。柑橘园，过气的电影明星，在游泳池旁举行的灯火辉煌的鸡尾酒会，香烟，百无聊赖。他听着，眼睛一直盯着我，显然对我的这些虚假的回忆心驰神往。我看到他这么着迷，忍不住添油加醋。

“太棒了，”他热切地说，我暗自庆幸自己的表演终于结束了，“多么浪漫啊。”

“我们对这些东西已经见怪不怪了。”我说这话时脸红了，因为不安，也因为刚才的成功而兴奋。

“你这么浪漫，怎么想到要学习希腊语？”他问道。好像他既然难得碰到像我这样稀有的人，而且我还在他的办公室里，伸手可及，所以他一定要了解我的想法。

“如果你所说的浪漫意味着孤独和自省，”我说，“那么浪漫主义者往往是最好的古典学者。”①

他笑了。“那些伟大的浪漫主义者大都是失败的古典学者。但是我们扯远了，是不是？你对汉普顿的印象如何？喜欢这儿吗？”

我解释了自己为什么当时觉得这个学校正合我意。我应该长话短说的。

“年轻人总是觉得这里没什么意思，”朱利安说道，“但这并不意味着这里对他们没什么好处。你经常去旅游吗？跟我说说这个地方到底哪儿最吸引你。我觉得，一个像你这样的年轻人一旦走出城市，可能会感到困惑。不过也许你已经厌倦城市的生活，是这样吗？”

他的提问充满技巧，循循善诱，我就这样被解除了武装。他熟练地将我从一个话题引向另一个话题，而且我肯定，通过一次这样的谈话——虽然感觉短得只有几分钟，其实很长——他已经成功地了解了他想知道的关于我的全部。我毫不怀疑，他那天谈兴甚浓可能是由于任何原因，不一定是因为有了我的陪伴。我自己兴高采烈地谈论着各种各样的话题——有些还挺私人化，并且我比平常更加坦率——我确信我说的所有话都是出自本意。但愿我对当天说过的话记得多一点。我确实记得自己当时说过的很多话，有些话都太愚蠢，回想起来都害臊。他只在心理学上与我观点不同（还有，在我提到毕加索时，他质疑地扬起了眉毛；我后

---

① 原文 classicist 既指“古典学者”，又指“古典主义者”。

来更了解他时，才想到他当时可能把我说的话当成了人身侮辱）。我谈论这个话题时心情沉重，因为给罗兰博士打工什么的。“但是，你真的认为，”他挺关切地问道，“可以把心理学称作一门科学吗？”

“当然。为什么不可以呢？”

“可是，即使是柏拉图也知道，阶级和具体情况会对一个人产生无法改变的影响。在我看来，心理学只是古人对命运的另一种称呼。”

“心理学确实是个可怕的词汇。”

他很用力地点点头。“是啊，是很可怕，难道不是吗？”他虽然这么说，表情却在暗示，他觉得我用“可怕”这个词是相当没品位的表现。“也许，在某种程度上，只有在谈到某种情绪时，心理学才是个非常有用的概念。住在我附近的乡下人都很有魅力，因为他们安于命运，而命运又是注定的。可是，”他笑了，“恐怕我的学生们从来都引不起我的兴趣，因为我几乎总是知道他们想干些什么。”

我被他的谈吐深深迷住了，没有觉得他的话很现代，有些漫无边际（对我而言，现代精神的标志就是说起话来不着边际，偏离主题）。接着，我发现他正在通过各种婉转而迂回的表述将我引向同一些观点。如果说现代精神是反复无常和不得要领，那么古典精神则是刻板、毫不犹豫和严苛。但这种古典智慧在现代人中已经很少见到了。我也许能够和这两种人中最优秀者一起随意地闲聊，但我只是迷恋他们，我自己的心灵还是一片空白。

我们接着又谈了一会儿，然后就沉默了。过了一会儿，朱利安礼貌地说道：“帕蓬先生，你如果愿意，我很乐意收你做我的学生。”

我正看着窗外，几乎忘了自己为什么来这儿了，听到这话，转过头来盯着他，不知道该说些什么才好。

“但是，你在接受之前，先听我说一些情况。”

“什么？”我一下子惊醒过来。

“你能不能去注册办公室填一份更改辅导老师的申请？”他伸手去拿办公桌上的杯子里的笔。令我惊讶的是，杯子里面放着的全是万宝龙墨水笔，而且是经典的“大班”系列，至少有十二支。他很快就写好了一张便条，递给我。“别弄丢了，”他说，“因为除非是我要求，注册员是绝对不会让我做学生的辅导老师的。”

纸条上的字体遒劲有力，很有十九世纪字体的风格，连字母“e”都是希腊语的写法。纸条上面的墨迹还没有干。“可是我已经有了一位辅导老师。”我回答。

“我的原则是，我不会接受不是由我担任辅导老师的学生。文学院的其他老师可能会不同意我的教学方法，而如果其他人有权反对我的决定，你的学习就会出现问题。你还要填一些更改选修课程的表格。可能除了法语课之外，你现在学的那些课程都得放弃，但学学法语倒也无妨。你的现代语言好像学得不是太好。”

我目瞪口呆。“我可不能取消所有的课程啊。”

“为什么不能?”

“注册期已经过了。”

“这个没有什么关系，”朱利安的语气很平和，“我希望你学的课程都由我来教。今后几年，你每个学期都要上我三到四门课程。”

我看着他。难怪他只有五名学生。“可是我该怎么更改课程呢?”我问。

他笑了。“你在汉普顿待的时间还是太短。行政部门当然不喜欢这样，不过他们也没有什么办法。他们偶尔会在选课问题上刁难你，可是从来没有出现过真正的麻烦。我们要学习艺术、历史、哲学，所有的学科。我如果发现你在某个领域学不好，会给你开小灶上辅导课，或者让你去找别的老师。法语不是我的母语，我觉得跟着拉法格先生学下去也挺好。明年，我就会教你拉丁语。这门课挺难，可是学会了希腊语之后再去学就容易多了。拉丁语是最完美的语言。你会很乐意去学的。”

我听着，他的语气让我有点儿被轻视的感觉。我按照他说的去做，无异于从汉普顿大学退学，转入他自己主办的小型的古典希腊学院，学生人数只有五人，加上我也就六个人。“我所有的课程都是跟着你上吗?”我说。

“也不全是，”他的表情很严肃，但他看到我脸上的表情时，笑了，“我认为，由很多不同的老师授课，会对一个年轻的头脑产生有害且混乱的效果。我也认为，与其肤浅地读一百本书，倒不如透彻地读通一本书，”他说，“我知道，现在这个社会不太同意我的看法，可是，柏拉图也只有一位老师，亚历山大也是如此。”

慢慢地点点头，一边使劲儿想着怎么样退出原先的课程才会比较得体，可是我的眼神同他的眼神交汇时，我突然冒出了这样的念头：为什么不试试看呢？他的个人魅力已经弄得我晕晕乎乎的，让我觉得这种极端化挺有吸引力的。他的学生——也许可以认为他们是他雕琢出来的作品——确实气势威严，与众不同。他们都透出一种冷静而残酷的魅力，可能一点儿也不现代，却有着来自古老世界的那种奇特而冰冷的气息：他们看上去高大而华丽，每个人都有着那样的双眸，那样的双手，那样的仪态——他有着那样的双眸，那样的双手，那样的容貌①。我确实羡慕他们，觉得他们魅力无穷。这种奇特的气质，绝非自然的产物，每一个细节无不透出受过严格文化教育的熏陶。后来，我发现朱利安也是如此：尽管他给人的印象总是非常有活力，非常坦率，与冷酷完全不搭边，但这种热情与活力不是发自内心的，而是一种看似自然的高等艺术。我希望自己也能是那个样子，尽管也许那种样子有些矫揉造作。都已经开始设想，既然这些品质都是后天获得的，那么说不定只有通过这样的方式，我才能够获得。

以上想法距离柏拉图或者我父亲的加油站都太过遥远了。“这些课程是不是都用希腊文来教的呢？”我问道。

他笑道：“当然不是了。我们要学习但丁、维吉尔等所有文学巨匠的作品。但是我不介意你去外面买那本《再见，哥伦布》，请原谅我的粗俗不堪。”这本书已经臭名远扬，却是一年级新生的文学必修课。

我去告诉乔治·拉法格这个计划时，他显得很不安。“这件事情可不是开玩笑的，”他说，“你要知道，你如果这样做，跟学校和其他师生的联系就会非常有限了。”

“他是位好老师。”我说。

“还没有老师能好到那种程度。你如果碰巧不同意他的观点，或者在任何方面受到了不公正的待遇，那么学校里真的没有哪个老师能够帮你。请原谅，但是

① 原文为拉丁语，典出维吉尔《埃及阿斯记》。

我真的弄不懂你为什么要花三万美元一年的学费，只接受一位老师的教诲。”

我考虑过提到汉普顿大学的捐款基金会，但是我最终什么也没说。

他向后斜靠在椅背上。“请原谅我这么说，但是我觉得他这么一个人的精英价值观会让你反感的，”他说，“坦率地说，这是我第一次听说他会接受一个享受大量助学贷款的学生。汉普顿大学是所讲民主的学校，并不是建立在他所谓的原则之上。”

“他如果接受了我，说明他不是那么曲高和寡。”我说。

他没有领会我话语当中的嘲讽。“我推测他并不知道你要依靠助学贷款。”他很认真。

“他如果不知道，我不会告诉他的。”我回答。

朱利安的学生都在他的办公室里上课。这是因为所有课程学生都不够，而且也没有哪间教室有他的办公室那么舒适和私密。他的理论是，学生们在一种愉快而没有学术氛围的气氛中学习，会收到更好的效果；把房间布置得像个豪华的温室，即使在死寂的冬天也到处鲜花盛开，就是他心目中教室的模样，也是柏拉图风格的一个缩影。“工作？”有一次他神情惊讶地问我，当时我说我们的课堂活动就是工作，“你真的认为我们所做的是工作吗？”

“那我应该怎么说呢？”

“我称之为一种很棒的游戏。”

在去上第一节课的路上，我看见弗朗西斯·阿伯那蒂正昂首阔步地从草地上穿过，外套随风摆动，远看就像只黑色的乌鸦。他正在思考，还抽着烟。我想到他可能会看到我，心中突然有了一种不可名状的焦虑。我躲进旁边的走廊，等着他走过去。

我刚刚走到吕克昂楼梯的平台处，就惊讶地看见弗朗西斯在窗台上坐着。我飞快地瞥了他一眼，然后又飞快地把眼光投向别处。正当我准备走进大厅时，他突然说道：“等等。”他的语调非常冷静，有波士顿口音，听起来像英国人。

我转过身去。

“你就是那个新来的年轻人？”他不无嘲讽地问道。

新来的年轻人。我承认了。

“我们去睡觉吗？①”

“什么？”

“没什么。”

他把香烟换到左手中，伸出右手。他的手瘦骨嶙峋，皮肤却像十几岁的小姑娘一样柔软光滑。

他没有介绍自己。在一阵短暂而尴尬的沉默之后，我告诉了他我的名字。

他狠狠吸了最后一口烟，将烟头甩到窗外。“我知道你是谁。”他说。

亨利和邦尼已经在办公室。亨利正在看书，邦尼斜靠在他对面的桌子上，大声而激烈地跟他讨论着什么。

“……毫无品位，就是这样，这个老家伙。对你失望透了。如果你不介意，我相信你随机应变的能力原本并没有这么差……”

“早上好。”弗朗西斯说，他跟在我后面走进来，随手关上门。

亨利抬起脑袋点点头，接着又看起书来。

“嗨，”邦尼说，“亨利买了支万宝龙的笔。”

“真的吗？”弗朗西斯问。

邦尼朝朱利安桌子上那个装着光滑的黑色墨水笔的杯子点点头。“我提醒过他，一定要小心，不然朱利安还以为是他偷的呢。”

“我买笔时他和我在一起。”亨利连头都没有抬。

“对了，这些东西得值多少钱？”邦尼问。

没人回答。

“求求你了。多少钱啊？每支三百美元？”邦尼把全身的重量都压在桌子上。“我记得你以前还说这种笔特别难看。你还说过这辈子只会用真正的钢笔写字的，还记得吗？”

沉默。

“让我再看看，行吗？”邦尼说。

---

① 原文为拉丁语。

亨利放下书，伸手到上衣口袋里拿出一支笔，放在桌子上。“给。”他说。

邦尼拿起笔，在手指间把玩着。“就像我在一年级时用过的那些粗粗的铅笔，”他说，“是不是朱利安鼓动你买的？”

“我想要一支墨水笔。”

“你买笔可不是因为这个。”

“够了，我不想再跟你谈这个话题了。”

“我觉得就是没有品位。”

“你这个人，”亨利尖锐地说，“根本就没有资格谈品位。”

接下来是一阵长长的沉默。邦尼又坐回椅子里。“唉，大家都在用什么样的笔啊？”他想闲聊，“弗朗西斯，你是跟我一样喜欢用蘸水笔的，是吧？”

“差不多是这样。”

他指着我，好像觉得自己是某个谈话节目上的主持人。“你呢？你叫什么来着，罗伯特吗？你们加州人都用什么笔？”

“圆珠笔。”我说。

邦尼使劲点点头。“他很诚实，先生们。崇尚简单。说话直截了当。我喜欢这样。”

门开了，进来的是双胞胎。

“你在喊些什么啊，邦？”查尔斯说，一边笑一边用脚踢上身后的门，“我们在大厅里就听见你们在吵了。”

于是，邦尼谈起万宝龙笔的故事。我挺不自在地慢慢走向角落，开始浏览书架上的书。

“你学古典文学多长时间了？”有个声音从我身旁传过来。是亨利。他已经从椅子上转过身，正看着我。

“两年了。”我回答。

“你读过哪些希腊语的书？”

“新约全书。”

“那你肯定也会读希腊共通语了，”他有点儿故意为难我的意思，“还有别的吗？当然有荷马了。还有那些抒情诗人。”

我知道亨利说的都是他自己的专长，我可不敢撒谎。“一点点。”

“柏拉图呢？”

“嗯。”

“柏拉图全集？”

“只是一部分。”

“但应该读过英译全集吧。”

我迟疑了，可能迟疑的时间太长，他看着我，脸上是不可思议的神情。“没读过？”

我双手插进新外套的口袋里。“读过大部分。”我回答，可事实根本不是这样。

“大部分什么？你指的是对话录吗？还是更晚一些的作品？读过普洛丁吗？”

“是的。”我撒谎了。直到今天，我也没有读过普洛丁的任何作品。

“他的什么作品？”

很不幸，我脑子里一片空白，我对普洛丁的作品真的是一无所知。是《牧歌》吗？不，去他妈的，那是维吉尔的作品。“其实，我对普洛丁不是很感兴趣。”我说。

“不感兴趣？为什么？”

他像个警察一样不停地审问我。所幸我还记得以前学过的课，我为了上这个班已经放弃了那门课：《戏剧入门》。这门课是快乐的蓝宁先生讲的。他让我们都躺在地板上做放松练习，而他则四处走动，嘴里说着“想象你的身体里正充斥着一种冰冷的橙色液体”之类的话。

我对关于普洛丁的问题的回答显然不够快，让亨利有些不满意。他飞快地说了几句拉丁语。

“能再说一遍吗？”

他冷冷地看着我。“别管了。”他说，又埋头看书去了。

我为了掩饰惊恐，转过身去看书架。

“现在高兴了吧？”我听见邦尼说，“我想你是想给他个下马威，嗯？”

让我备感欣慰的是，查尔斯过来向我问好。他友好而且平和，但我们只有时间问候一番，然后就听见门被打开。朱利安闪进来又轻轻合上房门，房间里一下子就安静了。

“早上好，”他说，“你们都认识新同学了吗？”

“是的，”弗朗西斯回答，语气里似乎透出一丝厌烦。他为卡米拉摆好椅子，然后坐下来。

“太棒了。查尔斯，麻烦你烧点儿开水，我们好泡茶。”

查尔斯去了前厅——那个房间比壁橱大不了多少——接着就传来倒水的声音。我一直不知道那个小房间里有些什么，或者朱利安是怎么奇迹般地变出四道菜的大餐来的。然后查尔斯回来了，关上门，坐下来。

“好了，”朱利安环顾四周，说道，“你们准备好了吗？那我们离开这个感观世界，一起去感受崇高与美好吧。”

他真的很健谈，说起话来滔滔不绝，妙语连珠。但愿我能用更好的词汇来表达他的谈吐，只是，一个智力平庸的人翻译一个智力超群者的言辞——尤其是在多年之后——肯定会在翻译的过程中漏掉许多东西。当天，我们讨论的是“自我的丧失”，柏拉图的四种神圣的疯狂①，以及各种形式的疯狂。他一上来就开始谈论他所谓的自我的负担，以及人们为什么想要迷失自我。

“我们的头脑里为什么总有一个细小而倔强的声音在折磨着我们？”他一边发问一边四顾、观察我们的反应，“它是不是在提醒我们还活着的这种状态，提醒我们是速朽的。每个人都具备独立的灵魂——灵魂害怕被我们抛弃，因为灵魂让我们比任何事物都要可悲。我们这么强烈地意识到自我的存在，难道不也是一种痛苦吗？我们从孩提时代起，就知道自己是一个孤立于世界之外的人，如果舌头被食物烫伤，或者膝盖磨破了皮，没有任何其他人或者事物会受到伤害，所有的疼痛和苦恼都必须由你自己承担，这难道不可怕吗？更可怕的是，我们一天天地长大，会逐渐意识到，没有一个人，无论他多么爱我们，都不能够真正理解我们。正是心目中的自我最让我们痛苦，所以我们要迫不及待地抛弃它们。你们觉

① 见柏拉图《裴多篇》。柏拉图认为，在神圣的疯狂中，个人丧失了自我，与神合一。

得呢？还记得厄里倪厄斯[1]吗？”

“复仇女神。”邦尼回答，在长长的刘海下，他的眼神疑惑而迷茫。

“完全正确。她们是怎么让人们疯狂的呢？她们让人内心独白的声音变得更大，让人无限夸大自己现有的品质，最终使人无法忍受自身，进而疯狂。

“那么，我们怎样才能彻底抛弃疯狂的自我呢？可以通过爱吗？但是索福克勒斯对塞发勒斯描绘的那样，几乎没有人意识到爱其实是一种非常残酷而可怕的事物。有人为了另外一个人而丢弃自我，他这样做时，等于把自己交付给了那些最为反复无常的神灵，甘愿接受他们的奴役，处境凄惨。那么可以通过战争吗？人们可能会因为战斗带来的快乐而忘记自我，特别是在为正义和荣誉而战时，可是现在值得人们奋勇参与的战争却不多了。”他笑了起来，“我敢说，你们学习过色诺芬和修昔底德的作品之后，不会再有多少年轻人比你们更精通军事策略。我可以保证，你们只要愿意，可以轻而易举地在汉普顿市内行军打仗，并且占领这座城市。”

亨利笑着说：“我们今天下午可以试一下，就六个人。”

“怎么试？”大家异口同声地问道。

“一个人负责切断电话线和电力供应，一个人驻守在巴顿吉尔桥上，一个人守住往北去的主干道的出口。其他人则一起由南往西挺进。我们人数虽然不多，但是如果分头作战，就能够守住所有的出入口，”他说到这儿，伸出手来，五指张开，“然后从各个点向中心进发。”他把手握成了拳头。“当然，我们必须出其不意，才能取胜。”他接着说，我意外地察觉到他平静的口气中有着一丝激动。

朱利安哈哈大笑起来。“那些神灵已经有多久没有干预人类的战争了？阿波罗和胜利女神雅典娜肯定会过来跟你们并肩作战，‘不论是否被邀请’，就像在德尔菲的斯巴达人受到的神谕所言。你们都会成为举世瞩目的英雄人物。”

“半神半人，”弗朗西斯说，也笑了，“我们可以坐在中心广场的宝座上。”

“让本地的富商都来进贡。”

---

① 三个复仇女神的总称。复仇女神是“土地”和“黑暗”的三个女儿，以清算罪恶为职责，庄严、美丽。

“贡品是黄金、孔雀，还有象牙。”

“我觉得多半是切达干酪和普通的爆竹什么的。”邦尼说。

“流血是非常可怕的，”朱利安急促地说道，“爆竹”这个词让他感到不快，“但是在荷马和埃斯库罗斯的作品中，最血腥的描写通常也是最为出色的。比如，在《阿伽门农》这部悲剧中，克吕泰墨斯特拉的一段精彩演讲，我就非常喜欢——卡米拉，我们在学习奥瑞斯特斯三联剧①时，你朗读的是克吕泰墨斯特拉的部分，还记得吗？”

从窗外照进的阳光直接投射在她的脸上。在这样的强光下，大多数人看起来都会有点儿疲惫，可是她脸上清晰而优美的轮廓反倒更显光彩，令人惊艳。她脸色白皙，双眸闪亮，睫毛乌黑而浓密，投射在两鬓的金色阳光同闪亮的发色融会在一起，看上去暖融融的。“我只记得一点点。”她答道。

她双眼盯着我头顶上方的墙壁上的某个点，开始背诵词句。她有男朋友吗？男朋友是弗朗西斯吗？他们俩关系相当亲密，但是弗朗西斯看起来不像是对女孩子感兴趣的人。我绝对没有什么机会，她周围全是穿着深色套装的聪明又有钱的富家子弟，而我，则是一个笨手笨脚的乡下孩子。她说希腊语的声音沙哑而低沉，非常可爱。

他就这样死了，所有的生命都已离他而去；
他逝去，深红的液体都喷溅在我身上
这一场来势凶猛的苦涩血雨
却让我无比欣慰，就像沐浴着众神恩泽的花园
挺立在蓓蕾初开之时

她背完了，之后是一阵短暂的沉默。出乎我的意料，坐在我对面的亨利朝她眨眨眼，表情很严肃。

朱利安微笑。“多美的文字啊，”他说，“我百读不厌。可是，为什么一件

① 埃斯库罗斯所著三部悲剧，《阿伽门农》为其第一部。

如此可怕的事情，一幅王后在丈夫沐浴时刺杀他的场景，在我们看来却这么迷人呢？”

“是因为优美的韵律，”弗朗西斯说，“三音步的抑扬格。比如说，真正骇人听闻的描写在但丁的《地狱篇》当中，彼埃尔·达·美第奇被割去鼻子，只能通过气管上的一个血淋淋的小口来讲话——”

“我想到的比这个还要可怕。”查尔斯说。

“我也是。但是那段文章本身写得美，用的是三行体，非常有乐感。克吕泰墨斯特拉的那段诗句的韵律感也很强，非常抑扬顿挫。”

“在古希腊的抒情诗中，三音步的抑扬格用得非常广泛，是不是？”朱利安说，“为什么唯独那一段文字那么扣人心弦？为什么我们不被其他更加平和或者愉快的文字所吸引呢？”

“亚里士多德在《诗学》一文当中曾说，”亨利回答，“像尸体这样的事物，虽然本身看起来很可怖，但如果将其作为艺术品来看待，它就非常令人愉悦了。”

“我认为亚里士多德是正确的。说到底，诗歌当中的哪些场景给我们留下了深刻的烙印呢，难道是那些我们最喜欢的场景吗？恰恰相反啊。阿伽门农之死、阿喀琉斯的愤怒、迪多被放上火葬的柴堆、叛徒的匕首和恺撒的鲜血——还记得苏埃托尼乌斯写的‘尸体被扔在垃圾堆上，一只胳膊垂下来’的样子吗？”

“死亡是美丽之母。”亨利说。

“那什么是美丽呢？”

“恐怖。”

“说得很好，”朱利安说，“美既不温柔，也不让人宽慰。完全相反，真正的美总是非常惊人的。”

我看着卡米拉，她的脸庞在阳光中显得特别明亮，让我想起了《伊利亚特》中我最喜欢的一行诗句，那句诗描绘的是帕拉斯·雅典娜和她可怕的闪闪发亮的眼睛。

“如果美就是恐怖，”朱利安说，“那欲望又是什么？我们以为自己有许许多多的欲望，可其实只有一个。到底是什么？”

“生存。”卡米拉回答。

"永生。"邦尼回答，双手托着下巴。

烧水的茶壶叫了。

茶杯都摆好，亨利也倒好了茶，大家精神焕发，我们又开始讨论由众神招致的疯狂：诗歌中的、预言里的，最后还讨论了与酒神戴奥尼索斯相关的疯狂。

"这是最神秘的，"朱利安说，"我们都习惯地认为，宗教带来的狂喜只会在原始的社会中出现，尽管这种现象在最开化的民族中也经常发生。其实，希腊人和我们并没有太大区别。他们是个非常刻板的民族，文明程度极高，也极端压抑。可是，他们经常沉溺于各种全体的狂热的激情中——比如舞蹈、狂热、屠杀、幻觉——我们都觉得，这些现象都似乎是医学上所谓的疯狂，不可改变。可是，希腊人——至少是部分希腊人——却能够随意出入这种状态。我们不能简单地把这对希腊人的描述用'神话'来打发。古代的评论家们可能像我们一样百思不得其解，但是不可否认的是，这些文字描写确实非常优美。有人说这是因为祈祷和禁食的结果，有人说这是因为希腊人是在酒坛子里泡大的。当然，这种歇斯底里的团队特性跟嗜酒也不无关系。即便如此，我们还是无法解释这种现象中的极端情况。那些饮酒狂欢的人显然被抛进了一种缺乏理性的、浑浑噩噩的状态，他们的性格也完全迥异了——我用'迥异'这个词是指所有极其可怖的行为。野蛮的行为。"

我想到了《酒神伴侣》(欧里庇得斯的最后一出悲剧)，这部戏剧充满血腥、暴力和野蛮，里面那个嗜血的神极度凶残，让我很不安。相比之下，其他的悲剧不论多么残暴，占主要地位的还是人所共知的公平而且公正的原则，可是这部戏剧要表达的就是纯粹的野蛮战胜理性，整部戏剧充斥着黑暗、混乱和令人费解的气氛。

朱利安说："有一点我们不愿承认，对于能控制住自己的人而言，比如说我们，想要失去控制的想法比其他任何事物的吸引力都大。所有真正有教养的人——古人也一样——都是通过有意识地压抑那个古老而动物性的自我而实现了对自己的文明教化。今天在这个房间中的我们，真的同希腊人或者罗马人有着那么大的区别吗？我们不是备受责任、虔诚、忠心和牺牲的困扰吗？同样困扰我们的还有一切在现代观点看来非常令人恐惧的事物。”

我依次看着在桌子旁就座的六个人的脸。按照现代人的品位，他们的长相的确令人恐惧。我想，任何其他老师要是听到亨利说要把这个希腊语班上的同学武装起来，去攻打汉普顿市，肯定会在五分钟之内打电话给心理咨询部门。

“对所有聪明人来说，尤其是对那些崇尚完美主义的古人和我们来说，尽力谋杀那个原始的、感性的、贪婪的自我，也是一种诱惑。但是，那样做是错的。”

“为什么？”弗朗西斯问，身体稍稍前倾。

朱利安扬起一边的眉毛。他那个长长的且显得机灵的鼻子使他的侧影向前翘起，就像浮雕上的伊特鲁里亚人。“因为对非理性的存在视而不见是非常危险的。一个人越有教养，就越聪明，越发压抑，也就越需要寻找方法来释放他如此努力才能克制住的那些原始的冲动。否则，这些强大而古老的力量就会集聚、增强，强大到足以逃脱，因为遭到压制而更加暴力，可以完全摧毁人的意志。这样的事通常都是毫无预兆地发生，很多罗马人就是个例子。那些罗马的皇帝。比如台比留，一个丑陋的继子，竭尽全力要完成他的继父奥古斯都下达的命令。设想一下他需要经历的那些巨大的、无法承受的压力，他必须跟着一个救世主、一个神的脚步前进。人民都憎恨他。他不论多么努力，都不够优秀，始终无法摆脱那个他嫌恶的自我，最终他放开洪水的闸门，自甘堕落。他沉浸在性错乱的迷潭里不能自拔，只好走向死亡，变成一个老疯子，迷失在开普利的快乐花园里。但在那儿，他不像人们想的那般快乐，而是依然悲惨。他临死前，给元老院写了一封信。‘希望所有来看望我的众神能够让我彻底地毁灭，使我免受每天都要经受的那些痛苦。’想象一下那些步他后尘的人。卡利古拉，还有尼禄。”

他停顿了一下。“那些罗马的天才，或者罗马的有缺陷者，”他说道，“全都迷恋秩序。我们可以在他们的建筑、文学以及法律当中看到这一点——这些都是对黑暗、非理性和混乱的强烈否定。”他笑了起来。“从这个角度看，人们就很容易理解为什么对外来宗教如此宽容的罗马人，会如此无情地屠杀基督教徒了——在他们看来，设想一名普通的犯人能从死亡中复活简直是荒谬；他的追随者通过饮他的血来颂扬他，这是一件多么可怕的事情啊。这种不合逻辑的想法让他们感到害怕，于是他们便不惜一切手段镇压。其实，我觉得他们采用如此极端的手段，不仅是因为恐惧，还因为他们被深深地吸引。实用主义者通常都很迷信。根据这一逻辑，谁比罗马人更加惧怕超自然的力量呢？

“希腊人则不同。他们和罗马人一样崇尚秩序与对称，但是他们明白，否认那个看不见的世界、那些过去的神灵，是多么愚蠢。情感、黑暗、野蛮，全都存在。”他盯着天花板看了一会儿，脸上的表情有些困惑。“你们还记得我们刚才在谈论什么吗？那些血腥而可怕的事物反倒是最美丽的，”他问，“这是非常希腊化的理念，也非常有深度。美就是恐惧。不论我们把什么称作是美，我们都为它而颤抖。那么，对希腊人和我们这样的灵魂而言，还有什么比对自己完全失去控制更加恐怖和美丽的事物吗？我们暂时放纵一下，去粉碎那个道德的自我，又何尝不可呢？欧里庇得斯曾这样描述酒神的那些侍女：她们头朝后仰着，脖子向天，‘更像是小鹿而不是人类’。完全而彻底的自由！当然了，人们完全有能力以其他更平常和低效的方式来释放这种破坏性的激情。但是，如果能够在一瞬间就能释放所有，该是多么辉煌！在寂静的黑夜里，人们可以尽情歌唱、尖叫，在树林中赤足舞蹈，根本不必比动物更惧怕死亡！这些都是非常有说服力的真理。就像你能听见牛儿在吼叫，看见甘甜的泉水汩汩地冒出地面一样真实。我们如果灵魂足够强大，就可以揭去面纱，直面那个赤裸裸的、恐怖的美丽；让上帝毁灭我们、吞噬我们、取走我们的骨骼，然后吐出来，我们会获得新生。”

我们的身子前倾着，认真听着，一动不动。我嘴巴大张着能够感受到自己的每一次呼吸。

“这就是酒神节的庆典仪式对我的可怕诱惑。这是一种纯洁的存在之火。我们很难想象，但它的确存在。”

下课了，我梦游一般走下楼来。我脑袋发昏，但也剧烈疼痛，让我意识到在这个美好的日子里，自己仍然活着，而且很年轻。天空是一种可怕的深蓝色，风将红色和黄色的树叶卷起，然后任其四处散落。

美就是恐惧。我们不论把什么称作美，都为它而颤抖。

当晚，我在日记里写道：“树都得了精神分裂症，开始对自己失去控制，对残暴的新统治者非常不满。有人（是梵·高吗？）说过橙色是疯狂的颜色。美就是恐惧。我们想被它吞噬，想隐藏在能将我们进化的火焰中。”

我走进邮局（讨厌享乐的学生，和以往一样是为了公事）。我脑袋还是有点儿轻飘飘的（真荒谬!），给妈妈寄了一张带图片的明信片——图片里面有火红的枫树林，还有山间的流水。我在背面向她宣告了一条消息：准备在九月二十五日至十月十五日去游览佛蒙特秋景，那个时候的树林景色最美。

我正要将明信片塞进外埠投递口，看见邦尼就在邮局的另一头，他背对着我，正在查看信箱上的号码。他显然在我的信箱前停了下来，弯下腰，往里面塞了点儿什么。然后，他神秘地直起身，快步走出去。他的双手仍然插在衣服口袋里，头发被风吹得到处乱飞。

我一直等到他走远，才走过去打开我的信箱。信箱里有一个奶白色的信封——信封用纸很厚，很脆，非常正式，但是信封上面的字迹却非常潦草，像小学五年级学生的字体，还是用铅笔写的。信也是用铅笔写的，字非常小，不成行，很难辨认：

理查德老哥
星期六一起吃午饭咋样，
一点行吗?
我知道一个好地方。
有鸡尾酒，商务场所。我请客。一定来。
你的，
邦
另：打条领带。我知道你肯定有，
他们自己会拿出一条特别难看的，
飞（写错了）要你戴上，如果你自己没有提前戴的话。

我看完信，放进口袋，正准备出去，结果差点儿迎头撞上刚刚从大门进来的罗兰博士。他一开始好像没有认出我。可是，就在我要撒腿溜时，他就像一台叽叽嘎嘎的仪器又开始工作，脸上的肌肉僵硬地向下一抽动，就像蒙尘的舞台装置突然动了起来。他认出我了。

“您好，罗兰博士。”我说，决定不跑了。

“你的车现在怎么样了？”

他指的是我虚构的那辆车。老天，快救我。“还好。”我答道。

“是去雷迪姆德修理公司修的吗？”

“是的。”

“是歧管的问题吗？”

“嗯。”我说，接着我又想起以前跟他说的是传动装置出了问题。可是罗兰博士已经开始了一场关于歧管垫圈的保养和功用方面的知识讲座。

他总结道：“这就是购买外国车会碰到的主要问题。好多汽油会白白浪费掉。宾州的油罐子也会越变越多，那个州可不是靠种树来养活的。”

他意味深长地看了我一眼。

“是谁把垫圈卖给你的？”他问。

“我不记得了。”我说，我快烦透了，左右晃荡着悄悄朝门口移动。

“是巴德吗？”

“应该是。”

“或者是比尔。比尔·亨迪不错。”

“我想应该是巴德。”我说。

“你觉得那个老蓝鸟怎么样？”

我不知道他说的蓝鸟到底是指巴德呢，还是真的蓝鸟，或许这只是他的老年痴呆症突然发作的一种表现。有时候真的很难相信，像罗兰博士这样的一个人，居然是这所著名大学的社会科学系的终身教授。他看起来更像个絮絮叨叨、性情古怪的老人。你要是在公汽上碰到他，他可能就会坐到你身边来，让你看他那些折起来收在钱包里的纸片。

他把以前说过的关于歧管垫圈的知识又跟我回顾了一遍。我等了好久，突然想起约会要迟到了，然后看见罗兰博士的好友布兰德博士拄着双拐，喜气洋洋地走过来。布兰德博士大约九十岁，在过去的五十年中，一直在讲授“不变子空间”这门课程。这门课不仅单调乏味，而且绝对极其晦涩难懂，结业考试也难懂又无趣。大家都记得，考试题目总是千篇一律的判断正误题。问题足足有三页，可是答案总是“对”。所以幸运的是，只要知道这个秘密，任何人都能通过“不变子空间”这门课的考试。

他可能比罗兰博士还要啰嗦。他们站在一起，就像漫画书里的超级英雄联盟，不过他们让人感受到的是一种绝无仅有的、无可匹敌的厌烦和混乱。我嘟囔了一句借口，趁机溜出去，留下这两个人继续在那儿夸夸其谈。

第二章

我本来以为和邦尼吃午饭那天天气会很凉爽——我最好的衣服就是那件穿上后能去痒痒的深色呢子外套。可是我周六早上一醒来，发现天气比之前更热了。

“今天肯定是个大热天，”我走过大厅时，门房这么对我说，“典型的秋老虎天气啊。”

那件外套非常漂亮——爱尔兰产的羊毛料子，灰底上点缀着苔状的绿色斑点。这件衣服是我花光暑期打工省下来的每一分钱在旧金山买的——在一个这么暖和而且阳光灿烂的日子里穿它，确实太厚了点儿。我虽然这么想，还是穿上它，去舆洗室整理领带。

我根本没有心情说话，偏巧朱迪·普维正在那儿对着洗脸池刷牙。她的房间离我的不远。她来自洛杉矶，所以便想当然地以为我们会有很多共同点。她总是故意和我在走廊里不期而遇，总是找我和她去跳舞，还总是跟好几个女生说迟早要跟我上床——只是她的措辞还没有这么文雅。她穿的衣服都比较暴露，头发粗糙。她开一辆红色的雪佛兰轿车，用的是加州牌号，车牌上印着“朱迪·普”几个字。她的声音又大又尖，稍微一提高就变成了刺耳的尖叫，像某种热带鸟类的叫声，在房间中回荡。

“嗨，理查德。”她跟我打招呼，然后“啪”的一声吐掉满口的牙膏沫子。她穿着一条牛仔七分裤，裤子上面有彩色水笔画的一些稀奇古怪的图案，裤子的上半部分是弹性纤维材质，凸现出她经过锻炼的腰部。

“你好。”我一边回答，一边开始整理领带。

“你今天真帅。”

“谢谢。”

“有约会吗？”

我转过头去，看着她。“你说什么？”

“你要去哪儿？”

我对于她问的那些问题，已经习以为常了。“出去吃午饭。”

“跟谁？”

“邦尼·科克兰。”

“你认识邦尼？”

我又一次转头看着她。“算是吧，你呢？”

“当然了。他以前跟我一起上过艺术史课。他特别闹腾，我不怎么喜欢他那个朋友，简直让人讨厌。就是那个戴着眼镜的，叫什么来着？”

“是亨利吗？”

“对，就是他。”她凑到镜子前，左看右看，整理头发。她的指甲涂的是香奈尔的经典红色，可是因为留得太长，看起来像是在化妆品店里买的假指甲。“他是个卑鄙小人。”

“我倒有点儿喜欢他。”我回答，她的话刺痛了我。

“我不，”她用爪子一般的长指甲当梳子，把头发从中间分开，“他对我一直都很凶。那两个双胞胎也很讨厌。”

“为什么？双胞胎挺不错的啊。”

“哦，是吗？”她惊讶地转了转涂着厚重睫毛膏的眼睛，凝视着镜中的我。“我跟你说，我上学期参加了一个派对，喝得酩酊大醉，跳舞也跳得很疯——就是那种使劲儿挥舞胳膊的舞。每个人都你推我挤，双胞胎中的女孩想穿过舞厅——天知道是为什么，我呼啦一下子就打到她身上，打得可不轻。接着，她就骂了两句，其实她完全没必要这样，于是我就把啤酒泼到她脸上。那天晚上的情况就是这样，我自己被人泼了六罐啤酒了，我当时好像身不由己了，知道吧？

“好，结果她就朝我大吼起来，不到一秒钟，双胞胎中的另外一个就跑过来了，那个亨利也过来了，这两个人好像要把我痛打一顿似的。”她边说边把头发都拢到脑后，扎成马尾，又在镜子里审视一番。“就这么回事儿，我已经喝醉了，可是这两个家伙还在那里虎视眈眈地望着我。你也知道，那个亨利是个人高马大的家伙。当时的情况挺吓人的，可是我已经醉得不知道什么叫怕了，于是我就嚷着要他们滚开。”她转过身来，对我爽朗地笑了。“那天晚上我喝的是‘神风队员’。我只要一喝这种酒，就会倒霉。那天我不仅撞了车，还跟人干了一架……”

“怎么回事儿？”

她耸耸肩，又转过身去照镜子。“我说了，我叫他们滚蛋。双胞胎中的那个男的就对着我尖叫，好像想杀了我一样，你懂吗？而那个亨利就站在那儿，他那个样子比双胞胎中的那个男的更吓人。情况就是这样。后来，我的一个朋友——他总是来这儿，而且特别强悍，属于骑摩托车的那帮人——你听说过斯派克·罗姆尼吗？”

我知道这个人我在第一次参加周末派对时就见过他。他生得虎背熊腰，体重至少二百磅，手上全是伤疤，骑摩托车时穿的靴子上挂着许多钢制小吊环。

“于是斯派克过来了，他看到这么多人在欺负我，就过去撞了一下双胞胎中那个男的肩膀，让他放马过来。就这样，还没等我回过神来，他们两个就冲上去了。大家都想把亨利拉开——可是那么多人一起拉他，都没有成功。一共有六个人，都没有拉动他。斯派克的锁骨和两根肋骨被打断了，脸也破了相。我跟斯派克说，应该打电话叫警察，可是他原来就有麻烦，不应该待在学校里，所以……当时的情况，真的是糟透了。”她还是把头发都放了下来。“要我说啊，斯派克还是很厉害的，也很残忍。你想，他恨不得把那两个穿着西服、打着领带的女里女气的家伙打得稀巴烂。”

“嗯。”我答道，尽量忍住，不让自己笑出声来。我一想到亨利——一个戴着小小的圆眼镜、拿着巴利语书的人，会打断斯派克·罗姆尼的锁骨，就觉得好笑。

“这确实不可思议，”朱迪说，“我猜，他那种拘谨的人一旦发起狠来，真的会疯掉。就像我爸爸。”

“是，我想是这样。”我一边回答一边看着镜子，调整领结。

“好好玩吧，”她冷冷地说，准备出门去。突然，她停住了，“呃，你穿这件夹克，不觉得热吗？”

“我只有这一件像样的衣服。”

“想不想穿我那里的衣服？”

我转过身去，看着她。她主修服装设计，房间里总是挂满各式各样的奇装异服。“是你的吗？”我问。

“是我从服装店的衣柜里顺出来的。我本来想重新剪裁，改成一件紧身胸衣什么的。”

那敢情好，我心里这么想着，不由自主地跟着她去了。

出乎我的意料，那件夹克衫非常漂亮——布鲁克斯兄弟牌，无衬里，丝绸质地，象牙白的底色上面印着孔雀蓝的条纹——有点大，但还算合身。“朱迪，”我看着袖口，有点儿不敢相信自己的眼睛，“太棒了。你真的不介意吗？”

“送给你了，”她说，“我根本没有时间去改。我为了准备那个该死的‘随心所欲’的展览，一直在忙着缝制那些该死的衣服。展览还有三个星期就要开始了，可是我还不知道该做些什么。这学期，那些一年级的新生都来给我帮忙，可是他们全都对缝纫机一窍不通。”

“顺便说一句，哥们儿，我挺喜欢你这件夹克的，”我们从出租车上下来时，邦尼这样告诉我，“丝绸的，是吗？”

“是的，我爷爷留下来的。”

邦尼捏起袖口的一小块布料，用手指来回揉搓了几下，料子非常华丽，还泛着黄光。“料子不错，”他严肃地说，“可是在这个时候穿好像不太合时宜。”

“不合时宜？”我问。

“不好。这里可是东海岸啊。我知道你们那儿的人不太注重穿着，都比较自由随意，可这里的人不会让你一年到头都穿着睡衣到处跑。布莱克与布鲁斯餐馆，对票在这儿，布莱克与布鲁斯，你会喜欢这个地方的。虽然不是贝弗利山的波罗厅①，但是在佛蒙特已经算不错了，你觉得呢？”

那家餐馆非常小巧精致，所有桌子上都铺着雪白的桌布，从墙上凸出的窗户向外望去，还能够看到一个田园风格的花园——篱笆、用架子支起来的玫瑰，还

① 好莱坞一家著名餐厅。

有长在石板小路边的旱金莲花。顾客多是有钱的中年人：脸色红润的乡村律师样，依照佛蒙特的风俗，脚上穿着旅游鞋，身上穿着希吉·弗里曼的套装；女士们涂着冷色调的唇膏，穿着印花裙子，皮肤晒得很健康，但大部分沉静而且低调。我们走进去时，一对夫妇抬头看了我们一眼。我知道自己会给他们留下什么样的印象——这是两个来自富有的家庭、衣食无忧、英俊潇洒的大学男生。这些女士的年龄大得足以当我的母亲，其中有一两个非常有魅力。能打扮成这个样子真是不简单哪，我想道，脑子里浮现出这样一幅画面：在一所大房子里，年轻漂亮的主妇无所事事，而丈夫整日为生意奔波，常年出差在外。她总能吃上丰盛的晚餐，有足够的零花钱，还相当富有，比如有辆车什么的……

一名侍者迎上来。“请问你们有预定吗？”

“科克兰，”邦尼回答，手仍然放在口袋里，身体前后晃动着，“今天怎么没有看见嘉斯帕？”

“他休假了。两周之后回来。”

“真好。”邦尼很热忱地说。

“我会向他转告，您问候过他。”

“一定啊，谢谢。”

“嘉斯帕特别棒，”邦尼一边说，一边和我一起跟着侍者走到座位上，“他是领班，一个留着胡子的大个子，好像是奥地利人还是哪儿的。不是——”他压低嗓门，凑近我的耳朵，大声说，“同性恋，这点你绝对要相信我。你发现没有，总有些怪人喜欢在餐馆里工作？我是说，每个同性恋者——”

我看见那个侍者猛地挺直脖子。

“——好像都特别喜欢食物。不知道是什么原因，和心理学有关吗？我觉得好像是——”

我把手指放到嘴边，朝那个侍者的背影点点头。就在这时，那名侍者突然转过身来，恶狠狠地看了我们一眼。

“先生们，这个位置可以吗？”他问。

“没问题。”邦尼回答，容光焕发。

侍者把菜单递给我们，脸上的表情很是微妙，带着一丝嘲讽，显然受到了伤害，然后他便大步走开。我坐下来，打开酒水单，脸红得像被火烫了一样。邦尼若无其事地坐在椅子里，泯了一小口水，四处看了看，显然非常高兴。“这个地方棒极了。”他说。

“是不错。”

“可惜不是波罗厅，”他一只胳膊撑在桌子上，用手扒拉着挡住眼睛的头发，“你经常去那儿吗？我是说，波罗厅。”

“不常去。”我从来都没有听说过这个地方，这很好理解，因为那个地方离我家大概有四百英里。

“那种地方应该是你跟你父亲去才合适，”邦尼若有所思地说道，“专门谈点儿男人之间的事情。我爸爸就是这样，他喜欢带我们去广场的橡树酒吧。我们十八岁时，他就带着我和兄弟们去那儿买酒喝，那是我们第一次喝酒。”

我是家中的独子，任何关于兄弟姐妹的故事都很吸引我。“兄弟们？”我说，“你有几个兄弟？”

“四个。泰迪、休、帕特里克，还有布拉迪，”他笑了起来，“爸爸带我去时情况最糟糕，因为我是最小的，而且当时的场面太大了，他不停地说‘儿子，这是你喝的第一杯酒’，‘过不了多久，你就能够跟我一样在这儿坐着喝了’，还有什么‘我活不了几天就要走了’之类的话。我自始至终都惶恐不已。大概一个月前，我的朋友克鲁克从圣杰罗姆大学过来，想和我一起去图书馆查找一个历史项目的资料，于是我们就去橡树酒吧大喝了一通，后来连钱都没有付就偷偷地溜了。你知道的，都是耍小孩子脾气。可是后来我又去了，跟我爸爸一起去的。”

“他们认出你了吗？”

“没错儿，”他做了个鬼脸，“我知道他们会认出来的。但是他们非常通情达理，什么也没有说，直接把先前的账单加到老爸的账上。”

我尽量在脑子里勾画这样一幅画面：父亲穿着三件套套装，嗖嗖地呷着威士忌或者别的什么酒，已经喝得烂醉。还有邦尼也醉了。邦尼看起来有点儿胖，是肌肉松弛之后变成肥肉的那种虚胖。他是那种典型的大男孩，就是在高中时经常玩橄榄球的那种孩子。他也是每个父亲心里都暗暗期望自己有的那种孩子：高大，性情温和，不是特别聪明，但是热爱运动，擅长跟人套近乎，还会讲一两个辈笑话。“你爸爸发现了吗？”我问。

“没有。他已经烂醉如泥。即使我当时在橡树酒吧里当侍者，他都不会认出来的。”

侍者又走过来。

“看，那个娘娘腔过来了，”邦尼一边说，一边急急忙忙地翻着菜单，“你想来点儿啥？”

“那里面装的是什么？”我问邦尼，身子凑过去看着侍者刚刚送过来的饮品。饮品盛在一个小鱼缸大小的容器里，呈现出明亮的珊瑚色，上面凌乱地插着彩色的吸管、小纸伞，还有作为装饰的几块水果。

邦尼把小伞取出来，舔了舔伞把。“好多东西呢。有朗姆酒、蔓越橘汁、可可奶、橙皮酒、桃子甜酒、薄荷酒，还不止这些，但其他的我就不知道了。你尝尝，味道不错。”

“谢谢，不用了。”

“来吧。”

“不用了。”

“别客气。”

“真的不用，我不想喝。”我说。

“我第一次喝这种酒是在牙买加，那是两年前的夏天，”邦尼回忆道，“一个叫山姆的侍者专门为我调制的。‘只要喝上三杯，’他说，‘你就会醉得找不到路了。’老天，后来我真的醉成那样了。你去过牙买加吗？”

“最近没去过，没有。”

“也许你已经习惯了加州的那些棕榈树、可可、椰子什么的吧。我觉得那儿棒极了。我买了一条粉色的泳裤，花里胡哨的。我本来想让亨利跟我一起去，可是他说那是个没有文化的地方——其实我不这么想，那儿还有个小博物馆什么的。”

“你跟亨利相处得好吗？”

“当然了，”邦尼说，身子往椅背上靠去，“我们在大学一年级时是室友。”

"你喜欢他吗？"

"当然，当然，尽管他这个人不那么好相处。他讨厌噪音，讨厌旁边有人，讨厌屋里乱糟糟的。可是他又听亚特·派博①——你应该明白我的意思。"

"我觉得他的脾气可能有点儿大。"

邦尼耸耸肩。"他就是这样。你看，他脑子里想的东西跟你、我想的东西可不一样。他总是想入非非，脑子里总是柏拉图或别的什么。他学习太刻苦了，对自己也太严格了，还学梵语、科普特语和别的那些怪里怪气的语言。我跟他说，亨利，你如果想把时间浪费在学习除了希腊语之外的东西上面——我个人觉得，一个人其实只要学好希腊语和标准英语就已经足够了——你为什么不给自己买点儿贝利兹的磁带，巩固一下法语呢，说不定还能找个会跳康康舞的小妞，学两句法语的'能跟我一起睡觉吗？'②之类的话。"

"他懂多少种语言？"

"我数不清。七种或八种吧。他还能看懂象形文字。"

"真棒。"

邦尼笑着摇摇头。"那家伙是个天才。他只要愿意，能去联合国当翻译。"

"他是哪儿的人？"

"密苏里州③。"

他说这话时面无表情，我还以为他在跟我开玩笑呢，于是便笑了。

邦尼也觉得好笑似的扬起了眉毛。"怎么？难道你以为他是从白金汉宫来的吗？"

我耸耸肩，仍然在笑。

"那里的人固执又保守，喜欢怀疑一切，讲究眼见为凭。比如来自圣路易斯的汤姆·艾略特。我在那儿的表亲们说，他父亲是个建筑业的大亨——倒不一定

① 美国乐手，萨克斯演奏家。

② 电影《红磨坊》插曲歌词。

③ 密苏里州曾被称为"The Show-me State"，密苏里人当初相对保守，并不相信东部有高楼大厦，所以对迁徙到该州的东部人说："指给我看看"（Show me）。

是个多么光明磊落的人。亨利可不是这样，他根本不会给你透露一丝一毫的信息，让你知道他父亲是干什么的，就好像他既不知道，也不关心这个。”

“你去过他家吗？”

“你开玩笑吧？他这个人总是神神秘秘的，你肯定会以为他家在曼哈顿或别的大城市。但是我曾见过他母亲一次。那天倒真是有点儿碰巧。她开车去纽约，途经汉普顿，于是顺便过来看看亨利。她在蒙默思楼下四处打听，问别人知不知道他住在哪儿，刚巧碰到了我。”

“她长什么样儿？”

“漂亮。跟亨利一样，深色的头发、蓝眼睛，穿一件貂皮大衣，只是脸上的妆画得太厚了。她非常年轻。亨利是她唯一的孩子，所以她非常喜欢亨利。”他朝前凑过来，压低嗓门。“他家的钱多得你都不敢相信，大富之家。好像他们自己印钱，而且别人也愿意接受他们印的钱，你明白我的意思吧？”他眨眨眼。“顺便说一句，我早就想问一个问题，你老爸怎么弄来的不义之财？”

“他做石油生意的。”我说。这不全是假话。

邦尼的嘴巴张开，形成一个小小的“O”形。“你家有油井吗？”

“嗯，有一口。”我谦虚道。

“但是一口好井？”

“他们是这么说的。”

“妈呀，”邦尼赞叹地摇着脑袋，“遍地是黄金的西部。”

“我们觉得那里还不错。”我说。

“老天，”邦尼说，“我老爸不过是个蹩脚的银行总裁。”

我觉得有必要换个话题。现在换话题有些尴尬，但是我们正朝着充满危险的水域前进，我再说下去就露馅了。“亨利如果是从圣路易斯来的，”我问，“那他怎么这么聪明呢？”

这个问题本来无伤大雅，可是我没想到，邦尼有点儿回避。“亨利小时候遭受过一场严重车祸，”他说，“他被车撞了，差点儿连小命都丢了。他休学两年，家里请了专门的私人老师，但是他有好久什么事情都不做，就躺在床上看书。我猜，他肯定是那种两岁就能够读大学课本的神童。”

“被汽车撞了?”

“我想是吧，想不出还有别的什么可能。他不愿意多谈这个，”他低声说，“知道他为什么非要那样分发，把右眼挡起来吗？因为那里有个伤疤。他那只眼睛几乎瞎了，所以他的视力不是太好。你再看看他走路的样子，有点一瘸一拐吧。可是这些都没有太大关系，他壮得跟牛一样。我不知道他是怎么练出来的，也许是练习哑铃或者别的器械，但他确实很快就恢复了健康。他是个典型的罗斯福式人物，能够克服一切困难。你不得不佩服他这一点。”他向后拢了拢头发，做个手势让侍者再来一杯酒。“我是说，你看看弗朗西斯。你要是问我，我会说他跟亨利一样聪明。他善于交际，手上有花不完的钱。可是他的一切都来得太容易了。他很懒，就喜欢玩。下了课就什么也不干，只会灌得烂醉，或者去派对。可是亨利呢，”他扬了扬眉毛，“你就是拿棍子打他，他也不会不看希腊语课本——啊，谢谢，先生，”他对侍者说，那名侍者正把另一杯珊瑚色的饮料递过来，“你想再来一杯吗?”

“不用了。”

“别客气，哥们儿，我请客。”

“那我就再来一杯马丁尼吧。”我对侍者说。他本来已经转身要走，听到这话又转过身来瞪着我。

“谢谢。”我有些心虚，回避着他那个迟迟不能散去的、充满仇恨的微笑，直到确信他走开，才把头转回来。

“你知道吗，我最讨厌那种对别人大献殷勤的男同性恋了，”邦尼显然很高兴，“你要是问我，我认为应该把这些人全部抓起来，统统烧死。”

据我所知，有人诋毁同性恋是因为感觉不舒服，或者想隐藏自己的这种倾向；而有的人真的对同性恋者深恶痛绝。刚开始的时候，我还以为邦尼是第一种人。他对别人那种虚情假意的迎合，以及对你像大学密友一样的亲密态度，已经很另类了，因此容易引起怀疑；还有，他还学习古希腊的语言和文学，当然这个并没有什么害处，只是有些人对这件事仍然要忍不住扬扬眉毛，表示怀疑。(几年前，在系里一次的晚会上，那个醉醺醺的招生主任对我说：“你知道古希腊语言文学是什么吗？让我来告诉你，其实就是战争和同性恋。”这样的论断当然有些偏颇，而且庸俗，但是就像很多打油诗或者歇后语一样，也不是没有道理。）

我同邦尼交往得越久，就越发意识到他真的没有掩饰自己或者曲意逢迎。相反，他就像个从外国战场上归来的脾气暴躁的老兵——结婚多年，儿女成群——爱憎里丝毫没有装腔作势的成分，而且他真的觉得这个话题令人无比反感和可笑。

“那你的朋友弗朗西斯呢，他是吗？”我问。

我感觉自己有点儿含沙射影，也许我只是想看看他如何自圆其说。我不知道弗朗西斯是不是同性恋者，但他一定是那种对女孩子们特别有杀伤力的男孩——他总是衣着光鲜亮丽，镇定自若中又带着一丝狡黠。在像邦尼这样对同性恋者特别敏感的人眼中，他应该逃不脱怀疑。

邦尼惊讶地扬起眉毛。“那是胡说八道，”他脱口而出，“谁告诉你的？”

“没有人啊。大概是朱迪·普维吧。”我答道，我知道他不会满足于“没有人”这个答案。

“嗯，我知道她为什么这么说。现在每个人都会被认为是同性恋者。但别忘了，有些人长大后仍然是那种传统意义上的妈妈的乖宝宝。弗朗西斯要是有个女朋友就好了。”他透过那个小小的玻璃杯，斜着眼睛看我。“你呢？”他问道，有点儿挑衅的意思。

“你说什么？”

“你还是一个人？是不是某个拉拉队队长还在好莱坞的高中等着你啊？”

“不，没有。”我不太想谈女朋友这个话题，至少不想跟他谈。我刚刚才跟一个名叫凯茜的加州女孩儿分手，这段感情冗长而沉闷，让我感到自己好像得了幽闭恐惧症。她是我在大一时认识的，当时她给我的印象是人很聪明，而且像我一样喜欢沉思，很叛逆，所以我一下子就被她迷住了。可是，一个月之后（在此期间她一直死死地粘住我），我才开始意识到（当然有点儿可怕），她不过是个教养浅薄、喜欢研究心理的西尔维亚·普拉斯[①]的翻版。整个过程似乎永无休止，就像那种赚人眼泪的冗长的电视电影——充斥着黏糊糊的甜言蜜语，抱怨和满腹牢

① 美国著名女诗人。

骚，还有在停车场的分手场面，内容不外乎是“爱得不够多”，“自我形象不佳”等等，全是老掉了牙的令人伤感的话语。我那么急着要离开家，她是主要原因；我刚来学校的时候，碰到了许多显然没有太多内涵的阳光女孩，我对她们依然保持着一份警觉，她也是主要原因。

我一想到她，脑子就清醒了。邦尼倾过身来。

“加州的妞儿是不是真的更漂亮？”他问。

我大笑起来，口里的酒都差点儿从鼻眼里喷出来。

“像出水芙蓉？”他眨眨眼，“还是《沙滩奇缘》里面的那种姑娘？”

“当然。”

他很高兴。他就像中年大叔家里养了很久的狗，身子朝前倾得更近，饶有兴味地跟我谈起他的女朋友，她叫玛丽恩。“你肯定见过她，”他说，“是个小可爱。金发碧眼，可能有这么高吧？”他说着用手比划了一下。

嗯，我立即就想起来了。开学第一个星期，在邮局里，我看见邦尼非常殷勤地跟一个这般模样的女孩在说话。

“对喽，”邦尼很骄傲，手指在眼镜片边缘滑来滑去，“她是我的姑娘。告诉你吧，她管得住我。”

这一次，由于口里的酒刚刚吞下去一半，我听到这话，忍不住大笑起来，差点儿把自己给呛死。

“她的专业是基础教育，这个专业挺有趣吧？”他说，“她特别有味道，有女人味儿。”他把双手分开，好像要暗示他们两个之间有很大差距。“她长发披肩，身上的肉也不多，穿起裙子来绝对好看。我就喜欢这样的。她说我这个人很老套，可是我真的不喜欢太聪明的女孩。比如卡米拉。她很有趣，人也很好，只是——”

“说吧，”我鼓励他，仍然忍不住在笑，“她确实漂亮。”

“没错没错，”他表示同意，手又举了起来，“非常可爱。我总是这么说，她就像我老爸俱乐部里面那尊黛安娜的雕像。她只是缺少母亲的管教而已，但是，我敢打赌，她就是你们说的那种纯正的带刺儿的玫瑰，还不是杂交的茶香型的。她没有经历过什么挫折，而且有一半时间都穿着她哥哥的那些松垮垮的衣服在到处乱跑，其实就是个疯丫头，有些女孩尽量避免让人联想到她有双胞胎兄弟——其实，我觉得没有哪个女孩能够真正达到这个目的，而她显然也不能。她和她哥哥真的太像了。我是说，查尔斯很帅，在各方面都品位不俗，但是我不想嫁给他，你说呢？"

他已经打开话匣子，准备接着往下说，但在这时，他突然停下来，脸色也沉下来，好像有什么不愉快的事情发生了。我很疑惑，还觉得有点可笑：他是不是担心说得太多，害怕自己出丑？我正在努力想着其他话题，为他解围时，他却调整一下自己在椅子中的姿势，匆匆扫了一眼餐厅，然后说道：

"看哪，"他说，"我们就是这副样子吗？我们都喝大了。"

那天下午我们饱餐了一顿——有汤、虾、肉饼、慕思，真是琳琅满目，种类繁多——还喝了很多酒，除了鸡尾酒，还干掉了三瓶泰坦瑞香槟酒，之前还喝了白兰地。于是，渐渐地，我们的桌子变成房间里的一个物品集散中心，各种瓶瓶罐罐、盘子、餐具以令人眼花缭乱的速度冒出来，然后又变得模糊不清。我不停地一杯接一杯地喝，而玻璃杯就像被施了魔法，不停地冒出来；邦尼也在不停地祝酒，祝福的对象从汉普顿大学到本杰明·乔维特①，再到伯里克利时期的雅典。祝酒人的脸也越来越红，到最后上咖啡时，已经红得发黑。那时他已经醉得神志不清，他让侍者给我们上两支雪茄，侍者拿来雪茄，同时还拿来了账单。账单面朝下，放在一个小盘子里。

这个昏暗的餐厅似乎在不停地旋转，速度快得惊人，我伸手去拿雪茄时，只觉得眼前直冒金星，不禁回忆起生物课上在显微镜下看到的那些可怕的单细胞生物——当时我不得不盯着它们看，把头都看晕了。我本来想把雪茄放在烟灰缸里，可是放的地方不是烟灰缸而是我的甜品盘。邦尼摘下金边眼镜，小心翼翼地从耳后把链子取下来，然后开始用餐巾擦拭。邦尼不戴眼镜的时候，双眼看起来小而无神，但是很亲切；由于抽烟，他的眼睛显得水汪汪的，眼角因为笑而堆起了皱纹。

---

① 二十世纪初英国著名古典学家，以翻译柏拉图的著作闻名。

“啊，这顿饭吃得还不错吧，老家伙？”他嘴里叼着雪茄，一边说一边把手里的玻璃杯凑近灯光，去看那上面是否有灰尘。他的神态活脱脱就是年轻时候留着小胡子的西奥多·罗斯福，好像正准备带领着莽骑兵[1]沿着圣胡安山北上，或者准备外出打猎。

“确实棒极了，谢谢。”

他吐出一大团蓝色烟雾，非常难闻。“丰盛的美食，知心的伙伴，琳琅的美酒，夫复何求？那首歌叫什么来着？”

“哪首歌？”

“‘我想要我的晚餐，’”邦尼唱道，“‘有人陪伴，有……嘀—哒—嘀。’”

“不知道。”

“我也不知道。是艾索尔·摩曼[2]演唱的。”

餐厅里的灯光越来越暗，虽然我尽力睁大眼睛，想看看周围的情况，结果还是发现，在整个餐厅里，除了我们再没有别人了。远处的一个角落里，有一个白色的身影在徘徊，我想应该是侍者。他的身形很模糊，体态似乎有些不正常，影子晃晃悠悠。我们成了他关注的唯一目标，我感觉他看我们的目光带着仇恨。

“呃，”我边说边想从椅子上站起来，结果差点儿失去平衡，“我们是不是该走了。”

邦尼挺优雅地挥了挥手，把账单翻过来，一边看账单一边翻着口袋。不一会儿，他抬起头来，朝我笑着说：“我说，老家伙。”

“怎么了？”

“我实在不是故意的，但是这次能不能是你请我？”

我晕乎乎地扬扬眉毛，笑了。“我身上一分钱也没有。”

“我也是，”他说，“真好笑。我好像把钱包忘在宿舍了。”

“噢，得了。你在开玩笑吧。”

“绝对没有，”他故作轻松，“一个子儿也没有。不信我把口袋翻给你看，可

---

① 即美国第一志愿骑兵团，由西奥多·罗斯福率领。

② 百老汇歌星，舞台剧、电影演员。

要是这样，那个娘娘腔就会发现的。”

我看得出来，那个不怀好意的侍者虽然隐藏在暗处，但是一定在津津有味地听着我们的谈话。“多少钱？”我问。

他的手指颤抖着，看着账单上的条目。“总数是二百八十七美元五十九美分，”他说，“不包括小费。”

我吃了一惊，他的考虑不周真的让我太为难了。“数目不小。”

“都是因为喝酒，你知道的。”

“那我们该怎么办？”

“你能不能签张支票什么的？”他随口问道。

“我身上没带。”

“信用卡也行。”

“我没卡。”

“好了，得了吧。”

“我真的没有。”我答道，一股无名的怒火突然冲上来。

邦尼把椅子向后一推，站了起来，然后假装漫不经心地环顾餐厅，就像侦探在勘查某个旅店的大堂。有那么一会儿，我居然疯狂地想到，他准备撒腿就溜。没想到，他拍了拍我的肩膀。“坐直了，老伙计，”他对我耳语，“我去打个电话。”然后他就走了，手还是握成拳头插在口袋里，脚上的白色袜子在昏暗的灯光下特别明显。

他去了很久。我开始怀疑他是否真的会回来，他是不是从窗户里爬了出去，把我一个人扔在这儿搞定账单？结果，我终于听到不知道哪里有一扇门关上的声音，邦尼又漫步朝桌子走过来。

“别担心，别担心，”他说着便溜进椅子里，“都解决了。”

“你怎么做到的？”

“给亨利打了个电话。”

“他要来吗？”

“马上。”

“他疯了吗？”

“没，”邦尼打了个响指，让我不要为此担心了，“他很乐意。跟你私下说啊，他肯定巴不得从房子里逃出来呢。”

在令人极端尴尬的十分钟里，我们一直假装在小口小口地喝着冰冷的咖啡。终于，亨利来了，胳膊下夹着一本书。

“看见了吧？”邦尼小声说道，“就知道他会来。喂，”他喊道，亨利朝桌子这儿走过来，“我真的非常高兴——”

“账单在哪儿。”亨利冷冷地沉声问道。

“在这儿呢，老朋友，”邦尼一边说，一边哗啦啦地在一堆杯子中间翻找着，“我真的是感激不尽，我欠你个大人情——”

“你好。”亨利依然冷冷地跟我打着招呼。

“你好。”

“最近怎么样？”他就像个机器人。

“还行。”

“那就好。”

“找到了。”邦尼说着，举起账单。

亨利费劲地看着上面的总数，脸上依然毫无表情。

“好了，”邦尼很亲切，他的声音在难耐的沉默中显得格外欢快，“我要向你道歉，我耽误你学习了，你还带着书呢。你在读什么？有什么书可以推荐吗？”

亨利一言不发地把书递给他。封面上的文字显然是某种东方语言。邦尼盯着封面看了一会儿，又还给他。“不错。”他有点儿心虚。

“你们准备走了吗？”

“当然，当然，”邦尼急忙说道，一下子跳起来，差点儿把桌子撞翻，“我认识书上的这个单词，阿得力，阿得力。随时随地都可以说。”

亨利付了账，邦尼就像个做了错事儿的小孩一样黏着他。回去的路途简直是种折磨。邦尼坐在后座上，不停地想挑起一些新的话题，可是每一个他都是刚刚说了两句就冷了场；亨利端坐在驾驶座上，眼睛一直盯着前方的马路；而我则坐在他身边的副驾驶座上，坐立不安地摆弄着车上的烟灰缸，不停地把它打开又合上。后来，我才意识到这样做多么令人讨厌，于是很不情愿地强迫自己停下来。

亨利把车先停在邦尼的住所门口。邦尼说了一大堆不着边际的恭维话，拍了拍我的肩膀，跳出车来。“好了，亨利，理查德，我到了。太好了。非常感谢你——午餐太丰盛了——好，再见，再见。”他“砰”一下关上车门，快步走开了。

他一进门，亨利就转头对我说：“我真的非常抱歉。”

“哦，不，请别这样。”我感到很尴尬。“只是有点儿乱。我会还钱给你的。”

他用手指梳了梳头发，我很惊讶地发现他的手在发抖。“这样的事情我真是做梦也没有想到，”他简短地说，“全是他的错。”

“可是——”

“他跟你说要请你吃饭，是吗？”

他的语气中有一丝指责的意思。“嗯，是的。”我说。

“而他又恰好把钱包忘在家里了。”

“这个没关系。”

“这个不是没关系，”亨利突然大声说，“这是个可怕的玩笑。可是你又怎么会知道呢？他总是以为，他不管跟谁一起出去，那个人总是能够很快拿出一大笔钱来。可是他却从来不考虑，这么做大家会有多难堪。再说，我要是万一不在家，那该怎么办呢？”

“我保证他是真的忘记了。”

“你们是打车去那里的吧，”亨利问，“是谁付的车钱？”

我实在不愿意相信，可是不由得感到一阵寒心。确实是邦尼付的车钱，而且车钱还不少。

“你看，”亨利说，“他的手法其实一点都不高明，不是吗？他这样对待熟人已经够坏的了，可是我还要说，他竟敢对一个完完全全的陌生人这么做，真是让我震惊。”

我不知道该说什么才好。我们一路无语，车一直开到蒙默斯的门口才停下来。

“你到了，”他说，“不好意思。”

“真的没什么。谢谢你，亨利。”

“那么，晚安。”

我站在门廊的灯光下，目送他将车开远。接着，我一头扎进自己的房间，倒在床上，晕晕沉沉地睡过去。

“我们都听说了你那天跟邦尼吃午饭的事情。”查尔斯说。

我笑了起来。那是第二天午后，是个星期天，我已经在课桌旁读了一整天的柏拉图的对话《巴门尼德篇》。这本书里的希腊语都非常难，况且我还宿醉未醒。到后来，我盯着那些字母看的时间太久了，以至于它们看起来不像是字母，而像是别的什么东西，比如小鸟留在雪地上的脚印，愈发让人无法读懂。我有点晕乎乎地盯着窗外，看到密密的草坪就像铺在地上的一层绿色的天鹅绒地毯，这层地毯随着地势翻腾着，一直延伸到天边升起的山丘上；而在下面稍远处的地面上，我看见了那对双胞胎。他们就像幽灵一样，在草地上滑步走着。

我从窗子探出身去，跟他们打招呼。他们停下来，抬起头，用手挡住眉毛，眼睛就像在回避夜晚的灯光。“喂，”他们叫道，两人微弱而刺耳的声音合在一起，就像一个人在说话，声音朝我飘上来，“你下来吧。”

于是，我们一起去学校后面的小果园里散步。这片小果园就在山脚下那片矮小的松树林旁边，他们两人走在我两边。

他们的金发在空中飘荡着，两个人都穿着白色的网球衫和网球鞋，看起来特别像天使。我不知道他们为什么让我下来。他们很有礼貌，也有点儿警惕，还有那么一点点疑惑，好像我来自一个陌生的有着奇风异俗的地方，因此他们必须特别小心谨慎，这样才不会受到惊吓或者伤害。

“你们怎么知道的？”我问，“关于这次吃午饭的事情？”

“邦今天早上给我们打电话了。亨利昨天晚上也跟我们说了。”

“我猜亨利肯定很恼火。”

查尔斯耸了耸肩。“可能是生邦尼的气，但不是生你的气。”

“他们互相，是吗？”

“他们是老朋友了。”卡米拉回答。

“我敢说，他们是最好的朋友，”查尔斯说，“有那么一段时间，他们简直形影不离。”

“他们应该也经常吵架吧。”

“嗯，当然了，”卡米拉说，“但这不能说明他们不喜欢对方了。亨利这个人一本正经，而邦呢，又是个——不那么严肃的人——可是他们真的相处得非常好。”

“是的，”查尔斯说，“就像散文同诗的区别。我猜邦尼可能是这个世界上唯一能够让亨利发笑的人。”他突然停下来，用手指着远处。“你去过那里吗？”他问，“那座山上有片墓地。”

我透过松树林，能够隐约看到那片墓地的样子——一排排低矮而散乱的墓碑，摇摇欲坠、乱七八糟地支楞在地上，看起来真是满目疮痍。它们营造出一种狂乱、离奇的动作效果，就像有某种歇斯底里的力量。也许是哪个喜欢捉弄人的鬼怪，刚刚才把它们散落在地面上。

“这座墓地有年头了，”卡米拉说道，“从十八世纪起就存在。以前那儿有个小镇，镇上有座教堂，还有一间磨坊。现在则是除了地基，别的什么都没有留下，不过你还是能看到一点遗迹：以前那里曾经有座花园，人们还在房子周围种过苹果、腊梅和苔藓玫瑰。谁知道发生了什么。可能是因为发生了瘟疫，或者是场大火。”

“说不定遭遇过莫霍克族人的进攻，”查尔斯说，“你有时间的话，一定要去看看。尤其是那片墓地。”

“那儿很漂亮。特别是在下了雪之后。”

太阳低低地垂挂在天上，透过树林的金色阳光把我们长长的影子斜斜地投射在地面上，大家一言不发地走了很久。空气中充斥着远处的篝火传来的霉味儿，在黄昏的丝薄寒气中显得格外明显。四周一片寂静，只听得见我们的脚踩在果园小路上的咔嚓声，以及穿过松树林的呜呜的风声。我昏昏欲睡，脑袋沉沉的，感觉这一切都不太真实，就像是一场梦，好像自己随时可能一头栽进桌上的一大堆书里，或者发现自己孤单地待在一间黑暗的房间里。

突然，卡米拉停住脚步，手指放在嘴唇上，示意我们不要出声。在一株被雷电劈开的枯树上，歇着三只又大又黑的鸟。它们体形很大，看起来不像是乌鸦。我从来都没有看见过这种鸟。

“是渡鸦。”查尔斯说。

我们纹丝不动地站着，看着它们。其中一只笨笨地蹦到树枝的顶端，树枝被压得吱吱作响，反弹起来，鸟借着这股力量扑棱扑棱地飞起来。另两只紧随其后，也拍着翅膀飞走了。它们排成三角队形掠过草地，投下三个黑影。

查尔斯笑了。“它们是三个，我们也是三个。我打赌这是种预兆。”

“一种征兆。”

“关于什么的?”我问。

“不知道，”查尔斯回答，“亨利懂鸟占卜术，他能根据鸟的飞翔和鸣叫声来占卜凶吉。”

“亨利得算个老罗马了。他应该知道。”

我们已经转身准备回家，可是走到一个坡顶时，我看到远处黯淡的蒙默斯的山墙。头顶的天空显得寒冷而空洞。我还不太习惯秋日的这种凄凉的黄昏，气温很低，天黑得也早。夜晚好像突然就来临，草地的一片沉静也让我心中充满一种怪怪的、震颤的哀伤，心情不由得沮丧起来。我想到那幢叫蒙默斯的房子：空荡荡的走廊，老旧的煤气泵。还有在我房间的锁孔里转动的钥匙。

“好了，回见。”查尔斯说着，在蒙默斯的大门口停下来，在门廊灯光的照耀下，他的脸色显得很苍白。

不远处，我看见科蒙斯对面的食堂里还有灯亮着，还能看见一个个影子在窗前走过。

“挺有趣的，”我说，把手插进衣服的口袋里，“想跟我一起共进晚餐吗?”

“恐怕不行。我们该回去了。”

“那好吧，”我很失望，但也松了一口气，“看下次什么时间有空吧。”

“要不，你看……”卡米拉一边说，一边转向查尔斯。

他皱了皱眉。“嗯，”他说，“没错儿。”

“来我家吃晚饭吧。”卡米拉特别热切地转过身对我说道。

“哦，不了。”我马上回答道。

“来吧。”

“不了，谢谢你们的好意。真的别客气了，真的。”

“哦，来吧，”查尔斯很和蔼，“我们没有什么特别的准备，但仍然希望你能来。”

我立刻对他有了好感。我确实想去，非常想去。“你们如果真的不觉得麻烦的话。”我说道。

“一点也不麻烦，”卡米拉回答，“我们走吧。”

查尔斯和卡米拉租的是一套已经装修好的公寓，位于汉普顿市北区的一栋房子的三楼。一进门是一间小起居室，墙壁倾斜下来，上面开着天窗。房间里摆放着扶手椅和厚重的沙发，外面都包裹着一层带金银丝的锦缎，扶手处的丝线露出来了。布料上的图案是这样的：不是棕黄的底色上镶嵌着玫瑰，就是绿茸茸的底色上画着橡树果和橡树叶子。房子里还到处摆着破烂不堪的装饰巾，因为时间久了，颜色都有些黯淡。壁炉（后来我才发现是个装饰用的假壁炉）前的架子上点着一对铅玻璃的大烛台，还有几个没有光泽的银盘子。

房间不算凌乱，也已经接近凌乱的边缘。只要是有平面的地方，都堆着书；桌子上堆放着文件、纸张、烟灰缸、威士忌和巧克力；雨伞和套鞋把窄小的客厅挤得连插脚的地方都没有。在查尔斯的房间里，衣服散落在地毯上，各种颜色的领带也胡乱挂在衣柜的门上；卡米拉的床头柜上乱七八糟地堆放着喝干了的茶杯、漏水的钢笔、种在水杯里的已经死掉的金盏花，床脚还放着一副下了一半的单人跳棋。这所房子的布局很奇特，突然就会冒出一个窗户，走廊也不知道延伸到哪里，门低得我得缩着脖子才能过去，目光所及之处都是些稀奇古怪的新鲜玩意儿：一台破旧的立体幻灯机（你能看到一座幽灵般的尼斯市，种满棕榈树的大道慢慢退向深褐色的远方）；一个装在灰尘密布的玻璃箱子里的箭头玩具；一棵大珊瑚状的蕨类植物；还有一副鸟类骨架。

查尔斯走进厨房，噼里啪啦地开关着柜门。卡米拉从一堆《国家地理》杂志的顶上取下一瓶爱尔兰威士忌，给我倒了一杯。

“你有没有去看过沥青湖？”她煞有介事地问道。

“没有。”我绝望而又困惑地盯着杯中之物。

“真是不可思议。查尔斯，”她边说边朝厨房走去，“他住在加州，却从来没有去看过沥青湖。”

查尔斯在走廊上现了身，他正用洗碗的毛巾擦着手。“真的吗？”他问道，脸上是孩子一样的惊讶的表情，“为什么？”

“我也不知道。”

“可是那些湖简直太有意思了。真的，简直令人惊叹。”

“你认识在这儿的不少加州人吧？”卡米拉说。

“不认识。”

“你至少认识朱迪·普维吧。”

我很惊讶：她怎么会知道的？“她跟我不是朋友。”我说。

“跟我也不是，”她说，“她去年还朝我脸上扔酒瓶子来着。”

“我听说了，”我忍不住笑了起来，可她没有笑，“别对你听到的所有事情都信以为真，”她说着，啜了一小口饮料，“你认识克鲁克·雷本吗？”

我知道这个人。在汉普顿大学，有一个联系非常紧密而且很时髦的加州人小圈子，其中大多数人来自旧金山和洛杉矶。克鲁克·雷本是中心人物，他总是一副百无聊赖的笑脸，双眼总是疲惫不堪，总在吞云吐雾。那些从洛杉矶来的姑娘，包括朱迪·普维在内，都对他顶礼膜拜。他是你在聚会上会碰到的那种人，你也总能看见他在男更衣室的水池边上大口喝着可乐。

“他和邦尼是朋友。”

“怎么会呢？”我非常惊讶。

“他们上了同一所预科。宾州的圣杰罗姆学校。”

“你是知道汉普顿这个地方的，”查尔斯说着，又喝了一大口饮料，“这些推行进步教育法的学校都喜欢问题学生，那些所谓的失败者。克鲁克是在科罗拉多的某所大学上完一年级之后转过来的。他每天都去滑雪，所有的课都不及格。汉普顿成了收留他的最后一个地方——”

“为世界上最糟糕的人准备的。”卡米拉笑着说。

“哦，别这么说。”我说。

“其实，我觉得从某种程度上看，这样说是有道理的，”查尔斯说，“有一半的学生是因为没有别的地方可去才来这里的。不过这并不能说明汉普顿不是个好学校。说不定这正是汉普顿这么优秀的原因。就拿亨利来举个例子。汉普顿如果不接收他，他估计没有大学可念。”

“简直难以置信。”我说。

“是啊，听起来确实可笑，但是他中学时一直都没法升上十年级。我是说，有哪所好大学会要连十年级都没有上的学生呢？还有一个问题就是标准评价考试。亨利拒绝参加 SAT——他如果参加，说不定也能够拿到高分，可是他就是对这种考试有一种审美上的反对。你想也想得到，对于大学的招生委员会来说，这意味着什么，”他又啜了一小口，“嗯，你是怎么到这里来的？”

我搞不懂他到底想知道些什么，很难读懂他的眼神。“我喜欢这个大学的宣传目录。”我回答。

“对招生委员会的人来说，这绝对是招你进来的一个很好的理由。”

但愿我手上有一杯水。房子里很热，我嗓子很干，威士忌在嘴巴里留下的味道也令我非常难受——不是说这个威士忌不好，酒是很不错的，只是我有点晕乎乎的，而且一天都没有吃什么东西。我突然有种想呕吐的感觉。

有人敲了一下门，然后是一阵敲门声。查尔斯什么也没说，喝干了杯子里的酒，又去了厨房。卡米拉走过去开了门。

门还没有打开很大，我就看见了眼镜的反光。我先听到一阵互致问候，接着看清楚来的是谁了：有亨利、邦尼（抱着一个棕色的超市购物袋），还有弗朗西斯——他还是穿着那件超酷的长风衣，戴着黑手套的手紧紧攥着一瓶香槟。他最后一个进来，还低头吻了卡米拉——不是吻脸蛋，而是吻嘴唇——一个既响亮又满足的湿吻。“亲爱的，你好啊，”他说，“我们真是乐中生乱了。我买了香槟，邦尼又买了黑啤酒，看来我们又要一醉方休了。今天晚上吃什么？”

我站起身来。

有那么一秒钟的时间，他们全都没有出声。接着，邦尼把他手上的购物袋往亨利怀里一塞，大步上前来跟我握手。“好啊好啊，这不是我的犯罪同伙嘛，”他说，“你在外面吃饭还没有吃够，是吧？”

他拍拍我的背，开始胡言乱语。我觉得浑身发热，肚子也很不舒服。我的目光在房间里四处搜寻着。弗朗西斯正在和卡米拉交谈。亨利站在门边，朝我微微点点头，然后不易察觉地笑了笑。

“失陪一会儿，”我对邦尼说，“我马上就回来。”

我总算找到厨房。这间厨房像是老年人常用的，地上铺着破旧的红色油毡——与这套公寓的古怪风格真是般配——天花板上开着一道门。我在水龙头下接了一杯水，匆匆咽下。我喝得太多，也太快了。查尔斯打开烤箱，用叉子翻动着架子上的羊排。

我一直都不太喜欢吃肉——主要是因为上六年级时参观过一家肉类加工厂，精神备受折磨。不论在什么情况下，我都不太喜欢羊肉的气味，而以现在的精神状态，它让我觉得特别恶心。天花板上的那扇门被厨房的一把椅子顶开，一阵风穿过锈迹斑斑的纱门吹进来。我又在杯子里加满水，走到门边靠着门：深呼吸，我对自己说，有了新鲜的空气，就可以解决问题……查尔斯不小心把手给烫了，骂了一声，接着“砰”的一声把烤箱门关上。他转过身来看见我时，似乎吓了一跳。

“哦，你好，”他说，“怎么了？我再给你倒杯饮料好吧？”

“不用了，谢谢。”

他盯着我手里的杯子看。“你喝的是什么？杜松子酒吗？你从哪儿翻出来的？”

亨利在门边一闪。“你有阿司匹林吗？”他问查尔斯。

“在那儿。你也来一杯，怎么样？”

亨利倒了几片阿司匹林在手里，又从口袋里拿了几颗神秘的药丸出来，就着查尔斯递给他的威士忌，一股脑儿服下去。

他把阿司匹林药瓶放在台子上，我走过去，偷偷地从瓶子里拿了两颗，吃了，可是被亨利看见了。“你病了吗？”他问道，语气还算关切。

“没有，只是有点儿头疼。”我回答。

“你不是经常吃这药吧？”

“怎么了？”查尔斯插话，“大家都生病了吗？”

“我们到这儿是干吗来了?”邦尼挺不耐烦地喊道，声音从走廊那头传来，显得特别响亮，“什么时候才能够吃饭?”

“再等等，邦，只要再等几分钟。”

他大步走进来，凑到查尔斯肩上，看着他把刚刚烤好的羊排从烤架上拿下来。“我看已经熟了。”他边说，边伸手拿了尾骨上的一小块，大嚼起来。

“邦尼，别吃了，真的，”查尔斯说，“否则就不够了。”

“我快饿死了，”邦尼说，嘴巴被塞得满满的，“饿得身体都虚了。”

“我们会把骨头留给你啃的。”亨利气势汹汹地说。

“噢，闭嘴。”

“真的，邦，请你再等一分钟。”查尔斯说。

“好吧，”邦尼应声答道，可是查尔斯一转身，他便又伸手拿了一块。一道细细的粉红色肉汁顺着他的手流下来，一直流进袖子里。

要说那天的晚餐很糟糕，估计过于夸张了，可确实也不怎么样。确切地说，我没有干什么蠢事儿，或者说什么不该说的话，我的情绪还是很低落，脾气也不好，基本没怎么说话，更没怎么吃东西。他们交谈的大多数话题都跟我没什么关系，即使查尔斯非常友好地做了补充说明，我也没明白多少。亨利和弗朗西斯正在长篇大论罗马军团中两个士兵的站位究竟相距多远：是肩并肩（弗朗西斯的观点）还是（像亨利坚持的那样）间隔三到四英尺。他们后来又就另一话题进行了冗长的讨论——不但难懂，而且我看也超级无聊——赫西奥德提到的原初的“混沌”的含义，究竟仅指空洞的空间，还是现代意义上的“混乱”。卡米拉在播放约瑟芬·贝克的唱片，邦尼吃着我的羊排。

我早早地就走了。弗朗西斯和亨利都说要开车送我，也不知怎么，他们的好意让我感到更加心烦意乱。我跟他们说我想走走路，谢谢他们的好意，然后微笑着退出那套公寓。实际上我已经神志不清了，在他们冷静而好奇的充满关切的眼神的注视之下，我的脸一直热得发烫。

去学校的路并不算远，走十五分钟就到，可是天气很凉，我的头疼得发胀。整个晚上我都被一种自觉表现不佳和失败的情绪所困扰，而且每走一步，这种感觉就愈发强烈。我不停地走着，脚步东倒西歪，可是仍然费尽心思，试图回忆起那些精确的用词、铿锵有力的音调变化，以及我可能错过的任何微妙的讥讽或者好意。我的脑子非常主动地对事实做出各种歪曲。

我走进房间，屋子里已经被月光铺上一层银色，我颇有身处外星的感觉。窗子仍然开着，《巴门尼德篇》也没有合上，还是我走时的样子，在桌上放着。书旁是一杯我从小食品店里买来的咖啡，只喝了一半，在泡沫塑料的杯子里早就凉了。房间里很冷，但我还是没有关上窗户。我径直走到床边，躺了下来，没有脱鞋，也没开灯。

我侧着身子躺在床上，眼睛直瞪瞪地盯着木地板上的那团白色的月光。这时，一阵风将窗帘吹到窗外，又长又白的窗帘看起来就像是幽灵。《巴门尼德篇》的书页因此也哗啦啦地前后翻动，就好像有一只看不见的手在翻动它。

我本来只想睡几个小时就起来，可是第二天一醒，惊讶地发现太阳已经升得老高，时钟显示九点过五分。我没刮胡子和梳头，也没顾得上换掉昨天穿的衣服，就急匆匆地抓起《希腊散文写作》，还有那本里德尔和斯科特的希英词典，一路小跑去了朱利安的办公室。

除了朱利安本人——他的观点是老师总要晚到几分钟——其他人都到了。我刚进大厅时，听见他们在说话，可是我一开门，他们就一下子安静下来，全部抬头看着我。

有那么一会儿时间，没有一个人开口说话。最后亨利打破沉默："早上好。"

"早上好。"我回答。在北方清冷的空气中，他们个个神采奕奕，精力充沛。显然我的样子让他们倍感惊讶。在他们的注视下，我挺不好意思地摸了摸满是胡茬的下巴。

"哥们，你今天早上好像连胡子都忘了刮，"邦尼对我说，"看起来——"

就在这时，门开了，朱利安走进来。

那天的课上要学的东西特别多，尤其是我，我已经落后很多了。周二和周四的课还不错，只要坐着讨论文学或者哲学就可以了，可是其他几天都要学希腊语的语法和写作，这种学习在大多数情况下是一种非常残酷的脑力劳动，就像被人打了闷棍一样，会令头脑发晕。如果让我现在——年纪大一些，没有以前那么努力——再这样学习，我肯定不会像当年那样逼自己的。我要操心的事情很多，而且同学们对我的冷淡态度显然又回来了，他们挺干脆地团结在一起，看我的眼神也很冷漠，好像能够穿透我的身体——这些也让我很担心。本来他们的集团里面有一个缺口，现在缺口已经合上。我似乎又回到起点。

那天下午我去找朱利安，借口说想跟他谈谈转换学分的事情，其实我想谈的是完完全全不一样的另外一件事。因为我突然觉得，自己放弃一切来学习希腊语的决定不仅轻率，而且愚蠢，我已经寻找到的任何理由都站不住脚。我到底在想些什么啊？我确实是喜欢希腊语，也喜欢朱利安，可是不知道是不是同样喜欢他的学生。再说了，我是不是真的想把整个大学的时光和今后的人生都耗费在看那些破败的男性雕塑以及研究希腊语中的分词上面呢？两年前，同样缺乏考虑的一个决定，让我跌进了噩梦之中。我一年到头都要去看那些泡在麻醉剂里的兔子，每天都要去太平间，直到现在，我仍然无法摆脱那些可怕的记忆。当然，现在的状况绝对没有以前那么糟糕（我想起以前在生物实验室里，早上八点就看到装在大桶里的猪胚胎的情景，不免打了个冷战）。我告诉自己，绝对没有以前糟糕。但是，现在的决定仿佛仍然是错误的，而且如果想重新上以前落下的课，或者去换辅导员，确实太晚了。

我本来以为，去找朱利安是为了恢复自己日益衰退的信心，希望他能够让我恢复在第一次做出这个决定时的那种自信。而且我还相当肯定地认为，我只要能见到他，他就一定会帮我。可实际上，我根本就没有机会和他交谈。我刚刚踏上他办公室外的平台，就听见大厅里的谈话声，于是便停下脚步。

那是朱利安和亨利的声音。还好他俩都没有听见我上来。亨利正准备离开，朱利安则站在敞开的门口。朱丽安眉头紧皱，看起来非常严肃，好像正在谈论什么特别肃穆庄重的事情。我徒劳地妄想着，也许他们是在谈论我呢，于是走近了一步，躲在尽可能近的角落里，偷偷看着。

朱利安已经说完话。他朝远处看了看，咬了咬下嘴唇，然后抬头看着亨利。

接着亨利说话了。他嗓门很低，但是声音坚定而清晰。“我是不是要做我该做的事情呢？”

让我惊讶的是，朱利安握住他的双手。“你永远都只需要做你该做的事情。”他说。

我百思不得其解，他们到底在说些什么呢？我站在楼梯上，尽量不弄出声音，希望在他们看到我之前就赶快离开，可是我心里又很害怕，不敢乱动。

更让我惊讶的是，亨利凑过身子，在朱利安的脸上非常礼节性地亲了一下。然后，他转身要走。在他又转过身去说了一句别的什么时，我小心翼翼地悄悄从楼梯上下来，一到二楼的拐角处，就飞一般地跑了。

接下来的一个星期是孤独的，似乎还有点儿超现实。树上的叶子慢慢变了颜色；天总在下雨，而且早早地就黑了；住在蒙默斯的人都围坐在楼下的壁炉旁，烧着晚上从行政楼里偷来的木材取暖，穿着长袜子喝着温暖的苹果酒。可是，我只在教室、蒙默斯、我的房间之间三点一线，对这幅暖融融的家一样的情景视而不见。我根本没有时间同任何一个人交流，也没有时间理会那几个总是邀请我坐下来喝一杯的特别友好的人。

我猜想自己可能有点儿压抑，我的新鲜感已经消失殆尽。现在我才发现自己身处之地的许多狂野而奇异的特色：这是一片奇特的土地，有着奇异的风俗和人们，以及无法预测的天气。我还以为自己病了，尽管我不相信真是那样；我总是感到寒冷，晚上无法入睡，有的时候一个晚上只能睡一到两个小时。

没有什么比失眠更让人感到孤单和烦恼了。我每天晚上看书都要一直看到凌晨四点，直到眼皮打架脑袋发晕，直到在整个蒙默斯里，依然亮着的灯只有我自己的那一盏。再也看不进希腊语，而且那些希腊语字母开始变成断断续续的三角形和草耙一样的东西时，我就去看《了不起的盖茨比》。这是我最喜欢的一本小说，我当初从图书馆借来它时，还幻想着它会让我的精神好一点。结果这本书让我的感觉更糟糕了。我这个人缺乏幽默感，我从书中所能看到的，只是我自己和盖茨比这个人物之间非常相似的悲剧性。

“我是幸存者。”舞会上的那个女孩这么对我说。她有着一头金发和晒成棕色的皮肤，个子过于高挑——几乎跟我一样高——她甚至都没问，我知不知道她也是从加州过来的。也许是她声音里的某种东西，她那被瘦削的锁骨和更加瘦削的胸骨以及肋骨所撑开的红红的长满雀斑的肌肤，还有那被戈蒂埃牌紧身胸衣紧紧裹住的不知道原先是什么形状的乳房上的某种东西，给了我这样的感觉。那件胸衣肯定是戈蒂埃牌，她好像漫不经心地跟我提起过。那件衣服看上去就像一件湿漉漉的泳衣，胸前装饰着花边，很没品位。

她扯着嗓子对着我喊，声音大得盖过音乐的声音。"我的人生其实挺艰苦的，我以前还受过伤，遇到了一堆麻烦。"我曾听人说起过她的故事：肌腱松弛；舞蹈界的重大损失；行为艺术界的重大收获等等。"可是我这个人的自我意识感很强，知道自己到底需要什么。当然，别人对我也很重要，而且我总是能够从他们那里得到我想要的，知道吧。"她的嗓音带有加州人尽力模仿纽约口音时经常出现的断音，显得很粗野，可是语调中那种很明快的属于黄金州的喜洋洋的感觉依然存在。那些该死的拉拉队员。她是那种很典型的既漂亮又热情，还没什么脑子的姑娘，在加州，这样的姑娘根本连看都不会看我一眼。但是现在是她在主动勾引我。我来佛蒙特之后，只跟一个身材娇小的红头发姑娘上过床，我们是在开学第一周的一个舞会上认识的。后来有人告诉我，她是中西部一家造纸厂的女继承人。我们现在见面时，我总是坚决不搭理她。就像我的同学以前玩笑说的，这才是一名绅士退出的方式。

"你想抽根烟吗？"我对这个姑娘喊道。

"我不抽烟。"

"我也不抽，只在聚会时来一两根。"

她笑了。"那好吧，给我一支，"她对着我的耳朵喊，"你知道哪儿有烟灰缸吗？"

我给她点烟时，有人从背后用胳膊肘撞了我一下，于是我一个踉跄往前一栽。房间里，音乐声震耳欲聋，人们疯狂地舞动着身体，地板上到处是洒出来的啤酒泡沫，吧台那里也挤着一群吵吵嚷嚷的人。我看不清具体的情况，只看见舞池里有一大堆人，连天花板上都烟雾缭绕。我唯一能够看清楚的，就是在暗处被走廊的灯光照到的地方，会现出一只喝得见底的酒杯，或者一张大张着的涂满口红的嘴。派对就是这样，可是这里也太乱了，而且情况还越来越糟糕——那些大一的新生肯定开始呕吐了，从卫生间前排的那条长队就能看出这一点来——可那天是周五，我已经看了整整一个星期的书，什么都不在乎了。希腊语班上的同学肯定没有一个人会来这儿。从开学以来，每个周五晚上的派对我都没有错过，而他们对这种派对的态度就像躲避中世纪的黑死病一样，避之唯恐不及。

“谢了。”那姑娘说。她闪进楼梯间，那儿稍微安静一点儿。我们现在再说话就不用扯着嗓子喊了，可是我已经灌了六杯伏特加，不知道该跟她说些什么才好，我甚至都记不清她叫什么名字了。

“呃，你学哪个专业的。”我醉醺醺的，总算说了一句话。

她笑了，“行为艺术。你已经问过我了。”

“对不起，我忘了。”

她目光挑剔地看着我。“你得放松放松。看看你的手。你太紧张了。”

“这已经是我最放松的状态了。”我实话实说。

她看着我，似乎才认出我来。“我知道你是谁，”她说着，又看了看我的夹克衫，还有那条印着男人捕鹿图案的领带，“朱迪跟我说过你。你是新来的，跟那帮讨厌的家伙一起学希腊语。”

“朱迪？你什么意思，朱迪跟你说过我？”

她没有正面回答。“你最好小心点，”她说，“我听说过关于那帮家伙的一些丑事儿。”

“比如说？”

“比如说他们崇拜该死的魔鬼。”

“希腊人的意识当中没有魔鬼这个概念。”我一板一眼地说。

“呵，我听到的可不是这么回事儿。”

“是吗，那又怎样呢？你搞错了。”

“还不光是这个。我还听说了一些别的事情。”

“还有什么？”

她不愿意告诉我。

“谁跟你说的？是朱迪吗？”

“不是。”

“那到底是谁？”

“西斯·加特尔。”她回答，好像这样就能解决问题。

巧的是，我认识加特尔。他画画得很糟，但很喜欢飞短流长。他说起话来满嘴都是淫辞艳曲，还喜欢用喉音。他的口头禅是“后现代主义”。“那头猪啊，”我说，“你认识他？”

她有点儿敌意地看着我。“西斯·加特尔是我的好朋友。”

我可能真的是喝多了。“是吗？”我反问道，“那你告诉我，他女朋友脸上的黑眼圈是哪里来的？还有，他是不是真的像杰克逊·波洛克[①]那样朝画布上撒尿？”

“西斯，”她冷冷地回答，“是个天才。”

“真是这样吗？那他算得上是骗术大师了，不是吗？”

“他是位出色的画家。至少从概念上说是这样。艺术系的每个人都这么说。”

“那好吧。如果每个人都这么说，那这肯定就是真的了。”

“很多人都不喜欢西斯，”她生气了，“我认为他们是嫉妒他。”

有人扯了扯我的袖子，在靠近胳膊肘的地方。我甩了甩手，没有理会。我敢打赌拉我的是朱迪·普维，每个周五的晚上，每到这个时候，她总是要来惹我一下。可是那人又扯了一下，这次力气更大，更不耐烦。我气急败坏地转过身，差一点就要和那个金发女郎迎面撞上。

原来是卡米拉。首先映入我眼帘的就是她的眼神——坚定、闪耀中略带一丝困惑，在吧台昏暗灯光的衬托下，显得越发明亮。“你好。”她说。

我呆呆地望着她。“你好啊，”我说，尽管想装出一副漫不经心的样子，但无法掩饰兴奋，脸上不由自主堆满笑容，“你最近怎么样？你来这儿干吗？想喝点儿什么吗？”

“你有空吗？”她问。

我的脑子都没法儿转动了，我只看见她头上的金色小卷发非常迷人地堆在两

---

① 美国现代艺术家、抽象派表现主义画家，现代派艺术创新运动领军人物之一。

鬓上。“不，不，我一点儿都不忙。”我不敢直视她的眼睛，只好盯着她那迷人的前额。

“你要是忙的话，就直说，”她压低嗓门，朝我身后看了看，“我不想破坏你的好事。”

当然了——戈蒂埃小姐。我转过身去，准备好接受冷嘲热讽，可是她已经对我失去兴趣，正兴致勃勃地跟另一个人说话。“不，”我说，“我什么事儿也没有。”

“你想这个周末去郊游吗？”

“什么？”

“我们就要走了。弗朗西斯和我。他在附近有所房子，大约一个小时的路程。”

我真的是喝醉了，要不然不可能什么话也不说，只是点个头，就跟着她走了。我们要走到门口，必须横穿过舞池：那里充斥着汗水、热浪、闪耀的圣诞彩灯，还有拥挤的人群。我们总算走到门外时，就像走进一个清凉、平静的水池里。紧闭的窗户里隐隐传出尖叫声和颓废的乐声，玻璃节奏地震动着。

“老天，”卡米拉说，“里面真是一团糟。那些人肯定都有毛病。”

在月光的照耀下，铺满鹅卵石的小路反射出银色的光，弗朗西斯正站在树荫下等待着。他一看见我们，马上就走到明亮的小路上。“嘿。”他叫道。

我们都吓了一跳。弗朗西斯浅浅地一笑，夹鼻眼镜后面闪现出狡猾的光，鼻孔里也冒出几个烟圈，显得很得意。“你好，”他对我说，然后看了卡米拉一眼，“我就知道你会跑出来”。

“你应该跟我一起进去的。”

“我幸好没进去，”弗朗西斯回答，“因为我在这儿看到了几件有趣的事情。”

“比如说？”

“比如，我看见警卫把一个姑娘抬上担架；还有一条黑狗在攻击几名嬉皮士。”他笑了起来，把汽车钥匙往上一抛，又潇洒地接住，“可以走了吗？”

他有一辆敞篷车，是老式的福特野马，可是一路上我们都是把车篷放下来，三个人挤在前排开到目的地。说起来你们可能不信，我以前从来没有坐过敞篷车；更难以置信的是，我居然还在车上睡着了——汽车行进的巨大冲力和紧张的神经本来应该让我保持清醒状态的，可我还是脸枕着车门上的皮革包边，睡着了。这一周我几乎没有睡觉，而那六杯伏特加还在不断地刺激着我的神经。

旅途上的事情我几乎都不记得了。弗朗西斯很小心，开车的速度也适中——不像亨利，亨利开车又快又猛，而他的眼神本来就不大好，所以更加让人胆战心惊。晚风吹拂着我的头发，他们两人清晰的交谈声，还有电台里传出来的歌声，混在一起，进入我的梦境中。好像只开了几分钟的时间，周围就安静下来，然后是卡米拉的手拍打着我的肩膀。"醒醒，"她说，"我们到了。"

我的头昏沉沉的，整个人处于一种半梦半醒的状态，也不知道自己在什么地方。我甩甩头，直起身来。我的脸颊上还留着口水的印子，于是我用手背轻轻地擦去。

"醒过来了吗？"

"嗯。"我迷迷糊糊地回答。车里暗得什么也看不见，我在黑暗中总算摸到门把，把车门打开。我从车里爬出来时，月亮从云层后面闪现出来，于是我看到眼前的这所房子。这房子真是太大了。在昏暗天幕的衬托下，我能清晰地辨认出房子的轮廓，有塔楼、尖顶，还有眺望台。

"天啊。"我一声惊呼。

弗朗西斯一直站在我旁边，可是直到他开口说话，我才注意到这一点。我听到他的声音离得这么近，不由得吓了一跳。"晚上可能看得不是太清楚。"他说。

"这房子是你的？"我问。

他笑了起来。"不，是我姑姑的。她嫌房子太大，可是又不愿意卖掉。她和表亲们只过来避暑，平时由一个看门的负责管理这所房子。"

门厅处有一股甜甜的霉味儿，光线非常暗，好像房子是用煤气灯照明的；盆栽的棕榈树把精致的影子投射在墙壁上；天花板高得让我头晕，我们自己的影子长长的。我听见房子后面有人在弹钢琴。大厅的墙壁上挂满照片和一些表情阴郁的、装在金色画框里的肖像。

"这个地方真难闻，"弗朗西斯说，"明天要是天气好，我们给房子通通风，这么多灰，邦尼肯定要犯哮喘的……噢，那是我曾祖母，"他一边说一边指着我正在看的一张照片，“旁边那个是她弟弟——他跟‘泰坦尼克’号一起走了，真可怜。大概三个星期后，人们才在北冰洋的水面上找到他的网球拍。”

“过来看看书房。”卡米拉说。

于是，弗朗西斯紧跟着我们，一起穿过大厅和几个房间——其中一间是柠檬黄的起居室，里面有镶着金边的镜子和大吊灯；还有一间是餐厅，摆放着红木家具；这些房间我都想进去看看，但是只能一瞥而过。钢琴声越来越近，是肖邦的作品，可能是某首序曲吧。

我一走进书房，就深深地吸了一口气，呆住了：书架前面装有玻璃，四面墙上镶嵌着哥特风格的装饰墙板，大概有十五英尺那么长，一直向上延伸到装饰有壁画和石膏浮雕的天花板上。房间后面是一个大理石壁炉，有一间墓室那么大，顶上装有一盏球形煤气吊灯，吊灯上垂下来好多水晶棱柱和珠串儿，在阴暗的光线中闪闪发光。

钢琴就放在这儿，查尔斯正在演奏，身旁的凳子上放着一杯威士忌。他有点儿醉了，把肖邦的曲子弹得有些马虎，音调也不太稳定，每个音符好像都昏沉沉地和另一个融合在一起了。一阵微风吹动沉重的、被虫蛀了的天鹅绒窗帘，也吹拂起他的头发。

“啊呀。”我说。

演奏戛然而止，查尔斯抬起头。“哦，你们来了，”他说，“你们迟到太久了。邦尼已经去睡了。”

“亨利在哪儿？”弗朗西斯问。

“在学习呢。也许上床睡觉前会下来的。”

卡米拉走到钢琴边，喝了一小口查尔斯杯子里的酒。“你该好好看看这些书，”她告诉我，“这儿还有第一版的《劫后英雄传》呢。”

“其实，他们可能早把那本书给卖了，”弗朗西斯说，坐到一张皮扶手椅中，点燃一支香烟，“有那么一两本有意思的书，但大多数都是《玛丽·克莱利》和《流浪汉》这样的书。”

我走到书架前。第一眼看到的是一套《伦敦》，是一个叫潘南特的人写的，一共六册，红色皮革封面——这些书特别大，足有两英尺高。紧挨着它的是《伦敦俱乐部史》，同样是本大部头，是浅色小牛皮封面。架子上还放着歌词书《潘赞斯的海盗》，以及数不清的《鲍勃西双胞胎》。还有拜伦的《华立罗》，黑色皮革封面，书脊上赫然印着金色“一八二一年”字样。

“来，想喝什么就自己去弄一杯。”查尔斯对卡米拉说。

“我不想自己倒，就想喝你的。”

他一只手把杯子递给她，另一只手艰难地来来回回拨动着琴键。

“再弹点儿什么吧。”我提议。

他转了转眼珠。

“哦，弹吧。”卡米拉说。

“不。”

“他当然会这样啦，因为他并不是真的会弹。”弗朗西斯小声地颇为同情地说道。

查尔斯喝了一大口杯里的酒，右手胡乱地在琴键上又拨了一个八度音阶。然后，他把杯子递给卡米拉，左手一碰触到琴键，先前的胡乱弹奏就变成了斯科特·乔普林的散拍乐。

他兴高采烈地演奏着，袖子高高挽起，脸上带着满意的微笑。琴声叮叮咚咚地从低音区跳跃到高音区，就像一名踢踏舞者正在攀登奇格菲式楼梯，充分显示出他娴熟的切分技巧。卡米拉坐在他身旁的钢琴凳上，朝我微笑着。我回报了一个微笑，头却依然昏沉沉。天花板制造了幽灵般的回声，这一切欢闹深深地铭刻在我的记忆中。我坐在这里倾听，感觉正在经历从未经历过的事情。

我的眼前浮现出这样一幅景象：一架复翼飞机正在航行之中，人们在它的双翼上跳起查尔斯顿舞；一艘巨轮正在下沉，冰冷的海水已经漫到乐手们的腰间，可是舞会照常进行，人们还勇敢地唱出《友谊天长地久》的最后一句歌词。其实，“泰坦尼克”号沉没的那个晚上，船上的人并没有唱《友谊天长地久》，而是哼着它的曲调。很多人都在哼唱，天主教的牧师也大声吟诵“万福玛丽亚”。第一流的沙龙应该是这个样子：房间里布置着深色的木质家具、盆栽棕榈树，还有上面吊着流苏的玫瑰色丝质灯罩。看来我真是喝得太多了。我侧身坐在椅子里，双臂紧紧抱在胸前（圣母玛利亚，上帝之母啊），在恍惚感觉地板就像沉船上的甲板一样，也在一块块地掉落；我们仿佛都会“呜”地滑到地板的另一头，钢琴啊什么的也都会倒过去。

楼梯上传来脚步声，原来是邦尼。他双眼无神，头发根根直立，穿着睡衣裤踉踉跄跄地走过来。“他妈的，”他说，“你们把我给吵醒了。”可是没有任何人理会他，他只好给自己倒了杯饮料，拿着它摇摇晃晃地走到楼梯那儿，光着脚丫，睡觉去了。

按照时间顺序梳理记忆是件有趣的事儿。我第一次去乡间过周末之前，对于那个秋天的记忆是遥远而模糊的：可是从那个时候开始，我的记忆里就有了一个强烈而明亮的焦点。像在观察一个模特的身体，我起初熟识的种种表象，从开始时的僵硬状态慢慢放松，到后来伸展并苏醒过来。几个月之后，这些由新鲜感而产生的假象和神秘感才完全退去。我之前一直无法非常客观地评价他们——尽管真实的他们比任何理想化的想象都要更为有趣——但从那个周末，他们不再是我记忆中纯粹的陌生人，逐渐向我展示出他们原有的明朗和自我的那一面。

在早期的记忆中，我自己显得像个陌生人：警惕、不情愿、古怪而且沉默。在我的一生中，人们都错把我的害羞当成了闷闷不乐、高傲或者脾气古怪。“别再装得那么高傲！”父亲有时候会朝我这么喊，不论我是在吃饭、看电视或者只是在干我自己的事情。但我的这种经典的面部表情（我就是这么想的，真的，我的嘴角天生下垂，其实这和我真正的情绪并没有什么关系）对我既有好处也有坏处。我真正了解了他们五个人好几个月之后，才惊讶地发现，其实在一开始，他们对我的感觉也像我对他们的感觉一样：不知所措。我从来都觉得，自己的行为笨拙又土气。可我没想到，在他们看来，我像谜一般的高深莫测。他们后来问我，我为什么不告诉别人关于自己的任何情况呢？我为什么要这么处心积虑地回避他们呢？（这个时候，我才惊讶地发现，其实我小心翼翼地躲在走廊里偷听这件事可能根本就不像我自己想的那样神不知鬼不觉。）还有，我为什么不回请他们当中的任何一个呢？我本来以为他们故意怠慢我，现在才知道，其实，他们在非常耐心地等待着我的反应。他们就像没有结婚的老姑娘们一样，都在羞答答地等着我采取下一步行动。

不管怎么说，从这个周末开始，事情出现转机。你坐着火车驶向熟悉的地方时会看到的第一幅景象是模糊的，但那些街灯之间的阴暗正越变越小，越来越远，列车很快就要经过城里那些著名的灯火通明的街道了。那所房子是他们的一张王牌，被他们视若珍宝。在那个周末，他们一点一点地、极富策略地向我揭示了它的全貌——让人头晕眼花的小塔楼，高梁大柱的阁楼，还有从地窖里翻出来的那种绑着铃铛、大得要用四匹马来拖动的老式雪橇——现在管家住在马车库里。（“院子里的那位是哈奇太太。她特别和善，但是她丈夫是耶稣复临会什么的成员，非常严厉。所以他要是进来了，我们就要把酒瓶子都藏起来。”

“要是不呢？”

“我们如果不把酒藏好，他就会很沮丧，然后就会在所有地方都摆上宗教宣传的小册子。”）

下午，我们闲逛到湖边，这个湖被相邻的几户人家小心翼翼地划成了几块。在路上，他们指给我看网球场、老式凉亭，还有一座仿制的圆形建筑。房子是多利安式建筑，但是受到了庞贝、斯坦福·怀特，以及（弗朗西斯说，他对这种维多利亚式的朝古典主义的努力不屑一顾）D.W. 格里夫斯和塞西尔·B. 戴米尔的影响。他还告诉我，房子是灰泥材质，部件是从希尔斯·罗巴克连锁企业购买的。有些地方的地面还隐隐有原来的样子，那些几何图形则充分体现出维多利亚时代的装饰风格：干涸的鱼塘，缠绕着干枯藤架的长长的白色柱廊还有用石块围起来的再也没有花朵开放的花圃。可是，在很多地方已经看不到这样的痕迹了，篱笆荒芜了，那些土生土长的树木（光溜溜的榆树和美洲落叶松）的数量已经大大超过温柏和鸡爪枫。

那一池被桦树包围着的湖水，清亮而静谧。一艘小木船掩藏在灯芯草丛中，外面被漆成白色，里面是蓝色。

“我们能把那艘船划出来吗？”我饶有兴趣地问道。

“当然了。但是我们不能都去，否则船要沉了。”

这是我人生中第一次坐船。亨利、卡米拉和我一起上了船——亨利划桨，他的袖子高高地卷起来，那件深色的夹克外套就放在他身旁的座位上。我后来才发现，他有一个习惯，就是会全神贯注地陷入一种说教般的、完全独立的独白，最后声音会越来越小，谈论的都是他当时碰巧感兴趣的任何事物——比如凯特文罗尼人、拜占庭后期的绘画作品或者是所罗门群岛上猎取人头的出征行动。我记得那天他说的是伊丽莎白和莱斯特的故事：被谋害的妻子、皇家游艇，女王骑在白马上给在提尔布里要塞的军队训话，莱斯特和埃塞克斯伯爵在旁边拉着马缰……船桨划进水中的嗖嗖声、蜻蜓振动翅膀的嗡嗡声和他抑扬顿挫的独白声混合在一起，似乎有催眠的效果。卡米拉脸色潮红，昏昏欲睡，漫不经心地伸出手来划动着湖水。黄黄的桦树叶子从树上飘下来，慢慢悠悠地落在地面上。多年以后，在离这里很远的地方，我在《荒原》这首长诗中读到这样的诗句：

伊丽莎白和莱斯特
划着双桨
船尾变成
镶金的贝壳
泛着红色的金光
轻快的浪花
敲打着两岸
西南风哦
推动着溪流
隆隆的钟声
映衬着白塔
哗啦啦啦
哗啦啦啦

我们一直划到湖对岸才又回去，眼睛被明亮的湖水晃得快什么都看不见了，然后发现邦尼和查尔斯坐在前廊上，一边打着扑克，一边吃着火腿三明治。

“来点儿香槟吧，赶快，”邦尼说，“香槟快走气了。”

“在哪儿？”

“水壶里。”

“哈奇先生要是看见门廊上有酒，肯定会抓狂的。”查尔斯说。

他们在玩小猫钓鱼：邦尼只会玩这种牌。

星期天早上，我一觉醒来，发现房子里特别安静。弗朗西斯已经把我的衣服送去给哈奇太太洗了，于是我穿着找他借的那套睡袍，走下楼，在前廊等了几分钟，然后其他人也陆续起床。

外面寒冷而安静，天空是秋日早上常见的那种雾蒙蒙的灰白色，藤椅上沾满露水。篱笆和一片片草地上都盖满蜘蛛网，网上沾着的露珠儿像白霜一样闪闪发光。屋檐下的燕子烦躁地扑棱着翅膀，准备飞向南方。野鸭子沙哑而孤单的叫声穿过湖上的层层雾气传过来。

“早上好。”一个冷冷的声音从我身后传来。

我吃惊地转过身去，看见亨利端坐在前廊的另一头。在一个这么清冷难受的时刻，他虽然没有穿夹克衫，看起来依然那么完美：下身是笔挺的裤子，上身是浆过的白衬衫。他面前的桌子上放着书和报纸，一个冒着热气的咖啡壶，一个小杯子，还有——我非常惊讶——一支不带过滤嘴的香烟躺在烟灰缸里。

“你起得很早。”我说。

“我总是早起。早上我的学习效率最高。”

我扫了一眼那些书。“你在看什么，希腊语的书吗？”

亨利把杯子放到配套的小碟子里。“《失乐园》的译本。”

“翻译成什么语言的？”

“拉丁语版本。”他很严肃地说。

“嗯，”我说，“为什么要读这本书？”

“我想看看自己是不是能够从中学点儿什么。在我看来，弥尔顿是最伟大的英国诗人，比莎士比亚还要伟大，可是我有时候又觉得他用英语写作是种遗憾。当然，他用拉丁文创作的诗歌不算少，可那些都是他学生时代的作品；我所谓的伟大作品都是他在晚期创作的。在《失乐园》中，他已经把英语运用到了极致；可是我觉得任何一种没有名词格的语言都无法支撑起他想建立起来的那种语言架构。”他把香烟放回烟灰缸里。我直瞪瞪地盯着那支还燃着的香烟，他问道：“你不想来点儿咖啡吗?”

“谢谢，不用了。”

“希望你昨天休息好了。”

“嗯，谢谢。”

“我在这儿比通常要睡得熟一些，”亨利一边说一边扶了扶眼镜，又看起书来。我能从他斜着的双肩里看出一丝难以察觉的疲惫和紧张。我长期睡眠不足，一眼就能够看出来这一点。我突然意识到，他做这样一件无利可图的工作，也许只是为了消磨掉早上的一段无聊的时光而已，就像有些失眠者会玩拼图游戏。

“你总是起这么早吗?”我问他。

“几乎总是这样，”他头也不抬地答道，“这个地方美极了，而早晨的光线可以把那些最粗俗不堪的东西都变得赏心悦目。”

“我懂你的意思。”我答道。我真的明白。那是一个很早的清晨，几乎是黎明时分，我唯一一次站在普雷诺的街道上，街上空无一人，金色的晨光和蔼地照射着干草，一排排的篱笆，孤零零的矮橡树。

亨利抬起头看着我，问道：“你好像不是很喜欢自己的家乡，是这样吗?”

我对他这种福尔摩斯式的推论方式很是惊讶。他看到我尴尬的样子，笑了。

“别担心，你隐藏得很好。”他又看书去了，接着他又抬起头，“你知道，别人其实对那些东西也不明白。”

他说这话的时候，既没有恶意，也没有同情，甚至没什么兴趣。我不太明白他的意思，但是，我第一次有点明白了自己以前并不明白的事：那就是，为什么大家都那么喜欢他。长大的孩子（我发现这是一种矛盾修饰法）会本能地走向极端；与年长学者相比，年轻学者更容易成为学究式的人物。本身也是年轻人的我，非常重视亨利的这些论断。我怀疑弥尔顿恐怕也不会给我留下比亨利更深刻的印象。

我想，每个人的生命中，都会有一个性格形成和永远固定下来的关键阶段；对我而言，这个阶段就是我在汉普顿度过的第一个学期。那时发生的一些事情直到今天还影响着我：比如服装、书籍、食物方面的喜好——这些习惯都是那时形成的，而且，我必须承认，这一切是在效仿希腊语班上其他同学的过程中形成的——而且，多年来，这些习惯一直都陪伴着我。即使是现在，要我回忆他们的日常安排也是易如反掌，因为这些日常安排后来也变成了我自己的。他们根本不理会周围的一切，只是像钟表那样一丝不苟地安排自己的生活和学习，几乎不受那种放浪生活的影响——比如不规律的饮食和学习习惯，凌晨一点才去洗衣房等；而在我看来，那种放浪形骸和随心所欲，却是大学生活的一个不可缺少的部分。有时候，不论是在白天还是在深夜——整个世界都熟睡之后，你还能在图书馆的通宵自习教室里看到亨利的身影，你也会知道在这个时候去找邦尼是毫无结果的，因为他不是在和玛丽恩进行例行的周三约会，就是在进行周日散步活动。与罗马帝国的存在有着异曲同工之妙，罗马帝国后期，无人来掌管这个国家时，国家还是按照自己的方式在运行着，而其实已经没有必须这么做的理由。邦尼死后很久，他们的日常安排还是一成不变。即使到最后，他们也在查尔斯和卡米拉家举行周日聚餐会——只有邦尼被谋杀的那个晚上除外，因为那天晚上大家都没有胃口，于是便将聚餐顺延到周一。

他们这么轻易地就将我融入他们这种循环的、拜占庭风格的生活方式之中，让我感到很惊讶。也许他们互相都太过熟悉，觉得我给他们注入了新鲜血液，所以我的一些最为普通的生活习惯，也激起了他们极大的兴趣：比如我喜欢读推理小说，喜欢定期看电影；再比如我用从超市里买的一次性剃须刀来刮胡子、理发，而不上理发店；还有我偶尔读报纸或者看新闻的习惯。在他们看来，最后一个习惯是令人难以忍受的古怪行为，尤其是我还经常一个人这样；他们当中的任何一个人都对时事没有一丝一毫的兴趣，也根本不理会近代历史。一次晚餐时，亨利听我谈到人类已经成功地实现了在月球上行走这件事时，感到非常惊讶。“不可能。”他说，郑重地放下叉子。

“是真的。”其他人同声附和道，他们已经大概了解了这个事实。

“我不相信。”

“我看见过，”邦尼说，“电视里放过的。”

“他们到底是怎么去的？这件事儿到底是什么时候发生的？”

他们作为一个整体仍旧让我不知所措，我只有与他们每个人单独相处时才真正开始了解他们。亨利知道我也睡得很晚，有时候从图书馆回家时会顺路过来看看我。弗朗西斯患有严重的疑病症，但又拒绝一个人去看医生，因此每次都要把我带上。奇怪的是，就是在这些开车去曼彻斯特看过敏症专科医生和去肯尼看耳鼻喉科医生的路上，我们成了好朋友。那年秋天，他要花四到五周的时间去做一次牙根管填充手术，因此，每个星期三的下午，他就会来找我。他每次来的时候都是脸色惨白，一言不发，然后我们就一起去镇上的酒吧喝酒，一直喝到三点钟他的治疗时间到了为止。我陪他一起去看病时，好像是为了在他治疗结束之后开车送他回家，其实他每次从酒吧去对面的牙科诊所里看牙，我只是呆呆地在原地等着他，喝了不少酒，不见得更适合开车。

我最喜欢那对双胞胎。他们跟我在一起时也总是很高兴，也很随意，好像我们是老相识。我特别喜欢卡米拉，可跟她在一起时，我虽然高兴，但总觉得有一丝不安；这不是因为她没有魅力或者不够和善，只是因为我太想给她留下好印象。尽管我经常盼着见到她，总是想着她，可我还是跟查尔斯在一起时更放松。他和妹妹很相似，冲动而且慷慨大方，只是更加情绪化一些；他有时候会很长时间都很郁闷，但只要心情还不错，就总是滔滔不绝。他不管心情如何，我都和他相处得不错。他为了去一家喜欢的酒吧里买三明治，找亨利借来汽车，带着我去缅因州；我们还去过本宁顿、曼彻斯特，还有波纳尔的赛狗会，他后来为了不让狗被安乐死，带回来一条老得跑不动的狗。这条狗名叫“弗洛斯特”。它非常喜欢卡米拉，总是跟在她屁股后面到处跑：亨利引用了《包法利夫人》一书中关于埃玛·包法利和她那条灰狗的描写：“她的思想，飘忽不定，漫无目的，就像她的那条猎兔小狗，老是在田野上打转。”可这条狗体质虚弱，而且精神总是高度紧张。在一个明媚的十二月的早晨，它为了追赶一只松鼠，兴冲冲地从前廊冲出去，结果突然心脏病发，死了。大家对这种事情没有丝毫的准备——虽然赛狗会上的那个人曾经警告过查尔斯，说弗洛斯特可能活不过这个星期。不管怎样，双胞胎很沮丧，其他人也很伤心，我们花了一个下午，把它埋在弗朗西斯家的后花园里。弗朗西斯的一个姑妈在那里修建了一座非常精美的猫咪公墓，每座幕前还立着墓碑呢。

那条狗也喜欢邦尼。以前，每个周日，它都会和我以及邦尼一起在乡间漫步，路程长得令人精疲力竭，一路上我们要经过篱笆、小溪，还要穿过沼泽和牧地。邦尼非常喜欢散步——他每次出去的路程都太长，因此除了我和那条狗，他很难再找到别人愿意陪他一起去。由于这些远足活动，我慢慢熟悉汉普顿周围的地形地貌，比如盘山道、猎手们走的山路，还有那些隐秘的瀑布和可以游泳的水塘等。

令我惊讶的是，邦尼的女朋友玛丽恩很少过来找邦尼。我猜，邦尼可能不想让她过来，这也可能是因为她对我们比我们对她更加没有兴趣。“她总是喜欢和她的那些朋友们在一起，”邦尼会这么洋洋自得地告诉我和查尔斯，“她们谈论的不外乎是穿着打扮，还有男人，都是些大话空话。”玛丽恩来自康涅狄格州，是位个子娇小而且很任性的金发女郎，她和邦尼一样，脸蛋圆圆的，很漂亮，邦尼虽然是圆脸，但可谓英俊。玛丽恩的着装风格可以非常孩子气，也能一下子变得惊人地庄重——印着碎花的半裙，带字母图案的线衫，还有相配的手提包和鞋子。我在去上课的途中，时不时会在早教中心的操场上远远地看见她。早教中心是汉普顿大学基础教育部的一个分部，市里的孩子大都在那儿上托儿所和幼儿园。她总是和这些孩子待在一起，我总是看见她穿着那件字母外套，一边吹着哨子，一边尽力让孩子们安静下来，排好队。

没人愿意多说，但我还是发现，他们多次尝试让玛丽恩加入这个团队的活动，但都失败了。她喜欢查尔斯，因为他对人总是彬彬有礼，而且他对小孩和咖啡厅里的女招待都能够滔滔不绝地说上好半天；而她对亨利的态度，就像任何一个熟识他的人一样，满是敬畏；可是她却痛恨卡米拉，而且她和弗朗西斯之间曾经发生过一些非常可怕的事情，但没有一个人愿意提起他们之间发生过什么。我觉得她和邦尼的关系非常少见，他们俩就像已经结婚二十多年的老夫老妻，在感动和烦恼之间摇摆不定。玛丽恩对邦尼总是颐指气使，一副公事公办的样子，对待他就像对自己幼儿园班上的小朋友；邦尼的反应也一样，有时候哄着她，有时候特别温柔，有时候则会生气。在大部分时间里，他都会耐心地听玛丽恩唠叨，只是他一旦不予理会，可怕的争吵就接踵而至。有时候他会在深夜来敲我的房门，形容枯槁、两眼圆睁，身上的衣服也比以往更加皱巴巴的。他会喃喃地说：“让我进来，让我进来，你一定得帮我，玛丽恩今天怒气冲冲的……”几分钟后，门上又会传来整齐而清脆的敲门声：嗒、嗒、嗒。是玛丽恩，她紧闭着小嘴，看起来就像个怒气冲天、身材娇小的洋娃娃。

“邦尼在吗？”她问，还踮起脚尖，想看看我身后的房间里到底有没有人。

“他不在这儿。”

“你确定？”

“他真的不在这儿，玛丽恩。”

“邦尼！”她带着恐吓的语气喊道。

没人理会。

“邦尼！”

接着，最让我尴尬的事情出现了，邦尼乖乖地走到门口。“亲爱的，你好。”

“你到底上哪儿去了？”

邦尼支支吾吾的。

“好啊，看来我们得谈谈。”

“亲爱的，我现在很忙。”

“嗯——”玛丽恩看着她那块品位不凡的卡地亚女表，“现在我该回家了。我会再等你半小时，然后就睡觉。”

“好。”

“那我们二十分钟后见。”

“嘿，你等等。我又没说我要——”

“一会儿见。”她说着，头也不回地走了。

“我不会去的。”邦尼说。

“嗯，是我就不去。”

“我是说，她以为她是谁？”

“别回去了。”

“我的意思是，得给她点儿颜色看看。我很忙，总是有好多事情要做。我的时间要由我自己来支配。”

“没错儿。”

然后是一阵令人不安的沉默。接着，邦尼站起身来。“我最好还是走吧。”

“没问题，邦。”

“我是说，我是不会去找玛丽恩的，你可别这么想。”他为自己辩解。

“我当然没这么想。”

“好的，好的。”邦尼显得有些心烦意乱，然后大步离开了。

第二天，他和玛丽恩和好如初，两人共进午餐，或者沿着操场散步。“你和玛丽恩把事情都给弄清楚了，是吗？”我们会有人这么取笑他。

“哦，是这样。”邦尼尴尬地回答道。

在弗朗西斯家过周末的日子是最快乐的时光。那年秋天，树叶很快就黄了，可是直到十月中旬，天气还是很暖和，所以我们大部分时间都是在户外度过的。我们除了偶尔三心二意地打打网球（球老是飞过头顶，出界了，还得用用网球拍的把儿拨弄着高高的草丛，找寻掉到里面的球），没有做过其他运动。这个地方的某种东西让人不由自主地变得懒洋洋的，我在童年结束之后再也没有产生过这种懒洋洋的感觉。

我现在回想起来，只记得我们在那儿好像一直都在喝酒——不是一下子喝很多，只是好像从早餐时喝“血腥玛丽”开始，到晚上睡觉前，我们都没有停止享用这种细滑的饮品，而这一点也许正是让我们变得无精打采的主要原因吧。有时候，我拿着一本书准备到外面去看，可是只要一碰到椅子，就会立刻入睡；有时候我去划船，可是没划两下，就会感到疲惫不堪，只好让自己一整个下午都无所事事地在湖上漂着。对了，就是那艘船！有时候，甚至是现在，晚上睡不着觉时，我会想象自己躺在那艘船上，头枕着船尾的横木条，听着水拍打着船体，发出空洞的声音，任由黄色的桦树叶子轻轻飘落下来，轻抚着我的脸庞。我们时不时会尝试一些更刺激的东西。有一次，弗朗西斯在他姑姑的床头柜里找到一把伯莱格手枪，还有子弹（弗朗西斯收养的狗经过训练，只要一听到枪声就会起跑，于是我们把它锁在地窖里）。我们从院子里拖来一张柳条茶几，把带盖儿的玻璃瓶一排排摆好放在上面，开始进行射击练习。可是亨利眼神不好，失手打死了一只鸭子，所以我们的活动很快就结束了。这件事对亨利的触动很大，他要求把枪收起来。

其他人都喜欢玩棒球，可邦尼和我不喜欢。我们俩都不懂得打棒球的诀窍，打球时总是像打高尔夫一样，不是切球就是削球。每隔一段时间，我们都会振作精神，搞一次丰盛的野餐。我们开始时总是雄心勃勃——列出详尽的菜单，选择既遥远又偏僻的地点——但每次（无一例外）快结束时，我们每个人都是燥热难当、昏昏欲睡，略带醉意，而且没有一个人愿意带着野餐物品，再走上一段长长的路回家。通常，我们都会在草地上躺上整整一个下午，一边喝着从温水瓶里倒出来的马丁尼，一边看着在吃完了的蛋糕盘子上爬行的蚂蚁，蚂蚁看起来就像一条闪闪发亮的黑线。最后，酒喝完了，太阳也下山了，于是我们只好在昏暗的天色下，跌跌撞撞地赶回家，去吃晚饭。

每次朱利安接受邀请，跟我们一起来乡间过周末，场面都非常盛大。弗朗西斯会从食品店里订购各种食品，翻看各种烹调书籍，很早就开始犯愁：该上些什么菜，喝什么样的酒，用什么样的餐具；万一法式蛋奶酥不成功，该准备什么菜。所有的晚礼服都送去清洗了；也从花店订好了鲜花；邦尼也把他常看的那本《傅满洲的新娘》收起来，转而拿着一本荷马诗集走来走去。

我不知道为什么大家坚持要这么煞有介事地准备晚餐，因为等朱利安来时，我们已经又累又紧张得快垮掉了。每个人脑子里的神经都绷得紧紧的，客人也是如此，这一点我敢保证。尽管朱利安总是露出一副非常高兴的样子，举止优雅，富有魅力，好像对每个人和每件事都非常满意，但邀请他三次他才会接受一次。我根本无法掩饰紧张，我的晚礼服是借来的，穿在身上非常不舒服，而且我对餐桌上的礼仪也不是那么清楚。在装腔作势方面，其他人比我自如得多。在朱利安到达之前的五分钟，他们就无精打采地在起居室里等着了——窗帘放了下来，厨房里的锅上炖着菜肴，大家都在整理着衣服领子，满眼都是疲惫——可是只要门铃一响，他们马上就坐直身子，交谈好像一下子生动起来，衣服上的那些褶皱也马上都消失了。

我当时觉得准备这样的晚餐既劳神又费时，可现在回忆起来，也有一些非常美好的记忆：天花板是一个拱形，使整个房间像一个昏暗的洞穴；壁炉里的炉火烧得旺旺的，把我们的脸庞映衬得苍白而明亮。炉火放大了我们的影子，给所有的银器都镶上一道金边，银器在墙壁的衬托下愈发闪烁不定；火影投射到窗台上时，变成了耀眼的橘色，好像屋外的整个城市都在燃烧。飞速移动的火焰就像被困在屋内的鸟群，在靠近天花板的地方不停地回旋着。长长的红木桌上铺着亚麻桌布，摆着各色餐具、蜡烛、水果和鲜花。它如果像童话中的魔匣一样突然消失在空气中，我一点都不会感到惊讶。

晚宴中有一个场景总是一次次地浮现在我的脑海中，就像挥之不去的梦魇。坐在这张长桌子另一头的朱利安站起身来，举起酒杯。“祝大家健康长寿。”他说道。

于是我们都站起来，互相碰杯祝福，就像举起军刀来祝贺的一支军队：亨利和邦尼，查尔斯和弗朗西斯，还有卡米拉和我。“祝大家健康长寿。”我们同声祝贺，然后一饮而尽。

我们每次都说同样的祝福语：健康长寿！

我和他们朝夕相处，但不知为何，直到学期结束，我对他们做过什么事情知之甚少。从表面上看，好像什么事情都没有发生。他们都是聪明绝顶的人，绝对不会露出一点蛛丝马迹。他们即使显露出一点什么，随后也会装聋作哑，把我搪塞过去。这就是说：我本来还以为他们对我绝对是毫无保留的；我们是好朋友，没有什么秘密，可是实际上他们在做很多事情时都会把我排除在外，在一段时间内完全不联系我。我刻意回避，仍然不时想到这一点。我知道他们五个人在做一些事情时——到底是什么，我也不知道——并没有邀请我，可是他们如果被我当场碰到，就会合伙撒谎，还装出一副漫不经心、很让人信服的样子。其实，他们的话语非常可信，在有可能出错的地方无懈可击（双胞胎一直都很粗心大意，邦尼有时会做出愚蠢的举动，亨利因为总是关注事件的细节，会显得恼怒而厌烦）。我尽管经常能找到一些似是而非的证据，最后总是相信了他们。

当然，对发生的事情，我还是能够找到一些蛛丝马迹——现在回想起来，其实都是他们所谓的小事儿：比如他们有时候会突然神秘失踪几个小时，然后对去向又支支吾吾，不肯多说；有时候他们会用希腊语甚至是拉丁语小声地讲一些笑话，我也知道这说明他们不想讲给我听。我自然不喜欢这样，可是这些事情好像既无大碍，也没什么特别的。只是其中的一些无心之语或者与我无关的笑话到后来才体现出它们的重要性来。比如说，那个学期快结束时，邦尼像个疯子一样，老是唱《幽谷中的农夫》这首歌的合唱部分。我只是觉得他这样做很讨厌，却无法理解其他人为什么一听到就立刻火冒三丈：我当时不知道，可是现在知道了，这首歌一定让他们感到寒冷彻骨。

我还注意到了其他一些事情。我想，由于跟他们形影不离，没有一点察觉肯定是不可能的。很多事情都发生得很奇怪，但大部分都是小事，有时我认为我这是硬要自己觉得出了什么问题。比如：他们五个人好像都很容易发生事故。他们总是不是被猫抓了，就是在剃胡子时把自己刮了，或者不小心撞到凳子上——当然，这些解释都很合理，可是他们是惯于久坐的人，身上的擦伤和伤口也太多了。他们对于天气特别关注。我觉得这很奇怪，因为他们当中没有一个人的活动会受到天气或者其他外在条件的影响或者阻挠。可是他们对天气的变化却相当在意，尤其是亨利。他最关心的就是气温的骤然下降。有时候，他在开车时会疯狂地将收音机的旋钮调来调去，就像风暴来临前在海上航行的船长一样，想了解大气压、长期天气等信息。只要报道说气温正在下降，他就会陷入一种突如其来的、无可名状的沮丧中。我真的不知道冬天来了之后他的日子将会怎样。可是等到第一场雪落下来时，他们对于天气的关注就消失了，而且再也没有出现过。

都是些小事情。在乡间时，某天早上六点，大家都在睡觉，我下楼去厨房，发现地板刚刚洗过，上面的水印还没有干。热水器和前廊之间的那个干净的沙丘上留下了某个忠诚仆人神秘的赤足脚印，其他的一切都洁净无瑕。有时候我半夜醒来，虽然半梦半醒，还是能感觉到周围的一些动静：我听见压得低低的嗓门，有人走动的声音，还有那条灰狗在我卧室门外低声哀叫、用爪子扒门的声音。有一次，我听见双胞胎在嘀咕床单的事情。“笨蛋，”卡米拉低声说——我瞥到一条皱巴巴的床单，上面洒满泥点——“你拿错了。千万不能就这么放回去。”

“我们换一条。”

“这样他们就知道了。洗衣服务公司的床单上面都贴着标签。我们只能说搞丢了。”

这段对话在我脑子里停留的时间并不长，但我很困惑。我向双胞胎问起这件事情时，他们那种不耐烦的态度让我的疑心更大了。还有一件怪事儿发生在一天下午，我发现灶台后面的炉子上放着一个很大的铜罐子，罐子里熬着什么东西，散发出一股怪味儿。我一揭开盖子，一阵刺鼻的苦味就直冲到我的脸上。罐子里装的全是软软的杏仁状的树叶，泡在大概半加仑的黑水里，沸腾着。这到底是什么玩意儿啊，我问自己，既困惑不解，又觉得有些好笑。我向弗朗西斯问起这件事情时，他只是简短地说："我洗澡用的。"

现在，我每次回想起以前的那些事情来，都有恍然大悟的感觉。可那个时候，我所关注的只是自己的幸福，对周遭发生的一切置若罔闻。而且我只是觉得那段时光很神秘，但说不出个所以然：象征、巧合、预兆交织成一个解不开的网。不知为何，每件事情仿佛都再自然不过；但某种狡猾而善良的力量正在一步步地暴露出其本来的面目，而我为即将揭示出来的真相而害怕得全身发抖，好像它在某个早晨会突然来临——我的未来、我的过去、我的整个人生——我就像被雷电击中一样突然从床上坐起来，大叫：嗷！嗷！嗷！

那年秋天，我们在乡间度过了许多美好的时光，那段时光给我留下的都是甜蜜而模糊的记忆。快到万圣节时，最后一批顽强挺立的向日葵终于枯萎，秋风刮得越来越猛，越来越凛冽，把大把大把发黄的树叶吹落到灰暗的、皱起的湖面上。在那些寒冷的秋日午后，天空阴沉沉的，云彩层层堆积，我们待在书房里，燃起熊熊的炉火来取暖。光秃秃的柳树枝敲打着窗玻璃，就像骷髅伸出的手指。那时，双胞胎坐在桌子的一头打着扑克，亨利在另一头学习，弗朗西斯则蜷坐在窗户边上的凳子里，膝盖上放着一小盘三明治，一边吃三明治一边读着法文的《圣西门公爵回忆录》。不知道是为什么，他坚持一定要把这本书读完。他曾在欧洲的好几所学校里上过学，法语说得棒极了，只是他的发音还是像英语一样，带着那种慵懒的、自命不凡的腔调。有时候，我得麻烦他来辅导我一年级的法语课：玛丽和让-克罗德去杂货铺之类的单调乏味的小故事。可是经过他用那么一种脉脉含情、拖腔拿调的口气大声朗读出来之后（"玛丽亚给她的兄弟带来一些蔬菜"），大家都听得如醉如痴。邦尼趴在壁炉前面的小毯子上，埋头做着作业，偶尔偷偷吃弗朗西斯的一个三明治，或者问一两个讨人厌的问题。学习希腊语给他增添了很多麻烦，但他在这门功课上所花费的时间比我们当中的任何一个人都要多。据说他从十二岁时就开始学习希腊语——对于这一点，他一有机会就会吹嘘一番。他还老是狡猾地向我们暗示，这不过是他小时候的突发奇想，这也说明他是像亚历山大·蒲柏[①]那样的神童。可是真实的情况是（亨利告诉我的），邦尼患有严重的诵读困难症，而希腊语是指定的治疗课程。他上学前班的那所学校固执地以为，凡是患有诵读困难症的孩子，都一定要学习希腊语、希伯来语、俄语这样的没有用到罗马字母的语言。不管怎么说，他所鼓吹的语言学家的天赋名不副实，因为即使对于最简单的家庭作业，他也要在问过一连串的问题、发了一大通牢骚，并且嘴里塞满一大堆好吃的东西之后，才能够勉强完成。快到学期结束时，他的哮喘病突然发作，于是我们就看见他整天穿着睡衣或者睡袍，头发根根直立，死命地朝吸入器里大口哈着气。他吃的那些药（他们偷偷告诉我的）使他脾气暴躁，半夜里睡不着觉，而且体重剧增。看到邦尼在期末时那种乖戾表现，我接受了这样的解释。我后来才发现，真正的原因根本不是这样。

我该告诉你什么呢？十二月的那个星期六，邦尼五点就起床，到处喊着“下雪了，第一场雪啊”，并且依次捶着我们的床？卡米拉教我拳击的基本步伐。邦尼把船弄翻那天，——亨利和弗朗西斯当时都在船上——原因真的像他说的那样，他看到了水蛇？亨利的生日聚会？弗朗西斯的母亲（她满头红发、脚蹬一双鳄鱼皮平跟圆头鞋，珠光宝气，身边跟着一条约克郡的猎犬，还有她的第二任丈夫）在去纽约的路上顺便过来看他发生的那两件小事？她真的很了不起，是一张百搭牌。她的新任丈夫克里斯在肥皂剧里充当一两个小角色，年纪只比弗朗西斯大一点点。她叫奥利维亚。我第一次见到她时，她刚刚从贝蒂福特戒酒中心出来，据说酗酒和无法定义的用药过度恶习已经治好，又可以兴高采烈地朝罪恶之路进发了。查尔斯曾跟我说，她曾经在半夜里敲过查尔斯的房门，问他愿不愿意过来跟她和克里斯一起上床睡觉。直到现在，每逢圣诞节的时候，我还会收到她寄过来的贺卡。

有一天的记忆至今还非常清晰。那是十月份的一个明朗的星期六，也是当年最后的夏日之一。前一天晚上，（那天晚上非常冷），我们一起喝酒、聊天直到黎

---

① 十八世纪英国著名诗人。

明，我醒来时已经很晚了，感觉浑身燥热，还有点儿恶心。我睁眼一看，发现毯子已经被我踢到床脚，太阳也已经升得老高。我静静地躺了很久，满是汗水的双腿被太阳晒得针刺一样疼。楼下出奇的安静，好像泛着微光，令人压抑。

我走下楼去，双脚在楼梯上无力地滑动着。整个房子空空的，静寂无声。最后，我在前廊的阴凉处找到弗朗西斯和邦尼。邦尼穿着 T 恤衫和一条沙滩裤；弗朗西斯的脸被晒成白化病人的那种带着白斑的粉红色。他双眼紧闭，好像苦不堪言，身上穿着破破烂烂的绒布睡袍，那是从宾馆里偷来的。

他们正在喝一种叫“草原牡蛎”的鸡尾酒。弗朗西斯连看都没看饮料，就把他的那杯推到向我。“来，你也尝尝看，”他说，“我要是再多看一眼，肯定就要吐了。”

杯子里，血红的番茄酱和伍斯特郡酱上面放着一个蛋黄，蛋黄轻轻地颤动着。“我不要。”我一边说一边把杯子推回去。

他交叉着双腿，用大拇指和食指夹住鼻梁。“我都不知道为什么要做这种东西，”他说，“总是做不好。我得去吃点儿经典泡腾片。”

查尔斯关上纱门，漫无目的地在前廊上踱着步，身上穿的是他的那件红色条纹睡袍。“你真正需要的，”他说，“只是一杯冰淇淋可乐。”

“又是你的冰淇淋可乐那一套。”

“我跟你说，那东西确实有效。而且很有科学道理。吃冷饮有助于缓解恶心，并且——”

“查尔斯，你总是这么说，可我就是不相信。”

“你能不能就听我这一次呢？冰淇淋会减缓食物的消化速度。可乐会让胃部感到舒适，而且里面的咖啡因还能够缓解头痛。糖给你能量。此外，这种饮料还能帮助你更快地分解酒精。它是完美的饮料。”

“那你给我弄一杯去，好吗？”邦尼问道。

“你要弄自己去弄。”查尔斯的心情好像一下子就变坏了。

“好了，”弗朗西斯说，“我吃点儿感冒药应该就没事儿了。”

没多久，亨利（天一放亮，他就起了床，还穿好了衣服）也下来了，接着是睡眼惺忪的卡米拉。她刚刚洗完澡，身上潮乎乎的，脸蛋也红扑扑的，满头的金发蜷曲着堆在头上，杂乱不堪。这个时候已经是快下午两点了。那条灰狗侧躺在地上，打着瞌睡，一只棕色的眼睛半睁半闭，在眼窝里古怪地转动着。

弗朗西斯没找到感冒药。于是，他拿了一瓶姜汁酒，还有一些杯子和冰块来了。我们在一起坐了一会儿，天气越来越热，光线也越来越强。卡米拉是个老也坐不住、总要干点儿什么的人。做什么事情都好，打扑克啊，去野餐或者开车兜风啊。她觉得很无聊，而且毫不掩饰情绪。她虽然手上拿着一本书，可根本就没看进去，把两腿架在椅子的扶手上，一只光脚丫还在踢着坏的那一边扶手，没有什么节奏，也没有什么明确的目的。终于，不知道是为了哄她高兴还是怎么样，弗朗西斯提议大家一起去湖边散步。这个提议让她一下子就高兴起来。由于无事可干，亨利和我也决定一起去。查尔斯和邦尼都睡着了，躺在各自的椅子里打着鼾。

天空是那种刺眼的、火辣辣的蓝色，树木是浓郁的红黄相间的色彩。弗朗西斯光着脚，依然穿着睡袍，小心翼翼地踩在石块和树枝上，努力保持着平衡，不让姜汁酒从杯子里洒出来。他一到湖边就涉水而下，直到水漫到膝盖处才停下来，然后使劲地朝我们挥着手，就像施洗者约翰。

我们把鞋子和袜子都脱了。靠近岸边的湖水非常清亮，是浅淡的绿色，脚踝浸在水里，感觉凉凉的，湖底的鹅卵石也在阳光的照射下，透出斑驳的色彩。亨利穿着外套，打着领带，裤腿卷到膝盖以上，正大踏步地涉过湖水，朝弗朗西斯站着的地方走过去，就像超现实主义画作中古板的银行家。一阵风吹过桦树林，把树叶苍白的背面都翻了过来，还把卡米拉的衣服吹得鼓鼓的，就像个白色的气球。她开心地笑了，立即把衣服抚平，结果风很快又灌进去。

我们俩一直在靠近岸边的水里，那里的水非常浅，刚刚没过脚面。阳光照射在波光粼粼的湖面上——看起来没有真实感，像撒哈拉沙漠中的海市蜃楼。亨利和弗朗西斯朝湖中走得更远了：弗朗西斯穿着白睡袍，一边慷慨陈词，一边激动地打着手势；亨利则把双手背在背后，专注地聆听着，就像撒旦在倾听某个沙漠中的先知激昂的演说。

我和卡米拉沿着湖边走了很长一段路，然后往回走。卡米拉一只手挡住被阳光照得都睁不开的双眼，一边跟我讲着小狗的故事——她说小狗啃坏了房东太太的羊皮小地毯，他们想尽办法去掩饰，最后不得不毁掉所有的证据——可是我并没有认真地听她说话。她和哥哥实在是太像了，可是查尔斯的那种硬朗、坚韧的相貌一旦复制到她的脸庞上（只有细微的区别），看上去很奇妙。对我来说，她就是个活生生的幻想：我一看到她，立刻就会魂不守舍，满脑子都是幻想，从希腊语到哥特语，从粗俗到神圣的，应有尽有。

我一边凝神欣赏着她脸部的轮廓，一边沉迷于她那甜美而又略带沙哑的嗓音。突然，一阵尖叫将我从这种想入非非的状态中拉出来。她站着不动了。

“怎么了？”

她埋头盯着湖水。“你看。”

水中有一片深红色的血迹在她脚旁开了花。我眨了眨眼，看见一股细细的血流呈螺旋状上升，在她苍白的脚趾上方盘旋着，像一根深红色的丝线，若隐若现地随着水势轻轻漂动。

“老天，你怎么了？”

“不知道。我踩在什么尖东西上了。”她一只手扶着我的肩头，我也顺势扶住她的腰部。一块绿色的碎玻璃，大概有三英寸长，深深地嵌进她足弓上面一点的肉里。鲜血随着她心脏的跳动，汩汩地流出来；那块染上鲜血的玻璃，在阳光里散发出邪恶的光芒。

“是什么东西？”她一边问，一边尽量弯下腰，想看看，“严重吗？”

看来是动脉被划破了。血喷涌出来，速度很快。

“弗朗西斯！”我喊道，“亨利！快过来！”

“我的天啊，”弗朗西斯走近看到这个情况后，忍不住喊了一声。他大踏步朝我们走过来，一只手提着睡袍的下摆，不让它落到水面。“你到底怎么了？还能走吗？让我看看。”他上气不接下气地说道。

卡米拉把我的胳膊抓得更紧了。她的脚已经被鲜血淹没。大滴的血沿着脚边渗下来，就像墨水一样，融进清澈的湖水里，扩散开来，消失得无影无踪。

“噢，上帝，”弗朗西斯说着便闭上了眼睛，“疼吗？”

“不疼。”她轻快地回答，可我知道肯定疼。我感觉到她的身体在颤抖，脸色也变得惨白。

亨利也走了过来，朝她倾下身体。“来，抱着我的脖子。”他熟练地把卡米拉抱了起来，就像捡起一片羽毛那么轻松。他把一只胳膊给卡米拉枕着，另一只则抱起她的膝盖。“弗朗西斯，赶快去把你车里的急救箱拿来。我们在中途碰面。”

“好。”弗朗西斯显然很高兴有人告诉他该怎么做，撒腿朝湖岸跑过去。

“亨利，把我放下来。血都弄到你身上了。”

亨利根本不理会。“听着，理查德，”他对我说，“把袜子拿来，把她的脚踝包起来。”

直到这时，我才刚开始想到要用止血的东西。我学过医学的。“紧吗？”我问她。

“还好。亨利，求求你把我放下来。我太沉了，你抱不动。”

亨利朝她微笑了一下。我现在才发现，亨利的一颗门牙上有一个很小的缺口，这让他的微笑更加迷人。“你就像一片羽毛那么轻。”他回应道。

有时候，假如现实中突然发生了什么难以理解的不幸，用超现实主义来理解。这时，仿佛所有的动作都慢下来，一切就像梦中的幻灯片一样，一张一张地播放着。手的每一个动作，说出的每一句话，在瞬间都会变成永恒。那些微小的事物——爬在树干上的一只蟋蟀，树叶上的叶脉——都被无限放大，把从模糊不清背景里来到无比清晰的前台。当时发生的情景给我的就是这种感觉。我们穿过草地，走到房子跟前。一切就像一幅生动的油画，生动得不太真实了——每颗鹅卵石，每一片草叶都是那么清晰，天空是那样蔚蓝，蓝得让我都不忍心去看。卡米拉软绵绵地躺在亨利的怀里，像画中那些失去生命的女孩子，脑袋向后仰着，一动不动，美丽的颈部曲线越发显眼。她的裙摆在微风中隐微抖动着。亨利的裤子上已经洒满铜钱大小的血滴，可是颜色太红，看起来不像是血迹，更像是他自己故意用毛笔刷上去的什么东西。在这死一般的寂静中，我只听到我们默默的脚步声，还有那细微而急速的脉搏跳动声。

查尔斯穿着睡袍，光着脚丫子，从山上飞奔下来，后面紧跟着弗朗西斯。亨利蹲下身子，轻轻地把卡米拉放在草地上，卡米拉用胳膊支着身体，坐起来。

“卡米拉，你还活着吗？”查尔斯气喘吁吁地问，立刻蹲下来查看伤势。

“得有人，”弗朗西斯边说边拆着绷带，“把她脚上的那块玻璃取出来。”

“让我试试？”查尔斯抬头看着卡米拉，问道。

“你小心。”

查尔斯用手握住她的脚跟，用拇指和食指捏住玻璃，轻轻往外一拉。卡米拉立刻屏住呼吸，往后一缩。

查尔斯也往后一退，好像被烫着了。他本来想再努力一次，可是没了勇气。他的指尖已经沾满鲜血。

“好了，继续。”卡米拉的声音已经相当平静。

“我做不到，我怕伤着你。”

“不管怎么样都会疼的。”

“我真的做不到。”查尔斯抬起头，可怜兮兮地说。

“让开。”亨利显然很不耐烦，立刻蹲下来，用手捧住卡米拉的脚。

查尔斯转过头去，他的脸几乎跟卡米拉的一样苍白。我在想，人们说双胞胎中的一个痛苦时，另一个也会感受到同样的伤害，也许是真的。

卡米拉睁大眼睛，还在向后退缩着；亨利手上沾满鲜血，举起那片弯弯的玻璃碎片。“完成了。”他说道。

接着，弗朗西斯用碘酒和绷带对伤口作了处理。

“我的上帝。”我惊讶地拿起那片通红的玻璃，对着太阳光观察着。

“真是个好姑娘，”弗朗西斯把绷带绕着她的足弓处缠了最后一圈，他跟所有的疑病症患者一样，在安慰病人方面很有一套，“瞧瞧，你一滴眼泪也没掉。”

“没有那么疼。”

“还说不疼，”弗朗西斯说，“你真的很棒。”

亨利站起来，说道：“她的确很勇敢。”

那天午后，我和查尔斯坐在前廊闲聊。天气好像一下就变冷了。虽然天空还是阳光普照，可风已经刮起来了。哈奇先生已经在屋里生起了火，我闻到了木柴燃烧的淡淡的气味。弗朗西斯也在屋里，他在准备晚餐。他边干活边唱歌，清亮而高亢但稍稍有点儿跑调的歌声从厨房的窗子飘出来。

卡米拉的伤口并不深。弗朗西斯开车送她去了急诊室——邦尼也去了，因为他特别恼火，发生了这么重大的事情，他居然在睡觉——不到一个小时，他们就回来了。卡米拉脚上缝了六针，缠着绷带，医生给她开了一瓶含可待因的泰诺林。这会儿，邦尼正在和亨利玩棒球，卡米拉也参加了，她用那只没有受伤的脚和另一只脚的脚尖支撑着身体，在草地上又是蹦又是跳。从前廊这看过去，她看上去有点洋洋自得和奇怪。

我和查尔斯在喝威士忌加苏打水。他一直在教我玩皮克牌（因为《名利场》中的罗顿·克洛利就玩这种牌），可是我学得很慢，很快这些扑克就被放在一边，无人理会了。

查尔斯啜了一小口酒。他今天随便找了套衣服套在身上。“真希望我们明天不用去汉普顿上课。”他说。

“真希望我们永远都不用回去，”我答道，“我希望能够住在这里。”

“好啊，说不定可以。”

“你说什么？”

“我不是说现在。但不是没有这个可能。也许毕业之后可以。”

“这话怎么说？”

他耸了耸肩。“是这样的，弗朗西斯的姑妈不愿意把房子卖掉，想把房子留给家族的人。弗朗西斯到了二十一岁，就可以不花一分钱，白白地从姑妈那里得到这所房子。他即使得不到，亨利的钱多得不知道该怎么花，他们可以合伙把这所房子买下来。简单。”

我对他这番诚实的话感到非常惊讶。

“我是说，亨利想在毕业之后，他如果能毕业的话，找个可以写书并研究十二大文明的地方。”

“你什么意思，他如果能毕业的话？”

“我的意思是，他也许不想毕业呢。他也许对学校感到厌烦。他以前说过要退学。他没有理由非待在这里，反正他毕业以后肯定也不会工作。”

“你觉得他不会工作？”我很好奇，反问道。我经常会想象亨利在中西部的某所偏远而优秀的大学里教授希腊语的情景。

查尔斯鼻子一哼，答道：“当然不会了。他为什么要工作呢？他并不缺钱，也教不好书。弗朗西斯这辈子都没有工作过。我猜他肯定会跟母亲住在一起，不过他也肯定受不了那个继父。他肯定更愿意待在这里。况且这样也可以离朱利安近一些。”

我喝了一小口饮料，看着远处草地上的几个人影。邦尼的头发掉下来挡住了眼睛，正准备击球。他一边调整着球棍的位置，一边左右脚交替移动着，那样子就像一位职业的高尔夫球手。

“朱利安有家人吗？”我问。

“没有，”查尔斯含着满口的冰块回答道，“他有几个外甥，可是他恨他们。呃，你看看这个。”他突然说道，屁股离开椅子，呈半站的姿势。

我随着他指的方向看过去。在草地的那一边，邦尼总算动手了，球轻轻穿过第六个或是第七个铁环门，令人难以置信地碰到了转弯处的标杆。

“快看，”我说，“我打赌他肯定会再打一杆的。”

“可是，他不会得分的，”查尔斯又坐下来，眼睛却没有离开草地，“看看亨利，他不会让邦尼得分的。”

亨利指着球没有穿过的那些铁环门。即使隔了这么远，我也能看出来，他正在说打球的规则。我还能够隐约听到邦尼惊讶地表示反对的声音。

“现在我的晕乎劲儿大概过去了。”查尔斯马上说道。

“我也是。”我附和道。金色的阳光照在草地上，投下柔和的影子，天空中白云朵朵，光芒四射，太阳就好像刚刚从牢笼中逃出来一般。我不愿意承认，其实我已经有几分醉意了。

有好大一会儿，我们都没有说话，只是看着他们。我往草地上望去，能听见槌棒击打槌球时发出的闷闷的“砰”的声音。我透过玻璃往屋内望去，看见弗朗西斯在唱歌，在锅碗瓢盆协奏曲和柜门开关的声音之中，我听见他在唱着：“我们都是迷途的黑色的小羔羊啊，吧啦吧啦。”

“弗朗西斯要是买下这所房子，”我总算说出来了，“你觉得他会让我们住在这里吗？”

“当然了。要是这里只有他跟亨利两个人，他肯定要闷死了。我猜邦尼可能要去银行上班，可是他周末总会有时间过来的吧，他只要把玛丽恩和孩子们留在家里就好了。”

我笑了。邦尼前一天晚上跟我谈到了孩子，他说他想要八个孩子——四个男孩四个女孩。这引发了亨利的一场毫无幽默感的长篇演讲。他说，繁殖周期的完成，在本质上就是迅速衰老和死亡的确定的预兆。

“真可怕，”查尔斯说，“真的，我能够想象得出来。他站在院子里，系着一条傻乎乎的围裙。”

“在烧烤架上做汉堡。”

“旁边有二十多个孩子，他们奔跑着，尖叫着，找他要吃的。”

“基瓦尼俱乐部[①]的野餐会。”

“懒惰男孩牌躺椅。”

“上帝。”

突然，一阵风吹过桦树林，黄黄的树叶哗啦啦地从树上掉下来。我又喝了一口酒。我如果是在这所房子里面长大的，肯定会百般珍惜房子。这所房子的墙壁上的每一道裂缝，棚架上那些枝蔓丛生的铁线莲，屋外像天鹅绒一般起伏的地面(渐渐变成灰色，消失在地平线上)，还有树林外面爬过山丘的隐约可见的公路。对于我来说，这些该是多么熟悉的事物啊！这个地方的所有色彩都已经深深渗透进我的血液。后来的汉普顿也一样，它总是自己突然出现在我的想象中，那是一团让人头晕目眩的白色、绿色和红色的混合。因此我一开始觉得这里就像是一幅色彩明亮的水彩画，上面有象牙白色、天青蓝色、栗色、艳橙色和金色，不过能够通过这些色块的边界约略辨认出那些物体的形状：房子、天空、枫树。当天，查尔斯陪着我待在前廊上，闻着空气中传来的木头的气味的那种感觉，好像应该是记忆中才会出现的情景。可是这一切却实实在在地存在于我眼前，美得令人不可思议。

天色渐渐暗下来；很快就要吃晚饭了。我把剩下的酒一口吞下肚去。我想到要住在这里，再也不用面对沥青马路、购物中心和那些组合家具；想到要和查尔斯、卡米拉、亨利、弗朗西斯和邦尼都住在这里；想到谁都不会结婚、不会去千

---

① 美国一家企业家俱乐部。

里之外找一份工作，或者在大学毕业之后，去做一些在朋友之间尔虞我诈的事情；想到一切都会维持现状——在这一刻这个想法如此可贵和真实，我不敢相信，不认为这种情况会真正发生。尽管如此，我当时产生过这样的想法。

弗朗西斯高歌一句，结束歌唱："先生们，让我们一起来欢唱……我们注定从这里走向永恒……"

查尔斯侧身过来问我："那么，你准备怎么办？"

"你是什么意思？"

"我是问，你有没有什么计划？"他笑起来，"你打算在今后的四五十年中干些什么？"

在远处的草地上，邦尼击中亨利的球，把球打到界外七十英尺的地方。接着是一阵刺耳的大笑声，声音不是很大，但是听起来很清晰，这阵笑声一直在夜晚的空气中飘荡着。直到今天，这阵笑声还时常萦绕着我。

第三章

我从踏上汉普顿的土地开始，就害怕期末来临，因为到那时我就不得不返回普雷诺平整土地、在加油站值班、扫地。日子一天天过去，雪越下越大，早上天也亮得越来越晚，我慢慢走向我在衣橱门背面上那个油迹斑斑的日历上所标注的日子（“十二月十七日——所有论文的最后交稿期”）。我的忧郁症像警报般不时发作起来。我一直都认为我不可能在父母家熬过整个圣诞假期，家里只有一棵塑料的圣诞树，天上也不会下雪，家里电视机永远都是开着的。而且，父母似乎也不是那么想见到我。这几年来，他们认识了一对爱唠叨、年纪比他们大又没有孩子的夫妇，他们姓麦克纳特。麦克纳特先生是汽车零配件销售员，麦克纳特夫人消瘦得像一只鸽子，是卖雅芳产品的。他们老是支使我爹妈干些例如坐公共汽车去厂家直销店购物，玩一种叫做“欺诈”的骰子游戏，流连于拉玛达旅馆的钢琴酒吧。这些活动大部分在假期进行，我的出现会被当作妨碍，应该受到责备。

但圣诞假期的这些问题只是我烦恼的一半。汉普顿位于极北之地，学校的大楼又年代古老，加装暖气的成本极高，所以学校每年的一、二月份都会放假。我仿佛已经听到父亲一边喝着啤酒一边醉醺醺地向麦克纳特先生抱怨我。而麦克纳特先生也会心怀不轨地煽风点火，说我是个被宠坏的孩子，他自己要是有一个孩子，绝对不会让他这么轻蔑地对待自己。他的这些话总是能把我父亲刺激得狂怒不已，最终他会疯狂地冲进我的房间，吼着让我出来。他的食指颤抖着指着我，眼睛瞪得像奥赛罗似的。我在加利福尼亚念高中和念大学时，他这样发作过几次。他这么做其实没有任何原因，只不过是想在我母亲以及他的朋友面前表现出一种权威。以前他自己每次厌倦了这种的行为，而且允许我母亲对他说些“人话”时，还是欢迎我回家的。但现在怎么样了呢？我在加利福尼亚连一间卧室都没有了。十月份时，妈妈写信告诉我，她已经把我卧室的家具都卖了，把那儿改成了缝纫间。

亨利和邦尼打算在寒假到意大利去旅行，去罗马。邦尼在十二月初告诉我时我感到很吃惊。他俩，尤其是亨利，已经闹了一个多月的别扭了。我知道邦尼在过去几周内向他要钱要得很紧，但是亨利虽有所抱怨，却很奇怪地好像没有办法拒绝他。我相当确定比起“钱”，他更看重自己的原则。我也敢打赌，不论情形有多紧张，邦尼都会视而不见。

这趟旅行成了邦尼整天谈论的话题。他买了衣裳、一本旅游手册，一套名叫《让我们说意大利语》的磁带保证让听众在两周甚至更短的时间内学会意大利语，封套上吹嘘道“哪怕在其他语言课程上不走运的人也能学会”，以及一本多萝茜·赛耶尔翻译的但丁的《地狱篇》。他知道我寒假没地方可去，所以很乐意在我的伤口上撒盐。他一边眨着眼睛一边对我说：“我在喝堪培利酒以及乘坐贡多拉时会想你的。”亨利却很少谈及这次旅行。邦尼喋喋不休时，他总是坐在一旁一口一口地吸着烟，好像听不懂邦尼蹩脚的意大利语。

弗朗西斯说过很希望我在圣诞节期间到波士顿，然后陪着他去纽约。那对双胞胎已经给住在弗吉尼亚的奶奶打过电话了，他们的奶奶说很高兴我在寒假去她家。但是钱是一个大问题，因为在学校开学前的这几个月中，我必须找一份工作。我如果还希望在春季重返学校，就必须挣钱。我如果总是和弗朗西斯他们搅和在一起，就没法干好工作。那对双胞胎会像往常在假日里时一样，在他们叔叔的律师事务所当助理。他们总是有机会把一份工作拉长为两个人干的活，查尔斯开车送奥尔曼叔叔去临时性的不动产拍卖会和卖酒的小店，卡米拉就坐在办公室等着接那部从未响起过的电话。我知道他们绝对不会想到我也需要找一份工作，我以前说过的关于加州人富有的童话给别人留下的印象比我所想象的要深得多。“你们干活时我怎么办？”我问道，真希望他们能够听出我的弦外之音，但是他们永远都听不出来。“我恐怕也没有什么好办法，”查尔斯抱歉地说道，“看看书，和奶奶说说话，和小狗玩一玩。”

现在我唯一的选择似乎就是留在汉普顿。罗兰博士很乐意我留下来，但是他付的薪水连租一个像样的房间都不够。查尔斯和卡米拉把他们的房间转租出去了，弗朗西斯的房间曾经让他一个十几岁的表弟住过，亨利的房间就我所知是空的。但是他没有主动说我可以去住，我也因为面子而开不了口。乡下的房子当然是空的，但是那儿离汉普顿有一个小时的车程，而我又没有车。这时我听说了一个老嬉皮士，他是汉普顿以前的学生，在一个废弃仓库中开了一家乐器商店。他愿意让我免费住在仓库里，条件是我有时需要帮忙削一削木钉，或者打磨一下曼陀林琴。

也许是因为不愿意在别人的怜悯或轻视下生活，我刻意隐瞒了我留下来的真实原因。而且我那附庸风雅、一无是处的父母并不希望我回家过假期，我最终决定一个人在汉普顿留下来（虽然目前还居无定所），埋头学习希腊语。我高傲地拒绝了其他人对我在金钱方面所提出的懦夫般的帮助。

我的这种淡泊名利的做法，像亨利一样全身心地投入学业，以及对世界上其他事物的普遍藐视，为我赢得了各方面的夸赞，特别是亨利。“我不会介意这个冬天一个人待在这里，”在十一月一个阴冷的晚上，我们从查尔斯和卡米拉的家里一起向回走的路上他对我说道，铺满在路上的潮湿落叶经常可以没到我们鞋子的脚踝处，“学校被栅栏围起来了，镇上的小店下午三点就都关门了。周围都是一片雪白，空空荡荡的，四周除了风声就没有别的声音了。以前，雪一直可以堆到屋檐那么高，人们往往会被堵在屋子里活活饿死，直到来年春天才被人发现。”他的声音显得那么缥缈、静谧，但是我的心里却敲起了小鼓，在我的家乡，冬天根本不下雪。

学期的最后一周，大家都匆匆忙忙地打包、打印论文、预定旅馆房间、打电话给家里。唯独我没有动静，我用不着提前完成我的论文，因为我完成论文后也没有地方可以去。我可以等到屋子里都空了，慢慢打包。邦尼是最先走的人，近三个星期，他一直在为第四门课要写的论文惶恐不安，那是一门叫“英国文学名著”的课程。作业要求是就约翰·多恩写一份二十五页的论文。我们都在猜他将如何应付，因为他写作一向非常吃力。虽然他总是声称自己有阅读困难症，但让他吃力的真正原因是他的注意力就如同孩童一般无法持久。他几乎从来就不会阅读任何一门课所规定的文章或者补充书籍。所以他对任何课题的知识最终都变成为一锅由互相矛盾的事实所组成的大杂烩，这些知识经常风马牛不相及或者驴唇不对马嘴，而且都是他碰巧在课堂讨论中听到过或者认为自己在某处读到过的。他每次要写论文时，要么会在询问亨利之后（他总是习惯于去问亨利，仿佛亨利是一幅地图），将这些不知出处的片断全部连缀在一起，要么向《世界图书百科全书》或《智者与君子》(蒂普顿·查斯福德写的一套六卷本的儿童读物，从十九世纪九十年代写起，包含了各个时代伟大人物的简略描写，文笔夸张）两套书寻求帮助。

邦尼写的东西应该完全是原创的，因为他的参考书目太怪异，而且他有办法将书里的原话经过他那云山雾罩的大脑转化为不知所云的词句。有关约翰·多恩的论文应该算是他的所有“高论”中最差的一篇。具有讽刺意味的是，那是他唯一见诸铅字的东西。他失踪之后，有一位记者索要过这位失踪的年轻学者以前的著作，马丽恩给了他这篇论文的复印件，论文经过记者费劲的修改后，某一段落最终出现在《人物》杂志上。

邦尼不知从什么地方听说约翰·多恩与伊萨克·沃尔顿相熟，在他的潜意识中，这种友谊被放得越来越大，最后他认为这两个人是“焦不离孟，孟不离焦”。我们永远都不会明白这种重大的关联是如何建立起来的——亨利说要怪《智者与君子》这套书，但是没人知道这是不是真的。离论文截稿还有一周或两周时，他就已经开始在我的房间晃荡了。他的领带歪斜着，眼珠来回迅速转动，看起来就像刚刚从某种自然灾难中死里逃生。“嗨，嗨，”他走进来说，双手抓挠着乱糟糟的头发，“真不该吵醒你，别介意我开灯，不介意吧？我们谈谈吧，对，对……”他把灯打开，然后穿着外套、背着双手来回踱步，还边走边摇头。最后他蓦然停下来，眼睛中流露出绝望的神情，说：“metahemeralism。给我讲一讲。把你知道的一切都讲出来。我需要对 metahemeralism 有所了解。”

“对不起。我不知道这个词是什么意思。”

“我也不知道，”邦尼说，“与艺术或田园诗之类的东西有关。要知道，我只有通过它才能把约翰·多恩和伊萨克·沃尔顿联系起来。”他又开始踱步。“多恩。沃尔顿。Metahemeralism。我看这就是问题所在。”

“邦尼，我觉得 metahemeralism 这个词好像根本不存在。”

“肯定存在。它来自拉丁文。与反讽和田园诗有关，是的，就是这样。或许有关绘画、雕塑什么的。”

“词典里有吗？”

“不知道。我不知道怎么拼。我是说——”他用双手比划了一个拍照的样子，“诗人和渔夫。好极了。亲密的伙伴。在开放的空间里，过着美好的生活。Metahemeralism是他们之间的是黏合剂，明白吗？”

就这样，在大约半个小时的时间里，邦尼口中念念有词，说着捕鱼、十四行诗还有其他不知所云的东西。在独白的过程中，他会灵感突现，突然间咆哮起来。

他完成论文时，离截稿日期还有四天，所以他先将论文在大家中间传阅。

“这是一篇不错的论文，邦。”查尔斯谨慎地说。

“谢谢，谢谢。”

“可是，你不该多谈谈约翰·多恩吗？作业不是这样要求的吗？”

“哦，多恩，”邦尼冷冷地说，“我不想把他拉扯进来。”

亨利拒绝读那篇论文。“我肯定理解不了，邦尼，说真的，”他眼睛扫着第一页说，“嗨，字体是不是有问题？”

“三倍行距。”邦尼自鸣得意地说。

“行距有一英寸宽。”

“看起来像自由诗，对不对？”

亨利鼻子哼了一声，有点嗤之以鼻的意思。“看起来像菜单。”他说。

关于那篇论文，我只记得末尾一句是：“我们将多恩和沃尔顿留在metahemeralism的国度，我们向昔日著名的一对密友亲切告别。”我们怀疑他的论文可能不会过关。但邦尼并不担心：意大利之旅正逐渐来临，比萨斜塔的阴影甚至已降落到他夜晚的床上，使他陷入高度兴奋的状态。他急于尽快离开汉普顿并摆脱各种家庭责任，尽快踏上旅程。

他突然问我，我既然没什么事做，能否过去帮他收拾行李。我说可以，然后赶过去，发现他正在将所有抽屉里的东西都倒进行李箱，衣服摆得到处都是。我走过去，小心翼翼地将墙上一幅带框的日本画摘下来，放在他的桌子上。“别碰那幅画，”他大喊，然后将床头柜的抽屉“砰”地扔在地上，冲过来抓住那幅画，

“这件东西有两百年的历史。”我知道他在胡言乱语，因为几周前我正好看到，他在图书馆里用剃刀小心翼翼地从一本书上割下这幅画。我一言未发，但心里很恼火，所以扭头就走。真不明白他脸皮怎么这么厚，编出这种理由。后来他走后，我在自己的信箱里发现了一封生硬的道歉信，捆在一起的还有一本精装鲁珀特·布鲁克诗集和一盒小明茨牌巧克力。

亨利走得既快又平静。一天晚上他告诉我们他要走了，结果第二天就不见了人影。（去圣路易斯了？还是去了意大利？我们一无所知。）弗朗西斯随后一天离开，设计了一次漫长的告别——查尔斯、卡米拉、我站在路边，鼻子冻得生疼，耳朵冻得发僵，弗朗西斯将车窗摇下来，对着我们大声喊话，马达在空转，白烟形成的雾气弥漫在野马车的周围。告别足足持续了有四十五分钟。

或许是因为双胞胎最后离开，所以我最不愿看到他们走。弗朗西斯的汽车喇叭声逐渐消失在远处雪地里、不再有回声后，我们穿过森林，走回他们家，一路上默默无语。查尔斯打开电灯时，我看到那个地方整洁得令人心碎——水槽里空空如也，地板打过亮亮的蜡，门边摆着一排行李箱。

当天中午，餐厅已经关门，雪下得很大，天越来越黑，而我们没有车。冰箱刚刚清理过，还散发出来苏打水的气味，里面空空如也。我们坐在厨房餐桌旁，凑合着吃了一顿凄惨的晚餐：听装蘑菇汤，苏打饼干，没加糖和牛奶的茶。谈话的主题是查尔斯和卡米拉的旅程——他们如何整理行李，他们应何时叫出租车才能赶上六点半的火车。我加入他们的谈话，但一种深深的忧郁感开始从我的心底升起，它将在几周时间里都不会消散。弗朗西斯的车刚消失在下着雪而阴霾的远方，车发出的声音犹在耳畔，而我猛然意识到：在接下来的两个月里我将多么孤独，学校关门，大雪纷飞，所有人都离开了。

他们对我说，他们第二天一早就要动身，所以我不必去送他们，但我还是早晨五点钟到了他们住的地方，向他们道别。那是个晴朗的早晨，天还是黑的，天空中星光点点，科蒙斯走廊里的温度计显示气温已到了零度。出租车已等在门外，车屁股冒出白色烟雾。司机盖上已装得满满当当的后备箱，查尔斯和卡米拉锁上房门。他们紧张又忙碌，我的存在并没有带给他们多少快乐。他们两人都对旅行感到紧张：他们的父母死于一次周末驾车去华盛顿的车祸中，所以他们无论到哪里去，临行前几天都会感到紧张不安。

他们已经有些迟了。查尔斯将手提箱放下，与我握握手。“圣诞快乐，理查德。你会写信给我们，对不对？”他说，然后向出租车走去。卡米拉艰难地提着两个巨大的行李箱，将箱子放在雪里，说：“真见鬼，我们根本没办法把这些行李搬到火车上。”

她喘着粗气，明亮的双颊上飞起两片红云。我在一生中从未看到有谁在生气时能这么美丽。我站在那儿呆呆地盯着她，血液在我的血管里沸腾着，竟忘了精心编排的计划：以一吻向她道别。这时她出其不意地冲过来，用双臂抱住我。她把她的脸贴到我的脸上，我听到她气喘吁吁，感到她的脸像冰一样冷。我握住她戴着手套的手时，大拇指感觉到她纤细的手腕下面，脉搏飞快。

出租车喇叭响了，查尔斯将头探出车窗。“快点。”他大喊。

我将她的包搬到人行道上，然后站在路灯下面，看着他们逐渐远去。他们在后座上转过身来，把手伸到车窗外面对我挥着。我站在那里看着他们，看着自己扭曲的影像在深色弧形玻璃上逐渐模糊。然后出租车拐过街角，消失不见。

我站在荒凉的街道上，汽车马达声渐渐消失，只听得到风卷雪花的簌簌声。然后我返回校园，双手深深插进裤兜里，脚踩在雪地上，发出令人难受的吱吱声。宿舍楼既黑暗又沉寂，网球场后面的停车场非常空旷，只有几辆校车和一辆孤独的绿色维修车。在我居住的宿舍楼里，走廊上有很多被丢弃的鞋盒和衣架，很多宿舍的门半开着，黑暗和沉静得一如坟墓。我的情绪低落到人生的最低点。我拉上窗帘，躺倒在未整理的床铺上，再次进入梦乡。

我的东西很少，可以全带着出门。我当天中午再次醒来后，整理出两个行李箱，将宿舍钥匙放在保安室，拖着行李踏上通向城里的那条荒凉、雪花飞舞的道路，目标是那位嬉皮士在电话中所说的地址。

路程比我预想的长。不久我就离开大路，开始穿行在卡特拉卡特山附近某个十分荒凉的地区。我的路与一条水流湍急的浅河（巴滕基尔河）平行，河上有很多座桥。路旁的人家很少，佛蒙特州偏远地区那种常见的房车也很少出现在这里。大量的木材堆放在路旁，冒黑烟的烟囱也十分稀少。我只在某个人的庭院里看到一辆废弃的车，车被空心砖支撑起来。除此之外，再也没看到别的车。

在夏天，这会是一次愉快的旅程，但目前是十二月份，地上的雪有两英尺厚，而且我还带着两个重重的行李箱。我开始怀疑自己能否到达目的地。我的脚趾和手指都冻僵了，我必须不时停下来歇息。但渐渐地，周围不再那么荒凉，然后我看到一条路，它通向我要去的地方：东汉普顿的繁华街。

汉普顿市的这个部分我从未来过，这里与我所知的那个部分有天壤之别——枫树和墙板隔出的店铺，绿色的乡村和法院的大钟。在这个汉普顿，有水塔被炸毁后形成的水塘，有生锈的铁轨，有破败的仓库和工厂，门都已被木板钉上，窗玻璃破碎。这里的一切看起来好像从大萧条时期就被抛弃了，只有街道尽头一家破旧的酒吧例外。从门外扎堆停着的卡车来判断，那里生意挺红火的，尽管现在还早，下午才刚刚开始。成串的圣诞节彩灯和塑料冬青枝被挂在霓虹灯上。我向酒吧扫了一眼，看到里面有一排穿法兰绒衬衫的男人，每人面前都放着酒杯或啤酒瓶，另外——再往后看——一伙年轻人正在比赛投飞镖，还有一伙胖胖的人围绕在一张台球桌周围。我站在红色的、挂着塑料布的门外，透过门上端的一个小孔更仔细地往里瞧。我是否应该进去问问路、喝杯酒、暖和一下？我觉得应该进去，我把手放在油腻的铜制门把手上时，在窗户上看到这个地方的名字：击石酒吧。我在本地新闻中听说过击石酒吧。它是汉普顿小规模犯罪的中心——常有刀子伤人、强奸等案件，但从不会有证人。如果你是个从山上下来又迷了路的大学生，那么这里肯定不是你想孤身一人去喝酒的地方。而且，找到那个嬉皮士的住所并不太困难——就是河旁边的一座仓库，它被漆成明亮的紫色。

那位嬉皮士终于出来开门时，看起来很生气，好像我把他吵醒了。“伙计，下次直接进来就行了。”他阴沉着脸说。他身材敦实，穿着汗渍斑斑的T恤衫，留着红色的络腮胡，看起来好像在击石酒吧的台球桌旁与朋友度过了很多个夜晚。他指给我看我要住的房间，房间在一段金属楼梯（当然是没有栏杆的那种）的顶端。然后他就默默消失了。

我发现自己来到了一个肮脏的、洞穴般的房间，木板铺成的地板，高高的、暴露在外的椽子。除了一个破衣柜、墙角一把高椅子，房间里完全没有家具，但有一台割草机、一个生锈的油桶、一张支架台，台子上散乱地摆放着砂纸和木工用具，还有几片切好的木头，那或许是曼陀林琴的外部结构。锯末、钉子、食物包装纸、烟头、二十世纪七十年代的《花花公子》杂志凌乱地摆放在地板上，多格子的窗户上覆盖着霜和灰尘。

我放下一只行李箱，紧接着另一只也从我麻木的手中滑下来。片刻之间，我的脑袋也是麻木的，毫无评判地记录着这周围带给我的印象。然后，我突然听到巨大的水流声。我走过去，透过支架台后面的后窗向外看，惊讶地发现：下面三英尺处竟是宽阔的水面。我再向远处望去，看到水流在拍打着一处堤坝，浪花四溅。我为了看得更清楚些，用手擦拭窗户上一小块地方，这时才注意到，我虽然已在室内，但呼出的仍是白汽。

突然，一阵刺骨的寒风向我袭来。我抬头仰望。房顶上有一个大洞，我看到了蓝色的天空，一片云正在快速从左向右移动，穿过洞周围参差不齐的黑色边缘。细细的雪花穿过那个洞落下来，在木地板上印出的图形与洞的形状完全一致，只是上面有一个脚印的轮廓，那是我的脚印。

后来有很多人问过我，我当时是否认识到情况有多么危险：一年中最冷的月份住在佛蒙特州北部没有取暖设备的房子里。说实话，我当时没有想到这一点。我脑海里想的都是曾经听说的故事：酒鬼，老人，由于粗心被冻死的滑雪者，但由于某种原因，这些好像都与我无关。我的住处的确不舒适，这里非常脏、特别冷；但我从未想到这里不安全。其他学生也曾在这里居住；那个嬉皮士就自己住在这里；学生咨询办公室的一位接待员曾向我介绍过这里。我所不知道的是：那位嬉皮士自己的房间里有取暖设备，而以前来这里的学生都自己带来电暖气和电热毯。而且，房顶上的洞是最近才出现的，学生咨询办公室对此并不了解。我猜，任何知道整个故事的人都会劝我离开，但没人知道。我对自己住在这样的地方感到非常难堪，所以没告诉任何人，就连罗兰博士也没告诉。唯一知道这些的就是那位嬉皮士，而他对别人的事毫不关心。

第二天一早，天还黑着时，在地板上裹着毯子睡的我醒来（我睡觉时穿两三件毛衣、长长的内衣、羊毛裤还有外套），然后我步行去罗兰博士的办公室。这是一段长长的路程，而如果下雪或刮风，这就成了悲惨的经历。当冻得发抖、筋疲力尽的我到达科蒙斯之时，正是看门人当天开锁的时候。然后我会沿着楼梯走下去，在地下室里刮胡子、淋浴，那是个废弃的、相当恐怖的房间——白色瓷砖，暴露在外的管道，地面中央有一条排水沟，曾在二战时作为临时医务所。看门人用水龙头往洗衣桶注水，所以水还在流，那里还有个煤气炉，一些装着玻璃门的空柜子，我在一个柜子的最里面放了一把剃刀、一块香皂，还有一块叠起来的、不会引人注意的毛巾。然后我会到社会科学系办公室的轻便电炉上为自己热一罐汤、煮一些速溶咖啡。罗兰博士和那些秘书到来时，我早已开始了一天的工作。

在此之前，我经常缺席，经常找各种借口，经常无法按时完成任务，罗兰博士早已习惯于我的表现，所以他看到我突然变得勤奋时，感到非常惊讶，而且相当疑惑。他表扬了我的工作，对我详加盘问。我几次听到他在大厅里与卡布里尼博士谈起我的变化。卡布里尼博士是心理系的系主任，这座楼里的教师中只有他和罗兰博士留下来过冬。毫无疑问，一开始罗兰博士认为我在耍什么新花招。但几周时间过去了，我每天都在热情工作，记录越来越好，他开始相信：我起初缺乏自信，但最终战胜了自己。二月初时，他给我加了薪水。或许他希望，这种方式能够进一步激励我的干劲。然而，冬天结束后，他开始感到懊悔，因为我回到了蒙默斯楼舒适的小房间，回到了以前那种不合格的状态。

我在罗兰博士那里尽可能体面地工作到很晚，然后到科蒙斯的小吃店用晚餐。在某些幸运的夜晚，之后还有地方可以去。所以我每天急切地看公告栏，寻找匿名戒酒会的聚会，或当地中学《蓬莱仙舞》之类的演出。但通常什么活动也没有，而科蒙斯七点钟关门，所以我只能在风雪与黑暗中踏上归程。

那个仓库中的寒冷是我前所未见的，之后也从未再经历过。我现在想，自己当时如果有一点常识，就应该出去买一个电暖气，但仅仅四个月前，我还身在美国气候最温暖的一个地区，所以对这类设备可以说是一无所知。我从未想到，佛蒙特一半人口根本不会体会到我每晚经历的寒冷——刺骨而无情的寒冷使我的关节非常疼痛，甚至侵入我的梦：浮冰，探险时迷路，孤身一人在黑色的北冰洋挣扎，浪头上空盘旋着搜索飞机投下的灯光。我早晨醒来时，感到全身僵硬而酸痛，就像遭受了一顿暴打。我起初以为这是因为我睡在地板上。后来我才意识到，这种疾病的真正原因是剧烈的、无情的颤抖，我的肌肉像遭到了电击一样机械性地收缩，整晚如此，每晚如此。

令我惊讶的是，那位叫利奥的嬉皮士对我很气愤，他埋怨我没有花更多时间去切割曼陀林琴的支架，或折弯木板，或做一些我来这儿应该做的事情。“你在偷懒，伙计。”他每次碰巧看到我时总会用威胁的口气说。他认为我学习过乐器制作，能够干各种复杂的技术性活计，虽然我从未这么说过。“是的，你会，”我辩解自己对此一窍不通时他说，“你会。你说过，你曾有一个夏天在蓝山居住，在那里制作杜西莫琴。在肯塔基。”

对此我无话可说。我习惯于面对自己的谎言，但对于别人的谎言，我总是无言以对。我只能表示否认，然后相当诚实地说，我都不知道杜西莫琴是什么东西。“那就削琴栓，”他蛮横地说，“再把这里打扫干净。”我耐心地回答说，这个房间太冷了，我没办法摘掉手套去削琴栓。“那就把手套的手指部分割去。”利奥泰然自若地说。我与他在前厅的这种较劲是我们之间最深入的交往。我最终认识到：利奥虽然伪称多么热爱曼陀林琴，其实从未踏足工作间，而且我来这儿之前几个月已是如此。我开始怀疑，他是否知道房顶上塌了一个大洞。有一天我终于鼓起勇气向他提及此事。“我觉得你可以自己去处理这事。”他说。结果这又成了我的一桩倒霉事。一个星期天，我找了几块曼陀林琴的废木料，尝试去补那个洞，结果差点丢了小命。房顶的坡度非常陡，我失去平衡，差点掉进水库里，关键时刻白铁皮的排水管帮了忙，老天保佑，它还挺牢固的。我终于捡回一条命——手都被生锈的白铁皮割破了，我不得不去打破伤风针——但利奥的锤子、锯和那几块废木料都掉进了水库里。工具都沉入水底，可能利奥到现在都不知道它们丢了，但遗憾的是，那几块废木料浮在水面上，最后聚集在泄洪道，而泄洪道正好在利奥卧室窗户的外面。当然，他肯定对此发出很多抱怨，如大学生如何不关心别人的东西，所有人一直都在敲诈他什么的。

圣诞节不知不觉地来临了，我在节日期间没有工作要做，所有地方都关门，没有地方去取暖，只有教堂例外，可以进去暖和几个小时。之后我回到仓库，用毯子将自己裹起来，在地板上来回翻滚，我一边感受着刺骨的寒冷，一边回想童年度过的所有温暖的圣诞节——橘子、自行车、呼啦圈，暖洋洋的屋子里闪烁的绿色金箔彩条。

偶尔有邮件过来，都是由汉普顿大学转交的。弗朗西斯寄给我一封六页的信，描述他感到多么无聊，而且自从我们分手后，他吃什么都感到恶心。双胞胎——老天保佑他们——寄来了几盒他们祖母做的饼干，而且他们用不同墨水交替写信——查尔斯用黑色墨水，卡米拉用红色墨水。一月的第二周，我收到来自罗马的明信片，没有回信地址。明信片上的照片是奥古斯都雕像；旁边有邦尼画的他自己和亨利的漫画，手法娴熟得令人吃惊，上面的亨利是古罗马装束（宽松长袍，圆圆的小眼镜），正斜着眼睛好奇地看雕像手臂所指的方向。（奥古斯都是邦尼的英雄，在文学系的圣诞派对上，有人朗读《路加福音二》伯利恒的故事时提到了奥古斯都的名字，邦尼竟高兴得大喊起来，弄得我们很尴尬。“这有什么，”我们劝他安静时他说，“全世界人差点儿都向他缴税。”）

我至今仍保留着这张明信片。画是用铅笔画的，非常有个性。这么多年过去了，画已有点脏了，但仍清晰可辨。画下没有签名，但我不会弄错画者的身份：

老伙计理查德：
你冻僵了吗？这里相当暖和。
我们住在一家膳宿公寓。
我昨天在餐馆里犯了个错误，
叫了一份特难吃的巧克力，
但亨利把它吃光了。
这里每个人都是讨厌的天主教徒。
再见。再见。

弗朗西斯和双胞胎坚持不懈地问我在汉普顿的地址。“你现在住在哪里？”查尔斯用黑墨水问。“是啊，在哪里？”卡米拉用红墨水追问。她使用了一种摩洛哥草颜色的墨水，我十分思念她，这种奔放的颜色令我回想起她柔弱、欢快而嘶哑的嗓音。我不想把地址给他们，就忽略了那些问题，复信时只泛泛谈到大雪、美景、孤独感。我经常想，不认识我的某个人看到这些信时，肯定会觉得我的生活很奇特。信中描述的生存状态十分超脱，不带感情色彩，包罗万象而又漫无边际，经常有大段空白处，使读信人戛然而止。改动一下日期和环境，这些信看上去就像出自乔答摩·悉达多之手。

我写这些信是在早晨开始工作之前，在图书馆里，或晚上在科蒙斯里面迟迟不归时——我每晚总是待到看门人下逐客令时。我的生活是由这种支离破碎的时间段组成的，我总是滞留在一个又一个公共场所，好像在等待那永不会到来的火车。据说有些鬼魂总是深夜在车站游荡，向路过的行人询问二十年前出轨的"午夜快车"的时刻表。我就像一个这样的鬼魂，从这一光亮处游荡到那一光亮处，直到可怕时刻来临、所有门都关闭时，我才从充满温暖的人群和话语的世界走开。之后我又会感觉到那种熟悉的、刺骨的寒冷，而所有的温暖和灯光都会被忘记，我在生活中从未感受过那些温暖。

我成了一个"隐形专家"。我能一杯咖啡喝上两小时、一顿饭吃上四小时，同时不会引起服务员的注意。虽然科蒙斯的看门人每晚关门时将我驱逐出来，但我怀疑他们并未认识到，他们两次催促的并非同一个人。星期天下午，我会披上"隐身斗篷"，在大约六小时时间里坐在医院里，平静地阅读《美国佬》杂志或者是《卡蒂亨克岛在挖蛤》《读者文摘》《缓解背部疼痛的十种方法》，我的存在从未引起接待员、医生、其他患者的注意。

但是，就像 H. G. 威尔斯笔下的"隐形人"一样，我是付出了一些代价才发现了自己的才能，这种代价就是黑暗的心理状态。人们好像都不看我的眼睛，好像都是在敷衍我，我的偏执想法变得越来越疯狂。我开始确信，总有一刻，通向我房间的楼梯的某一级会断裂，我会摔下去，脖子折断，或更加糟糕，腿被摔断，在利奥来帮我之前，我会冻死或饿死。因为有一天，当我毫无畏惧地成功爬上楼梯后，布赖恩·伊诺的一首老歌从我的脑海中掠过（"在新德里 / 还有香港 / 他们都知道它不会长久……"），现在我每次上下楼梯都必须唱这首歌。

我每天从那座跨河小桥上经过两次，每次都必须停下来，在河边的咖啡色雪里挖东西，直到发现一块形状漂亮的石头。然后我会靠在冰冷的栏杆上，将石头扔进湍急的水流中。河床是花岗岩，水流冲刷着花岗岩中带斑点的恐龙蛋，泛起泡沫。我的石头是给河神的礼物，或许是为了安全过桥，或许是为了证明：我虽然是隐形的，但真的存在。有些地方水流很浅、很清澈，有时我能清楚地听到扔下的石头撞击河床的声音。我双手抓着冰冷的栏杆，盯着水流拍击河中巨石，在滚圆的石头上溅起水花，这时我就会想，如果我掉下去，头撞在其中一块明亮的石头上，那将是什么情景：响亮的爆裂声，我突然间变得软弱无力，然后玻璃般的水流呈现出红色大理石一样的纹路。

我在想，我如果自己跳下去，谁会在这雪白的沉寂中发现我？河流是否会将我冲过这些岩石，将我冲到染料厂下面的平静水湾，而在那里，某位女士会在下午五点将车开出停车场，在车头灯的光亮里发现我，或者，我是否会像利奥曼陀林琴的废木料一样，固执地停留在一块巨石后面某个安静所在，衣服擦拭着身体，等待着春天的到来？

我应该说一句，这是一月份的第三周。气温在下降；我的生活以前只是孤独而痛苦，这时已变得难以忍受。我每天在头昏眼花中上下班，有时冒着零下十度、二十度的低温，有时暴风雪非常严重，我只能看到白茫茫一片。我能够回到家，完全是因为紧贴着路旁的护栏向前走。我一旦到家，马上将自己裹进脏兮兮的毯子里，像死人一样倒在地板上。我要么挣扎着逃避寒冷，要么就是爱伦·坡式的恐怖想象占据了我的全部头脑。我有一晚做梦时，看见了自己的尸体，结冰的头发根根竖起，双眼圆睁。

我每天早晨准点到达罗兰博士的办公室。他自诩为心理学家，却没注意到《精神崩溃的十大征兆》中的任何一条，而他学的教的都是这些东西。他经常在我沉默时自言自语，说橄榄球，说他待小狗像待孩子一样。他说到的关于我的话不多，而且很含糊，难以理解。例如他问我，我既然在戏剧系，为什么没有演过戏——“有什么问题？小伙子，你害羞吗？向他们展现你的风貌。”还有一次，他非常唐突地告诉我，他在布朗大学时，曾与走廊另一端的一个男孩同处一室过。有一天他说，他不知道我的朋友在汉普顿过冬。

“我没有任何朋友在这里过冬。”我说，这是实情。

“你不该这样对朋友不管不顾。你现在结交的朋友将是你最要好的朋友。你可能不信，到我这个年龄时，朋友就开始分道扬镳了。”

我夜晚往家走时，周围已变得白茫茫的，好像我没有过去、没有记忆，要在这白茫茫、咝咝响的道路上没完没了地走下去。

我现在也不能完全明白自己当时得了什么病。医生说是慢性低体温症，营养不良，还有轻微的肺炎。我也不知道，生病是否为我产生各种幻觉和思维混乱的原因。我几乎并未意识到自己病了：任何发烧或疼痛的症状都被更直接的痛苦掩盖了。

我陷入了困境。根据气象记录，这是本地二十五年来最寒冷的一月份。我害怕自己会被冻死，但我根本没地方可去。我本可以问问罗兰博士，看是否能跟他和他的女朋友同住一套公寓，但想到那种困窘，我宁可选择死亡。其他人我都素不相识，我不愿去敲陌生人的门。一个困苦的夜晚，我用击石酒吧门外的付费电话给父母打电话。外面是雨夹雪，我颤抖得厉害，几乎无法把硬币投进投币孔。我绝望地、半信半疑地希望他们能寄过来一些钱或一张机票，但我不知道自己希望他们说些什么话。现在想来，我当时的想法可能是：我听到从远方温暖地方传来的父母的声音，或许会感觉好一些。但是，电话响了六七声铃之后，我听到父亲夹杂着醉意的不耐烦声音时，我的喉咙感到又硬又干，我随即把电话挂了。

罗兰博士又提到他想象中的我的那位朋友。博士这次在住宅区看到了他。博士在深夜开车回家时，看到他走在广场上。

“我跟你说过，现在我在这儿没朋友。”我说。

“你知道我在说谁。那个大男孩。戴着眼镜。”

一个长得像亨利或邦尼的人？“你肯定搞错了。”我说。

气温直线下降，我被迫到卡塔芒特汽车旅馆待几个晚上。旅馆里只有我一个客人，此外就只有开旅馆的那个满口烂牙的老头。他睡在我隔壁的房间，总是大声地咳嗽和吐痰，搞得我难以入眠。我的房门上没有锁，只有那种用发夹即可撬开的老式门闩。在第三个晚上，我从噩梦（梦魇中的楼梯台阶高低宽窄不一；一个人在我前面往下走，速度非常快）中醒来，听到一种微弱的咔哒声。我在床上坐起来，满怀恐惧地发现门把手在月光中缓慢地旋转。“谁在那儿？”我大声喊，门把手停止旋转。我在黑暗中清醒地躺了很长时间。第二天早晨我离开旅馆，我宁可在利奥那儿安静地死去，也不愿在旅馆的床上遭到谋杀。

二月一日，一场大暴风雪来临。电线被刮断了，汽车开不起来，而暴风雪带给我的是一连串的幻觉。在水流的咆哮声中，在风雪的嗞嗞声中，有几个声音低声对我说，“躺下，”又说，“向左转。你如果不这样做，会后悔的。”我的打字机在罗兰博士办公室的窗边。一天傍晚，天渐渐变黑，我俯视空荡荡的院落，惊讶地发现灯底下有一个黑色的、一动不动的身影，他双手插在黑色大衣的口袋里，正在抬头看我的窗户。周围模糊不清，大雪纷纷。“亨利？”我说，然后紧闭双眼，直到觉得头昏。我再次睁开双眼时，只看到灯底下锥形灯光中盘旋的雪花，其他一无所有。

夜里，我颤抖着躺在地板上，看着发亮的雪片从天花板的那个洞里飘下来，形成一个雪花光柱。我昏昏沉沉，感觉自己好像从倾斜的房顶向下滑，就要滑到无意识的深渊里去，但某种东西在最后时刻告诉我，我如果睡着了，就永远不会醒来。我挣扎着强迫自己睁着双眼，突然之间，角落里那个雪花光柱显得明亮而高耸，成了轻盈的、狞笑着喃喃而语的死神。但我太累了，已无法顾及这些。我盯着它时，感觉到自己的意志力在减弱。不知不觉中，我已从倾斜的屋顶边缘滑落，坠入睡眠的深渊。

时间开始变得模糊。不过我仍然将自己拖到办公室，但这只是因为那里温暖，而我也只能完成一些简单的任务。老实说，如果不是发生了一桩意外事件，我真不知道自己还能再撑多久。

那一夜我终生难忘。那天是星期五，罗兰博士要出城去，到下一周的周三才回来。对我来说，这意味着我要在仓库里待四天时间。我虽然处于昏昏沉沉之中，但心里明白：这次我可能真的要被冻死了。

科蒙斯关门后，我开始往家走。雪很深，不久我的腿和膝盖就开始又麻又痛。路拐入东汉普顿时，我开始想，自己能否到达那座仓库，到那儿后又该怎么办。东汉普顿的所有地方都是一片黑暗和荒凉，击石酒吧也是如此。几英里范围内，只有前面那个放付费电话的地方有微弱的灯光。我开始向付费电话走去，它仿佛是沙漠里的海市蜃楼。我口袋里约有三十美元，足够叫一辆出租车去卡塔芒特汽车旅馆，去找那个肮脏的、不上锁的小房间，以及可能等待我的其他任何东西。

我的声音模糊，而接线员不愿随意提供一家出租车公司的电话号码。“你必须说出某个特定出租车公司的名字，”她说，“按规定我们不能——”

“我不知道任何出租车公司的名字，”我含混地说，“这儿没有电话簿。”

“对不起，先生，但按规定我们不能——”

“红冠公司？”我绝望地说，试图猜测或杜撰一些名字。“黄冠公司？城市出租车公司？棋盘格公司？”

我终于猜对了一个，或者是她开始同情我。随着嘀哒一声，一个机械的声音读出一个号码。我迅速拨这个号码，以免忘掉，但由于匆忙，我把号码拨错了，二十五美分已花完。

我口袋里还有一个二十五美分的硬币，那是我的最后一个硬币。我摘下手套，用麻木的手指在口袋里摸索。终于找到了，我将硬币拿在手里，准备将它投进投币孔，突然，硬币从我的手指缝里滑落，我连忙冲过去追它，结果前额撞在电话下面那个金属盘的角上。

我脸朝下在雪地里趴了几分钟，耳边响起仓促的噪音。我在摔倒时，用手去抓电话听筒，结果将它从挂钩上打了下来，电话来回荡着，发出噪音，噪音好像来自非常遥远的地方。

我四肢用力，撑起自己的身体。我盯着脑袋刚才所在的位置，发现雪里有一个黑点。我用没戴手套的那只手去摸自己的前额，手指红了。硬币不见了，我也已经忘记了号码。我必须稍后再回来，那时击石酒吧才开门，我也才能换到零钱。我挣扎着站起来，吊在电话线上的黑色电话还在荡来荡去，我没有去管它。

我上台阶时一半靠脚、一半靠手和膝盖。我的额头一直在滴血。我到了台阶上以后，停下来歇息，觉得周围的事物像是在镜头里滑动：在视野范围内，所有东西变成白色，静止片刻，然后黑色边框模糊起来，然后又恢复成刚才的画面。不是太清楚，但能够辨认。抖动的摄像机，黑夜里的广告。利奥的曼陀林琴仓库。河边的最后一站。收费低。你如果需要存肉的橱柜，也请记住我们。

我用肩膀顶开工作间的门，开始摸索墙上的电灯开关，突然，我看到窗边有东西，我被吓得打了个冷战。一个穿着黑色大衣的身影一动不动地站在房间对面的窗户旁，双手背在背后。在其中一只手附近，我看到有燃着的香烟的一点光亮。

咔哒一声，电灯亮了。那个确实存在的身影转过身来，是亨利。他好像想开个玩笑，但他看到我时，双眼睁得大大的，张大的嘴变成小小的O字。

我们站在房间的两端对视了片刻。

“亨利？”我最后说，声音小得像在说悄悄话。

他把手里的香烟扔掉，向我走过来。真的是他——潮湿、红润的脸颊，肩头上的雪。“我的天哪，理查德，”他说，“你怎么了？”

我看到他在这里同样吃惊。我站在原地盯着他，努力撑着身体。真是雪中送炭。我伸手去扶门框，我知道自己要摔倒了，这时亨利跳过来扶住我。

他扶着我坐在地板上，把大衣脱下来，像毯子那样盖在我身上。我眯着眼睛看着他，用手背擦了擦嘴。“你是从哪儿来的？”我问。

“我提早离开了意大利。”他将我的头发从额头上撩开，想看看我的伤口。我看见了他手指尖上的血。

“我这个地方可不大，是吧？”我笑着说。

他扫了一眼天花板上的洞。“对啊，”他毫无礼貌地说，“就像万神殿一样。”然后他再次俯身看我的头。

我记得亨利的车里还有灯光。人们俯身看我，我不愿意，但必须坐起来。我还记得有人试图给我抽血，我还有气无力地抱怨。但是，我清晰地记得第一件事是：我坐起来时，发现自己在一个昏暗、白色的房间里，躺在医院的病床上，胳膊里扎着静脉注射的针头。

亨利坐在我床边的椅子上，正在桌子的台灯下读书。他看到我在动，就放下手里的书。“你的伤不严重，”他说，“伤口很干净，而且比较浅。他们给你缝了几针。”

“我是在医务室吗？”

“你现在是在蒙彼利埃。是我把你带到这家医院的。”

“为什么要输液？”

“他们说你得了肺炎。你想读什么东西吗？”他亲切地说。

“不了，谢谢你。现在几点？”

“凌晨一点。”

“我还以为你在罗马。”

“我大概两周前就回来了。你如果还想接着睡觉，我叫护士给你打一针。”

“不用了，谢谢。我之前为什么没见到你？”

“因为我不知道你住在哪儿。我只知道让大学转交信件的那个地址。今天下午我在各个办公室问了问。另外，”他说，“你父母居住的城市叫什么名字？”

“普雷诺。为什么要问这个？”

“我想你可能想要我给他们打个电话。”

“不必了。”我说，然后往被子里钻了钻。我感觉血管里的针头像冰一样。“给我说说罗马吧。”

“好的，”他说，然后开始平静地说起朱利亚公园可爱的伊特鲁里亚陶器，公园外的百合花池塘和喷泉，还说到波各塞公园和罗马椭圆形竞技场，早晨在巴勒登丘看到的景色，卡拉卡拉露天浴场在罗马时代肯定异常壮观，有大理石，图书馆，大规模的圆形冷室、热室，还有空旷的巨大游泳池，游泳池一直保存到现在。他或许还说了很多东西，但我记不得了，因为我睡着了。

我在医院里住了四个晚上。亨利几乎一直陪着我，我想要汽水时拿给我，还拿给我一把剃须刀、一把牙刷，还有一套他自己的睡衣——丝绸一样的埃及棉做的，浅黄色，非常柔软，口袋上绣着三个红色的字母：HMW（M代表马奇班克斯）。他还给我拿来铅笔和纸，这些我没怎么用，但我想，他离不开这些。他还拿给我很多书，其中有一半是用我不懂的语言写的，我对另一半所用的语言也是一知半解。一天晚上——我已对黑格尔的著作感到头痛——我让他拿本杂志给我看。他看起来很吃惊，回来时，手里拿着一本从休息室找到的专业期刊（《病理学新信息》）。我们几乎不说话。多数时间他在读书，专注程度令我吃惊：一口气看六个小时，极少是那种随意的浏览。他几乎不注意我。但在那些难熬的夜晚，他一直陪我熬夜，当时我呼吸困难，肺痛得无法入眠。有一次，值班护士为我送药时晚了三个小时，他一言不发地跟着她走进大厅，然后用低沉的语调激烈而滔滔不绝地训斥她，那位护士（一个傲慢、难缠的女人，头发是染过的，就像是年长的女招待，对每个人说话都刻薄）好像有些屈服了。之后她（原来冷漠地撕掉我胳膊上粘针头的胶布，注射时找血管非常随意，弄得我的胳膊青一块紫一块的）照顾我时温柔多了，有一次为我量体温时甚至叫我“亲爱的”。

急诊室的医生告诉我，亨利救了我的命。这种话听起来富有戏剧性，给了我一种满足感——我曾向很多人重复这种说法——但我当时私下里认为，这样说未免有点夸张。然而在接下来几年里，我渐渐感觉到，那位医生的话的确没错。我年轻时，认为自己不会死。我很快恢复了健康，但从未真正从那个冬天完全恢复。之后我的肺一直有问题，稍微一着凉骨头就疼，而且我现在很容易感冒，以前从未如此。

我将那位医生的话告诉亨利。他显得很不高兴。他皱着眉头简短地评论了这件事——我惊讶地发现，我现在已不记得他当时说了些什么，只记得自己感到很困窘——之后我再未对他提及此事。我现在认为，他的确救了我。如果可以在某个地方记录这件事，可以给予他荣誉，我肯定他的名字旁边会有一颗金色的星星。

我正在变得多愁善感。我有时想起这类事情，会很敏感。

星期一上午，我终于可以带着一瓶抗生素和满胳膊的针孔出院了。他们坚持用轮椅将我推到亨利的车那儿，虽然我完全能够走路，而且羞于像个包裹一样被推出去。

“带我去卡塔芒特汽车旅馆。”我们进入汉普顿时我对他说。

“不行，”他说，“你跟我住在一起。”

亨利住在北汉普顿沃特街一座老房子的一楼，从查尔斯和卡米拉家所在的社区一拐弯就能到这里，房子靠近河边。他不喜欢别人去他家，所以我只去过一次，而且只待了一两分钟。他的住处比查尔斯和卡米拉的公寓大很多，而且更空。房间都很大，但没有特色，宽宽厚厚的木地板，窗户上没有窗帘，灰泥墙被漆成白色。家具显然质量很好，但上面有凹痕，款式平平，而且数量不多。整个地方给人一种阴森森、空荡荡的感觉。有些房间根本就没东西。双胞胎曾告诉我，亨利不喜欢电灯，我确实在很多窗台上看到了煤油灯。

我上次来时，他的卧室（我将在那儿住）是完全关闭的，里面有亨利的书（没我想象得那么多）和一张单人床，还有一个带着显眼大挂锁的衣橱，此外就没什么东西了。衣橱门上钉着一张黑白照片，照片来自《生活》杂志，上面的日期是一九四五年。照片中是费雯丽和年轻很多的朱利安。他们正在参加鸡尾酒会，手里拿着酒杯，朱利安正在她的耳边低语，她正在笑。

"这是在哪儿拍的？"我问。

"我不知道。朱利安说他记不清了。人们有时会在老杂志上看到他的照片。"

"为什么？"

"他过去认识很多人。"

"谁？"

"大多数人现在已经死了。"

"谁？"

"我真的不知道，理查德，"然后亨利用缓和一些的口气说，"我见过他与西特威尔斯的照片。还有 T.S. 艾略特。另外——有一张很滑稽的照片，是他与那位女演员——她的名字我忘了。她已经死了。"他想了一会儿。"她是个金发女郎，"他说，"我记得她嫁给了一名棒球运动员。"

"玛丽莲·梦露？"

"可能是。那张照片很不错。不过是印在报纸上的。"

在过去三天里，亨利已经将我的东西从利奥那边搬了过来。我的行李箱就放在床脚边。

"我不想占了你的床，亨利，"我说，"你在哪儿睡呢？"

"里面一个房间里有一张折叠进墙里面的床，"亨利说，"我不知道那叫什么床。我以前没在那上面睡过。"

"为什么不让我睡那儿？"

"不用了。我很好奇睡在那上面是什么感觉。另外，我觉得经常换换睡觉的地方挺好的。我相信这样可以做有趣的梦。"

我只准备在亨利家住几天，接下来的周一就回到罗兰博士那儿工作了，但最后却待到开学时。我不理解邦尼为什么说亨利难相处。他是我碰到过的最佳室友，安静而整洁，通常待在他家里属于他自己的那部分。我下班回来时，多数时候他不在家。他从未跟我说过他去哪儿，我也没问过。不过我有时回来时，他已经做好晚餐——他不是弗朗西斯那样出色的厨师，只能做一些简单的菜，烤鸡肉、炸土豆之类，都是单身汉吃的那种——我们会坐在厨房的牌桌旁，边吃边谈。

我根据以前的经验，知道最好不要问他私人问题，但有一天晚上，我终于压制不住好奇心，问他："邦尼还在罗马吗？"

他回答之前想了好一会儿。"我想是的，"他说，放下手里的叉子，"我走的时候他还在那儿。"

"他为什么不跟你一块儿回来？"

"我想他不愿意回来。我已经付了整个二月份的房租。"

"他让你付房租？"

亨利又嚼了一口嘴里的食物。"说实话，"他咀嚼几口咽下食物以后说，"无论邦尼怎么跟你说的，他其实一文不名，他父亲也一样。"

"我原来以为他父母很有钱。"我惊讶地说。

"我不那么认为，"亨利平静地说，"或许他们有一阵子有钱，但早就把钱花光了。他们的房子肯定花了很多钱，他们参加大型的游艇俱乐部、乡村俱乐部，送儿子们上昂贵的学校，但这些花销使得他们债台高筑。他们可能看起来富有，实际上一文不名。我估计柯克兰先生差不多要破产了。"

"邦尼好像生活得很好。"

"自从我认识他以来，他从来就没有一分钱的零花钱，"亨利尖刻地说，"而他要求还很高。这是一种不幸。"

我们重新开始在沉默中用餐。

"我如果是柯克兰先生，"过了好一会儿，亨利说，"我会让邦尼中学毕业后去做生意，或去学一门手艺。邦尼在大学里不务正业。他到十岁才开始识字。"

"他画画不错。"我说。

"我也这么想。但他肯定没有做学问的天赋。他们应该在他年轻时让他拜一位画家为师，而不该让他上这些昂贵的学校，学些没用的东西。"

“他寄给我一张很不错的漫画，画的是你和他站在奥古斯丁的雕像旁边。”

亨利生气地哼了一声。“那是在梵蒂冈，”他说，“他整天都在大声评价意大利人和天主教徒。”

“还好他不会说意大利语。”

“他的意大利语足够我们点菜用的，他总是点菜单上最贵的东西。”亨利不客气地说。我赶紧明智地改变了话题。

在开学前的那个周六，我正躺在亨利的床上看书。我醒来之前，亨利已经出门了。我突然听到前门响亮的敲击声。我以为亨利忘了带钥匙，就过去给他开门。

是邦尼。他戴着太阳镜，穿着（与他平时奇形怪状、不修边幅的旧衣服形成鲜明对比）崭新而耀眼的意大利服装。他胖了十到二十磅。他看到我好像很意外。

“嗨，你好，理查德，”他说，热情地与我握手，“你好。见到你很高兴。我在门外没看见那辆车。我刚到市里，所以顺便过来看看。房主在哪儿？”

“他不在家。”

“那么你在干吗？非法侵入？”

“我待在这儿已经有一阵子了。我收到你的明信片了。”

“待在这儿？”他说，以一种奇怪的表情看着我，“为什么？”

他不知道我的情况，我感到有点意外。“我病了。”我说，然后对发生的事情稍作说明。

“唉。”邦尼说。

“想要咖啡吗？”

我们穿过卧室，走进厨房。“看起来你给自己布置了一个小家，”他无礼地说，看着我在床头柜上的东西和在地板上的行李箱，“你们只有美国咖啡吗？”

“你想要什么？福尔杰咖啡？”

“没有蒸馏咖啡吗？”

“不好意思，没有。”

“我这个人喜欢喝蒸馏咖啡，”他得意洋洋地说，“在意大利一直喝这种咖啡。你知道，在意大利的很多小地方都可以喝到这种咖啡。”

“我听说过。”

他摘下太阳镜，坐在桌子旁边。我打开冰箱取奶油时，他盯着冰箱里面说：“里面没什么好吃的，对不对？我还没吃午饭。”

我把冰箱门开得更大些，以便他能看到。

“可以吃奶酪。”他说。

他没有起身自己动手的意思，我就切了面包片，给他做了个奶酪三明治。然后我冲了杯咖啡，坐下来。“给我讲讲罗马。”我说。

“太壮观了，”他嚼着三明治说，“永生之城，充满艺术气息，有各种各样的教堂。”

“你看了些什么？”

“不计其数。要知道，很难记住所有的名称。我离开时，我的意大利语已经跟当地人讲得差不多了。”

“说两句。”

他说了一句话，同时还将拇指和食指捏在一起，在空中挥舞着，以加强效果，就像电视广告里的法国厨师。

“听起来不错，”我说，“是什么意思？”

“意思是‘服务员，上你们的特色菜’。”他说，继续吃三明治。

我听到钥匙在锁孔里转动的轻微声音，然后是开门关门的声音。轻轻的脚步声朝公寓的另一端远去。

“亨利？”邦大喊，“是你吗？”

脚步声停下来，然后很快朝厨房而来。他走到门边时停下，面无表情地盯着邦尼。“我就知道是你。”他说。

“哦，也向你问好。”满嘴东西的邦尼往后一仰，靠在椅背上。“那个男孩现在怎么样？”

“很好，”亨利说，“你呢？”

“我听说你一直在照顾病人，”邦尼笑眯眯地看着我说，“你良心不安了？你觉得你是在行善积德吗？”

亨利没说话。我敢肯定，对于不了解他的人来说，他当时肯定显得很冷漠。但我能够看出来，他非常不安。他拉出一把椅子坐下来。然后他又站起来，为自己冲了杯咖啡。

“你如果不介意，我想再加一些，谢谢，”邦尼说，“回到美国大本营真好。露天烤架上嗞嗞响的汉堡，诸如此类。机会之乡。星条旗永远飘扬。”

“你到这儿多久了？”

“昨晚飞抵纽约。”

“很抱歉，你来的时候我不在这儿。”

“你去哪儿了？”邦尼怀疑地问。

“到市场去了。”这是谎话。我不知道他去了哪里，但他肯定不会花四个小时买食品。

“食品呢？”邦尼问，“我帮你把它们拿进来。”

“我让他们送货过来。”

“食王有送货服务吗？”邦尼奇怪地问。

“我没去食王。”亨利说。

我觉得不自在，就站起来，想去卧室。

“不，不，你别走，”亨利说，然后大口把咖啡喝完，把杯子放进水槽里，“邦尼，我不知道你要来，我和理查德几分钟后必须离开。”

“为什么？”

“我在城里有个约会。”

“跟律师吗？”邦尼开玩笑说，然后自己大笑起来。

“不。是与验光师的约会。这就是我回来的原因，”他对我说，“我希望你不介意。他们要给我滴眼药水，我回来时没法开车。”

“我当然不会介意了。”我说。

“我不会耽误你很长时间。你不必等着我，只要把我放下，然后再回来接我。”

邦尼跟我们一块儿走到车旁边，我们走在雪里，发出咯吱咯吱的声音。“啊，佛蒙特，”他说，然后像《绿色田野》第一集里的奥利弗·道格拉斯那样，深吸一口气，拍拍自己的胸脯，“新鲜空气对我有好处。你们什么时候回来，亨利？”

“我不知道。”亨利说，将钥匙递给我，走向副驾驶的座位。

“好吧，我想跟你找个时间聊聊。”

“好的，可以，但我真的要迟到了，邦。”

“那么今晚怎么样？”

“如果你愿意。”亨利说，然后钻进车，拉上车门。

亨利在车里点着一支烟，一言不发地吸起来。他从意大利回来后烟瘾变得很大，几乎每天吸一盒，他以前很少抽这么多。我们进入市中心，我把车停到眼科医生的办公室门前时，他才抖擞精神，满脸茫然地看着我。“怎么了？”

“我什么时候回来接你？”

亨利向外望去，看着低矮的灰色楼房，看着楼房前面的标牌：汉普顿验光中心。

“很好，很好，”他惊讶而苦笑地说，“继续开车。”

那晚我上床比较早，大约是在十一点。十二点时，我被吵醒了，楼房的前门传来巨大而连续的敲击声。我躺在床上听了一分钟，然后起床去开门。

我在黑暗的走廊里碰到了亨利。他穿着睡袍，正紧张地扶着眼镜。他手里提着一个烧煤油的灯笼，灯笼在狭长的墙上映出长长的怪异的黑影。他看到我后，在嘴唇边竖起一根手指。我们站在大厅里，支起耳朵听着。灯笼的光很怪异，我们俩都穿着睡袍一动不动地站在那里。我又困又乏，看着周围摇曳的黑影，感觉好像刚从一个梦里醒来、又进入了一个更怪异的梦，又像不知不觉进入了某个战时防空洞。

我们在那儿站了很长时间，敲击声停很久以后，我们才听到咯吱咯吱远去的脚步声。亨利看着我，我们沉默了好一会儿。“没事了。”他最后说，猛然转身离开。他走回自己的房间时，灯笼里的火苗疯狂地上下跳动。我又在黑暗里待了一会儿，然后回去睡了。

第二天，大概下午三点时，我正在厨房里熨一件衬衫，听到门外又传来敲门声。我走进大厅里，发现亨利正站在那儿。

“你觉得这像是邦尼敲门的声音吗?”他低声说。

“不像，”我说。这次的敲门声相当轻。邦尼总是大力拍门，好像打算把门砸坏。

“绕到旁边的窗户那儿，看看能不能看出是谁。”

我走到前室，小心翼翼地向侧面走。窗户上没有窗帘，我不暴露自己就很难靠近远端的窗户。窗户的视角很别扭，我只看到一件黑色外套的肩部，肩后面飘着丝质围巾。我通过厨房溜回到亨利那儿。“我看不太清楚，但可能是弗朗西斯。”我说。

“噢，我想你应该让他进来。”亨利说，转身回他自己的房间。

我走到前室，打开门。弗朗西斯正在扭头向身后看，我猜他正在考虑是否应该离开。“嗨。”我说。

他扭过头来看着我。“你好!”他说，他的脸好像比我上次见他时消瘦，“我以为没人在家。你现在感觉如何?”

“很好。”

“可我觉得你看上去挺糟糕。”

“你自己看起来也不怎么样。”我笑着说。

“我昨晚喝多了，胃痛。我听说你头上受伤了，所以来看看。会留疤吗?”

我将他领进厨房，把熨衣板推到一边，好让他坐下。“亨利在哪儿?”他边脱手套边说。

“在后面。”

他开始解围巾。“我过去跟他打个招呼，马上回来。”他轻快地说，然后溜出厨房。

他去了好长时间。我等得很无聊，我快烫好衬衫时，突然听到弗朗西斯的声音变大了，似乎有点歇斯底里。我站起来，走进自己的卧室里，以便听清楚他到底在说什么。

“——想到？我的天哪，但他很糟糕。你不能说你知道他可能——”

这时传来一阵低语，是亨利的声音，然后我又听到弗朗西斯的声音。

“我不管，”他发怒说，“毕竟事儿你已经干了。我在市中心待了两个小时，已经——我不管，”他回答亨利的另一阵低语，“另外，现在已经有点晚了，对不对？”

沉默。然后亨利又开始说话，声音太小，我听不清楚。

“你不愿意这样？”弗朗西斯说，“那我呢？”

他突然降低音量说话，我无法听清楚。

我静静地回到厨房，开始烧水，准备泡茶。我仍在想着刚才听到的话。几分钟后，脚步声传来，弗朗西斯出现在厨房里，绕过熨衣板，拿他的手套和围巾。

“抱歉，我要走了，”他说，“我必须去卸行李，清理房子。我表弟把里面搞得乱七八糟的。我想他这段时间根本就没往外扔过垃圾。让我看看你头上的伤。”

我把前额的头发撩起来，让他看那个地方。我缝针已经很久，伤口几乎看不出来了。

他凑过身来，通过夹鼻眼镜盯着看。“天啊，我肯定是瞎了，根本看不见什么伤口。什么时候开始上课？星期三？”

“我记得是星期四。”

“那就到时候见。”他说，然后就走了。

我把衬衫挂在衣架上，然后到卧室里，开始收拾行李。蒙默斯楼当天下午开门。或许过一会儿亨利会开车送我和我的行李去学校。

我快收拾完时，亨利从里面的房间喊我：“理查德？”

“什么事？”

“你过来一下好吗？”

我走进他的房间。折叠床打开着，他坐在床边，袖子卷到胳膊肘那儿，脚边的地毯上摆着纸牌。他的头发完全梳向后面，我看见他的发际线处有一条长长的伤疤，伤疤陷下去，伤疤边缘有多处新长出的白肉，直对着眉骨。

他抬头看着我。“你能帮我个忙吗？”他问。

“当然可以。”

他用鼻子深吸了一口气，然后把鼻梁上的眼镜向上推了推。“你打个电话给邦尼，问他能否来这儿几分钟，好吗?”他说。

我感到很意外，半秒钟没说话。然后我说：“当然可以。很好。我乐意效劳。”

他闭上眼睛，用手指按摩太阳穴。然后他对我眨眨眼。“谢谢你。”他说。

“不用谢，真的。”

“你如果想今天下午把一些东西搬到学校，我很愿意把车借给你。”他平静地说。

我明白他的意思。“当然。”我说。我把行李装上车，开车到蒙默斯，叫保安打开我的房门之后，才用楼下的公用电话跟邦尼通了话。这已是半小时之后了。

第四章

不知何故，我总以为双胞胎回来后，我们各自回到原来住的地方后，我们痛苦地完成两三篇希腊语作文、重新开始查阅里德尔和斯科茨编的希英大辞典后，我们将重归上学期那种安逸的生活，一切将一如从前，但我想错了。

查尔斯和卡米拉写信说他们会坐夜班列车到汉普顿，时间大约是周日午夜。周一下午，学生们开始带着雪橇、收音机、纸箱陆陆续续返回蒙默斯楼，我以为双胞胎会来找我，但他们没来。周二我也没有他们的消息，也没有亨利等人的消息，只有朱利安在我的信箱里留了张小纸条。他热情地欢迎我返校，并让我在我们的第一堂课上翻译一首品达的颂诗。

周三我去了朱利安的办公室，让他为我的报到卡签字。他好像很高兴看到我。“你看起来精神不错，”他说，“但你本来应该更好的。关于你的康复情况，亨利一直在与我沟通。”

“是吗？”

“这是件好事，我是说，他提前回来了，”朱利安一边说，一边浏览着我的报到卡，“但我看到他时也感到吃惊。他从机场直接跑到我家，冒着大雪，还是深更半夜。”

这引起了我的兴趣。“他后来跟你在一起？”我问。

“是的，但只有几天时间。要知道，他自己也病了，在意大利。”

“怎么回事？”

“亨利看起来挺强壮，其实并非如此。他的眼睛有毛病，他有严重的头痛病，有时会非常难受……我认为他不太适合旅行，不过还好他没硬撑下去，否则他也不可能去找你了。你怎么落到那种地步？父母不给你钱，还是你不想跟他们要？”

"我不想要。"

"这么说你比我更能隐忍克制，"他笑着说，"你的父母好像不太喜欢你，我说得对吗？"

"他们不溺爱我，是的。"

"你觉得是为什么呢？我这么问是不是太无礼了？我认为他们应该感到非常骄傲，但你看上去比我们这里真正的孤儿还像孤儿。告诉我，"他抬头说，"双胞胎为什么没来看我？"

"我也没见到他们。"

"他们能在哪儿？我也没见到亨利。只见到了你和埃德蒙。弗朗西斯给我打过电话，但我们只聊了一会儿。他当时正在忙，说稍后会来拜访我，但他没有……我觉得埃德蒙没学会多少意大利语，你说呢？"

"我不会说意大利语。"

"我也不会，现在不会了。我以前讲得相当好。我在佛罗伦萨住过一阵子，但那是近三十年前的事。你今天下午会见到另外几个人吗？"

"或许会吧。"

"当然，这没什么大不了的，但报到表格应该今天下午交到院长办公室，我如果不送过去会不高兴的。我并不在乎，但他肯定有办法难为你们，如果他想这样做的话。"

我有些恼怒。双胞胎来汉普顿已经三天了，却没打电话给我。所以我从朱利安那儿离开后，顺便去了他们的寓所，但他们不在家。

他们也没有来吃晚饭。没人在。我原本以为至少可以碰到邦尼，但我往餐厅走时顺便去他的房间，发现玛丽恩正在锁他的房门。她相当殷勤地告诉我，他们两人有计划，到很晚才会回房间。

我一个人吃完饭，然后在雪天的微光中走回宿舍。这时我觉得自己好像是一场恶作剧的受害者，心里酸酸的，没有一丝幽默的感觉。七点钟时，我打电话给弗朗西斯，但没人接电话。亨利家也没人接电话。

我看希腊语一直到午夜。我刷牙洗脸后，准备上床之前，又下楼打电话。仍是所有地方都没人接电话。拨了三次电话后，把硬币取出来，抛向空中，看它落下来后是正面还是反面。然后，我忽然心血来潮，拨了弗朗西斯在乡下的电话号码。

也是没人接电话，我本该很快挂断，但在某种东西的作用下，我等待了挺长时间。铃声大约响了三十次之后，另一端传来咔哒声，然后是弗朗西斯粗声粗气的声音："喂？"他好像在掩饰什么，他故意用低沉的声音说话，但他骗不了我。他忍受不了听到电话铃响一直不接，我以前不止一次听到过他用这种傻傻的声音说话。

"喂？"他又说，强迫自己的嗓音在最后变得颤抖。我按下电话挂钩，电话断了。

我觉得很累，但无法入睡，我觉得越来越烦，越来越困惑，有一种令浑身不自在的荒唐感觉。我打开灯，翻看自己身边的书，最后拿起一本我从家里带来的雷蒙德·钱德勒的书。我以前看过这本书，原以为一两页就能送我进入梦乡。但我忘了前面的情节，所以从头开始读，一不留神读了五十页，然后又读了一百页。

几个小时过去了，我仍然毫无睡意。暖气管热力正足，房间里又热又干。我觉得口渴。我一直读到一章的末尾，然后从床上起来，直接在睡衣外面穿上外套，去买可乐。

科蒙斯洁净而荒凉。周围散发着新油漆的气味。我穿过洗衣房——那里很干净，灯光明亮，淡黄色的墙上没了上学期遗留的涂鸦，显得有些陌生——然后到大厅角落里，从嗡嗡响的自动售货机里买了一听可乐。

我从另一条道绕回去时，惊讶地听见公共活动室里传出低沉、微弱的音乐声。电视机开着，图像模糊，布满雪花，劳莱和哈代正在电视里的楼梯上搬一架庞大的钢琴，楼梯有很多级台阶。我刚开始以为活动室里没人，但接着就看到一个蓬松金发的头顶，懒洋洋地靠在电视机对面那个单独的沙发上。

我走过去坐下来。"邦尼，"我说，"你还好吧？"

他扭头看着我，双眼呆滞，花了一两秒钟才认出我来。他身上散发出难闻的酒气。“是你这个坏小子。”他含糊地说。

“你在干吗?”

他打了个嗝儿。“我觉得很恶心，千真万确。”

“喝多了?”

“没有,”他执拗地说,“是急性肠胃炎。”

可怜的邦尼。他从不会承认自己喝多了，他老是说他是头痛，需要去看病，需要把眼镜的度数调整一下。实际上，他在很多事情上都是这种态度。曾有一天早晨，他与玛丽恩去约会，后来回来吃早餐。他端着一大盘牛奶、甜甜圈坐下来时，我发现他的脖子上有两排明显的紫色牙印。“怎么搞的，邦?”我问他。我只是在开玩笑，但他非常恼火。“在楼梯上摔倒了。”他冷冷地说，然后默默地吃甜甜圈。

我揪住肠胃炎这个问题不放。“你可能在国外吃了什么不该吃的东西。”我说。

“有可能。”

“去医务室了吗?”

“没有。他们帮不上忙。让肠胃炎自生自灭吧。最好别靠我这么近，老兄。”

我一直坐在沙发的另一端，但还是朝更远处挪了挪。我们坐在那儿看了会儿电视，都没有说话。接收质量一团糟。哈代拉下劳莱的帽子，帽子遮住劳莱的眼睛，劳莱急得团团转，双手拼命抓着帽檐，来来回回地碰撞着周围的东西。他撞到哈代身上，哈代用手掌砍他的头。我瞧了邦尼一眼，发现他正看得入迷。他目不转睛地盯着电视，嘴巴微微张开。

“邦尼。”我说。

“嗯?”他的眼睛仍盯着电视。

“大伙儿都在哪儿?”

“在睡觉吧，可能是。”他不耐烦地说。

“双胞胎来了吗? 你知不知道?”

“我猜应该来了。”

“你看见他们了?”

"没有。"

"大伙儿都怎么了？你在生亨利的气吗？还是因为其他事？"

他没有回答。我从侧面看过去，发现他面无表情。我有点不知所措，就把目光转回到电视上面。"你们在罗马吵架了？还是有别的事情？"

突然，他开始大声清嗓子，我以为他会让我别管闲事，但他没有那么说，而是指着某种东西，又开始清嗓子。"你喝那听可乐吗？"他问。

我把那听可乐早忘得一干二净了。它在沙发上，上面有水珠，还没有打开。我把可乐递给他，他打开可乐，贪婪地喝了一大口，然后打了个嗝儿。

"享受清新一刻，"他说，接着又说，"关于亨利，我要点拨你一下，老兄。"

"什么？"

他又痛饮一口，然后面对着电视："他不是你所认为的那样。"

"你是什么意思？"我沉默好一会儿后问。

"我的意思是，他不是你所想的那样，"他说，这次声音大了点，"也不是朱利安或其他任何人所想的那样，"他又喝了一口可乐，"他曾经蒙蔽了我，但那样也挺好。"

"嗯。"过了好一会儿，我不确定地说。有一种令我不悦的假设进入了我的脑海：或许事情跟性有关，我还是不知道为好。我看着他的半边脸：任性，易怒，眼镜架在尖尖的小鼻子上，肥肥的下巴有几层。亨利会在罗马勾引他？难以置信，但不是完全没有可能。当然，如果真是这样，那就太乱七八糟了。我想不出还有什么事能纠缠这么多的私语和秘密，对邦尼产生这么强烈的影响。他是我们当中唯一有女朋友的人，而且我相当确定他们睡在一起，但与此同时，他却非常古板，敏感，易怒，骨子里有点虚伪。除此之外，有一件事情显然非常奇怪，那就是亨利总是在他身上花钱：为他签单，为他付账，给他零花钱，就像丈夫对待大手大脚的妻子那样。或许邦尼纵容自己贪婪地占他的这种便宜，后来才生气地发现亨利这么慷慨是因为有所企图。

但是，真是这样吗？肯定有些线索明显地指向了这一点，但我不知道是什么线索。其中包括朱利安在走廊里的那件事，不过那件事好像又不大一样。我曾与亨利一起住了一个月，从来没有出现过那种紧张关系的一丁点暗示，不然我会很快想起来的，因为我非常反感这件事。我能从弗朗西斯身上强烈地感觉到这种气息，有时从朱利安身上也能感觉到，甚至查尔斯——我知道他对女人感兴趣——也有一种天真的、青春期前的羞涩感，而我父亲那种人会对这种羞涩感做出危险的解释。但在亨利身上，这种气质为零。推理进入了死胡同。他只对卡米拉流露出了这种感情。卡米拉说话时他总是专心倾听，他不常微笑，但卡米拉是得到他微笑最多的人。

而且，即使我没有注意到他的这个方面（这是有可能的），邦尼会吸引他吗？答案几乎毫无疑问是否定的。他不喜欢邦尼，而且表现得好像无法忍受邦尼，好像对邦尼的每个方面都感到厌恶，他甚至比我更加反感邦尼。我认为按照一般标准来看，邦尼还算英俊，但我如果靠近去观察他，并从性的角度去关注他，那么我感受到的是一种令人厌恶的气息：散发汗臭味的衬衫，肌肉变成了肥肉，还有脏兮兮的袜子。而且他就像橄榄球队的老教练那样好色。不过女孩子们对这些好像并不在意。

我突然感到很累。我站起来。邦尼看着我，嘴张着。

"我困了，邦，"我说，"或许明天再见吧。"

他朝我眨眨眼。"但愿你不会感染上这种可恶的细菌，老兄。"他说。

"我也但愿如此，"我说，同时莫名地为他感到一丝难过，"晚安。"

周四清晨，我六点钟醒来，想学一点希腊语，但我的那本《希腊语-英语词典》怎么也找不到了。我找啊找，终于大失所望地想起来：它落在亨利家。我收拾行李时就发现它没了。不知道为什么，它没跟我的其他书在一块儿。我匆匆忙忙但又认认真真地找过，但最后还是放弃，告诉自己稍后再回去找。现在我感到非常紧张。我的第一节希腊语课在周一，但朱利安给我布置了大量作业，而且图书馆还关着，因为他们正在重整图书目录，从杜威十进制法变为国会图书馆分类方法。

我跑下楼去，往亨利家打电话。如我所料，没人接。透风的大厅里暖气片咝咝作响，散发出汩汩热气。电话铃响到第三十次时，我突然想到：为什么不到北汉普顿一趟？他不在家——至少我认为他不在家——但我有钥匙。他从弗朗西斯家开车回去要挺长时间。我如果抓紧时间，十五分钟就可以赶到。我挂上电话，跑到门外。

在清晨寒冷的光线中，亨利家显得很苍凉，他的车不在私人车道上，也不在街道的某个地方——他不想让别人知道自己在家时，总是将车停在门前街道的某个地方。但我为保险起见，还是敲了敲门。没有反应。但愿我不会发现他穿着睡衣站在前厅，在门后盯着我。我把钥匙插进锁孔里，小心翼翼地旋转着，然后走进去。

房子里没人，但一片狼藉——书、纸张、空的咖啡杯和酒杯，所有东西上都覆盖着一层薄薄的灰尘，酒杯里残留的酒已经干了，在杯底形成一个黏黏的紫色斑点。厨房里满是脏兮兮的盘子，牛奶被丢在冰箱外面，已经变质。亨利平时像猫一样整洁，脱掉外套后总是马上挂起来，我从未见过例外情况。一个咖啡杯里面有一只死去的苍蝇。

我非常紧张，觉得自己好像闯进了犯罪现场。我在房间里迅速寻找着，脚步声在寂静中回响。不久，我找到自己的书，它就在客厅的桌子上，非常显眼，很有可能是我自己放在那里的。我之前怎么没发现呢？我觉得奇怪，我离开那天把所有地方都找遍了。是亨利找到后替我放在那儿的？我把书一把抓起来，准备赶紧出去。我紧张不安，急于离开，但桌上的一张纸条引起我的注意。

纸条上面是亨利的笔迹：

环球航空　　　　　　　　二一九

七九五 × 四

下面是一个区号为六一七的电话号码，那是弗朗西斯的笔迹。我拿起纸条研究起来。字写在一个过期通知的背面，是图书馆发出的通知，日期为三天前。

不知出于什么原因，我放下手里的词典，拿起那张纸条，走到前室的电话旁，区号是马萨诸塞州的，这很可能是波士顿的一个号码。我看了看手表，然后拨了那个号码，将话费转到罗兰博士办公室的账单上。

等待，铃响了两次，然后是咔哒一声。“您已接通了费德勒尔街罗伯逊·塔夫脱律师事务所的电话，”电话录音告诉我，“我们的总机目前关闭。如需联系我们，请在九点到——”

我挂断电话，站在那儿看着那张纸条。我不安地想起，邦尼曾说过，亨利想找个律师。然后我再次拿起电话，打问询电话，查找环球航空公司的咨询电话。

“我是亨利·温特先生，”我告诉接线员，“我打电话是想确认我预订的机票。”

“稍等片刻，温特先生。您的预订号是多少？”

“哦，”我说，同时脑子里飞快旋转，来回踱着步，“预定号现在好像不在手头，或许你可以——”然后我注意到纸条左上角的数字，“等等。可能是这个。二一九？”

电话里传来一阵敲击电脑键盘的声音。我不耐烦地用脚敲打着地面，同时望着窗外，看亨利的汽车是否会出现。我猛然想起来，亨利现在没有汽车。我周日借了他的汽车后还未还给他，汽车仍停在学校的网球场后面。

我想到这一点后有点心慌了，差点挂了电话。亨利如果没有汽车，我就听不见他过来的声音，他此刻可能正在走道上。但这时那位接线员说话了。“都办好了，温特先生，”她快速地说，“提前三日之内预订的机票不必确认，卖机票给您的代理人没告诉您吗？”

“没有。”我不耐烦地说，然后准备挂断电话，但突然想到了她刚说的话。“三天？”我重复道。

“是的，通常您在预定机票当时确认机票，尤其要确认这种不办理退票的机票。您在周二购买机票时代理人应该告知您这一点。”

购买当日？不办理退票？我停止踱步。“请再把详细信息讲一遍。”我说。

“好的，温特先生，”她干脆地说，“环球航空公司四〇一航班，明日晚八点四十五分从波士顿洛根机场起飞，十二号登机口，上午六点零一分抵达阿根廷布宜诺斯艾利斯，中途在达拉斯停留。四张七百九十五美元的单程机票，让我看看，”她又往电脑里敲进一些数字，“总共是三千一百八十美元，税款另加，您选择用美国运通卡付款，我说得对吗？”

我觉得如坠五里雾中。布宜诺斯艾利斯？四张机票？单程？明天？

“祝愿您和您的家人在环球的航班上旅程愉快，温特先生。”接线员愉快地说，然后挂断电话。我愣愣地站在那儿，手里拿着电话，直到另一端传来嘟嘟声。

我突然若有所悟。我放下电话，走向卧室，把门打开。书架上的书不见了，带挂锁的衣橱打开着，空的，打开的挂锁挂在搭扣上，来回摇晃。我盯着挂锁看了一会儿，挂锁的底部是突起的罗马字母的耶鲁。然后我又跑到备用卧室里，那里的衣橱也是空的，金属横杆上只有衣架挂在那里。我迅速转身往回走，结果差点被两个巨大的猪皮行李箱绊倒。行李箱用黑色的皮带子捆着，就放在过道里。我提了提其中一个箱子，箱子太重，我差点跌倒。

我的天哪，我想，他们到底在干什么？我回到大厅里，把纸条放回原处，然后拿着自己的书匆匆忙忙离开了。

我出了北汉普顿，慢慢往回走，心中十分困惑，一种焦虑感在心头挥之不去。我觉得自己好像需要做点什么，但又不知该做什么。邦尼知道这件事吗？我想他可能不知道，而且我觉得最好别去问他。阿根廷。阿根廷有什么？草地，马匹，戴着边沿有飘带、顶部扁平帽子的牛仔。作家博尔赫斯。他们说，布奇·卡西迪就藏身在那里，另外还有门格尔博士和马丁·博尔曼等十几个不太招人喜欢的人物。

我记得亨利好像在弗朗西斯家讲过一个故事，那个故事与某个南美国家有关——或许是阿根廷，我不能确定。我努力回想。事情与他父亲的一次旅行有关，牵扯到商业利益，故事发生在一个远离海岸的岛上……但亨利的父亲去过很多地方，如果那个故事和四张机票存在联系，那种联系是什么？四张机票？单程的？朱利安如果知道这件事——他好像了解有关亨利的一切，他比任何人都了解亨利——为什么他前天还一直打听每个人的下落？

我的头痛起来。我从汉普顿附近的树林里出来，进入一片被雪覆盖、反射着冷光的草地后，看见两缕烟从科蒙斯两侧的两个黑色老烟囱里冒出来。一切都是那么清冷而安静，只有一辆送牛奶的卡车例外。卡车停在学校后门，在发动机轰鸣声中，两个沉默的、面带睡意的人将装牛奶的箱子从车上卸下来，让它们重重地落在沥青地面上。

餐厅开着，不过这个时间点里面没有学生，只有餐厅里的工作人员和维修人员在换班前吃早餐。我走上楼，买了一杯咖啡和两个半熟的鸡蛋，然后坐在一个靠窗的餐桌旁，在空荡荡的主餐厅里吃早餐。

今天是周四，开课的时间，但朱利安的第一堂课是在下周一。我吃完早餐，回到宿舍，开始学习第二不定过去时不规则动词。直到下午四点钟，我才终于合上书。我看着窗外的草地，阳光正在西方逐渐黯淡，岑树和紫杉树在雪地上留下长长的影子，而我则好像刚刚睡醒了一样，昏昏欲睡，不辨方向，然后发现天正在黑下来，我好像已睡了一整天。

返校大聚餐在当晚举行——烤牛肉，青豆，奶油舒芙蕾，还有作为蔬菜的精致小扁豆。我独自吃着晚餐，就坐在吃早餐时坐的那张桌子旁。餐厅里挤满了人，大家在吸烟、说笑、往坐满了人的桌子旁加椅子，还有人端着托盘四处打招呼。我旁边是一群艺术系的学生，很容易将他们分辨出来：他们指甲上粘着墨迹，衣服上有明显的颜料斑点。其中一个人在用黑色的记号笔往餐巾上画东西，还有一个正在吃米饭的人把画笔倒过来当筷子用。我以前从未见过他们。我喝着咖啡环视四周时，惊奇地发现乔治斯·拉法格当初说的话的确没错：我真的与大学的其他部分隔绝了，但这并不是说我很想与那些拿画笔作餐具的家伙打成一片。

在我的餐桌附近，两个“野人”正在拼命敛钱，因为他们准备在雕塑室进行啤酒狂欢活动。实际上，我认识这两个人，在汉普顿就读的人不可能不认识他们。一个是西海岸著名球拍公司老板的公子，另一个是一位电影制片人的儿子。他们是学生会的正副主席，而对他们来说，学生会的功能就是组织喝酒比赛、选美、女性泥浆摔跤竞赛。他们俩身高都超过六英尺——呆呆的，不刮脸，傻乎乎的。我知道，从春季夏令时开始后，他们这种人就根本不愿待在室内，而是光膀子躺在草坪上，旁边放着塑料容器和录音机，从黎明一直待到黄昏。很多人将他们看作好人，你如果借车让他们去运啤酒，或卖给他们大麻之类的东西，或许会觉得他们挺不错。但他们两个人——尤其是电影制片人的儿子——闪烁着一种馋酒的、精神分裂般的目光，让我觉得很讨厌。人们称他为“派对猪”，这个绰号不怀好意，他却很喜欢，还为此而沾沾自喜。他经常喝得酩酊大醉，然后做些出格的事，如纵火，或将新生塞到烟囱里，或把小啤酒桶往窗玻璃上扔。

派对猪（真名叫贾德）和弗兰克朝我这边走来。弗兰克举过来一只装满零钱和皱巴巴钞票的涂料罐。“嗨，伙计，”他说，“今晚在雕塑室举行啤酒派对。想贡献一点吗？”

我放下咖啡，把手伸进口袋里，摸到一个二十五美分的硬币和另外几分钱。

“快点，老兄，”贾德说，我感觉他语气中的胁迫“你可以表现得更好些。”

乌合之众。野蛮人。“对不起。”我说，然后推开桌子，拿起外套走了。

我回到宿舍，坐到课桌前，把词典打开，却没有看它。“阿根廷？”我对着墙壁说。

周五上午，我去上法语课。几个学生坐在教室后面打盹，显然还未从前一晚的活动中醒来。空气中飘着消毒水和黑板清洁剂的气味，荧光灯轻轻摆动着，大家单调地诵读着乏味的条件式动词，所有这些使我也进入了恍恍惚惚的状态。我坐在课桌后面，又困又乏地轻轻摇动着身体，几乎感觉不到时间的流逝。

下课后，我下楼跑到公用电话旁，拨了弗朗西斯在乡下的电话，让电话铃响了大概五十次。没人接。

我冒着雪走回蒙默斯楼，回到自己的房间，坐在床边，若有所思地盯着窗外枝头挂着冰凌的紫杉树。过了一会儿，我走到课桌旁，但还是无法集中精神学习。单程机票，那个接线员说，不可退票。

现在在加州是上午十一点。爸爸妈妈可能都在工作。我走到楼下，又来到已成为老朋友的公用电话旁，拨了弗朗西斯的母亲在波士顿的电话号码，话费会记在我爸爸的账单上。

“噢，理查德，”她终于想起我是谁之后说，“亲爱的，我们真高兴你打电话过来。我原来以为你会跟我们一起在纽约过圣诞节。亲爱的，你现在在哪儿？我派个人去接你吧？”

“谢谢您，不用了。我现在在汉普顿，”我说，“弗朗西斯在吗？”

“亲爱的，他现在在学校，不是吗？”

“对不起。”我说，突然间满面通红。这样打电话真是个错误，我没提前想好怎么说。“对不起。我可能弄错了。”

“你说什么？”

“我原以为他说过今天要回波士顿。”

“噢，我不知道他是不是在这儿，我没见到他。你刚才说你现在在哪儿？你肯定不想让我派克里斯去接你吗？”

“谢谢，不用了。我不在波士顿。我在——”

“你从学校打过来的？”她警觉地说，“亲爱的，是不是出了什么事？”

“没有，当然没有，太太。”我说。我一时冲动想把电话挂了，但太晚了。“他昨晚来过，我当时睡得迷迷糊糊的，他好像说过要回波士顿什么的——啊！他过来了！”我愚蠢地说，希望她不会追问下去。

“在哪儿？那边吗？”

“我看见他正穿过草坪。多谢你，哦，阿伯内西——太太。”我满面通红地说，差点儿忘了她现任丈夫姓什么。

“叫我奥利维亚，亲爱的。你替我吻一下那个坏小子，叫他周日给我打电话。”

我赶紧说再见——此时我已满头大汗——然后转身准备上楼，这时看见了邦尼。他穿着一套漂亮的新西装，正嚼着口香糖大步朝我走来。我最不想跟他说话，但又不能走开。“你好，老兄，”他说，“亨利到哪儿去了？”

“我不知道。”我犹豫片刻后说。

“我也不知道，”他说，“从周一到现在一直没见过他，也没见到弗朗西斯和双胞胎。你刚才在跟谁打电话？”

我不知道该怎么说。“弗朗西斯，”我说，“我在跟弗朗西斯通话。”

“嗯，”他说，双手插进口袋里，挺直身子，“他在哪儿打的电话？”

“我想是汉普顿吧。”

“不是长途？”

我的脖子感到一阵刺痛。他知道些什么？“不是，”我说，“据我所知不是。”

“亨利没跟你说过他要出城，是不是？”

“没说过。怎么啦？”

邦尼没回答。过了一会儿，他说：“过去几晚他们家一直没有灯光，而且他的车也没有停在沃特街上。”

我诡秘地对他笑了笑。我走到大厅的后门，门上方有窗户，正对着网球场后面的停车场。亨利的车还在那儿，就是我原来停的地方，明确无误。我指给他看。“车在那儿，就那边，”我说，“看见了吗？”

邦尼嚼口香糖的速度减慢了，满脸疑惑，好像在竭力思考什么。“这就怪了。”

“为什么？”

一个粉红色的泡泡从他嘴里出来，慢慢变大，最后“啪”地破了。“没什么。”他轻松地说，继续嚼口香糖。

“他们为什么要出城？”

他抬起一只手，撩了撩挡在眼前的头发。“你会觉得奇怪的，”他兴高采烈地说，“你在搞什么鬼，老兄？”

我们一起上楼回我的房间。在半路上，他停在一台冰箱旁，蹲下来偷看里面有什么东西。“老酒鬼，里面有你的东西吗？”他问。

“没有。”

他把手伸进去，拿出一个冰冻的奶油蛋糕。盒子上粘着一张可怜的纸条：“请不要偷它。我是贫困生。珍妮·德雷克斯勒。”

“真是雪中送炭，”他一边说，一边迅速往大厅里看了看，“有人来吗？”

“没有。”

他把盒子裹到外套下面，吹着口哨快速走向我的房间。他一进门，就吐出口香糖，快速把它粘在垃圾桶内侧，好像希望我没看到他的所作所为。然后他从我的橱柜上找到一个勺子，坐下来吃盒子里的蛋糕。“呸，”他说，“真难吃。想来点儿吗？”

“谢谢，不用了。”

他慢慢地舔着勺子。“柠檬味太重，问题就在这里。奶油不够多。”他停下来——我认为他在想蛋糕的缺点——然后突然说：“告诉我。上个月你有很多时间是跟亨利在一起，对不对？”

我突然警惕起来。“好像是吧。”

“谈了很多东西？”

“有一些吧。”

“他讲了很多我们在罗马的事情？”他说，双眼盯着我。

“不算很多。”

“他说了为什么要早走吗？”

我想这就对了。我们终于谈到关键问题。“没有，没有。他根本没跟我说多少东西，”我说，这是实情，“他出现时我才知道他提早回来了。但我不知道你还在那儿。有一天晚上我问到这件事，他才说你还在那儿。就是这些。”

邦尼懒懒地咬了一口蛋糕。“他说过他为什么走了吗？”

“没有。”邦尼没有反应。我补充说：“与钱有关，对不对？”

“他是这样跟你说的吗？”

“不是。”然后他又默不作声，所以我说：“但他的确说过你缺钱，他必须花钱付房租和买东西。是这样吗？”

满嘴食物的邦尼不屑地挥了挥手。

“这个亨利，”他说，“我爱他，你也爱他，但是，你不要告诉别人，我觉得他有犹太血统。”

“什么？”我吃惊地问。

他刚刚咬了一大口蛋糕，所以过了一会儿才能回答我。

“我从未听到别人在帮助朋友时有那么多怨言，”他最后说，“我告诉你是怎么回事。他害怕别人占他的便宜。”

“你是什么意思？”

他大口咽着食物。“我的意思是，他小时候，可能有人告诉过他：‘儿子，你有很多钱，将来有人会算计你的钱。’”头发挡住他的一只眼睛，他就像一个老船长那样，用另一只眼睛狡猾地斜视着我。“要知道，这不是钱的问题，”他说，“他自己不需要钱，这是原则问题。他想知道，人们是喜欢他这个人，还是喜欢他的钱。”

这种解释令我感到惊奇，（根据我自己的评判标准）亨利平时很慷慨。

“那么这跟钱无关？”我最后问。

“无关。”

“那么与什么有关——如果你不介意我问的话。”

邦尼身体前倾，脸上显出若有所思的表情，一时显得十分诚实。他再次开口时，我以为他会把心中所想和盘托出，但他只是清清嗓子，说能否劳驾我为他煮一壶咖啡。

当晚，我躺在床上读希腊语时，头脑中的一闪念令我大吃一惊，那个念头就好像一个隐藏的聚光灯突然开启，照在我脸上。阿根廷（Argentina）。这个词本身好像没什么惊人之处，但不考虑它实际所指之后，它呈现出一种生命力。开头是激烈的 Ar，这让人想起黄金、偶像、丛林中失落的城市，而中间是寂静、险恶的 Gen，末尾是明亮、充满疑惑的 Tina——当然，这些都是胡思乱想，但我掌握的确切事实没有多少，所以这个名称本身成了一种密码或者线索。但是，使我猛然坐起来的不是这个名称，而是我突然想到了现在的时间——我赶紧看手表，九点二十分。在这个点，他们都已上了飞机（他们上飞机了吗?），正穿越夜空，飞向我想象中那个怪异的阿根廷。

我放下手里的书，起身坐到窗边的椅子上，整晚都没有心思再学习。

周末过去了，它总是要过去的，而对我来说，生活仍然是希腊语、餐厅里孤独的用餐、宿舍里对同一个谜题的苦苦思索。我的感情受到了伤害。我不愿承认，但我其实非常想念他们。另外，邦尼也行为怪异。我在周末见过他几次。他跟玛丽恩和玛丽恩的朋友们在一起，他正在她们艳羡的目光中夸夸其谈（她们都是基础教育专业的，我猜她们可能认为他非常博学，因为他研究希腊语，还戴着小小的金丝眼镜。）有一次，我还看到他和他的老朋友克洛克·雷伯恩在一起。但我跟克洛克不熟，所以犹豫了一下才停下来打招呼。

我带着强烈的好奇心等待着周一的到来。这天早晨我六点钟醒过来。我不想那么早赶到，穿好衣服后在宿舍里磨蹭了好长时间，然后打了个冷战，想起要看表，发现我如果不赶快就会迟到。我抓起书冲了出去，在半路上才意识到自己正在跑，然后就强迫自己放慢速度，不再跑，而是走。

我推开后门时屏住呼吸。我慢慢地上楼梯，脚在动，头脑却是一片空白——我觉得自己就像圣诞节清晨的小孩，在一夜近乎愚蠢的兴奋之后，我将穿过大厅走向那关闭着的门，在那门后，我的礼物好好地躺在那里，而我的所有欲望将霎时荡然无存。

他们都在那儿，所有人：双胞胎，坐在窗台上保持着平衡和警惕；弗朗西斯，背对着我；亨利在他旁边；邦尼在桌子对面，坐在前腿儿悬空的椅子上。他在讲故事。“就这样。”他对亨利和弗朗西斯说，扭头向旁边的双胞胎扫了一眼。所有人的目光都聚集在他身上，没人看见我进来。“监狱长说，‘孩子，你没能得到州长的宽恕，现在已经五点多了。有什么遗言吗？’那个家伙想了一会儿，正当他们把他带进处决室时。”他将一支铅笔举到眼前研究了一会儿，“他抬起头来说，‘好吧，某某州长下次参加选举时肯定拿不到我的选票了！’”他自己笑起来，椅子差点倒下去，然后他抬起头，看见我正像个傻瓜一样站在门口。“进来，进来。”他说，同时身体前倾，木椅子的前腿儿重重地落在地面上。

双胞胎朝这边看过来，惊奇的样子像一对小鹿。亨利除了下巴周围有点紧绷，像佛一样安详。但弗朗西斯脸色苍白到有点发青。

“我们在上课前讲几个笑话。”邦尼靠在椅子上说。他把挡在眼前的头发向后甩了甩。“还有一个。史密斯和琼斯犯了持枪抢劫罪，都被打入死牢。当然，他们按正常程序提起上诉，但史密斯的最终判决先下来，所以他被带到椅子上行刑。”他做了一个听天由命、泰然自若的手势，然后出乎我意料地朝我眨眨眼。“接下来，”他接着说，“他们让琼斯去看行刑过程，于是他看到他们把他的伙伴用皮带固定住——”我看到查尔斯目光茫然、紧咬着下嘴唇，“这时监狱长来了。‘琼斯，知道你的上诉结果了吗？’他说。‘不知道，监狱长。’琼斯说。‘那好，’监狱长看着手表说，‘那么你也不必回牢房了吧？’”他开始仰头大笑起来，但别人都没有一丝笑意。

邦尼又开始讲：“还有一个关于西部的老故事——那时他们还使用绞刑……”这时卡米拉在窗台上挪了挪，紧张地对着我露出微笑。

我走过去，坐在她和查尔斯中间。她飞速地在我脸上吻了一下。“你好吗？”她说，“你是不是想知道我们之前在哪儿？”

“真不敢相信，我们没看见你。”查尔斯扭头平静地说，把脚踝架在膝盖上。他的脚在剧烈地抖动，就好像它自己有生命，查尔斯把手放在脚上，让它静止下来。“我们碰到了严重的意外，进不了家门。”

我不知道我想从他们那里得到什么样的解释，但显然不是这样的说法。“什么？”我说。

“我们的钥匙丢在弗吉尼亚了。”

“玛丽-格雷不得不开车到洛诺克，用特快专递给我们寄过来。”

“我记得你们把房子租出去了。”我怀疑地说。

“他一周前离开的。我们就像傻瓜一样，让他把钥匙寄给我们。那个女房东现在在佛罗里达。我们一直待在弗朗西斯在乡下的家里。”

“就像被困住的老鼠。”

“弗朗西斯开车送我们去那儿，在离家大概两英里的地方，车出现了严重的问题，”查尔斯说，“冒出黑烟，发出刺耳的噪音。”

“方向盘断了。车开到了路沟里。”

他们俩说得都很快。过一会儿，邦尼的声音盖过他们。“……这时法官采用了一套奇怪的制度。他周一绞死偷牛的贼，周二是玩牌的诈骗犯，周三是几个杀人犯——”

“……所以到后来，”查尔斯在说，“我们不得不步行去弗朗西斯家，后来为了叫亨利来接我们，又打了好几天的电话。他一直没接电话——你知道跟他联系上有多难——”

“弗朗西斯家没吃的，只有几罐黑橄榄和一盒蛋糕粉。”

“对。我们吃橄榄和蛋糕粉。”

这是真的吗？我突然想。我还边听边乐——我真傻——但后来我想到了亨利家的情景，还有放在门边的行李箱。

邦尼正在讲故事的大结局。“所以法官就说，‘孩子，今天是周五，我们应该在今天绞死你，但我必须等到下周二，因为——”

“连牛奶都没有，”卡米拉说，“我们只好往蛋糕粉里加水。”

这时传来轻轻的咳嗽声，我抬头看见朱利安正在关他门。

“好啊，你们这些叽叽喳喳的喜鹊，”他在突然降临的寂静中说，“你们都去哪儿了？”

查尔斯咳嗽了一声，眼睛盯着房间对面一个点，开始相当机械地讲述那个故事：房门钥匙，开进路沟里的车，橄榄，蛋糕粉。冬日的阳光透过窗户斜照进来，使一切显得凝固而清晰。一切都不像真的，我觉得自己好像是从中间开始看一部复杂的电影，所以总是摸不着头脑。不知为什么，邦尼关于监狱的笑话让我感到不安，尽管我记得他在秋季学期也讲过很多类似的笑话。大家过去都是在沉默中紧张地听，但那时的笑话既愚蠢又拙劣。我一直认为，他之所以讲这些笑话，是因为他房间里有一本关于律师的笑话集，和鲍勃·霍普的自传、傅满洲的小说、《智者与君子》一起放在书架上。（结果表明，他的确有这样一本书。）

“你们为什么不打电话给我？”朱利安听完查尔斯的故事后问。他感到疑惑，或许还有一点被冷落的感觉。

双胞胎面无表情地看着他。

“我们没想到。”卡米拉说。

朱利安笑了，然后引用了一句色诺芬的名言，那句话字面意思说的是帐篷、士兵和附近的敌人，但暗示的意思是：在碰到麻烦时，最好去求助自己人。

下课后我独自一人回宿舍，迷惑而混乱。现在我的想法是如此矛盾而纷扰，我无法再进行推理，只能默默地为发生在周围的事情感到奇怪。当天其余时间我没有课，而回宿舍的念头又是那么不可忍受。我到了科蒙斯，在靠窗的一把带扶手的椅子上坐了大约四十五分钟。我应该去图书馆吗？还是开着亨利的车——车钥匙还在我这儿——去兜风？也许可以去看看城里的电影院是否有日场？还是找朱迪·普维去要一片安定？

我最后觉得，最后一个方案是其他方案的前提。我又回到蒙默斯楼，来到朱迪的房间，结果发现门上贴着一张用金色颜料笔写的纸条：“贝丝——来曼彻斯特跟特蕾西和我一起吃午饭吗？我十一点之前一直在服装店。朱。”

我站在那儿看朱迪房间的门。门上装饰着很多照片，都是从《每周世界新闻》上剪下来的可怕的车祸场景，门把手上还吊着一个裸体的芭比娃娃。现在已经一点钟了。我走回自己那间门面质朴的宿舍。在整栋楼里，只有我的宿舍门上没有宗教宣传画、各种肤色人群的招贴画或阿尔托的自杀性咒语。我弄不懂这些人为什么要一下子在门上贴这么多没用的东西。

我躺在床上看着天花板，思量着朱迪什么时候回来，以及在他回来之前这段时间我该做些什么。然后我听到敲门声。

是亨利。我把门打开一点，眼睛盯着他，一句话也没说。

他也盯着我，那是一种坚定而耐心的冷淡目光。他平视着我，很平静，胳膊下面夹着一本书。

"喂。"他说。

又是一阵沉默，比刚才沉默的时间更长。"嗨。"我过了一会儿说。

"你好吗?"

"还好。"

"那就好。"

又是一阵长长的沉默。

"你今天下午有事吗?"他客气地说。

"没有。"我说，觉得有点吃惊。

"你能跟我开车走一趟吗?"

我拿起外套。

汽车驶出汉普顿后驶离大路，进入一条我从未走过的砾石路。"我们去哪儿?"我不安地问。

"我们去老夸里路看一处房产。"亨利泰然自若地说。

大约一小时后，我们终于从那条路上下来，然后我惊奇地发现了一幢大房子，房子前面有块牌子上写着"房屋待售"。

房子很不错，但售价并不高。一架巨大的钢琴上面摆放着一些银器和破裂的玻璃器皿；一个祖母时代的座钟；几箱唱片、厨房用具、玩具；还有一些用布盖起来、被猫抓坏的家具，都堆放在车库里。

我逐页翻看一摞旧的活页乐谱，用眼角余光留意着亨利。他漫不经心地走来走去，欣赏那些银器，用一只手在钢琴上随意地弹了一小节的《梦幻曲》，打开座钟的门，观看内部机件，与刚从楼上下来的房主侄女攀谈，探讨何时是将郁金香搬到室外的最佳时间。我把乐谱翻了两遍之后，去看玻璃器皿和唱片。亨利花二十五美分买了一把锄头。

“很抱歉拖着你跑了这么远。”他在回去的路上说。

“没什么。”我说，斜靠在座位上，身体离车门很近。

“我有点饿了。你饿吗？我们去吃点东西吧。”

我们在汉普顿郊外停车吃饭。现在还不晚，所以饭店里人很少。亨利点了很多东西——豌豆汤、烤牛肉、沙拉、肉汁土豆泥、咖啡、馅饼——然后默不作声、有条不紊地吃起来。我一点点地吃自己的鸡蛋饼，尽量不去看他。我觉得自己好像是在火车的餐车里，列车员安排我与另一位男乘客坐在一起，对方是一位友好的陌生人，他都无法讲我的语言，但仍乐意与我一起吃饭，周围有一种包容一切的氛围，好像他从我一出生就认识我。

吃完饭后，他从上衣口袋里拿出一包香烟（他吸“幸运偷袭”，每当我想到他，总会想起他心脏上方的小红牛的眼睛），摇出两根香烟，扬一扬眉毛，递一根给我。我摇摇头。

他吸完一根又点着另一根。我们喝完第二杯咖啡时，他抬起了头。“你今天下午为什么这么沉默？”

我耸耸肩。

“你不想了解我们的阿根廷之行吗？”

我把咖啡杯放到小碟子里，眼睛盯着他。然后我笑起来。

“是的，”我说，“是的，我想了解。跟我说说。”

“你不想知道我是怎么知道的？我的意思是，知道你知道这件事。”

我没想到这个问题，我猜他从我的表情看出来我忘了这件事，因为现在他笑了。“毫不奇怪，”他说，“我打电话去取消预订的机票——当然，他们不愿这么做，不可退票，不过我想我们现在已把问题解决了——反正，我打电话给航空公司时他们非常惊讶，因为他们说，我前天刚刚打电话去确认。”

“你怎么想到那个人就是我？”

“还会是谁？你有钥匙。我知道，我知道，”我要打断他时他说，“我是特意把钥匙留给你的。因为各种原因，这样以后事情会好办些，但事情就那么巧，你正好在错误的时间来了。要知道，我只有几个小时不在家，而且我做梦也没有想到你会在午夜和清晨七点之间过来。我可能只跟你错过了几分钟。你如果晚到一小时左右，所有东西就都不在了。”

他喝了口咖啡。我心中有太多问题，无法给所有问题理出个连贯的顺序。“你为什么把钥匙留给我？”最后我问。

亨利耸耸肩。“因为我非常肯定，你只会在不得已时才用它，”他说，“我们如果真的走了，最后必须有人来为女房东开门，而我会告诉你去联系谁以及如何处理我留下的东西，但我忘了那本可恶的《希腊语-英语词典》。不对，我不该这么说。我知道你把它落那儿了，但我太匆忙，没想到你会在那个时间回来取书，但事情偏巧就是这样。这是我愚蠢的地方。你跟我一样，都有失眠的问题。”

“有一点我要搞明白。你们根本没去阿根廷？”

亨利哼了一声，挥手示意买单。“当然没有，”他说，“我们如果走了，我还会在这儿吗？”

结完账，他问我是否想去弗朗西斯家。“我想他不在那儿。”他说。

“那为什么还去？”

“因为我家里太乱了，我现在跟他住在一起，我找到人打扫之后再搬回去。你认识不错的钟点工吗？弗朗西斯说他曾经从镇上的职业介绍所请过人，但他们从他的碗橱抽屉里偷了两瓶酒和五十美元。”

在去北汉普顿的路上，我尽量压抑自己，不向亨利刨根问底。我们到那儿之前，我一直双唇紧闭。

“我敢肯定弗朗西斯不在。”亨利边说边打开门。

“他在哪儿?”

“跟邦尼在一起。他带邦尼到曼彻斯特吃饭，我想之后他们会去看一场邦尼喜欢看的电影。你想来点咖啡吗?”

弗朗西斯的住所在一座难看的楼房里，楼房建于二十世纪七十年代，归大学所有。它比我们在校园里住的橡木地板的房子空间更大、更加隐秘，所以需要更多东西装饰，不过里面是油毡地板，客厅光线不好，用的是廉价的现代家具，就像度假旅馆里的摆设。弗朗西斯好像对此并不介意。他用的是自己从乡下家里搬来的家具，不过他没有认真挑选，所以家具风格各异，木材颜色深浅不一。

亨利经过一番寻找，发现弗朗西斯家里既没有咖啡也没有茶。“他需要去趟杂货店，”亨利看着我背后另一个空荡荡的柜橱说，“只有几瓶苏格兰威士忌和维希矿泉水。”我拿了一些冰块和两个杯子，我们把还剩五分之一的威士忌拿到客厅，我们的鞋在白色油毡上发出啪嗒啪嗒的声音。

我们俩坐下来，亨利将两个酒杯斟满酒。“这么说你们没走。”我说。

“没走。”

“为什么没走?”

亨利叹了口气，从上衣口袋里摸出一根香烟。“钱，”他说，划着的火柴照亮暗淡的房间，“要知道，弗朗西斯有信托基金，我没有，我只是每个月有津贴。这些钱我平时花不完，几年来我已把其中大部分存入一个储蓄账户。但邦尼快把那个账户里的钱用完了。我即使卖掉车，能筹到的钱也不超过三万美元。”

“三万美元可不是一笔小数目。”

“是的。”

“你为什么需要那么多钱?”

亨利吹了一个烟圈，黄色的烟圈一半飘到台灯的灯光里，一半飘进周围的黑暗中。“因为我们不打算回来了，”他说，“我们都没有工作签证。我们所带的钱必须足够支撑我们四个人一段时间。况且，”他抬高声音说，好像我正要打断他——其实我没想打断他，只是因为惊讶而发出了一点声响——“况且，布宜诺斯艾利斯不是我们的最终目的地，它只是一个中转站。”

“什么？”

“我们如果有钱，我估计我们会飞往巴黎或伦敦，某个交通便利的门户城市，然后再去阿姆斯特丹，最终到达南非。要知道，那样的话，别人更难追踪到我们。但是我们没那么多钱，所以另一方案就是去阿根廷，然后迂回到乌拉圭——据我所知那是个危险、不安定的地方，但符合我们的需要。我父亲在那儿有一些房地产项目的股份。我们找到地方住是没有问题的。”

“他知道这件事吗？”我说，“你父亲？”

“他最终会知道的。实际上，我计划着我们到那儿后让你去联系他。如果有什么不可预见的事情发生，他会帮助我们的，甚至如果需要，他还会帮我们离开那里。他认识那儿的人，政府里面的人。另外，没人会知道。”

“他会帮你吗？”

“我和父亲的关系不是很亲密，”亨利说，“但我是他的独生子。”他喝完剩下的威士忌，摇晃着杯子里的冰块。“但无论如何都得走。虽然我没有很多现成的现金，但我的信用卡还是够用的，唯一问题是筹集一笔能维持一段时间的钱。这是弗朗西斯能够出力的地方。你可能知道，他和他母亲靠一笔信托基金的收入生活，但他们有权每年提取高达百分之三的本金，这笔钱约为十五万美元。通常他们俩不动这笔钱。但从理论上讲，只要愿意，他们俩谁取出来都可以。一家波士顿的法律事务所是受托人，所以我们周四上午离开弗朗西斯在乡下的家，然后到汉普顿几分钟，以便我和双胞胎去拿行李，之后我们到波士顿，住进派克旅馆。那是一座不错的宾馆，你知道吗？不知道？狄更斯来美国时曾住在那儿。总之，弗朗西斯去见他的律师，双胞胎要到办护照的地方办些事情。要收拾行装离开这个国家时，需要做的准备工作远超过你的想象。但一切都料理得不错，我们第二天晚上离开，好像没有什么事会出差错。我们对双胞胎有点担心，但这应该不是问题，他们必须再等十天左右，但可以稍后与我们碰头。我自己也要做一些事情，但不太多。而弗朗西斯向我保证说，取钱是很简单的事情，就是到市中心跑一趟，签些文件。他母亲之后可能会发觉他取走了钱，但他已经走了，她又能怎么样？但他到该回来时没有回来。然后三个小时过去了，四个小时过去了。双胞胎回来了，而当我们三个人刚订好午餐，弗朗西斯近乎疯狂地冲进来。今年的那笔钱已经没有了。他母亲在年初就一分不剩地取走了那笔钱，不过没有告诉他。这真是一个糟糕的意外，在当时的情况下简直算糟糕透顶。他尝试了能够想到的所有办法——凭信托基金贷款，转让自己的利息收入。你如果了解信托基金，就会知道这是最疯狂的做法。双胞胎都赞成按原计划行事，去碰碰运气。但是……当时情况的确很困难。我们一旦离开，就不能回来，我们到那边后怎么办？像温迪和流浪的男孩们那样住树屋？”他叹了口气，“所以我们回来了，带着装满东西的行李箱和准备好的护照，但是没有钱。我是说，没什么钱。我们四个人的钱加起来不到四千美元。大家讨论了很久，最终觉得，唯一的选择是回汉普顿。至少暂时如此。”

他讲这些时相当平静，但作为听众的我感到胃里像堵了一块东西。图像仍然模糊不清，我也一点都不喜欢已经看到的部分。我很长时间没说话，只是看着台灯罩投射在天花板上的影子。

“亨利，我的天哪。”我最后说。我觉得自己的声音既单调又陌生。

他扬一扬眉毛，什么也没说，手里拿着空杯子，半张脸在阴影里。

我看着他。“我的天哪，”我说，“你们到底干什么了？”

他苦笑了一下，身体前倾，为自己倒了一点威士忌。“我想你已经心里有底了，”他说，“现在我来问问你。你为什么一直替我们掩盖？”

“什么？”

“你知道我们要出国。你一直知道这件事，却没有告诉任何人。你为什么这么做？”

周围的墙消失了，整个房间暗下来。在灯光的照射下，亨利的脸在黑色背景下显得非常苍白，灯光在他的镜片边缘映出光点，他手中的琥珀色威士忌闪烁着，在他的双眼中成为蓝色。

“我不知道。”我说。

他笑了。“不知道？”他说。

我盯着他，一言不发。

“毕竟，我们以前并不信任你，”他说，他注视我的目光既坚定又强烈，“你可以在任何时候阻止我们，但是你没有。为什么？”

“亨利，看在上帝的分上，你们到底做什么了？”

他微笑着。“你来告诉我。”他说。

可怕之处就在于，我的确知道。“你们杀人了，”我说，“是不是？”

他注视着我，然后我非常、非常意外地看到，他靠在椅子上笑了起来。

“真有你的，”他说，“的确如我所想，你非常聪明。我早知道你迟早会搞清楚的，我一直跟他们这么说。”

黑暗悬在微弱的台灯光线之上，像一块幕布那样沉重而伸手可及。我突然有种晕船的感觉，觉得周围的墙在倒向我们，要将我们幽闭起来。我又觉得四周在旋转，那些墙好像在消失，要将我们两人丢到无穷的黑暗之中。我咽了一口酒，又看着亨利。“那人是谁？”我问。

他耸耸肩。“小事一桩，真的。一次意外。”

“不是故意的？”

“天哪，当然不是故意的。”他惊讶地说。

“怎么回事？”

“我不知该从何说起。”他停顿一下，喝了口酒，“你是否还记得，去年秋天我们在朱利安课上学习过柏拉图所谓的‘癫狂状态’？酒神信徒的狂欢？酒神的疯狂？”

“是的。”我非常不耐烦地说。亨利就是这样，又开始兜着圈子说话。

“所以，我们当时决定尝试一下。”

我一下子没能理解他说的话。“什么？”我问。

“我是说，我们决定过一个酒神节。”

“接着说。”

“我们做到了。”

我看着他。“你肯定在开玩笑。”

“不是。”

“这是我听到过的最怪异的事情。”

他耸耸肩。

“你为什么想做这种事？”

“我沉迷于这种仪式。”

“为什么？”

“据我所知，这种活动已经消失了两千年，”他看到并不能说服我，停顿了一下，“但不再做你自己——即使只是一会儿时间——具有非常大的吸引力，”他说，“摆脱常规的感知模式，超越存在状态片刻。还有其他好处，很难表达，古代经典对这些东西只有暗示，我在经历了之后才有所领悟。”

“像什么呢？”

“这个嘛，它被称作秘仪是有原因的，”亨利酸溜溜地说，“相信我。但是它的吸引力太大了——放弃自我，完全地放弃。而在放弃的过程中，就能融入一种连续的生命之中，摆脱死亡与时间的束缚。我从一开始就对此着迷，那时我甚至对这件事一无所知，研究它时，与其说像潜在的秘仪参加者，还不如说像人类学家。古代的评论者在评论这件事时非常审慎。但只要肯下功夫，可以搞清楚神圣的仪式——圣歌，神器，穿什么，怎么做，说什么。困难的是如何在秘仪中达到目的：人如何将自己推入那种状态，催化剂是什么？”他的声音如梦呓一般，很好笑，“我们试了所有东西。酒，毒品，祈祷，甚至还有小剂量的毒药。在首次进行尝试的那个晚上，我们都喝多了，结果穿着长袍在弗朗西斯家附近的树林里昏倒了。”

“你们穿着古希腊人穿的那种长袍？”

“是的，”亨利不高兴地说，“必须合乎规定。我们在弗朗西斯家的阁楼上用床单做的。总之，第一个晚上什么也没有发生，我们只是因为睡在地上而腰酸背痛。所以第二次我们没喝那么多酒，但是我们都在那儿，午夜里在弗朗西斯家后面的山上，穿着长袍喝酒，像举行兄弟会入会仪式那样唱古希腊的圣歌。邦尼突然大笑起来，他像一根木桩那样倒在地上，滚下了山。

“只喝酒显然不能奏效。天啊。我们试过那么多方法，说都说不完。守夜、禁食、饮酒，我现在想起来都感到压抑。我们燃烧毒芹树的树枝，吸树枝燃烧时冒出来的烟。我知道皮提亚[①]咀嚼月桂树的树叶，但这一招也没用。你见过那些

① 德尔菲的阿波罗女祭司。

树叶，你也许还记得，弗朗西斯曾把树叶放进水里煮。”

我盯着他。“我为什么对此一无所知？”我说。

亨利又把手伸进口袋掏香烟。“说实话，”他说，“我觉得理由很明显。”

“你是什么意思？”

“我们当然不想告诉你。我们根本不了解你。你会认为我们都疯了，”他沉默了一会儿，“你瞧，我们几乎走入绝境，”他说，“现在想来，我在某种程度上是被有关皮提亚的记述误导了，刺激人的气体，有毒的水汽等。那些过程虽然粗略，但比酒神的方法详尽，而我一度以为它们肯定是有关联的。我们试错了很多次后，才发现两者没有关联。我们越来越觉得，自己忽略的东西可能非常简单。的确很简单。”

“那是什么？”

“只有一点。在诸如此类的秘仪之中，要迎接神的到来，人必须处于某种癫狂的状态，即宗教的纯洁。这是酒神秘仪的中心点。柏拉图也说过这一点。在神降临之前，凡人必须将自我——尘世中的我们、会腐烂的那部分——尽可能弄干净。”

“怎么做到？”

“通过各种象征性的行动，这类行动在古希腊相当普遍。在头顶上浇水，沐浴，禁食——邦尼既不愿禁食也不愿沐浴，我们其余的人都走了这种过场。然而，我们越做越觉得这些举动好像没意义。然后，我有一天突然想到一个简单的道理，即，任何宗教仪式都是形式，除非你能看穿其深层含义，”他停顿了一下，“你知道朱利安就《神曲》说过什么吗？”他问。

“我不知道。”

“不是基督徒的人就看不懂《神曲》吗？一个人如果想读但丁，想理解他的意思，是不是必须至少在几小时之前成为基督徒？我们面临的就是这样一个问题。必须根据它自身的背景去理解它，而不是用一种偷窥甚至学术式的方法。起先我以为不可能找到其他角度，只能像多少个世纪以来很多人做的那样，用分解的方法去看待它。这种行为的魅力（美丽、恐怖和牺牲）使人困惑。”他吸了嘴里的香烟最后一口，然后将烟头摁灭。“很简单，”他说，“我们不相信。信任是一个绝对必要的条件。信任，无条件地投降。”

我等他接着说。

“你要知道，当时我们已经准备放弃了，”他平静地说，“整个计划挺有趣，但又不是特别有趣，还有一大堆麻烦。你不知道，你很多次几乎发现我们。”

“是吗？”

“是的，”他喝了一口威士忌，“你可能不记得了。在乡下时，你大约凌晨三点时下楼，”他说，“到图书室去拿书。我们听到你在楼梯上。我藏在帐帘后面，我只要伸出手就可以碰到你。还有一次，你醒来时，我们还未到家。我们不得不溜到后门，像飞贼那样蹑手蹑脚地上楼——那真是很讨厌，光着脚在黑暗中爬，天还特别冷。他们说，在隆冬时节会发生‘翻山越岭’① 的事情，但我敢说，那个时间，佛蒙特比伯罗奔尼撒半岛冷得多。

“我们努力了这么长时间，不在天气转冷之前再试一次就太不明智了。我们突然变得严肃。我们禁食了三天，是时间最长的一次。一位信使来到我的梦中。一切都进展得很完美，马上就要起飞了，我有一种从未体验过的感觉，我们周围的一切都在以某种美丽而危险的方式发生改变，我们被某种未知的力量推动着，朝向一个我并不了解的彼岸。”他又喝了口酒。“唯一的问题是邦尼。他根本无法理解情况已大大改变。我们比以前更接近目标了，每天都在进步。不过天已非常冷，如果下雪——说不定哪天就会下雪——我们就得等到春天。我已经付出了这么多，可不想让他在最后一刻把事情搞砸了。但我知道，他很可能把事情搞砸。在关键时刻，他会讲个愚蠢的笑话，把一切搞乱。第二天下午，我疑虑时，查尔斯看见他吃了一个奶油三明治和一个奶昔。这件事促使我们下定决心，我们决定撇下他偷偷溜走。周末出去太冒险，因为我们好几次差点撞上你。所以我们周四晚些时候开车出去，第二天凌晨三四点钟回来。这次我们走得早，晚饭前就走了，没告诉他。”

他点着一根香烟。一阵长长的沉默。

“后来呢？”我问，“发生了什么？”

---

① 酒神女信徒的一种宗教仪式，通过在山岭中行走达到独喜状态。

他笑了。“我不知道该怎么说。”

“什么意思？”

“我是说，这次果然灵验了。”

“这次灵验了？”

“千真万确。”

“但是，这怎么——”

“的确灵验了。”

“我不理解你说的‘这次灵验了’是什么意思。”

“我说的就是字面的意思。”

“但是，你们看到了什么？”

“真是惊心动魄、壮丽无比。火炬、眩晕、歌唱，狼群在我们周围嚎叫，公牛在黑暗中低吼，纯净的河水在流淌，就像电影中的快镜头，月亮盈亏圆缺，云朵快速掠过天空，藤蔓从地面快速生长，像蛇一样缠绕上树，季节变换眨眼完成，我了解的所有历史转瞬而过……我的意思是，我们通常认为现象的变化是时间的本质，其实根本不是。时间是藐视一切春与冬、生与朽、善与恶的东西，是一成不变、欢欣鼓舞、牢不可破的东西。二元性不复存在，没有自我，没有‘我’。和某些东方宗教用比喻做的可怕描述完全不一样，什么自我是被宇宙海洋吞噬的一滴水。它更像是宇宙在不断扩展，以填补自我的种种界限。你经过这种狂喜，就知道日常存在的工作日的界限显得多么苍白。我就像一个婴儿，忘记了自己的名字。我脚底被扎出很多伤口，但浑然不觉。”

“但基本上就是性仪式，不是吗？”

这句话不像一个问题，更像一个论断。他没有表现出惊讶，坐在那儿等我接着说。

“怎么？我说得不对吗？”

他身子靠过来，把在烟灰缸里掐灭香烟。“当然，”他轻松地说，穿着黑西装、戴着苦行者眼镜的他酷得像一个牧师，“你的理解与我最初的理解差不多。”

我们对视了一会儿。

“你们到底做什么了？”我说。

“这个，真的，我觉得我们现在不必谈这个，”他平静地说，“过程中有肉欲的成分，但这个部分从本质上来说基本是精神层面的。”

“我猜，你看见酒神了，对不对？”

我只是半开玩笑地这么说，但吃惊地发现，他很自然地点点头，好像我问的是他是否完成了家庭作业。

“你看见有形的酒神了？山羊皮的酒囊？顶端为松果形的手杖？”

“你怎么知道酒神是什么模样？”亨利犀利地说，“你认为我们看到的是什么？一张漫画？花瓶上的图画？”

“我只是无法相信，你说你真的看到了——”

“你如果只见过小孩子的图画——蓝色蜡笔画的波浪，没有见过真的大海，你会了解真正的大海吗？你就算看到真正的大海，能认出来吗？你并不知道酒神长什么样。我们在这儿谈的是神。神是严肃的事情。”他背靠在椅子上，仔细打量着我。“你不必相信我所说的话，”他说，“我们四个相信就好。查尔斯的手臂上留下了一个血淋淋的咬痕，但他不知道是怎么弄的，那不是人咬的。太大了。奇怪的洞，不是牙印。卡米拉说，在其中一段时间，她相信自己是一头鹿。这一点也不奇怪，因为我们剩下的人都记得在森林里追一头鹿，好像追了好几英里。实际上，的确有几英里。我知道事实的确如此。我们显然一直在跑啊跑，因为我们醒过来时，不知道自己在什么地方。我们后来才发现，我们翻过至少四道带刺的铁丝网。我不知道我们是怎么翻过去的，我们已远离弗朗西斯的家，在离那个村庄七八英里远的地方。正是在那里，我们遭遇了这个故事中不幸的部分。我只有非常模糊的印象。我听到背后有东西，或说有人，我转过身，差点跌倒，挥拳就去打那个东西——一个巨大、模糊、黄色的东西。我用的左手，就是力气相对小的那只手。我的指关节感到一阵剧痛，然后马上有东西撞在我身上，使我差点喘不上气。要知道，当时周围一片黑暗，我真的看不见。我又挥出右拳，使出全身的力气，身体也撞上去。这次我听到了巨大的爆裂声和一声惨叫。之后我们还不是太明白发生了什么事。卡米拉在前面很远处，但查尔斯和弗朗西斯紧跟在我后面，很快就追上了我。我现在清楚地记得，自己从地上站起来，看见他们俩横冲直撞地穿过灌木丛——天哪，我现在能看见他们了。他们头发上粘着树叶和泥土，衣服已是碎片。他们气喘吁吁、目光呆滞地站在那儿，满怀敌意。我没有认出他们俩，如果不是月亮从云后面出来，我可能会跟他们打一架。我们相互对视着。事情开始清晰起来。我低头看自己的手，发现上面沾满血，而且不是我的手流出来的血。然后查尔斯走过来，跪在我脚旁的某个东西旁边。我弯腰去看，发现那是个人。他死了。他大约四十岁，穿着一件黄色的方格呢衬衫——你知道那个地方的人穿的那种羊毛衬衫——他的脖子断了，而且，说起来有点恶心，他满脸都是脑浆。真的，我现在都不知道事情是怎么回事。场面可怕而又混乱。我身上有些地方被血浸透了，我的眼镜上也有血。

"查尔斯的说法不一样。他记得我在那具尸体旁边。但是他说，他还记得自己曾跟什么东西扭打，他用力拉，突然意识到他在拉一个人的胳膊，而他的一只脚就在那个人的腋窝里。弗朗西斯——我没法说——我每次跟他谈到这件事时，他想到的东西都不一样。"

"卡米拉呢？"

亨利叹了口气。"我想我们可能永远无法知道真相了，"他说，"我们过了好久才找到她。她正静静地坐在一条小溪旁，脚泡在水里，长袍完全是白色，除了头发，身上其他地方都没有血。她的头发是黑色的，凝结在一起，完全湿透了，好像她曾试图把头发染成红色。"

"这怎么可能？"

"我们不知道，"他又点燃一支烟，"无论如何，那人死了。我们坐在森林中央，半裸着身体，浑身是土，前面地面上就是那具尸体。我们都处于一种眩晕的状态，我昏昏欲睡。后来弗朗西斯过去仔细查看了一番，接着剧烈地干咳起来。这使我清醒了一些。我让查尔斯去找卡米拉，然后自己跪下来，搜索那个人的口袋。没什么东西——我找到了一些上面有他名字的东西，不过这当然没什么用处。

"我不知道该怎么办。你必须记住这一点，天正越来越冷，而且我已经很长时间没有吃饭睡觉了，所以我的头脑不是太清楚。有几分钟时间——天哪，真是混乱——我想掘个坟墓，但我后来认识到，那将是疯狂的举动。我们不能整夜待在那里。我们不知道那是什么地方，不知道接下来会发生什么事，甚至不知道当时几点了。另外，我们也没有挖墓工具。我当时真的慌了——我们不能就那样把尸体扔在外面，对不对？——但是后来我想到，我们只能那么做。我的天哪，我们甚至不知道车在哪儿。我想不出要将尸体拖到山上、扔进山谷需要多长时间。而且，我们即使能把尸体弄上车，接下来把它扔哪儿呢？

“所以，查尔斯跟卡米拉回来后，我们就径直走了。现在回想起来，这是最明智的做法。那些验尸官好像并没有仔细搜寻佛蒙特北部地区。那是个原始的地方。有时的确会有人自然暴死。我们不认识那个人，我们跟他没有任何关联。我们当时只有赶紧找到汽车，然后悄悄回家，不让任何人发现，”他附身过来，又为自己倒了点威士忌，“我们就是那么做的。”

我也给自己倒了杯酒，然后我们静静地坐在那儿，一分多钟没说话。

“亨利，”我最后说，“真够悬的。”

他扬了扬眉毛。“真的，那种难受超出你的想象，”他说，“我曾经开车撞死一头鹿。那是一种非常漂亮的动物，我看见它在挣扎，到处是血，腿也断了……这件事更让我痛苦，但至少我认为它已经结束了。我从未想过还会听到这件事，”他喝了口威士忌，“很不幸，那件事并未结束，”他说，“邦尼识破了。”

“你是什么意思？”

“他今天上午的所作所为你看到了。他快把我们逼疯了。我已经濒临绝境。”

这时传来钥匙在锁孔里转动的声音。亨利拿起酒杯，将剩余的威士忌一饮而尽。“是弗朗西斯。”他说，然后打开屋顶下的灯。

第五章

灯光亮起来时，黑暗跳回到它平时在客厅的“地盘”——堆满东西的桌子，低矮、粗笨的沙发，剪裁得很时髦但布满灰尘的窗帘。自从母亲那次清洗完窗帘之后，清洗任务就落到了弗朗西斯身上。这就好像经历一次长长的噩梦后打开灯。我眨一眨眼睛，长舒了一口气，因为我发现门窗还在原来的地方，家具也还是以老样子摆放着，它们并没有在黑暗中被某种邪恶的魔力打乱。

门开了。弗朗西斯从黑暗的过道中走进来。他喘着粗气，垂头丧气地把一只手的手套往下拽。

“天哪，亨利，”他说，“什么样的夜晚。”

我在他的视线之外。亨利扫了我一眼，轻轻地咳了两声。弗朗西斯转过身来。

我以为自己看他的目光已显得足够放松，但我显然没有做到。一切肯定都已写在我的脸上。

他盯着我看了好一会儿，手套已脱下一半，软绵绵地在手上摇摆。

“不，”他最后说，目光并没有从我身上离开，“亨利，你不会吧。”

“恐怕是的。”亨利说。

弗朗西斯紧紧闭上双眼，然后睁开。他变得面色苍白，那是一种干涩的苍白，就好像白粉笔在草纸上画出的颜色。当时我真怕他会昏过去。

“没什么的。”亨利说。

弗朗西斯没有动。

“真的，弗朗西斯，”亨利有点恼怒地说，“没关系的，坐下。”

喘着粗气的弗朗西斯穿过房间，重重地坐在一把带扶手的椅子上，然后开始在口袋里摸索香烟。

“他早就知道了，”亨利说，“我跟你们说过的。”

弗朗西斯抬头看着我，还未点着的香烟在他的指间抖动着。“是吗？”

我没有回答。这时，我发现自己正在纳闷：这是不是一个巨大的恶作剧？弗朗西斯用一只手在脸上抹了一下。

“我猜现在所有人都知道了，”他说，“我不知道自己为什么要对此感到难过。”

亨利跑到厨房拿了个杯子过来。他往里面倒了些威士忌，然后递给弗朗西斯。“被人发觉，自认倒霉。”[①]他说。

我惊讶地看到，弗朗西斯笑了，并毫无幽默感地轻轻哼了一声。

“我的老天，”他说，然后喝了一大口酒，“真是一场噩梦。我无法想象你怎么看我们，理查德。”

“没什么的。”我不假思索地说，但我马上惊讶地认识到，这的确是实情，这件事真的没那么严重，至少不像别人预想得那么严重。

“我猜你会说我们现在是进退两难，”弗朗西斯说，用大拇指和食指揉着眼睛，“我不知道我们该怎么对待邦尼。我们今天在排队看电影时，我真想扇他耳光。”

“你带他去曼彻斯特了？”亨利问。

“对。但是人们都很好事，你永远不知道谁会坐在你后面，对不对？而且电影也很难看。”

“什么电影？”

“关于一个单身汉派对的胡说八道。我现在只想吃片安眠药去睡觉。”他喝光了杯里的威士忌，又为自己倒了一点。“老天保佑，”他对我说，“你在这件事上这么大度。我被整件事搞得非常难受。”

一阵长长的沉默。

最后我说：“你们打算怎么办？”

---

① 原文为拉丁语，典出诗人贺拉斯的作品。

弗朗西斯叹了口气。“我们没任何打算，”他说，“我知道这句话听起来很糟糕，但我们现在能做什么呢？”

他那种听天由命的腔调使我既生气又难过。“我不知道，”我说，“你们为什么没去报警呢？”

“你肯定在开玩笑。”亨利干巴巴地说。

“跟他们说你不知道怎么回事？你发现他躺在树林里？或者，天哪，我不知道该怎么说，或者说你用车撞了他，他跑到了你的车前？诸如此类的。”

“那样做非常愚蠢，”亨利说，“这是一次不幸的意外，我对此感到难过，但是说实话，我看不出我在佛蒙特监狱里度过六七十年对纳税人或对我自己有什么好处。”

“但那的确是一次意外。你说过。”

亨利耸耸肩。

“你们如果自首，或许被指控的罪会很轻。也许什么事也没有。”

“或许会那样，”亨利平心静气地说，“但要记住，这里是佛蒙特。”

“那又有什么差别？”

“很不幸，差别大了。案子如果进入法庭，我们就会在这里被审问。而陪审团不会是我们这类人。”

“然后呢？”

“任凭你怎么说，我都不信陪审团里贫穷的佛蒙特人会对被指控谋杀他们邻居的四个大学生有丝毫同情。”

“多年以来汉普顿人就盼着发生这种事情，”弗朗西斯说，用现在那支烟的烟头点燃另一根香烟，“我们无法逃脱杀人的指控。我们不上电椅就够走运了。”

“想想那会是什么样的景象，”亨利说，“我们都是受过良好教育、相对富裕的年轻人，或许最重要的一点是，我们不是佛蒙特人。我猜想，任何公正的法官都可能会为我们年轻人网开一面，但这是一次意外——”

“四个富有的大学生？”弗朗西斯说，“喝醉了？吸毒？深更半夜在那个家伙的土地上？”

“你们当时在他的土地上？”

“显然是这样，”亨利说，“我们在他身上发现的文件是这么写的。”

我在佛蒙特的时间不长，但知道有行为能力的佛蒙特人会怎么理解这一点。侵入某人的土地等同于擅自闯入这个人的家里。“我的天哪。”我说。

“而且这只是一小部分事实，”弗朗西斯说，“看在老天爷的份上，我们穿着床单，光着脚，身上被血湿透，浑身散发酒气。我们如果这样跑到治安官的办公室，去解释所有这一切，你能想象结果吗？”

“我们无论如何也无法解释，”亨利梦呓似的说，“真的。我不知道你是否明白我们当时的状态。仅仅一个小时之前，我们真的全部灵魂出窍了。我们完全放弃自己时付出了超人的努力，但回归自己时易如反掌。”

“不是什么东西一断开，我们就马上变回原来快乐的自我，”弗朗西斯说，“相信我，我们当时应该去接受休克治疗。”

“我真不知道我们是如何回家的，还没被人发觉。”亨利说。

“我们无法拼凑出一个说得过去的故事，天哪，我过了好几周才恢复过来，卡米拉三天不会说话。”

我打了个小小的冷战，想起一件事来：卡米拉的喉咙被一条红围巾包裹着，无法说话。他们说是喉炎。

“是的，真是非常奇怪，”亨利说，“她依然思维清晰，但就是没法马上说出话来，好像中风了。后来她开始说话，先说出的不是英语或希腊语，而是中学时学的法语。我记得我坐在她的床边，听她从一数到十，看她指着窗户、椅子……”

“她真有趣，”弗朗西斯说，“我问她感觉怎么样，她说，我感觉自己就像海伦·凯勒，我的老伙计。”

“她去看病了吗？”

“你在开玩笑吧？”

“她如果不能恢复怎么办？”

“我们大家一开始都是这样，”亨利说，“只是几小时后就恢复了过来。”

“你们也无法说话？”

“精神崩溃？”弗朗西斯说，“结巴？神经错乱？我们如果去警察局，他们可能指控我们与新英格兰过去五年内所有没破的命案有关。”他装出读报纸的样子，“《疯狂嬉皮士被指控实际乡村恐怖谋杀》《邪教徒残杀老实人某某某》。”

“十几岁邪教分子谋杀佛蒙特老居民。”亨利说，又点着一根香烟。

弗朗西斯笑了。

“我们如果能得到公平审问，那还差不多，”亨利说，“但我们没有这样的机会。”

“在法庭上由佛蒙特巡回法庭法官和由话务员组成的陪审团来审问我，我无法想象那有多糟糕。”

“目前情况不太好，”亨利说，“而且肯定会更糟糕，最大的问题是邦尼。”

“邦尼有什么问题？”

“他没有什么问题。”

“那问题是什么？”

“他就是管不住他那张嘴，只有这一点问题。”

“你们没跟他谈过吗？”

“谈过一千万次了。”弗朗西斯说。

“他想去报警？”

“形势如果像现在这样发展下去，”亨利说，“他根本不必去报警，警察会自己找上门的。跟他讲道理没有一点用，他根本不理解事情有多么严重。”

“他肯定也不想看着你们进监狱。”

“他如果真正想过这件事，我敢肯定他能想到，他不想看到那种情景，”亨利平静地说，“而且我敢肯定他能想到，他尤其不想让自己也进监狱。”

“邦尼？为什么他也——”

“因为他十一月份就知道这件事了，而他并没有去报警。”弗朗西斯说。

“但关键不是这个，”亨利说，“他非常清楚不能出卖我们。他没有那天晚上不在犯罪现场的证明，我想他明白，我们如果进了监狱，至少我会尽力把他拖下水。”他掐灭手里的烟头。“问题在于他就是个傻瓜，迟早会对错误的对象说出错误的话，”他说，“或许不是故意的，但我到时候可不管他是出于什么动机。他今天早上说的那些话你都听到了。警察如果哪天被招来了，他可就要犯难了。当然，他自己认为那些糟透了的笑话非常巧妙，别人听不明白。”

“他只能够想到出卖我们是个错误，”弗朗西斯说，又停下来给自己倒了点酒，“但我们好像就是无法让他明白：他那样到处乱讲对他自己也没好处。真的，我真不敢肯定，他想忏悔的情绪上来时，他不会把事情捅出去。”

“告诉谁？比如说？”

“玛丽恩、他父亲、学监。”弗朗西斯在发抖。“我想起这些就心惊胆战。他就是《佩里·梅森》中的那种人，最后五分钟在法庭的听众席后部站出来。”

“邦尼·柯克兰，少年侦探。”亨利讽刺说。

“他是怎么发现的？他当时没跟你们在一起，对不对？”

“实际上，”弗朗西斯说，“他当时跟你在一起。”他扫了亨利一眼，令我惊讶的是，两个人都笑起来。

“怎么啦？这有什么好笑的？”我警觉地说。

这又引发他们一阵大笑。“没什么。”弗朗西斯最后说。

“真的没什么，”亨利说，接着茫然地轻轻叹口气，“这些天有些奇怪的事情总让我觉得好笑。”他又点燃一支烟。“他那天晚上跟你在一起，前半夜的时候。还记得吗？你们去看电影了。”

“《三十九级台阶》。”弗朗西斯说。

经他们一提醒，我想起来了：那是秋天一个刮风的夜晚，天空中的满月因为片片云朵变得模糊不清。我在图书馆学习到很晚，没有吃晚饭。在回家的路上，我从小卖部买了一个三明治放在口袋里，干枯的树叶在我面前的路上飞舞。我碰上邦尼，他正要去视听讲堂，电影社团在那里组织播放希区柯克系列电影。

我们迟到了，已经没有座位，所以我们就坐在铺地毯的台阶上。邦尼将胳膊肘拄在背后的台阶上，双腿伸向前面，用槽牙咯吱咯吱地嚼一根吸管。大风把又轻又薄的墙壁吹得嘎嘎作响，一扇门被风吹得时开时关，后来有人拿一块砖顶住它，让它一直开着。在电影屏幕上，黑白的夜色背景下，火车正从横跨大峡谷的铁桥上呼啸而过。

“我们后来去喝了点酒，”我说，“然后他就回宿舍了。”

亨利叹了口气。“他要是回宿舍就好了。”他说。

“他一直问我是否知道你们在哪儿。”

“他自己心知肚明。我们跟他说过五六次，他如果表现不好，我们就把他丢在家里。”

“所以他想到一个主意，跑到亨利家里去吓唬亨利。”弗朗西斯说，然后又为自己倒了杯酒。

“我就为这事特别生气，”亨利忽然说，“即使没发生什么事情，他也不该偷偷摸摸这么做。他知道我家的备用钥匙在哪儿，就拿了钥匙偷偷溜进去。”

“他即便这样，也有可能不会出什么事。但一连串可怕的巧合接连发生。如果我们在郊外把衣服脱掉，如果我们来这儿或去双胞胎家，如果邦尼没有睡着……”

“他睡着了？”

“是的，否则他可能会打退堂鼓自己离开，”亨利说，“我们早晨六点才回到汉普顿。我们在黑暗中走那么远才找到我们的车，真是个奇迹……不过，穿着血衣开车回北汉普顿真是愚蠢。警察有可能会拦住我们，我们也可能出车祸，任何事情都可能发生。但我病了，已无法进行清晰思考，我猜自己是凭着直觉把车开回家的。”

“他离开我的宿舍时已经是午夜了。”

“是啊，后来从大约十二点半到六点，他一直独自一人待在我家里。验尸官推测那人的死亡时间在一点到四点之间，那是我们手里的王牌之一，邦尼没跟我们在一起，但他很难证明这一点。不幸的是，我们只有在最可怕的情况下才能打那张牌。”他耸耸肩。“他要是开着灯就好了，或者有其他提醒我们离开的线索。”

“你知道，等着我们的是一个巨大的意外，它从黑暗中跳向我们。”

“我们走进去，打开灯。太晚了，他马上醒了过来，而我们——”

“——都穿着白色的长袍，浑身是血，就像是从爱伦·坡的小说里出来的。”弗朗西斯沮丧地说。

“天哪，他有什么反应？”

“你觉得呢？我们把他吓得半死。”

“他是罪有应得。”亨利说。

"跟他说说冰淇淋的事。"

"真的，这是最让人受不了的，"亨利气鼓鼓地说，"他从我的冰箱里拿了一夸脱的冰淇淋，边吃边等我回来——你知道，他嫌麻烦不去舀一碗，而是把整一夸脱都拿过来。他睡着后，冰淇淋融化了，不但流到他身上，还流到我的椅子和我那块精美的东方小地毯上。就是这样。那块地毯是相当好的文物，但干洗店的工人说他们已无力挽回，结果它就成了碎片，我的椅子也被我毁了，"他又去拿烟，"他看见我们时，像女妖那样尖叫起来——"

"——而且还不闭嘴，"弗朗西斯说，"要知道，当时可是凌晨六点钟，邻居们正在睡觉……"他摇着头，"我记得查尔斯朝他走了一步，想跟他说话，而邦尼则大喊血腥谋杀。过了一两分钟——"

"只有几秒钟。"亨利说。

"——过一分钟，卡米拉拿起一个玻璃烟灰缸向他扔去，烟灰缸正砸在他的胸口上。"

"那一下力量并不大，"亨利说，"但来得正是时候。他马上闭上嘴，盯着卡米拉看，我就对他说：'闭嘴，邦尼。你会把邻居们吵醒的。我们在回家的路上撞上了一头鹿。'"

"所以接下来，"弗朗西斯说，"他在自己的额头上抹了一把，眼珠转一转，又开始成为正常的邦尼——你们这些家伙吓死我了，你们肯定还没睡醒，就那样喋喋不休地说起来——"

"与此同时，"亨利说，"我们四个人还穿着带血的床单站在那儿，灯开着，窗帘没拉上，谁开车路过都能把我们看得一清二楚。他说话的声音那么大，灯那么亮。我由于疲惫和震惊，晕晕乎乎的，竟只是愣愣地盯着他。我的天哪——我们身上沾着那个人的血，我们进屋时留下了血脚印，太阳正在升起，而邦尼在这儿。我没力气去想该怎么办。这时卡米拉相当明智地关上灯，我突然想到，我们无论看起来怎么样，无论是谁正看着我们，我们必须赶快脱掉衣服，清洗一番，一刻也不能耽误。"

"实际上我必须把床单从身上撕下来，"弗朗西斯说，"血都干了，黏在我的身上。我把衣服撕下来时，亨利他们都已进了浴室。水花在飞溅，浴缸里的水成了红色，黄褐色的斑点留在瓷砖上，真是一场噩梦。”

“我没法告诉你，邦尼在那儿是一件多么不幸的事，”亨利摇着头说，“但无论如何，我们不能站在那儿等他离开。到处是血，邻居们很快会起床，我心里想着，警察随时都可能来敲门……”

“虽然让他知道不是件好事，但我们当时想，我们并不是在约翰·埃德加·胡佛[①]面前做那些事。”弗朗西斯说。

“确实如此，”亨利说，“我不想让邦尼觉得，他的存在是一种巨大的威胁。这只是一种麻烦，因为我知道，他想知道那是怎么回事。但当时他算是我们最小的麻烦。我如果有时间，会和他坐下来，跟他解释清楚，但我当时没有时间。”

“老天保佑，”弗朗西斯颤抖着说，“我那时还不能进亨利的浴室。当时瓷砖上沾满血。亨利的折叠剃须刀挂在木钉上摇摆。我们都是遍体鳞伤。”

“查尔斯的情况最糟糕。”

“我的天哪，他全身都是蒺藜。”

“还有那个咬痕。”

“我从来没见过那样的伤口，”弗朗西斯说，“周长有四英寸，像是凿出来的牙印。还记得邦尼是怎么说的吗？”

亨利笑了。“是的，”他说，“告诉他。”

“我们当时都在那儿，查尔斯正转身拿香皂——我不知道邦尼在旁边，正在往门里面看——突然我听到他一本正经地说：‘查尔斯，那头鹿好像从你胳膊里拔出了个插头。’”

“他在那儿站了一段时间，做出各种各样的评论，”亨利说，“但后来我听不到他的声音了。我发现他突然离开了，我有点担心，不过很高兴他不再碍事了。我们还有很多事要做，没有多少时间了。”

“你们不担心他会告诉别人吗？”

亨利毫无表情地看着我。“告诉谁？”

---

① 约翰·埃德加·胡佛（一八九五——一九七二），美国联邦调查局第一任局长，任职长达四十八年。

“我。玛丽恩。任何人。”

“不会。我想他当时没有理由那么做。你知道，他以前跟我们一起活动，所以我们那天的表现对你来说可能不同寻常，但对他来说不足为奇。这种活动他已经参与了几个月。他如果向别人解释清楚整件事的来龙去脉，不是太愚蠢了吗？朱利安知道我们想做什么，但我十分肯定，邦尼在问清楚我们之前不会跟朱利安讲，而且事实正如我所料。”

他停顿一下，点着一支烟。“那时天快亮了，情况仍相当糟糕——过道上有血脚印，我们脱下来的长袍扔在地上。双胞胎穿上我的几件旧衣服，出去清理过道和车里面。我知道，应该烧掉那些长袍，但我不想在后院点起大火，我也不想在屋里烧，因为那样可能会引发火警。我的女房东总是警告我不要用壁炉，但我一直怀疑它仍能工作。我试了试，运气不错，它果然能用。”

“我根本没帮上忙。”弗朗西斯说。

“是的，你没帮上一点忙。”亨利毫不客气地说。

“我实在没办法。我当时觉得恶心想吐。我到亨利的房间去睡觉了。”

“我们都想睡觉，但总得有人去清理，”亨利说，“双胞胎大概是七点钟来的。我当时还在费力地清理浴室。查尔斯背上都是蒺藜，就像绣球花一样。我和卡米拉用镊子帮他夹了半天，然后我回浴室把活儿干完。最艰苦的时刻过去了，我累得眼皮直打架。毛巾问题不大——我们尽量不用毛巾——但有几条毛巾上面溅上了血迹，我把这几条扔进洗衣机，倒了一些洗衣粉。双胞胎都睡着了，就在里面房间的折叠床上，我把查尔斯往边上推了推，一头倒下去，也睡着了。”

“十四个小时，”弗朗西斯说，“我以前从来没睡过那么长时间。”

“我也是。就像个死人一样。没有梦。”

“真是让人晕头转向，”弗朗西斯说，“我睡的时候太阳刚升起来，可是好像刚闭上眼睛又睁眼时，天已经黑了，电话铃正在响，而我一时不知道自己身在何处。电话铃一直响啊响，最后我起来，迷迷糊糊地往客厅走。有人说别接，但是——”

“我从没见过像你这么喜欢接电话的人，”亨利说，“就连在别人家也要接。”

“你说我该怎么办？让它一直响？反正我接了，是邦尼，他的声音兴高采烈。

小子，我们四个人当时真是乱七八糟，都快变成一帮裸体主义者了。他问我们去啤酒屋吃一顿如何。”

我在椅子上直起了腰。“等一下，”我说，“是不是那天晚上——”

亨利点点头。“你也来了，”他说，“还记得吗？”

“当然啦，”我说，此时有点莫名的兴奋，故事终于同我自己的经历衔接起来，“当然记得。邦尼去找你们时我碰到了他。”

“你别介意我这么说，你跟他一块儿出现时，我们都觉得有点意外。”弗朗西斯说。

“现在想来，他当时是想单独向我们问清楚发生的事情，但并不是不能等，”亨利说，“你可能会想起来，那晚我们的表现并没有让他感到很惊奇。你知道，他以前一直跟我们一起活动，那些夜晚都近乎——我在这儿应该用个什么词？”

“——那些夜晚我们都是疯疯癫癫的，”弗朗西斯说，“在泥地上打滚，到天亮才回家。那一晚有血——他可能想知道我们是怎么杀死那头鹿的——但他觉得那个夜晚可能跟以前也差不多。”

我不安地想到了酒神的女祭司[1]：动物的蹄子、血淋淋的肋骨，挂在冷杉树上的碎肉。在希腊语里有专门的词：omophagia（食生肉）。我突然回想起来：进入亨利家、看到那些疲倦的面孔时，邦尼含沙射影地打招呼说：“致意[2]，屠鹿人！”

那晚他们都很安静，沉默寡言，脸色苍白，不过看起来跟醉酒后刚醒来的人差不多。只有卡米拉的喉炎好像有点不同寻常。他们告诉我，前天晚上他们喝多了，都是烂醉如泥；卡米拉把羊毛衫忘在家里，从北汉普顿回来时感冒了。外面天很黑，正在下大雨。亨利把车钥匙给我，让我开车。

那是周五晚上，但天气很糟糕，所以啤酒屋里人很少。我们一边吃威尔士兔肉，一边听大雨敲打屋顶的声音。我和邦尼喝威士忌和热水，其他人喝茶。

“酒神信徒，觉得恶心吗？”邦尼点完喝的东西之后，调皮地说。

---

① 原文为 bacchae，欧里庇得斯悲剧《酒神女伴侣》。

② 原文为希腊语。

卡米拉朝他做了个鬼脸。

晚餐过后，我们出去来到车旁。邦尼围着车转一圈，检查车灯，踢踢轮胎。“这是你们昨晚开的车吗？”他在雨中眯着眼睛说。

“是的。”

他将眼前湿漉漉的头发撩起来，弯腰去看挡泥板。“德国车，”他说，“我不愿这样说，但德国佬的确比底特律的钢铁厂略胜一筹，一道擦痕也没有。”

我问他是什么意思。

“噢，他们醉酒驾车，在公路上碰到了一点小麻烦，撞上了一头鹿。你们把它撞死了吗？”他问亨利。

亨利绕到副驾驶的座位旁边，然后抬头问：“你说什么？”

“那头鹿，你们把它撞死了？”

亨利打开车门。“我觉得它基本上是死了。”他说。

一阵长长的沉默。我的眼睛在烟雾中感到刺痛。浓浓的灰色烟雾悬在天花板下面。

“那么有什么问题？”我说。

“你指什么？”

“后来发生了什么？你们有没有把事情告诉他？”

亨利深吸一口气。“没有，”他说，“我们本来可以告诉他，但显然知情人越少越好。我第一次单独见他时，曾小心翼翼地提及这件事，但他好像对那个有关鹿的故事很满意，所以我也就顺水推舟。他如果没有仔细想这件事，我们当然没有理由主动去告诉他。那个家伙的尸体被发现了，汉普顿的《检察官报》刊登了一篇文章，根本没问题。但是后来——真是倒霉透顶，我想汉普顿很少发生这类事——他们两周后发表了一篇跟踪报道：《巴滕基尔县的离奇命案》，邦尼读到了这篇报道。”

“真是太不凑巧了，”弗朗西斯说，“他是个从来不读报的人。如果不是因为那个讨厌的玛丽恩，万事大吉。”

“玛丽恩订了一份那报纸，可能是跟幼教中心有关，”亨利揉着眼睛说，“午饭前邦尼跟她在一起。她正在跟一位朋友说话——玛丽恩就是这样子——我猜邦尼觉得无聊，所以开始读报纸。我和双胞胎上前打招呼，而他一开口就大声说：'你们快看这儿，有个养鸡的农民在弗朗西斯家附近被杀了。'然后他开始高声读其中的一点内容。颅骨破碎，没有凶器，没有动机，没有线索。我正想改变话题，他却说：'嘿，十一月十号？就是你们在弗朗西斯家的那个晚上。你们撞死鹿的那个晚上。"

"我说：'我想你可能记错了。'"

"'就是十号。我记得很清楚，因为第二天就是我妈妈的生日。这件事很重要，对不对？'"

"'当然很重要。'我们说。"

"'我如果多疑，'他说，'我会猜是你们干的，你们那天晚上从巴滕基尔县回来时，亨利从头到脚都是血。'"

弗朗西斯又点燃一支烟。"你必须想到，那是中午时分，科蒙斯里面都是人，玛丽恩和她的朋友在听着每一句话，而且你也知道，邦尼的嗓门总是……我们笑了，表现得很自然，查尔斯说了些好玩的事，我们终于转移了话题，他又开始看那份报纸。'我真不敢相信，'他说，'一桩不折不扣的谋杀案，也在森林里，离你们在的地方不到三英里。要知道，如果那天晚上警察拦住你们，你们或许已经进监狱了。这里有个电话号码，如果有线索可以拨打。我敢打赌，我如果愿意，你们这些家伙就会麻烦缠身……'诸如此类的话。

"当然，我当时不知道该怎么办。他在开玩笑吗？还是他真的起了疑心？最后我们阻止了他继续说下去，但我有一种不祥的感觉：他已经觉察到了我的不自在。他很了解我——有种类似第六感的东西。天哪。这件事就发生在午餐之前，保安都站在周围，其中一半与汉普顿的警方有联系……我们的故事肯定经不住推敲，我知道这一点。很明显，我们没撞上什么鹿。车上没有刮痕。而一旦有人将我们与那个死人联系起来……所以我要说，当时我很高兴他没有继续说下去。但即使在当时，我也感觉到他不会就此罢休。后来他一直拿这件事戏弄我们——我相信他没有恶意，但无论在公共场合还是私下里，他总是这样。你了解他是什么样的人。他一旦知道点什么，就会抓住不放。"

我确实了解邦尼。邦尼有一种怪异的能力，总是能在谈话中找出令对方难受的话题，一旦有机会就大加发挥。例如，在我认识他的几个月里，他总是揶揄我，嘲笑我第一次跟他吃午饭时穿的那件夹克难看，笑话我那加州风格的衣服廉价、没品位。公平地说，我的衣服跟他的衣服差别不大，但他在这方面的刻薄话却是喋喋不休、无穷无尽。我想这是因为，尽管我总是温厚地笑笑，但他肯定已隐约意识到他已触动我敏感的神经，而且我实际上的确很在意我与他们的区别——既包括衣服方面的细微差别，也包括言谈举止方面更加微乎其微的差别。我一向善于适应环境——你肯定从未见过像我这样典型的加州男孩，以及如此不受拘束、感情封闭的学生——但是，我尽管做出种种努力，但没办法完全融入周围的环境，所以总是在某些方面显得格格不入，就像一条绿色的变色龙，这条变色龙尽管与树叶的色度已非常接近，但仍然是独立的个体。邦尼总是粗鲁地公开指责我，说我穿的衬衫含有涤纶，或说我的裤子太普通，其实他的衣服也差不多，不过按他的说法，我的衣服有一种“西部款式”的味道。他从这类话语中得到极大乐趣，这主要是因为，在所有话题中，他总能准确无误地选中最令我不安的那一个。他提到谋杀案时，肯定已经注意到，他戳到了亨利的痛处，而他一旦感觉到亨利的这个痛处，就禁不住不断去戳它。

“当然，他一无所知，”弗朗西斯说，“他一无所知。对他来说这就是个大大的玩笑。他总喜欢提到我们杀死了那个农民，就为了看我激动得跳起来。有一天他告诉我，他看见有个警察在我的房子前面，正在问我的女房东一些问题。”

“他对我也是那样，”亨利说，“他总是开玩笑说要拨报纸上的那个号码，然后我们五个人平分赏金。他总是拿起电话，假装拨号。”

“你知道，这个案件过一段时间会逐渐淡化。可是，天哪，他在你面前说的一些事情——糟糕的是，你不知道那些事何时会发生。一天放学前，他在我的汽车挡风玻璃的雨刷下面压了一张纸，是报纸上那篇报道的复印件，《巴滕基尔县的离奇命案》。真是可怕，他竟然保留了那份报纸，一直保存着。”

“最糟糕的是，”亨利说，“我们完全束手无策。我们想过把事情原原本本地告诉他，就是说想寄望于他的同情心，但我们后来想到，那么迟才告诉他，很难预料他会如何反应。他暴躁、残忍，正为分数着急，学期快结束了。最佳选择好像是先瞒着他，等到圣诞节假期——带他到一些地方，给他买些东西，多关心关心他——然后希望冬天结束后他也会淡忘了这件事。”他叹了口气。“我几乎每个学期末都与邦尼在一起，他提议我们两人去旅行，意思就是我们去一个他选定的地方，而钱由我来出。他自己连去曼彻斯特的钱都没有。学期还有一两周就要结束时，他提出了建议——我早知道他会提要求——当时我就想：为什么不呢？这样一来，至少我们当中有个人能在冬天看着他，或许换个环境会有好处。我还要说明，他如果觉得欠下了我的人情，那跟他去旅游一趟也不是什么坏事。他想去意大利或牙买加。我可不愿去牙买加，所以就买了两张去罗马的机票，在西班牙广场附近预订了房间。”

“你还花钱给他买衣服和那些没用的意大利语书籍。”

“是。总之花钱不少，但好像是一笔不错的投资。我甚至以为这很好玩，但我做梦也没想到……真的，我不知道该从何说起。我记得，他看到我们入住的客房时——客房相当漂亮，带壁画的屋顶，优美的老式阳台，壮丽的景色，我对能订到这样的房间觉得很自豪——他却发起火来，抱怨房间太简陋、太冷、管道不好，总之，那个地方完全不行，他想知道我是怎么上当受骗的。他说，他以为我知道如何在旅游时避免上当受骗，但他想错了。当时我还能受得了他，我就问他，你如果不喜欢这里，那想到哪儿去住？他提出：我们为什么不到市中心的大酒店要一个套间——你知道，不是一间客房，而是一个套间。他还是喋喋不休，最后我告诉他，我们不可能去住大酒店。仅有一条理由就够了，汇率很不划算，而现在的客房——已经用我的钱预付了房费——价格都超出了我的支付能力。他郁闷了好多天，假装哮喘发作，来来回回地走，把呼吸器弄得响个不停，不断骚扰我——指责我小气等等，说他旅行时喜欢舒舒服服的——最后我发脾气了。我告诉他，我如果对那些房间感到满意，那么它们肯定好过他平常居住的地方——我的意思是，看在老天的分上，那可是一座宫殿，原来属于一个女伯爵，我为此付了不少钱。总之，我不可能每晚花五十万里拉，就为了与一帮美国游客住在一起，用酒店的几张信纸。所以我们在西班牙广场旁边住了下来，而他则把那里变成了一个活地狱。他没完没了地刺激我——说地毯如何如何、管道如何如何，说他零花钱不够。我们住的地方离康多提大道只有几步远，那是罗马东西最昂贵的商业街。他说，我真幸运。难怪我过得那么愉快，因为我能买到任何想要的东西，而他只能像个后娘养的孩子，气鼓鼓地躺在阁楼里。我尽量去安慰他，但我给他买的东西越多，他想要的就越多。除此之外，他几乎不让我离开他的视线。只要我让他单独待几分钟，他就会抱怨个不停。但如果我让他一道去某个博物馆或教堂——别忘了，我们是在罗马——他就会显得极不耐烦，催我赶快离开。到后来我甚至无法安安静静地读书，他总是在旁边烦。而且，我洗澡时他还站在门外嘟嘟囔囔不肯住嘴。我还发现他翻我的行李箱。我是说——”他故意停顿了一下，“跟某个不吵闹的人住在一块儿都有点让人烦。或许我已忘了我们大一时住在一起的情景，或许我已习惯于一个人住，但无论如何，到罗马一两周后，我快神经崩溃了。我不想再看见他，而且我还得为其他事发愁。你知道的，”他突然对我说，“有时我头痛得厉害，你知道吧？”

我确实知道。邦尼喜欢描述他自己和别人的病。他曾用可怕的语调向我耳语：亨利平躺在一个黑暗的房间里，头上放着冰块，一块手帕绑在眼睛上。

“我现在不像从前那样经常发作了。我十三四岁时，总是头痛。不过现在犯病时——大约每年只有一次——比以前更厉害了。我在意大利待了几周后，觉得又要犯病了。果然没错。噪音变得越来越大，周围的东西都在闪烁，我的视野边缘在变暗，我看见在视野边缘有各种不祥的东西在盘旋，空气中有一种巨大的压力。我看着街头的招牌，却读不出来，连最简单的口语也无法理解。我犯病时做不了什么事情，不过尽自己所能待在自己的房间里，拉上窗帘，服药，尽量保持平静。我后来终于想到，必须给我在美国的医生打个电话。他们给我开的药药力太大，在药店买不到。有一点我不敢确定：如果我这样一个美国游客出现在意大利医生的诊所，喘着粗气要求注射镇静剂苯巴比妥，他会做何反应。

“但那时候已经太迟了。头痛已发作了几个小时，之后我已没能力再去找医生，而且我即使找到医生，也说不明白了。我不知道邦尼是否为我找过医生。他的意大利语那么糟糕，他尝试跟别人交谈时，最后往往只能恨恨地骂别人。美旅的办公室离我们住的地方不远，我确定他们可以向他提供某个讲英语的医生的名字，但是，邦尼当然无法想到这种办法。

“我几乎不知道后来几天发生了什么事。我躺在床上，遮阳窗帘放了下来，上面还贴着几张报纸。让他们送一些冰过来都是不可能的——只能拿到用罐子装着的不冷不热的白水——后来我讲英语都困难了，更别说意大利语。天知道当时邦尼在哪儿。我现在已不记得那几天见过他，也记不得别的事情。总之就是这样。我躺了几天，一睁眼睛就感到头痛欲裂，感觉恶心难受。我迷迷糊糊，意识时有时无，最后感觉到窗帘边上透进一束细细的阳光。我不知道自己盯着那束光看了多久，但我渐渐意识到，那时已是早晨了，疼痛减退了一些，而我移动身体也不是特别困难了。我还觉得特别口渴。罐子里没水，所以我从床上下来，穿上睡衣去取水。我的房间和邦尼的房间是对门，都朝向一个相当壮观的中厅——十五英尺高的屋顶，上面有卡拉齐风格的壁画，漂亮的、雕塑感的灰泥外框，法国式的门通向阳台。早晨的阳光使我几乎难以睁眼，但我看见了一个身影，我认出那是邦尼，他正在我的桌前埋头看一些书籍和纸张。我等到能看清东西后，一只手握住门把手保持平衡，然后说：'早上好，邦。'他跳了起来，就好像被烫了一下，然后开始乱抓桌上的纸，好像在藏什么东西，我突然想到了他在藏什么。我走过去，从他手里把东西抢过来，那是我的日记。他一直想偷看我的日记。我本来把日记藏在暖气管后面，但他可能趁我生病时找了出来。他以前找到过一次，但我是用拉丁语写的，所以他看不明白。我在日记中都没提到他的真名。我认为，可恶的兔子①这个词非常适合他。没有词典帮忙，他肯定什么也看不明白。

"不幸的是，在我生病期间，他有了充足时间查着词典读我的日记。原来我们一直嘲笑邦尼是个蹩脚的拉丁语研究者，但那天我发现他的英文翻译稿竟相当不错——他把我近期写的日记都翻译出来了。必须说，我从未想到他能做到这种程度。他肯定花了好几天时间。我甚至没觉得生气，我太吃惊了。我盯着翻译稿——就在桌子上——然后看着他。突然，他把椅子一推，开始朝我吼起来。他说，我们杀死了那个家伙，非常冷血地杀死那个家伙，但始终瞒着他，不过他一直觉得可疑，还有，我什么时候开始把他叫做兔子，还有，他有点想去美国领事馆，让他们派警察过来……然后——我当时有点犯傻——我狠狠地打了他一记耳

① 原文为拉丁语。

光。”他叹了口气。“我不该那么做。我那么做不是出于愤怒，而是出于挫折感。我心慌意乱、疲惫不堪，我担心有人听到他说的话，我觉得一秒钟也忍受不下去了。我没想到出手会那么重。他的嘴巴张着。我的手在他的脸颊上留下了一个大大的白印儿。很快血涌回来，白印儿变成了红印儿。他开始歇斯底里地咒骂我，不管不顾地挥拳打我。这时楼梯上响起急促的脚步声，紧接着是巨大的敲门声和一阵语气失常的意大利语。我抓起日记和翻译稿，把它们扔到火炉里——邦尼跑过去抢，但我紧紧抱住他，直到它们完全烧毁——然后我喊那个敲门的人进来。是女服务员。她冲进房间，用意大利语嚷着什么，因为她语速太快，我一个词也没听懂。我刚开始以为她对我们弄出的声音很生气，但后来我明白过来，根本不是。她知道我病了，几天来房间里一直没动静，然后她激动地说，她听到了呼喊声，她以为或许是我夜里死了，另一位年轻的先生发现了，但既然现在我站在她面前，那么很明显她想错了。她问我需要叫医生吗？需要救护车吗？小苏打水？我向她表示感谢，说不需要医生和救护车，我已经好了，然后我开始左思右想，想为刚才的混乱局面找个借口，但她好像挺满意的，转身去为我们拿早餐。邦尼看上去非常吃惊。当然，他不知道这是怎么回事。我想，对他来说，当时的情景既凶险又难以解释。他问我女服务员去哪儿了，她说了些什么。我很难受，又很生气，所以就没回答他。我回到卧室，把门关上，一直等到女服务员端着早餐回来。她把早餐放在阳台上，我们都出去吃。很奇怪，邦尼没怎么说话。一阵紧绷绷的沉默后，他问了问我的健康状况，告诉我他在我生病期间做了些什么，对于刚刚发生的事只字未提。我吃完早餐，想到我所能做的就是保持冷静。我知道，我已伤害了他的感情——日记里确实有几处不太友好的话——所以我决心从那时起尽量对他好一些，也希望不会再出现更多的问题。”

亨利停下来喝了一口威士忌。我注视着他。

“你的意思是，你当时认为不会再出现问题？”我问。

“我比你更了解邦尼。”亨利不客气地说。

“但是，他不是说要去叫警察吗？”

“我知道他不会去报警的，理查德。”

“如果只是死了个人，情况会完全不同，你看不出来吗？”弗朗西斯说，坐在椅子上身体前倾，“他并非感到良心不安，也没感受到什么道德压力。他认为，他在整件事上受到了不公正对待。”

“说实话，我认为不告诉他是在帮他，”亨利说，“但他很生气——应该说他现在还在生气——因为我们都瞒着他。他觉得受到了伤害，受到了排挤。而我最好为此去补偿他。我们是老朋友，我和他。”

“跟他说说你生病时邦尼用你的信用卡购物的事情。”

“这件事我是后来才发现的，”亨利垂头丧气地说，“现在已于事无补了。”他又点燃一支烟。“我猜测，他在发现真相后感到很震惊，”亨利说，“他正身处一个陌生的国家，不会讲当地的语言，自己没有一分钱。一开始他没想到别的，不过，他后来意识到了一个事实——这并不用多长时间——当时的情况与他想到的恰恰相反，实际上我很大程度上要受他摆布，你想象不到后来他是怎么折磨我的。他时刻不停地说那件事，在餐馆里，在商店里，在出租车里。当然，当时是旅游淡季，周围来自英语国家的人并不多，但据我所知，有几个美国家庭来自俄亥俄，真不知他们是否……天哪。在大熊旅馆，他一个人滔滔不绝地长篇大论，在切斯塔里大道，我们俩发生争吵，在大酒店的大堂里我们又开始争吵起来，不过后来停止争吵了。一天下午，在一家咖啡馆里，他仍然喋喋不休地说，我注意到旁边一桌有个人在竖起耳朵听他的每句话，我们起身离开，他也站起来，我无法确定是怎么回事。我知道他是德国人，因为他跟服务员说话时我听到了，但我不知道他是否懂英语，或他是否能够明确地听懂邦尼的话。或许他只是个同性恋者，但我不想有任何疏忽。我回去时尽量钻小巷子，左拐右转，后来我确定已甩掉了他，但事实显然并非如此，因为我第二天早晨醒来时，透过窗户看到他正站在喷泉旁边。邦尼兴高采烈，他觉得自己好像是在间谍片里面。他想出去，然后看那个家伙会不会跟踪我们，我费了好大力气才拦住他。整个上午，我一直在窗边观察那个家伙。德国人在酒店前面站着，吸了几支烟，过了几个小时才离开。但是到下午四点钟时，从中午开始就抱怨个不停的邦尼跟我争吵起来，我们最后只好出去吃东西。但是，在离西班牙广场几个街区远的地方，我又看见了那个德国人，他远远地跟在我们后面。我转身往回走，希望能撞上他，他消失了，但几分钟后我转身时，他又出现了。之前我只是担心，那时却真的害怕起来。我们马上走小路，走迂回路线回酒店。邦尼那天没吃午餐，他快把我逼疯了，而我坐在窗边，直到天黑下来。我让邦尼闭嘴，绞尽脑汁去想该怎么办。我觉得他并不知道我们住在哪个房间——不然的话，他如果有什么话要说，为什么不直接来找我们？无论如何，情况就是这样。我们在午夜时离开房间，住进佳益酒店，邦尼对此感到很开心，新地方提供客房服务。在罗马剩余的时间里，我一直紧张地留意着那个德国人——天哪，我现在还梦到他——但我没再看见过他。”

“你认为他想要什么？钱？”

亨利耸耸肩。“天知道。很不幸，当时我没钱给他。邦尼往裁缝店跑了很多趟，还买其他东西，我几乎被洗劫一空，后来又必须搬到新酒店住——我不在乎钱，真的不在乎，但他几乎把我逼疯了。我就没办法一个人待着。我写信或打电话时，邦尼总是藏在某个地方偷看或竖起耳朵偷听；我洗澡时，他总是溜进我的房间翻我的东西；我出来时，总发现衣柜里的衣服卷成一团，笔记本里散着面包屑。我做什么他都感到怀疑。我尽量苦苦支撑，但开始感到绝望，而且说实话，也觉得非常难受。我知道把他一个人丢在罗马很危险，但情况好像每天都在变得更糟糕，最后情况已非常明显：死撑下去不是办法。我已经知道，我们四个人春天绝不能再回学校——虽然现在你又见到我们了——我们必须设计一套离开方案，尽管也许只会出现一套无法令人满意、皮洛士式[①]的方案。但是要做到这些，我需要时间，需要在美国有几周宽裕、平静的时间。所以一天晚上，当邦尼在佳益酒店喝醉并熟睡后，我收拾好衣服，给他留下回国的机票和两千美元，没留纸条，打的到机场，登上飞往美国的第一班飞机。”

“你给他留了两千美元？”我吃惊地问。

亨利耸耸肩。弗朗西斯摇摇头，鼻子哼了一声。“那算不了什么。”他说。

我注视着他们俩。

“真的，那算不了什么，”亨利温和地说，“我不能告诉你我的这趟意大利之

① 皮洛士是古希腊伊庇鲁斯国国王，醉心于马其顿亚历山大的功业，企图在地中海地区建立大国，在与罗马交战中获胜，但伤亡惨重。后世形成“皮洛士式胜利”典故，意指得不偿失的胜利。

行花了我多少钱。我父母确实挺大方，但也没那么大方。我以前根本不必张口向他们要钱，但最近几个月情况不同了。事实上，我的积蓄已花光了，我一直在编各种故事，汽车大修等等，但真的不知接下来该怎么编。其实我想对邦尼讲道理，但他好像就是不明白：我只是个拿定额补贴的学生，不是取之不尽的聚宝盆……而可怕之处在于，我不知道何时算个完。我不知道父母是否会反感我，切断我的经济来源。现在的情形如果继续发展下去，这种事肯定会发生。”

“他在敲诈你吗？”

亨利和弗朗西斯对视着。

“这个，其实并不算敲诈。”弗朗西斯说。

亨利摇摇头。“邦尼不从那个角度想问题，”他无可奈何地说，“你要想理解这件事，必须先了解他的父母。柯克兰夫妇总是把儿子们尽可能送进最昂贵的学校，然后让他们在那儿自食其力。他的父母不给他一分钱，显然他们也没钱。他告诉过我，他们把他送去圣哲罗姆教会中学时，连买书本的钱都没给他。我觉得，这是一种养育子女的奇特方式——就像某些爬行动物，孵化出幼仔后就把它们丢给大自然。这种养育方式令邦尼产生了一种观念：靠他人生活比劳动更光荣。”

“我原来以为他父母有贵族血统。”我说。

“柯克兰家的确有贵族派头。问题是，他们没有那么多钱做后盾。毫无疑问，他们觉得，让别人供养他们的儿子是非常高贵的表现。”

“他在这方面真是无耻，”弗朗西斯说，“跟双胞胎在一起时也这样，其实他们几乎像他一样穷。”

“钱越多越好，而且从未想到归还。当然，他宁可去死也不愿找份工作。”

“柯克兰夫妇宁可看着他去死，”弗朗西斯尖酸地说，点燃一支烟，吸一口后咳嗽着，“一个人被迫独立生活时，应该会想着工作挣钱啊。”

“真是无法想象，”亨利说，“我宁可做任何工作，打六份工，也不愿去求别人。看看你，”他对我说，“你父母对你不太慷慨，对不对？不过你对借钱这件事非常敏感，却到了有点傻的地步。”

我什么也没说，感觉很困窘。

“天哪，我觉得，你宁可死在那个仓库里也不愿向我们中间的哪个人借两百元。”他点燃一支烟，吹出一股浓浓的烟雾。“虽然这只是一笔小钱。我敢保证，到下周末，我们花在邦尼身上的钱会多出一两倍。”

我目瞪口呆。“你在开玩笑。”我说。

“我真希望自己是在开玩笑。”

“我也不介意往外借钱，”弗朗西斯说，“只要我手头有。但邦尼借钱不讲理由。他以前就经常随随便便地要一百元，他觉得那是小事一桩，不需要什么理由。”

“而且从不说一句感谢的话，”亨利懊恼地说，“他能把钱花在什么地方？他如果有一丝一毫的自尊，就应该去就业办公室找份工作。”

“他如果还不放手，你和我过几周就得去那儿找工作了，”弗朗西斯忧郁地说，又为自己倒了一杯威士忌，有很多酒溅到了桌上，“我已经在他身上花了几千元。几千元，”他对我说，在满溢的酒杯边小心翼翼地呷了一口，“多数是在餐厅吃饭的费用，这头猪。他还总那么亲切，我们为什么不出去吃？诸如此类的。但是按目前的情况，我怎么拒绝？我妈妈还以为我在吸毒。我想她想不出其他理由。她让爷爷奶奶不要给我钱，从一月份以后，我只能拿到基金的利息。若在平时，这笔钱是够我用的，但不够我每天晚上花上百元带人出去吃大餐。”

亨利耸耸肩。“他一直是这样，”他说，“总是这样。他以前很逗，我也喜欢他，我还觉得他有点可怜，借钱给他买课本，知道他不会还钱，不过这对我来说算什么呢？”

“现在不一样了，”弗朗西斯说，“可不止是课本钱了，而且我们还不能拒绝。”

“你们能维持多久？”

“没法一直这样。”

“钱什么时候会花光？”

“我不知道。”亨利说，又把手伸到眼镜后边去揉眼睛。

“或许我可以跟他谈谈。”

“不行。”亨利和弗朗西斯异口同声说，他们的这种快速反应令我吃惊。

“为什么？”

一阵尴尬的沉默，最后弗朗西斯打破沉默。

“有一点，你可能知道，也可能不知道，”他说，“邦尼有点嫉妒你。他现在已经认为我们四个在合起来对付他。如果他觉得你也跟我们站在一边……”

“你千万不能让他知道，”亨利说，“永远不要，除非你想使问题更严重。”

一时间我们都不再说话。因为烟雾弥漫，房间里散发着蓝光。我透过烟雾，看到铺在地上的白色油毡显得冰冷而迷幻。邻家音响里飘出的音乐从墙壁渗透过来。是“感恩而死”乐队。我的天哪。

“这是个严重事件，我们的所作所为，”弗朗西斯突然说，“我的意思是，我们杀死的人不是什么重要人物。但这仍是一种羞耻，我觉得很难过。”

“当然，我也很难过，”亨利平淡地说，“但这种难过不足以让我想进监狱。”

弗朗西斯“嗯”了一声，又为自己倒了杯酒，然后一饮而尽。“对，”他说，“没难过到那种程度。”

大家又陷入沉默。我觉得又困又难受，觉得自己就像处于一个忧郁惨淡、挥之不去的梦境。有一句话我刚才讲过，但这时又说了出来。我的声音在安静的房间里回响，让我有点惊讶。“你们准备怎么办？”

“我不知道我们该怎么办。”亨利说，平静得就像我在问他某天下午的安排。

“我知道我会怎么做。”弗朗西斯说。他摇摇晃晃地站起来，用食指拉了拉衣领。我吃惊地看着他，他看到我吃惊的样子，笑了。

“我会去睡觉，”他说，然后夸张地转转眼珠，“‘睡觉胜过活着’！”

“‘在一种轻柔如死亡的睡眠里……’”亨利笑着说。

“天哪，亨利，你什么都懂，”弗朗西斯说，“我都有点讨厌你了。”他摇摇晃晃转过身去，一边松领带，一边走出房间。

“我觉得他醉得不轻，”亨利说，这时传来关门的声音，又传来浴室水龙头急速流水的声音，“现在还早，你想跟我玩一两手牌吗？”

我朝他眨眨眼。

他把手伸进桌边的一个盒子里，拿出一副牌——蒂芙尼的扑克牌，背面是天蓝色的，上面有弗朗西斯的名字，是金色的交织字母——然后开始熟练地洗牌。

“你如果愿意，我们可以玩比齐克，或玩尤卡，”他说，这时纸牌的蓝色背景和金色字体在他手里混成一片模糊，“我喜欢扑克——当然，这是相当俗气的游戏，而且两个人玩没意思。但是，扑克游戏中的某些随机因素吸引了我。”

我盯着他稳稳的手、飞旋的纸牌，突然一件历史典故奇怪地跳进我的脑海里：在战争高潮期，东条英机强迫他的高级助手熬夜，整晚陪他打牌。

他把牌推到我的面前。“你想切牌吗？”他说，又点着一支烟。

我看着牌，然后看着他手指间燃着的火柴，火焰坚定而明亮。

“你并不是太担心，是不是？”我问。

亨利深吸一口烟，吐出来，把火柴摇灭。“是的，”他说，若有所思地看着香烟头上冒起的那一缕轻烟，“我觉得我能够让大家脱身。但这需要机会，我们必须等着这个机会。我猜，到最后这在很大程度上还取决于我们的决心。我发牌吗？”他说着，又伸手去拿牌。

我沉沉地睡了一觉，没有做梦，醒来时发现自己躺在弗朗西斯家的沙发上，姿势很别扭，清晨的阳光正透过后窗照进来。我一动不动地躺了一会儿，努力回想自己在哪儿，我是怎么到这儿的。我本来感觉还不错，但我想起前一晚的事时，感觉突然变了。我坐起来，揉着沙发在脸颊上留下的印记。这个动作让我的头疼了起来。我看见满是烟头的烟灰缸、空了四分之三的威雀酒酒瓶，桌上摊开的扑克牌。所以那些都是真的，不是梦。

我觉得口渴。我走到厨房，脚步声在寂静中回响着。我在水槽边喝了一杯水。厨房的挂钟显示时间是上午七点钟。

我又把水杯接满水，端着它走到客厅，坐在沙发上。这次我开始慢慢喝——刚才那一杯喝得太快，我有点恶心——同时开始分析亨利玩的那局牌。他肯定是在我睡着时把牌摊在桌上的。按谨慎打法，那把牌应凑成同花、满堂红和炸弹，但他偏偏拼出两个同花顺，结果失败了。为什么他要这么玩？试试获胜概率？还是他太累了？

我把牌捡起来，重新洗一遍，然后按照亨利教我的策略，将它们一张张地摆出来，结果我得到的分数比他的高五十分。纸牌上冷淡、轻松的面孔在盯着我：

黑红色的 J，目光冷冷的黑桃 Q。突然间，一股疲劳、恶心的感觉袭过我的身体，我走到衣柜旁，取出自己的外套，然后悄悄离开，轻轻地关上背后的门。

在早晨的阳光中，过道里有一股医院走廊的气味。我在楼梯上停下，回头看弗朗西斯家的门，那扇门与长长走廊里的其他门并无明显区别。

我站在冰冷、怪异的楼梯间，回头看着我刚刚走出的那间公寓，突然产生一种怀疑。这些人是谁？我对他们有多了解？我真碰到事情时，真的能相信他们中间的某个人吗？他们为什么在这么多人当中，选择把实情告诉我？

这很滑稽，但现在回想起来，我认识到，正是那个特定时刻——我站在空荡荡过道里眨眼的时刻——我选择了要做一些与以前不同的事情。当然，我当时并未理解那个关键时刻的意义。我只是打个哈欠，摇摇头，从瞬时降临的睡意中清醒过来，然后走下楼梯。

我回到宿舍时已是头昏眼花、疲惫不堪，最想做的事莫过于拉上窗帘，躺倒在自己的床上——我的床突然成了世界上最诱人的床，尽管枕头发霉，床单脏兮兮——但我不可能这么做，两小时后就是希腊语作文课，而我还没完成家庭作业。

作业是用希腊语写一篇两页作文，任选一首卡利马科斯①的讽刺诗进行评论。我之前只写了一页，所以只好匆匆忙忙赶剩余部分，方式有些不诚实：先写出英文，然后逐字翻译。朱利安不让我们这么做。他说，希腊语作文课的价值，不在于提供某种用其他方法难以获得的语言技能（即对希腊语的训练掌握），而在于一个人如果学得好，能自然而然地用希腊语进行思考。他说，一个人被一种严格、陌生的语言限制住时，思维方式就会改变，某些日常的概念就难以表达；而其他概念，以前做梦也不会想到的概念，这时会鲜活起来，得到奇迹般的清晰表达。我不可避免地觉得，自己很难用英语解释清楚自己的意思。我只能说，从本质上说，incendium②完全不同于法国人用来点烟的

---

① 古希腊诗人、学者。

② 拉丁语，火。

feu[1]，而两个词都不同于希腊人所知的严酷、残暴的pur[2]，pur或者从伊利昂[3]的岗楼上呼啸而下，或者在荒凉多风的海滩上，在火葬帕特罗克罗斯[4]的柴堆上跳跃、尖叫。

Pur：对我来说，这个词包含了古希腊语神秘、鲜亮、惊人的明晰性。这是种奇特而强烈的光芒，占据着荷马的心田，照亮了柏拉图的对话用我们日常的语言无法表达它的意思，我如何能让你明白它？我们使用的语言复杂、特别，是南瓜、流浪儿、锥子、啤酒的家，是亚哈、福斯塔夫、甘普夫人讲的话；我虽然发现它完全适合反映上述种种，但当我尝试用它来描述我对希腊语的热爱，它却令我彻底失望。希腊语不含糊其辞，一种充满行动，充满看到行动的喜悦：层出不穷的行动，源源不绝的行动，前赴后继的行动，一长串的因果导向那不可避免、唯一的结局。

在某种意义上，这就是我对希腊语班上的其他人感到如此亲近的原因。他们也懂得那种优美、凄惨的风景，虽然它已逝去几百年。他们都有同样的体验：从书本上抬起头来，用公元前五世纪的目光审视慵懒、陌生的当今世界，就好像那不是他们的家乡。这就是我钦佩朱利安和亨利的原因。他们的思路、目光和见闻都坚定地定格进那种严格、古老的旋律中。不过那个世界也不是他们的家，至少我所知的那个不是。他们也不是我这种充满艳羡之情的游客。他们差不多是那里的永久居民，会尽可能长久地居住在那里。古希腊语是一门艰深的语言，晦涩异常，一个人终生研究它，也可能不会讲它。直到今天，我一想起亨利的英语都会发笑，他的英语精确而规范，就像学问很深的外国人的英语，但他的希腊语却十分流畅、充满自信——快速、流利、诙谐有力。我每次听到他和朱利安用希腊语辩论、开玩笑，都感到无比惊愕，因为我从未听到他们用英语这么做。有很多次，我看到亨利不耐烦地拿起电话，小心翼翼地说“喂”，而如果碰巧来电者是

---

① 法语，火。

② 希腊语，火。

③ 特罗伊城别称。

④《伊利亚特》中阿喀琉斯的好友。

朱利安，他会马上不可抑制地喜悦地说："致意！"[①]那种情景我终生难忘。

由于我刚刚听过亨利和弗朗西斯讲的故事，卡利马科斯的有些诗令我感到难受，那些诗描述的是红脸庞、酒，火炬边身材娇好的年轻人接吻。所以我选择了相当悲哀的一首，译成英语是："在清晨我们埋葬了墨拉尼波斯；当太阳落下，少女巴西尼奥死在自己手里，因为她不堪忍受让兄弟躺在火葬的柴堆上而自己苟活；房屋目睹了这双重惨剧，而整个昔兰尼都低下了头，因为看到快乐儿童的家被夷为平地。"

我花了不到一小时，完成作文。我通读一遍，又检查词尾，然后洗脸、换衬衫，拿起书本去邦尼的宿舍。

在我们六个人中，只有我和邦尼住在校园里，他住的地方与我住的地方隔着草坪，在科蒙斯的另一端。他住在一楼，我敢肯定这对他来说很不方便，因为他有很多时间要在楼上的厨房度过：熨他的裤子，在冰箱里翻东西，穿着无袖衬衫向窗外的行人打招呼。我敲他宿舍的门，没人回答，所以我到厨房找他，结果发现他正穿着运动衫坐在窗台上，一边喝咖啡，一边翻杂志。我有点惊讶地看见双胞胎也在那儿：查尔斯正站在窗边，左脚架在右脚上，一边闷闷不乐地搅动着咖啡，一边看着窗外；卡米拉——这着实让我吃惊，因为她并不善于做家务——正在给邦尼熨衬衫。

"嗨，老家伙，"邦尼说，"快进来。开个小小的咖啡会。是啊，有一种或两种事情对女人是有好处的，"他补充说，因为他看见我正盯着卡米拉和熨衣板，"不过，作为一名绅士，"他使劲儿眨眨眼，"我不想说另一种事是什么，这也是考虑到与异性的友谊[②]。查尔斯，能给他倒杯咖啡吗？杯子不用洗，已经够干净了，"他高声说，因为查尔斯拿了一个脏杯子，正拧开水龙头，"你写了作文吗？"

"写了。"

"哪首诗？"

---

① 原文为希腊语。

② 含蓄的表达，意思是现场有男有女，他不便再说下去。

“第二十二首。”

“嗯。大家好像都喜欢让人落泪的作品。查尔斯写的那首是说一个女孩死了，所有朋友都思念她，还有你，卡米拉，你选的是——”

“第十四首。”卡米拉说，她没有抬头，将熨斗的前端狠狠地压在衣领上。

“噢。我自己选了一首有趣的。理查德，去过法国吗？”

“没有。”我说。

“那你最好今年夏天跟我们一块儿去。”

“我们？谁啊？”

“我和亨利。”

我吃了一惊，只好眨眨眼，看着他。

“法国？”我问。

“我们的确打算去，两个月的旅程，真的很惬意。看看。”他把那本杂志扔给我。这时我才发现，那是一本精美的宣传册。

我浏览了一遍。的确是非常出色的旅游项目：“豪华酒店游船游览”，从香槟酒之乡开始，乘热气球到勃艮第，再坐游船穿过博若莱，到里维埃拉、戛纳、蒙特卡洛。宣传册上面有很多图画：五颜六色的美食，布满鲜花的游船，站在气球下面篮子里的快乐游客一边开启香槟酒的木塞，一边向下面田野里愁眉苦脸的老农民挥手致意。

“看起来很不错，对吧？”邦尼说。

“好极了。”

“大多数人都会觉得罗马还可以，但你到那儿之后，就会知道那里实际是个污水池。另外，我喜欢四处闲逛。不停地走，观赏当地的风土人情。别告诉别人，我敢肯定亨利会喜欢这个主意。”

我也肯定他会喜欢，我想，眼睛盯着宣传册上一个女人的图片，她正面对镜头举起一根长长的法国面包，像个疯子一样咧着嘴笑。

双胞胎故意不看我的眼睛，卡米拉低头熨邦尼的衬衫，查尔斯背对着我，两个胳膊肘架在餐具柜上，眼睛看着窗外。

“当然，气球旅行肯定很棒，”邦尼滔滔不绝地说，“但我一直在想，你到哪儿去上厕所呢？就撒到外边，还是怎么着？”

“听着，我想我还需要几分钟时间才能弄好，”卡米拉突然说，“快九点了，查尔斯，你还是跟理查德先走吧，告诉朱利安不用等我。”

“还要用那么长时间吗？”邦尼不耐烦地说，探头去看，“有什么大问题？你在哪儿学的熨衣服？”

“我没学过，我们都是把衣服送到洗衣房。”

查尔斯跟着我出门，落后我几步。我们一言不发地穿过过道，走下楼梯。我们一到楼下，他就追上来拉住我的胳膊，把我拉进空无一人的桥牌室。在二三十年代，汉普顿曾流行打桥牌，这股热潮退去后，那些房间没再用于其他用途，现在偶尔有人在里面买卖毒品、打字或幽会。

他关上门。我看见一张古老的牌桌——四个桌角上镶嵌着方块、红心、梅花和黑桃。

“亨利给我们打电话了。”查尔斯说。他用大拇指摩擦着方块的边缘，故意低着头。

“什么时候？”

“今天早晨——”

我们两人沉默了一会儿。

“我很抱歉。”查尔斯说，抬头看了我一眼。

“为什么抱歉？”

“抱歉他对你说的那些话，为所有的事情抱歉，卡米拉非常不安。”

他看起来很镇静，疲惫但镇静，他智慧的眼睛里闪烁着一种忧郁、沉静的坦诚。突然间，我感到十分不安。我喜欢弗朗西斯和亨利，但更不敢想象双胞胎会出什么事。我痛苦地想到他们过往的种种好处：在最初尴尬的几周里卡米拉多么亲切；查尔斯经常到宿舍来看我，或在人群中一视同仁地待我，令我感到温暖，所以我和他成为了挚友；我还想到跟他们一起散步，一起开车旅行，在他们家聚餐；还有他们的信（我经常未能回复）总是在漫长的冬天里坚定不移地到来。

我听到头顶上方某个地方传来尖叫声，还有水管嘎吱嘎吱的声音。我们互相看了一眼。

“你们准备怎么办?”我说。这好像成了我最近二十四小时里问他们的唯一问题,但没人给我一个令我满意的答复。

他耸耸肩,不过只是耸耸一边的肩膀,这个习惯动作很滑稽,但他和妹妹都是这样。“我可不知道,”他不耐烦地说,“我们该走了。”

我们到朱利安的办公室时,亨利和弗朗西斯已经来了。弗朗西斯的作文还未完成。他正在匆匆忙忙地写第二页,手指上沾着蓝色墨水,亨利则为他检查第一页,用钢笔在上面快速地勾勾画画。

亨利没抬头。“你们好,”他说,“把门关上好吗?”

查尔斯用脚把门踢上。“坏消息。”他说。

“很严重吗?”

“钱方面的事,是的。”

弗朗西斯低声骂了一句,并没有停下手里的活儿。亨利画上最后几笔,把纸举在空中晃晃,以使字迹风干。

“看在老天的分上,”他平静地说,“我希望你先别说,我不想上课时想这些事。弗朗西斯,第二页要完了吗?”

“马上就完。”弗朗西斯潦潦草草写完一句,然后吃力地说。

亨利站在弗朗西斯的椅子后面,从他背后检查剩余一页的上面部分。“卡米拉跟他在一块儿?”他问。

“是。正给他熨那件脏兮兮的旧衬衫。”

“嗯,”他用笔尖指着一个地方,“弗朗西斯,你应该在这儿用请求语气,而不是虚拟语气。”

弗朗西斯赶紧抬头去看——他快要写完第二页了——然后把错的地方改过来。

“还有,这个唇音是‘派’,不是‘卡帕’。”

邦尼迟到了,而且还发脾气。“查尔斯,”他严厉地说,“你如果还想妹妹能够嫁出去,最好教教她如何用熨斗。”我很疲惫,准备又不充分,所以只能聚精会神地上课。我在两点钟有法语课，但我上完希腊语课后，直接回到宿舍，吃了片安眠药，然后上床睡觉。安眠药并无多大作用。其实我不需要，我只是怕自己休息不好，睡觉时会被噩梦和遥远的管道噪音纠缠，那样就会非常难受。

我睡得很香，我睡得太香，以至于时间就那么悄悄溜走了。我从沉沉的梦中醒来时，天已经黑了。然后我意识到，有人在敲门。

是卡米拉。我的样子肯定很难看，因为她正看着我，一边的眉毛皱着。“你就知道睡觉，”她说，“为什么我每次来看你，你都在睡觉？”

我朝她眨眨眼。房间里的窗帘拉上了，门厅里光线很暗，安眠药的劲儿还未完全消退，我迷迷糊糊的，她不再是平素那样清清楚楚、不可企及，更像一个朦朦胧胧、难以形容的温柔幽灵，苗条的腰身，凌乱的头发。她成了我魂牵梦萦的闺房中的那个卡米拉。

“进来。”我说。

她走进来，关上门。我坐在未整理的床边，光着脚，领口松着，想着这如果是一场梦该多好，那样我就可以走过去，用双手捧起她的脸，亲吻她的眼睛、嘴唇、太阳穴，蜂蜜色头发变成丝绸般金黄色的地方。

我们相互注视了很长时间。

“你病了？”她问。

她的金色手镯在黑暗中闪烁出一丝光亮。我咽下口水，不知该如何回答。

她站了起来。“我还是走吧，”她说，“很抱歉打扰你了。我来这儿是想问你想不想一起去兜风。”

“什么？”

“开车兜风。不过没什么，下回再说吧。”

“去哪儿？”

“四处转转，还没确定。十分钟后我跟弗朗西斯在科蒙斯碰头。”

“等等我。”我说。我觉得有点奇妙。由于安眠药的作用，我的四肢仍然沉甸甸的，我想象着与她同行的美妙感觉——昏昏沉沉、迷迷糊糊，在落日的余晖和雪地的光亮中一起去科蒙斯。

我站起来——这花了我好长时间，地板在我眼前慢慢退后，我就像一株植物那样逐渐长得越来越高——然后走向衣柜。地板在我脚下微微摇晃，我好像站在一艘飞船的甲板上。我找出外套，然后是围巾。手套太难找，我决定干脆不戴。

“好，”我说，“准备完毕。”

她一边的眉毛皱起来。“外边可是有点冷，”她说，“你确定不用穿鞋吗？”

我们穿过泥地，冒着冷冷的雨，走到科蒙斯，查尔斯、弗朗西斯、亨利正在等我们。这种阵容让我有点吃惊，由于某种并不明确的原因，除了邦尼大家都在。“有什么事？”我说，眨眨眼，看着他们。

“没什么，”亨利说，用闪亮的伞尖在地上画出一个图形，“我们只是开车去转转。我想会很有趣，”他故意停顿一下，“我们离开学校一会儿，或许去吃顿饭……”

不带邦尼，这是潜台词，我想。他在哪儿？亨利的伞尖在闪着光芒。我抬头看了一眼，发现弗朗西斯正扬眉看着我。

“怎么啦？”我不高兴地问，走过门口，身体有点摇晃。

他“扑哧”一声笑出来。“你喝醉了吗？”他问。

他们都以奇怪的表情看着我。“是的。”我说。这不是实话，但我不愿多解释。

天很冷，树冠附近雾气弥漫，汉普顿周围熟悉的景色显得陌生而遥远。山谷里雾蒙蒙的，白茫茫一片，在冷雾笼罩之下，卡特拉卡特山的山顶模糊不清。按我的理解，这座山是汉普顿及其郊区的地标，但我现在看不清它，所以不辨方向，仿佛我们正在进入陌生的无名地界，尽管这条路我在各种天气下走过上百次。亨利开车，和平时一样飞快，轮胎在湿漉漉的黑色路面上刷刷作响，水花高高地溅向两旁。

“我一个月前看过这个地方，”他说，此时车速已放慢，我们来到山坡上一座白色的农舍旁，皑皑的雪景中点缀着几个被遗弃的草堆，“仍然待售，我觉得他们要价太高了。”

“多少亩？”卡米拉问。

“一百五十亩。”

“你要这么多地要干什么？”她用手撩起挡在眼前的头发，我再次看到她的手镯闪烁的光芒。飘动的棕色长发如此甜美，在呼气如兰的唇前……“你不会是想在这里种地吧？”

“按我的想法，”亨利说，“地越多越好。我喜欢拥有大量土地，我不想在我住的地方看到公路、电线杆，或我不想看见的任何东西。我想这在当今时代是不可能的，那个地方就在路边。我还看过另一个农场，就在纽约州……”

一辆卡车从旁边呼啸而过，溅起大片水花。

大家好像出奇地平静而轻松，我想我知道原因。因为邦尼没跟我们在一起。他们故意回避这一话题。我想，他肯定在某个地方做着什么事，但我不想问他们他在做什么。我靠在椅背上，看着雨滴在车窗上留下一道道银色的水线。

“我如果买房子，就买在这儿，”卡米拉说，“我更喜欢山区，而不是海边。”

“我也是，”亨利说，“我想，我们在这方面的品位都是希腊式的。我喜欢内陆，不常见的景色，荒凉的地区。我对大海一直毫无兴趣。就像荷马关于阿卡迪亚人的说法，你们还记得吗？他们与船只毫无关系……”

“那是因为你是在中西部长大的。”查尔斯说。

“可是，如果按你的思路，我应该喜欢平地，平原。但我不喜欢。《伊利亚特》中关于特洛伊的描写令我感到恐怖——全是平坦的大地和燃烧着一般的太阳。不，我一直喜欢荒野丘陵。最古怪的语言来自这种地方，还有最奇特的神话，最古老的城市，最原始的宗教——潘就是在山区诞生的，你们知道。还有宙斯。在帕拉西亚①，瑞亚生下了宙斯，”他梦幻般地说着，滑进希腊语之中，不知不觉地开始讲这种语言，“那里有一座山，山上覆盖着茂密的丛林……”

天已经黑了。我们周围的一切都蒙上了神秘的黑纱，在夜里、在雾中寂静无比。这是十分偏僻、人迹罕至的地方，到处是岩石和茂密丛林，没有一点汉普顿的奇异味道——连绵的群山、滑雪木屋、古董店，一切都是高高的，危险而原始，到处黑漆漆的，荒凉得甚至没有广告牌。

① 位于克里特岛上。

弗朗西斯比我们更了解这一地区，他说附近有一家旅馆，但我很难相信方圆五十英里内会有住处。之后我们的车转了个弯，车灯扫到一块生锈的金属指示牌，上面的斑斑点点是猎枪霰弹留下的痕迹。指示牌告诉我们：正前方的胡萨通尼克旅馆是冰淇淋派诞生的地方。

那座房子周围环绕着破落的走廊——倒在地上的摇椅，墙上卷起的油漆。在里面，门厅里铺着令人好奇的、虫蛀了的红棕色天鹅绒挂毯，墙上点缀着多个鹿头，来自加油站的挂历，还有很多三脚架挂在墙上，它们是庆祝美国成立二百周年的纪念品。

餐厅里空荡荡的，只有几个乡下人在吃饭。我们进去时，他们都以天真、坦诚的目光好奇地注视着我们，看着我们深色的西装和眼镜，看着弗朗西斯绣着名字的领口和夏尔凡领带，看着卡米拉的男孩发型和光滑的俄国羔皮小外套。我对他们的直率举动有点吃惊——那既不是注视，也不含敌意——后来我想到，他们可能不知道我们是大学生。在离汉普顿近一点的地方，我们可能会被认为是从山上下来的富家子弟，是那种喜欢吵吵闹闹、给很多小费的小孩。但在这个陌生人很少的地方，我们只是陌生人。

没人过来给我们点菜。晚餐几乎是瞬间变出来的：烤猪肉，饼干，萝卜，玉米，胡桃汁，胡桃汁用厚厚的瓷碗盛着，各个瓷碗外侧印着历届总统的像（一直到尼克松）。

服务员是个红脸庞男孩，他的指甲显然不是剪出来而是咬出来的。他磨蹭了一会儿，最后害羞地说："你们是从纽约市过来的吗？"

"不是，"查尔斯说，从亨利的手里接过盛饼干的盘子，"我们从本地来。"

"从胡萨通尼克来？"

"不是。我是说佛蒙特。"

"不是纽约吗？"

"不是，"弗朗西斯边切烤肉，边愉快地说，"我是波士顿人。"

"我去过那儿。"男孩感兴趣地说。

弗朗西斯心不在焉地笑笑，伸手去拿另一个盘子。

"你们肯定喜欢红袜队。"

“我的确喜欢，”弗朗西斯说，“很喜欢。但他们好像从未赢过，对吧？”

“他们有时会赢。不过我想，我们永远不可能看到他们拿到冠军。”

他仍不肯离去，在尽力想其他话题，这时亨利抬头看了他一眼。

“坐下，”他出人意料地说，“跟我们一起吃点吧？”

他尴尬地推脱一阵子，然后拉来一把椅子，不过仍然拒绝吃东西。他告诉我们，餐厅八点钟关门，不可能有其他人再来了。“我们离公路远，”他说，“附近的人都很早就睡觉。”我们得知，他的名字叫做约翰·迪肯；他跟我同龄——二十岁——两年前刚刚从胡萨通尼克的伊奎诺克斯中学毕业。他说，他毕业后一直在叔叔的农场工作。服务员的工作是他的新岗位，是为了打发冬天的时间。“现在是我在这儿工作的第三周，”他说，“我觉得，我喜欢这儿。吃得不错，而且免费。”

亨利平素不喜欢俗人，也不讨俗人的喜欢。按照他的观点，玩便携式收录机的十几岁年轻人，汉普顿的学监，都属于这类人。那位学监很富有，而且有耶鲁大学美国研究专业的学位——不过他仍然与穷人、头脑简单的人、乡下人打成一片；汉普顿的官员瞧不起他，但看门人、园丁、厨子们却很佩服他。虽然他待他们并不平等——实际他从未平等地对待任何人——但他也从未像有些富人那样惺惺作态。“我认为，相对于以前的时代，我们对待疾病和贫困更加伪善，”我记得朱利安说过，“在美国，富人极力假装除了在钱方面、穷人与他们是平等的，但事实绝非如此。还有人记得柏拉图在《理想国》中给‘公平’下的定义吗？在一个社会中，公平就是每个阶层各司其职、各安其命。不安本分的穷人只能承受无谓的痛苦。明智的穷人懂得这一点，明智的富人也一样。”

我不能完全确定他的话有道理——因为如果是这样，我该何去何从呢？仍然待在普雷诺擦玻璃？不过毫无疑问，亨利对自己的能力和在这个世界中的位置信心十足，而且对此非常满意，以至于产生了一种奇怪的影响力，使得其他人（包括我）对各自较低的位置也感到满意，无论那是什么样的位置。穷人对亨利只有模糊的了解和羡慕，多数不会留意他的行为举止；所以他们无法认识真正的亨利，而我所知的亨利沉默寡言、彬彬有礼，在很多方面与他们一样简单而直率。他在这方面与朱利安很相似，朱利安很受周遭乡下人的敬重。人们可能会联想到，和蔼可亲的普林尼就受到考摩和蒂弗摩穷人的爱戴。

用餐期间，亨利和那个男孩一直亲密交谈，谈的是令我觉得奇怪的问题，汉普顿和胡萨通尼克周围的土地——分区、开发、每亩的价格、未清理的土地、地点名称、某些地归谁所有——其他人都在边吃边听。这种谈话在乡下的任何加油站或小吃店都可能听到。但是很奇怪，我听到他们的谈话感到很高兴，觉得世界很美好。

我回想起来，觉得有一点很奇怪：那个死去的农民对我那病态而疯狂的想象力影响不大。我本来以为，这种事情会引发很多噩梦（打开门，进入梦中的教室，一个穿法兰绒衬衫、没有脸的人物邪恶地靠在桌边，或在黑板上写字，然后转身对我狞笑)，但奇怪的是，我在不被提醒的情况下，很少想到这些。我相信，其他人和我一样很少或更少受到此事的纠缠，有一个事实可以证明这一点：他们像往常一样举止正常，而且一直保持很好的幽默感。那具尸体虽然令人恐怖，但它好像只是个道具，就像舞台工作人员在黑暗中把它放在亨利脚边，在他在天亮时发现；浑身血块的尸体毛发倒竖、肢体冰冷，这幅画面虽然总能令人禁不住打冷战，但相对于一种现实而持久的威胁，它好像危害性更小：来自于邦尼的威胁。

邦尼虽然表面上为人随和，对很多事无动于衷，但实际上性格很古怪。造成这种情况的原因可能很多，但最主要的一条是他完全做不到“三思而后行”。他在人生海洋中航行，只依靠本能和习惯的微弱光芒的指引，而且自信只要有冲劲，任何大江大河都可以过去。但是，人命案出来后，他的本能不足以使他应付情况。可以说，他以前信任的水路标志已在黑暗中被重新调整，他的心理导航中依靠的自动驾驶机制已失去作用；水已淹到甲板上，他不辨方向地挣扎，撞上沙洲后，开始慌不择路地乱闯。

我想，在一般人看来，邦尼好像还是原来那个快乐的邦尼——拍拍别人的背，在图书馆阅览室吃特温基和霍霍斯的蛋糕，在他的希腊语书书页里留下很多蛋糕渣。但是在这些表象后面，有些明确而不祥的变化正在发生，我已隐约感觉到这些变化。随着时间的流逝，这些变化变得越来越明显。

在某些方面，好像什么事也没发生过。我们上课，学希腊语，大家在一起或与他人在一起时努力假装一切都好。当时有一点让我感到安心，那就是，邦尼尽管明显情绪不好，却仍然轻松保持日常生活规律。当然，我现在明白，当时能够支撑他的就是这种生活规律。这是他仅有的支柱，在一种强烈而顽固的条件反射的作用下，他依附于这种生活规律，其中部分因为习惯的作用，部分因为没有什么可以代替这种生活规律。我现在猜想，其他人当时觉得，在某些方面，他们继续以前的生活规律是为迎合邦尼，以便能够安抚他。但是我并不觉得他们能够安抚他，但发生了后来的事之后，我才知道他有多么难受。

我们在弗朗西斯家度周末时，除了在与邦尼打交道时不易察觉的压力，一切都很顺利，而且晚餐时邦尼好像情绪不错。我上床睡觉时，他还在楼下，一边喝剩下的酒，一边与查尔斯下飞行棋，跟平时一模一样。但在午夜时分，我被巨大而断断续续的吼叫声惊醒，声音来自过道另一头亨利的房间。

我在床上坐起来，打开电灯。

“你根本就不在乎，对吧？”我听见邦尼高声说。紧接着是哗啦一声，好像桌子上的很多书被扫到了地上。“你只关心你自己，你，还有他们——我真想知道朱利安会怎么想，你这个杂种，如果我告诉他几个——别碰我，”他尖叫，“滚开！”

又是稀里哗啦的声音，好像是家具倒了，亨利的声音又急又气。邦尼的声音又盖过他的声音。“接着来！”他高喊，声音非常大，我确信房子里的人都被他吵醒了，“过来拦住我。我不怕你。你让我觉得恶心，你这个同性恋，你这个纳粹，你这个肮脏小气的犹太猪——”

接着又是木头破裂的声音。“砰”的关门声。过道里响起急促的脚步声。然后是压抑的哭泣声——断断续续的哽咽声持续了好长时间。

大约三点钟时，周围安静下来，我正准备继续睡觉，听到过道里传来轻轻的脚步声。脚步声停顿片刻，我的门上响起敲门声。是亨利。

“天哪，”他心烦意乱地说，环视我的房间，看着帐子里没整理的床铺和散落在旁边垫子上的我的衣服，“我真高兴你醒着。我看见你房间里的灯亮着。”

“老天爷，刚才到底是怎么回事？”

他用手拢了拢自己乱蓬蓬的头发。“你怎么想?”他说，抬头茫然地看着我，“我不明白，真的。我肯定做了什么惹着他的事了，不过我以自己的生命担保，我不知道是什么事。我刚才在屋里看书，他进来说要一本词典。实际上，他让我给他查点东西，然后——你这儿有阿司匹林吗?”

我坐在床边上，在床头柜里翻找，里面有卫生纸、放大镜、基督教科学派的传单，都是弗朗西斯一个年老亲戚的东西。“找不到，”我说，“怎么啦?”

他叹了口气，重重地坐在扶手椅上。“我的房间里有阿司匹林，”他说，“在我上衣口袋的小瓶里。还有一个蓝色的磁药盒，以及我的烟。你能帮我去拿吗?”

他脸色苍白，身子在发抖，我怀疑他病了。“怎么回事?”我说。

“我不想去那儿。”

“为什么?”

“因为邦尼在我的床上睡着了。”

我看着他。“天哪，”我说，“我也不想——”

他吃力地挥挥手，打断我的话。“没什么。真的。我只是太生气了，不想自己去。他现在睡熟了。”

我轻轻地从房间走到过道上。亨利的房间在过道另一头。我握着门把手，在外面停顿片刻，清楚地听到里面传出邦尼的鼾声。

尽管我前面已听到那些声音，但屋里的情景还是让我大吃一惊：书散落在地上；床头柜被掀翻了；一把黑色的马六甲椅子只剩下两只脚，靠在墙上。长杆落地灯的灯罩歪斜着，在房间里照射出不规则的光。中间是邦尼，他头枕着胳膊肘，脸贴着花呢夹克，一只脚还穿着松开的鞋，悬在床边。他的嘴张着，眼睛肿着，因为没戴眼镜，看上去有点陌生。他在梦中喘着粗气，还喃喃地说着什么。我抓起亨利的东西，连忙离开了。

第二天早晨邦尼很晚起来时，我、弗朗西斯和双胞胎正在吃早餐。我们尴尬地跟他打招呼，他没有理会，直接走向碗橱，为自己冲了一碗麦片，然后一言不发地坐在桌边。在突然降临的沉默中，我听到哈奇先生在叫门。弗朗西斯说声“失陪”，赶紧跑过去，接着我听到他们俩在过道里低语，而这时邦尼在嘎吱嘎吱地嚼着麦片。几分钟过去了。我正斜眼瞧着邦尼喝麦片，突然看见在他脑袋后面的窗外，哈奇先生在远处的身影正穿过花园外面的空地，搬着那把深色、雕花、已残破的马六甲椅子，把它扔到垃圾堆上。

这种歇斯底里的爆发令人心烦，不过很少发生。然而，这种爆发表明邦尼多么苦恼，他如果受到刺激，可能会变得多么暴躁。他最气不过的就是亨利，因为亨利背叛了他，所以亨利经常成为他发脾气的对象。然而奇怪的是，平时他最能忍受的也是亨利。他对别人经常显得不耐烦。例如，他如果觉得弗朗西斯说的话太夸张，就会毫不客气地指出来，或者，如果查尔斯提出给他买个冰淇淋，他会莫名其妙地被激怒；但他不会在这种鸡毛蒜皮的小事上与亨利发生争执。还有一点：亨利与另外几个人不同，几乎从不会费心去安抚他。乘船旅游的话题出现时——邦尼经常提起这个话题——亨利只是敷衍一番，他的答复是机械性的、被迫的。对我来说，邦尼那种满怀信心地期待的样子比他发脾气时更令人胆寒。他怎么老是自欺欺人地以为这趟旅游肯定能成行？如果这最终只是一场梦魇呢？但邦尼像个快乐的精神病人，几个小时喋喋不休地描述他对里维埃拉的幻想，根本没注意亨利紧咬的嘴唇，还有他托着下巴、凝视空中喃喃自语时，降临在周围的那种空洞而不祥的沉默。

邦尼好像把大部分愤怒都发泄到其他人身上了。他几乎对每个他接触的人都粗暴无礼，很快就引起口角。有关他个人行为的消息通过各种渠道反馈到我们这里。他用一只鞋砸窗外玩踢豆包的几个嬉皮士；他威胁要揍邻居，因为对方收音机的声音太大；他称财务办公室的一位女士为老顽固。我们还算幸运，因为他虽然熟人很多，但没几个人经常跟他碰面。朱利安见我们都是一样多，他跟邦尼的关系并未超出课堂很多。比较麻烦一点的是他与老校友克洛克·雷伯恩的友谊；而最麻烦的则是他与玛丽恩的关系。

我们知道，玛丽恩和我们一样，能够清楚地看到邦尼的行为变化，而且她为此感到疑惑和气愤。她如果看到他跟我们在一起时的样子，毫无疑问会认识到原因不在于她。但她看到的只有邦尼失约、情绪波动、闷闷不乐、动不动就发火，好像在明显针对她——他看上别的女孩了？他想分手吗？卡米拉在幼教中心的一个熟人告诉卡米拉，玛丽恩有一天在工作时曾给邦尼打了六次电话，在最后一次，邦尼挂了她的电话。

“求求你，老天爷，让她把邦尼甩了吧。”弗朗西斯听到这点情报后，眼望着天空说。我们没再听到其他消息，但在密切注意他们俩的动向，祈祷形势会朝那个方向发展。邦尼如果足够明智，肯定会保守秘密。但现在他的潜意识已失去支点。好像有一只蝙蝠在他空空的头颅里四处乱撞，我们不能断定他会干出什么事。

克鲁克跟他见面的次数就少多了。克鲁克和邦尼的共同点很少，不过他们来自同一所预备学校。克鲁克——他参加了一个禁食团体，大量吸毒——基本只关注自己，不太可能将自己与邦尼的行为联系起来，根本就没有注意到邦尼的行为变化。克鲁克住的地方就在我所在宿舍楼的隔壁，叫做德宾斯托尔（Durbinstall）楼，校园里的“笑星”给它一个绰号，“Dalmane Hall”——即所谓“安眠药”楼，校方称它为“吸毒等有关活动”的中心，到那儿的人有时会碰到爆炸和小规模失火，肇事者是某个用加热方式吸食可卡因的人，或在地下室里工作的化学系学生。对我们来说，幸运的是，他就住在一楼的阳面。他房间的窗帘总是拉开的，附近没有树，所以我们可以坐在图书馆的阳台上，在约五十英尺远的地方安全地监视里面的情景，清清楚楚地看着窗户里的邦尼，他或者合不拢嘴地看漫画书，或者指手画脚地对着我们视线之外的克鲁克说话。

“我只想知道，”亨利解释说，“他去了什么地方。”其实监视邦尼是很简单的事：因为他也不愿让其他人——尤其是亨利——很长时间脱离他的视野。

他对亨利还算尊重，我们其余几个人成了他平时的出气筒。他大部分时间都令人烦不胜烦。例如，他总是利用一些无稽之谈攻击天主教。邦尼家都是圣公会教徒；据我所知，我们家不信任何宗教；但亨利、弗朗西斯、双胞胎都是天主教徒，尽管他们都不怎么去教堂。邦尼无知且没完没了的亵渎语言激怒了他们。他总是不怀好意地眨眨眼，讲一些大不敬的故事，如堕落的修女、淫荡的天主教女孩、鸡奸的神父。“然后这个无名神父告诉那个祭坛侍者——一个只有九岁的小家伙，幼童军的成员——他对蒂姆·穆罗尼说：‘孩子，你想看看我和其他神父晚上睡觉的地方吗？’”他编造了各个教皇性变态的故事，讲述了天主教教义中一些鲜为人知的、关于梵蒂冈阴谋的长篇大论。他根本不理会亨利直接的反驳，以及弗朗西斯咕哝着说新教徒如何一味钻营。

更糟糕的是，他常常集中火力攻击某一个人。他有一种超自然的天分，总能在最恰当的时间对准对方最敏感的神经，并造成最大的杀伤效果。查尔斯生性温和，不易动怒，但有时邦尼反天主教的话会令他非常不安，他会把碟子上的茶杯弄得叮叮当当响。对于有关他喝酒的话题，他也很是敏感。实际上，查尔斯的确喝不少酒。我们都喝不少酒。不过，虽然他并未明显饮酒过量，但我经常闻到他呼出的酒气，或出乎意料地碰到他在大下午拿个酒杯在手里——这或许是可以理解的，他一直就是这个样子。邦尼在这个问题上大做文章，还含沙射影地讲一些酒鬼的故事。他不断夸大查尔斯的饮酒量。他往查尔斯的信箱里投进匿名的调查表（“你是否有时觉得只有喝一杯才能熬过一天？”）和小册子（脸上长雀斑的一个小孩悲伤地看着妈妈问：“妈妈，‘喝醉’是什么意思？”），有一次还过分地把查尔斯的名字告诉匿名戒酒会在校园的分会，结果查尔斯收到大量的传单和电话，根除酒瘾协会的一位好心的会员还亲自找到查尔斯。

他对弗朗西斯说的那些话更加无礼和令人难堪。我们都知道弗朗西斯是个同性恋，但都不说。他并不乱交，但经常在派对上神秘消失。在我们刚相识不久的一天下午，他巧妙但确定无疑地勾引我。当时我们喝醉了，只有我们俩在一条小船上。我把船桨掉了，正慌忙找回船桨时，感觉到他的手在我的脸上轻轻摸了一下，好似不经意，但我知道他是故意的。我抬起头惊讶地看着他，我们的目光交织在一起，相互对视了一会儿。船在摇晃，丢失的桨被我忘在了脑后。我心慌意乱，又很困窘，赶紧将头扭向一边。他看着我难为情的样子突然大笑起来，令我大吃一惊。

“不要？”他说。

“不要。”我说，心中如释重负。

这段插曲似乎会给我们的友谊蒙上阴影，但事实并非如此。我认为，任何潜心学习过古典文学的人都不会对同性恋感到大惊小怪，我也是持这种态度。我很喜欢弗朗西斯，但他在我旁边时我又感到紧张；奇怪的是，正是他的这次调情消除了我们之间的不安气氛。我之前想到那一幕是难以避免的，而且有点害怕。可事情一旦过去，我就完全放心地单独跟他在一起了，即使是在某些很容易出问题的场合——喝醉后，或在他家里，或挤在汽车后座上。

弗朗西斯和邦尼原先的关系则不同。他们乐意在一起，但你如果经常和他们其中之一待在一起，就会发现，他们很少共同做一件事或单独待在一起。我知道其中的原因，我们大家都知道。不过我一直以为，他们还是有点真心喜欢对方，而邦尼粗鲁的笑话很有欺骗性，但无法隐藏那种特别针对弗朗西斯的抱怨。

我现在觉得，这种认识所带来的冲击令人非常难受。我以前只觉得邦尼那些疯狂的偏见很好笑，但从未想到（虽然应该想到）但它们其实不是无关痛痒的讽刺，其实非常严重。

在正常情况下，弗朗西斯完全能够照顾好自己。他是急脾气，能说会道，只要他愿意，在任何时候都能把邦尼说得哑口无言，但他很明智，知道这样做后果堪忧。我们都痛苦地注意到，邦尼整天随身携带一瓶硝化甘油，而且时常让我们看一看，以免有人忘记它的存在。他可以在任何时候把它摔在地上。

我真是不忍心讲述他对弗朗西斯说的那些不堪的话、做的那些不堪的事，他的恶作剧，他有关同性恋的评论，他那些赤裸裸、羞辱性的连串问题：特别直接，特别详细，与灌肠、沙鼠、白炽灯泡等东西有关。

“只要有机会，”我记得弗朗西斯曾咬牙切齿地说，“只要有机会，我就会……”

但是，每一个人什么都不能说，什么都不能做。

大家可能以为，我当时既没得罪邦尼，也没对他做过任何不合人性的举动，所以我不应成为这位狙击手的火力目标。很不幸，我也是他的目标，其实，在这件事上更不幸的或许是他。我本来是不偏不倚的一方，是他潜在的同盟军，他为何如此糊涂，竟看不出疏远我是多么危险？我虽然喜欢其他人，但也喜欢他。他要是没有那么残忍地针对我，我不会那么快与他们站到一起。或许他心里有嫉妒的成分；他在这个团体中地位开始下降时，大约正是我加入的时候；他的恨是最小气、最孩子气的那种，而且毫无疑问，他如果不是那么偏执，不能区分敌友，就不会有那种恨。

我渐渐憎恨他。他像一只无情的猎狗，凭本能迅速而坚定地追踪我在这个世界上最没把握的东西，所有我极力去隐藏的东西。他经常重复某些虐待性的游戏。他喜欢这样引诱我撒谎："领带真不错，"他说，"爱马仕牌的，对不对？"而当我默认时，他会快速把手伸过餐桌，将我那条低劣的领带拉出来。或者，我们正在谈话时，他会突然转变话题："理查德，你个老家伙，为什么不把家人的照片带在身边呢？"

他善于抓这种细节。他自己的房间摆着一排毫无瑕疵的家庭纪念照，它们完美得像系列广告：邦尼和他的兄弟们，在一个黑白相间而又明亮的运动场上挥舞着曲棍球棒；一家人共度圣诞节的情景，一对穿着昂贵睡袍、严肃而有品位的父母，五个穿着相同睡衣的黄发小男孩在地板上打滚，旁边是一条长毛垂耳狗，摆设非常奢华，后面是一棵高耸的圣诞树；邦尼的母亲初次参加舞会的情景，穿着雪白的貂皮大衣，年轻而高傲。

"什么？"他会故作天真地问，"加州没有照相机吗？还是你不愿让朋友看见你妈妈穿着长裤套装的样子？你父母在哪儿上的大学？"他不等我说话就连着说，"他们是常春藤的校友吗？也许上的是某所州立大学？"

这是极其残忍的做法。我觉得自己关于家庭的谎话还算差强人意，但我无法承受这种火力的攻击。我的父母都是中学毕业，我母亲的确穿长裤套装，那是她从一家工厂的批发店买的。我只有一张她的照片，那是张快照，照片里的她斜眼对着照相机，一只手扶着防风篱笆，另一只手放在父亲新买的割草机上。显然这是她把照片寄给我的原因，母亲觉得我可能会对这个新东西感兴趣。我之所以保留这张照片，是因为它是母亲在我这里唯一的照片。我把照片夹在桌上的一本《韦氏词典》里（放在 M 页中，M 代表母亲）。但有一天夜晚，我在床上坐了起来，因为我突然想到：邦尼有可能在我屋里翻东西时发现了这张照片。好像没有可以安全藏照片的地方。最后我把它放到烟灰缸里，烧了。

这些已经够让我苦恼了，这是对别人隐私的侵犯。他还在公开场合使用这种招数，我遭受的折磨真是无法用恰当的语言来表达。现在邦尼已经死了，安息了，但我只要活着，就永远不会忘记他在双胞胎家向我施虐的那一幕。

在那之前几天，邦尼一直追问我上的是哪所预科学校。我不知道自己为什么就不能说实话：我上的是普雷诺的公立学校。弗朗西斯上过英国和瑞士的多所高级学校，亨利在十一年级完全退学，之前在美国的高级学校读书；但双胞胎上的只是洛诺克一所小的乡村走读学校，邦尼自己将其神圣化的圣哲罗姆教会中学，其实也只是一所昂贵的补习学校，你会在《城市与乡村》的封底上看到这种学校的广告，它们专门照顾学习成绩差的学生。所以说，我自己上的学校并不算寒碜，但我却极力回避这一问题，到最后被逼无奈，我告诉他我上的是伦弗鲁·霍尔中学，这是一所以网球见长、中等水平的男校，离旧金山不远。这个答案好像满足了他，但接下来，令我非常不安的是，他当着大家的面继续进行追问我。

“这么说你上的是伦弗鲁。”他友好地说，脸转向我，嘴里嚼着一把开心果。

“对。”

“你是什么时候毕业的？”

我报出自己真实的中学毕业时间。

“噢，”他说，把嘴里的干果嚼得咯咯响，“这么说你原来跟冯·劳默在一起念过书。”

“什么？”

“亚历克。亚历克·冯·劳默。克洛克的朋友。那天他也在屋里，我们谈过。他说很多伦弗鲁的男生在汉普顿读书。”

我什么也没说，希望他能够就此打住。

“那么你认识亚历克他们喽。”

“哦，一点点。”我说。

“真奇怪，他说他不记得你，”邦尼说，又伸手抓一把开心果，视线并未离开我，“一点也不记得。”

“那所学校挺大的。”

他清了清嗓子。“你真的这样认为？”

“对。”

“冯·劳默说它很小。只有大约两百个学生，”他停顿一下，将一把开心果塞进嘴里，然后一边嚼一边说，“你说你当时住在什么宿舍楼？”

“我说了你也不知道。”

“冯·劳默让我特别问问你。”

“这有什么要紧的？”

“哦，没什么，根本没什么，老实人，”邦尼愉快地说，“就是有点奇怪，不是吗？你和亚历克在伦弗鲁那个小地方一起待了四年，他从未见过。这不奇怪吗？”

“我只在那儿待了两年。”

“毕业纪念册里怎么没你？”

“里面有我。”

“不，没有你。”

双胞胎看起来有点惊恐。亨利刚才背对着我们，假装没有听。这时他没转身就突然说：“你怎么知道他是否在毕业纪念册里？”

“我这辈子就从未进入过毕业纪念册，”弗朗西斯紧张地说，“我不喜欢拍照。我每次准备——”

邦尼没理会。他又靠在椅背上。

“真的，”他对我说，“你如果说出当时你住的宿舍楼的名字，我就给你五美元。”

他凝视着我，双眼闪出可怕的光芒。我支支吾吾说了两句，便惊慌失措地站起来，跑到厨房去接杯水。我靠在水槽边，将水杯贴着自己的太阳穴。在客厅里，弗朗西斯声音模糊但气愤地向邦尼耳语着什么，然后邦尼发出刺耳的笑声。我把水倒到水槽里，把水龙头打开，免得听到他的笑声。

在受到人命案的冲击后，我这种头脑复杂、敏感、规矩的人都能够很好地调整自己，为什么更坚强、更大大咧咧的邦尼却心理失衡？我至今仍常常想到这一问题。邦尼如果真的是想报复，可以轻易做到而且不必自己担风险。他这样钝刀子割肉似的折磨我们，是想得到什么好处？在他的头脑中，这样做有某种意图或者目标吗？或者，不但我们难以解释他的行为，他自己也不明白？

或者，也许他的行为并非难以解释。正如卡米拉曾言，最糟糕的不是邦尼经历了某种性格变化、某种精神分裂，而是他性格中有多种不良因素，这些因素我们原来有所了解，但那件事之后它们结合并升级，具有了更高层级的惊人力量。他的行为令人厌恶，但我们以前都见识过，只不过没后来那么集中和尖刻。他在最快乐的时候，也曾嘲笑我的加州口音、二手的大衣、我房间里没有高品位的装饰品，但是他采取这种直率方式，我只能一笑了之。（“天哪，理查德，”他会说，拿起我的一只旧鞋，用手指穿过鞋底上的一个洞，“你们加州来的孩子是怎么回事？你们越富就穿得越寒酸。甚至都不去理发。没等我注意，你的头发就会长到肩膀，就会像霍华德·休斯那样穿着破烂，隐居起来。”）这种话从未令我有受到攻击的感觉；他是邦尼，是我的朋友，他的零用钱甚至还没有我的多，另外，他的裤子后裆上也裂开了口子。我对他的新行为感到恐惧，其中多半源自一个事实：老实说，他的做法与他过去戏弄我的可爱方式很类似，但令我疑惑并愤怒的是，他会突然脱离原来的规则，就像（如果说我们过去习惯于进行友好的拳击比赛）接连出拳把我逼到角落里，然后把我揍个半死。

为缓和这种局面——尽量远离所有不愉快的往事——我努力去想原来的邦尼，我了解并喜欢的那个邦尼。我有时在远处看见他——手插在裤兜里，吹着口哨，边点头边步伐轻盈地往前走——会有一种强烈的痛苦，夹杂着怜爱的懊悔。我原谅了他一百多次，每次的理由都不过如此：他的一个表情，一种手势，或头歪向一边的动作。好像无论他做什么，一个人都不可能持续对他生气。不幸的是，他总是选择在这种时候发起攻击。他会显得很亲切、讨人喜欢、以原来那种漫不经心的方式说话，然后以同样方式、不紧不慢地，背靠到椅背上，说出那些非常可怕、令人猝不及防、无言以对的话，这时我会发誓永远不能忘记这次教训，永远不再原谅他。但我很多次违背这样的誓言。我总是说，这是我一定要遵守的承诺，但事实上我无法做到。即使今天，我仍不能对邦尼积攒起足够多的愤怒。实际上，我现在想到最多的情景，是他快速走进我的房间，眼镜片上雾蒙蒙的，身上是湿羊毛的气味，他像一只老狗那样甩甩头上的雨水，同时说：“迪基，我的好孩子，你今晚给这个口渴的老人家准备了什么喝的？”

有人会认为一句古老的名言很有道理：amor vincit omnia（爱征服一切）。然而，如果说我在自己短暂而悲惨的人生旅程中学到过什么，那就是这句话是谎言。爱无法征服一切。谁认为爱能征服一切，谁就是傻瓜。

卡米拉受他折磨的原因很简单：她是个女孩。在某些方面，她是最容易受伤害的目标——过错不在她自己，而在于在希腊，总体而言，女人地位低男人一等，这一点是耳听为虚、眼见为实。在希腊人中间，这种情感很普遍，已经渗入到其语言的骨髓之中；关于这一点我能想到的最好注脚，就是在希腊语的入门书中，我最早学到的格言之一：男人有朋友，女人有家人，动物有同类。

邦尼拥护这种观点，但不是因为对希腊文化的向往，而是出于鄙陋的心理。他不喜欢女人，不喜欢与她们为伍，甚至连他自称为“存在的理由”的玛丽恩，也只是被他勉强认作情人。至于对卡米拉，他被迫摆出一点长辈的姿态，好言好语地对她，就像一个老爸爸在迁就自己的笨小孩。他向我们抱怨说，卡米拉成绩不突出，将来难以取得很大的学术成就。我们都觉得非常奇怪。说实话，我们这几个人——即使其中最聪明的——注定以后难以有什么大的学术成就，弗朗西斯太懒，查尔斯兴趣太广泛，亨利太怪异，有点像克罗夫特·霍姆斯在研究古典语文学。卡米拉也没有什么不同，她像我一样，更愿意轻松地学英语文学，而不愿吃力地攻读希腊语。可笑之处在于，可怜的邦尼还对别人的学习能力表示担忧。

这个班级基本上是男孩俱乐部，卡米拉作为其中唯一的女孩，日子肯定过得不容易。难得的是，她并未因此变得难以相处或喜欢争论。她仍是个女孩，一个喜欢躺在床上吃巧克力的可爱女孩，一个头发散发风信子香味、围巾随风欢快飘动的女孩。她虽然陌生而奇异，就像一团黑羊毛中的一缕丝绸，但她并不脆弱，这超出一般人的印象。在很多方面，她像亨利一样出色；她意志坚定，喜欢独处，在很多方面超然物外。在郊外时，有时我们就会发现她独自一人溜走了，或跑到湖边，或下到地窖里。有一次我发现她正坐在一个废弃的大雪橇上读书，皮大衣盖着膝盖。如果缺了她，情况就会变得怪异而且不平衡。这手牌里已经有了黑 J、黑 K、王，她担当着 Q 的角色。

我当初觉得双胞胎很神秘，现在想来，这或许是因为他们身上有点难以解释的东西。我时常觉得自己快理解这一点东西了，但最后还是说不清。查尔斯有着有点梦幻的友善灵魂，他就像一道令人费解的难题，而卡米拉则是一个不折不扣的谜，一个我永远打不开的保险柜。我不能确定她对某种事物的想法，而且我知道，邦尼比我更觉得她难以理解。出事之前，邦尼经常在不经意间笨拙地冒犯她；出事之后，他尝试用各种方法羞辱、贬低她，多数时候他的话都非常离谱。

他如果奚落她的外表，她就置之不理；他如果讲非常粗俗、羞辱性的笑话，她就直视着他的眼睛；他如果侮辱她的品位或智商，她就哈哈大笑；她对他的长篇大论不以为意，间或引用一两句冷僻的格言，使得他费好大力气才弄清楚其中的含义，后来，他只好把所有女人都归入低于他自己的那类人：天生不适合——但他天生适合——研究哲学、艺术、更强推理能力的学问，只能找个老公，然后在家带孩子、做家务。

只有一次，我看到他攻击到了卡米拉的要害。那次是在双胞胎家里，天很晚了。幸运的是，查尔斯与亨利出去拿冰了。查尔斯喝了很多酒，他当时如果在场，局面肯定无法控制。邦尼也喝醉了，他坐在那儿几乎无法直起身来。在那晚的大部分时间里，他情绪一直还可以，但后来，在没有任何预兆的情况下，他扭头对卡米拉说："你们两个年轻人怎么住在一块儿？"

她耸耸肩，还是双胞胎那种特殊的方式，只耸动一边肩膀。

"嗯？"

"这样方便，"卡米拉说，"省钱。"

"不过，我认为这样他妈的有点奇怪。"

"我一直跟查尔斯住在一块儿的。"

"没什么隐私吗？像这么小的地方？一直你挨着我我挨着你？"

"那是个双卧套间。"

"你要是半夜觉得孤独呢？"

一阵短暂的沉默。

"我不知道你想说什么。"她冷冰冰地说。

"你当然知道，"邦尼说，"简直太方便了，还有几分古典风味。那些希腊人就跟兄弟姐妹调情，像跟别人一样——哎呀，"他说，手连忙抓住眼看要从他椅子的扶手上跌落的杯子，"当然，这是违法的，"他说，"但对你们来说算不了什么。犯过一次事儿，你们就可以打破所有禁忌，对不对？"

我被惊得目瞪口呆。我和弗朗西斯都注视着他，他毫不在乎地喝干酒杯里的酒，又伸手去拿酒瓶。

令我非常非常惊奇的是，卡米拉严厉地说："你不要因为我不跟你上床，就以为我跟我的哥哥上床。”

邦尼发出低沉、恶毒的笑声。“你出多少钱我都不跟你睡，小妞，”他说，“把全中国的茶叶都给我，我也不干。”

她看着他，暗淡的眼睛里没有任何表情。然后她站起来走到厨房里，将我和弗朗西斯丢进沉默之中，那是我所经历过的最折磨我的沉默时刻。

亵渎宗教、乱发脾气、侮辱、胁迫、债务：这些都是小问题，真的，这些小小的刺激好像不足以促使五个理智的人去实施谋杀。但是，我如果敢说出来，我会说，直到我帮助他人杀死一个人之后，我才认识到一桩谋杀案实际可能非常复杂、难以捉摸，不一定是因为某一种强烈的动机。要把谋杀案归因于这样一种动机是很容易的。当然会有这样一种动机。但是，自我保护的本能并非一般人所想的那么迫切。邦尼造成的危险毕竟不是那么迫在眉睫，而是逐渐升温的，至少从理论上说，这种危险用多种办法可以拖延或转移。我现在还很容易想象到，在商量好的时间和地点，我们突然焦急地重新考虑，或在最后一刻手软。对自身性命的担忧可能促使我们把他拉到绞刑架旁、给他的脖子套上绳索，但只有在更急促的刺激之下，我们才会走出下一步，把椅子踢走。

不知不觉中，邦尼自己为我们提供了这样一种刺激。我想说的是，推动我这么做的，是某种不可抗拒的悲剧性动机。但现在想起来，我当时如果告诉你那一点，我如果让你相信在四月份那个周日下午，我实际是被那样一种动机左右着，那么我是在撒谎。

一个有趣的问题：我看着他瞪大眼睛、满脸震惊和怀疑（“伙计们，别这样，你们在开玩笑吧？”）地面对人生的最后时刻时，我在想什么？不是我在帮助挽救朋友们的性命，肯定不是；也不是恐惧；也不是内疚，而是小事情。情感侮辱，讽刺挖苦，小小的施虐。几百次小小的、无从报复的羞辱在我心中累积了几个月。我想到的就是这些，别无其他。正是因为这些，我才能那样看着他，没有丝毫的怜悯与懊悔，看着他在悬崖边挣扎了好一会儿——胳膊乱舞，眼球乱转，就像无声电影中踩上香蕉皮的喜剧演员——然后向后倒下，摔死。

我相信，亨利是有个计划的。我并不知道计划的内容。他总是因为各种神秘差事而消失，或许他一直在做同一件事。但在当时，我因急于相信至少某个人能够掌控局势，我让自己相信他做的那些事很重要，能带来希望。甚至在深夜他家灯亮着、我知道他在家时，他也经常听到敲门声后拒绝开门；他不止一次吃饭时迟到，鞋是湿的，头发已被风吹乱，深色的裤子很整洁，但裤脚上沾着泥。他的汽车后座上突然出现了一摞神秘的书，书是用某种中东地区的语言写的，像阿拉伯语，上面还有威廉斯学院图书馆的印章。这真是令人纳闷，因为我觉得他不懂阿拉伯语；而且据我所知，他也没有从威廉斯学院图书馆借书的条件。我偷偷看了看其中一本书后面的袋子，卡片仍在里面，上一位借过此书的人叫做F·洛基特，在一九二九年。

有件事异常奇怪。一天下午，我搭朱迪·普维的车去汉普顿市。我想把一些衣服送到洗衣店，而朱迪正好要去市里，所以让我搭车。我们干完要做的事，不用说，还在汉堡王的停车场吸了不少可卡因，而后我们的车停在科维特的一个红灯前。我们听着曼彻斯特电台播放的难听的音乐（“自由飞鸟”），朱迪像一个瘾君子那样，滔滔不绝地说她认识那两个家伙，说他们在食王商店里面性交（“就在商店里！就在冷冻食品的过道里！”），然后她扫了一眼窗外，大笑起来。“看，”她说，“那不是你的那位四眼朋友吗？”

我惊讶地俯身向前。街对面有一个很小的幻觉用品商店——柜台后面有水烟枪、挂毯、拉什牌滤毒罐，还有各种各样的大麻和薰香。以前我从未看见有人在里面——除了那位戴金框眼镜的神情悲伤的老嬉皮士，他是汉普顿的毕业生，小店的主人。但令我吃惊的是，我今天看到亨利——黑西装、伞、其他东西——正站在天体图和星座图之间，在柜台边看一张纸。那位嬉皮士开始说话，但亨利打断了他，用手指着柜台后面的某样东西。嬉皮士耸耸肩，从架子上拿下一个小瓶。我看着他们，大气不敢出。

“你认为他正在做什么？耍弄那个可怜的老笨蛋？顺便说一下，那可是个破店。有一次我到里面去买天平，结果根本就没有天平，只有一堆水晶球之类的破玩意儿。你知道的，那种绿色的塑料天平——嗨，你怎么不听我说。”她说，因为她看见我仍盯着窗外。嬉皮士弯下腰，在柜台下面摸索着。“你想让我按喇叭吗?”

“不要。”我大喊，可卡因的劲儿让我变得容易激动，我把她的手从喇叭上推开。

“天哪。别那样吓我。”她一只手按着胸口，“妈的。我脑子转得都快飞出来了。可卡因肯定掺了兴奋剂之类的东西。好吧，好吧。”她不耐烦地说，因为绿灯已经亮了，后面的气罐车正在鸣喇叭催我们。

偷来的阿拉伯语书？汉普顿市区的幻觉用品店？我想不出亨利正在做什么，但是，虽然他的行为好像彼此并无关联，我还是对他有一种孩子般的信心，就像华生医生满怀信心地观察他更杰出的朋友，我等待着他的计划自行呈现出来。

结果几天后，它真的以某种方式呈现出来了。

在一个周四的夜晚，大约十二点半时，我穿着睡衣，正拿着镜子和修甲小剪刀为自己理发（我每次都理不好，头发总是不整齐、很稚气，就像阿瑟·兰波①的杰作），突然响起敲门声。我拿着镜子、剪刀把门打开，是亨利。“你好，”我说，“进来。”

他小心翼翼地迈过地上散落的棕色头发，坐到我的桌子旁。我用镜子照照头发，又剪起来。“有什么事?”我说，手伸过去剪掉耳边的一缕长头发。

“你学过一段时间医学，对不对?”他说。

我知道，他这是要问有关健康的问题。我读了一年的医学预科，但最多只学了点皮毛，但他们几个人对医学一无所知，对这门学科的实质所知甚少，很少将它看作科学，更多地将它看作感应巫术，所以身体一有什么不对劲，就来咨询我的看法，那种尊敬的态度就像原始人在求助巫医。他们的无知有时让我同情，有时又令我震惊；亨利经常得病，所以他的医学知识比其他几个多一些，但他偶尔也令我吃惊，严肃地提出有关体液或脾脏的问题。

“你病了?”我说，一只眼睛看着他在镜子里的身影。

“我需要一个配药的公式。”

---

① 法国著名诗人，他的作品对后来的超现实主义者影响巨大。

“配药的公式？什么意思？配什么药？”

“存在这样的公式，对不对？使用某个数学公式，根据身高、体重之类的指标就可以计算出合适的剂量，对吧？”

“这要看是什么药，”我说，“我没法准确告诉你。你必须去查《医师办公手册》。”

“我不查。”

“手册查起来很简单的。”

“我不是那个意思。我是说，《医师办公手册》里没我要的东西。”

“你会有意外收获的。”

一时间，只有我的剪刀在发出“咔咔”声。他终于再度开口说：“你没明白。那不是医生通常用的东西。”

我放下手里的剪刀，看着镜子里的他。

“天哪，亨利，”我说，“你搞到了什么？迷幻药还是什么东西？”

“可以说是。”他平静地说。

我把镜子放下，扭头看着他。“亨利，我觉得这样不好，”我说，“我忘了是否跟你说过，我服过几次迷幻药。那是中学十年级时。那是我所犯过的最严重的错误——”

“我认识到，测量这种药的浓度是很困难的，”他平和地说，“但是，我们可以参考一些经验和数据。例如，假如说我们知道，X剂量的药足以影响一只七十磅的动物，而药的剂量稍微大一点，就足以杀死那个动物。我算出了一个大致的公式，但我们需要的是非常明确的界线。所以，我已经了解了这么多，接下来该怎么办？”

我靠在衣柜上看着他，把理发的事忘了。“让我看看你说的是什么东西。”我说。

他盯着我看了一会儿，然后把手伸进口袋里。他手张开时，我不能相信自己的眼睛，就凑近了去看。他摊开的手掌上是一个灰白、细茎的蘑菇。

“该撒利亚毒菌，”他说，“不是你想的那东西。”他看到我的表情，补充说。

“我知道毒菌是什么。”

"并不是所有毒菌都有毒。这种就是无毒的。"

"这是什么?"我说,把他手里的东西拿过来,举在灯下看,"幻觉剂吗?"

"不是。其实它们很好吃——罗马人就非常喜欢它们——但人们通常不吃它们,因为它们与它们的邪恶胞弟长得极其相似。"

"邪恶胞弟?"

"鬼笔毒菌,"亨利温和地说,"一种剧毒蘑菇。"

我半天没说话。

"你准备干什么?"最后我问。

"你认为呢?"

我不安地站起来,走到桌子旁边。亨利把蘑菇放回口袋,点着一支烟。"有烟灰缸吗?"他客气地说。

我递给他一个空的汽水罐。他的香烟快燃完时,我说:"亨利,我觉得这不是个好主意。"

他扬扬一边的眉毛。"为什么?"

他问我为什么。"因为,"我有点慌乱地说,"他们能够追踪毒药。任何种类的毒药。你认为邦尼如果突然倒地毙命,人们不会觉得很奇怪吗?验尸官就算是个白痴——"

"我知道,"亨利耐心地说,"这就是我来问你如何配药的原因。"

"这跟配药没有关系。一点点毒药都——"

"——都足以使人大病一场,"亨利说,又点燃一支烟,"但不一定致命。"

"你是什么意思?"

"我是说,"他说,将鼻梁上的眼镜向上推一推,"只从毒性方面来说,有很多种出色的毒药,其中多数比这个更厉害。不久树林里就会遍布毛地黄和舟形乌头。我从苍蝇纸里就能搞到足够的砒霜。有些草药在这里不常见。天哪,博基亚家族如果看见我上周在布莱特尔博罗发现的那家健康食品店,肯定会哭的。嚏根草、曼德拉草、纯的蒿草油……有些人喜欢购买他们认为天然的任何东西。商人把蒿草油当作有机驱虫剂来卖,好像它比超市里的东西更安全。一瓶足以杀死一支军队。"他又玩弄自己的眼镜。"正如你所言,这些东西虽然很厉害,但使用起来很麻烦。毒伞毒素和任何毒素一样，也会搞得人很难受。呕吐、黄疸病、抽搐。有些意大利药物药效快，症状少。但反过来说，哪种更容易使用呢？你知道，我不是植物学家。不过真菌学者辨别伞形毒菌时也要花很大工夫。一些精心采摘的蘑菇……一大堆里面混着几个有毒的……一位朋友严重病倒而另一位……”他耸耸肩。

我们相互对视着。

“你怎么能确保自己不会吃太多？”我问他。

“我想我没法确保这一点，真的，”他说，“但我自己的性命必须真的处于危险之中，所以你也看得出来，我的行动会面临很多限制。不过，我成功的胜算还是很大。你知道，我必须担心的只有我自己，其他事情会自然而然地完成。”

我懂他的意思。这个计划有几处巨大缺陷，但这正是其高妙的地方。如果说有什么东西几乎具有数学那样的确定性，那就是邦尼，他不管吃哪顿饭，饭量几乎总比他人大出约一倍。

在香烟燃起的薄雾中，亨利的脸既苍白又安详。他把手伸进口袋里，再次拿出那个蘑菇。

“你瞧，”他说，“像这么大的一个鬼笔毒菌，足以使一条体重七十磅、体格健壮的狗病得不轻。呕吐，腹泻，不过我没看见抽搐。我认为最严重的是肝脏功能紊乱，不过那个问题只能留给兽医去解决。很明显——”

“亨利，你是怎么知道这些的？”

他沉默了一会儿，然后说：“我楼上那对夫妇养了两条凶悍的拳师犬，你知道吗？”

真可怕，不过我还是禁不住笑了出来。“不会吧，”我说，“你不会那么干吧？”

“恐怕我已经干了，”他干巴巴地说，将烟头摁灭，“很遗憾。有一条没事儿，另一条则再也不能到我的门口去叼垃圾了。它二十四小时后死了，而剂量只是大了一点儿——差别大概只有一克。我了解这种情况后，好像可以想办法确定我们两人分别该服的药量。我所担心的是，各个蘑菇所含的毒药浓度可能不同。好像药剂师也没法测出来。或许我搞错了——我想你肯定比我懂得多——但重两克的蘑菇跟重三克的蘑菇可能差不多大，对不对？这就是我碰到的难题。”

他把手伸进上衣口袋里，拿出一张纸，纸上写满数字。“我本不想把你牵扯进来，但别人都不懂数学，而我自己又没把握。你能看一眼吗？”

呕吐，黄疸，抽搐。我机械地接过他的纸。上面写满代数等式，但我在那个时候早已把代数忘得一干二净了。我摇摇头，准备将纸还给他，但抬头看到他的表情时，某种东西阻止了我这么做。我想到，我应该在此时此刻为这件事画上句号。他的确需要我的帮助，否则不会来找我；我知道，诉诸情感是没用的。但我如果假装知道自己在做什么，那么就可能说服他放弃计划。

我拿着那张纸走到桌边，取了支笔坐下来，强迫自己一步步地计算那乱糟糟的数字。我原来学习化学时，有关化学物质浓度的问题从来就不是我的强项，就算计算蒸馏水中某种悬浮物的固定浓度，对我而言都够难的；而现在我要计算同一种物质在不同不规则物体中的不同浓度，这几乎是不可能的。他在计算过程中，几乎用到了他学过的所有代数知识，而且据我看，他完成得挺不错；但这不是个能用代数解决的问题——如果它有解的话。在大学里学了三四年微积分的人或许能想到办法，得出一个至少看起来更有说服力的答案；通过修修补补，我把他的比率范围缩小了一些，但我早已忘了所学过的那点微积分，所以得到的答案虽然比他的更精确些，但还远远算不上是正确答案。

我放下手里的笔，抬起头。这件事花了我大约半小时。亨利刚才从我的书架上拿了一本但丁的《炼狱》，正在很投入地阅读。

“亨利。”

他茫然地看我一眼。

“亨利，我想这样不行。”

他合上书。“我在第二部分犯了个错误，”他说，“在开始因式分解的地方。”

“这是很好的尝试，但我根据刚才的计算觉得，没有化学用表和恰当实用的微积分与化学知识，这个问题是无法解决的。没有其他计算方法。我的意思是，化学浓度甚至不是用克和毫克来衡量的，测量单位应该是摩尔。”

“你能帮我解决吗？”

“恐怕不行，我已经尽了最大努力。说实话，我没法给你提供答案。就算是数学教授，也会觉得这是个棘手的难题。”

“嗯，”亨利说，眼睛看着我身后桌子上的那张纸，“你知道，我比邦重，重二十五磅。这一点有用，对不对？”

“是的，但是体积的差别不够大，所以指望不上这一点，因为潜在的概率误差很大。你要是比他重五十磅，或许……”

“这种毒药在至少十二小时内不会发生作用，”他说，“所以即使我服用过量，也还有某种优势，有一个缓冲期。我可以为自己准备好解毒剂，以防……”

“解毒剂？”我惊讶地说，靠回椅背上，“有这种东西吗？”

“阿托品。从颠茄里面提取的。”

“天哪，亨利。如果一种毒药害不死你，另一种也可能让你完蛋。”

“少量的阿托品是相当安全的。”

“他们也是这么说砒霜的，我就不会去尝试。”

“它们的效果是相反的。阿托品刺激神经系统，使心跳加快等等。毒伞毒素使心跳变慢。”

“这听起来很可疑，以毒攻毒。”

“一点儿也不可疑。波斯人是毒药大师，他们说——”

我想起亨利车里的那些书。“波斯人？”我说。

“对。根据伟大的——”

“我不知道你还懂阿拉伯语。”

“我是不懂，至少不是太懂，不过他们是这方面的权威，而我需要的书多数没有翻译过来。我尽量靠词典去读。”

我想到自己看见的那些书，书籍时间已久，上面沾满尘土，封皮都破了。“那些东西是什么时候写的？”

“大约是十五世纪中期。”

我放下手里的笔。“亨利。”

“怎么了？”

“你很清楚，不能指望那么陈旧的东西。”

“波斯人是毒药大师。那些是实用手册，你如果愿意，可以把那些书作为入门指导。我不知道还有什么书能超过它们。”

“下毒与解毒完全是两码事。”

“人们已用了这些书几个世纪。它们的准确性是毋庸置疑的。”

“是这样，我跟你一样对古代的学识怀有极大敬意，但我不会将自己的命押在中世纪的某个家庭药方上。”

“好吧，我可能会去其他地方再查查。”他不太确定地说。

“真的。这件事太重要了，不能——”

“谢谢你，”他平静地说，“你帮了我很大忙。”他又拿起我那本《炼狱》。“你要知道，这个译本不太好，”他说，一边随意翻着，“如果你不懂意大利语，辛格尔顿的译本是最好的，相当准确，当然，译本不再是三行体。所以你应该读原著。一个人即使不懂那门语言，也可以读出伟大诗篇的音乐感。我还一点不懂意大利语时就热爱但丁。”

“亨利。”我以低沉、急迫的声音说。

他懊恼地扫我一眼。“我怎么做都会有危险，你知道的。”他说。

“但是你如果死了，就什么意义都没有了。”

“我越听有关豪华游船的事，就越觉得死不是那么糟糕，”他说，“你帮了很大的忙。晚安。”

第二天中午刚过，查尔斯来找我。“天哪，这儿真热，”他说，将湿漉漉的外套脱掉，扔到椅背上。他头发潮湿，脸上泛着红光。他长长的漂亮的鼻尖上挂着一颗水珠。他深吸一口气，把水珠擦去。“千万别出去，”他说，“天气太糟糕了。顺便问一句，你没看见弗朗西斯，是不是？”

我用一只手梳着自己的头发。那天是周五下午，没有课，我整天没出门，因为前天晚上睡得太少了。“亨利昨晚来过。”我说。

“真的吗？他来说些什么？噢，我差点儿忘了。”他把手伸进外套口袋里，拿出一团用餐巾纸包裹的东西。“你没去吃午餐，所以我给你带了个三明治。卡米拉说，我偷这个东西时食堂里的那个女人发现了，她在名单上我的名字旁边做了个黑色的记号。”

是奶油干酪和橘子果酱的三明治，我不用看也知道。双胞胎很喜欢吃这种三明治，但我不太喜欢。我把三明治打开一个角，咬了一口，然后把它放在桌上。“你最近跟亨利说过话？”我问。

“今天上午还在说话。他开车送我去银行。”

我又拿起三明治咬了一口。我还没扫地，所以地面上仍有我一撮一撮的头发。“他是不是，”我说，“跟你说——”

“说什么？”

“说要过几周请邦尼吃饭？”

“噢，这件事，”查尔斯说，躺倒在我床上，拿枕头垫在头下面，“我想这件事你已经知道了。他思考这件事挺长时间了。”

“你怎么想？”

“我觉得他即使找到足够让邦尼生病的蘑菇也需要很多时间。目前时间还太早。上周他让我和弗朗西斯出去帮他，但我们几乎没找到任何东西。弗朗西斯回来时非常兴奋，说：‘天哪，快看，我找到了这么多蘑菇！’但我们往他包里一看，发现那只是一堆马勃菌。”

“所以你认为他能找到足够的蘑菇？”

“肯定能，只要他等一段时间。我知道你没有烟，对吗？”

“是没有。”

“我真希望你也吸烟。我不知道你为什么不吸烟。你在中学不是运动员吧？”

“不是。”

“这是邦不吸烟的原因。在容易受影响的年龄，他正好碰上一个过严谨生活的橄榄球教练。”

“你最近见过邦吗？”

“不太多。不过他昨晚在我们公寓，而且一直待在那儿。”

“这个计划是不是吹牛？”我说，紧盯着他，“你们真的要进行到底？”

“我宁可进监狱，也不愿下半辈子让邦尼卡着脖子。而且我不愿意进监狱，我现在就是这样考虑的。你知道，”他在我床上坐起来，弯着腰，好像肚子疼，“我真希望你这儿有香烟。住在过道另一头的那个女孩叫什么——朱迪？”

“朱迪·普维。”我说。

“你为什么不去敲她的门，问她能否给你盒烟。她看上去是那种会在宿舍里存烟的人。”

天正越来越暖和。肮脏的雪被暖雨淋得斑斑点点，融化成一片片，暴露出下面泥泞的泛黄的草地；尖顶房屋的檐下挂着的冰柱断裂后，像匕首一样戳下来。

“我们现在本应在南美的，”卡米拉说，这一晚我们正在我的宿舍，一边用茶杯喝波旁威士忌，一边听雨珠从屋檐滴落的声音，“那样会很有趣，是不是？”

“是。”我说，虽然我当初未被邀请加入。

“当时我不喜欢那个想法。不过现在想来，我们可能会在那儿过得挺好的。”

“我看不出怎么会。”

她用一个拳头托着自己的脸颊。“不会很差的。我们可能会睡在吊床里，学习西班牙语，住在一个小房子里，院子里喂着小鸡。”

“生病了，”我说，“被枪杀了。”

“我能想到更糟糕的事情。”她说，迅速瞥了我一眼，目光刺到我的心里。

突然，一阵大风刮起来，窗玻璃咯咯作响。

“你瞧，”我说，“真高兴你刚才没走。”

她没理我，眼睛看着黑黑的窗外，又端起茶杯呷了一口。

四月份的第一周是我们所有人都不高兴的一段日子。邦尼此前一直相对平静，现在正大发雷霆，因为亨利拒绝开车送他去华盛顿看在史密森学举办的一战双翼飞机展览。双胞胎每天两次接到来自他们银行的电话，打电话的是一个叫B·佩里的恶狠狠的人，而亨利则接到他银行的一个叫D·韦德的人的电话；弗朗西斯的母亲已发现他想从信托基金把钱取走的企图，所以每天给他写信。他打开最近的来信，厌恶地看着，然后嘀咕一句：“我的天哪。”

“她说什么？”

“‘宝贝儿。我和克里斯都很担心你，’”弗朗西斯冷冷地读信，“‘我不会假装自己是年轻人问题的权威，或许我太老了，你正在经历的事情是我所不能理解的，但我一直希望你能够带着问题去找克里斯。’”

“在我看来，克里斯面临的问题比你更多。”我说。克里斯在《年轻医生》中扮演一个角色，那个角色与弟媳上床，还加入了一个走私婴儿的团伙。

“我也会说克里斯有问题。他才二十六岁，却娶了我妈妈，他不是有问题吗？‘现在我甚至都不想提起这件事，’”他接着读信，“‘而且，如果不是克里斯坚持，我不会提出这种建议，但是你要知道，亲爱的，他非常爱你，而且他说，这种事情他以前在影视圈里面见过很多。所以我给贝蒂·福特中心打了电话，我的心肝儿，你怎么想？他们那儿有个很好的小房间正等着你，亲爱的’——别笑，让我读完，”他说，因为我禁不住笑起来，“‘我知道，你可能讨厌这个主意，但你真的不必感到丢脸，那是一种病，宝贝儿，我去那儿时他们这样告诉我，你不知道我当时感到多大的宽慰。当然，我不知道你怎么想，但是真的，亲爱的，我们要面对现实，无论效果怎样肯定要花一大笔钱，而且我还必须跟你说实话，我们拿不出这么多钱，要不是你爷爷、房屋税还有所有的……’”

“你应该去。”我说。

“别开玩笑了。那个中心在棕榈泉之类的地方，而且我想他们会把你锁起来，逼你做一些有氧运动。我妈妈看电视太多了。”他说，又接着看信。

电话铃响了。

“真他妈的。”他声音疲惫地说。

“不要接。”

“我如果不接，她会报警的。”他说，然后拿起电话。

我自行告退（弗朗西斯边踱步边说：“可笑？你什么意思，我的话很可笑？”），而后走到邮局，让我意外的是，我在自己的信箱里看到了一张看上去很优雅的便条，是朱利安写的，他邀我第二天一起吃午餐。

有时在特殊情况下，朱利安会为整个班级准备午餐，他曾经是个出色的厨师，年轻时靠信托基金住在欧洲，当时是很出名的宴会主人。实际上，正是因为这一点，他结识了很多名人。奥斯伯特·西特韦尔在日记中曾提到朱利安·莫罗的“美妙绝伦的小型宴会”，不少人的信件中有类似说法，这些人包括：查尔斯·劳顿、温莎公爵夫人、格特鲁德·斯泰因，西里尔·康诺莉难伺候是出了名的，但对哈罗德·阿克顿说，朱利安是他认识的最优雅的美国人——不得不说这句恭维话有两面性——还有萨拉·墨菲，她自己就是一位很好的宴会主人，曾写信给朱利安，求他传授白葡萄鳎鱼的烹饪方法。我知道朱利安经常邀请亨利单独共进午餐，但我从未被邀与他单独吃饭，所以我既得意又模模糊糊地有点担心。在那个时候，任何稍微偏离常规的事情都让我有不祥的感觉，所以，我尽管高兴，但却感觉他可能有什么目的，而不是乐意找我做伴。我拿着邀请信回到宿舍，进行了仔细研究。飘逸、倾斜的字体丝毫未能减轻我的焦虑，字里行间还有更多东西。我接通总机，给他留了个口信：第二天中午一点见。

我再次单独见到亨利时问他："朱利安不知道已发生的这些事情，对不对？"

"什么？噢，不对，"正看书的亨利抬起头说，"当然不对。"

"他知道你们杀了那家伙？"

"你真的不用这么大声音。"亨利严厉地说，在椅子上扭扭身子。然后，他用平静的声音说："他还知道我们正准备做什么，而且同意了。出事后的第一天，我们就开车去了他在乡下的家，跟他说了所发生的事情。他对我们能把这件事告诉他感到很高兴。"

"你们把所有事情都告诉他了？"

"我觉得他并不担心，如果你是这个意思的话。"亨利说，然后扶一扶眼镜，继续去读他的书。

当然，是朱利安自己准备的午餐，我们是在他的办公室吃的，用一个圆桌当餐桌。几周以来，我一直精神紧张，与人谈话也辛苦，食堂里的饭菜又难吃，能与他一起吃顿饭真令我高兴。他是很有魅力的伙伴，而且他做的菜虽貌似简单，其实有奥古斯都时代食物的风格，既营养又丰盛，能令人大快朵颐。

有烤羊肉、嫩土豆、放青蒜和茴香的豌豆；一大瓶令人垂涎欲滴的拉图堡葡萄酒。我已经好几年没这么好的胃口了，我正吃得津津有味之时，发现第四道菜突然出现在我的肘边：蘑菇。灰白、细茎，是我以前见过的品种，在红酒调味汁里面热气腾腾的，闻着有香菜和芸香的气味。

“你从哪儿搞到这些的？”我问。

“哎呀，你还挺有眼光的，”他高兴地说，“它们是不是很不错？非常少见。亨利带给我的。”

我赶快喝口酒，以掩饰惊愕。

“他告诉我——可以吗？”他说，朝盛蘑菇的碗点点头。

我把碗递给他，他把一些蘑菇舀到自己的盘子里。“谢谢，”他说，“我刚才说到哪儿了？噢，想起来了。亨利告诉我，这种蘑菇是克劳迪乌斯皇帝最爱吃的。很有趣，因为你记得克劳迪乌斯是怎么死的。”

我的确记得。有一晚，阿格丽品娜偷偷在他的菜里放入了一个毒蘑菇。

“味道很好，”朱利安吃了一口说，“你跟亨利去采过蘑菇吗？”

“没去过。他没叫过我。”

“说实话，我以前从未想到自己会喜欢吃蘑菇，但他带给我的东西真是美味。”

我突然明白了。这是亨利很高明的一步。“他以前给你带过蘑菇吗？”我问。

“是的。我当然不应该在这方面相信任何人，但亨利好像对蘑菇非常了解。”

“我相信他大概是。”我说，想起那两条拳师犬。

“真是令人惊讶，他只要想做什么事，就一定做好。他会种花，会像宝石匠那样修钟表，脑袋里存了大量东西，即使像包扎划伤的手指这类小事，他都能比别人做得更好。”他又为自己倒了杯酒，“我听说他决定读古典文学专业时，他的父母很失望。当然，我不同意他们的意见，但在某种意义上，这的确是一种遗憾。他本可以成为杰出的医生、军人或科学家。”

我笑了。“或是一个杰出的间谍。”我说。

朱利安也笑了。“你们几个男孩都能成为出色的间谍，”他说，“在各个赌场里出没，偷听国家首脑的谈话。你真的不想尝尝这些蘑菇吗？它们真的很不错。”

我把杯里剩下的酒一饮而尽。“为什么不呢？”我说，然后伸手去端那个碗。

午餐后，杯盘收拾完毕，我们开始漫无目的地闲聊。朱利安突然问我是否注意到邦尼最近有些反常。

“这个，没有，真的没有。”我说，然后小心翼翼呷了一口茶。

他扬起一边的眉毛。“没有？我觉得他行事非常奇怪。昨天我和亨利还谈过，他最近怎么变得这么怪异和执拗。”

“我想他可能心情不好。”

他摇摇头。“我不知道。埃德蒙是那种头脑简单的人。他无论说什么、做什么，我都不会感到惊奇，但那天他跟我进行了一次非常奇怪的谈话。”

“奇怪？”我谨慎地说。

“或许他读了什么让他不安的东西。我不知道。我现在很担心他。”

“为什么？”

“说实话，我担心他可能要经历某种灾难性的宗教信仰的改变。”

我大吃一惊。“真的吗？”我说。

“这种事情我以前见过。他突然对道德问题产生兴趣，我想不出其他原因。不是说埃德蒙堕落，但说实话，他是我所知的在道德方面约束最少的男孩之一。我很惊讶他开始问我——非常急切地问——一些模糊的问题，如罪恶与宽恕。我知道，他正在考虑去教堂。或许与那个女孩有关系，你认为呢？”

他指的是玛丽恩。他有一种习惯，总把邦尼的过失间接地归罪于她，包括他的懒惰、低级幽默、品位不高。“有可能。”我说。

“她是天主教徒吗？”

“我想她是长老会教友。”我说。朱利安对于任何形式的犹太教与基督教的共有传统，都抱一种礼貌但不可改变的蔑视态度。你如果当面指出这一点，他会予以否认，并引述他多么热爱但丁和乔托，但宗教意味明显的东西总是令他充满对异教徒的警惕，而且我相信，他就像普林尼一样——他在很多方面与普林尼相仿——私下认为长老会是一个堕落的邪教，存在时间已经太长了。

“长老会的？真的吗？”他不高兴地说。

“我相信是。”

“是这样，无论人们对罗马天主教有什么看法，它都是一个可敬的、强有力的对手。我能够接受这种体面的皈依。但如果我们把他输给长老会，那我会非常失望。”

四月份第一周，天气不合时宜地突然且持续地转好。天空一片蔚蓝，温暖无风，太阳以六月份时的甜蜜耐心照耀着泥泞的土地。在森林边缘，黄黄的小树长出第一抹新叶；林子里啄木鸟弄出叮叮咚咚的声音，窗户开着，我躺在床上，整夜都能听见融化的雪水在水沟里哗哗地流。

四月份第二周，大家都在焦急地等待着，看这种天气能否持续。它平静而笃定地坚持着。风信子和水仙花在花床上盛开，紫罗兰和长春花在草地上绽放；在灌木篱墙上，黏黏的白色蝴蝶像喝醉了一样，颤悠悠地鼓动着双翼。我把冬装和套鞋收起来，只穿着衬衫走来走去，感到很是轻松自在。

“不会持久的。”亨利说。

四月份第三周，草坪已是一片葱绿，苹果花三三两两地随风飘落。一个周五的夜晚，我在宿舍里读书，窗户开着，凉爽湿润的风吹动着桌上的纸张。草坪上正在举行派对，笑声、音乐声随着夜风飘进来。现在已是深夜。我正趴在书上打盹儿，突然有人在窗外的楼下大喊我的名字。

我打起精神坐起来，猛然看见邦尼的一只鞋从窗外飞进来。它“砰”的一声落在地板上。我跳起来趴到窗台上。在下边远远的地方，我看见那个摇摇晃晃、头发浓密的身影，他正抓住旁边的一棵小树，以防止自己摔倒。

“你是不是有毛病啊？”

他没有回答，只是举起另一只手，像在招手，又像在致敬，然后蹒跚着走出有亮光的地方。宿舍楼的后门“砰”的一声响，过了一会儿，他开始敲我宿舍的门。

我打开门，他一瘸一拐地走进来，一只脚穿着鞋，另一只没穿，所以在身后留下两串恐怖、不对称的泥脚印。他的眼镜歪斜着，浑身散发着威士忌的臭味。“迪基宝贝。”他咕哝着说。

刚才在我窗下的爆发好像已使他筋疲力尽，无力再开口说话。他吃力地拽掉沾满泥的袜子，笨拙地一甩。袜子降落在我的床上。

渐渐地，我终于向他问清了当晚发生的事。双胞胎带他去吃晚饭，之后他们又到城里的一家酒吧喝酒，然后他独自一人去参加草坪上那个派对，在派对上一个荷兰人试图让他吸大麻，一个大一女孩还拿着保温瓶让他喝里面的龙舌兰酒。“漂亮的小女生。不过是那种傻妞。她穿着木屐，你知道那种东西吗？还有一件扎染的T恤衫。我真受不了他们。‘亲爱的，’我说，‘你这么漂亮，怎么穿这种破衣服？’”然后他突然打住，摇摇晃晃地走出去——没关我的宿舍门——然后我听见一阵嘈杂、猛烈的呕吐声。

他去了好长时间。他回来之时，身上散发着酸臭味，脸湿湿的，脸色煞白，但好像冷静了下来。“哎哟，”他说，瘫软在我的椅子上，用一块大手巾擦额头，“我肯定是吃了什么不对劲的东西。”

“你上厕所了吗？”我不确定地问。我在门口都能听到他的呕吐声，这真是可怕。

“没有，”他气喘吁吁地说，“吐在拖把池里了。能给我拿杯水吗？”

走廊里洁具室的门半开着，我假装关心地看了一眼。他赶紧跑向厨房。

我回来后，邦尼呆滞地看着我。他的表情已经完全变了，我非常不安。我把水递给他，他贪婪地喝了一大口。

“慢点。”我提醒说。

他没理我，将剩下的水一饮而尽，然后用颤抖的手把杯子放在桌上。豆大的汗珠在他的额头上冒出来。

“唉，我的天哪，”他说，“甜蜜耶稣。”

我感到很不自在，走到床边坐下，试图想出某个无关痛痒的话题，但我还未开口，他又说话了。

“再也不要吃那东西了，”他咕哝说，“坚决不能再吃了。意大利甜蜜耶稣。”

我什么也没说。

他一只手颤抖着抹额头。“你甚至不知道我在说什么，对不对？”他说，说话的腔调真让我难受。

我非常不安地交叉着双腿。我终于看到这一幕，几个月了，我一直担心这一幕的发生。我有一种冲动，想跑到屋外，把他一个人留在那儿，但这时他把脸埋进双手里面。

“都是真的，”他咕哝说，“都是真的。我向上帝发誓，除了我没人知道。”

我很荒唐地发现自己正希望这是个虚假信号。或许他和玛丽恩分手了。或许他父亲心脏病发作死去了。我木然地坐在那儿。

他用手掌在脸上抹下来，好像在擦去上面的水，然后抬头看着我。“你什么都不知道。”他说。他的双眼布满血丝，闪动着不安的光芒。“宝贝，你一点也不知道。”

我站起来，觉得无法再忍受下去，心烦意乱地环视自己的房间。“嗯，”我说，“你想要阿司匹林吗？我本来刚才就想问你的。你如果现在吃两片，可能过一会儿就不会那么难受了——”

“你认为我疯了，是不是？”邦尼突然说。

不知为何，我早就知道事情会这样发生：只有我们两人在一起，邦尼喝醉了，深夜……“没有，为什么这么问？”我说，“你现在需要的就是一点——”

“你认为我是个疯子、钟楼里的蝙蝠，没人听我说——”他说，提高了音量。

我警惕起来。“安静，”我说，“我在听你说。”

“好吧，那你听我说。”他说。

他讲完时已是凌晨三点。他讲的故事有很多醉话和歪曲之处，顺序颠倒，充满批评指责、自以为是的偏激之辞，但我理解起来没有问题，这个故事我已经听过了。我们在那儿坐了一会儿，都沉默着。灯光照射着我的双眼。路对面的派对仍很热闹，远处传来一首说唱歌曲，声音不大但很喧闹，节奏感很强。

邦尼的鼻息越来越重，后来喘了起来。他的头在胸前沉沉地低着，然后他突然醒过来。“什么？”他说，一副困惑的样子，好像有人来到他身后、在他耳边大喊了一声，“噢。是的。”

我什么也没说。

“你有什么想法，嗯？”

我无法回答。我只希望他会把这些都忘掉。

“最该死的事。宝贝，真的是现实比小说更真实。等等，不是这么说的，那句话该怎么说？”

“现实比小说更离奇。”我机械地说。真是幸运，我不必尽力装出震惊或目瞪口呆的样子。我非常不安，几乎要病了。

“出去说吧，”邦尼醉醺醺地说，“可以告诉隔壁那小子，可以告诉任何人，不管他是谁。”

我把脸埋在手里。

“你想告诉谁就告诉谁，”邦尼说，“告诉他妈的市长，我才不在乎。把他们锁起来，就锁在法院旁边那个有邮局、有监狱的地方。让他自以为聪明，”他嘟嘟囔囔地说，“告诉你吧，如果不是在佛蒙特，他肯定晚上睡不了安稳觉。要知道，我爸爸与哈特福德的警长是非常要好的朋友，警长对这种事明察秋毫，他和爸爸是同学，我在十年级时还跟他女儿约会过……”他的头在往下沉，他再次抖抖自己的身体。“天哪。”他说，差点从椅子上掉下去。

我注视着他。

“把那只鞋给我好吗？”

我把鞋递给他，还有袜子。他盯着它们看了一会儿，把它们塞进自己夹克的口袋里。“别让臭虫咬了。”他说，然后走了，没关我宿舍的门。我能听到他一瘸一拐地走到楼梯处的奇怪声音。

房间里的东西好像在随着我的心跳膨胀和缩小。在一阵可怕的眩晕中，我坐到床上，一个胳膊肘支在窗台上，努力使自己振作起来。恶魔般的说唱音乐从对面楼上飘过来，几个模糊的身影蜷伏在楼顶上，把空啤酒罐扔向楼下几个郁郁寡欢的嬉皮士，嬉皮士们围着一个垃圾箱里燃起的火堆，正准备吸大麻。一个啤酒罐从楼顶上落下来，接着又是一个，第二个砸到一个嬉皮士的头，发出一点声响。笑声，骂声。

我盯着垃圾箱里飞出的火花，突然想到一个可怕的问题：邦尼为什么刚才决定来找我，而不是克鲁克或玛丽恩？我向窗外望去时，非常明显的答案令我打了个冷颤。因为我的宿舍离得最近，玛丽恩住在罗克斯伯勒，在校园的另一端，而克鲁克则在德宾斯托尔楼的远端，两个地方显然都不适合一个醉汉在夜晚摇摇晃晃地过去。而蒙默斯只有三十英尺远，而且我的房间亮着灯，这灯显然成了为他照亮道路的灯塔。

现在想来，我或许应该说，那个时候我心里在挣扎，纠缠于每种道路的道德意味，但我当时不记得自己有过这种体验。当时我穿上懒汉鞋，到楼下去给亨利打电话。

蒙默斯的公用电话在后门旁边的墙上，太暴露了，所以我往科学楼走去。我的鞋踩过带露珠的草，发出嘎吱嘎吱的声响。最后，我在三楼化学实验室找到一个单独的电话间。

电话铃响了有一百遍。没人接。最后我非常恼怒，把电话挂了，然后拨双胞胎的号码。八声，九声，然后，我终于长舒一口气，电话里传来查尔斯迷迷糊糊的“喂”的声音。

“嗨，是我，”我赶紧说，“出事了。”

“怎么了？”他马上警惕地说。我能听见他在床上坐起来的声音。

“他跟我说了。就在刚才。”

一阵长长的沉默。

“喂？”我说。

“给亨利打电话，”查尔斯突然说，“把电话挂了，现在就给他打。”

“我已经打了。他不接电话。”

查尔斯低声骂了一句。“让我想想，”他说，“只能这样了。你能过来吗？”

“当然可以。现在吗？”

“我现在就去亨利那儿，看看能不能叫开他的门。你到这儿时我们应该已经回来了。好吗？”

“好的。”我说，但是他早已挂断电话。

我二十分钟后到那儿时，碰见查尔斯正从亨利家的方向过来，一个人。

“不走运？”

“对。”他气喘吁吁地说。他的头发乱糟糟的，睡衣外面套了一件雨衣。

“我们怎么办？”

“我不知道。先上楼，我们仔细想想。”

我们刚刚脱掉大衣，卡米拉房里的灯亮了，她出现在过道里，眯着眼睛，双颊绯红。“查尔斯？你在这儿干什么？”她说，同时看见了我。

查尔斯前言不搭后语地解释事情的经过。她慵懒地用手臂挡着灯光，听查尔斯的叙述。她穿着一件男式睡衣，太大了，不合身，而我则发现自己正盯着她光光的小腿——黄褐色小腿肚，纤细的脚踝，可爱的小脚，脚底干巴巴的，就像小男孩的脚。

“他在家吗？”她说。

“我知道他在。”

“你能肯定？”

“凌晨三点他还能在哪儿？”

“等一下，”她说，然后走到电话旁，“我来试试。”她拨电话，听了一会儿，挂断，再拨。

“你在干吗？”

“一种密码，”她说，肩膀和耳朵夹着听筒，“响两声，挂断，再响铃。”

“密码？”

“对。他曾跟我说过——噢，喂，亨利。”她突然说，然后坐下来。

查尔斯看着我。

“嗨，我真笨，”他平静地说，“他肯定一直没睡。”

“对，”卡米拉说，盯着地板，双腿交叉着，脚上下抖动，“好的，我告诉他。”

她挂断电话。“他说让你过去，理查德，”她说，“你应该现在去，他正在等你。你为什么这么看着我？”她冷冷地对查尔斯说。

“密码，嗯？”

“怎么啦？”

“你从没跟我说过什么密码。”

“真傻，我没想起来要告诉你。”

“你和亨利要密码干什么？”

“这不算什么秘密。”

“那你为什么不告诉我？”

“查尔斯，别这么小孩子气。”

亨利——完全清醒着，没做什么解释——穿着睡袍为我开门。我跟着他走进厨房，他给我倒了杯咖啡，然后让我坐下。“好，”他说，“告诉我发生了什么事。”

我开始说。他坐在桌子对面，一支接一支地吸烟，深蓝色的眼睛紧盯着我。他只提了一两个问题，让我重复某些部分。我非常累，所以有时不免跑题，但他很有耐心。

我讲完时，太阳已经出来了，鸟儿在叽叽喳喳地叫，我已是眼冒金星。一阵潮湿、凉爽的风把窗帘吹起来。亨利关掉灯，走到火炉边，开始相当机械地做熏肉和鸡蛋。我看着他光着脚在只有晨光的昏暗厨房里走来走去。

我们吃饭时，我好奇地看着他。他脸色苍白，眼神疲惫而专注，但从他的表情看不出任何他正在进行思考的迹象。

“亨利。”我说。

他吓了一跳，这是半个多小时里我们俩中间有人第一次开口。

“你在想什么？”

“没什么。”

“如果你仍想毒死他——”

他生气地扫了我一眼，让我感到意外。“别傻了，”他打断我说，“我希望你闭嘴，让我想一想。”

我注视着他。突然，他站起来去倒咖啡。他背对着我站了一会儿，双手撑在台子上，然后他转过身。

“对不起，”他疲倦地说，“回顾这类问题令人不太愉快，已投入那么多精力，最后才发觉其实很荒唐。毒蘑菇。整个主意就像是沃尔特·司各特的小说。”

我大吃一惊。“但我觉得那是个好主意。”我说。

他用拇指和食指揉揉双眼。“过于好了，”他说，“我想，一个人如果习惯于动脑筋，当需要付诸行动时，就有一种想要添油加醋的倾向，让自己的主意显得很聪明，在理论上有一种对称美。我现在要实施方案时，才认识到情况有多复杂。”

“有什么问题？”

他扶了扶眼镜。“毒药的效果太慢。”

“我以为你看重的正是这一点。”

“这种方案至少有六七个问题，有些你已指出来了，剂量太不好控制，不过我认为，最主要的问题还是时间。从我的角度来看，时间越长越好，但是……一个人在十二小时里能够说很多话。”他沉默了一会儿。“其实，我好像已经意识到这一点。但杀他的念头那么强烈，以至于我只把这个计划想成一个棋局。一场游戏。你不知道我动了多少脑筋，甚至想到利用毒药的张力。据说它能使喉咙肿胀，你知道吗？据说受害者会变哑，没法说出下毒者的名字。”他叹了口气。“我太容易让自己迷惑于美蒂奇家族、博基亚家族了，那些涂毒的戒指和玫瑰……这是有可能做到的，你知道吗？在一朵玫瑰花上涂毒，然后作为礼物送出去，接受玫瑰的女士手指被刺破，倒地毙命。我知道如何制作毒蜡烛，这种蜡烛能在一个封闭房间里把人杀死。还有毒枕头、毒祈祷书……”

我说：“安眠药怎么样？”

他懊恼地看了我一眼。

“我是认真的。很多人服安眠药死去。”

“我们从哪儿搞安眠药？”

“这是汉普顿大学，只要想搞安眠药，肯定能搞到。”

我们相互对视着。

“怎么让他吃下去？”他说。

“告诉他那是泰诺。”

“我们怎么让他吃下九、十片泰诺？”

“把它们捣碎，掺到一杯威士忌里面。”

“你觉得邦尼会喝杯底有很多白色粉末的威士忌？”

“我觉得他会喝下去，就像吃一盘毒蘑菇那样。”

一阵长长的沉默，鸟儿在窗外叽叽喳喳地吵闹。亨利好长时间闭着眼，用手指揉着太阳穴。

“你准备怎么办？”我问。

“我现在要去办几件事，”他说，“我想让你回去睡觉。”

“你有主意了吗？”

“没有。不过我想去做些研究。我本来可以送你回学校，但我觉得，现在不应让别人看到我们在一起。”他用手在睡袍里摸索起来，拿出火柴、笔、蓝色的瓷药盒，最后找到两个硬币，摆在桌上。“拿着，”他说，“回家的路上到报亭去买份报纸。”

“为什么？”

“以免有人好奇你为什么这个时候四处逛，我今晚必须跟你谈谈，我如果没直接找你，就会以斯普林菲尔德医生的名义留口信给你。在我找你之前不要和我联系，当然，除非你必须找到我。”

“好的。”

“那么稍后见，”他说，开始离开厨房，然后他锁门，看着我，“今天的事我会永远记在心里的。”他郑重其事地说。

“没什么。”

“事关重大，你知道的。”

“你也帮过我。”我说，但是他已经走了，可能没听到我的话。无论如何，他没回答。

我在街上的小店买了份报纸，穿过大路旁边阴湿、青翠的树林步行回学校，偶尔迈过拦在路上的大石头和腐烂中的圆木。

我到达校园时时间还早。我从蒙默斯的后门进去，我走上楼梯顶端时停下来。我惊讶地看到，宿舍管理员和一群穿家居服的女孩正围在杂物室旁边，充满愤怒地议论纷纷。我试图从她们旁边挤过去时，穿黑色晨衣的朱迪·普维抓住我的胳膊。“嗨，”她说，“有人在杂物室里呕吐。”

“肯定是讨厌的新生，”我旁边的一个女孩说，“他们总是喝得臭气熏天，然后跑到高年级的楼层来吐。”

“我不知道是谁干的，”宿舍管理员说，“但无论是谁，他晚饭肯定吃的是意大利空心面。”

“哼。”

“这说明不是在食堂吃的。”

我从他们中间挤过去，开门又锁上门，然后倒在床上，几乎马上就进入了梦乡。

我睡了一整天，脸埋在枕头里，就像游泳的人舒舒服服地浮在水面，偶尔，现实中的浪头远远打过来——说话声、脚步声、关门声——这些声音断断续续贯穿着我黑暗、温暖的梦境。天黑了，我还在睡，到最后，一阵冲马桶的水声使我翻个身，从睡梦中醒了过来。

周六晚上的派对已经开始了，在隔壁的普特南楼。这说明晚饭时间已过，小吃店也已关门，而我至少已睡了十四个小时。我们楼已是空荡荡的。我起床，刮脸，洗了个热水澡，然后穿上校服，在厨房找了个苹果吃，然后光着脚下楼，看电话旁边是否有给我的留言。

有三个人给我的留言：邦尼·柯克兰，五点四十五分；我妈妈，八点四十五分从加州打来；还有牙医博士斯普林菲尔德医生，他要我在方便时尽早去找他。

我快饿死了。我到达亨利家时，高兴地看到查尔斯和弗朗西斯正在吃一只冻鸡和沙拉。

亨利看上去很疲惫，好像我们分手后他一直没睡。他穿着一件老式粗花呢夹克，肘部已开裂，裤子的膝盖处有青草的痕迹，在沾满泥的鞋上方是卡其布裹腿。“如果你饿，就去碗橱里拿盘子。”他说，拉过一把椅子，然后重重地坐在上面，就好像一个刚从田里干完活回家的老农民。

“你去哪儿了？”

“我们吃完饭再谈这事儿。”

“卡米拉在哪儿？”

弗朗西斯放下手里的鸡腿。“她去约会了。”他说。

“开玩笑吧，跟谁约会？”

“克鲁克·雷本。”

“他们现在正参加派对，”查尔斯说，“之前他带卡米拉去喝酒了。”

“玛丽恩和邦尼跟他们在一块儿，”弗朗西斯说，“这是亨利的主意。她今晚要监视那个人。”

“那个人今天下午给我留了个电话留言。”我说。

“那个人一整天都怒气冲冲的。”查尔斯说，一边为自己切了片面包。

“求求他了，现在别这样。”亨利声音疲惫地说。

亨利将盘子清理完毕后，把胳膊肘架在桌子上，点燃一支香烟。他需要刮胡子了，他有深重的黑眼圈。

“什么方案？”弗朗西斯说。

亨利把火柴丢进烟灰缸里。“这个周末，”他说，“明天。”

我正端起杯子准备喝口咖啡，杯子停在半空中。

“我的天哪，”查尔斯惊慌失措地说，“这么快？”

“不能再等了。”

“怎么做？这么匆忙，我们能做什么？”

“我也不愿这么匆忙，但如果要等，我们就必须等到下个周末。但如果那样，我们可能就根本没机会了。”

一阵短暂的沉默。

“能行吗？”查尔斯不确定地问，“已是板上钉钉的事了？”

“没有什么板上钉钉的事，”亨利说，“情况并不完全在我们的掌控中，但是机会出现，我们一定要有准备。”

“听起来还无法确定。”弗朗西斯说。

“的确如此。很遗憾，但没有其他路可走。不过多数工作需要邦尼去做。”

“怎么回事？”查尔斯说，背靠到椅背上。

“一次事故，确切地说，是慢跑时发生的事故，”亨利停顿一下，“明天是周日。”

“对。”

“所以明天如果天气好，邦尼很可能会去散步。”

“他并不是每个周末去。”查尔斯说。

“假定他会去，而且我们很了解他的路线。”

“路线也不确定。”我说。前一个学期我多次陪邦尼去散步。他经常穿溪流、爬篱笆，出人意料地绕弯路。

“是的，不过我们大体上知道他的路线。”亨利说。他从口袋里掏出一张纸，铺在桌子上。我俯身过去，发现那是张地图。“他从宿舍楼的后门出来，绕过后面的网球场，到树林时，他的方向不是北汉普顿，而是卡特拉卡特山。由于林木茂密，在这段路上基本没法慢跑。他一直走到那条鹿路——理查德，你知道我的意思，就是有很多白色鹅卵石的那条小路——然后往东南方向艰难前进。走大概四分之三英里，就会到岔路口——”

“但是你如果等在那儿，可能会错过他的，”我说，“我跟他一起走过那条路。他既可能向西，也可能继续向南。”

“其实，我们可能之前就错过，”亨利说，“我知道，他可能根本不走这条路，而是直接向东，往公路上走。但我认为他那样做的可能性不大。天气很好——他不想走那么好走的路。”

“但第二个岔路口呢？你无法判断他到那儿之后会怎么走。”

“我们不必去做判断。你们记得那个岔路口在什么地方，对吗？那个峡谷。”

“噢。”弗朗西斯说。

一阵长长的沉默。

“现在，大家听着，”亨利说，从口袋里拿出一支笔，“他会从学校、从南边过来。我们完全避开他的路线，通过六号公路从西边过去。”

“我们开车吗？”

“有一段路开车。过了废品场，还没走到通向巴滕基尔河的那条小路，会看见一条碎石路。我原以为那条路是私人的，那样的话我们就得绕过去，但我今天下午去县政府后发现，它是以前用于运木材的旧路，是条死路，尽头就在树林中央。我们可以通过这条路直接走到峡谷那儿，路的长度不到四分之一英里。接下来我们就步行。”

“那么我们什么时候到那儿？”

“我们等在那儿。今天下午，我沿着邦尼从学校到峡谷的路走了两遍，过去再回来，记录来回的时间。他从宿舍离开到那里，至少要花半小时，所以我们有很多时间绕过去，然后突然出现在他面前。”

“他如果不来呢?”

“他如果不来，我们不过是浪费了一些时间。”

“我们能不能找个人陪着他?”

他摇摇头。“我想过这一点，”他说，“那样不好。他如果自己走进陷阱——只凭他自己的选择——就没什么线索指向我们。”

弗朗西斯酸酸地说：“我觉得这个计划听起来有很大的随意性。”

“我们要的就是随意性。”

“我不明白第一个方案有什么不好。”

“第一个方案太程式化。是一种彻头彻尾的设计。”

“但设计具有更高概率。”

亨利用手掌把皱巴巴的地图在桌面上抹平。“你就错了，”他说，“我们如果过于小心翼翼地安排事情，通过一种逻辑的路线达到点X，以后别人就可以从点X开始，顺着这条逻辑路线追查到我们。对于富有洞察力的人来说，理性思考是很明确的东西。但运气呢?运气则是不可见、无规律、可爱的东西。从我们的角度看，让邦尼自投死路，不是最好的选择吗?”

屋里一片寂静。窗外，蟋蟀有节奏地鸣叫着，刺破周围单调乏味的气氛。

脸色潮湿、苍白的弗朗西斯紧咬着下嘴唇。“让我弄弄清楚。我们等在峡谷那儿，希望他散步时正好路过。而他一旦来了，我就把他推下去——大白天，就在那儿——然后回家。我说得对吗?”

“大体上是这样。”亨利说。

“他如果不来呢?如果有人经过呢?”

“春天的下午在树林里又不犯法，”亨利说，“在他死之前，我们随时可以放弃计划，那只是一瞬间的事。如果在回去坐车的路上正巧碰到某个人——我们认为那不可能，但如果万一碰到人——我们可以说发生了事故，我们正在找人帮忙。”

“但如果有人看见呢？”

“我觉得那是极其不可能的。”亨利说，往他的咖啡里扔进一块方糖，咖啡溅了出来。

“但还是有可能。”

“任何情况都是可能的，但我们只要愿意，概率对我们是有利的，”亨利说，“某个没被发觉的人碰巧走到那个偏僻的地点，而且正巧是我们把他推下去的那一刻，这种概率有多大？”

“这是可能发生的。”

“任何事情都可能发生，弗朗西斯。他可能今天晚上被车撞死，那就省了我们所有的麻烦。”

一股柔和湿润的风夹杂着雨和苹果花的气味，从窗户吹进来。我刚才没意识到身上已大汗淋漓，这时风吹在脸上，我感觉又湿又冷，脑袋有点晕。

查尔斯清清嗓子，我们的目光都转向他。

“你知道不知道……”他说，“我的意思是，你确定峡谷足够深吗？他如果——”

“今天我带着卷尺去过那儿，”亨利说，“最高点是四十八英尺，应该足够了。最难的环节是让他到那儿。他如果从较低点掉下去，可能只会摔断腿。当然，主要取决于以什么姿势摔下去。背朝下比脸朝下更符合我们的目的。”

“但是我听说有人从飞机上掉下来也没摔死，”弗朗西斯说，“他如果没摔死，那我们该怎么办？”

亨利将手指伸到眼镜后面，揉眼睛。“你们知道，谷底有条小溪，”他说，“没有很多水，但已经足够了。无论如何他会昏过去的。我们必须把他拖到那儿，把他脸朝下按一会儿——只要几分钟就够了。他如果清醒着，我们几个甚至可以下去把他了结掉……”

查尔斯用一只手在湿漉漉的额头上抹了一把。“哦，天哪，”他说，“我的老天爷。听听我们在说些什么。”

“怎么啦？”

“我们疯了吗？”

“你在说什么？”

“我们都疯了，失去了理智。我们怎么能这么做？”

“我跟你一样，也不愿这么干。”

“真是疯了，我真不知道我们怎么能谈这些。我们必须想想别的主意。”

亨利呷了一口咖啡。“你们如果有什么主意，”他说，“我很愿意听听。”

“这个——我的意思是，我们为什么不一走了之？今晚就开车走？”

“去哪儿？”亨利直接说，“带多少钱？”

查尔斯沉默了。

“听着，”亨利说，拿铅笔在地图上画了条线，“我想悄悄离开，不被人发觉还是很容易的，不过我们拐入运木材的那条路和从那条路上大路时要格外小心。”

“用我的车还是你的车？”弗朗西斯说。

“我认为应该用我的，人们看见你的车往往多看一眼。”

“或许我们该租车。”

“不行，那可能会毁了我们。我们如果尽量保持随意，就不会有人注意我们。人们对于自己看到的东西的百分之九十都不会去注意。”

一阵停顿。

查尔斯轻轻咳嗽。“接下来呢？”他说，“我们直接回家？”

“我们直接回家，”亨利说，点燃一支烟。“真的，没什么好担心的，”他说，把火柴摇灭，“听起来很冒险，但你们如果照逻辑仔细想想，就会发现这是最安全的办法。根本就不像一桩谋杀案。况且，谁知道我们有杀他的理由？我知道，我知道，”我准备打断他时他说，“但是他如果已经告诉别人了，我会感到十分惊讶。”

“你怎么知道他做过什么？他可能跟派对上一半人都说了。”

“但我宁可相信他没有。当然，邦尼无法预测，但此刻他的行为还是符合基本常识的。我有很好的理由相信，他会首先把事情告诉你。”

“为什么会这样？”

“你肯定不会觉得这是意外，他为什么选择在所有人当中去找你？”

“我不知道，我觉得可能是因为找我最方便。”

“他还能告诉谁？”亨利不耐烦地说，“他不会直接报警。他如果那样做，他的损失跟我们的损失一样大。基于相同理由，他不敢告诉陌生人。这样剩下的人范围就很有限了，玛丽恩是一个，他的父母，还有克鲁克，告诉朱利安的可能性非常小，还有你。”

“你怎么确定他没告诉玛丽恩？”

“邦尼确实笨，但也没有那么笨。他如果告诉玛丽恩，第二天午饭前事情就会传遍整个学校。克鲁克也是个糟糕的选择——他不太容易丧失理智，但同样不值得信任。胆小，不负责任，而且太过关注他自己的利益。邦尼喜欢他，我认为他还佩服克鲁克，但邦尼不会告诉他这类事情。而且，他不会告诉父母，永远不会。他们肯定维护他，但毫无疑问会直接去报警。”

“朱利安呢？”

亨利耸耸肩。“是的，他可能会告诉朱利安。我完全愿意承认这一点。但他还没有告诉朱利安。我认为可能的情况是，他不会，至少暂时不会。”

“为什么不会？”

亨利扬起一边的眉毛看着我。“因为，你认为朱利安更愿意相信谁呢？”

没人说话。亨利深吸一口烟。“所以，”他说，把烟吐出来，“排除法。他没有告诉玛丽恩或克鲁克，因为害怕他们告诉别人。他没有告诉父母，因为同样理由，或者只想最后才去求助他们。所以留给他的可能性是什么呢？只有两个人。他可能告诉朱利安——朱利安不相信他——或者你，你可能相信他，而且不会说出去。”

我注视着他。“主观臆测。”我最后说。

“根本不是。你可以想想，他如果告诉了别人，我们现在还能坐在这儿吗？你想想看，他已经告诉了你，在不知道你的反应之前，他会那么莽撞，去告诉第三个人？你觉得他今天下午为什么给你打电话？你认为他为什么今天一直纠缠我们？”

我没有回答他。

“因为，”亨利说，“他在试探我们。他昨天晚上喝醉了，心里想的全是他自己。今天他不能确定你在想什么。他想得到观点。所以他想看你会有什么反应，会暗示什么。”

"我不明白。"我说。

亨利呷了口咖啡。"你不明白什么?"

"你既然认为除了我他没告诉任何人，为什么还这么急着杀死他?"

他耸耸肩。"他只是还没告诉别人。这不等于说他不会，很快就会的。"

"或许我可以去劝阻他。"

"说实话，我不愿冒这个险。"

"在我看来，你说的事情是更大的冒险。"

"要知道，"亨利平静地说，抬起头，用疲倦的目光注视着我，"请原谅我的直率，你如果认为自己能够影响到邦尼，那就大错特错了。他不太喜欢你，而且实话实说，据我所知他一直就不喜欢你。你如果想居中调停，后果将是灾难性的。"

"可他首先和我说了这件事。"

"那是由于多种原因，但所有原因都和感情无关。"他耸耸肩，"我只要确定他没有告诉别人，我们就可能无限期地等下去。但你是我们的警钟，理查德。他告诉了你之后会想，没发生什么事情，不是很糟糕。他会带着同样的感觉再告诉第二个人，然后告诉第三个人。他已在下坡路上迈出了第一步。他既然迈出了第一步，我觉得会有一连串事件快速发生。"

我的手心在出汗。窗户开着，但房间里仍显得封闭而压抑。我能听见每个人的呼吸声，平静、数得出的呼吸声以可怕的节奏此起彼伏，四对肺叶在啮食稀薄的氧气。

亨利卷起手指，再一根根地拉长，直到它们发出"啪"的声音。"你现在可以走了，如果你愿意走的话。"他对我说。

"你想让我走?"我高声说。

"你可以留下来，也可以走，"他说，"但你没理由必须留下来。我想让你知道事情的大概经过，但在某种意义上，你知道得越少越好。"他打个哈欠。"我想，你必须知道一些事情，但我又觉得，把你拉进来已经对你构成了伤害。"

我站起来，环视一圈在座的各位。

"好，"我说，"好好好。"

弗朗西斯对我扬了扬一边的眉毛。

“祝我们好运吧。”亨利说。

我笨拙地拍拍他的肩膀。“祝你们好运。”我说。

查尔斯——他在亨利的视线之外——盯着我的眼睛。他微笑着以唇语告诉我：我明天给你打电话，好吗？

在毫无征兆的情况下，情感的激流突然使我热血沸腾。我害怕自己说出什么幼稚的话或做出什么会后悔的事，连忙穿上大衣，将剩下的咖啡一饮而尽，然后匆匆离开，连再见也没说一声。

我穿过阴森森的树林回家时，低着头、手插在大衣口袋里往前走，竟鲁莽地撞上了卡米拉。她醉醺醺的，处于兴奋之中。

“你好，”她说，牵起我的手，拉我往回走，“猜猜怎么回事，我去约会了。”

“我听说了。”

她笑了，她低沉、甜美地格格笑着，我感到心里十分温暖。“这是不是很好玩，”她说，“我觉得自己就像个间谍。邦尼回家了。现在的问题是，我觉得克鲁克有点喜欢我。”

周围十分黑暗，我几乎看不到她。她胳膊的重量让我感到十分舒服，她呼吸时杜松子酒的甜甜气息弄得我的脸颊暖暖的。

“克鲁克表现规矩吗？”我说。

“是的，他挺好的。他请我吃饭，还请我喝一些味道像棒冰的红色饮料。”

我们从树林里出来，进入北汉普顿空荡荡、蓝莹莹的街道上。在月光中，周围显得静谧而陌生。一阵微风吹来，某道门廊下挂的风铃发出清脆的铃声。

我停下脚步时，她用力拉住我的胳膊。“你不来吗？”她说。

“对。”

“为什么不来？”

她头发凌乱，迷人的嘴唇被棒冰饮料染得黑黑的。看她的样子就知道，她对他们在亨利家里正在谋划的事情一无所知。

她明天会跟他们一起去。或许有人会说她不必去，但她最终还是会跟他们走。

我咳嗽两声。“等等。”我说。

“干吗?”

“跟我回家。”

她皱起眉毛。“现在吗?”

“对。”

“为什么?”

风铃再次响起来，清脆，诱人。

“因为我想让你去。”

她表情茫然，陶醉地注视着我，像小马驹一样，她穿着黑色长筒袜的脚歪着，脚踝向内扭，轻轻松松地呈现出一个令人惊讶的L形。

我还攥着她的手。我用力握了握。飘浮的云正遮住月亮。

“来吧。”我说。

她踮起脚尖，给了我一个凉凉的、柔软的、透着棒冰味道的吻。哎哟，你呀，我想，我的心跳得又快又急。

突然，她跑开了。“我要走了。”她说。

“不要。别走。”

“我得走了。他们会奇怪我去了哪儿。”

她飞快吻了我一下，然后转身向街道另一头走去。我一直看着她走到街道拐角，然后把手插进口袋里，开始往家走。

第二天我从梦中惊醒过来，看到的是冷冷的阳光，听到的是楼下立体声的震响。这时已是中午，或者下午。我伸手去摸床头柜上的手表，结果更吃惊。已经两点四十五分了。我从床上跳下来，开始匆匆忙忙穿衣服，没顾上刮脸和梳头。

我在过道里穿上夹克时，看见朱迪·普维正轻松快乐地走向我。她打扮得很漂亮，正歪着头捏紧自己的一只耳环。

“你来吗?”她看到我时说。

“来哪儿?”我困惑地说，手还在门把上。

“你怎么啦？你住在火星上吗？”

我注视着她。

“派对，”她不耐烦地说，“摇摆舞会，在詹宁斯市北边，一小时前就开始了。”

她鼻子两侧红肿，就像兔鼻子，她伸出红爪子般的手擦擦自己的鼻子。

“让我猜猜你一直在干什么。”我说。

她笑了。“我现在吸得更多了。上周末杰克·泰特尔鲍姆开车去纽约，带回很多货。劳拉·斯朵拉有摇头丸，德宾斯托尔地下室的那个讨厌的家伙——你知道的，化学系的那个——刚刚造出来一批兴奋剂。你想告诉我你不知道这个？”

“是不知道。”

“摇摆舞会可是件大事，大家做了几个月的准备。真是让人遗憾，他们没在昨天活动，天气那么好。你吃午饭了吗？”

她其实是问我是不是当天还未出来过。“没吃。”我说。

“哦，我的意思是，天气很好，但有点冷。我出去过，冻得够呛。就是这样。你来吗？”

我茫然地看着她。我从房间里出来时，根本没想要去哪儿。“我要先去吃点东西。”我最后说。

“好主意。我去年去了，之前一点东西也没吃，结果吸了大麻，又喝了大概三十杯马提尼。我没什么事，但后来去了游乐会。记得吗？就是他们组织的联欢会——我猜你当时不在场。总之就是那么回事。巨大的错误。我喝了一天的酒，晒太阳，跟杰克·泰特尔鲍姆还有那些家伙在一起。你知道，我本来不想出去的，但后来想，好吧，摩天轮，我可以坐摩天轮，没问题……”

我礼貌地听她把故事讲完，我知道，最后朱迪头昏眼花地病倒在一个热狗摊位的后面。

“所以我今年不再那样，只吸可卡因，吸完了停一停，恢复恢复。还有，你应该叫上你的那位朋友——你知道我说的是谁，他的名字叫什么——邦尼？让他跟你一块儿去。他在图书馆里。”

“什么？”我说，立即全神贯注起来。

"对啊。拉他出来，让他吸些水烟啊什么的。"

"他在图书馆里？"

"对。我刚才在窗外看见他在阅览室里。他没车吗？"

"没有。"

"噢，我还以为他可以开车带我们去。到詹宁斯的路可不算近。唉，我也不知道，或许只是我想去。我现在真有点胖了，看来还得去做简·方达健美操。"

已经三点了。我锁上门，边朝图书馆走，紧张地摆弄口袋里的钥匙。

天气有些奇怪，沉静而压抑。校园里看上去空荡荡的——我猜大家都去参加派对了——而在阴沉沉的天空下，绿油油的草坪和绚丽的郁金香显得沉静而又充满期待。不知哪里的百叶窗在咯吱咯吱地响。我头顶上方，在一棵榆树的黑色枝条之间，一个风筝孤零零地挂在那里，被风吹得簌簌作响，一会儿又平静下来。这就是堪萨斯，我想，这就是飓风袭来之前的堪萨斯。

图书馆像一座坟墓，里面只有冷森森的荧光灯在照明，它使下午显得更加寒冷和灰暗。阅览室的窗户明亮而单调，书架，空荡荡的桌椅，没有人。

图书管理员——一个叫佩吉的讨人厌的女人——正坐在桌子后面读一本《健康之友》，根本没抬头。复印机在安静的角落里发出嗡嗡声。我顺着楼梯爬上二楼，从外文书区域绕到阅览室。正如我所想，阅览室里空荡荡的，只有靠前排的一个桌子上放着一堆书、卷筒纸、油腻的薯条袋。

我走过去仔细看。看来在这儿的人刚刚离开，桌上有一听葡萄汽水，已喝掉了四分之三，外面还有小水珠，摸上去是凉的。我一时间不知该怎么做——或许他只是上厕所去了，马上就会回来——我正准备离开，看见一张纸条。

在一本《世界图书大百科全书》上面，有一张用信笺纸对折成的纸条，上面写着"玛丽恩"，字很小，也潦草，是邦尼的笔迹。我打开纸条，快速扫了一眼：

老妞

烦死了。我到派对上去喝几杯。回见。

邦

我把纸条重新折好，坐在邦尼那个椅子的扶手上。邦尼出去了，离开时间大概是下午一点。现在是三点。他正参加詹宁斯的派对。他们等不到他了。

我从后面的楼梯下去，从地下室的门出来，然后来到科蒙斯——它的红砖外墙在天空的映衬下成为一块舞台背景幕布——用公用电话跟亨利联系。没人接电话。双胞胎家也没人接电话。

科蒙斯里面空荡荡的，只有几个憔悴的老门卫和那个戴着红假发的女人，她坐在电话交换机旁，整个周末都在织毛衣，对进来的电话毫不在意。像平时一样，很多灯在闪烁，但她背对着它们，那种浑然不觉的样子，就像“泰坦尼克”号沉没那晚，“加利福尼亚”号上那个倒霉的无线电报员。我从她旁边走过，沿着过道走到自动售货机前面。我买了一杯速溶咖啡，又到楼下打电话。还是没人接。

我挂上电话，胳膊下面夹着一本从邮局拿到的校友杂志，溜达着回到空无一人的公共休息室，然后在靠窗的一把椅子上坐下，开始喝咖啡。

十五分钟过去了，二十分钟过去了。校友杂志令人压抑。除了在南塔基特开小小的陶瓷店或加入尼泊尔的静修活动，汉普顿的毕业生好像没做过什么事。我把杂志扔到一边，茫然地盯着窗外。外面的光很奇怪。好像光加重了草坪的绿色，使那一片开阔地显得有些不真实，好像在发亮，好像不是真实的世界。在紫色天空的映衬下，一面美国国旗显得刻板而孤独，在黄铜旗杆上前后飘动。

我坐在那儿，盯着看了一会儿，然后，我突然急不可耐地穿上大衣，疾步向峡谷走去。

树林里一片死寂，比我以前看到的情景更恐怖——葱绿、黑暗、凝固，阴森中飘着泥土与朽木的气味。没有风，没有鸟鸣，没有树叶的抖动。山茱萸花悬在半空，在越来越暗的天空的衬托下，在凝重的空气中，显得苍白、超现实、沉静。

我急忙赶路，在我的耳朵里，脚下嘎嘎吱吱的踩小树枝的声音、自己沙哑的呼吸声都显得很响。不久，小路进入一片开阔地带。我气喘吁吁地站在那儿，过了一会儿意识到，没有人。

峡谷就在左边——原始，危险，陡峭，深入下面的岩石。我小心翼翼，不靠崖边太近，走到旁边去仔细查看。周围完全寂静无声。我转过身，再次走向我刚才走过的树林。

这时，我极其惊讶地听到了“沙沙”的声音，查尔斯的脑袋不知从何处冒了出来。“嗨!”他欢快地喊道，“怎么——”

“闭嘴。”一个声音突然说，过了一会儿，亨利好像变魔术一样冒了出来，他从草丛里向我走来。

我没有说话，但心里很兴奋。他恼怒地对我眨眨眼，正准备说话，突然传来树枝折断的声音。我扭头过去，惊喜地看到了卡米拉，她穿着卡其布裤子，正从一棵树上爬下来。

“怎么啦?”我听到弗朗西斯说，声音就在附近，“我现在能抽支烟吗?”

亨利没回答。“你在这儿干什么?”他用非常懊恼的语调问。

“今天有个派对。”

“什么?”

“一个派对，他现在在那儿，”我停顿一下，“他不会来了。”

“瞧瞧，我跟你们说过。”弗朗西斯委屈地说，小心翼翼地从灌木丛里出来，拍着手。他真有性格，并没有穿适合这种场合的衣服，而是穿着一套很好的西装。“没人听我的。我一个小时前就说过，我们应该离开。”

“你怎么知道他在参加派对?”亨利说。

“他在图书馆里留了张纸条。”

“我们回家吧。”查尔斯说，用手腕将脸上的一个泥点擦掉。

亨利没理他。“真该死，”他说，快速摇摇头，就像一条狗甩掉头上的水，“我本来希望能够一劳永逸地解决这件事。”

一阵长长的沉默。

“我饿了。”查尔斯说。

“饿死了，”卡米拉茫然地说，然后她突然瞪大眼睛，“哎呀，不好。”

“怎么了?”大家异口同声说。

“晚饭，今天是周日，晚上他要去我们家吃晚饭。”

一阵沮丧的沉默。

“我给忘了，”查尔斯说，“完全忘了。”

“我也是，”卡米拉说，“家里一点吃的也没有。”

“在回去的路上肯定得去食品店。”

“我们买什么？”

“我不知道，能快速做好的菜吧。”

“我真没法相信你们俩，”亨利不客气地说，“我昨天晚上就提醒过你们。”

“但我们忘了。”双胞胎同时失望地说。

“怎么能忘了呢？”

“想想看，你如果醒来就准备在两点钟谋杀某个人，就很难想到晚餐时要喂那具尸体吃什么东西。”

“现在芦笋正当时。”弗朗西斯帮忙说。

“对，但在食王卖芦笋吗？”

亨利叹口气，开始向林子里走去。

“你去哪儿？”查尔斯警觉地说。

“我去挖一些蕨菜，然后我们回家。”

“唉，我们忘了这事吧，”弗朗西斯说，点燃一支烟，将火柴扔到一边，“还好也没人看见我们。”

亨利转过身。“可能会有人看见我们。如果是这样，我们肯定要有一个来这里的理由。把那跟火柴捡起来。”他严厉地对弗朗西斯说，后者吐出一股烟，盯着他。

天越来越暗，也很冷。我把大衣扣子系起来，坐在一块潮湿的石头上，一边俯视峡谷里浑浊不清、落叶阻塞、缓缓而流的小溪，一边听双胞胎争论怎么做晚饭。弗朗西斯靠着一棵树抽烟。过了一会儿，他在鞋底上把烟捻灭，走到我旁边。

几分钟过去了。天空已很暗，几乎成了紫色。一阵风吹过对面一片白亮亮的桦树林，我打了个冷战。双胞胎还在没完没了地吵。每次陷入这种情绪——激动、不安——他们就会变得像赫克尔和杰克尔一样。

突然，亨利一阵风似的从林子里钻出来，把脏手在裤子上擦干净。“有人正走过来。”他平静地说。

双胞胎不再说话，一起朝他眨眨眼。

“怎么啦？”查尔斯说。

“在后面。听着。”

我们安静下来，面面相觑。一阵冷风从林间吹过，白色的山茱萸花花瓣纷纷飘落到空地上。

“我什么也没听见。”弗朗西斯说。

亨利将一根手指放在嘴唇上。我们五个人站稳了，又等了一会儿。我深吸一口气，正要开口说话时，突然听到动静。

脚步声，还有树枝折断的声音。我们相互对视着。亨利紧咬嘴唇，环视周围。峡谷光秃秃的，没有藏身的地方，我们其余几个人要想穿过空地跑进林子里，肯定会弄出一些声响。亨利正要说什么话，突然灌木丛中传来一阵摩擦声，声音很近。他从两棵树之间的空地走出来，就像城市街道上的某个人蹲伏到门洞里。

我们其余几人被困在开阔地带，大家面面相觑，然后又看着亨利——三十英尺之外，安全地待在树木的阴影里。他着急地向我们挥手。我听见碎石路上嘎吱嘎吱的脚步声，然后下意识地转过身，假装在观看旁边那棵树的树干。

脚步声近了。我的后颈越来越疼，我弯下腰，更加仔细地审视树干：银色的树皮，摸上去很凉，很多蚂蚁排成一条闪光的黑线，正从一条裂缝里爬出来。

然后——我几乎还未注意到——脚步声停了，离我的背很近。

我抬起头，看见了查尔斯。他正直视前方，面露极其惊讶的表情。我正要问他是怎么回事，突然难以置信地听到背后传来邦尼的声音。

“哎呀，真是该死，”他欢快地说，“这是怎么回事？自然俱乐部的聚会？”

我转过身。正是邦尼，没错，六点三英尺高，穿着一件几乎垂到脚踝的黄色大雨衣向我走来。

一阵尴尬的沉默。

"嗨，邦。"卡米拉轻声说。

"你们好。"他拿着一瓶啤酒——滚石牌的，很奇怪，我一直记着这一点——他打开瓶盖，咕嘟嘟喝下一大口。"呸，"他说，"你们这些家伙最近肯定在树林里偷偷摸摸干什么坏事。你知道，"他说，捅捅我的肋骨，"我一直想抓住你。"

他的突然出现令我惊慌失措，一时不知该如何应对。我茫然地看着他，看着他喝醉的样子，看着他把酒瓶放下，看着他用手背擦嘴。他站得非常近，我能感觉到他呼出的浓浓酒气。

"啊哈，"他说，把眼前的头发撩开，接着打了个嗝，"这次是什么故事，猎鹿人？你们来这儿是为了研究植物？"

从树林的方向传来一阵"沙沙"声和轻轻的、轻蔑的咳嗽声。

"哦，不完全是这样。"一个冷冷的声音说。

邦尼转过身，惊讶地——我也是——看到亨利从阴影里面走出来。

他走上前，亲切地注视着邦尼。他拿着一把园丁的手铲，沾满泥土的手黑黑的。"你好，"他说，"真是个意外。"

邦尼直勾勾地盯着他看了好一会儿。"天哪，"他说，"你在干吗，埋死人吗？"

亨利微笑着。"真走运，你正好过来。"

"这是某种风俗吗？"

"可以这么说，"亨利停顿一下，然后轻松地说，"我猜有人可能会这么说。"

"有人可能。"邦尼用嘲弄的口吻说。

亨利咬咬下嘴唇。"是的，"他一本正经地说，"有人可能，不过我自己不会用这个词。"

四周非常安静，我听到在林子深处，有啄木鸟远远地发出微弱的声音。

"告诉我，"邦尼说，这时我第一次感觉到他起了疑心，"你们这些家伙到底在干什么？"

树林里一片沉寂，没有一丝声响。

亨利微笑一下。"没什么，找些新鲜的蕨菜。"他说，然后朝邦尼跨了一步。

狄俄尼索斯是幻觉大师，他能让船甲板上生出藤蔓，也能让他的崇拜者们看到一个颠倒黑白、混淆是非的世界。

——E·R·多兹《希腊人与非理性》

下　部

第六章

我必须郑重声明，我不认为自己是个邪恶的人。（可是这么一说，反倒让我真的像个杀手了！）我只要在报纸上看到有关谋杀案的消息，总是非常震惊地发现，在所有的报道中，那些州际绞杀者、那些喜欢用针管杀人的儿科医师，所有那些堕落的、有罪的人，他们非但意识不到自身的罪恶，还非常顽固，总是要振振有词地为自己的罪行辩护，似乎非要制造出这样虚伪的体面来不可。“从本质上说，我是个非常好的人。”这是最近被抓获的一名连环杀手说的话。大家都说他是绝对要坐上电椅的，这个人曾经拿着一把沾满鲜血的斧子，砍倒德州一所医院里的六名注册护士。我一直关注着报纸对他这个案件的跟踪报道。

我一直不觉得自己是个好人，也从来没有觉得自己有多么坏。也许不太可能单纯地以“好人”或者“坏人”来评判一个人，上面提过的那个德州杀手就是最好的例证。在我看来，我们的行为虽然非常可怕，但是我们当中没有一个人是坏人，真的，这可能与我的软弱、亨利的傲慢，还有太多的希腊语写作练习有关——你怎么说都行。

我不知道。也许我本来应该更加了解自己参与这件事情的动机。第一次谋杀——那个农夫的死——看起来似乎太简单了，就像一块大石头静静地沉入湖底，连水花都没有激起一朵。第二次也很简单，至少起初是这样，而我丝毫都没有察觉到这一次会有什么不同。我们本来以为尸体没有多重，动静就不会太大（轻轻的扑通一声，然后很快沉入水底，昏暗的水面会很快合上，看不出一丝痕迹），结果它成了一枚深水炸弹，在明镜一般的水面下爆炸开来，让人没有丝毫的防备。而且，即使到现在，那次爆炸的余波也没有完全散去。

十六世纪后期，意大利物理学家伽利略曾就自由落体的特性做过许多不同的试验，让物体从比萨斜塔上自由落下，以测量它们在下落时的重力加速度。他的研究结果如下：物体在下落的过程中获得了速度，而且物体落下的距离越大，它的速度也就越快。落体的速率等于因为重力而引起的加速度乘以在很短时间内下落的物体所花费的时间。简言之，考虑到我们这个案件中的变量，我们特定的落体以每秒超过三十二英里的速度撞到了下面的岩石上。

想想看，那个速度该有多快！就像你不可能为了观察单幅的画面而放慢一部电影的速度。我仿佛看到了当时的情景，那些画面飞快地在我眼前闪过，就像是一场真的很容易发生的事故：飞速滑下的砂砾，拼命挥舞着的手臂，一只手伸出来竭力想抓住那根树枝，结果没有抓牢。响声惊动了栖息在矮树丛上的那些乌鸦，它们一个接一个地惊恐万分地飞起来，“嘎嘎”的叫声响彻天际。画面在亨利从悬崖边上往回走的这个地方被切断了。接着，放映机里的胶卷放完了，屏幕上一片漆黑。完事了。

有时候，我晚上躺在床上，非常不愿意地回想起这样的画面。它们实在太真实了，好像当时的情景历历在目一般。(我一睁开眼，这些画面就消失了，可是我再闭上眼睛时，它们就又不厌其烦地从头再来一遍）那些画面如此支离破碎、描述的细节如此古怪，而且又如此冷酷无情，令我觉得神奇。正因如此，它们所反映出来的记忆碎片却反倒比想象更加贴近真实。时间，还有那些重复出现的场景赋予了这段记忆一种威胁，这种威胁在事情发生时并不存在。我非常平静地看着这一切发生了——没有恐惧、没有怜悯、什么感觉都没有，只是非常震惊、非常好奇——因此，这件事情便给我留下了不可磨灭的印象，但也只是强烈地刺激着我的视神经，没有打动过我的心。

过了好几个小时，我才回过神来，好几天（抑或是月，或者年?）之后，我才真正意识到事态的严重性。在我看来，对于这件事情，我们已经考虑得太多，谈论得太频繁，最后这个计划已经不再是一种想象，仿佛具备了生命……一想到这些，我就无法把这一切当作是场游戏。我回想那时我在处理一些最平常细节时，我总觉得生活充斥着一种不真实感，好像我们不是在谋划一个朋友的死亡，而是在计划一次完美的旅行。可是我们并未真的实现了一次旅行。

“只有想不到，没有做不到。”这是朱利安在给我们上课时经常挂在嘴边的一句话。他这么说的本意是为了鼓励我们在精神习惯的培养方面更加严格地要求自己，把它用在我们现在碰到的这件事情上，它似乎具有了一点邪恶的意义。谋杀邦尼的这个想法很恐怖，也不可能；可是我们坚持不懈地进行了详细的讨论，说服自己这是唯一的选择，并且制定了计划。乍看起来，这个计划似乎不太可能，而且很荒唐，可是试验的结果非常好……其实我也说不好。这事儿如果发生在一两个月前，那么只要一有谋杀这个念头，我肯定会惊骇不已。可是在那个星期天的下午，我站在一旁观看一场真正的谋杀开始时，却觉得这是世界上最简单的事情。一眨眼的工夫，他就摔下去了；一眨眼的工夫，这件事情就结束了。

出于某种原因，这一部分是最难写的，这主要是因为，我一谈到这个话题，就不可避免地要联想起很多个像这样的夜晚：胃里往上泛着酸水，神经高度紧张，钟摆单调乏味地摆动着，从四点走到五点。想到这部分我也会沮丧，因为我发现任何想进行分析的努力都是徒劳无功的。我不知道我们为什么要这么做。我甚至还不能完全确定，如果外部环境条件允许，我们是不是会再来一次。而且，从某种程度上说，我即使心怀愧疚，是不是也于事无补。

我也很愧疚用如此粗略和沮丧的笔调来描绘这个故事当中最为重要的部分。我注意到，即使是最饶舌、最没有廉耻的谋杀者，在谈到他们的罪行时，也总是三缄其口。就在几个月前，在机场的一家书店里，我随意拿起一本关于某个臭名昭著的恐怖杀手的自传来看，结果很失望，书里面根本就没有任何耸人听闻的详细描述。只要一描写到某些可能发生谋杀的场景（比如大雨滂沱的夜晚、荒芜一人的街道、手指紧扣在可爱的四号受害者的脖子上），笔锋就会突然一转，似乎还带有一丝羞怯，开始描述一些毫不相干的事情。（比如，读者是否了解，他在监狱时曾经接受过智商测试？比如，他的得分跟约纳斯·索克①不相上下）书的绝大部分是用老处女的口吻，向读者喋喋不休地描述监狱的生活——比如糟糕的食物、运动场上的狂欢作乐，还有囚犯们的一些恶心的癖好。那五美元真的是打了水漂。

尽管如此，我还是能够在一定程度上了解伙伴们的感觉。倒不是说一切都是

① 美国著名科学家，脊髓灰质炎疫苗的发明者。

“暗箱操作”，绝对不是这样。只是这件事情因为受到某种原始而麻木的因素的影响，当时并不明朗了。我猜想，就是这种影响，使得惊慌失措的母亲能够游过冰凉彻骨的河流，或者冲进大火熊熊的房子里，只是为了把自己的孩子救出来。这种影响也会偶尔让一个因为失去亲人而悲痛欲绝的人，变成在葬礼上一滴眼泪也不流下来的冷血动物。有些事情实在太可怕了，需要花费时间来慢慢接受。还有一些事情——它们所带来的是赤裸裸的、鲜血喷溅、不可磨灭的恐怖印象，则可怕到让人根本就无法去接受的地步。到了后来，我一个人独自回忆往事时，才能够接受这个已经发生的事实：此时亡者的骨灰早已冰冷；前来吊唁的人们也早已散去；我回头四望时，发现自己（这一点非常令我惊讶）已经身处一个完全不同的世界。

我们回到车上时，雪还没有开始下，但是阴霾天空下的树木似乎早已经缩成一团，在静静地等待着。它们仿佛能够感觉到，在夜晚来临之前，冰雪就会压到它们身上。

“上帝啊，看看这些泥浆。”弗朗西斯说这话时，我们正好又开过一个泥坑。那些棕色的泥点子噼里啪啦地溅到车窗玻璃上，发出沉闷的响声。

亨利把车挂到一挡。

又是一个泥坑，现在我的牙齿都打架了。我们竭力想从泥坑里开出来，可是轮子一直在打滑，溅起更多泥点，整个车身摇晃一下，又掉进坑里。亨利骂了一句，开始往后倒车。

弗朗西斯摇下车窗，把头探出去往外看。“噢，老天，”我听见他说道，“把车停下来。我们根本就没有办法——”

“车还没有被卡住。”

“车已经被卡住了。你会越弄越糟的。上帝啊，亨利，你快停——”

“闭嘴。”亨利回敬道。

车子的后轮呜呜地响着。双胞胎一左一右，坐在我身边。他们转过头，去看喷洒在后窗上的泥点子。亨利又猛然挂到一挡，车子突然往上一蹦，谢天谢地，我们总算从泥坑里出来了。

弗朗西斯全身瘫软地倒进座位里。他开车总是小心翼翼的，因此，他每次坐亨利开的车，不论当时的路况条件多么好，他总是很紧张。

我们一进市区，就去了弗朗西斯的公寓。双胞胎要和我在此分手，各自步行回家——我回学校，他们回自己的公寓——亨利和弗朗西斯则留下来处理车子。亨利把引擎关掉，然后是一阵令人不安的沉默。

亨利从后视镜里看着我，说道："我们得谈谈。"

"什么事？"

"你是什么时候离开房间的？"

"三点差一刻。"

"有人看见你吗？"

"没有，至少我没发现。"

经过长途跋涉，车子引擎的温度渐渐降下来，车里的一切设备又恢复常态。亨利沉默了一会儿，他正要再开口说些什么，弗朗西斯朝窗外指了指，"看哪"，他说，"是不是下雪了？"

双胞胎低下身子去看。亨利紧咬着下唇，根本没有理会。"我们四个，"最后，他总算开口了，"都在城里的奥菲姆剧院看日场演出——是上下场联演，从下午一点一直演到四点五十五。然后我们开车出去兜了会儿风，回来的时候——"他看了看表，"是五点一刻，我们时间的问题解决了。我不知道你的问题应该怎么办。"

"为什么不能说我跟你们在一起？"

"因为你没有。"

"有谁会知道呢？"

"奥菲姆的女售票员，她知道。我们去那里买下午演出的票，用一张百元大钞付的账。我敢向你保证，她绝对记得我们。我们坐在包间里，在第一场演出开场一刻钟之后，就悄悄地从紧急出口溜了出来。"

"为什么不能说我是在那里碰上你们的？"

"本来可以这么说的，但是你没有车啊。也不能说你是打车来的，因为这样就更容易查出来了。再说，你还出去闲逛了。你说过在碰到我们之前，是在科蒙斯待着，是吧？”

“嗯。”

“那你什么别的借口也没有了，只能说你直接回宿舍了。这个故事并不完美，但是在这种情况下，你也只好这么说了。我们得好好设想一下，看你怎样才能在演出结束之后碰到我们，最好有人在这段时间里见过你。就说我们五点钟时打电话给你，然后跟你在停车场集合。然后你跟我们一起开车去弗朗西斯那里——当然，这么说不算太贴切，但是也只好这么说了——然后你又步行回去了。”

“好吧。”

“你回去时，顺便在楼下检查一下，看有没有人在三点半到五点之间给你打过电话、留过言。如果有，我们就得再想想你到底是为什么没有接这些电话。”

“看，你们快看哪，”查尔斯喊道，“真的下雪了。”

雪花非常细小，只在看着松树的树梢才能看得出来。

“还有一件事，”亨利又说道，“大家千万不要表现得我们好像在等待着什么重大消息公布，闹得满城风雨。回各自的地方去，该干吗干吗，看书、学习，我想今晚大家就不要相互联系了——当然，除非绝对有这个必要。”

“我从来没有见过在这么晚的月份还会下雪，”弗朗西斯望着窗外的景象说道，“昨天的气温差不多有七十华氏度呢。”

“天气预报里面报了吗？”查尔斯问。

“我没听到。”

“上帝，看看吧。现在都快到复活节了。”

“我真搞不懂，你们怎么都这么兴奋。”亨利有些恼火。对于天气，亨利的态度非常实际，他就像农夫一样，深知天气状况会如何影响作物的生长、发育、花期等。“看来，所有的花都要被冻死了。”

我感到寒冷，快步走回了家。地面上的一切已经透露出早春四月的气息，可是周围却是初冬的十一月一样的寂静，真是一种极好的矛盾。雪现在已经下得很大了——大片大片的雪花飘进早春的树林里，皑皑的白雪慢慢堆积出一个暗沉沉的世界：一个噩梦般的是非颠倒的世界，有本故事书好像是这么描述的。我沿着小路往回走，这条路带着我穿过一排排苹果树，树上开满了苹果花，在黄昏的昏暗光线下，苹果树闪耀着，颤抖着，把这条路变成了一条由苍白的雨伞排成的大道。大堆大堆的雪块飘荡下来，踩上去软软的，宛若梦境。然而，我没有驻足观望，而是愈发加快脚步。在汉普顿过冬的经历让我对下雪敬而远之。

楼下的传达室里没有给我的留言。我上楼进了房间，换了身衣服，却不知道该拿这身脏衣服怎么办。我想把衣服送去洗，又担心这样会引起怀疑，最后我把它们塞到洗衣篮的最底下，然后就坐在床上，看着钟发呆。

该吃晚饭了，我一天都没有吃东西，但不觉得饿。我走到窗户边，呆呆地看着大块的雪花在网球场灯光的照耀下不停地飞舞着。然后我走回来，又坐到床上。

时间一分一秒地过去。那种支撑着我完整地经历了这件事的麻木感，已经开始慢慢退去；而且时间每过去一秒，想要独自在床上呆坐一宿的念头就愈发令我难以忍受。我百无聊赖地打开收音机，又把它关上，尽力想让自己平静下来看书。我如果无法把精神集中在这一本书上，就换一本。我就这么反反复复地拿起某本书，又把它放下，结果时间只过去了不到十分钟。后来（虽然明知道这样做不好），我跑到楼下的公用电话那儿，拨通了弗朗西斯的电话。

电话刚响了一声，他就接起来了。“你好，”他知道是我之后，向我问好，“什么事？”

“没什么。”

“真的？”

我听见亨利的声音。弗朗西斯的嘴离开话筒，说了些什么，可是我什么也没有听清楚。

“你们几个在干什么？”我问。

“没什么，就是喝两杯，你先拿着别挂，好吗？”他说道，然后又跟亨利叽里咕噜地说了几句。

他们的谈话停了一会儿，好像已经达成一致。然后我听到亨利清脆的嗓音从听筒里传来。“你有什么事？现在人在哪儿？”他问道。

"在家。"

"有什么不对劲吗？"

"我只是想问一下，是不是可以过去喝一杯什么的。"

"这个想法可不怎么样。你打电话来时，我正准备走呢。"

"你准备干吗？"

"嗯，你要是真想知道的话，我准备先去洗澡，然后上床睡觉。"

然后是一阵沉默。

"喂，你还在吗？"亨利问。

"亨利，我要崩溃了。我不知道该干什么才好。"

"是吧，想干吗就干吗吧，"亨利的语气很和善，"只要待在你家附近就行。"

"我不知道这样是否管用，我如果——"

"你担心什么事情时，"亨利突然插嘴道，"有没有想过换一种语言来思考呢？"

"你说什么？"

"这样能让你的思维慢下来。能让你不再胡思乱想。在任何情况下，这招都管用。或者你也可以试试佛教徒的做法。"

"什么？"

"在禅宗的教义里，有一项修炼叫打坐——我猜这个跟小乘佛教教义里说的壁观差不多。就是对着一面空白的墙壁静坐。这个时候，不管你内心有什么样的情感波动，不管这种情感有多么强烈和火热，你都要保持静止不动的姿势。一定要面壁。其次就是一定要保持静止不动的坐姿。"

又是一阵沉默。我竭力搜罗着合适的语言，想表达我对他这个愚蠢建议的看法。

"好了，听着，"我还没来得及开口，他又说话了，"我快累垮了。明天上课时再见，好吗？"

"亨利——"我还想说些什么，可是他已经把电话挂了。

我好像梦游一般，走回楼上。我特别想喝上一两杯，只是苦于手头没什么可喝的东西。于是，我坐在床上，朝窗外望去。

我已经把安眠药吃完了。我虽然知道药早就没了，还是忍不住去医药箱里找那个瓶子，万一能找到一两颗呢。瓶子里空空如也，只剩下一些从医务室里领来的维生素C药片，白白的，小小的。我把它们倒到桌子上，随意摆出一些图形，然后吃了一片。我本来期待着这种吞咽动作能够让我感觉好受一些，但并没有。

我静静地呆坐着，尽量不让自己去思考。我好像在等待什么事情发生一样，但又不知道自己在等待什么，只觉得这件事应该能够让我从这种紧张状态中解脱出来，感觉舒服一些。但我知道，不论是过去、现在，还是未来，都没有哪件事情能够产生这样的效果。我坐了好像有永恒那么久。突然，我的脑子被一种可怕的想法占据了：难道事情就是这个样子了吗？难道我今后的生活会一直如此吗？

我看了看钟。时间过去了还不到一分钟。我站起来，连房门都懒得锁，径直穿过大厅，去找朱迪。

也许是个奇迹吧，她正巧在——喝得烂醉，正对着镜子涂着口红。“嗨，”她朝我打着招呼，连头都没有回，“想去参加派对吗？”

我不记得自己是怎么回答她的，好像是说我觉得不太舒服吧。

“吃个面包圈吧。”她一边回答，一边在镜子里左看右看，审视着自己的妆容。

“你要是有的话，我宁愿吃颗安眠药。”

她把口红收好，“嘭”地扔到桌子上，打开梳妆台上的抽屉。说是梳妆台，其实是张课桌，学校统一配备的，跟我房间里的那个一模一样。可是有些野蛮人不理解它的真正用处，把它改造成武器库，或者是铺满花朵的装饰物——她是不厌其烦把这个桌子改造成了化妆区，上面铺了一层玻璃隔板，旁边挂着一条带褶边的丝绸裙子，隔板上还放着一块装有射灯的三向镜子。她在一大堆盒子和铅笔当中翻来翻去，总算找到一个处方药的瓶子。她把瓶子凑近灯光看了看，随手扔进垃圾桶，然后她又拿了一瓶新的出来，递给我，说道：“这个应该管用。”

我看了看药瓶，只见底部有两板土褐色的药片，标签上只写着“止疼药”这几个字。

我有点儿恼火，问道：“这是什么？是不是安那辛什么的？”

“你试一试。没关系的。最近这天气可真够差劲的，对吧？”

"是啊。"我吞下一颗药片，把瓶子递回给她。

"没事的，你都拿去好了，"她一边说，一边又忙着梳妆打扮了，"妈呀，老是下雪。我真搞不懂自己为什么要来这里。你想喝杯啤酒吗？"

她的房间里有台冰箱，就放在壁橱里。我步履艰难地穿过一堆腰带、帽子，还有带花边的衬衫之类的玩意，好不容易才走到冰箱那儿。

"不，我不要了，"我把啤酒递给她时，她拒绝了，"已经喝得太多了。你没去参加那个派对吧，是吗？"

"没有。"我答道。我刚刚把酒瓶放到嘴边，突然停住了。这酒的味道很不寻常，闻着就很不一样，我记起来了：这是邦尼经常喝的那种酒。我仿佛看见地上全是这种啤酒的泡沫，那个酒瓶子随着他一起滚下山坡。

"你做得对，"朱迪说，"天气很冷，请来的乐队也很臭。对了，我还看见你的朋友了。他叫什么来着，就是那个上校。"

"你说什么？"

她笑起来。"你知道的，劳拉·斯朵拉总是这么叫他。她以前住在上校隔壁，而他总是不停地播放约翰·菲利浦·苏萨的军乐进行曲，把她都快烦死了，所以就给他取了这么个绰号。"

她说的是邦尼。我把瓶子放下。

感谢上帝，朱迪在忙着画眉毛，没有注意到我的失态。"跟你说，"她又说道，"劳拉肯定得了饮食紊乱症，不是厌食症，而是像卡伦·卡彭特那种把东西吃了然后再强迫自己全部吐出来的病。昨天晚上，我跟她还有特蕾西一起去一家芭瑟丽[①]吃饭。我可不是吓唬你，她在那里狂吃海塞，一直吃到喘不过气来。后来，她就一个人去男厕所狂吐，恨不能把刚才吃的所有东西都吐得干干净净。我和特蕾西惊讶得面面相觑，这样正常吗？接着，特蕾西问我记不记得劳拉上次因为单核细胞增多症而住院的事情。其实，真正的原因是……"

她继续喋喋不休地讲着。我目光呆滞地盯着她，脑子里在想着自己的事情。

突然，我意识到她已经不再说话。她正满怀期待地望着我，等待着我回答。

---

① 本意是酿啤酒的工厂，后来也指出售桶装啤酒和简餐的小餐馆。

“你说什么？”我问她。

“我说，这难道不是你听过的最愚蠢的事情吗？”

“嗯嗯。”

“她的父母再也不能坐视不管了。”她关上梳妆台的抽屉，转过头来看着我，“对了，这次的派对你想去吗？”

“是谁主办的？”

“杰克·泰特尔鲍姆，你这个笨蛋。在德宾斯托尔的地下室里。联邦德国的乐队要去演奏，莫法特的乐队负责击鼓。据说还有戈戈舞表演，你就去吧。”

不知道是什么原因，我无法回答她。以前，朱迪只要提出邀请，我都会条件反射一样无条件地拒绝，因此，我这一次很难强迫自己答应她。接着，我想起自己的房间。床、衣柜、桌子，还有我走时随意放置的课本。

“来吧，”她有点儿卖弄风情了，“你还从来没和我出去过呢。”

“好吧，”我终于松口了，“我去把外套拿上。”

过了很久，我才知道朱迪给我的是什么东西：德美罗。我们赶到那里时，派对快结束了。从各种角度看到的不同的色彩，胡乱落下的大片雪花，西德乐队的喧嚣——一切都是那么温柔、和善，无比仁慈。我觉得以前看起来那么恶心的那些人，在当天也显示出一种奇特的美丽。我朝着每个人微笑，而大家也对我回报以微笑。

朱迪（朱迪！上帝保佑她！）让我和她的朋友杰克·泰特尔鲍姆，还有一个叫拉斯的家伙待在一起，她去给我们拿饮料。一切如梦似幻，仿佛仙境。我在一旁听着杰克和拉斯谈论着弹子机、摩托车、女子搏击，对于他们试图将我纳入谈话的努力非常感激。拉斯重重地拍了我一下。对我而言，他这个动作非常感人，让我突然怀疑自己一直以来是不是都误解了这些人。他们其实都是好人，普通人，社会的中坚力量，能够认识这些人，我应该感到很荣幸。

我正要想方设法用语言来描绘这样一幅情景，朱迪拿着酒水走了过来。我拿起酒杯一饮而尽，又摇摇晃晃地想再要一杯，结果发现自己已经意兴阑珊，头晕目眩。有人递过来一支香烟。贾德和弗兰克在那边，贾德头上还戴着一顶从汉堡王的店里拿出来的纸做的王冠。这顶王冠让他显得特别滑稽。只见他头朝后仰着，扯着嗓门大笑着，还大口大口地喝着一扎一扎的啤酒，就像是卒秋链[1]或者神秘的爱尔兰国王布莱恩·博茹。克鲁克·雷本在后面的房间里打撞球。我站在他视线之外的地方，看见他神情严肃地给球棒打了些滑石粉，然后弯下腰，胳膊支在桌子上，头发也垂落在脸庞。“当”，一声脆响，五颜六色的球四散开来。我满眼都是斑驳的色彩，不由得想起原子、分子这些小得人眼无法看见的东西。

我记得自己接着便有了飘飘若仙的感觉，于是奋力拨开人群，想到外面去透透气。门被一块煤渣砖撑开一条缝，似乎在邀请我出去，我也感觉到吹到脸上的一阵凉气。后来——我也不知道，估计昏过去了，因为我接下来记得的事就是自己已经待在一个完全不一样的地方，背靠着墙，一个陌生的姑娘正在跟我交谈。

后来，我慢慢发觉，我一定是已经跟她在这里待了一段时间了。我眨眨眼，竭力想看清楚她的容貌。她非常漂亮，鼻子扁扁的，看起来很和善，她有一头深色头发，淡蓝色的眼眸，脸上有雀斑。我以前肯定在什么地方见过她，也许是在酒吧那儿吧，只是当时没怎么注意她。现在她又出现了，就像个幽灵，正拿着一个塑料杯子，一边喝着红葡萄酒，一边叫着我的名字。

我不知道她在说些什么，尽管她的声音非常清晰，即使在这种吵闹的环境中也能分辨出来：欢快、沙哑、奇怪地令人愉快。我朝她倾过身子——她很娇小，大概只有五英尺高——用手罩住耳朵，问道：“你说什么？”

她笑了，接着踮起脚尖，以便凑近我的脸。扑面而来的是一阵浓烈的香水气味。然后是一阵热气腾腾地贴着我脸颊的雷鸣般的窃窃私语。

我一把抓住她的手腕。“这儿太吵了，”我对着她的耳朵说，双唇紧贴着她的头发，“我们出去说吧。”

她又大笑起来。“可是我们刚刚才进来啊，”她说道，“你说你都要冻僵了。”

嗯，我想了想。她的眼神显得苍白、厌倦，在令人疲惫的灯光的照射下，她好像把我当成了一个很搞笑的人。

“我的意思是，去找个安静的地方。”我回答。

---

① 凯尔特人神话中的英雄。

她举起酒杯，透过杯子的底部，望着我，问道："你的房间还是我的房间？"

"你的。"我不假思索地回答。

她是个好姑娘，身材棒极了。我听见黑暗中她甜甜的吃吃的笑声，感觉到她柔美的秀发轻轻滑过我的脸庞，呼吸变得急促而且断断续续，就跟我在高中时认识的那些女生一样可爱。这是一种久违了的将温香软玉拥入怀中的感觉。我有多久没有这样亲吻过一个女孩了？我记不清是几个月，也许是很多个月。

事情就这么简简单单地发生了，真是让人奇怪。一个疯狂的舞会，一些酒水下肚，然后邂逅一位美丽的陌生人。我的大部分同学就是这么生活的。他们在早餐时总会满面羞愧地谈到前一天晚上发生的这些风流韵事，好像这种无伤大雅而且司空见惯的恶习，虽然其罪恶程度不如酗酒，但高过暴食，也是放纵和堕落的表现。

大幅的海报、啤酒杯里的干花、昏暗中她的立体声音响发出的微光，那个带着乡村气息的年轻的我对于这一切都太熟悉了，可是对于现在的我来说，这一切显得如此遥远和纯洁，和久已遗忘的高中舞会的记忆一样。她的唇彩尝起来就像泡泡糖。我把脸深深埋进她的脖子（虽然那里闻起来有一股柔和的、微微辛辣的肉味），前后轻轻摇晃着她的身体。我喃喃地说着胡话，感觉自己不停地往下坠啊坠啊，直到完全沉入黑暗和失神的状态。

我醒来的时候，已经是凌晨两点半了——至少那个像恶魔一样闪耀着红光的电子钟是这么显示的——我完全慌了手脚。我做了一个梦，其实也没有什么大不了的，就是梦到我和查尔斯在火车上，想尽力躲避一位神秘乘客的追踪。车厢里挤满了参加舞会的人——朱迪、杰克·泰特尔鲍姆、戴着纸做的王冠的贾德，我们艰难地从走廊上挤过去。可是，在整个梦境中，我觉得这一切都无所谓，让我感到真正烦心的其实不是这件事情，而是我怎么也记不起来的那件事。后来我想起来了，于是就被吓醒了。

那种感觉就像从一场噩梦中醒来，结果发现自己处在一场更糟糕的噩梦中。我一坐而起，心脏扑通扑通地跳个不停，双手忙乱地在空白的墙壁上摸索着电灯开关，后来才惊讶地意识到我其实并不在自己的房间里。四周的一切都那么陌生，紧紧地包围着我，而我根本不知道自己身处何处。有那么一小会儿，我神情恍惚地觉得自己已经死了。后来，我摸到躺在身边的人。于是，我马上放松下来，轻轻地用胳膊肘碰了碰她。没有任何动静。我又在床上躺了一两分钟，尽力整理纷乱的思绪。然后，我起身找到衣服，在黑暗中尽量穿好，走了。

我一走到屋外，就踩到结了冰的台阶，脚下一滑，脸朝下摔进一英尺多高的雪里。我静静地躺了一会儿，慢慢站起来，简直不敢相信自己的眼睛。下点儿雪不算什么，可是我真的完全没有想到，在这么短的时间内，天气的变化会有这么大。所有的鲜花和草坪都被大雪覆盖了，一切都消失得无影无踪。我的目光所及之处，都是绵绵的大雪，雪泛着淡淡的蓝光，显得洁净异常。

我感到双手一阵刺痛，然后发现胳膊肘被碰伤了。我费了一番工夫，才站起身来。我转头去看自己走出来的地方时，惊讶地发现那正是邦尼所住的宿舍楼。他的房间在一楼，那些黑洞洞的窗户仿佛正静静地看着我。我不禁想起他留在桌子上的那副备用眼镜，空空如也的床铺，以及在黑暗中微笑的家人的照片。

我一路上跌跌撞撞，走了不少弯路，一回到房间就直挺挺地倒在床上，没有脱外套和鞋子。房间里的灯大亮着，我就这样暴露在灯光下。我感觉怪怪的，很脆弱，但是也懒得去关掉灯。床略微有些摇晃，我就像躺在橡皮艇上。于是我把一只脚撑在地上，以保持平衡。

然后我就睡着了。我沉沉地睡了两个多小时，直到一阵敲门声把我吵醒。我在突如其来的慌乱中挣扎着坐起来，结果被外套纠缠，不得脱身。不知道怎么回事儿，外套紧紧地缠住我的膝盖，就好像一个活生生的人在袭击我。

门吱的一声被打开了，然后又是一片寂静。“你到底怎么了？”有人尖声问道。

站在门口的人是弗朗西斯。他戴着黑手套的手正放在门把上，他正站在那里定定地望着我，好像我是个疯子。

我不再挣扎，顺势倒在枕头上。我看见是他，高兴得都要笑出来了。我当时有些神志不清，也许真的笑出声了。“弗朗西斯。”我傻乎乎地说。

他关上门，径直走到床边，俯视着我。真的是他——他的头发上、长长的黑色外套的肩膀上都残留着雪花。经过一阵长长的、略带嘲讽的沉默之后，他总算开口问道："你还好吗？"

我揉揉眼睛，定了定神。"嗨，"我说，"不好意思，我挺好的，真的挺好的。"

他面无表情地站在那里望着我，什么话也没说。接着，他脱下外套，把它放在椅背上。"你想喝茶吗？"他问。

"不用了。"

"好吧，你要是不介意，我准备去煮点茶。"

他再回来时，我差不多已经恢复常态。他先把水壶放在电磁炉上，然后从我的写字台里拿了一些茶包放进去。"行了，"他说，"你用那个好的茶杯。但是厨房里已经没有牛奶了。"

有他在这儿真好。我坐起身来，一边喝茶，一边看着他脱掉鞋子和袜子。接着，他又把鞋袜放到炉子旁烤。他的脚又长又瘦，在瘦骨嶙峋的脚踝的映衬下，显得更加瘦长。他活动一下脚趾，抬起头来看着我，说道："今天晚上真是太糟了。你出去过吗？"

我跟他提了一下晚上发生的事情，但是没有谈到那个姑娘。

"天哪，"他说着，抬手把领口松开，"我一直都在宿舍里坐着，自己快把自己吓个半死。"

"有人找你吗？"

"没有。我妈妈大概九点时打过电话来，我没法儿跟她说话，就告诉她我在写论文。"

不知道为什么，他胡乱地翻弄着我桌子上的东西，我于是盯着他看。他一看到被我发现了，便强迫自己把手拿开，解释道："我紧张。"

我们静坐着，一言不发。我把茶杯放在窗台上，身子向后靠着。德美罗对我的头脑产生了某种奇怪的多普勒效应，就好像汽车从你身边飞驰而过又渐渐消失在远处时，你还能听到轮胎所发出的那种呜呜声。我呆呆地盯着房间的另一头——到底有多久，我自己也不知道——然后发现弗朗西斯正神情严肃地、专注地盯着我看。我嘴里嘟哝了两句，站起身来，去写字台那里拿感冒药。

也许是因为动作太突然，我觉得有些头晕。我傻乎乎地站在那儿，不知道自己到底把药瓶放在哪儿了。接着，突然之间，我强烈地感觉到，弗朗西斯就站在我身后。我转过身去。

他的脸离我的脸非常近。出乎我意料的是，他一把搂住我的肩膀，倾过身来，对着我的嘴唇就是一阵狂吻。

这个吻绝对货真价实——时间长、节奏慢，而且还是有意的。他让我无法保持平衡，于是我只好抓住他的胳膊，以免摔跤。突然，他深吸一口气，双手开始在我的背上摸索，而我竟然也开始回吻他，我不知道自己为何会这样。他的舌头很尖，嘴里还有一种苦涩的、很有男人味的味道，茶和香烟混合后的味道。

他突然脱身，大口大口喘着粗气，然后侧过来吻我的脖子。我神色慌张地扫视着房间。老天爷，我告诉自己，这真是一个不可思议的夜晚。

"好了，弗朗西斯，"我说，"就到此为止吧。"

他正在解开我衬衫领口上的第一颗扣子。"你这个傻瓜，"他咯咯地笑着说，"知不知道你把衬衫给穿反了？"

我累极了，而且也醉得晕头转向，已经开始傻笑了。"好了，弗朗西斯，"我说，"让我歇会儿吧。"

"挺好玩的，"他说，"我向你保证。"

我的状态变好了。我疲惫不堪的神经正在慢慢苏醒。他的双眼被夹鼻眼镜的镜片放大了，透露出邪恶的光芒。现在，他把眼镜摘下来，漫不经心地把它们咔哒一声放在我的写字台上。

接着，门上突然又响起敲门声，把我吓了一跳。我们马上分开了。弗朗西斯的眼睛睁得大大的，我们面面相觑。这时敲门声又响了起来。

弗朗西斯咬了咬下嘴唇，低声咒骂了一句。我吓坏了，一边飞快地用快要麻木的手指扣着衬衫上的扣子，一边嘟囔着，但是弗朗西斯迅速地向我打了一个"嘘"的手势。

"如果敲门的人是——"我低声说道。

我本来想说"如果敲门的是亨利该怎么办"，可是我最终说出来的是："如果敲门的人是警察该怎么办？"我知道弗朗西斯脑子里也在想这个问题。

又是一阵敲门声，比之前更加急切。

我的心怦怦直跳。恐惧已经完全占据了我，我慢慢走到床边，坐下来。

弗朗西斯用手指梳理一下头发，好让自己镇静下来。“请进。”他喊道。

过了好一会儿，我才意识到站在门口的人不过是查尔斯，我发现这一点后反倒有点沮丧。他一只胳膊斜靠着门框，红色的围巾随意地缠绕在脖子上。他一走进房间，我就发现他已经酩酊大醉。“嗨，”他问弗朗西斯，“你们他妈的到底在干吗啊？”

“你快把我们给吓死了。”

“我要是知道你也来了就好了。亨利刚才打来电话，硬是把我从床上拉了起来。”

我们两个都看着他，等着他给我们一个解释。他胡乱地脱掉外套，用那双水汪汪的眼睛直直地盯着我，说道：“因为我梦见你了。”

“什么？”

他朝我眨眨眼。“我刚刚记起来，”他说，“我今天晚上做了个梦，你就在梦里面。”

我盯着他。我没来得及告诉他他也在我的梦里，弗朗西斯就挺不耐烦地说道：“够了，查尔斯。到底有什么事儿？”

查尔斯用手梳理了一下被风吹乱的头发。“没什么。”他回答。接着，他从外衣口袋里掏出几张折叠整齐的作业纸。“你今天做希腊语作业了吗？”他问我。

我转了转眼珠。希腊语这档子事儿早就被我抛到九霄云外去了。

“亨利说你可能早忘了。他给我打了电话，让我把作业带来让你照抄，以防万一。”

他已经烂醉如泥。他虽然还没有到语无伦次的地步，但是身上酒气熏天，走路也踉踉跄跄。他的脸又红又亮，就像天使的脸庞。

“你跟亨利谈过了？他有没有听到什么消息？”

“他快被这种天气给气坏了，但是还没有听到任何消息。啊，这里真热啊。”他一边说着一边脱下夹克。

弗朗西斯坐在窗户旁边的椅子里，仔细端详着查尔斯。他的姿势很奇特，一只脚的脚踝放在另一条腿的膝盖上，架起来的那条腿的膝盖上平放着茶杯。

查尔斯转过身来，步履有些蹒跚。“你在看什么？”他问。

“你的口袋里是不是有瓶酒？”

“没有。”

“别胡说了，查尔斯。我都听到晃荡声了。”

“有又怎么样呢？”

“我也想喝一杯。”

“哦，好吧。”查尔斯有些恼羞成怒。他伸手去夹克的内袋里拿出一个扁平的酒瓶，那个酒瓶大概能装一品脱的酒，“给，”他说，“可别犯傻。”

弗朗西斯一口喝干杯子里的茶，伸手就去拿酒瓶。“谢谢。”他一边说一边把瓶子里剩下的最后一两口倒进杯子里。我看着他——身上是深色套装，后背挺得笔直，跷着二郎腿。这样一幅形象显得特别可敬，唯有一双赤脚透出一股玩世不恭之气。突然，我意识到眼前的他才是他在别人眼中的形象，我第一次见到他时也是这种感觉——冷静、彬彬有礼，富有，永远遥不可及。他会让人深深地产生这种错觉，我深刻了解他之后，有时还会产生这种令自己舒适的错觉。

他一口气喝干杯里的威士忌。“查尔斯，我们得让你清醒清醒，”他说，“还有一两个小时就要上课了。”

查尔斯叹了一口气，一屁股坐在床尾。他看起来非常疲惫，这种疲惫不仅仅是根据黑眼圈、苍白的脸色而得出的结论，也体现为一种如梦似幻的哀伤。“我知道，”他说，“但愿步行能起到点作用。”

“你得喝点儿咖啡才行。”

他用手掌擦了擦潮乎乎的前额。“光喝点儿咖啡恐怕是不行。”他说道。

我把作业纸捋平，走到写字台前，开始抄写。

弗朗西斯走过去，挨着查尔斯坐在床上。“卡米拉呢？”

“还在睡觉。”

“你们俩晚上都干什么了？光喝酒吗？”

“不，”查尔斯简短地回答，“还打扫房间了。”

“不会吧，真的吗？”

“我可没开玩笑。”

我依然晕晕沉沉，根本不明白纸上写的是什么。我机械地抄着，东一句西一句地抄着。由于行军疲乏，士兵们停下来参拜神庙。我从那个国家游历回来，逢人便说我已经见过那个蛇发女妖，但我并没有被变成石像。

“我家到处都是郁金香，你要想拿随便拿。”查尔斯令人费解地说道。

“你是什么意思？”

“我是说，在雪下得更大之前，我们跑到外面去把它们给搬进来了。现在家里到处都是花，连水杯里也放着花。”

郁金香，我一边想，一边盯着眼前的这一堆文字发呆。古希腊人要是有郁金香，会给它取另外一个名字吗？希腊语中的字母 psi，看起来就像一枝郁金香。忽然，在满满一页纸的字母森林中，那些小小的黑色郁金香敏捷而又胡乱地蹦出来，就像从天而降的雨滴。

我的视线模糊了。我闭上双眼。我在那里呆坐了好久，进入了一种半梦半醒的状态，直到查尔斯叫我名字才回过神来。

我从椅子里转过身去，他们准备走了。弗朗西斯此刻坐在床沿，系着鞋带。

“你们要去哪儿？”我问道。

“回去收拾一下，时候不早了。”

我可不想一个人待着——一点儿都不想——可是，不知道为什么，我现在突然想让他们离开。太阳出来了。弗朗西斯凑过来关掉台灯。早晨的阳光清冷而苍白，我的房间在晨光里格外安静。

“我们待会儿见吧。”他说。接着，我就听见他们的脚步声渐渐消失在楼道里。在这个黎明时分，一切事物都显得那么模糊和静默——肮脏的茶杯，凌乱的床铺，还有窗外飞速飘过的雪花——它们飘过时透出一种空灵而危险的平静。我开始耳鸣，我再度抄作业时，双手已经沾满墨迹，而且还在颤抖。在这一片寂静中，钢笔划在纸张上的声音异常响亮。我的思绪飘浮起来，脑海里浮现出邦尼那个昏暗的房间，几英里外的那座峡谷，还有那一层比一层更深的寂静。

“今天早上怎么又没有看见埃德蒙？”我们一打开语法书，朱利安就问道。

“可能还在家吧。”亨利回答。他今天来晚了，我们都没机会跟他说话。他看起来很平静，穿戴也很整齐，其实他根本不必如此。

奇怪的是，其他人也都表现得异常平静。就连弗朗西斯和查尔斯都好好收拾了一番，穿戴讲究，新剃过胡子，一副若无其事的样子，仿佛又回到了从前。卡米拉坐在两人中间，双手托腮，胳膊肘漫不经心地支在桌子上，整个人就像一株兰花那样安静。

朱利安朝亨利扬了扬眉毛。“他生病了吗？”

“我不知道。”

“在这种天气，他的动作可能会慢一些。也许我们应该等他一会儿。”

“这是个好主意。”亨利说，又埋头看起书来。

我们一离开课堂，刚走进那片桦树林，亨利便开始四处张望。我们几个人确信周围没有别人能够听到之后，围拢起来，想听听他的高见。就在我们已经站着挤成一团，每个人都能够感受到别人的呼吸时，我听见有人在叫我的名字。我放眼望去，看见罗兰博士正从很远的地方朝我走过来。他跌跌撞撞地穿过雪地，就像一具步履蹒跚的尸体。

我只好走开，去跟他碰面。他气喘吁吁的，一边大声咳嗽，一边支支吾吾地要我去他的办公室里看一样东西。

我别无选择，只好跟他一起走，还要调整步伐，以便和他拖沓的脚步保持一致。他上了大楼的楼梯后，在楼梯上歇了好几次，一边絮絮叨叨地说着管理员忘了打扫垃圾，一边用脚无力地把垃圾踢到旁边去。他让我待了半个小时。我最终逃出去，赶到桦树林时（当时我又开始耳鸣了，还抱着一大堆被风吹得乱七八糟的文件），那里已经空无一人。

我不知道自己在期待什么，但是显然世界没有在一夜之间改弦更张。人们仍然忙碌着，在不同的课程和教室之间奔波，每件事情都是那么井然有序。唯一不同的只是灰色的天空，以及从卡特拉卡特山吹过来的寒风。

我在小吃店买了一杯奶昔，直接回了宿舍。我穿过大厅，正朝房间走去时，迎面碰上朱迪·普维。

她扫了我一眼。看她的样子，就知道她宿醉未醒，眼睛下面还有很深的黑眼圈。

“哦，你好，”我说着便和她擦身而过，“劳驾。”

“嘿。”她喊道。

我转过身。

“你昨天晚上是跟莫娜·比勒一起回去的？”

有那么一小会儿，我没明白她的意思。“什么？”

“感觉怎么样？”她的语气有点儿挑衅，“她棒吗？”

我很惊讶，只好耸了耸肩，继续朝走廊走去。

令我恼火的是，她居然一直跟着我，还抓住我的胳膊。“她已经有男朋友了，你不知道吗？你最好祈祷别人不会去告诉那个男生。”

“我不在乎。”

“上学期他把布拉姆·格恩西给狠狠揍了一顿，因为他觉得布拉姆对莫娜有意思。”

“是她主动勾引我的。”

她狡猾地看了我一眼，回避我的目光。“嗯，我是说，她就是个婊子。”

我在醒来之前那个片刻做了一个噩梦。

我梦见自己在一间又大又旧的浴室里。那间浴室风格老旧，就像莎莎·珈伯主演的电影中的那种浴室，到处是金光闪闪的卫浴用品和镜子，墙面和地板上装饰着粉色的瓷砖。角落里一个纺锤形的底座上，放着一盆金鱼。我走过去，想看看金鱼，脚步声在瓷砖上发出回响。接着我突然听到浴盆的水龙头那里传来一阵丁零零的声音。

浴盆是粉色的，里面装满水。邦尼穿戴整齐地躺在浴盆的底部，一动也不动。他睁着双眼，眼镜被撞歪了，两只瞳孔不一样——一个又大又黑，另一个只有针尖那么小。浴盆里的水很清，水面也很平静。见他的领带尖在水面之下漂浮着。

丁零零，可是我一动也不能动。后来，突然之间，我听到脚步声，还有说话的声音。我吓坏了，我一定要把尸体藏到哪里才行啊，可是我也不知道该把它藏到哪儿去。我把手猛地插进冰冷的水中，一把抓住他的腋下，想把他从浴盆里拖出来，可是徒劳无功。他的头无力地向后垂着，大张的嘴巴里灌满了水……

我奋力地拖着他，举步维艰，一不留神撞倒屋角的底座，金鱼缸掉下来，摔了个粉碎。那些金鱼蹦着，在我脚边，在那一堆玻璃碎屑中，扑棱棱地拍打着地板。有人撞了房门一下。恐慌之中，我一松手，尸体就又滑进浴盆里，哗啦一声，好多水被喷溅出来，然后我醒了。

天快黑了。我的心脏在剧烈地跳动，胸部感受到它的一阵阵可怕而猛烈的撞击，胸腔里好像关着一只准备展翅高飞的大鸟，扑通扑通直跳。我紧张得上气不接下气，只好又倒回床上。

心跳慢慢平缓下来之后，我坐起来。我发现自己全身都在颤抖，身上湿透了。房间里到处是长长的影子和阴森的光线。我看见外面的雪地里有几个孩子在玩耍，在可怕的肉红色的天空的映衬下，那几个孩子就像黑色的剪影。他们的笑声和叫喊声好像是从极远的地方传来的，显得有些疯狂。我用手腕使劲揉了揉眼睛，眼前出现的是奶白色的点点细微的光芒。哦，上帝，真不可思议。

光光的脸颊，冰冷的瓷砖。马桶的抽水声实在太大，我害怕马桶会把我吞下去。和我在生病时的感觉，以及在加油站和酒吧的洗手间里呕吐时的感觉一样。一幅同样的鸟瞰图：你会在马桶底部看到同样的稀奇古怪的小按钮，你在其他时候根本就不会注意到它们；还有沁出水滴的瓷砖表面，水管的低鸣，以及冲水时发出的长长的轰鸣声。

我洗脸的时候突然哭了起来。眼泪很快和冰冷的洗脸水混合在一起，我用闪亮、通红的手指将这一汪混合物捧到脸上，刚开始时根本没意识到自己在哭泣。我的抽泣声很有规律，不带任何情感，就像几分钟前刚刚停止的干呕，很机械。我不知道为什么会这样，哭泣好像跟我没有丝毫关系。我昂起头，毫无兴趣地看着自己在镜子中哭哭啼啼的模样。这到底是什么意思？我问自己。我看起来糟透了。大家都没有被打垮，可是看看我现在的样子：我全身都在颤抖，就像《失去的周末》中的雷·米兰德看到了蝙蝠。

一阵寒风从窗外吹进来。我打了个冷战，但仍然不怎么清醒。我往浴缸里洒了一大把朱迪的浴盐，舒舒服服地泡了一个热水澡。我洗完澡、穿好衣服出来时，觉得自己已经恢复正常。

太阳底下无新事，我这样想着，穿过走廊，回到自己的房间。任何行为，在包容万象的时间面前，都那么渺小。

那天晚上，我照例去双胞胎家里吃晚餐时，其他人都已经到了。他们围坐在收音机旁，聚精会神地听着天气预报，跟关注前线战事通报一样神情专注。“从长期看来，”预报员用轻快的语气说道，“预计周四天气会转凉，阴有小雨，之后气温会有所回升——”

亨利啪地关掉收音机。“我们如果走运，”他说，“雪明天就会化了。对了，理查德，你今天下午去哪儿了？”

“在家待着。”

“你能来这儿真好。你如果不介意，我想请你给我帮一个小忙。”

“什么事儿？”

“等吃完了饭，我想开车送你去奥菲姆替我们看电影，然后把内容告诉我们，怎么样？”

“没问题。”

“我知道，让非周末的晚上去那儿有点儿强人所难，但我们其他任何一个人再去那里的话，就很容易暴露。查尔斯还自告奋勇地说，他可以帮你抄写希腊语的作业。”

“我抄在你用的那种黄色作业纸上，”查尔斯说，“而且用你的钢笔写字，他肯定看不出区别来。”

“谢谢。”我答道。查尔斯在造假方面有着惊人的天赋，据卡米拉说，他从很小的时候（四年级）就能伪造成绩单上的签名，到六年级时就已经能够伪造完整的请假条了。我一直都想让他模仿罗兰博士的签名，在我的出勤表上签字。

“说真的，”亨利说，“我不想让你去。那些电影真的很无聊。”

电影果真很糟糕。第一部是七十年代早期拍摄的一部公路片，讲述的是一个男人丢下妻子，独自一人开车穿越整个国家的故事。他在行进途中走错了路，无意中进入加拿大国境，碰到一帮逃避兵役的人。最后他历尽千辛万苦回到妻子身边，两人以嬉皮士的方式重新许下婚姻的誓言。这部影片最糟糕的地方就是里面的原声音乐，你只能听到在无其他音乐的吉他声中，不停被吟唱的“自由”这个词。

第二部影片稍微新一点，说的是越南战争的事情，名字叫做《耻辱地带》——这部影片是个大制作，里面有很多巨星。所幸的是，里面的特技还比较真实，合乎我的口味，有很多人腿被炸飞之类的场景。

我从影院出来时，看见亨利的车就在街的那头等着，没有开灯。查尔斯和卡米拉的住所，大家围坐在厨房的桌子旁边，每个人的袖子都高高挽起，正认真地复习着希腊语课程。我们进来时，他们骚动了一下，查尔斯起身煮了一壶咖啡，而我则在看刚刚记下的笔记。这两部片子的情节都不是很清晰，因此我很费了一番工夫，才跟他们解释清楚大意。

“这可真是太糟了，”弗朗西斯说，“我一想到别人会说你们怎么去看这么差劲的电影，我就觉得尴尬。”

“先别着急啊。”卡米拉说道。

“我也不大明白，”查尔斯说，“为什么那个士兵要炸掉那个全是好人的镇子呢？”

“是啊，为什么呢？”卡米拉问道，“还有，片中那个带着小狗的孩子到底是谁？他又是怎么认识查理·辛的呢？”

查尔斯替我做的希腊语作业简直棒极了。第二天，我正在教室里认真攻读时，朱利安走进来。他在走廊上停了一下，看了看那张空空的座椅，笑了。“老天爷，”他说，“可不要再这样了。”

“看起来他今天又不会来了。”

“我必须说明，我希望我们的课还没有让人厌恶到那种地步。请一定转告埃德蒙，他如果愿意明天来上课，我一定会让这门课变得更加有趣。”

中午时分，外面的天气表明预报显然是大错特错了。气温已经下降了十度，到下午的时候，雪下得更大了。

当晚，我们五个人准备一起出去吃饭。可是，我和双胞胎一起来亨利家找他的时候，发现他的神情非常阴郁。“你们猜猜谁刚才给我打过电话了？”他问道。

“谁？”

“玛丽恩。”

查尔斯一屁股坐下来。“她想干吗？”

“她想知道我是不是见过邦尼。”

“你是怎么回答她的？”

“当然了，我说我没见过他，”亨利有些气愤地说道，“他们俩约好了周日晚上见面，可是从星期六开始，她就再没有见过他。”

“她是不是很担心？”

“那倒没有。”

“那又有什么问题呢？”

“没什么，”他叹了一口气，“我只是希望明天天气能够放晴。”

可是老天没有帮忙。星期三的黎明时分，天空依然明亮而且寒冷，到晚上的时候，雪又增厚了两英寸。

“当然了，”朱利安说，“埃德蒙偶尔缺一两次课，我是不在意的。可是他居然连缺三次。你们也知道，他如果想赶上来，那得有多么困难。”

“我们不能再这样继续下去了。”那天晚上，我们在双胞胎家聚会的时候，亨利说道。当时我们正在抽烟，桌子上摆满一盘盘没吃完的熏肉和鸡蛋。

“我们该怎么办？”

“我不知道。只是他现在已经失踪七十二小时，而我们如果还不装出一副焦虑的样子，恐怕就会有麻烦了。”

“可是其他人一点都不操心啊。”查尔斯说。

“因为其他人跟他见面的次数远远没有我们多。不知道玛丽恩现在是不是在家。”

“怎么了？”

“因为我说不定得给她打个电话，问问邦尼的情况。”

“看在上帝的分上，”弗朗西斯说，“可别把她也牵扯进来。”

“我根本不想把她牵扯进任何事情中。我只想明明白白地告诉她，我们也已经连续三天连邦尼的影子都没看到。”

“你觉得她会怎么做？”

“我希望她去报警。”

“你难道疯了吗？”

“好，她如果不报警，那我们就得报警，”亨利挺不耐烦地说道，“他失踪得越久，情况就会越糟糕。我可不希望事情闹大了，人们都来问我们问题。”

“那为什么要报警呢？”

“因为，我们如果尽早报警，他失踪的事估计不会闹得太大。也许他们只会派一两个人去搜寻，以为他只不过是假失踪，然后——”

“既然现在还没有人发现他，”我说，“我不明白，你为什么会以为，让汉普顿的一两个交警知道情况，会给你带来什么好处。”

“因为没有人在找他，所以还没有人发现他。他其实就在不到半英里之外的地方。”

我们不知道接电话的人是谁，这个人花了好长一段时间，才让玛丽恩过来接这个电话。亨利非常耐心地站着，双眼直盯着脚下的地板。渐渐地，他的目光开始四处游荡，五分钟之后，他低吼一声，抬起头来。“我的妈呀，”他说，“他们怎么这么磨蹭？给我支烟好吗，弗朗西斯？”

他的嘴里已经叼上烟，弗朗西斯正忙着给他点烟时，玛丽恩过来接电话了。“噢，喂，玛丽恩，”他一边说一边吐出一阵烟雾，转身背对着我们，“很高兴总算找到你了。邦尼在你那儿吗？”

一阵短暂的停顿。“好吧，”亨利朝烟灰缸里磕了点烟灰，“那你知道他在哪儿吗？”

“是啊，说老实话，”他总算说道，“我正要问你同样的问题呢。他已经两三天没来上课了。”

又是一阵长长的沉默。亨利一直听着，脸上的表情很轻松，看不出什么异样。接着，突然之间，他的眼睛睁得大大的。“什么？”他问道，语气非常尖锐了。

我们都提高警惕。亨利根本就没有看我们，而是盯着我们头顶的某处墙壁，蓝色的眼睛又圆又亮。

“我明白了。”他最后说。

电话那头又是一阵喋喋不休。

“好的，他如果碰巧去你那儿，麻烦你叫他给我打电话。请记一下我的电话号码。”

他挂上电话后，脸上是一种奇怪的表情。我们都盯着他。

“亨利？”卡米拉问道，“怎么回事儿？”

“她非常生气，可是一点儿都不担心，等着邦尼随时开门进来呢。我也不知道，”亨利又开始盯着地板看，“这简直太奇怪了，她说她的一个朋友——名叫丽卡·塔尔海姆——今天下午还在佛蒙特第一银行的门外看见邦尼来着。”

我们都惊呆了，不知道说些什么才好。弗朗西斯笑了，笑声很短，带有一丝明显的怀疑。

“我的天，”查尔斯说，“不可能。”

“当然不可能了。”亨利的语气很冷淡。

“为什么会有人编造这种假话呢？”

“我也想不出个所以然来。我猜，人们总是认为他们能看到任何东西。她当然并没有真的看见他，”他又试探性地对查尔斯说道，查尔斯显然已经被搞糊涂了，“可是，我真的不知道我们现在该怎么办。”

“你是什么意思？”

“我是说，我们现在当然不能打电话报警说他失踪了，因为有人在六小时前见过他。”

“那我们该怎么办呢？就这么傻等吗？”

“不，”亨利说，咬了咬下嘴唇，“看来我得想想别的法子了。”

“埃德蒙到底去哪儿了？”星期四早上，朱利安又问道，“我不知道他打算缺多久的课，可是他这么久都不跟我联系，对学业也太不上心了。”

没有一个人吭声。他抬起头，被我们的沉默逗乐了。

“怎么回事儿？”他用玩笑的口气问道，“你们看起来很愧疚啊。说不定，”他的语气冷静了许多，“有人在为没能学好昨天的课而感到愧疚吧。”

我看见查尔斯和卡米拉飞快地交换一下眼神。不知道是为什么，这个星期朱利安给我们下达的学习任务是我们跟随他学习之后最繁重的。我们想尽各种办法才完成他规定的书面作业。可是，没有一个人能够坚持阅读和预习，在昨天的课堂上，还出现了几次连亨利也无法接上茬儿的令人尴尬的沉默。

朱利安低头扫了一眼手上的课本。“我看，在我们开始之前，”他说，“你们得有一个人出去给埃德蒙打个电话，问问他是不是能够来跟我们一起上课。我不介意他有没有预习，但是这次的课非常重要，他绝对不能够缺席。”

亨利站了起来。可是卡米拉突然说了一句话，很出乎我们的预料。她说：“他可能根本就不在家。”

“那他到底在哪儿？出城了吗？”

“我也不清楚。”

朱利安把老花镜放低，目光从镜片上方注视着她，问道：“你的意思是？”

“我们也有一两天没看见他了。”

朱利安惊讶极了，双眼睁得大大的，很孩子气，表情也很夸张。这已经不是我第一次觉得他和亨利神似了，他们两人都具备这种冷漠和温情集于一身的特质。“是吗，”他说，“这简直太奇怪了。你们不知道他到底去了哪里？”

他语气当中的那种淘气而又怀疑的口气真让我紧张。我呆呆地看着那个玻璃花瓶投射在桌面上的像水波一样的影子。

“是的，我们也搞不清楚。”

“我猜情况的确如此。”他的眼神同亨利的交汇，让我觉得那一刻是那么漫长而且奇特。

他一定知道，我心里突然一阵慌乱。他知道我们在撒谎，只是不知道我们到底在哪些事情上撒了谎。

午饭后，我上完法语课，坐在图书馆顶层的自习室里学习，课本平摊着打开，放在我面前的课桌上。这一天的天气出奇的明朗，让人觉得就像在梦中。白雪皑皑的草坪非常平滑，让人联想起涂抹在生日蛋糕表层的那一层蜜糖。草地上点缀着稀疏的人群，远看就像一个个玩偶。一条小狗正在追着皮球跑，它欢快地吠叫着。游乐室的烟囱里飘散出真正的袅袅青烟。

一年前的这个时候，我在做什么呢？那时，我开着朋友的车，去了旧金山，在书店里的诗歌类书籍的书架旁流连，心里思虑着到汉普顿上大学的申请能否通过。现在，我却待在这里，坐在这间冰冷的小房间里，穿着奇怪的衣服，正在为自己会不会坐牢而忧心忡忡。

太阳底下无新事。有人在用卷笔刀使劲削着铅笔。我又回过头来看书，可是我静不下心来，耳畔传来人们的窃窃私语和轻巧的脚步声，鼻孔里充斥着老旧纸张的气味。几周前，双胞胎质疑说，杀害邦尼并不合乎道德，亨利对此大发雷霆。“别搞笑了。”他不耐烦地答道。

“但是，你会怎样——”查尔斯问，眼泪快掉下来了，“怎样为冷血的谋杀找到正当的理由呢？”

亨利点燃一支香烟。“我宁愿把这看做是——”他慢条斯理地说，“物质的一种再次分配。”

我突然从睡梦中惊醒，赫然发现亨利和弗朗西斯正站在床前。

“怎么了？”我揉着惺忪的睡眼，抬头探询地看着他们。

“没什么，”亨利回答，“能不能跟我们一起开车出去？”

我迷迷糊糊地跟着他们下了楼，车就停在书店门口。

“发生了什么事儿？”我一上车就问道。

“你知不知道卡米拉在哪里？”

“她难道不在家吗？”

“不在。朱利安也没见到她。”

“你们找她干吗？”

亨利叹了口气。车里很冷，他呼出来的气变成了白色。“出了点事儿，”他说，“我和弗朗西斯在保卫室看见玛丽恩和克鲁克·雷本了。他们在向学生保卫处的一些人反映问题。”

“什么时候？”

“大概一个小时以前。”

“他们不会擅自行动吧，你觉得呢？”

“我们可别妄下结论。”亨利说。他正朝外看着书店的屋顶，上面已经薄薄地铺上一层冰，在阳光的照射下闪闪发光。“我们只想让卡米拉去拜访一下克鲁克，探探虚实。我跟克鲁克根本就不熟，否则就自己去了。”

“他很恨我。”弗朗西斯补充道。

“我跟他也不太熟。”

“我不了解他。查尔斯倒是跟他关系不错，可是我们也不知道查尔斯的去向。”

我从口袋里拿出一片口香糖，放进嘴里，大嚼起来。

“你在吃什么啊？”弗朗西斯问道。

“口香糖。”

“你要是不介意，给我也来一片，”亨利说道，“看来我们还得开车去他们家一次。”

这一次是卡米拉过来开的门。她小心翼翼地将门打开一条缝，非常警觉地朝外看着。亨利跟她解释着什么，但是她只是朝亨利使了个眼色，要他小心。“你好，”她说道，“进来吧。”

我们一言不发地跟着她，穿过昏暗的大厅，径直来到起居室。原来，查尔斯正和克鲁克·雷本在一起。

查尔斯一看见我们，就紧张地站起来，克鲁克却没有起身，而是用那双睡眼惺忪、高深莫测的眼睛望着我们。他的脸上有明显的晒斑，胡子也该剃了。查尔斯朝我们扬了扬眉毛，无声地说出“醉了”这个词。

“你好，”一阵缄默之后，亨利终于开口，“最近怎么样？”

克鲁克咳嗽了一声——声音既深沉，又刺耳——从面前的咖啡桌上拿起一包万宝路，抖落出一支，夹到手上。“还不赖，”他回答，“你呢？”

“还好。”

他把烟塞进嘴角，点燃，又咳嗽一声。“嘿，”他对我打招呼，“你还好吗？”

“挺不错的。”

“你去参加了周日在德宾斯托尔举办的那个聚会吧。”

“没错儿。”

“碰到莫娜没有？”他说这话时的语气居然没有任何改变。

“没有。”我的语气很唐突，而且我还突然发现，大家都在看着我。

“莫娜吗？”一阵令人疑惑的沉默过后，查尔斯问道。

“这个姑娘，”克鲁克说，“是个新生，就住在邦尼以前的宿舍里。”

“你们在谈论邦尼吗？”亨利说道。

克鲁克身子往后一倾，倒回椅子里，用那双布满血丝、眼皮沉重的眼睛定定地盯着亨利。“是啊，”他说道，“我们刚才正在谈他的事儿。你们最近几天都没见过他，是吧？”

“没有。你呢？”

有那么一会儿，克鲁克没有开口。接着，他无奈地摇了摇头。“没，”他的嗓音很沙哑，边说边伸手去够烟灰缸，“我真搞不清楚，他到底他妈的去了哪儿。我上次见到他时还是上周六的晚上，然后我就没再见到他了，直到今天。”

“我昨天晚上问过玛丽恩了。”亨利说。

“我知道，”克鲁克说，“她有点儿担心。今天早上，我在科蒙斯碰到她，她跟我说，邦尼至少有五天没回宿舍了。她还以为他回家了什么的，于是她就给他哥哥帕特里克打电话，他说邦尼不在康涅狄格。然后她又打电话问休，他也说邦尼不在纽约。”

“那她有没有给他父母打电话问问？”

“操，她可不想给邦尼惹麻烦。”

亨利沉默了好久，然后问道：“你觉得他可能在哪儿？”

克鲁克没有看他，很不自然地耸了耸肩。

“你认识他的时间可比我长。他是不是有个哥哥在耶鲁？”

“是啊。布拉迪，商学院的。可是帕特里克说，他刚给布拉迪打过电话，知道吗？”

“帕特里克住在家里，是不是？”

“是。他要料理生意，好像是个体育用品商店什么的，正准备启动呢。”

“休是个律师，对吧？”

“嗯。他是老大。在纽约的米尔班克-特威德律师事务所工作。”

“那另一个哥哥呢——已经结婚的那个？”

“休就是已经结婚的那个。”

“可是，我还记得好像还有一个也结婚了呀，不是吗？”

“哦，你是说泰迪。我打赌邦尼不在他那儿。”

“为什么？”

“泰迪和老丈人住在一起。他们肯定合不来。”

一阵长长的静默。

“你能不能想想，他可能会去什么地方？”亨利问。

克鲁克身体前倾，把烟灰磕在烟灰缸里，他的头发又长又黑，把脸挡住了一部分。听到这话，他的表情既困惑，又有些神秘，过了好一会儿，他才又抬起头来。“你有没有发现，”他说，“最近这两三个星期，邦尼好像手头很宽松，有不少钱呢？”

“你是什么意思？”亨利问道，语气有些过于尖锐。

“你是了解邦尼的。他总是缺钱花。可是，近来他有了这么多钱。不少，甚至可以说太多了。也许，是他奶奶给他寄的，但是你能够肯定，这笔钱绝对不是父母给他的。”

接下来是另一阵长长的沉默。亨利紧紧咬着嘴唇。“你到底想说什么？”他问。

“这么说，你也注意到了。”

“是的，我也注意到了。”

克鲁克不耐烦地动了动身子。“这简直是前所未有的现象。”他说。

我坐下来，心直往下沉。

“到底是什么？”亨利问。

“我不知道该不该说出来。”

“你如果觉得这很重要，就说出来吧。”亨利的语气很坚决。

克鲁克最后猛吸一口手里的烟，然后故意狠狠地把烟蒂按在烟灰缸里熄灭。“你知道的，”他开口说道，“我还做点儿毒品生意，对吧？规模不大，”他急忙补充说，“偶尔卖那么几克。主要是为了我和几个朋友用。但是这份工作不算难，我也能够赚点儿小钱。”

我们交换一下眼神。这已经不是什么新闻了，克鲁克是学校里最大的毒品贩子之一。

“那又怎样呢？”亨利问道。

克鲁克看起来很惊讶，他耸了耸肩。“因此，”他接着说道，“我认识住在纽约莫特街上的这个中国人，这家伙有点儿可怕，可是他喜欢我，于是只要我拿了钱去，他就能够把货给我。当然，大多数情况下是这样，有时候他能够给我一小罐，这就有点儿头疼了。我认识他已经好多年了。当年，我和邦尼都在圣杰罗姆上学时，就跟他做了点儿生意来着，”他停一下，“是啊。你们是知道邦尼有多穷的。”

“嗯。”

“好的，他一直都对这件事情非常感兴趣。这种钱来得太快了，你们也知道。他要是手上有钱，我肯定不会让他知道这事儿——我是指从金钱的角度考虑——可他总是缺钱，而且从来都没有插手这种生意，”他又点起了一支烟，“好了，”他说道，“我担心的就是这个。”

亨利紧皱着眉头。“我恐怕没听明白。”

“几个星期前，我让他跟我一起去了趟纽约，这个错误确实挺大的。”

我们都听说过邦尼的这次纽约之行，因为他不止一次地吹嘘过。“那又怎么样？”亨利问道。

“我也不知道。我只是有点儿担心，就这样。他知道那个家伙住在哪儿，对吧？况且他手上还有那么多钱。因此我跟玛丽恩谈话时，就说——”

“你觉得他不可能一个人去那儿？”查尔斯插嘴道。

“不知道。我当然不希望这样。他其实从来都没有见过那个家伙。”

“邦尼会做这种事吗？”卡米拉说。

“说实话，”亨利取下眼镜，用手绢飞快地擦一下镜片，“做这样的蠢事正是邦尼一贯的风格。”

有好久都没有任何人再开口说一句话。亨利环顾四周。他没戴眼镜时，眼神看起来黯淡但坚定，感觉很奇怪。“玛丽恩知道这事儿吗？”他说。

“不知道，”克鲁克回答，“也请你们尽量不要告诉她，好吗？”

“你这么想，还有别的理由吗？”

“没有。只是，除了这个，还有什么别的原因吗？还有，玛丽恩有没有告诉你们，丽卡·塔尔海姆星期三在银行见到他的事情？”

“嗯。”

“这事儿有点儿奇怪，但是你们如果仔细想想就不会这样觉得。他身上带着几百美元，去了纽约，对吧？听他的口气，他在家里还放着更多的钱。仅仅为了二十美元，那些家伙就能够把你剁成肉块给装进垃圾袋里。其实，我也不是很清楚。也许他们让他回来把账户给销了，然后再带着钱回去。”

“邦尼连银行账户都没有。”

“这个你们倒是知道。”克鲁克指出来。

“你完全正确。”亨利说。

“你不能直接给他们打个电话吗？”查尔斯说。

“我该给谁打？这家伙又没有注册，也不派发名片的，你们知道吗？”

“那你平时是怎么跟他联系的呢？”

“我要给另一个人打电话通知他。”

“那就给这个人打电话吧。”亨利的回答很平静，慢条斯理地把手绢放回口袋里，又戴上眼镜。

“他们什么都不会告诉我的。”

“我还以为他们跟你是铁哥们呢。”

“你是怎么想的?”克鲁克火了，“你以为这帮人在那儿组织一帮童子军吗?你不是在开玩笑吧！他们可都是真正的男人，干的都是大事。”

有那么一会儿，我担心弗朗西斯会笑出声来，我不敢想象他要是发笑会引起什么后果。可是，他最终还是忍住了，用手遮住脸，让笑声演变成一阵非常具有戏剧性的咳嗽。亨利连看都没有看他，只是重重地在他的背上拍了一下。

“那么，你说我们该怎么办呢?”卡米拉问道。

“我不知道。我想去他的房间里看看，看他是不是带了旅行箱什么的。”

“房间不是锁着吗?”亨利问。

“是锁上了。玛丽恩想让学生保卫处的人把房间打开，可是他们不同意。”

亨利又咬了一下下嘴唇。“那好吧，”他缓缓说道，“可是我们如果要硬闯进去，恐怕也没什么困难吧?”

克鲁克把烟掐灭，饶有兴味地重新审视着亨利。“当然不难，”他回答，“没那么难。”

“只要打开底层的窗户就可以了。外面的护窗早就卸下来了。”

“我可以把纱窗打开。”

这两人盯着对方看着。

“我看，”克鲁克说道，“我还是现在去试试。”

“我们跟你一起去。”

“老天，”克鲁克说，“我们可不能全都去啊。”

我看见亨利朝查尔斯挤了挤眼。查尔斯就站在克鲁克身后，看样子已经心领神会。“那我去吧，”他猛然说道，声音实在太大，将嘴里剩余的酒都喷了出来。

“克鲁克，你到底是怎么惹上这种事情的?”卡米拉说。

他带着高人一等的神情笑了起来。“没什么，”他说道，“你得到他们的地盘去找他们。我可不想让他们随便拿点儿玩意儿来糊弄我。”

亨利不动声色地移动着脚步，来到克鲁克的椅子后面查尔斯站着的地方，然后凑过去，跟他耳语着什么。我看见查尔斯使劲地点着头。

“倒不是说他们不想跟你打交道，”克鲁克说，“我的意思是我了解他们。可是现在，邦尼这家伙连一点头绪都没有就想去，他还以为做这事儿就跟在路上捡钱一样容易呢……"

他说完时，亨利和查尔斯显然已经谈完了该谈的事情，查尔斯径直到衣柜那里拿外套去了。克鲁克也拾起太阳镜，站起身来。他身上有一股淡淡的干草药的气味，这气味让人联想起在德宾斯托尔的灰蓬蓬的走廊上，你总能闻到的瘾君子身上的气味：广藿香油、丁香烟以及熏香混合在一起的气味。

查尔斯围好围巾，脸上的神情立刻变得轻松而激动。他的眼神显得空洞，嘴角的表情很坚定，鼻孔则随着呼吸轻轻地翕动着。

"要小心啊。"卡米拉说道。

她是对查尔斯说这番话的，可是克鲁克回过头来笑着说道："别担心，小菜一碟。"

卡米拉把他们送到门口。他们出去后，门一关，她就转过身来。

亨利把手指放到唇边，示意她不要出声。

我们听着他们的脚步声在楼梯上渐渐远去，一直等到听见克鲁克发动汽车引擎之后，才开口讲话。亨利走到窗户旁，拉开一片破破烂烂的有花边的窗帘。"他们走了。"他说道。

"亨利，你真觉得这是个好主意吗？"卡米拉问。

他耸耸肩，眼睛依然盯着下面的街道。"我也不知道，"他说，"只能走一步看一步了。"

"我真希望去的人是你。你为什么不跟他一起去？"

"我本来应该去的，但是现在这样更好。"

"你跟查尔斯都说了些什么？"

"很明显，克鲁克很快就会知道邦尼没有出城。他的一切个人物品都放在房间里，原封未动。钱、备用眼镜，还有冬天穿的大衣，都在。很可能克鲁克只想看一眼就走，什么也不会多说，可是我已经跟查尔斯说了，叫他一定要等玛丽恩过来。她如果也看了房间里的情况——那就不言自明了。她对克鲁克的事情一无所知，而且即使知道了也不会在乎。我如果没有算错，她会打电话报警，至少会给邦尼的父母打电话，克鲁克恐怕阻止不了她。"

“他们今天不会找到他的，”弗朗西斯说，“还有一两个小时天就黑了。”

“嗯，我们如果走运，明天一大早，他们就会展开搜寻行动。”

“你说会不会有人来找我们问话呢？”

“不知道，”亨利呆呆地说道，“我不知道他们会怎么处理这种情况。”

一缕浅浅的阳光照在壁炉架前那个大烛台的棱柱上，映出一片片明亮而晃动的光团，光团又被穹隆形的墙壁反射回来，变成一堆奇形怪状的东西。突然，犯罪影片里的那些场景从我的脑海里一幕一幕地蹦了出来——没有窗户的房间、刺眼的灯光、狭窄的过道，还有那些在记忆中不可磨灭的看似平常或者怪异的形象以及过去的经历。别想了，别想了，我告诉自己，眼睛定定地看着脚下的这块地毯，上面是一团冰冷而耀眼的阳光。

卡米拉想点支烟抽，可是她的手一直在颤抖，划了一根又一根火柴，也没有点着。亨利从她手中夺过火柴盒，取出一根一划，火苗“哗”的一声点燃了，又高又亮。卡米拉凑过去，一只手拢住火苗，一只手扶着亨利的手腕，才把烟点着。

时间一秒一秒地过去，让人等得心焦。卡米拉把一瓶威士忌带到厨房里来，我们便围坐在桌子旁，玩起尤卡①。弗朗西斯和亨利一组，我和卡米拉一组，打对家。卡米拉的牌技不错——她最会打这种牌了，也最喜欢玩这个——可我不是个好搭档，于是我们输了一轮又一轮。

整套公寓里非常安静：只听见碰杯时的叮当声和起牌时的沙沙声。亨利的袖子卷得高高的，弗朗西斯的夹鼻眼镜在阳光的照射下发出熠熠的光芒。我尽全力打好每一轮，可还是禁不住思想开小差。我的视线穿过敞开的房门，落到放在另一个房间的壁炉上的闹钟上。这个稀奇古怪的小物件是令双胞胎爱不释手的维多利亚时代的小古董——一头驮着轿子的白色瓷象（上面就是闹钟），一名肤色黝黑的小小的看象人坐在上面，他的屁股一扭一扭的，用来报时。这名看象人身上带着一股难以名状的邪恶，每次我抬头看着他，就觉得他正在咧嘴朝着我笑，而

---

① 一种扑克游戏。

这笑容当中既有欢乐，也有威胁。

我记不清到底得了多少分，也不记得玩了几轮，只觉得房间的光线渐渐暗下来。

亨利把手里所有的牌都放下。“亮牌吧。”他说。

“我不想打了，”弗朗西斯说道，“他人呢？”

闹钟的滴答声似乎越来越响亮，既刺耳，又没什么节奏。我们坐在渐渐昏暗的房间里，也不管牌打到什么程度了。卡米拉从台子上的碗里拿了一个苹果，兀自坐到窗台上去吃了。她一边闷闷不乐地啃着苹果，一边紧盯着下面的街道。傍晚的阳光照射着她，完美地雕刻出她的剪影，她的头发被映成热烈的金红色，而越往下，剪影的线条也越模糊，到裙子处（她的羊毛裙很随意地拉到膝盖上方），基本就看不出什么线条了。

“也许哪里出错了。”弗朗西斯说。

“别瞎操心了。能出什么错呢？”

“好多好多事啊。说不定查尔斯昏了头什么的。”

亨利冷冰冰地看了他一眼。“要镇定，”他说，“天知道你从哪里冒出这些陀斯妥耶夫斯基式的想法。”

弗朗西斯正准备反击，卡米拉突然跳起来，喊道：“他回来了。”

亨利站了起来。“在哪儿？他是一个人吗？”

“是的。”卡米拉跑去开门。

她一直跑到楼下的门厅处，不一会儿工夫，两个人就一起上来了。

查尔斯双眼圆睁，头发乱七八糟的。他脱掉外套，把它扔到椅子上，一屁股坐在沙发里。“谁给我弄杯喝的？”他说道。

“一切都还好吗？”

“嗯。”

“发生了什么事儿？”

“那是什么酒？”

亨利挺不耐烦地往一个脏兮兮的玻璃杯里“哗啦啦”地倒了一点儿威士忌，把杯子推给他。“顺利吗？警察来了吗？”

查尔斯咕咚喝了一大口，挤挤眼，又点点头。

“克鲁克呢？在家吗？”

“我猜是的。”

“把事情从头至尾对我们说一遍。”

查尔斯喝完杯中之物，把杯子放在桌上。他脸色潮红地说道：“房间里的状况跟你说的一样，”

“什么意思？”

“恐怖。糟糕。床上没有收拾，到处都是灰，桌子上放着半块没吃完的奶油蛋糕，上面已经爬满蚂蚁。克鲁克吓坏了，转身想跑，但我还是在他走之前给玛丽恩打了个电话。她几分钟就到了。她四处看了看，好像很震惊，但没有说什么。克鲁克倒是很恼火。”

“克鲁克有没有跟她说关于毒品生意的事儿？”

“没有。他倒是不止一次地暗示了，可是玛丽恩一直都没太在意，”查尔斯抬起头，“亨利，你不知道，”他突然说，“我觉得咱们没有先去看看，真是大错特错。我们应该在别人进那个房间之前，先进去看看。”

“怎么这么说？”

“看看我找到了什么。”查尔斯从口袋里掏出一张纸片。

亨利立即接过去，仔细看了看。“你是怎么拿到的？”

查尔斯耸耸肩。“运气吧。就放在桌上。我瞅准机会就拿走了。”

我凑近亨利的肩膀，从后面看过去。那是一张复印出来的汉普顿的《观察家报》。左边是内务发展部的专栏，右边是一个只印了一半的园艺锄头的广告，中间夹着一个虽然小但是很醒目的标题。

巴滕基尔镇的离奇谋杀案件

巴滕基尔镇警察局及汉普顿市警方目前仍在调查发生在十一月十二日的对哈里·雷·迈克利的惨绝人寰的杀人案。迈克利先生是一名养鸡场主，也是禽蛋生产者协会成员，他的尸体已经面目全非，日前被人发现弃在梅卡尼克斯维尔农场。谋杀动机似乎不是钱财。迈克利先生树敌不少，在禽蛋养殖业和巴滕基尔镇周围都有跟他不合的人，但是他们都已被排除谋杀嫌疑。

一阵恐慌让我靠得更近了，“面目全非”这个词更是让我全身一个激灵，似乎这个词是我唯一能从那张纸上看到的东西一样。可是亨利已经把纸翻过去，开始看另一面。他说：“好在这不是直接从某个剪报上复印下来的，很可能是从学校图书馆的报纸上复印下来的。”

“希望你是对的，但这并不意味着只有这一份而已。”

亨利把那张纸片扔进烟灰缸，划着一根火柴。他点燃纸的一角，明亮的火苗沿着纸边爬动，一下子吞噬整张纸片。纸上的字迹闪了一会儿，然后就卷曲着黯淡下去。“好了，”亨利说，“现在已经太迟了。好在你拿到了这一份。后来又怎么样了？”

“是这样，玛丽恩走了。她去隔壁的普特南大楼，叫了一个朋友跟她一起过来。”

“是谁？”

“我也不认识她，好像叫乌塔还是厄秀拉什么的。她长得像瑞典人，而且一年到头都穿着渔民套头衫那种风格的衣服。闲话少说，她过来后边四处看了看，克鲁克坐在床上抽着烟，看上去好像肚子很疼，最后她——就是这个乌塔什么的——建议我们去楼上，把这事儿告诉邦尼的楼长。”

弗朗西斯笑了起来。在汉普顿大学，宿舍的楼长就是专门负责处理学生投诉的人，比如你的窗户坏了，或者有人放音响的声音太大了什么的，就可以去找他。

“其实，幸亏她去了，否则我们还要站在那里傻等，”查尔斯说，“楼长是那个大嗓门的红发女孩，就是老穿登山靴的那个——她叫什么来着？布尼欧妮·迪拉德？”

“对。”我回答。除了是楼长和学生会的积极分子，布尼欧妮还是校外某左翼团体的主席，总是鼓动汉普顿的年轻人去关心国家大事。

“好，她立刻冲了进来，真是雷厉风行，”查尔斯说，“记下我们的名字。问了一大堆问题。她还把邦尼的邻居都集中到大厅里，也问了他们一大堆问题。接着，她又给学生服务部打了电话，然后又打电话给学生保卫处。保卫处说会马上派人过来，”查尔斯点了一支烟，又接着说，“可学生失踪确实不是他们职责范围内的事情。于是她又报了警。能不能再给我一杯酒？”他突然转过身问卡米拉。

“然后他们就来了？”

查尔斯用拇指和食指夹着香烟，拿这只手的手腕擦拭着额头上的汗水。“是的，”他答道，“两个人。还有学生保卫处的几个人。”

“他们都干了些什么？”

“学生保卫处的人什么也没干，但是警察的效率还是挺高的。一个人检查房间，另一个人把大家集中到大厅去，开始问话。”

“问了些什么问题？”

“最后一次见到他是在什么时候，什么地方，他失踪有多久了，他可能去了什么地方等。其实这些问题的答案都很明显，可大家是第一次被问这样的问题。”

“克鲁克说什么了吗？”

“说得不多。当时的情况很乱，人特别多，大家都等不及要把自己知道的情况说出来，其实什么用也没有，也根本就没有人注意我。学生保卫处的那个女的一直想插进来，摆出一副很权威的样子，说这事儿不用警察来管，学校就可以处理。最后，那名负责问话的警察发火了。‘你瞧，’他说，‘这件事跟你们有什么关系？这孩子已经失踪了整整一个星期，可是没有一个人注意到，一直到今天！这件事情很严重，要我说，学校只怕要承担一定的责任。’好啊，这话可把那个女的给吓坏了，紧接着，检查房间的那个警察过来了，手里拿着邦尼的钱包。

“所有人都安静下来。钱包里有二百美元，还有邦尼的所有证件。找到钱包的那个警察说：‘我们最好联系这孩子的家长。’大家开始小声议论。这个时候，学生保卫处的那个女的脸都吓白了，说她马上会去办公室把邦尼的档案找出来。于是负责搜查的警察就跟她一起去了。

“大厅里挤满了人。好多人陆续从外面进来，想看看这里到底发生了什么事。负责问话的警察让大家都回去，不要多管闲事，克鲁克也趁乱溜了。他走之前，把我拉到一边，又提醒我千万不要跟警察提毒品的事儿。”

“但愿你是一直等到警察允许你们走的时候才走的。”

“是的。不过我也没等多久。警察想找玛丽恩谈话，他对我和那个乌塔说，他记下我们的名字和相关信息就能让我们走了。这是一个小时前发生的事情。”

“那你怎么到现在才回来呢？”

“我就要说到这个了。我不想在回去的路上再碰到任何人，于是就沿着教员楼后面的路，准备从学校的后面走。结果这样做大错特错。我还没走到桦树林边上，学生保卫处的那个讨厌鬼——那个恨不能跟警察打架的女人——从主任办公室的窗户外面看见我，叫我过去。”

“她在主任办公室里干什么？”

“在打长途电话。他们联系上了邦尼的父亲——他朝着每个人大喊大叫，威胁说要起诉他们。教学主任正在抚慰他，可是柯克兰先生坚持说要找个他认识的人来问话。他们一直在用另一条线给你打电话，亨利，可是你不在家。”

“邦尼的父亲说过要找我吗？”

“显然是这样。他们正打算派人去吕克昂找朱利安呢，恰巧这个女的看见我了。我进去时，房间里挤满了人——警察、校长秘书，原来在大厅里的四五个人，还有档案处的那个疯婆子。在隔壁的招生办公室，有人正在给校长打电话。旁边还有几个老师。我猜，学生保卫处的那个女的带着警察闯去找教学主任时，主任大概正在召开什么学术会议吧。理查德，你的朋友也在那儿，就是那个罗兰博士。

“闲话少说。我进去时，人群自动分开，教学主任把话筒递给我。柯克兰先生一听到我的声音，就平静下来了。他很信任我，还问我这是不是兄弟会的人搞的鬼把戏。”

“哦，上帝啊。”弗朗西斯感叹道。

查尔斯用眼角瞟了他一眼。“他还问起你来着。‘那个红头发的孩子在吗’，他问了。”

“他还说了些什么？”

“他挺和善的，问候了你们大家，真的。让我转达对你们每个人的问候。”

随后是一阵长久的令人尴尬的沉默。

亨利咬了咬下嘴唇，去酒柜那里给自己倒了杯酒。“有没有人，”他问，“提到银行的事?”

“嗯。玛丽恩跟他们说了那个女孩的名字。顺便说一下,”我抬起头时,发现他的眼神烦乱而且空洞,“我先前忘了告诉你,玛丽恩还把你的名字也告诉了警察。对了,弗朗西斯,还有你的。”

“为什么?”弗朗西斯很警惕,“有什么用?”

“他有哪些好朋友?他们想知道。”

“可为什么是我?”

“镇静,弗朗西斯。”

房间里的阳光已经消失。屋外的天空已经变成淡淡的紫红色,白雪覆盖的街道散发出月亮一样的光芒,显得特别虚幻。亨利拧开台灯。“你们说,他们今晚就会开始搜寻行动吗?”

“他们肯定会去找他的。可是他们找的地方对不对,就是另外一回事了。”

有那么一会儿,大家都没有说话。查尔斯若有所思地搅着杯子里的冰块,说道:“你们知道吗?我们做了一件可怕的事情。”

“我们没有别的办法,查尔斯,我们早就讨论过这个了。”

“我知道,可是我一想到柯克兰先生的样子就很难过。我忘不了在他家度假的情景,而且他在电话里是多么和颜悦色。”

“我们都比他们有钱得多。”

“你是说,我们当中有些人吧。”

亨利酸溜溜地笑了。“哦,这个我也不知道,”他说,“佩拉依奥斯的那条大牛在冥界。”

这句话的大意是,在冥界,只要花上一个便士就能够买得到一头强壮的公牛,我知道他是什么意思,因此不由自主地笑了起来。依照古人的看法,地狱里的东西是非常廉价的。

我们离开时,亨利主动提出开车送我回学校。当时天色已晚,我们把车停到宿舍后面,我问他愿不愿意跟我一起去科蒙斯共进晚餐。

我们在邮局门口停下来,亨利去查邮件。他大概每三个星期才去查一次邮箱，因此信箱里的邮件已经积攒了一大堆。他站在垃圾桶旁边，漫不经心地翻看着，没拆就把一大半邮件扔进去。突然，他停了下来。

“这是什么？”

他笑了。“查查你的信箱吧。学校在组织对教师的评估。朱利安要接受我们的评估了。”

我们到食堂时，那里正准备关门，清洁工已经开始拖地了。厨房也下了班，于是我只买了花生酱和面包，亨利则要了一杯茶。食堂里面已经没什么人。我们坐在一角的桌子旁，看见暗色的橱窗玻璃上面衬出我们的影像。亨利从口袋里掏出一支笔，开始填写对朱利安的评估表。

我一边看着面前的表格，一边吃着手里的三明治。问卷上的答案是按照从一（差）到五（优秀）来排列的：该教师是否按时上下课？是否认真备课？是否愿意给予课外辅导？亨利根本看都没看，对所有问题都答五。我看见他在空白处写下“十九”这个数字。

“这是什么意思？”

“是指朱利安教我的课程门数。”亨利头也不抬地回答。

“他给你一共上过十九门课程？”

“是啊，包括面授课和其他辅导。”亨利有点儿生气了。

有一会儿，在整个食堂大厅里，只能听到亨利用笔在纸上写字的沙沙声和从后厨传来的清洗餐具的声音。

“是不是每个学生都会收到这样的表格，还是只有我们才有？”我问。

“只有我们。”

“天知道他们怎么不嫌麻烦。”

“估计是为了做个记录，进行备案吧。”亨利已经翻到最后一页，上面几乎一个问题也没有。“请详细描述你对该老师的其他建议或意见。如果本页纸空间不够，可以另附纸张。”

他拿起笔在纸上比划了一番，什么也没写，就把问卷叠好，放到一边。

“难道，”我问他，“你打算什么都不写？”

亨利呷了一口茶水。“你说，”他回答，“我怎么才能让教学主任明白，有一位神人就活在我们之中呢?”

吃过晚饭，我回到自己的房间。我害怕面对即将到来的夜晚，可不是因为众所周知的原因——担心警察找上门来，受到良心的谴责，诸如此类的。真正的原因完全与此相反。到那个时候，通过某种纯粹潜意识的方式，我已经成功地不再让自己去回想那桩谋杀以及相关的一切。我只跟特定的人谈论此事，而且在独自一人时绝对不去想它。

我独自一人时，所经历的只是一种莫名的精神上的恐慌，这只是一种常见的对神经系统的打击，而我自己又无端地把这恐慌放大了十倍。我说过的所有残忍的或愚蠢的话语，现在都被无限放大，无比清晰地展现在我面前，不论我想如何安慰自己，或者使劲摇头，都无法摆脱它们的纠缠。我想起儿时做过的蠢事，说过的蠢话——比如我曾经嘲笑过的那个瘸腿男孩，还有我在复活节时亲手捏死的小鸡——这些景象一个接一个地在我眼前重现，无比生动，带着尖刻的讽刺。

我试着去做希腊语的功课，可是于事无补。我想用字典查某个单词，可是要把那个单词写下来时，发现自己已经完全忘了是什么单词了；那些名词格、动词形式啊什么的，已被我忘得一干二净。将近午夜时，我实在受不了了，于是便下楼去给双胞胎打电话。电话是卡米拉接的。她很困，好像还有点儿醉了，正准备上床睡觉。

“给我讲个笑话吧。”我求她。

“我现在一个笑话也想不起来。”

“什么故事都行。”

“《灰姑娘》？还是《三只小熊》?”

“跟我说说你小时候的故事吧。”

于是，她跟我说起他的父母被杀害之前，她记忆中唯一一次见到父亲时的情景。当时正在下雪，她说，查尔斯睡着了，而她正躺在婴儿床里，望着窗外。她父亲穿着一件灰色的旧线衫，站在院子里，正往篱笆上扔着雪球。“当时可能是下午三四点钟，我不知道他在那里干吗。我只知道我看见他了，而且非常非常想出去，想从床里爬出去，到外面去找他。后来，我奶奶过来了，她装上婴儿床的护栏，这样我就出不去了，于是我大哭起来。我的舅爷爷希勒里——他是我奶奶的弟弟，他在我们小的时候跟我们住在一起——也过来了，看到我在哭，他就说‘可怜的小姑娘’。然后，他就在口袋里面搜啊搜，最后掏出一个卷尺来给我玩。”

“一个卷尺？”

“是啊。就是一按按钮，铁皮尺就会嗖的一声缩回去的那种东西。以前我和查尔斯老是为了抢这个而打架。现在它还放在家里的某个地方呢。”

第二天早上，我很晚才醒，而且是被一阵急促的敲门声给吵醒的。

我开门一看，原来是卡米拉，她好像是急急忙忙穿上衣服就跑出来了。她一进门，就把门给锁上了，而我还穿着睡袍，睡眼惺忪地站在原地没有动。“你今天出去过没有？”她问我。

我感到脖子后面一阵紧张，就好像有蜘蛛在那儿爬。于是我走到床边，坐下来。“没有，”我回答，“怎么了？”

“我不知道发生了什么事情。警察正在找查尔斯和亨利谈话，弗朗西斯也不见踪影。”

“你说什么？”

“今天早上大概七点钟时，有个警察过来找查尔斯。他根本没说想干什么。查尔斯穿好衣服就跟他走了，那时大概是八点吧。亨利给我打了个电话。他问我今天早上他晚一点过来行不行。我问他到底在说什么，因为我们根本就没有约好今天要见面。‘好的，谢谢，’他又说，‘我知道你会理解的，因为警察正在这里问我邦尼的事情，他们就想问我几个问题。’”

“我想他会没事的。”

她用手抓了抓头发，那被激怒的神态像极了她的哥哥。“不仅如此，”她说，“现在这里到处都是人。记者、警察，这地方就像个疯人院。”

“他们是在找他吗？”

“我不知道他们到底在干什么！他们好像正在朝卡特拉卡特山的方向进发。”

“也许，我们也应该到学校外面去看看。”

她用苍白而闪亮的眼神迅速扫视一下我的房间。“好吧，”她说，“赶快穿好衣服，我们来想想接下来该怎么做。”

那天，我正在舆洗室里漫不经心地刮胡子，朱迪·普维突然飞快地跑过来，撞了我一下，我的脸被割开小口子。“理查德，”她紧抓住我的胳膊，急促地说，“你听说了吗？”

我擦了擦脸颊，看到手指上沾着的血迹，转过头去看着她，气呼呼地问道：“听说什么？”

“邦尼的事情。”她答道，故意压低嗓门，眼睛睁得老大。

我盯着她，不知道她接下来会说些什么。

“是杰克·泰特尔鲍姆告诉我的。克鲁克昨天晚上把这事儿跟他说了。我从来没听说过有人会像这样突然之间消失。简直邪门了。杰克还说，要是现在还没有找到他……我是说，我当然希望他一切都好。”她看到我的那种眼神，急忙改口。

我不知道该说些什么。

“你要是想过来找我，我随时欢迎。”

“好的。”

“我是说，你如果想跟我谈谈，我会非常乐意。只管来找我好了。”

“谢谢。”我答道，语气非常生硬。

她抬头望着我，眼睛里满是同情，好像非常了解我的孤独和悲苦。“他会没事的。”她紧紧地握一下我的胳膊，然后就离开了。她走到门口时还稍作停留，非常同情地回看了我一眼。

卡米拉已经提过，可我还是没料到外面是那么乱。停车场停满车，路上挤满汉普顿的市民——大多数都是工厂里的工人，这个从外表就能够看出来，有人带着午饭，有人领着孩子。他们手上拄着拐棍，组成一支凌乱的队伍，正浩浩荡荡地朝卡特拉卡特山走去，学生们则转来转去，很好奇地看着他们。这支队伍里有警察、议员、一两名军人。不远处的草坪上停着政府部门的几辆车，旁边则是一个临时搭建的远程电台联播网、一台餐车，以及一部第十二新闻频道的转播车。

“这些人都在这里干吗啊？”我问道。

“看，”卡米拉说，“那不是弗朗西斯吗？”

远处，在那一大群拥挤的人群中间，我看见一簇红头发一闪，接着看到那个有着低沉的嗓音、穿着黑色大氅的人的清晰可见的身影。卡米拉伸出手，朝他喊叫。

他穿过那群由咖啡店工人组成的队伍——他们是出来看热闹的——朝我们走过来。他正在抽烟，腋下还夹着一份当天的报纸。“你们好，”他说道，“你们想象到这种场面了吗？”

“到底是怎么回事儿？”

“这是一次寻宝记。”

“你说什么？”

“当天晚上，柯克兰家就登出悬赏告示。今天汉普顿所有的工厂都停产了。有谁想喝咖啡吗？我这儿还有一美元。”

我们穿过由表情阴郁的清洁工和维修人员组成的稀稀拉拉的人群，向餐车走去。

“三杯咖啡，两杯加奶。”弗朗西斯对柜台后面的那个胖女人说道。

“没有牛奶了，只有克里莫纳①。”

“那就什么也不加，黑咖啡就可以，”他转过身，“你们看了今天早上的报纸吗？”

他手上拿的是汉普顿《观察家报》的最新一期。头版的一个专栏里刊登着邦尼的一张近照，图像比较模糊，下面的标题是：汉普顿二十四岁青年失踪，警察和家人正全力搜寻。

“二十四岁？”我很惊讶。我和双胞胎都只有二十岁，亨利和弗朗西斯也只有二十一岁。

“他小学时留了一两级。”卡米拉解释道。

“啊哈。”

---

① 某品牌的咖啡伴侣。

星期日下午，被家人和朋友称做“邦尼”的埃德蒙·柯克兰，汉普顿大学的一名学生，去参加了一个校园聚会。显然，他中途离开，去跟他的女朋友，来自纽约州赖伊镇的玛丽恩·巴恩布里奇约会。她同样是该校的一名学生。没想到这却是人们最后一次见到他。

正是这位巴恩布里奇小姐，还有柯克兰的几位朋友，昨天正式通知州和地方警察，地方警察已经发布寻人启事。今天，搜寻行动已经在汉普顿地区全面展开。这名失踪青年（第五版续）

“你看完了吗?”我问卡米拉。

“嗯，翻面吧。”

身高六英尺三英寸，体重一百九十磅，棕黄色头发，蓝色眼睛。失踪戴着眼镜，身穿灰色的呢绒运动衫，一条黄褐色卡其裤，外罩一件黄色油布雨衣。

“你的咖啡，理查德。”弗朗西斯一手拿着一杯咖啡，小心翼翼地转过身来。

还在马萨诸塞州瀑布市大学的圣杰罗姆学院读预科时，柯克兰就非常热衷于各项体育运动。他曾经参加过曲棍球、网球以及划艇运动，还带领着他的橄榄球队——狼獾队，一举夺得该州的联赛冠军。当时他上三年级，担任该球队的队长。在汉普顿大学，柯克兰还担任过救火队志愿者。他的专业是文学和语言学，主攻方向是希腊古典文学，被同学们尊敬地称为“学者”。

“哈。”卡米拉叫了一声。

克鲁克·雷本是柯克兰的校友，也是最先报警的人之一，他说柯克兰是“一位真正正直的人，绝对不会沾染毒品或其他类似的东西”。

昨天下午，他由于越发担心朋友出事，闯进柯克兰的宿舍，随后便报了警。

“不是这样的，”卡米拉说，“他才没有报警呢。”

“根本没有提到查尔斯的名字。”

“感谢上帝。”她用希腊语念道。

柯克兰的父母，来自康涅狄格州的麦克唐纳德·柯克兰和凯瑟琳·柯克兰，于今日抵达汉普顿，开始协助警方寻找他们五个孩子当中最小的这一个。（详情请阅第十版，“家人的祈祷”）柯克兰先生接受电话采访——柯克兰先生是宾汉姆银行和信托公司的总裁，同时也是康涅狄格州第一州立银行董事会的成员——说道，“我们能够做的事情也不多，但是我们愿意尽可能提供协助。”他提到，在失踪事件发生前一周，他还与儿子通过电话，也没有发现丝毫的异常情况。

凯瑟琳在谈到自己的儿子时说：“埃德蒙是个非常顾家的人。他要是遇到什么问题，肯定会告诉我和麦克的。”

任何能够提供埃德蒙·柯克兰具体下落的人都能获得五万美元的奖金。这笔钱是由柯克兰家族、宾汉姆银行及其信托公司，以及友爱互助会的海兰黑茨山庄共同提供。

风继续刮着。我和卡米拉共同把报纸叠好，还给弗朗西斯。“五万美元，”我感叹道，“这笔钱可不少啊。”

“你知不知道今天早上怎么会有那么多汉普顿的市民来登山？”弗朗西斯说，喝了一小口咖啡，“妈呀，这儿可真冷。”

我们转过身，准备回科蒙斯。卡米拉问弗朗西斯：“你知道查尔斯和亨利的事情吧？”

“嗯，他们跟查尔斯说过可能要问他话，是吗？”

“那亨利呢？”

“我可不想浪费时间操他的心。”

科蒙斯的暖气开得很足，但里面空荡荡的，没有几个人。我们三个坐在一张阴冷的黑色树脂长凳上，喝着咖啡。人们出出进进，从户外带进一阵阵凉风。有的人只是想进来问问最新消息。学生会副主席——“派对猪”贾德·麦肯那拿着一个空颜料罐子，朝我们走过来，问是否愿意给刚刚成立的紧急搜救基金会捐款，我们顺从地捐了一美元。

乔治斯·拉法格正在兴致勃勃、不厌其烦地讲述着发生在布兰代斯大学的一桩类似的失踪案件时，亨利不知从哪里冒了出来，站在他身后。

拉法格转过身去。“哦。”他一看见是亨利，便冷冰冰地说道。

亨利略微歪了歪头。“你好，拉法格先生，”他说道，“真高兴又见到您。”

拉法格煞有介事地从口袋里掏出一条手绢，足足擤了五分钟的鼻涕。接着，他又精心地把手绢叠成漂亮整齐的小方块，但依然背对着亨利，继续讲着故事。据他说，原来那名学生一个人偷偷地坐车去了纽约，没有告诉别人。

“这个男孩，是叫伯蒂吧?”

“邦尼。”

“对。这孩子失踪的时间要短得多。他自己会冒出来的，到时候大家就会觉得是在犯傻了，”他压低嗓门，说道，“我相信学校肯定不想吃官司，这恰好说明他们为什么在这件事情上根本就判断不了是非，分不清轻重缓急，你们说是不是？不过，你们可别把我说的话告诉别人。”

“当然不会。”

“我跟主任的关系挺微妙的，你们得理解我。”

“我有点儿累了，”后来在车里时，亨利这么跟我说，“但是，没什么好担心的。”

“他们想知道什么?”

“没什么大不了的。你认识他有多久了，他的举动是不是有些奇怪，我是不是知道他为什么想离开学校。当然了，他最近的举动确实有些奇怪，我也这么说了。我还说，最近没怎么见到过他，这话也没错儿，”他摇摇头，接着说道，“说真的。整整两个小时。早知道这事儿会给我们惹这么多麻烦，那刚开始的时候，我只怕不能肯定这样做是否值得。”

我们顺道去了趟双胞胎家，发现查尔斯正趴在沙发上呼呼大睡。他连外套和鞋子都没有脱，一只胳膊无力地垂在沙发边缘，手腕已从衬衫袖口里露出了三四英寸。

突然，他惊醒了。他的脸有些肿，脸颊上清晰地留着沙发花纹的印痕。

“情况怎么样？”亨利问道。

查尔斯稍稍坐直，揉了揉眼睛。“我看还行吧，”他说，“他们给我做了一份笔录，说明昨天的具体情况，我在笔录上签名了。”

“他们也来找过我。”

“真的吗？他们想干吗？”

“问了我一些已经问过你的问题。”

“他们对你还好吗？”

“也没什么特别的。”

“天啊，警局的人对我可真是好极了，让我吃了免费早餐。有咖啡和果酱面包圈。”

那天是周五，也就是说，我们没有课，而且朱利安不会在汉普顿，而是待在家里。他的家距离我们的住所倒是不远——就在去阿尔巴尼的路上。当时，我们开车去一家卡车车站吃馅饼。午饭后，亨利提议（这个提议非常出乎大家的意料）开车过去拜访一下。

我从来没去过朱利安家，也从来没有见过那所房子，不过我总是以为其他人肯定去过好多次了。实际上——当然要把亨利排除在外——朱利安不大喜欢邀请别人到家里做客。这倒没有什么太奇怪的，因为他一直让自己和学生之间保持着一种既友善又不过分亲密的关系。不过，他尽管比一般的老师更为喜爱自己的学生，这种关系（即使在他对待亨利时）不是平等的。我们在上他的课时，感受的更多的是一种和蔼的独裁主义，而不是民主。“我是你们的老师，”他曾经这么说道，“我吃的盐比你们吃的饭还要多。”从心理学的角度上讲，他对我们的态度亲密得几乎让人难以忍受，可是这种亲密是公事公办、冷冰冰的。除了我们身上的那些最为迷人的品质，他不愿意看到我们的任何缺点，因为这些所谓的优秀品质正是由他培养并无限放大的，而对所有的那些令人讨厌的、毫无魅力可言的缺点，他宁愿视而不见。可我竭力调整自己，以便与这副并不准确的形象更加契合时，感到无比的幸福，那种感觉真是美妙之极——到最后，我发现自己也或多或少真的拥有那些特质。长久以来，我一直都在千方百计地去扮演他所希望看到的那些角色——毫无疑问，他根本就不想了解我们真实的全部，而只想看到他给我们创造出来的那些高尚的部分：讨人喜欢的脸庞，结实的身体，多才多艺，财运亨通。我觉得，正是他对所有的问题都有着一种奇怪而且盲目的个人理解，导致他把邦尼的那些真实存在的麻烦幻化成精神层面的、非物质存在的问题。

对于朱利安在工作之余的个人生活，我当时一无所知，即使现在也无从知晓，我觉得他的一切行为都蒙上了一层可望而不可即的神秘色彩。毋庸置疑，他的个人生活也跟我们的一样并不完美，可是他让我们看到的那一面，却总是光鲜亮丽、完美无瑕，这给我们造成了一种错觉，以为他的生活高尚得超乎想象。

因此，我自然很好奇，想看看他住的地方。那是一所由大大的石块砌成的房子，坐落在远离主路的小山丘上，四周只有树木和积雪。这幅景象虽然蔚为壮观，但他的房子远不及弗朗西斯家的房子那么离奇古怪。对于他家的花园，还有房子内部的陈设，我已经早有耳闻——阁楼上的花瓶、东德梅森瓷器，还有阿尔玛-塔得玛[①]和弗瑞斯的画作等。可是，现在花园里铺满积雪，显然朱利安并不在家，至少，他没有过来开门。

亨利回头望了望，看见我们还在山下的车里等着。他从口袋里拿出一张纸条，在那上面龙飞凤舞地写了几句话，然后便从门缝里把纸条塞进去。

“参加搜救的人里有学生吗？”在开车回汉普顿的路上，亨利问我们，“我可不想在回去时被人认出来。可是，从另一方面来说，如果就这么回去，也确实挺无情无义的，你们觉得呢？”

他沉默了一会儿，思考着。“也许我们还是该去看看，”他说，“查尔斯，你

① 劳伦斯·阿尔玛-塔得玛爵士（1836—1912），英国皇家学院派画家中的世俗装饰大师。

今天干的事情已经够多的了。你可以直接回去了。”

把双胞胎送到家后，我们三个去了学校。我本来以为，那些搜救的人到现在肯定都累了回家了，可没有料到校园里的人比之前更多，人们也更加忙乱。学校里到处是警察、学校行政人员、男童子军队员、维修工人，还有保卫处的人，大约三十名汉普顿大学的学生（你可以一眼认出其中一些是某个学生团体的成员，着装整齐地带领着其他学生），以及成群的普通市民。人群确实很庞大，可是我们三个从高处往下看时，却觉得他们同这片皑皑的白雪比较起来，显得既渺小又压抑。

我们顺着地势向下走。弗朗西斯阴沉着脸，落后两三步，跟在我们身后，因为他本来就不想来。我们在人群中穿梭着。根本就没有人注意我们。这时，我听到身后隐隐传来步话机断断续续的通话声，然后惊讶地发现自己已经撞上朝前赶路的保卫处主管。

“看着点儿。”他喊道。他身材矮壮，脾气暴躁，鼻子和下巴上长满难看的肝斑。

“对不起，”我匆忙道歉，“能不能告诉我到底——”

“这些大学生啊，”他嘟哝道，把头一偏，好像打算吐口痰，“到处乱窜，就知道挡道儿，都不知道自己该干吗。”

“是啊，我们也想知道这个。”亨利突然插了一句。

这名保安很快转过头，不知道为什么，他的眼睛盯住站在那儿发呆的弗朗西斯，而不是亨利。“原来是你啊，啊哈？”他恶毒地回答，“那个自以为能够使用教师停车场的校外先生。”

弗朗西斯吃了一惊，眼神很慌乱。

“是的，就是你。知道自己有多少欠费罚款单吗？整整九张啊。我上个星期刚刚把你的记录上报给主任。他们可以让你休学，不给你发成绩单，还能吊销你的图书证。看你还有什么本事！我只要一句话，就能把你送进监狱去。”

弗朗西斯张口结舌地看着他。亨利一把抓住他的袖子，拉着他撒腿就跑。

一支由市民组成的长长的、零散的队伍嘎吱作响地走过雪地，其中一些人还拄着拐棍，在雪地上留下凌乱的戳痕。我们在队伍的尾巴那儿接上去，很快就跟上他们的步伐。

邦尼的尸体是否真的躺在西南方向两英里之外的地方，对搜救人员来说既没有太大意义，也不是一件急事。我迈着沉重的脚步，缓缓地跟着队伍行进着，只是由于双眼一直盯着地面，眼神有些发花。走在队伍最前端的，是一小群代表政府权威的军人和警察，他们不时低头凑到一起，低声讨论着什么。旁边有一条德国牧羊犬围绕在他们脚边，急速地小跑着，吠叫着。空气显得很沉重，山顶上方的天空阴云密布，给人风雨欲来的感觉。弗朗西斯的长外套灌满了风，抖动的衣襟如在他身后翻滚的巨浪。他一直偷偷地四处张望，生怕保卫处的那个人就在附近，不时发出一两声微弱的、满是自怜的咳嗽声。

“你到底为什么不交停车费？”亨利悄声问他。

“别管我。”

我们就这样缓慢地在雪地上行进着，时间过去了好几个小时，我的脚最初感到微微刺痛，到后来变得麻木，除了难受就没有别的感觉。那些穿着厚重皮靴的警察还在雪地上嘎吱嘎吱地走着，留下一溜儿乌黑的印迹。在他们装备齐全的武装带上，警棍有节奏地一摆一摆。一架直升飞机呼啸着冲过来，飞过树林，在我们头顶上方稍作盘旋之后，便突然转向，按照原路返回。天色渐渐暗下来，人们开始稀稀拉拉地沿着被践踏的山路赶回家中。

“我们回去吧。”弗朗西斯说道——这话他已经说了四五遍。

我们总算准备离开时，一名巡警突然出现在我们面前的小路上。“看够了吗？”他笑着问道。这家伙个子高大，脸庞红红的，留着红色的胡须。

“我想是的。”亨利回答。

“你们都认识那孩子吗？”

“我们的确认识他。”

“知不知道他可能去哪儿？”

我对自己说（面带笑意地看着警察愉快而结实的脸庞）：这如果是部电影，我们肯定早就坐立不安，举止令人生疑了吧。

“买一台电视得花多少钱？”在回家的路上，亨利问道。

“为什么问这个？”

“因为我想看看今天晚上的新闻。”

“我觉得可能会有点儿贵。”弗朗西斯回答。

“蒙默斯的阁楼上好像有一台。”我说。

“是谁放在那儿的吗？”

“我敢肯定是的。”

“那好，”亨利说，“我们一看完新闻，就原封不动地把它送回去。”

弗朗西斯在一旁放哨，我和亨利到阁楼上去，在一大堆破烂不堪的台灯、纸盒、丑陋的油画作品当中乱翻一气。我们好不容易才在一个破旧的兔笼后面找到那台电视机，把它抬到楼下亨利的车里。在开车去弗朗西斯家的路上，我们在双胞胎的住所外停下来。

“柯克兰家的人今天下午一直都在找你。”卡米拉告诉亨利。

“柯克兰先生至少打了十二个电话过来。”

“朱利安也打过电话，他挺沮丧的。”

“还有克鲁克。”查尔斯补充道。

亨利一怔，问道：“他想干吗？”

“他想确认一下，今天早上，你跟我都没有把他贩毒的事情告诉警察。”

“你是怎么跟他说的？”

“我说我没跟警察说，但不知道你说了没有。”

“走吧，”弗朗西斯看了一眼手表，催促道，“你们再不快点，我们就赶不上看节目了。”

我们把电视机放在弗朗西斯家的饭厅里，胡乱调试一阵，好不容易才把图像调整好。电视剧《娘们汇聚所》的片尾字幕（演职员名单）正在屏幕上滚动，字幕旁边只有扈特维尔的水塔建筑，以及炮弹快递公司的些许画面。

接下来就是新闻。主题音乐消逝，播音员办公桌的左下方的屏幕上出现一个圆形图案，上面是一个穿着制服的警察打着手电筒，手里牵着一根狗绳，下面写着两个大字：寻人。

播音员双眼直视着镜头。“今天，搜救汉普顿大学学生埃德蒙·柯克兰的行动正式在汉普顿地区开展，”她说，“有上百名群众参加了这次搜寻，而更多的人则在默默地祈祷。”

画面随即切换成一片郁郁葱葱的树林的全景，可以看到一队搜寻者的背影，很多人手上拿着木棍，敲打着脚下的灌木丛，我们先前见过的那条德国牧羊犬，兴奋地朝着镜头吼叫着。

“你们在哪儿?”卡米拉问道，“镜头里面有你们吗?”

“看，”弗朗西斯说，“那个讨厌的家伙在那儿。”

“有一百名志愿者，”画外音继续说道，“于今天早上抵达，他们来协助对汉普顿大学学生的搜寻行动，该学生自上周日下午后失踪。至今人们也没有发现关于康涅狄格州谢蒂溪镇的这位年仅二十四岁的埃德蒙·柯克兰的任何线索，但是动感新闻十二频道刚刚接到一条重要的电话线索，据权威人士推测，该线索会让案情出现重大转折。”

“什么?”查尔斯对着电视机问道。

“让我们用电话联系正在现场的里克·多布森。”

画面上出现一个穿着防水外套、举着麦克风的记者，他正站在一座建筑前，那座建筑好像是座加油站。

“我知道那个地方，”弗朗西斯说着，身子朝电视机凑得更近，“那是六号公路旁的雷迪姆德修理公司。”

“嘘。”有人回应道。

风吹得很猛。麦克风发出刺耳的尖叫，然后变成噼里啪啦的噪音。“今天下午一点五十六分，”记者缩着脖子说道，“动感新闻十二频道接到一条重要线报，可能对警察正在处理的汉普顿学生失踪一案产生突破性影响。”

镜头向后推去，画面上出现一个头戴羊毛帽、身穿工装裤和油腻腻的深色防风外套的老头儿。他眼神呆滞地盯着镜头旁边的某个地方。他的脑袋圆滚滚的，而脸上的神情就像小孩子一样温和而宁静。

“在我旁边的这位是威廉·哈迪，”记者说道，“他是汉普顿雷迪姆德汽车修理公司的合伙人，也是汉普顿镇搜索队的成员，正是他给我们提供了这条消息。”

“亨利。”弗朗西斯喊道。我循声望去，惊讶地发现亨利的脸一下子变得惨白。

亨利伸手去口袋里拿香烟。“嗯，”他简短地说道，“我看见了。”

“怎么回事？”我问道。

亨利把烟放在烟盒的边上磕着，眼睛一刻也没有离开过电视屏幕。“那个人，”他说，“给我修过车。”

“哈迪先生，”记者说，“您能不能跟我们说一下，您在周日下午看到的情况？”

“哦，上帝啊。”查尔斯说道。

“小声点儿。”亨利回答。

机械师挺害羞地看了看镜头，马上又把眼光移开。“星期天下午，”他带着鼻音很重的佛蒙特口音说道，“有一辆奶白色的庞蒂亚克，出厂有几年了，在那边的那个加油泵那里停下来。”他转念一想，又有点尴尬地抬起手臂，指向镜头外的某一处。“车上有三个男的，两个坐在前排，一个坐在后排，准备出城去，好像很着急。那孩子跟他们在一起。我看到登在报纸上的照片，又想起他来。我本来已经忘了这件事。”

我的心几乎停止跳动了——三个男的，白色的车——这些细节最有说服力了。可我们是四个人，卡米拉也在，而邦尼星期天根本就没碰过那辆车。再说，亨利开的是宝马，宝马和庞蒂亚克相差太大了。

亨利已经不再紧张地在烟盒边上磕着那支没有点燃的香烟。他用手指轻轻地夹住它，来回晃动着。

“柯克兰家还没有收到什么勒索邮件，但权威人士尚未正式排除绑架的可能性。这是动感新闻十二频道记者里克·多布森从现场给您发回的报道。”

“谢谢，里克。电视机前的观众如果对本案或者其他报道有线索可以提供，请您在工作时间（早上九点至晚上五点）拨打我们的热线电话三六三……

“今天，汉普顿市中学的校董事会进行了一次选举投票，该事件可能是近期最具争议的……”

有那么几分钟，我们都呆呆地盯着电视屏幕，一言不发。最后双胞胎打破沉默，他们互相看了看对方，忍不住大笑起来。

亨利摇摇头，仍然用难以置信的眼神盯着屏幕。“这些佛蒙特人。”他自言自语道。

“你认识这个人吗？”查尔斯问道。

“这两年我都是让他给我修车。”

“他是不是疯了？”

亨利又摇摇头。“这些人为了那笔奖金，都疯了，都在撒谎。我不知道该说什么好。他一直都是个头脑清醒的人，只是有一次，他把我拽到一个角落里，跟我说起基督的王国之类的事情。”

“好，不管他出于什么原因这样做，”弗朗西斯说道，“他至少帮了我们一个大忙。”

“这很难说，”亨利说，“绑架是重罪。如果这件事变成了刑事犯罪调查，他们可能会查出一些我们不希望他们知道的事情。”

“怎么可能呢？这些事情跟我们又有什么关系？”

“我说的不是大的方面。但是，细枝末节的事情已经有不少了，有人如果把这些琐碎之处结合起来看，也许会得到非常惊人的结论。举个例子，我真不应该用信用卡去买机票，真是傻到家了。我们要想把这个解释清楚，还真得费一番脑子。还有你的信托基金，记得吗，弗朗西斯？还有我们的银行账户？在过去的半年里，我们提取大量现金，但是好像没添置什么。可是邦尼的衣柜里却挂着一大堆新衣服，而他根本就买不起这些衣服。”

“那得调查得足够深入才能发现这些。”

“调查者只要打对两三个电话就能发现很多事情。”

正在这时，电话铃响了。

“噢，上帝啊。”弗朗西斯哀号道。

“别去接。”亨利说。

可是弗朗西斯已经拿起电话，我就知道他会这样做。“是的，”他小心翼翼地回答，停顿，“哦，也向您问好，柯克兰先生，”他说道，坐了下来，还用拇指和食指给我们做出了一个“没事”的手势，“您听到什么消息了吗？”

一阵漫长的停顿。弗朗西斯认真地听那头的人说了几分钟，眼睛盯着地面，点着头。过了一会儿，他又挺不耐烦地用脚在地板上来回蹭着。

“他到底在说什么呢？”查尔斯小声问道。

弗朗西斯把话筒拿开，用手做出“喋喋不休”的手势。

“我知道他想干吗，”查尔斯的语调变得轻快起来，“他想让我们去他住的宾馆吃晚餐。”

“其实，先生，我们已经吃过晚饭了，”弗朗西斯说，“不，当然不会……是的。对了，我一直想给您打电话来着，可是现在的情况这么乱，您也知道……一定一定……”

他总算挂掉电话，我们都瞪着他。

弗朗西斯耸耸肩。“嗯，”他说，“我好累。他想让我们二十分钟之内去宾馆。”

“我们？”

“我肯定不会一个人去的。”

“他是一个人吗？”

“不是。”弗朗西斯已经溜进厨房，我们听见他开关橱柜的声音。“除了泰迪，他们家人都在，而泰迪随时可能到。”

有那么一小会儿，大家都没吭声。

“你在里面干什么？”亨利问。

“在给我自己倒酒呢。”

“给我也倒一杯。”查尔斯补充道。

“苏格兰威士忌行吗？”

“你要是有，最好给我一杯波旁威士忌。”

“给我来一杯一样的。”卡米拉说。

“干脆来一整瓶吧。”亨利说道。

他们走后，我躺在弗朗西斯家的沙发上，一边抽着他的香烟，喝着他倒的威士忌，一边看着电视里播放的《智力竞答》节目。有一名参赛者来自圣·吉尔贝托，离我的家乡非常近，也就五六英里的距离吧。在那里，各个郊区一个接一个地紧挨在一起，因此你很难分清楚各个地区的范围到底有多大。

接下来放的是一部电影。这部影片讲述的是地球遇到了危险，可能要跟某个行星相撞，而全世界的科学家们都团结起来，避免这场灾难发生。一位经常在脱口秀上露面的碌碌无为的天文学家——也许你还能说出他的名字，在影片里饰演了一个小配角。

不知道为什么，电视台在十一点又播放新闻时，我一个人看得挺不自在，于是就把电视机换到 PBS 台，看一个叫《冶金学历史》的节目。这个节目挺有意思的，只是我累极了，还有点醉，因此节目没放完，我就睡着了。

我醒来时，发现身上不知什么时候被盖上了一条毯子，整个房间浸润在寒冷的黎明的光线中，泛着蓝光。弗朗西斯背朝着我，坐在窗台上。他还穿着前天晚上的那套衣服，膝盖上放着一个罐子，他正从罐子里面拿樱桃出来吃。

我坐了起来。“现在几点？”

“六点。”他回答时没回头，嘴里塞满樱桃。

“你怎么不叫醒我呢？”

“我四点半才回来。喝多了，没法儿开车送你回去。想吃个樱桃吗？”

看来他还没醒酒。他的衣服被压得皱皱巴巴，领口微敞，声音平缓得没有什么语调。

“你昨天晚上去哪儿了？”

“跟柯克兰家的人在一起。”

“你们没有一起喝酒吧。”

“当然喝了。”

“一直喝到四点？”

“我们走的时候，他们还在喝呢。浴池里还放着五六箱啤酒。”

“没想到他们这么随便啊。”

“都是食王公司捐赠的，”弗朗西斯说道，“我是指啤酒。柯克兰先生和布拉迪弄到了一些，然后就带进酒店里去了。”

“他们住在哪儿？”

“不知道，”他口齿不清地说，“那地方简直糟透了。他们住在一个外面有霓虹灯、里面根本没有房间服务的汽车旅馆里，是一套大房子，所有的房间都是通的。休的孩子们在尖叫，互相扔薯条，而且每个房间里的电视机都开着。简直是地狱……真的，”他说得一点都不幽默，我还是忍不住笑了起来，“我觉得，经过昨天晚上的事情之后，再出现什么情况我都不怕了。哪怕核战来了也不怕，我就连飞机都敢开。有人——我猜是哪个该死的小孩——把我最喜欢的围巾从床上扯下来，拿它包了半条鸡腿。就是那条很漂亮的丝巾，上面还印着闹钟的图案，就这么给毁了。”

“他们感到难过吗？”

“谁？柯克兰家的人吗？当然没有。我猜他们可能根本就没想到这件事。”

“我不是指围巾这件事。”

“噢，”他又从罐子里拿出一个樱桃，“他们可能都很难过吧，多少有点儿。没有人谈太多不相干的事情，但是他们也没有精神崩溃或怎么样。柯克兰先生可能悲伤或者忧虑了一会儿，但你再看他时，就会发现他不是在逗孩子们玩，就是在给大家倒酒。”

“玛丽恩在那儿吗？”

“嗯，克鲁克也在。他开车出去跟布拉迪和帕特里克兜了兜风，然后酒气熏天地回来。我和亨利一直坐在暖气管上陪柯克兰先生聊天。我估计卡米拉本来是想过去跟休和他妻子打个招呼就走，结果被困住，脱不了身。查尔斯的情况嘛，我就不太清楚了。”

过了一会儿，弗朗西斯若有所思地摇了摇头。“我真的不明白，”他说，“你是不是觉得，这整件事很可笑？虽然也有些可怕。”

“要我说啊，这件事没有那么可笑。”

“我也这么想，”他用颤抖的手点着了一支烟，“柯克兰先生还说，国民自卫队就要出动了。真是一团糟。”

我呆呆地盯着那装樱桃的罐子，有些恍惚，似乎不知道那到底是什么。“你为什么吃那个？”我问道。

“不知道，”他说，眼睛向下盯着罐子，“其实很难吃。”

“那就扔掉。”

他使劲地向上拉着窗扇，弄出吱吱呀呀的噪音。

一股凉飕飕的冷风猛地扑到我的脸上。“小心哪。”我喊道。

他把罐子扔到窗外，然后又用尽全身力气想把窗扇关上。于是我过去帮他。窗扇终于啪地合上，窗帘也平静地垂落在窗旁。樱桃浆洒在雪地上，留下一道鲜红的印迹。

“有点儿让·科克托[①]的感觉，对吧？”弗朗西斯说，“我累坏了。你要是不介意，我得去泡个澡了。”

他在放水，我也准备离去时，电话铃响了。

是亨利。“哦，”他说，“对不起，我以为我拨的是弗朗西斯的号码。”

“你没拨错。稍等。”我放下电话，叫弗朗西斯过来。

他穿着裤子和内衣就过来了，脸上已经糊了一半肥皂泡，手上还拿着一把剃须刀。“谁啊？”

“亨利。”

“跟他说我在泡澡。”

“他在泡澡。”我说道。

“他可不在浴缸里，”亨利说，“他就站在房间里，跟你在一起。我都听见了。”

我只好把电话递给弗朗西斯。他把电话拿得远远的，这样就不会把肥皂泡弄上去。

我断断续续地听到亨利说话的声音。过了一会儿，弗朗西斯睡意浓浓的眼睛突然睁大。

“噢，不，”他说，“别找我。”

---

① 法国著名诗人、画家、评论家、剧作家。

亨利的声音坚决，公事公办。

“不，我是说真的，亨利。我累了，准备睡觉，也没办法——”

突然，他的脸色变了。出乎我的意料，他大声咒骂一句，狠狠地把电话一挂，电话里立刻传出一阵刺耳的噪音。

“怎么了？”

他仍然盯着电话。“去他妈的，”他说，“他算是缠上我了。”

“到底发生了什么事？”

“他想让我们再跟他一起出去，跟那帮该死的搜救人员待在一起，而且就是现在。我可不像他，我可不能连着熬五六天的夜——”

“现在？太早了。”

“据他说，那帮人一个小时前就开始行动了。去他的。这家伙难道就不睡觉吗？”

关于前几天晚上发生在我房间里的那件事情，我们一直都没有时间好好谈谈。现在，为了打破车里的这种令人昏昏欲睡的沉默，我觉得有必要把这件事情说个明白。

“你知道吗，弗朗西斯？”我开口道。

“怎么了？”

看来，最好的办法就是直截了当地把想法给说出来。“你知道的，”我说，“我真的对你一点兴趣都没有。我是说，不是那种——”

“真好笑呢，”他冷冷地说道，“我也真的对你没什么兴趣。”

“可是——”

“你碰巧在那里而已。”

我们在这令人有些尴尬的沉默中，一起开车回到学校。

真没有想到，经过一个晚上，事态升级了。搜救人员已经达到几百人：有人穿着制服，有人带着警犬、手提扩音器和相机，还有人拿着从餐车买的小甜面包，正透过暗色的车窗玻璃，想偷看新闻转播车里的情况——一共有三个人，其中一人来自波士顿某警局——他们与其他无法将车停在停车场上的人一样，把车停在科蒙斯前面的草坪上。

我们看见亨利在科蒙斯的前廊上等着。他正在看书，显得很用心，他看的是一本小巧的用牛皮纸包着的书，书是用某种中东语言写的。双胞胎睡眼惺忪、蓬头散发，鼻子被冻得通红，就像一对十几岁的孩子。他们随意地靠在一张躺椅上，把一杯咖啡递来递去。

弗朗西斯一半是推、一半是踢地碰了碰亨利的脚尖。

亨利吓了一跳。“噢，”他说道，“早上好。”

“你怎么能这么说呢？我昨晚上连眼皮都没合上一会儿，而且我还连着三天一口饭都没吃。”

亨利把带子夹在书里作为记号，然后把书放回上衣的胸袋里。“那好，”他的语气很亲切，“自己去买个炸面包圈吃吧。”

“我身上一分钱也没有。”

“那我给你钱。”

“我可不想吃该死的炸面包圈。”

我知趣地走开，跟双胞胎坐在一起。

“你昨天没去，真是可惜了。”查尔斯告诉我。

“我听说了。”

“休的妻子让我们看了整整一个半小时的小孩照片。”

“是啊，至少一个半小时，”卡米拉说，“亨利直接拿着一罐啤酒喝。”

沉默。

“那你在干什么呢？”查尔斯问道。

“什么也没干。在看电视里放的一部影片。”

他们俩一下子来了兴致。“哦？真的吗？是不是关于行星撞地球的那部？”

“柯克兰先生本来开着电视，可是没等这部片子放完，就有人换台。”卡米拉说。

“结尾是什么？”

“你看到结尾了吗？”

“他们去了山上的实验室。那些年轻气盛的科学家们团结起来，对抗那个愤世嫉俗的而且不想帮忙的老科学家。”

我正在跟他们解释这个结局，突然看见克鲁克·雷本在人群里穿行。我不再吭声，以为他是来找我和双胞胎的，可没想到他只是简单地跟我们点了个头，就去找亨利了。亨利这时也站到前廊的边上。

“你听着，”我听见他说，“我昨天晚上没有机会跟你说话。我联系上了纽约的那帮家伙，邦尼没去过那儿。”

亨利沉默了一会儿，然后说道：“我记得你说过你根本找不到他们。”

“嗯，要找到他们也不是不可能，只是特别麻烦而已。不管怎么说，他们确实没见过邦尼。”

“你怎么知道？”

“什么？”

“我以为你曾经说过，这些人的话根本就不可信。”

克鲁克看起来很惊讶。“我说过吗？”

“是的。”

“嘿，你听我说，”克鲁克急得把太阳镜都摘下来了，他的双眼布满血丝，眼袋也很明显，“这些家伙说的是实话。有一点我以前倒没有想到——好吧，我猜一切都发生得太快了，好了，不说废话——纽约所有的报纸都在报道这件事情呢。他们如果真的对他做了些什么，就不会继续待在住的地方，接我打过去的电话了……不然还能怎么解释，你说呢？”他的语气很紧张，可亨利还是一言不发，“你没有跟别人说过什么吧，对吗？”

亨利令人不易察觉地清了一下喉咙，这个举动真是意味深长。

“怎么了？”

“目前还没有人问我。”亨利回答。

他的脸上毫无表情。克鲁克十分狼狈，焦急地等待着亨利表态。最后，他有些恼火地重新戴上太阳镜。

“那好，”他说，“嗯，那么好吧。回头见。”

他走后，弗朗西斯颇有些困惑地转过身，看着亨利，问道："你到底想干什么？"

亨利依然一言不发。

这一天就像梦境，转眼就过去了。只有嘈杂的人声、狗叫声和直升机螺旋桨在头顶转动的声音。强劲的风在树林中咆哮，就像刮在大海上的海风一样响亮。直升机是设在阿尔巴尼的纽约州警察局派来的，据说它配备特殊的红外热敏感器。还有人无偿提供了一部"超轻型"飞机，它总是在搜救人员头顶盘旋巡视，差不多要把树梢的树叶刮干净了。现在还出现了有军衔的军人，比如拿着手提扩音器的中队长，人潮一波接一波地行进在白雪皑皑的山坡上。

一片片的玉米地、草地，还有被繁盛的灌木丛覆盖的小圆丘，都一一在我们面前闪现。我们快到山底时，地势开始慢慢向下倾斜。脚下的山谷中弥漫着浓浓的雾气，就像从烧开的大蒸锅里冒出来的白汽一样浓重，只能隐隐看见光秃秃的树梢，景象颇具但丁的风格。我们一步一步往下走，眼前的世界离我们越来越近。在我身旁的查尔斯格外显眼，他那红扑扑的脸蛋和粗重的呼吸有点不真实。走到地势更低处时，在茫茫雾气的衬托下，亨利高大的身影显得轻盈而虚幻，远看就像一个幽灵。

走了好久，地势才再度升高，我们碰到另一小队人马的尾巴。我碰巧认识这里面的一些人，我看到他们既感到惊讶，又不知怎么涌起一股莫名的感动。我看见了马丁·霍弗尔，他是音乐系的一位资深作曲家，颇有才华。那位检查我们午餐卡的中年女士穿着便服的样子竟有一种说不出来的悲凉感。罗兰博士也在。虽然隔着一段距离，我们还是能清楚地听见他擤鼻子的声音。

"看，"查尔斯说，"那不是朱利安吧？"

"在哪里？"

"当然不是他了。"亨利回答。

可恰恰就是他。他像往常一样，假装没有看见我们。直到我们走得近到他无法再视而不见时，他才会假装刚看到我们。他正在听一位个子娇小、长相精明的女士讲话，我认出这位女士正是某宿舍的管理员。

“我的老天，”这位女士一说完，他便发出这样的感叹，带着嘲讽而惊讶的神情往后一退，“你们从哪儿来？认识欧雷克太太吗？”

欧雷克太太挺不好意思地笑了笑。“我以前就见过你们，”她说，“这些孩子都以为阿姨们不关心他们，其实我一看到你们，就全都认出来了。”

“好啊，我希望如此，”查尔斯说，“那您还记得我吧？主教楼十号房间的？”

他的语气非常热情，欧雷克太太很高兴地羞红了脸。

“当然了，”她说，“我记得你。你老是过来找我借了扫帚就跑。”

他们说话时，亨利和朱利安在一旁小声交谈着。“你们不应该到现在才告诉我。”我听见朱利安说道。

“我们确实跟您说过。”

“是啊，你们提了，可是于事无补。埃德蒙以前也老缺课，”朱利安说道，神情颇为沮丧，“我还以为他在装病。有人说他被绑架了，但我觉得有这个念头就很愚蠢，你说呢？”

“我宁愿他们把我的哪个孩子给绑架了，也不愿意在这冰天雪地里待上整整六天。”欧雷克太太说道。

“嗯，我当然希望他一切都好。对了，你们知不知道他的家人已经都来了？你们见过他们了吗？”

“今天还没有。”亨利回答。

“当然，当然，”朱利安急忙说，他不喜欢柯克兰家的人，“我也还没去看他们，现在确实不应该去打扰……今天早上，非常巧，我碰到他的父亲，还有他的一个哥哥。他的那个哥哥还带着个小孩呢。那孩子就骑在他的肩膀上，好像要出去野餐。”

“这么小的孩子在这外面待着，又确实没什么可玩的，”欧雷克太太说，“他还不到三岁呢。”

“是啊，我在这一点上恐怕得同意你。我真搞不懂，让这么小的孩子卷进这种事情，到底有什么意义。”

“我肯定不会让自己的孩子在外面又闹又叫。”

“主要是太冷了。”朱利安喃喃地说。他的语气在微妙地向我们暗示，他对这个话题已经厌烦，什么也不想再说。

亨利清了清嗓子。“您跟邦尼的父亲谈过吗？”他问。

“时间不长。他——唉，我觉得每个人处理这种事情的方式恐怕都不一样吧……埃德蒙长得挺像他父亲，对吧？”

“所有的兄弟都像父亲。”卡米拉插嘴。

朱利安笑了。“对！而且他有那么多的兄弟！就像从童话故事里走出来的人……”他看了看表，“天哪，”他说，“这么晚了。”

一直待在一旁闷声不响的弗朗西斯说话了。“您要走吗？”他问朱利安的语气相当急切，“我开车送您怎么样？”

他这么明目张胆地打算溜，实在是太无耻了。亨利的鼻孔翕动着，与其说是因为愤怒，倒不如说是因为觉得这可气又可笑：他狠狠地瞪了弗朗西斯一眼。所幸朱利安只是摇了摇头，眼睛一直盯着远处，根本没注意到因为他而产生的这场闹剧。

“不用了，谢谢，”他说，“可怜的埃德蒙。我真的很担心他，你们知道的。”

“想想他的父母该有多伤心啊。”欧雷克太太附和道。

“是的。”朱利安说道。他的语气中既充满同情，也表现出对柯克兰家人的不屑。

“我要是遇到这样的事情，肯定早疯了。”

出乎我们的意料，朱利安打了个冷战，把外套的领口竖起来。

“昨天晚上，我实在太心烦意乱，根本就睡不着，”他说，“这孩子多可爱啊，还那么单纯，我真的挺喜欢他的。他要是出了什么事儿，我都不知道自己能不能接受。”

他说话时看着山下，看着我们脚下那庞大的人群、苍茫的荒野和皑皑的白雪，这一切就像影片中的全景一样宏伟。他的语气很焦急，脸上却露出了一种奇怪的梦幻般的神情。看来这件事情真的伤了他的心，我对这一点很确定。但是我还能看出，这次规模盛大的搜救行动也激起了他很大的兴趣，不管他隐藏得多么深，他还是被这个“物”的美学打动了。

亨利也看出来了。“就像托尔斯泰小说当中的情景，对吗？”他说道。

朱利安朝亨利身后望去，我吃惊地发现他的脸上竟然写满真诚的欢乐。

“是啊，”他说，“难道不是这样吗？”

下午大概两点时，不知道从哪里冒出来两个穿着深色大衣的人，朝我们走来。

“请问是查尔斯·麦考利吗？”两人中个子稍矮一点的那个问道。他胸肌发达，眼神犀利而亲切。

查尔斯就在我旁边，他停下脚步，两眼空茫地看着他。

那人从衣服上面的口袋里掏出一枚徽章，给我们看。“我是哈维·达文波特警探，联邦调查局东北地区分部。”

有那么一会儿，我担心查尔斯会失去控制。“你们想干什么？”他眨眨眼，问道。

“你要是不介意，我们想跟你谈谈。”

“不会很久的。”高个子的那个说道。他是意大利裔，有点儿驼背，鼻子有点儿哭相，不很挺拔，但是他的声音温柔、悦耳。

亨利、弗朗西斯、卡米拉都停下来，盯着这个陌生人，每个人都在心里暗自盘算着。

“再说了，”达文波特突然说道，“有一两分钟不用挨冻也是好的。我打赌你们肯定都冻坏了吧，对吧？”

他们离开后，其他人都急坏了，可我们绝对不能说话，因此只好默默地跟在后面走，眼睛看着脚下，都不太敢抬头向上看。很快就到了三点，然后是四点。看来事情一下子还完不了，可是我们一发现今天的搜救活动有了要结束的意思，就急忙朝汽车走去，谁也没有在路上说话。

“你们说，他们找他干吗？”卡米拉已经不止十次问过这个问题了。

“不知道。”亨利回答。

“他们已经给他做过笔录了呀。”

“那是警察做的，不是这些人。”

“那又有什么区别呢？他们为什么要找他谈话呢？”

“我真的不知道，卡米拉。”

我们赶到双胞胎家里时，发现查尔斯一个人在家，这真的让人舒了一口气。他躺在沙发上，身边的桌子上放着一杯酒，正在给奶奶打电话。

他有些醉了。“奶奶向你问好，”他挂上电话就对卡米拉说道，“她非常担心。她种的杜鹃花不知道是生虫了还是怎么了。”

“你手上是些什么东西？”卡米拉厉声问道。

他伸出双手，手心向上，因为醉酒，手不是很稳。他所有的指尖都是黑乎乎的一片。“他们收集了我的指纹，”他说，“其实挺有意思的，我以前从来没做过这个。”

我们全都目瞪口呆，说不出一句话来。过了好久，亨利才上前一步，抓过他的一只手，在灯光下细细研究着。“你知道他们为什么要这么做吗？”他问。

查尔斯用另一只手的手背擦了擦眉毛。“他们把邦尼的房间给封了，”他说，“有人在里面收集脚印和其他证据，然后再把证据装在塑料袋里。”

亨利把他的手放下。“可为什么要收集你的指纹？”

“我也不知道。他们要采集指纹，每个在星期四去过邦尼的房间并且碰了东西的人的指纹都要。”

“这又有什么用呢？他们又没有邦尼的指纹。”

“他们恰好有。好多年前，邦尼参加过童子军，他所在的代表团进入决赛，获得一个什么拥法爱法的徽章，所有的人都留下了指纹。这些指纹现在还存在档案里。”

亨利一屁股坐下来。“他们为什么要找你谈话？”

“这正是他们问的第一个问题。”

“什么？”

“‘你知道我们为什么要找你谈话吗？’”他把手腕紧贴着脸庞，缓缓地沿着脸颊滑下来，“这些人相当精明，亨利，”他说，“比警察精明多了。”

“他们是怎么对待你的？”

查尔斯耸耸肩。“那个叫达文波特的挺无礼。另一个——那个意大利人——好一点，可是他让我害怕。他的话不多，只是在一旁听着。他可比另外那个聪明多了……”

“那又怎样？”亨利不耐烦地问道，“到底怎么回事？”

“没什么。我们……我也不知道。只是必须更加小心，就这个。他们已经不止一次地想挑我的毛病了。”

“你什么意思？”

“是这样的，举个例子，我跟他们说，星期四下午四点左右，我和克鲁克一起去了邦尼的房间。”

“你们就是那个时候去的。”弗朗西斯说。

“这个我知道。可是那个意大利人——其实，他是个挺不错的人——脸上的神情严肃起来。‘确实是这个时间吗，孩子？’他问我，‘想想。’我真的被他弄糊涂了，因为我知道我们就是四点去的。达文波特又接着说：‘你最好先想一想，因为你的朋友克鲁克跟我们说，你们两个在那个房间里待了整整一个小时之后，才去通知别人。’”

“他们想查查你跟克鲁克是不是隐瞒了什么。”亨利说道。

“也许吧。或许他们只是想知道，我会不会对他们撒谎。”

“你撒谎了吗？”

“没有。可是，他们如果再问我一些更敏感的问题——况且我当时也有点害怕……你不知道那是种什么感觉。他们是两个人，而你只有一个人，而且你能思考的时间不多……我知道，我知道，”他绝望地说道，“但是这次的情况跟警察询问我那次不一样。小镇上的警察本来就不指望能找到什么线索。他们要是知道了真相，肯定会被吓坏的，说不定，我即使告诉他们，他们也不会相信。可是这两个家伙……”他打了个冷战，“你们知道吗，我以前从来都不明白，什么才叫以貌取人，”他说，“我们看起来并不精明，根本就不像会去做这种事情的人。不妨把我们当成主日学校的老师。可这帮人不是好糊弄的，”他端起杯子，喝了一口，接着说道，“顺便说一句，对于你的那次意大利之行，他们可是问了一大堆问题。”

亨利吃了一惊，抬眼看着他，问道：“他们有没有问钱的事情？是谁付的账之类的？”

“没。”查尔斯喝干杯中之物，把杯子里的冰块晃得叮当响。“我就怕他们问呢。可是，我觉得他们肯定对柯克兰家的人印象有点过于深刻。我要是告诉他们邦尼从来不会把一条内裤穿两次，恐怕他们八成都会信呢。”

“那个佛蒙特人的情况呢？”弗朗西斯说，“就是昨天电视上的那个人？”

“不知道。他们对克鲁克的兴趣恐怕比什么都大，起码我是这么想的。也许他们只是想听听看我的证言跟他的是否一致，可是他们确实问了不少很奇怪的问题——我弄不清楚。他要是跟别人到处宣扬邦尼是被那些毒贩子们给绑架了，我不会奇怪。”

“他当然不会那么干。”弗朗西斯附和道。

“嗯，是他告诉我们的，而我们跟他连朋友都算不上。联邦调查局的那两个人还以为我跟他关系不错。”

“但愿你不厌其烦地纠正了他们。”亨利说，随手点起一根香烟。

“我担保克鲁克肯定会让他们往那个方面想。”

“不一定，”亨利说，抖灭火柴，顺手将火柴扔进烟灰缸里，深吸一口烟，“你们知道，”他说，“开始的时候，我还觉得跟克鲁克的关系是个累赘。现在看来，这是上帝送给我们最好的礼物了。”

别人没来得及问他到底这话什么意思，亨利看了手表一眼，说道：“天啊，我们得走了，都快六点了。”

在我们去弗朗西斯家的路上，一条怀孕的母狗从我们前面的马路上横穿而过。

“这个，”亨利说，“可不是什么好兆头。”

可他不肯说这为什么是个不好的兆头。

新闻刚刚开始。播音员不再埋头看着眼前的文稿，神情庄重而愉悦地说道：

“这场疯狂的搜救行动目前还没有任何结果，但还在继续进行，目的是为了寻找汉普顿大学失踪的学生爱德华·柯克兰。”

“天哪，”卡米拉惊呼一声，双手在她哥哥的外衣口袋里摸索着香烟，“他们到现在还没把他的名字搞对。”

画面切换到从飞机上拍摄的鸟瞰景象，只见星星点点的人群散布在积雪覆盖的山丘上，活像一幅绘制的战时地图，这幅景象愈发衬托出卡特拉卡特山的宏伟与壮观。

“据估计，参与搜救的人员大约有三百名，”画外音说道，“其中包括国民自卫队员、警察、汉普顿市消防队员，以及佛蒙特中央公共服务部的职员。在本次搜救行动的第二天，他们开始对这一人迹罕至的区域进行搜索。此外，联邦调查局也于今日在汉普顿展开其调查行动。”

画面晃动一下，屏幕上突然出现一个戴着一顶牛仔帽、头发花白的瘦高个男子，旁边的字幕说他名叫迪克·普斯顿基尔，是汉普顿镇的警长。他正在对着话筒讲话，可是我们听不到声音。他周围挤满一些好奇的人群，他们轻手轻脚地走过来，还不时偷偷看一眼摄影机。

过了一会儿，话筒里传来“吱”的一声刺耳的噪音，看来录音系统总算恢复正常。警长的话显然已经说完了一半。

“——要提醒远足旅行的人们，”他说道，“最好结伴而行，遵守旅游线路，做好密切的规划，携带足够的保暖衣物，以防气温突然下降。”

“刚才接受采访的是汉普顿镇的迪克·普斯顿基尔警长，”播音员语调轻快地说道，“他给各位观众提供了一些在冬季进行远足旅行时的注意事项，”播音员转过身，摄像机从另一个角度继续进行拍摄，“目前，在柯克兰失踪案中，唯一的一条有价值的线索是由威廉·哈迪先生提供的。他是本地的一名商人，也是动感新闻十二频道的观众，他看到我们的举报热线及相关报道之后，给我们打了电话。今天，哈迪先生同州级和当地的有关部门合作，提供了柯克兰的绑架嫌疑人的相关信息……”

“‘州级和当地’。”亨利说道。

“什么？”

“不是联邦政府。”

“当然不是，”查尔斯说道，“你以为联邦调查局会相信那个佛蒙特人编造出来的愚蠢的故事吗？”

“那好，他们要是不相信，那来这儿干吗？”亨利说。

这个想法真是令人不安。在耀眼的午后阳光的照射下，一群人匆匆忙忙地沿着法庭的楼梯走下来。哈迪先生低垂着头，走在这群人中间。他的头发全部向后梳拢，身上穿的不是平常穿的加油站的制服，而是一件浅蓝色休闲服。

一位名叫丽兹·奥卡维洛的记者走过来，手里拿着麦克风——她也算得上是当地的名流了吧，在电视台有一档自编的时事节目，还负责《本地新闻》栏目上的一个名为“影坛快讯”的板块。“哈迪先生，”她喊道，“哈迪先生。”

他听到喊声，停下脚步，有些疑惑，与他同行的人继续朝前走，把他一个人留在楼道上。后来，人们意识到发生了什么事，马上煞有介事地退回来，将他围在中间。他们抓住哈迪的胳膊，好像要把他拉走，可惜他的脚好像在地上生了根，根本就拉不动。

“哈迪先生，”丽兹·奥卡维洛说着便挤进来，“听说您今天一直在同警方的画像师合作，画像师想把您星期天看到的跟失踪男孩在一起的那几个人的模拟像给画出来。”

哈迪先生轻快地点点头。前一天，你还能在他身上看到一丝羞怯和推诿，而今天他整个人看上去那么坚定。

“您能否对我们描绘一下他们的长相？”

人群再次围拢过来，可哈迪先生似乎已经被摄影机给迷住了。“嗯，”他沉吟片刻，“他们不是本地人。他们……是深色皮肤。”

“深色皮肤？”

人们簇拥着他走下楼梯，可是哈迪先生还是忍不住回头望去，好像保证似的说道：“阿拉伯人，我肯定。”

听到这个回答，丽兹·奥卡维洛——厚厚的镜片，夸张的播音员风格的高耸发型——表现得却相当平静，我还以为自己听错了。“谢谢，哈迪先生，”说着，她转过身，而哈迪先生也同朋友们一起消失在楼梯的那一头，“这是丽兹·奥卡维洛在汉普顿市的法院给您发回的报道。”

“谢谢，丽兹。”播音员爽快地答道，从椅子里转过身来。

“等等，”卡米拉说，“难道是我听错了吗？”

“什么？”

“阿拉伯人？他说邦尼跟一帮阿拉伯人上了车？”

“还有一条相关新闻，”播音员接着说，“本地的教堂联合起来，共同为失踪的男孩祈祷。据第一路德教会的A.K.普乐牧师所说，三州交界地区的一些教堂，包括第一浸信会、第一卫理工会、圣餐、五旬节派教会，都已表示愿意提供——”

“亨利，我想知道你现在有什么想法。”弗朗西斯说。

亨利点燃一支烟。他直到把烟抽掉一半，才开口说道：“查尔斯，他们有没有问你关于阿拉伯人的事情？”

“没有。”

“电视台说了，哈迪没有跟联邦调查局的人接触过。”卡米拉说。

“可是我们先前不知道这个。”

“你难道不觉得这都是事先安排好的吗？”

“我不知道该怎么想才是正确的。”

电视上的画面又变了。一个身材瘦削、穿着入时的五十出头的女人出现在屏幕上。她穿着香奈尔的羊毛衫，颈上戴着珍珠项链，齐肩的头发被梳理得一丝不乱。她正在接受采访，鼻音很重，听起来似曾相识。

“是的，”她说道，我以前是不是在哪儿听到过这个声音？“汉普顿人真是太好了。我们昨天下午到酒店时，礼宾部的人已经在那里等着——”

“礼宾部，”弗朗西斯觉得她这么说很恶心，“那家汽车旅馆根本就没有什么礼宾部。”

我饶有兴味地盯着那个女人，问道：“那是邦尼的母亲？”

“没错儿，”亨利说，“我忘记告诉你了。你还没见过她呢。”

她身材纤瘦，但是脖子上缠着的那一圈圈的项链和从项链间冒出来的那些大块的斑点，倒很符合她那个年纪的女性的特质。邦尼长得并不太像她，只有发色和眼睛的颜色跟她一样。不过，邦尼继承了她的鼻子：娇小、挺直、好像总是带着疑问，这样一个鼻子同她的五官非常相配，而放到邦尼的脸上，就不太协调了——鼻子好像是后来硬生生地装到他那张生硬的大脸上的。她的神态很傲慢，说起话来经常走神。“噢，”她说，一边转着戴在手上的戒指，“我们收到一大堆东西，真的，来自全国各地。卡片、来电，还有好多漂亮极了的鲜花……”

“他们是给她吃药了还是咋的？”我问道。

“你是什么意思？”

“嗯，我是说，她好像不是太伤心啊，你们说呢？”

“当然了，”柯克兰太太若有所思地答道，“当然，我们都有点儿发疯了，真的。我真心希望其他母亲不要遇到我这样的遭遇，我这几天没睡好。可是天气确实好起来了，我们也结识了这么多的好心人，当地的商界人士也非常有心，尤其是在许多小事情上……”

“其实，”电视台插播广告时，亨利说道，“她挺上镜的，对不对？”

“她看起来像个难缠的顾客。”

“她是从地狱来的。”查尔斯醉醺醺地说。

“得了，她没有那么糟糕。”弗朗西斯说。

“你这么说，是因为她总是拍你的马屁，”查尔斯回答，“因为你妈妈的那些事情。”

“拍马屁？你们在说什么啊？柯克兰太太可不会拍我的马屁。”

“她太差劲了，”查尔斯说道，“对孩子说在这个世界上钱最重要已经够可怕了，还告诉他们要不惜一切代价挣钱，那就是一种耻辱了。然后你又一个子儿都不给，把孩子们踢出家门。她从来没有给过邦尼一分——”

“柯克兰太太在这一点上尤其过分。”卡米拉补充道。

“嗯，是的，也许吧。我不清楚。我只是觉得他们是我见过的最贪婪和浅薄的人。你看到他们时会想，哦，这家人多么有品位，多么有魅力啊。可他们其实什么都不是，就跟广告上的那些东西差不多。他们家有个房间，”查尔斯转过身来对着我说道，“叫古驰室。”

“什么？”

“是这样的，他们给房间装上墙板，给墙板刷上类似古驰条纹的图案，很难看，随便一本杂志上都有那种图案。《美丽家居》上面刊登过一篇采访威姆斯的烂文章，关于家庭装修，文章提到一些古怪的想法——你知道的，他们建议，进行家装时在卧室的天花板上画上一个大龙虾或者别的图案，会显得特别有创意，”他点了支烟，接着说道，“我是说，他们就是那种人，全都是表面功夫。邦尼倒是这帮人里面最真诚的一个，不过他也——”

“我讨厌古驰的东西。”弗朗西斯说。

“是吗？”亨利不再沉思，插嘴道，“真的吗？我觉得这个牌子相当不错。”

“得了吧，亨利。”

“是啊，东西太贵了，还特别丑，对吧？我觉得他们是故意把东西做得那么难看的。可是，人们就是为了与众不同方才购买它的产品。”

“我不知道你为什么觉得它不错。”

“任何事物，只要能进行大规模的生产，就算得上不错。”亨利回答。

那天晚上我步行回家，根本没注意脚下的路。我走到普特南大楼前面的那片苹果林时，一个脸色阴沉的彪形大汉拦住我的去路。“你是理查德·帕蓬吗？”他问道。

我停下脚步，看了看他，说我是。

他迎面一拳，我“砰”的一声栽倒在雪地里，喘不过气来，十分惊讶。

“你小子离莫娜远点儿！”他朝着我大喊，“你要是再去招惹她，我就把你给宰了。听明白了吗？”

我惊呆了，只是盯着他看，说不出话来。他又朝着我的胸部重重地踢了一脚，迈着沉重的步子离开了。他的脚踩在雪地上嘎嘎作响，就像使劲摔门的声音。

我抬头望着天上的星星，它们似乎离我异常遥远。我好不容易才挣扎着站起来，觉得胸部疼得厉害，但好在没有摔断骨头。接着，我便趁着夜色，一瘸一拐地走回了家。

第二天早上，我很晚才醒，翻身时眼睛疼得厉害。我在床上又躺了一会儿，明亮的阳光照得我睁不开眼睛。我在脑子里回想着昨天晚上发生的事情，觉得像是做了一场梦。接着，我伸手去拿床头柜上的手表，发现快到中午了，可是为什么没人过来找我呢？

我起了床，从床对面的镜子里清清楚楚地看到自己的模样：镜子里的人没有动弹，在盯着我看呢——头发根根直立，乱七八糟，嘴巴大张，像个被吓坏了的白痴——这副尊容跟漫画书里被重物打得眼冒金星的丑角没什么区别。最令我惊讶的是我的眼眶被打得乌青，周围全是淤血，淤血的颜色跟提尔人研制出的墨水一样丰富，有黄有绿，还夹杂着李子色。

我刷了牙，穿好衣服，赶快出门，结果碰到的第一个熟人是准备去吕克昂的朱利安。

他看到我的样子，惊讶地往后退了一步，脸上的表情既无辜，又有点卓别林似的幽默。“我的老天，”他说，“你怎么了？”

“您今天上午听到什么消息了吗？”

“怎么了，还没有，”他说，好奇地盯着我看，“看看那只眼睛，你就像刚从酒吧里打完架回来。”

如果是在别的时候，我肯定会觉得尴尬，不肯告诉他实情。可是现在，我已经厌倦撒谎，迫切地需要澄清一些事情，至少要在这件小事上清清白白。于是我跟他讲了事情的经过。

他的反应让我很惊讶。“这么说确实是跟人打架了，”他回答，像个孩子一样喜气洋洋，“真棒。那你爱她吗？”

“恐怕我对她不是很了解。”

他笑了。“我的天，你今天可真是诚实啊，”他说道，意思再明白不过了，“生活好像一下子变得充满戏剧性了，不是吗？简直跟小说一个样……顺便说一句，我有没有告诉过你，昨天有几个人来找过我？”

“都是些什么人？”

“来了两个人。开始的时候我还挺担心的——我以为他们是国务院派来的，或者更糟。你知道我跟伊斯拉米政府的过节吧？”

我弄不清楚朱利安怕伊斯拉米政府找他什么麻烦，不过这是个崇尚恐怖主义的政府。但是他的担心也不无道理，这都源于十年前他曾经给该国流亡在外的公主讲过课。革命之后，公主被迫躲藏起来，不知怎么来到汉普顿大学。朱利安教了她整整四年，是在伊斯拉米前教育部长的监督下给她进行私人辅导。这个教育部长会不时从瑞士坐飞机过来，给他带一些鱼子酱和巧克力这样的小礼物，以确保这个国家未来的王位继承人能够接受良好的教育。

公主自然非常富有。亨利曾经见过她一次——她戴着墨镜，穿着貂皮大衣，在几名保镖的护送下，趾高气扬地从吕克昂的楼梯上走下来，高跟鞋在楼梯上发出急速的“叮叮”响。她家的那个王朝历史非常久远，可以追溯到巴比塔年代，并且自那时起便积累起大量的财富。现在，这笔财产的一大部分已经被她的亲戚和朋友们千方百计地带到了国外。有人出高额赏金拿她的人头，所以，尽管她来汉普顿时，不过是个十来岁的小姑娘，却总是被隔离和过分地保护着，几乎没有朋友。为了躲避政治谋杀，她总是不停地搬家。最近几年，她的家人中除了一两个表亲，以及一个在某所学院上学的傻哥哥之外，都陆续被人杀害了。就连那位教育部长也未能幸免——公主大学毕业半年后，他就被狙击手给枪杀了，地点是位于蒙投①的一所红房子里的小花园，当时他正在那里休息。

朱利安对这位公主情有独钟，并且，他同情的是保皇派而不是改革派，但他并没有插手伊斯拉米的政治活动。但是，他总是拒绝乘飞机旅行，不接受任何货到付款的包裹，害怕有人突然造访，并且在最近的八九年间也没有出过国。我不知道他的这些防范措施是合理还是有些过头，可是在我看来，他同这位公主的关系似乎没有那么亲密。我还觉得，伊斯拉米战士还有很多大事要关心，并没有工夫除掉新英格兰的一位希腊语教师。

“当然了，他们根本就不是国务院派来的，可是也确实同政府部门有关。对于这种事情，我的第六感是很准的。你不觉得这很奇怪吗？其中一个是意大利人，很有魅力，真的……几乎算得上彬彬有礼了，只是在方式上有点儿搞笑罢了。我彻底被他们给搞糊涂了。他们居然说埃德蒙吸毒。”

---

① 瑞士日内瓦湖畔的一座美丽的小城镇，显贵度假胜地。

“什么？”

“你不觉得这奇怪吗？我觉得非常古怪。”

“你说了些什么？”

“我说绝对不可能的。不是自夸，我很了解埃德蒙。其实他胆子很小，为人极端拘谨，几乎……我无法想象他会做出这样的事情。再说了，那些吸毒的年轻人都蠢笨如牛、毫无趣味。你知道那个人跟我说了什么吗？他说，年轻人的事情，我们总是搞不清楚的。我觉得这话不对，你觉得呢？你说这话到底对不对？”

我们从科蒙斯的房子里穿过。我听见楼上的餐厅里传来杯盘碰撞的声音。我还有事要去学校的另一头，于是便和朱利安一同步行去吕克昂。

位于汉普顿大学北边的这处校园，总是在平静中透出一丝荒凉。春天来临之后，松树下的积雪才会显露出有人光顾的痕迹。现在，这里布满乱七八糟的脚印，好像集市。有人开着吉普车撞到一棵榆树上——车窗玻璃全碎了，挡板也被撞歪了，树干损伤厉害，露出里面黄色的木质。一群满嘴脏话的本地小孩脚踩着滑板，尖叫着从山坡上冲下来，从车子旁边一闪而过。

“老天爷，”朱利安说道，“看看这些可怜的孩子。”

我在吕克昂的后门同他告别，步行去罗兰博士的办公室。那天是星期天，他不在。我走进去，把门从里面锁上，独自享受下午的时光：我一边批改学生的作业，一边喝着从电热咖啡壶（“郎达”牌）里流出来的过滤咖啡，有意无意地听着从大厅里传来的说话声。

我如果仔细听，肯定能弄明白他们到底在说些什么，可是我没有太在意。后来，我离开了办公室，完全忘记了这档子事儿时，才又想起当天说话的是哪些人，不无后怕地意识到，其实当天下午我的处境并没有我以为的那么安全。

据亨利说，联邦调查局的人在大厅那头的一个空教室里设立了临时办公室，就在罗兰博士办公室的旁边，而且他们就是在那里问他话的。他们坐在离我不到二十英尺的地方，跟我一样，也喝着那种黑糊糊的咖啡——都是从教师休息室的那个电热壶里接来的。“真是奇怪，”亨利说，“我喝到那种咖啡时，想到的第一个人是你。”

“你是什么意思？”

“那天的咖啡尝起来很古怪。好像被烧煳了。跟你煮出来的咖啡是同样的味道。”

亨利说那个教室里有一块黑板，黑板上写满二次方程式；还有两个塞满烟头的烟灰缸，以及一个长长的会议桌，他们三个人就坐在那张桌子旁边。教室里还有一台笔记本电脑，一个公文包，上面印着联邦调查局的黄色标记，还有一盒枫糖糖果——有橡树果形状的，还有小家鹅形状的，都装在带槽的纸杯里。糖果是那个意大利人的。“给孩子们买的。”他解释道。

亨利的表现当然无可挑剔。他没有明说，因为没有这个必要，大家都知道这一点。从某种意义上讲，他是这出戏剧的作者，况且他在后台已经待得够久。现在，正是他走上舞台，扮演他为自己描写的角色的最佳时机：冷静而友好、犹犹豫豫，不愿意多谈细节；聪明，但是比不上真正的他聪明。他跟我说，其实他很乐意同他们交谈。达文波特是个平庸之辈，不值一提。可是这个意大利人头脑清醒，彬彬有礼，魅力非凡。“就像但丁在炼狱里遇到的那些老佛罗伦萨人。他叫西奥拉，对我的罗马之旅非常感兴趣，问了我一大堆问题，不像个审讯官，倒像个想出去旅行的人。你们有没有去过那个，怎么说来着，圣普拉塞德教堂，就是火车站附近的那个？边上还有一座小教堂？”他说意大利语，于是亨利便和他进行了一段简短而愉快的交谈，可惜这段谈话被达文波特气乎乎地打断了。他一句话也听不懂，只想让他们赶快谈正事。

至少在我看来，亨利对他们要谈的正事儿一点也不上心。亨利还说，他们不管准备从哪条路查下去，都肯定走错了方向。他说道：“我想我已经知道他们的大致方向了。”

“是什么？”

“克鲁克。”

“他们不会是以为克鲁克杀了他吧？”

“他们以为，克鲁克知道的事情比他说出来的要多。而且，他们还觉得他的行动很可疑。这一点是真的。他们什么事都知道，我敢打赌克鲁克的确还有话没说呢。”

“比如说？”

“比如说毒品交易的流程。日期、姓名、地点。甚至在他来汉普顿之前就发生的那些事情。他们好像想把这些事情跟我扯上关系，可惜未能如愿。天哪。他们甚至问到我吃的药，就是我一年级时在医务室买的止疼片。被作为他们办公室的教室里到处都是文件夹，有很多不为人所知的数据——医疗病史、心理评估结果、教师评语、作业、分数……当然，他们明白地告诉我，说已经掌握了与我有关的材料。可能是想吓唬我吧，我猜的。我非常了解自己的记录能说明什么问题，至于克鲁克嘛……低分、毒品、休学——我敢打赌，他留下的好记录并不多。不知道是这些记录，还是克鲁克自己说的那些话引起了他们的兴趣。反正他们最想从我嘴里——还有朱利安嘴里，以及布拉迪和帕特里克·柯克兰那里知道的，就是邦尼同克鲁克交往的一切细节。当然了，朱利安并不太了解克鲁克。可是，布拉迪和帕特里克倒对他们透露了不少，我也是。”

“你到底在说些什么啊？”

“嗯，我是说，前天晚上，布拉迪和帕特里克在‘海滨之光’旅店外面的停车场上跟他一起注射吗啡呢。”

“你跟他们说了什么？”

“克鲁克跟我们说的那些。关于在纽约的毒品生意。”

我坐回到椅子里。“哦，上帝啊，”我说，“你知不知道自己在干些什么啊？”

“我当然知道了，”亨利的语气很平静，“这就是他们想听到的话。一整个下午，他们都在围着这个话题打转，最后，我决定告诉他们时，他们高兴得差点跳起来……我估计克鲁克这两天的日子不会好过，但对我们来说，这是不幸之中的万幸。我们在雪化之前只有这一个让他们忙乎不停的办法——对了，你有没有注意到，最近几天天气出奇的好？我猜路上的雪要开始融化了。”

我的黑眼圈引起了他们的兴趣、目光和议论。我骗弗朗西斯，说这是联邦调查局的人干的，因为我想看看他眼睛瞪得溜圆的样子。但这件事引起的关注同《波士顿先驱报》上的一篇报道相比，就是小巫见大巫了。前天，《纽约邮报》和《纽约每日新闻报》各派了一名记者过来，但是真正让人刮目相看的是《先驱报》

的记者。

佛蒙特失踪案可能牵涉毒品交易

在过去三天内，负责调查于二十四日失踪的二十四岁的埃德蒙·柯克兰（该青年为汉普顿大学的学生，所有佛蒙特人都在找他）一案的联邦探员，发现该失踪青年可能牵涉毒品交易。联邦探员在搜查柯克兰的房间时，发现了吸食毒品的随身用具和大量可卡因。柯克兰并没有吸食毒品的已知记录，与该男孩熟识的人都说，生性外向的柯克兰近来突然变得喜怒无常、郁郁寡欢。（请阅第六版《孩子不会告诉你的真相》一文。）

这篇文章让我们摸不着头脑。可学校里的其他人似乎已经无所不知。朱迪·普维这么跟我说道：

“你知不知道他们在他的房间里找到了什么？劳拉·斯朵拉的镜子。我敢打赌，去过德宾斯托尔的人，没有没用它吸食过可卡因的。这面镜子有年头了，边上刻着凹槽，杰克·泰特尔鲍姆还管它叫白粉皇后，因为你在走投无路时能在凹槽里刮出一两行白粉来。当然，这面镜子名义上是劳拉的，实际上成了公共财产——她自己说，已经有几百年没见过这镜子的影子了，三月的时候，就有人把它从新宿舍的起居室里给拿走了。布拉姆·格恩西说，克鲁克告诉他，上次他去邦尼房间时没看见这东西，可是现在东西被这帮联邦探员给找着了。结果布拉姆又说，克鲁克怀疑这一切都是他们事先做好的套，就等着他钻。他的意思是，他现在是在‘谍中谍’或者菲利普·K·迪克写的那种妄想狂小说里。他还跟布拉姆说，那帮探员肯定在德宾斯托尔安装了隐蔽摄像头。他说了很多这类乱七八糟的话。布拉姆说，这都是因为克鲁克不敢睡觉，还吃了甲安非他明，他已经四十八小时没睡觉了，还是非常兴奋。他把门锁上，一个人坐在房间里，在纸上乱画，听着布法罗·斯普林菲尔德的歌曲……你听过这个吗？‘这里发生了一些事……可是我什么也搞不清。’听起来古怪极了。一个人情绪低落时，就会突然想听一些在头脑清醒时怎么都不会去听的嬉皮士的垃圾音乐。不瞒你说，当年我的猫咪死掉时，我跑到外面去，买了几盘保罗·西蒙和加·蓬克尔组合的音乐来听，”她点起一支烟，接着说道，“我是怎么知道这些的呢？告诉你，劳拉快疯掉了，这帮人不知怎么搞清了镜子的来龙去脉，对她来说，这真的是雪上加霜。你说说看，她本来就在假释期。‘翻车大王’里奇碰到麻烦，说她和杰克·泰特尔鲍姆的坏话，所以从去年秋天起，她不得不在社区做义工，结果现在又碰上这档子事儿——噢，你还记得那件事情，对吧？”

“我从来都没听说过‘翻车大王’里奇这个人。”

“哦，你认识她的，那个婊子。大家都叫她‘翻车大王’，她读大一时一年内把她老爸的沃尔沃撞翻了四次。”

“我不明白‘翻车大王’跟这件事有什么关系。”

“是啊，她跟这事儿倒没有什么关系。理查德，你就跟《法网》里的那个人一样，总是只看事实。跟你说吧，劳拉快要崩溃了。好吧，学生服务处的人还威胁说，除非她能够解释那个镜子是怎么跑到邦尼房间的，否则就要给她父母打电话。可是，她对这事儿可真是他妈的一点头绪都没有。而且，你听好了啊，联邦调查局的人还逮着她上周在‘旋转春天’酒吧服食摇头丸的事情，要她把当时在场的人的名字给报出来。我跟她说：‘劳拉，别干这种傻事，否则你会跟那个翻车大王一样，大家会恨死你，到最后你只能转学。’正如布拉姆所说——”

“克鲁克现在在哪儿？”

“我就要说到这个了，你要是能不插嘴的话。谁也不知道。昨天晚上，他特别激动，还去找布拉姆借车，准备离开学校。结果，今天早上有人看见那部车又被开回停车场，钥匙虽然还放在车里，但他不在，而且他也不在宿舍里。肯定发生了什么古怪的事情，只是我到现在还不知道到底是什么事……我再也不会服用兴奋剂了。再也不会了。顺便说一句，我一直想问你，你的眼睛是怎么了？”

后来，我在弗朗西斯家——双胞胎也在，亨利在跟柯克兰家的人吃午饭——对他们说了朱迪讲的事情。

“我见过那面镜子。”卡米拉说。

“我也见过，”弗朗西斯说，“斑斑点点，又破又旧。放在邦尼的房间里已经好久了。”

“我还以为是他的。”

“不知道他是怎么弄到的。”

“如果那姑娘先前把镜子放在了起居室里，”查尔斯说，“那镜子可能就是邦尼顺手牵羊拿走的。”

这是极有可能的。邦尼有轻度的偷窃癖，喜欢把他看中的那些琐碎的、不值钱的小物件顺手塞进口袋里——指甲剪、纽扣、磁带的卷轴等，然后把这些东西藏在房间的一些不显眼的角落里。他干这种事情时总是偷偷摸摸的，可他明目张胆地拿走一些更值钱的没人看管的物品时，似乎并没有受到良心的谴责。他这么做时总是气定神闲——把酒瓶或者花店的礼盒（当然是无人看管的）直接塞进胳膊下就走，连头也不回——我怀疑他是否意识到这么做就是偷窃。有一次，我听见他在绘声绘色、毫不做作地跟玛丽恩讲，应该如何处置那些从家里的冰箱里偷东西吃的人。

如果说劳拉·斯朵拉算倒霉，那么克鲁克的情况则糟糕透顶。我们后来才发现，他把布拉姆·格恩西的车给开回来，并非出于本意，而是受到联邦调查局探员们的强迫。他刚刚开出汉普顿十英里，就被他们截住了。他被带回那间被设成临时总部的空教室，整个星期天的晚上几乎都在那里。我不知道他们问了他什么问题，但是我知道，星期一早上，他要求谈话时必须有律师在场。

柯克兰太太（据亨利说）听人们说邦尼跟毒品扯上关系，肺都要气炸了。一家人在芭瑟丽吃午饭时，一名记者凑到他们的桌子前，问他们对在邦尼的房间里发现“吸毒用具”有何评论。

柯克兰先生吓了一跳，脸一沉，支吾道：“这个嘛，嗯，啊。”可是柯克兰太太的反应大不一样，她强忍着怒气，一边镇静地切着面前的牛排，一边头也不抬地开始激烈的反击。“既然他们只是把那东西叫做‘吸毒用具’，这就说明它并不是毒品。我看到媒体居然如此猛烈地去攻击根本无力还击的人，感到很遗憾。”不过，即使那些人不直白地指出她儿子是毒品交易中的主脑人物，她的日子恐怕也不好过。人们产生这样的想法，是有真实和理性因素的。第二天，邮报便一字不落地将这件事情刊登出来，还附上柯克兰太太的非常逼真的照片，照片上的她大张着嘴巴，一副惊愕的表情。文章的标题是：母亲说，绝对不是我的孩子干的。

星期一，大概凌晨两点时，卡米拉让我陪她从弗朗西斯家步行回去。亨利在午夜时就离开了。弗朗西斯和查尔斯从下午四点开始喝酒，完全停不下来。他们一头扎进厨房，连灯都没开，开始调制一种叫“蓝色火焰”的鸡尾酒。这种酒的调制过程挺危险的，需要把点燃的威士忌装在两个白镴杯中，来回倾倒，那景象就像一股拱形的火焰在杯中来回——这种热闹真令我担心。

我们回到卡米拉的公寓，她——全身颤抖，一副心事重重的样子，脸颊被冻得通红——请我上楼去喝一杯茶。“我都不知道是不是应该把他们留在那儿，”她打开灯，“我怕他们会把自己给喝得烧起来。”

“他们会没事儿的。”我虽然这么说，心里跟她一样担忧。

我们喝着茶。灯光柔和，公寓里安静而舒适。我躺在宿舍的床上，陷入渴望的深渊时，梦想中的场景总是这样开始的：在一个令人昏昏欲睡的时刻，我们两个人单独在一起，她无意中看了我一眼，很快羞红了脸；或者，她会靠过来，两个人的脸几乎贴到了一起，指着书上的某篇文章让我看。如果有这样的机会，我肯定不会放过，而且会温柔地尽显男儿气概。这就好比前奏，预示着更强烈的愉悦和幸福的到来。

茶杯实在太烫，指尖都被烫得发热。我把茶杯放下，看着她——她心不在焉地抽着烟，离我不到两英尺。看着她这张魅力非凡的小脸，还有从那美丽的双唇中透出的一丝悲观，我恨不能永远迷失其中。过来吧，你。我们把灯关了，好吗？要是这些话从她的嘴里说出来，那该有多么甜蜜啊。我现在坐在她身边，想不出如果同样的话让我自己说出来，将会是什么样子。

话说回来，为什么偏要这样胡思乱想呢？她参与了对那两个人的谋杀行动，她站在那里看着邦尼死去，神态像圣母一样平静。我还记得当时亨利那冰冷的嗓音。整件事才过去了不到六个星期。是啊，整个过程里的确有一丝肉欲的成分。

“卡米拉？”我说。

她抬眼看了我一眼，眼神烦乱。

“那天晚上在树林里到底发生了什么事？”

我一直期待着的反应，如果不是惊讶，至少也是一种类似于惊讶的表现。可是她竟然连眼皮都没有眨一下。“哦，我不记得很多了，”她慢慢地说道，“而且那也是无法用言语来表述的。跟几个月前相比，我现在记得更不清楚了。我当时要是写下来就好了。”

“那你到底记得什么呢？”

她过了一会儿才答话。“嗯，你已经听亨利说过大体经过了吧，”她说道，“要把这事儿大声说出来，还真有点儿傻。我记得，当时那里有一群狗在叫，还有几条蛇缠在我的胳膊上。树林好像着了火，松树烧着了，就像巨大的火炬。有时候，好像有第五个人跟我们在一起。”

“第五个人？”

“而且并不总是以人的形象出现。”

“我不明白你的意思。”

“你听说过希腊神话中的酒神狄俄尼索斯吧。变幻多样，有的时候是个男人，有的时候是个女人，有的时候又是别的生物。我——我跟你说说我记得的事情吧。”她很突兀地说道。

“什么？”我问。看来，我总算有希望了解一些充满激情的细节了。

“那个死去的男人，他躺在地上，胃被撕裂开来，上面还冒着热气呢。”

“他的胃？”

“那天晚上很冷。我绝对忘不了那种气味，跟我叔叔杀鹿时的情景一样。你问弗朗西斯吧，他也记得。”

我吓坏了，一句话都说不出来。她拿起茶壶，往自己的杯子里加了一点茶水。“你知不知道，”她说，“我为什么总觉得咱们最近挺倒霉的？”

“什么？”

“因为没埋尸体，就扔在那儿，这会带来霉运的。他们很快就找到了那个农夫，是吧？你还记得《伊利亚特》里的那个可怜的巴利纽拉斯[1]吧？他的灵魂一

---

① 《伊利亚特》主人公伊尼斯船上的水手。

直在游荡，一直在困扰着他们。我担心的是，邦尼入土为安之前，我们恐怕都没法睡个好觉。”

“别瞎说。”

她笑了。“公元前四世纪，一个士兵打了个喷嚏，整个雅典的舰队被迫推迟航行时间。”

“你跟亨利说话太多了。”

她沉默了一会儿，然后说道：“你知不知道，在树林里发生的那件事情过去几天后，亨利又让我们干了什么吗？”

“干什么？”

“他让我们宰了一头小猪。”

我感到很震惊，不过主要不是因为她说的这番话，而是因为她说这话时的那种令人诧异的平静神态。“噢，我的上帝啊。”我说道。

“我们切断猪的喉咙。然后我们依次把它举起来，头和手上沾满它的鲜血。那情景真是可怕极了，我快要吐了。”

在我看来，有意让一个人暴露在鲜血下——即使是猪血——而且就在实施完谋杀之后，这种举动是否疯狂有待细想，我当下说出来的话是：“他为什么要这么做？”

“谋杀就是污染。谋杀者会玷污他碰到的每一个人，而只有以血换血，才能让血液重新变得纯净。于是，我们任由那头猪的鲜血滴落在头上和身上。然后进屋把血迹洗干净。这件事情之后，我们全都好了。”

我说：“你是不是想告诉我——”

“哦，别担心，”她急忙回答，“我认为，他这次不会再计划做同样的事情了。”

“为什么？难道这么做没用吗？”

她没能领会我话中的讽刺。“哦，不，”她说，“我觉得他的做法还是起了作用的。”

“那为什么不再来一次呢？”

“也许亨利觉得这样做可能会让你难过。”

我听见钥匙孔里传来钥匙转动的声音，过了一会儿，查尔斯跌跌撞撞地冲进来。他把大衣随意一甩，外套落到地上的一堆脏衣服上。

“你好，你好。”他一边唱着，一边以同样的方式把夹克衫脱下来。他没有进起居室，直接在门厅那里转身，朝卧室和浴室的方向走去。一扇门被打开了，然后又一扇门被打开。“米丽，亲爱的，”我听见他喊道，“你在哪儿啊，亲亲？”

“噢，天哪，”卡米拉说道，然后大声回答查尔斯，“我们在这儿呢，查尔斯。”

查尔斯走过来。他已经解开领带，头发乱糟糟的。

“卡米拉，”他靠在门框上喊，“卡米拉。”然后，他看见了我。

“你，”他的语气不太礼貌，“你在这里干吗？”

“我们刚才在喝茶，”卡米拉回答，“你要来点儿吗？”

“不了，”他转过身，又消失在门厅里，“太晚了，睡觉吧。”

门砰地关上。卡米拉和我对视一下，然后我站起身。

“嗯，”我说，“我也该回去了。”

搜救行动仍在继续，可是参加的市民急剧减少，而且在这些非专业人员中，几乎连一个学生都找不到了。现在的行动变得紧凑、隐秘，而且专业。我听说，警察专门请来了一个通灵者、一位指纹专家以及一支在丹内马拉接受过专业训练的警犬队。也许是因为我知道自己跟一个目前还不为众人所知的秘密犯罪事件有牵连，而且也知道这事儿逃不过警犬那灵敏的鼻子（在电影里，警犬总是能够第一个识破那个外表温和、根本不被人怀疑的吸血鬼的罪行），所以我迷信起来，尽量躲着警犬。我尽力躲避着所有的狗，连陶瓷学老师的那些迟钝的拉布拉多杂种犬也不例外，虽然它们总是伸着长长的舌头，到处乱窜，就想跟人玩丢飞盘。亨利——也许他脑子里总幻想着有个神经兮兮的卡桑德拉式的人物，会唧唧喳喳地向警察诉说她的预言——更关注那位通灵者。“他们如果想发现我们，”他闷闷不乐地肯定地说道，“只能通过这个办法。”

“你不会真的相信这些东西吧。”

他听到这话，用难以置信而轻蔑的眼神瞥了我一眼。

"你真让我吃惊，"他说，"居然觉得看不到的东西就是不存在的。"

那位通灵者来自纽约州北部，是位年轻的母亲。她被一条跨接线的电流击中，昏迷三个星期。据说她醒来之后，就能够通过操纵某个物品或者触摸陌生人的手，"知道"事情的来龙去脉。警方已经成功地将她的这种才能利用在一些失踪案件中。有一次，她仅仅指了指测量员的地图上的某个地方，就帮助警方在那里发现了一个被掐死的小男孩的尸体。亨利是非常迷信的，有时候会特意把一碟牛奶放在屋子外面，安抚那些偶然路过的心怀恶意的精灵。后来，通灵者独自一个人沿着校园边的小路走过时，亨利看见了她，立刻被她迷住了。通灵者当时戴着一副厚厚的眼镜，穿着郊区风格的风衣外套，红色的头发被圆点围巾扎着，向上高高地挽起。

"很不幸，"他说，"我不敢过去跟她打招呼，但我真的很想跟她说说话。"

据说缉毒执行处已经调集警力，正在展开暗中调查。听到这个消息，大多数同学炸开了锅——不知道消息是否准确，我到现在都不知道。狄奥斐尔·戈蒂埃①在谈到维尼②的《查特顿》对法国青年的影响时指出，在十九世纪，一个人能在夜晚切实地听到清晰的枪声。今天，在汉普顿，人们能在夜晚听到抽水马桶的声音。那些有药瘾或者毒瘾的瘾君子一个个面无表情、目光呆滞，总是因为突如其来的失落感而觉得头晕。有一次，因为有人把太多的大麻叶冲进雕刻工作室的马桶里，最后他们不得不去请自来水公司的人，把化粪池挖开，才解决问题。

星期一下午四点半左右，查尔斯到房间来找我。"你好，"他说，"想去吃饭吗？"

"卡米拉呢？"

"不知道在哪儿，"他回答，苍白的眼神在我的房间里掠过，"想去吗？"

"嗯……当然了。"我说。

他脸上露出喜色。"好。我叫了一辆出租车，出租车就在楼下等着。"

---

① 戈蒂埃（1811—1872），法国作家。

② 阿尔弗烈德·维尼（1797—1863），法国作家，浪漫主义代表。

出租车司机名叫朱涅尔，是个面色红润的男人。他曾经开车送我和邦尼去过城里，那还是第一个秋季学期的某天下午发生的事情。三天之后，他还要开车送邦尼最后一次，送邦尼回康涅狄格州，不过这次他运送的是灵柩。车子拐上校园的马路，他从后视镜里看着我们，问道："你们俩要去芭诗丽？"

他指的是芭瑟丽，就是我们常去的那家啤酒饭店。他总是跟我们开这个玩笑。"是的。"我说。

"不。"查尔斯突然说。他像个孩子一样，身子软塌塌地靠着车门，两眼直视前方，手指在扶手上不耐烦地敲打着。"我们想去卡特蒙特街一九一〇号。"

"那是什么地方？"我问他。

"哦，希望你不要介意，"他说，眼神好像在看我，又好像没在看我，"就是想换个环境。地方不远，再说，我已经吃腻芭瑟丽的饭菜了，你难道没吃腻吗？"

我们最后去的那个地方是一个叫做"农夫酒店"的酒馆。那里不论是菜肴，还是陈设，都谈不上有什么可圈可点之处——可折叠的椅子，丽光板[①]的桌子，还有几个稀稀拉拉的顾客，大多数人都是附近的农民，一个个喝得醉醺醺的，年纪都在六十五岁以上。其实，这个地方哪里都比不上芭瑟丽，除了一点：只要五十美分就能买到一大杯那种没有牌子的威士忌。

我们坐在吧台上靠电视机那一头。电视上正在播放篮球比赛。女招待——她至少有五十岁，眼皮上打着蓝绿色的眼影，手上还戴着好几个相配的绿松石戒指——把我们上下打量了一番，连我们的衣服和领带都没有放过。看到查尔斯点了两份双杯威士忌，还有一个总会三明治，她似乎有点儿吃惊。"嘿，你们，"她问道，嗓音就像金刚鹦鹉，"他们难道还让你们时不时地出来这么大吃大喝么，啊？"

我不明白她的意思——这是对我们的穿戴，以及汉普顿大学的挖苦，还是说她想查我们的身份证？前一分钟还没精打采的查尔斯，这时竟抬起头，凝视着她，对她展露出异常温暖和甜美的微笑。他对付女招待真的是有一套。餐馆里的

---

① 丽光板是商标名，指高温压薄树脂。

女招待总是心甘情愿地围着他转，而且还乐意为他出头，替他解决各种特殊的麻烦。

这个女招待也看着他——既高兴，又带着一丝怀疑——然后爆发出一阵笑声。“真有劲儿，”她粗声大气地说道，伸出戴满戒指的手，去拿身旁的烟灰缸里燃着的希尔瓦辛牌香烟，“要我说啊，对于你们这样到处乱跑的摩门教的孩子，连可口可乐都不应该给你们喝。”

她一转身去厨房交我们的订单（“比尔！”我们听见她在那扇晃晃悠悠的门后面喊道，“嘿，比尔，听着！”），查尔斯脸上的笑容慢慢消失。他拿起杯子，朝我毫无幽默感地耸了耸肩，不让我看到他的眼神。

“对不起，”他说，“希望你不介意来这儿。这里的东西比芭瑟丽的便宜，而且谁都不认识咱们。”

看来他不是很想说话。他有时候热情洋溢，有时候又像个孩子一样沉默不语、阴沉着脸。他把两个胳膊支在吧台上，不停地喝着酒。他的头发向下散开，遮住了脸。三明治被他一分为二，而且他只吃掉了里面的咸肉，动都没动其他部分。我一直边喝着酒，边观看着湖人队的比赛。我就这么待在佛蒙特的一个潮湿而昏暗的酒吧里，看着这帮人在比赛，那种感觉真是奇怪。在加州，在我以前的那所大学附近，有一个叫“福斯塔夫”的酒馆，那里装了一台宽频电视机；我还有一个叫卡尔的笨朋友，他总是把我拉到那儿去喝一美元一杯的啤酒，看篮球比赛。现在，他可能就待在那里，说不定就坐在红木吧凳上，跟我看着同一场比赛呢。

就在我想着这类令人郁闷的事情时，查尔斯已经在喝着他的第四杯还是第五杯威士忌了。此时，有人开始用遥控器调台：“智力竞答”，“幸运之轮”，“麦克尼尔和莱尔”①，最后是一个本地的脱口秀节目。节目的背景是一座仿制的新英格兰式农庄，里面摆放着仿制的夏克尔式家具，干草叉之类的古老的农场用具被挂在用作背景幕布的隔板上，主持人是丽兹·奥卡维洛。她模仿奥普拉和菲尔的样子，在每场谈话的结尾时段安排提问时间。这个节目的气氛不是很活跃，因为她

① 美国公共电视网新闻政论结论。

请来的嘉宾都比较乖——有负责退伍军人事务的政府官员，还有圣地兄弟会的会员，他们宣布开始献血行动（“地址在哪儿啊，乔？”）。

当天晚上她还有一位嘉宾，不过，我过了好久才认出来，那人是威廉·哈迪。他穿着套装——不是那套蓝色的休闲服，而是一套旧西装，看起来像是乡村牧师爱穿的——他的发言很有权威性，谈的是阿拉伯人和石油输出国组织之类的话题，至于他为什么要谈这个，我一时之间也没能搞清楚。“石油输出国组织欧佩克，”他说，“导致我们无法再设立德士古的加油站。在我小时候，德士古的加油站随处可见，可是这些阿拉伯人，通过他们所谓的那个，融资收购——”

“快看。”我告诉查尔斯，可是等我把他从恍惚状态中弄醒，让他抬头看的时候，频道又被调回“智力竞答”。

“什么啊？”他问。

“没事儿了。”

电视画面在“智力竞答”、“幸运之轮”、“麦克尼尔和莱尔”这几个节目之间切换了好长时间，直到后来有人喊道：“把那玩意儿给关了吧，多蒂。”

“好啊，那你到底想看什么节目呢，嗯？”

“‘幸运之轮’。”一个粗嗓门回应道。

可惜“幸运之轮”已经结束了（凡娜给大家送了一个灿烂的飞吻），于是，我们接下来看到的画面又成了那个假农庄，还有威廉·哈迪。他正在谈论前一天早上参加“今天”这个节目时的表现。

“看，”有人说道，“是开雷迪姆德修理公司的那个家伙。”

“公司可不是他开的。”

“那是谁开的？”

“他和巴德·阿尔柯恩一起开的。”

“噢，得了吧，波比。”

“不，”哈迪先生说，“没见到威拉德·斯科特。我真要碰到他了，只怕会不知道该说啥呢。他们这次的动作确实挺大，比起电视上放的要大得多。”

我踢了查尔斯的脚一下。

“是啊。”他一点也不感兴趣，只是用颤抖的手又端起杯子。

在短短四天之内，哈迪先生就变得如此坦率直白，真是让我吃惊不小。更让我吃惊的是，现场观众给予了他热烈的回应——他们问了很多问题，从刑事司法体系到社区小企业主的作用，应有尽有，而且对他讲的几个不太可笑的笑话也报以一阵阵笑声。在我看来，他这么受欢迎，只是人们了解了他看到的情况，或者他宣称自己看到的情况之后，所产生的附属效应。他往日的那种惊惶失措、结结巴巴的神态已经消失殆尽。现在，他双手合拢，自然地放在肚子上，脸上带着平和的微笑，像个在颁发特许证的大主教，不紧不慢地回答着大家的问题。他的神态这么轻松自如，其中明显有一丝虚伪。我真的奇怪，为什么别人好像都没有发觉。

一个衣着随便、又小又黑的男人一直在挥手，好久之后才引起丽兹的注意，示意他站起来。"我叫阿德南·纳撒，是巴勒斯坦裔美国人，"他一口气说道，"九年前，我从叙利亚来到这里，获得美国公民身份，现在是六号公路上的帕德比萨店的副经理。"

哈迪先生歪了一下脑袋。"嗯，阿德南，"他的语气很诚恳，"我猜这种事情在你们国家还是很少见的。但是在这儿，整个体系就是这么运作的。对每个人都一样，不管你是什么种族，也不管你的皮肤是什么颜色。"观众报以热烈的掌声。

丽兹手里拿着话筒，沿着过道往下走，她指着一位头发蓬松的女士，想把话筒递给她，可是那位巴勒斯坦人愤怒地挥了挥手臂，于是镜头回到他身上。

"我说的不是这个意思，"他说，"我是阿拉伯人，我不允许你说有辱我们种族的话。"

丽兹走回巴勒斯坦人身边，把手放到他的胳膊上，想安慰他——这也是从奥普拉那里学来的。威廉·哈迪还坐在转播台的那个仿夏克尔风格的椅子上，他稍稍动了动，身体朝前倾着。"你喜欢这儿吗？"他简短地问道。

"是的。"

"你想回去吗？"

"好了，"丽兹大声说，"没有人想说——"

"那些船，"哈迪先生的嗓门比她的更大，"可以开过来，也可以开回去。"

女招待多蒂听到这话，钦佩地笑了，然后猛吸一口烟。"这话已经说得很明白了。”她说。

“你们家的人是从哪里来的？”那个阿拉伯人不无讽刺地问道，“你是美国的印第安人还是别的什么？”

哈迪先生好像没有听到这句话。“你如果回去，我会给你付车钱的，”他说，“对了，最近去巴格达的单程票价是多少？你如果想，我——”

“我觉得，”丽兹急忙插嘴道，“你误解了这位先生的意思。他的意思只是——”她把手放在那位阿拉伯人的肩膀上，可是被他暴怒地甩开。

“你整个晚上都在说侮辱阿拉伯人的话，”他尖叫着，“你根本就不了解阿拉伯人，”他激动地拍着自己的胸脯，“我知道，从心底里知道。”

“你和萨达姆·侯赛因见鬼去吧。”

“你怎么敢说我们贪得无厌，就知道开着大车到处炫耀？这是对我的极大侮辱。我是个阿拉伯人，我知道保护自然资源——”

“把所有的油井都给烧了，是吗？”

“——我开的是丰田花冠。”

“我并不是在针对你，”哈迪说道，“我说的是欧佩克里的那些讨厌鬼，还有那些发神经绑架了那孩子的人。你觉得他们会开着丰田花冠到处跑吗？你觉得我们会宽恕恐怖主义吗？他们在你们的国家也会这样吗？”

“你骗人。”阿拉伯人喊道。

在这一片混乱中，镜头又打到丽兹·奥卡维洛身上。她的眼睛定定地盯着屏幕外的某个地方，显然没看进去任何东西，我知道她的想法肯定跟我一样：噢，天哪，天哪，快点来个人帮帮忙啊……

“这不是骗人，”哈迪也激动起来，“我知道。我在加油站工作了快三十年。别以为我不记得，当年卡特当总统时，是你们让我们陷入了困境，那还是一九七五年，对吗？现在，你们这帮人蜂拥而至，就好像这里是你们的地盘，带来了鹰嘴豆，还有那种臭烘烘的皮塔饼。”

丽兹的脸已经转到旁边，她正对着观众做口形，告诉他们该怎么做。

那个阿拉伯人大声骂了一句极端下流的话。

“够了，别说了！”丽兹·奥卡维洛快绝望了。

哈迪先生跳将起来，眼露凶光，用气得发抖的食指指着观众席，说道："沙色的黑鬼！"他痛苦地喊道，"沙色的黑鬼！沙色的——"

镜头猛地移开，哗啦一下子，照到布景的侧面，于是，我们看到了一大堆黑色的电线和一排排灯罩。镜头不停地前后移动着，最后吱呀一声，屏幕上突然出现麦当劳的广告。

"呜——呜。"有人幸灾乐祸地叫道。

接着是稀稀拉拉的掌声。

"你听到他说的话了吗？"查尔斯顿了一会儿之后说道。

我已经完全忘记了他的存在。他的声音很含糊，头发全被汗水浸湿，黏在前额上。"小心，"我用希腊语跟他讲，朝着女招待的那个方向点点头，"她会听见的。"

他嘟哝一句什么，坐在吧凳上晃了晃，凳子是用绚丽的塑料和镀铬材料做成的。

"我们走吧，时间不早了。"我伸手去口袋里拿钱。

他死死地盯着我，脚步不稳，朝我倒过来，然后一把抓住我的手腕。唱机的灯光闪耀着，正好照到他的眼睛，使它们显得古怪又疯狂，就像那些杀手的眼睛一样闪闪发亮。有时候，杀手看到朋友的脸时，眼睛会突然发出这样的光芒。

"别说话了，老哥，"他说，"你听。"

我抽出手来，一屁股坐在凳子上，就在这时，我确实听到了一阵长长的、单调的隆隆声。打雷了。

我们互相对视一眼。

"下雨了。"他小声说道。

雨下了整整一个晚上，温暖的雨水从屋檐上滴落下来，滴滴答答地敲打着玻璃窗。我则仰面躺在床上，大睁着双眼，仔细倾听着。

雨从晚上一直下到第二天早上：雨滴温暖而阴郁，轻柔而持续地下着，让人感觉好似身处梦境。

我一觉醒来，就知道那天他们会找到他。我打心底里知道这一点。我向窗外望去，看到积雪的那一刻就知道了。积雪已经破败，一块块泥泞的草地显露出来，到处都在滴着水。

在汉普顿，我们有时会碰到像这样令人感到神秘而压抑的日子。地平线上的山谷，已经全部被浓雾吞噬，整个世界轻灵而空旷，但不知何故又有点儿阴沉沉。你走在校园里，将脚下湿漉漉的草儿踩得咯吱作响时，会觉得自己恍如置身于奥林匹斯山，瓦尔哈拉殿堂，或者天上某个早就被人遗忘的角落。你熟知的那些地标性建筑——钟楼，房屋——好像前世的记忆一样浮现在眼前，在云山雾罩中显得孤立而隔绝。

依旧是毛毛细雨，依然潮乎乎的。科蒙斯的一切都阴暗而克制，空气里弥漫着一股湿衣服的气味。在楼上一张靠窗的桌子旁，我看到了亨利和卡米拉。他们的桌子中央摆着一个满满的烟灰缸，卡米拉一手托着腮，另一只手夹着一根快要抽完的香烟，指尖已被熏成墨色。

大饭厅在二楼，这是一个很现代的增建厅，向外突出，下面就是紧挨着整幢房子背面的码头。巨大的窗玻璃被雨水染成灰色，使得天色显得越发阴郁了。窗玻璃将我们的三面包围起来，但我们能一目了然地看到在码头上发生的一切。比如，你一大早就能看到运送黄油和鸡蛋的卡车在此停靠，还有远处那光滑而乌黑的马路，它蜿蜒穿过树林，朝汉普顿的北部延伸，最后消失在浓雾中。

中午的菜是西红柿汤，咖啡搭配脱脂奶，因为这些东西都很容易做。雨水依旧噼里啪啦地打在厚厚的窗玻璃板上。亨利一副心不在焉的样子。前一天晚上，联邦调查局的人又找他谈了一次——他没说他们想要知道什么——现在，他不停地小声谈论着石里曼的《伊利奥斯》，那双大手的指尖按住桌边，好像那是块显灵板。冬天，我跟他住在一起时，他有时就会用这种说教的语调自言自语地说上好长时间，能一口气说出一连串学究式的知识，精确程度令人惊叹，语气平缓而专注，就好像被催眠了一样。那一次，他这样谈到希沙立克的考古发掘："那是个可怕的地方，是个被诅咒的地方。"他用做梦一样的语调说，那些城市接连被埋葬，被摧毁了，被烧掉，砖块融成玻璃……那是个可怕的地方，他又心不在焉地说，一个被诅咒的地方，是棕色蝮蛇的巢穴——希腊人称它们为"安提莱恩"，那里还有成千上万个长着猫头鹰脑袋的死神雕像（女神雅典娜可怕的原型），它们正热切而坚定地注视着我们。

我不知道弗朗西斯的去向，不过知道查尔斯现在如何。前一天晚上，我不得不打车送他回家，扶着他上楼，帮他脱衣服睡觉，然后我就走了。他当时应该还没有醒。卡米拉的盘子旁放着用纸巾包着的两块干酪和果酱三明治。我送查尔斯回家时，她不在，她现在的样子就好像刚刚从床上爬起来：头发乱糟糟的，没涂口红，身上则穿着一件松松垮垮的灰色羊毛衫，长长的袖子把手全给遮住了。她手上的香烟散出一缕缕烟雾，烟雾的颜色跟外面的天空一样阴沉。一辆白色的汽车欢叫着，沿着湿漉漉的马路，从远处的城里开过来，奔驰在弯曲的黑色路面上。汽车越来越近，越来越清晰。

时间不早了，已经过了午餐时间，已经没剩下几个人。一位身有残疾的看门人拿着拖把和水桶，步履蹒跚地走进来。他一边嘀咕着，一边不停地把水洒到饮料间旁边的地板上。

卡米拉正出神地望着窗外。突然，她睁大眼睛。接着，她好像不敢相信一样，又慢慢地伸长脖子。再后来，她便手忙脚乱地从椅子上站起身，迫不及待地想去看个究竟。

我也看见了，而且马上就跳了起来。一辆救护车就停在我们楼下。两名护工抬着一副担架，周围簇拥着一大堆摄影记者。他们都低头躲着雨水，急匆匆地从下面走过去了。担架上的尸体被一条床单盖着，但在他们把担架送上车（这个动作虽然漫长，却很简单，就像把面包送进烤箱一样），并砰的一声合上门之前，我还是看见了吊在外面的一段黄色防水雨衣，大概有五六英寸长。

从远处和科蒙斯的楼下传来喊叫声，还有摔门的声音，场面变得更加混乱，然后是一声高过一声的喊叫，最后我听见一个粗大的嗓门问道：“他还活着吗？”

亨利深吸一口气。接着，他闭上眼睛，后来又重重地吐出一口气，一只手扶着胸部，就像被子弹击中了一样，倒在椅子上。

情况是这样的。

星期二下午，大概一点半时，来自新墨西哥州陶斯镇的霍莉·戈德史密斯，一位十八岁的一年级新生，决定带她的那头金毛寻回犬米罗出去散步。

霍莉学的是现代舞蹈，她知道邦尼失踪的事情。但是，跟同年级的许多同学一样，她并没有参与搜救，而是抓紧这个难得的机会补觉，准备即将到来的期中考试。这样就很好理解她为什么不想在外面碰到搜救队的人。她决定带着米罗，走网球场后面的那条路去峡谷，几天前那里就被严密搜查过了，再说她的狗也特别喜欢去那个地方。

霍莉是这么说的：

“我一走出校园，就松开米罗的链子，让它自己到处跑着玩。它就喜欢这样……

“我站在峡谷边上等着它。它在路基上乱抓一阵，来回跑着，叫着，跟平常不大一样。碰巧那天我忘记把它的网球给带出来了。我本来以为网球在我的口袋里，可是一掏，却没有，于是我准备找几根树枝扔给它玩。我回来的时候，看见它站在路基边上，嘴里衔着什么东西，左右摇晃着。我不管怎么叫它，它也不愿意过来。我还以为它逮住了一只兔子，或是别的什么小动物……

“我猜是米罗把他刨出来的，他的头，嗯，还有胸部，我觉得——我看得不是很清楚。我看到了那副眼镜……一边的眼镜腿（从耳朵上）滑下来，在那里前后晃荡着，就像……好的，谢谢……米罗在舔他的脸……有一阵子，我还以为他还……”(低不可闻。)

我们三个很快就下了楼（看门人惊讶地张大了嘴，厨子们从厨房往外偷看，咖啡厅里的那些穿着卫生服的售货小姐也都扒着栏杆，伸长脖子），一路跑过小吃店，跑过邮局。在邮局交换台工作的戴红色假发的那位女士，总算把她的阿富汗毛毯和多色纱扔到一旁。她站在门口，手上拿着皱巴巴的面巾纸，好奇地看着我们。我们跑过大厅，来到科蒙斯大堂，看到那里已经聚集了一大群人，有神情严肃的警察、警长、狩猎监督官、保安，一个哭哭啼啼的陌生女孩，还有人在拍照。大家都在唧唧喳喳地说着话，然后有人抬头看见我们，喊了一声：“嘿，说你们呢！你们不是认识这孩子吗？”

闪光灯不停地闪烁，接着，一大堆麦克风和摄影机便朝我们冲过来。

“你们认识他有多久了？”

"……是跟毒品有关吗？"

"……一起去欧洲旅行了，是吗？"

亨利用手摸了一把脸。我绝对忘不了他的样子：脸白得好像扑过粉，上嘴唇上聚满汗珠，闪亮的灯光在他的眼镜片上跳跃着……"请让我单独待会儿。"他喃喃地说，一把抓住卡米拉的手腕，想穿过人群，到门口去。

他们一拥而上，挡住去路。

"……想说两句吗？"

"……最好的朋友吗？"

一台摄影机的镜头伸过来，那东西黑糊糊的，跟猪嘴一样，差点儿戳到他的脸。亨利抬手一挥，把它打到一边，摄影机重重地摔到地上，里面的电池掉出来，在地上滚开。摄影机的主人——一个戴着麦茨帽的大胖子——尖叫一声，惊慌失措地弯下腰去，接着暴跳起来，骂骂咧咧，好像准备去抓亨利的衣服领子。可是，他的手指刚刚碰到亨利外衣的背面，亨利就转过身来，速度快得令人惊讶。

那家伙退缩了。说来好笑，大家第一眼看到亨利的时候，似乎都没注意到他其实是个大个子。也许这要归因于他的穿着，因为他的衣服就像连环漫画里的那种锦缎质地、难以穿透的伪装服（为什么人们总是看不出来"书虫"一样的克拉克·肯特，如果取下眼镜，其实就是超人?）。或许他只想让别人看到他的表面。他有总能让自己变得毫不起眼的超常天赋——在房间里，车里，他都能让自己随意消失——也许，他的这种天赋只不过是另一种天赋的反面形式：他体内的那些游离的分子能够很快地集结，使得他那虚幻的形体能在突然之间变得真实，而在旁观者看来，这种蜕变是非常可怕的。

救护车已经走了。在毛毛细雨中，眼前的道路显得光滑而空旷。达文波特警探急匆匆地走在通往科蒙斯的台阶上，低垂着头，黑色的鞋子"嗒嗒"地敲击着潮湿的大理石地面。他一看见我们，便停下了脚步。肖拉跟在他身后，用手扶着膝盖，非常费力地爬完最后两三级台阶。他站在达文波特身后，看了我们一会儿，大口地喘着粗气。"很抱歉。"他说。

一架飞机从我们头顶掠过，很快便消失在云端。

“这么说，他死了。”亨利说。

“恐怕是这样。”

飞机的轰鸣声慢慢减弱，消失在潮湿而多风的远方。

“他是在哪儿被发现的？”亨利总算问道。他脸色苍白，非常白，太阳穴处有许多汗水，但是他出奇的镇静。他的语调中也透出一丝平淡。

“在树林里。”达文波特说。

“不远，”肖拉说，用指关节揉着眼袋很深的眼睛，“离这里就半英里。”

“你在那儿吗？”

肖拉停下手上的动作，问道：“什么？”

“他们找到邦尼时，你也在那儿吗？”

“我们当时在‘蓝色大本钟’吃午饭。”达文波特快速地回答。他的鼻孔不停翕动着，呼吸声很重。他那栗色的平头短发上沾满由雾水聚结成的水珠。“我们下去看了，现在正准备去了解一下家人的情况。”

“他们难道不知道吗？”卡米拉惊讶地愣住片刻后问道。

“不是这么回事儿，”肖拉说，轻轻地拍了拍胸脯，又长又黄的手指在外衣的口袋里摸索着什么，“我们想把保证书给他们，然后再把他送到纽华克的实验室去做几项检测。可是，像这样的案子——”他好像在口袋里抓住了什么，接着慢慢地从口袋里抽出一盒被压得皱巴巴的帕码牌香烟，“像这样的案子，很难让家属在单子上签字。这不能怪他们。他们已经等了差不多一个星期，全家人都在这里等着，他们只想把他埋了，就这么完事……”

“到底是怎么回事？”亨利说，“你知道吗？”

肖拉翻找着火柴，找到一盒，划了两三根之后，总算点燃香烟。“很难说，”他说，任由燃烧着的火柴从他指间滑落，掉到地上，“他躺在一个陡坡的底部，脖子摔断了。”

“你不觉得他可能是自杀吗？”

肖拉脸上的表情虽然没有任何变化，但是从鼻子里冒出来的一个袅袅上升的烟圈，却透露出他听到这话有一丝惊讶。“你为什么会这么想？”

“因为刚才里面有人这么说来着。”

他看了达文波特一眼。“我不会管那些人怎么说，孩子，”他说，“我不知道警察会发现什么，不管如何，这件事由他们来决定，这个你得明白，不过我觉得他们不会把这判定为自杀的。”

“为什么？”

他温和地朝我们眨眨眼，他的眼球很鼓，眼皮很沉，就跟乌龟一样。“还没有这样的线索，”他说，“这个我知道。警长的观点是，他待在外面，衣服穿得少，天气又不好，所以急急忙忙赶回家，结果他……”

“他们不是很确定，”达文波特说，“不过，他好像喝了酒。”

肖拉有点儿不耐烦，做了个听天由命的手势，很有意大利的特色。“他即使没有喝酒，”他说，“地上全是泥巴，又下过大雨，也许当时天也黑了。”

有好久，大家谁都没有说话。

“好了，孩子，”肖拉说，言语中不乏温情，“这只是我的观点，但是，你要是问我，我会说你的朋友绝对不会自杀。我去看了他滑下去的地方，周围的灌木全都，你知道——”他朝着空中微微地抖了抖手。

“被分开了，”达文波特有些粗暴地说，“他的指甲缝里全是泥。这孩子摔下去的时候，肯定是见到什么就想抓住什么。”

“没人能说清楚这到底是怎么发生的，”肖拉说道，“我只是想说，不要完全相信你听到的每一句话。那地方真是危险，他们应该围上个护栏什么的……亲爱的，你要不要坐下来休息一会儿？”他问卡米拉，她的脸有些发青。

“不管怎样，学校逃不脱责任，”达文波特说，“我听到学生服务处那个女的说话的口气，就知道他们想推卸责任。他如果是在大学的聚会上喝醉了……大概两年前，我在纳舒厄的商店里，见过一件那样的衣服，我就是从那个地方来的。有个孩子在兄弟会的聚会上喝醉了，晕倒了，就倒在路边的雪堆上，直到后来铲雪机来清理积雪的时候，人们才发现他。我估计，这取决于他们喝醉的程度，以及最后那一杯是在哪里喝的。不过，他即使没有喝醉，这件事对学校来说也不太好，对吧？把孩子送到学校来，结果他在校园里碰上了这种事儿？这也要看家长的态度。我见过他们，他们是那种绝对会提起诉讼的人。”

“你认为是怎么发生的？”亨利问肖拉道。

在我看来，这种提问方式并不明智，尤其在此时此地。但是，肖拉咧开嘴笑了，笑容有些憔悴，露出满嘴的大牙，就像一头老狗或者负鼠——他的牙齿太多，褪了色，又染上了污迹。“我吗？”他问道。

“是的。”

他沉默了一会儿，然后吸了一口烟，点点头。“我怎么想倒没什么关系，孩子，”他停顿片刻后又说道，“这不是联邦一级的案子。”

“什么？”

“他说这不是由联邦负责的案子，”达文波特简短地回答，“这个案子并没有违反联邦的法律，应该交给地方警局处理。他们把我们叫过来，主要是因为那个疯子，你们也认识他，就是加油站的那个家伙，而他跟这个案子其实毫无关系。我们过来之前，华盛顿就给我们发了好多关于他的信息。想知道他是哪种类型的疯子吗？以前，在七十年代的时候，他总是给安瓦尔·萨达特寄一些古怪的信，里面有果导①、狗粪、邮购目录，还有印着东方裸女的图片。起先还没有人太注意他，可是萨达特先生被暗杀的时候，那是哪一年来着，大概是一九八二年吧，中央情报局就对哈迪展开了调查。也多亏了中情局，我们才有机会看到这些文件。他从来都没有进过监狱，但真是个疯子。他往中东打了好多骚扰电话，账单都有几千美元。我还看了他给戈尔达·梅尔②写的信，他称呼她为亲爱的表姐……我是说，碰到这样的人，你就得多长个心眼。他好像没有什么恶意，甚至都不是为了拿到那笔奖金——我们曾经让卧底带着假支票去找过他，可他连碰都不愿意碰支票一下。可是，恰恰是这样的人，我们真的得多留心。我还记得那个莫里斯·李·哈登，那是一九七八年的事情，他特别招人喜欢，总是把钟表修好之后去送给那些可怜的孩子，可是我永远都忘不了那一天，那帮孩子们扛着锄头，从他的珠宝店后门走出来……”

“这些孩子不知道莫里斯的事情，哈夫，”肖拉提醒道，香烟从指尖滑下去，

---

① 通便剂。

② 以色列曾任女总理。

"他们那个时候还没有出生呢。"

我们在那儿又站了一会儿，石板铺就的地面上出现一个让人有些尴尬的半圆形。正当大家准备开口，说可能该走了这样的话来时，我听见卡米拉发出奇怪的哽咽声。我惊讶地回过头去望着她，她哭了。

有一阵子，大家都不知道该怎么办才好。达文波特厌恶地看了我和亨利一眼，转身要走，他那样子好像是在说：这都是你们干的好事儿。

肖拉沉着脸，很震惊，他两次试图动作缓慢地用手去扶卡米拉的胳膊，直到第三次才碰到她的胳膊肘。"亲爱的，"他说，"亲爱的，想不想让我们顺路开车送你回家去？"

他们的车——正如我们预料，是一辆黑色的福特厢式轿车——就停在小山底下，在科学会堂后面的砾石停车场上。卡米拉夹在他们俩中间，朝前走去。肖拉正在跟她讲话，声音就像对自己的孩子一样温柔，虽然话音中夹杂着嘎吱嘎吱的脚步声、雨水落下的声音和细碎的风声，我们还是能听清楚。"你哥哥在家？"他问道。

"是的。"

他慢慢点了点头。"要知道，"他说，"我挺喜欢你哥哥的。他是个好孩子。说起来也有趣，我还不知道双胞胎里还有龙凤胎。你知道这事儿吗，哈夫？"他转头问道。

"不知道。"

"我也不知道。你们小的时候是不是更像一些？我是说，你们看起来像一家人，但是你俩头发的颜色却不大一样。我老婆，她也有几个表亲是双胞胎。他们都很像，而且都在福利部门工作，"他平静地停顿了一会儿，"你和你哥哥，相处得还不错吧，是吗？"

她含糊地嗯了一声。

他沉着脸点了点头。"那就好，"他说，"我敢打赌，你们肯定有一些有趣的故事。关于直觉啊心灵感应什么的。我老婆的表亲还参加过那些双胞胎大会，有时候你根本就无法相信他们回来说的那些事情。"

天空很白。远处，树木的轮廓变得很模糊，山峰也看不见了。我把双手松松地插在外衣口袋里，好像它们根本就不是我的手。一直让我很不习惯的是，这里的地平线好像会突然自行消失，一下子就让你感觉到孤立无援，就像在一个不完整的梦里四处游荡。这个梦境就像你所熟知的那个世界的一幅素描——画上一棵树，代表一片小树林，然后在周围的画布上填满有街灯的柱子和烟囱，让炊烟一直飘到画面之外——这是个被遗忘的地方，一个被扭曲了的天堂，那些老旧的地标性建筑还依稀可见，只是由于过于遥远，排列得杂乱无章，再加上周遭的空洞，而被衬托得愈发糟糕。

一只旧鞋子被扔在码头前的沥青路面上。几分钟前，救护车还在这里停留过。那不是邦尼的鞋子。我不知道那是谁的鞋子，也不知道它为什么会出现在那里。那不过是躺在路边的一只破旧的网球鞋。我不知道自己怎么到现在还没有忘记，不知道它为什么给我留下了如此深刻的印象。

第七章

邦尼在学校里认识的人并不算多，可是学校实在太小，因此每个人都多多少少听说过他。大家知道他的名字和长相，还记得他的嗓音，这独特的嗓音是他身上最引人注目的特点。说来也奇怪，我还跟邦尼一起照过几张相呢，可是这些年来，深深铭刻在我脑海中的，不是他的相貌，而是他的声音。他那已经消失的声音不但尖锐刺耳、絮絮叨叨，还带着回音，只要听过一次就很难忘记。他死后的最初几天，在他曾经老待着的牛奶机旁边，再也没有回响起那驴叫一般大而刺耳的声音，食堂里总是显得异常安静。

于是，有人思念他，甚至为他哀悼，就再正常不过了——这是因为，有人死在像汉普顿这样的一所大学里，令人很难接受。本来，我们彼此孤立，各自忙碌着一摊事情，根本无暇顾及他人。可是，我惊讶地发现，他的死一旦引起官方的注意，人们的悲痛就毫不掩饰地喷涌而出。以当时的情况看来，这样的表现不仅毫无理由，还可谓相当无耻。他刚刚失踪的时候，没有一个人把这件事情放在心上，就连那场声势浩大的搜救行动进入尾声时，大家也没有什么变化。而且人们都觉得，即使有消息，肯定也不会是什么好消息，在大部分人眼里，这次行动不过是个大麻烦。可是现在，听到他的死讯，人们一下子发了狂。突然之间，每个人都认识他了，每个人都为他悲痛欲绝，每个人都会在没有他的日子里，继续坚强地活下去。“他肯定希望看到我们这样。”那个星期，我多次听到这句话从人们的嘴巴里蹦出来，但是他们肯定不知道邦尼到底想要些什么。说这话的人当中，既有大学的官员，也有哭哭啼啼的无名氏，还有彼此素不相识、围在食堂外面啜泣的人。校董会发表了一份言辞谨慎的声明，为校方进行辩护，其中写道，“为了发扬邦尼·柯克兰特有的精神，也为了遵从汉普顿大学所崇尚的人道主义与进步思想的教学理念”，以邦尼的名义给美国公民自由协会送去一个大礼包——邦尼要是知道有这么一个组织，肯定会嗤之以鼻。

邦尼死后，公众的这种故作姿态的表演，我还能洋洋洒洒地写上好几页。比如，学校为他降下半旗志哀，心理咨询师开通二十四小时咨询热线，社科系还有几个怪人戴上黑色袖章。人们都激动地忙活起来，举办植树、立纪念碑、设基金会、办音乐会这样的系列活动。还有一位一年级的女生企图自杀——虽然原因与邦尼的死毫不相干——吞吃音乐系教室外面的一种有毒的浆果。不知何故，这件事情还跟大众的歇斯底里状态扯上了关系。有好些日子，大家成天戴着墨镜。弗兰克和贾德抱着“生活还得继续”的态度，拿着那个油漆罐子，在到处收集捐款，想举办一个啤酒狂欢会来缅怀邦尼。学校部分官员认为，这个想法很没有品位，尤其是现在，邦尼的死已经让公众发现，在酒精管理方面，汉普顿大学确实存在许多职责上的疏漏，但是弗兰克和贾德依然固执己见。“他肯定想让我们开个聚会的”。他们有些愠怒（虽然是装出来的），学生服务处的人一直都有点惧怕弗兰克和贾德。他们的父亲都是董事会的终身成员，弗兰克的父亲给新图书馆捐了款，贾德的父亲也出钱修建了科学会堂，据说，正是由于这个原因，学校无法开除他们，只能由教学主任出面训斥，但无法阻止他们去干想干的事情。于是，啤酒狂欢会如期举行，而且这次聚会跟你知道的那种既无品位、又无组织的活动没什么两样——当然，我扯远了。

作为一个团体，汉普顿大学总是有些歇斯底里倾向，这一点很奇怪。不论是因为与世隔绝、恶意，或者只是因为厌烦，比起一般受过教育的人来说，那里的人们更容易轻信别人，更加容易激动。而这种与外界隔绝的过于热烈的氛围，使学校变成了一个能够让情节剧和被扭曲的事物茁壮成长的黑色皮氏培养皿。举个例子来说，我还清楚地记得，镇上的一个人出于恶作剧心理，打开民用防卫警报，结果造成人们动物般的盲目恐慌。有人说受到了原子弹的袭击，山中的电视和收音机的接收信号本来就不太好，那天晚上尤其糟糕。慌乱的人们发了疯似的打电话，交换台根本忙不过来，学校里乱成一锅粥，场面混乱得难以言喻。在停车场里，很多车撞到一起。人们尖叫着、哭泣着，把自己的财物散给他人，还有成群的人挤在一起，既为了取暖，也为了互相安慰。有几个嬉皮士占领科学会堂，待在那个唯一的防空洞里，如果不知道“糖木兰”这首歌的歌词，任何人都不让进去。在这一片混乱中，涌现出了不少小集体，也产生了领导者。其实，尽管世界没有被毁掉，大家还是度过了一段精彩的时光。这件事情过去多年之后，人们再提起它来，依然会兴致勃勃。

对邦尼的哀悼活动没有达到这么激烈的程度，但表现出许多相似之处——同样是对团体的肯定，以及对敬意和畏惧的程式化表达。汉普顿大学的校训就是“做中得学”。人们通过观看说唱乐演出和室外长笛音乐会，似乎变得刀枪不入，自我感觉良好。而且他们喜欢为自己找一个冠冕堂皇的借口，以便在公众场合说长道短，比较相互所做的噩梦或者精神崩溃的经历。从某种程度上说，这只不过是做戏，可是汉普顿大学的人最为看重的就是有创意的表达方式，因此做戏成了一项工作。于是，人们对于悲痛的重视程度就变得跟小孩子玩过家家时的严肃认真没什么两样了。有时候，孩子们看到那些虚假的办公楼和商店，也会变得闷闷不乐。

尤其值得一提的是，那些嬉皮士的哀悼方式似乎具备在人类学历史上的重大意义。邦尼在世时，几乎一直在跟他们对着干：嬉皮士们因为在浴盆里进行扎染衣服，经常弄得脏兮兮的，而且他们播放的音乐声又特别吵，这些都让邦尼恼火。邦尼总是朝他们扔苏打水瓶子，而且只要怀疑他们在抽大麻，就马上去找保安。现在邦尼已经不在了，这些嬉皮士采用了一些不带任何个人色彩，甚至有点部落特色的方式，来纪念他去往另一个世界的旅程——他们不断地吟唱着，一边摆坛场，一边击打着鼓乐，演出的地点总是令人匪夷所思。亨利曾经远远地看过他们的表演，当时他穿着那双卡其色的高帮靴子，金属伞尖就搁在脚尖。

“‘曼陀罗’是巴利语里的词吗？”我问他。

他摇了摇头。“不是，”他说，“这是个梵语，意思是‘轮回’。”

“那么就是来自印度教喽？”

“也不一定，”他把这帮嬉皮士上上下下打量了个遍，好像他们是动物园里的动物，“他们和坦陀罗教有些关系——也就是曼陀罗教徒。坦陀罗教导致了印度的佛教祠堂的堕落和腐败，当然，这个教派的一些元素早已被同化吸收，并且根据佛教的传统进行了重组。但是，直到公元八百年时，坦陀罗教都一直保持着自己的学术传统——照我的思维方式来看，这就是一种腐败的传统，但再怎么说，它也还是一种传统，”他停顿了一下，目不转睛地看着一个拿着小手鼓的女孩在草地上旋转着，“不过，对于回答你的问题，”他说，“我觉得，曼陀罗在小乘佛教的历史上具有相当重要的地位，是名副其实的正统佛教。在恒河平原和其他地方，人们在供奉着舍利子的地方，总能发现它的特征，而且年代能追溯到公元一世纪。”

我回想起来，发现自己对邦尼的评价是不公平的，起码在某些方面是如此。人们是真的喜欢他。没有人特别了解他，但这也是他个性中的奇怪之处：人们越是不了解他，越觉得了解他。你和他交往不多的时候，会以为他的性格既坚韧又完整，虽然这种感觉就跟全息图一样缺乏真实感。你和他交往多了，又会发现，他其实就像一粒尘埃那样微小而轻盈，你的手掌好像就能穿透他的身体。然而，如果你后退到足够远的距离，原先的那种错觉便会再次出现，你会看到一个比真实的形象要高大的邦尼。他站在那里，日光透过那副小小的镜片，斜视着你，还不时用手把一缕潮湿的头发拢到后面去。

这么一分析，他的形象就分崩离析了。想全面了解他的为人，就只能从一些残存的逸闻趣事、偶然的巧遇或者听来的只言片语中寻找答案。那些没有跟他讲过一句话的人，突然回忆起他来（话语中不乏温情），说见过他朝小狗扔木棍，或者看见他从某个老师的花园里偷郁金香。“他触动了人们的生活。”大学校长如是说，他的身子向前倾出，双手紧紧地抓着演讲桌的边缘。尽管两个月之后，在那个一年级女生（她最终发现用单刃刀片自杀的成功率还是高过用有毒的浆果的成功率）的追悼会上，他也说了同样的话，并且采用了同样的语气和姿势，不过这些话用在邦尼身上非常贴切。他确实触动了人们的生活。他以一种谁也没想到的方式，触动了那些素不相识的人的生活。今天，正是这些人在真心地为“他”的离去而感到悲伤——或许是他们心中所谓的那个“他”——人们的这种悲痛发自肺腑，并不因为不熟悉哀悼的对象而有所减弱。

正是性格中的这种虚幻感，这种卡通色彩（也许你愿意这么说），造就了他独特的魅力，并最终让他的离去变得如此伤感。邦尼就像那些伟大的喜剧家，走到哪里哪里就会充满欢乐和色彩。你对他性格中的这种始终如一的特性啧啧称奇，于是便盼着他的身影出现在各个陌生的地方：邦尼在骑骆驼，邦尼在照看小孩，邦尼在遨游太空。现在，他死了，这种始终如一的特性也升华了，变成了完全不一样的东西：他成了一个给人们带来欢笑的人物——他讲的笑话的效果总是出奇的好，可他自己扮演着一个悲剧的角色。

雪全都化了，消失时跟来时一样迅速。仅仅过去二十四个小时，雪就无影无踪，只在树林里还能见到它残留的几块可爱的印迹——水从镶了白边的树枝上滴落下去，在松软的地上打出一个个雨洞——还有路旁那泥泞的灰蒙蒙的雪堆。公共活动中心前面的草坪变大了，也变宽了，就像拿破仑的战场一样荒芜：一个个脚印把这个地方给彻底搅乱，弄脏，也污染了。

关于这段时光的记忆既离奇又破碎。在葬礼之前的那几天里，我们几个人没怎么见面。亨利被柯克兰家的人说服，跟着他们一起去了康涅狄格。克鲁克没等到查尔斯和卡米拉同意，就搬过去跟他们一起住。我觉得他已经快要崩溃了，他一喝贺尔喜①就是喝六瓶，而且经常连香烟都不掐就倒在沙发上就昏睡过去。而我被朱迪·普维，还有她的朋友特蕾西和贝思所拖累。一到吃饭的时候，她们就过来找我。“理查德，”朱迪会说，还会从桌子对面伸过手来，捏一捏我的胳膊，“你一定得吃点儿东西。”其余的时间，我就被拉着去参加那些事先为我安排的小活动——看露天电影，吃墨西哥菜，去特蕾西的公寓里喝玛格丽塔酒②，看 MTV。我倒是勉强能接受去看露天电影，可是要我不停地吃那种墨西哥式烤玉米片，喝那种混了龙舌兰的饮品，我就真的有点儿受不了。她们特别喜欢一种叫“神风杀手”的东西，还喜欢把它混到玛格丽塔酒里，把饮料变成恐怖的电子蓝色。

说实话，我挺喜欢跟她们在一起的。朱迪尽管缺点一大堆，但心地善良，而且她的骄横跋扈和多嘴多舌反倒让我觉得跟她在一起很安全。但我不喜欢贝思。

① 荷兰著名啤酒品牌，创建于一二七五年。

② 墨西哥经典饮品。

她是学舞蹈的，来自圣达菲，脸上的皮肤很有弹性，笑的时候样子都很傻，好像满脸都长着酒窝。在汉普顿大学，她也被人尊为校花，但是我特别讨厌她走路的样子，就像狗一样，懒洋洋的。还有她那小姑娘一样的嗓音——在我听来，那声音特别做作。她还总像个小孩子一样哼哼唧唧的。她也经历过一两次精神崩溃，因此偶尔安静下来的时候，会鼓着眼睛看着我，看得我心里直发毛。特蕾西倒是很不错。她是个犹太人，长得很漂亮，笑容非常灿烂，很喜欢模仿玛丽·泰勒·摩尔的动作，比如双手抱胸，或者伸出手臂划圈什么的。她们三个都抽烟抽得很凶，还总讲一些特别无聊的故事（“对，然后我们的飞机就在跑道上等了整整五个小时。”），谈论一些我不认识的人。而每当这时，我这个因为痛失好友而总是心不在焉的人，就可以随意享受这片刻的宁静，看看窗外的景象。可是，有的时候我也会烦她们，那么，我只要抱怨头疼，或者说想去床上躺一会儿，特蕾西和贝思就会知趣地走开（她们应该事先说好了），只留下朱迪一个人来陪着我。我完全知道她是一番好意，可惜她想给我的那种安慰不是我所需要的，因此，我往往和她单独待上十几二十分钟，就迫不及待地想去特蕾西家喝玛格丽塔饮料，看 MTV。

弗朗西斯是我们几个人中最孤单的，没有人陪着他，因此他偶尔来我这里转转。我有的时候是独自一人，有时候不是，这时候他就会直直地坐在写字台旁，假装（学着亨利的样子）读我的希腊语书，直到那个傻乎乎的特蕾西领会他的暗示，转身离开。门关上，楼梯上传来她们离去的脚步声，他就会啪地合上书本，身子倾过来，激动地朝我眨着眼睛。当时，我们最为担心的就是邦尼的家人要求进行尸体解剖的事情。远在康涅狄格州的亨利打来电话，说尸体解剖大概不可避免时，大家都惊呆了。那天下午，他偷偷从柯克兰家出来，跑到外面的电话亭里，给弗朗西斯打了这么个电话。那地方是个废弃的停车场，他站在条纹遮阳篷下，听着大风把彩旗吹得哗啦作响，身后的公路上传来车辆飞驰而过的呼啸声。那天，他碰巧听见柯克兰太太对柯克兰先生说，只有解剖尸体才是最好的办法，否则（亨利发誓说他听得明明白白）他们永远都搞不清楚邦尼是怎么死的。

不论一个人如何看待负罪感，它能当仁不让地激发起无穷的创造力和想象力。我连着两三个晚上都没有睡好，这种情况前所未有。我喝醉了，但还醒着，满嘴都是龙舌兰酒那种难闻的味道，满脑子担心的都是衣服的纤维、指纹、还有一缕缕的头发。我所了解的解剖细节全都是在重播的《昆西》中学到的。可是不知何故，我从来都不觉得，我是从电视节目中了解到这些知识的，它们可能会不准确。他们难道没有仔细地进行研究，并且有顾问医师在现场吗？我一骨碌坐起来，打开灯。我看见自己的嘴巴被染成难看的蓝色。我把酒倒进厕所的时候，发现它色彩鲜亮，非常清澈，和泰迪宝洁厕剂一样，是一种明快的蓝绿色。

亨利可以在柯克兰家自由走动，观察他们的举动，因此很快就搞清了事情的进展。弗朗西斯听到他传来的好消息，恨不得马上就告诉我，所以他没等到特蕾西和朱迪离开，就用蹩脚的希腊语向我汇报情况。甜美而迟钝的特蕾西大感困惑，以为我们在这个时候还想着复习功课。

“别怕，”他告诉我，“全怪他老妈。她为自己儿子的死跟酒精扯上关系而蒙羞。”

我没听懂他的话。“蒙羞”这个词也有“失去公民权”的意思。“羞耻？”我重复道。

“是的。”

“可是权利是针对活人的，不是针对死去的人的。”

“唉！”他说，摇摇头，“噢，天哪，不对，不对。”

他绞尽脑汁，急得打起响指，朱迪和特蕾西则在一旁兴致勃勃地看着。用一种已经死亡的语言进行交谈，可比你想象得要艰难很多。“近来有很多谣传，”他总算开口，“母亲很伤心。不是为了她儿子，”他看到我想说什么，又急急忙忙地加了一句，“因为她是个坏女人。她真正伤心的是，这件事情给她的整个家庭带来了耻辱。”

“到底是什么耻辱？”

“酒，”他不耐烦地回答，“她想证明，邦尼的身体里并没有酒精残留。”他用了一个非常文雅而且无法翻译的比喻：在那个空空如也的酒囊饭袋里没有酒精的沉渣。

“那么，请告诉我，她为什么在乎这个呢？”

“因为人们都在嚼舌头。一个年轻人因为酗酒而死，是非常耻辱的一件事情。”

人们确实是在嚼她家的舌根。之前，柯克兰太太有问必答，现在她恼怒地发现，自己的处境已经非常被动。之前的那些文章，把她描绘成一个“衣着得体”、“引人注目”的人，而这个家庭也是“完美无缺”的。可是现在，那些报道饱含暗中的嘲讽，并且通过“母亲说：绝对不是我儿子干的”这篇文章，开始了对整个家族的声讨和指责。尽管只有一个破啤酒瓶暗示邦尼可能喝过酒，而且也没有找到关于他吸毒的任何证据，晚间新闻里的那些心理学专家还是谈到了不幸的家庭对孩子的一些影响，谈到在家庭成员之间的欺骗与否定，而且还指出，成瘾性问题通常会由父辈传给下一代。这真是个沉重的打击。柯克兰太太在离开汉普顿的时候，已经被她的这些记者老朋友给压垮了。她回避着他们的眼神，紧咬着牙关，脸上虽然还挂着灿烂的微笑，但眼神中已经充满仇恨。

当然，这样确实不公平。人们看那些报道，会以为邦尼是个最典型的“滥用精神药物的人”，或者是个“惹是生非的少年”。其实，任意一个了解他的人（包括我们）都知道邦尼根本不可能是少年罪犯，也不会是这样的人。尸检结果显示血液中只含有少量酒精，并且根本就没检测到毒品。他就年纪来说，已经不是青少年。可是那些风言风语就像在天空中盘旋的秃鹰不会轻易放弃它的猎物，关于他的尸体的种种传闻依然一传十，十传百，永远地留在人们的记忆里。汉普顿的《观察家报》的最后一版上，登出了一篇关于邦尼的尸检结果的文章。可是在大学里广为流传的故事则有另外一个版本，邦尼被描绘成一个误入歧途的小醉鬼。对于那些大学新生，那些酒后驾车出事的人，那个在普特兰大厦的阁楼里上吊自杀的时髦小妞，以及所有那些在汉普顿大学郁郁寡欢的人来说，他那迷醉的灵魂依然会出现在那些黑暗的房间里。

葬礼定在星期三举行。星期一一大早，我收到两封信。一封来自亨利，另一封来自朱利安。我先打开朱利安写来的信。邮戳显示，这封信是从纽约寄来的，字迹潦草，用的是他平常给我们批改希腊语作业用的红色水笔。

亲爱的理查德：

今天早上我真是难过极了，恐怕在接下来的许多个日子里也会如此。我得知我们的朋友已经离去，真是倍感伤心。我不知道你是否来找过我，我最近不在家，身体也不太好。只怕要等到葬礼结束，我才能回汉普顿去——

我一想到星期三将是大家最后一次相聚的日子，就悲从中来，不能自已。希望你一切都好。爱你。

下面是他的名字缩写。

亨利的信是从康涅狄格寄来的，就像从西部战场前线发过来的密文，用词小心谨慎。

亲爱的理查德：

见信好。我这几天一直住在柯克兰家。我尽管帮不上什么忙，况且他们处在极度的悲伤中，恐怕也察觉不到我的关心，但我还是感到荣幸，因为我能够替他们分担一些痛苦，做一些力所能及的小事。

柯克兰先生让我给邦尼的同学们写信，请他们在葬礼的前一天晚上过来。你来的话，可能要在底楼住上一晚了。你如果不能来，请打电话通知柯克兰太太。

盼着在葬礼上见到你，祝你一切顺利。

信没有签名，但是附了一个小标签，上面是一段希腊文，是摘自《伊利亚特》的一段文字。这段文字摘自第十一章，描写的是奥德修斯发现自己已经同朋友们失去联系，独自一人待在敌人的势力范围内的情景：

要坚强，我的心说道，我是名斗士。
我曾经见过比这更糟的情况。

我跟弗朗西斯一起开车前往康涅狄格州。我本来以为双胞胎能跟我们一起走，结果他们已经和克鲁克提前一天动身了——出乎大家的意料，克鲁克居然接到了柯克兰太太的亲自邀请。我们还以为他根本就不在被请之列。之前他准备逃出城去，结果被肖拉和达文波特逮个正着。柯克兰太太知道此事之后，连话都不愿意跟他讲一句。（“她这是为了面子。”弗朗西斯解释说。）不管怎么说，他得到了私人的邀请，而克鲁克的朋友鲁尼·温尼和布拉姆·格恩西得到的是亨利写的邀请信。

其实，柯克兰家邀请了许多来自汉普顿大学的人——有和邦尼住在同一栋宿舍里的人，还有我不确定邦尼是否认识的人。一个名叫苏菲·迪尔伯德的姑娘要跟我和弗朗西斯一起去。我上法语课时见过她几次。

“邦尼是怎么认识她的？”我们在去她宿舍的路上时，我问弗朗西斯。

“我不知道，邦尼跟她不太熟。不过，我听说邦尼在上大一时迷恋过她一阵子。玛丽恩要是知道他们连她也邀请了，肯定会不高兴的。”

我本来担心这一路上会出现尴尬场面，结果发现，有陌生人做伴，真是一个天大的惊喜。可以说我们都很高兴，收音机一路上都开着，苏菲（她长着一对棕色的眼眸，声音有些沙哑）双臂交叉着放在胸前，扒着前排的座椅，跟我们说话。弗朗西斯的心情也是前所未有的好。“你长得挺像奥黛丽·赫本，”他对她说，“你自己知道吗？”一路上，她很友好地给我们喝酷儿牌饮料，吃肉桂色的口香糖，还讲笑话给我们听。我一边笑一边看着车窗外的景色，心里默默祈祷着，但愿我们能错过公路上的出口。我这辈子都没去过康涅狄格，也从来没有参加过葬礼。

谢蒂溪位于一条窄小的马路旁边。我们从高速路上一个急转弯，开上这条路，又顺着弯弯曲曲的道路开了很远，过了桥，经过农庄、马场和农田才到。只见路旁那起伏的草地又变成高尔夫球场。在那所仿都铎式俱乐部门前，竖着一块摇摇晃晃的木头牌子，牌子上面写着“谢蒂溪乡村俱乐部”。再往前就是一排排的房子——高大、宏伟，彼此相距很远，每座房子的占地六到七英亩。

这个地方就像一座迷宫。弗朗西斯想看清楚邮箱上的门牌号码，因此我们便一次次地开到邮箱旁边，发现错了之后，又不得不倒回来，继续往前开。他一边咒骂着，一边不停地换着挡。可气的是，房子外面没有任何关于门牌号的标记，也不知道房子是按照什么顺序来排列的。我们就这么跌跌撞撞地找了差不多半个小时。我开始希望，但愿永远找不到邦尼家的房子，这样我们就能马上向后转，高高兴兴地开车回汉普顿。

当然，我们最终还是找到了那地方。我们在一条死胡同的尽头看见一所又大又摩登的房子，这幢房子好像还有那么一点“建筑风格”。整幢房子都是漂白了的雪松木的颜色，有错层和不对称的阳台，一眼望去感觉光秃秃的。院子里铺上黑色的煤渣，除了杂乱无章地摆放在院子里的几棵银杏树盆景（盆子都是后现代的风格），满眼看不到什么绿色。

“哇。”苏菲惊呼一声，她是一位真正的汉普顿大学姑娘，总是对新奇的事物充满敬意。

我看了弗朗西斯一眼，他若无其事地耸耸肩。

“他老妈就喜欢现代建筑。”他解释道。

我从没见过来开门的这个男人。可是我一看到他，马上便认出他是谁，而且还觉得心里堵得慌，好像在做梦一样。他个子高大，脸色红润，下巴也很大，满头银发。他盯着我们看了一会儿，便张开小小的嘴巴，做出一个小小的“O”字口型。然后，他迅速而且孩子气地跳过来，一把抓住弗朗西斯的手——这真是让我们惊讶。“好啊，”他说道，“好啊，好，好。”他的声音鼻音很重，且沙哑，跟邦尼一样。“看看是不是那个红萝卜头来了。你还好吧，孩子？”

“还不错。”弗朗西斯回答。我看到他答话时的那种真诚和热情的态度，以及握手时的力度，有点儿不知所措。

柯克兰先生用手臂抱住他的脖子，把他拉进房子里。“这孩子就跟我儿子一样，”他一边对着苏菲和我说着话，一边伸出手，梳理一下弗朗西斯的头发，“我所有的兄弟都是红头发，可是在我那一堆孩子里，还没有一个算得上有真正的红头发。真是搞不懂。你叫什么名字，亲爱的？”他问苏菲，同时松开我的手，想去握她的手。

“你好，我叫苏菲·迪尔伯德。”

“是吗？你真漂亮。孩子们，看看这个小美人。亲爱的，你长得就像你的珍姑姑。”

“什么?”苏菲挺疑惑地问道。

“怎么?你的姑妈啊,你爸爸的姐姐,就是获得了俱乐部去年女子高尔夫比赛冠军的那个漂亮的珍·里克佛德啊。”

“不是的,先生。我姓迪尔伯德。”

“迪尔佛德。好的,真是怪了。我不知道这儿谁家姓迪尔佛德。嗯,我认识一个叫布里德娄的家伙,但我至少二十年没见过他了。他是做生意的。据说他贪污了合作伙伴整整五百万美元。”

“我不是这一带的人。”

他扬起一边的眉毛,那神态让人不由得想起邦尼。“不是吗?”他问。

“不是。”

“你不是谢蒂溪人吗?”他说这话的口气,就好像难以接受这个事实。

“不是。”

“那你是从哪里来的,亲爱的?格林威治吗?”

“底特律。”

“那真要好好谢谢你了,走了这么远的路。”

苏菲笑着摇摇头,正要跟他解释。柯克兰先生毫无预兆地突然抱住她,大哭起来。

我们都吓呆了。我从他那啜泣的肩头望去,看见苏菲大睁着眼睛,那吓呆的样子就像她刚刚被人捅了一刀。

“哦,亲爱的,”他呜咽着,脸深深地埋进她的脖子,说道,“亲爱的,没有了他,我们该怎么活下去啊?”

“行了,振作一些,柯克兰先生。”弗朗西斯扯了扯他的袖子。

“我们真的非常爱他,真的,”柯克兰先生还在啜泣,“难道不是吗?他也爱你们。他一定想让你们知道这一点。其实你们也知道这一点,对吗?”

“柯克兰先生,”弗朗西斯说道,一把抓住他的肩膀,使劲摇晃他来,喊道,“柯克兰先生。”

他转过身,顺势倒在弗朗西斯身上,身子依然抽动着。

我赶快跑到另一边,好不容易才把他的胳膊搭到我的脖子上。他的膝盖直往下坠，似乎要用尽全身的重量，把我拉倒。弗朗西斯和我扶着他站起来，一起把他送进房子里，然后搀着他沿着门厅往里走（“唉，见鬼，”我听见苏菲低声说，“真见鬼。”），最后把他安顿到椅子里坐好。

他还在哭，脸色已经发紫。我俯下身去，想给他松开领口，结果他一把抓住我的手腕。“走了，”他哀号道，直直地看着我的眼睛，“我的宝贝。”

他的眼神——无助得近乎疯狂——就像一根包着皮革的金属棒，重重地敲在我的心坎上。突然，我第一次真正地感受到这种痛苦，这种无力回天的绝望，而这一切又是多么的真实啊。我这才深切地意识到，我们真是罪孽深重。那种感觉，就像是把一辆车开到最大速度，然后发现自己撞到墙上。我松开他的衣领，心里感到一种完完全全的绝望和无助。我真的只想死去。“哦，上帝，”我喃喃说道，“上帝救救我，我很抱歉——”

有人朝我的脚踝狠狠地踢了一脚。是弗朗西斯，他的脸白得跟墙壁一样。

我的眼前一片空白，似乎有一阵强光闪得我都睁不开眼睛。我紧紧地抓住椅子，闭上双眼，觉得眼前是一片亮红色，耳边听见的是他那非常有节奏的一阵一阵的抽泣声，每一声都像大头棒，重重地打在我身上。

后来，抽泣声戛然而止。一切都静下来。我睁开眼睛。柯克兰先生——虽然还有未干的泪珠从脸颊上滑落下来，表情却恢复平静——饶有兴致地看着一条小猎犬，小狗正在哼哼唧唧地舔着他的脚尖。

“珍妮，”他故作严肃地说道，“坏丫头。妈妈没有带你出去玩吗，啊？”

他发出像小孩一样的啧啧声，俯下身，抱起小狗——小狗的脚爪在疯狂地腾空舞动着——把它带出屋子。

“好了，去吧，”我听见他提高嗓门喊道，“快跑。”

不知哪里的一扇纱门响了。没过多久，他就回来了：他已经完全平静下来，就像刚从广告里走出来的模范父亲，风度翩翩。

“谁想来瓶啤酒？”他问道。

我们都受了不小的刺激。没有人答话。我瞪着他，全身发抖，面如死灰。

“来吧，孩子们，”他说道，眨了眨眼，“没人要吗？”

最后，弗朗西斯清了清嗓子，用粗粝刺耳的声音说道：“啊，我来一瓶，嗯。”

一阵沉默。

“我也要。”苏菲说。

“三个吗？”柯克兰先生兴高采烈地问我，伸出三根手指。

我动了动嘴巴，但是什么话也没说出来。

他歪着头，好像要用他的好眼力把我看清楚。“我们还没有互相认识吧，孩子？”

我摇摇头。

“麦克唐纳德·柯克兰，”他说着便凑过来，伸出手，“叫我麦克好了。”

我喃喃地说出自己的名字。

“你说什么？”他把手拢到耳边，轻快地问道。

我又说了一遍，这次提高了嗓门。

“啊！原来你就是那个从加州来的小伙子！你的古铜色皮肤呢？让我看看。”他为自己的笑话感到骄傲，大笑着出去拿啤酒了。

我重重地坐下去，只觉得筋疲力尽，胃里一阵阵恶心。我们待着的这个房间，显然是装修得过了头，整个风格完全是从《建筑文摘》上照搬下来的。房间显得宽敞而高雅，顶上装有天窗，屋里有一个石头砌成的壁炉，椅面都包着白色的皮革软垫，椅子旁边摆着一个腰子形状的咖啡桌——这些家具都很摩登，价值不菲，好像是意大利生产的。后面的墙上是一个长长的玻璃做的奖杯展示柜，里面放着许多好看的杯子、彩带，还有在学校和运动会上获得的奖杯。一大堆用在葬礼上的不吉利的花圈靠着这些奖品放着，这两样东西放在一起让房间的那个角落有了肯塔基赛马会的感觉。

“这个地方真漂亮。”苏菲说。她的声音在闪亮的家具平面和打过蜡的地板之间回响。

“是吗？谢谢你，宝贝，”柯克兰先生在厨房大声说道，“我们去年登上了《美丽家居》杂志，之前还上过《时代》杂志的家居版。这些东西多半都不是我看中的，凯西才是家里的装饰专家，你们知道的吧。”

门铃响了。我们互相看了一下。接着，门铃又响了起来，这次是两声富有旋律的叮咚，然后，柯克兰太太的脚步声便从屋子后面传过来。她连招呼都没打，连看都没看我们一眼，径直走过去。

“亨利，”她喊道，“你的客人们到了。”接着，她打开前门，“你好，”她对站在门外的送货男孩说道，“你是哪个公司的？夕阳花店吗？”

“是的，夫人。请您签个字。”

“请等一下。我之前给你们公司打过电话的。我想问问，你们怎么在我今天上午出去的时候，把花圈都送来了？”

“那不是我送的，我刚刚才接班。”

“你是夕阳花店的吧，是吗？”

“是的，夫人。”我为他感到抱歉。他不过是个十几岁的孩子，脸上涂满一团团肉色的可利索牌去痘膏。

“我特地交代过，只有鲜花和盆景植物才送到家里来。这些花圈应该全部送到举办葬礼的地方。”

“很抱歉，女士。您如果想给经理打电话或者——”

“我想你没听懂我的话。我不想在家里看到花圈。我要你立刻把它们包好，放回到车上，送到举办葬礼的地方。对了，那个花圈我也不要，”他拿起一个由红黄两色的康乃馨编成的非常绚丽的花圈时，她说道，“告诉我，到底是谁送来的。”

男孩半眯着眼看了一下手上的写字夹板，念道：“深切的同情，罗伯特·巴特尔夫妇敬上。”

“啊！”柯克兰先生拿着啤酒回来了，未用托盘，手上全是酒瓶，显得有些笨拙，“是贝蒂和鲍勃送来的吗？”

柯克兰太太没有搭理他。“你去把那些蕨类植物给我拿进来。”她对送货的男孩说，厌恶地瞄了瞄那些用箔纸包着的花盆。

男孩走后，柯克兰太太便开始逐个检查蕨类盆景。她把叶子掀开，看看有没有发黄的或者枯死的叶子，用一支小巧的银色旋转圆珠笔，在信封背面做着笔记。她问丈夫：“你看到巴特尔家送来的花圈了吗？”

“他们真是太好了。”

“不对，我觉得一个员工给上司送这么重的礼，好像不太合适。我猜啊，鲍勃是不是想让你给他升职啊？”

“好了，亲爱的。”

“这些植物也有问题，”她猛地把食指戳进花盆的土里，“这些非洲紫罗兰都快死了。路易丝要是知道了，肯定会羞愧死的。”

“有心就够了。”

“这个我知道，可是，我至少明白了一件事，那就是再也不要从夕阳花店订花了。蒂娜的花店里的任何一样东西都比夕阳花店的强。弗朗西斯，”她还是用那种厌烦的语气，连头都没有抬，“你上次来我们家，是在去年的复活节吧？”

弗朗西斯喝了一小口啤酒。“噢，我挺好的，”他有点故作姿态，“您还好吗？”

她叹了口气，摇了摇头。“真是不容易啊，”她说，“我们都想一次就能把所有的事情都解决掉。我以前从来都不知道，白发人送黑发人会这么难受，而且……亨利，是你吗？”她听到楼梯平台处有响动，尖声问道。

过了一会儿，有人答应道：“不是，是我，妈妈。”

“帕特，你去把他找来，让他到这儿来，”她交代道，然后又转身看着弗朗西斯，“我们今天早上收到你母亲送来的花枝，是复活节百合，漂亮极了，”她告诉弗郎西斯，“她还好吗？”

“哦，她很好。她现在待在市里。她听到邦尼的事情，”他又不自然地加上一句，“真的很难过。”（弗朗西斯曾告诉我，他母亲在电话里就已经歇斯底里，随后只能去吃镇静药。）

“她是个非常好的人，”柯克兰太太亲切地说道，“我听说她去贝蒂·福特中心接受治疗，感到非常难过。”

“她只在那里待了几天。”弗朗西斯说。

她扬起一边的眉毛。“是吗？她的进步那么快？我一直觉得那个地方棒极了。”

弗朗西斯清一下喉咙。“是这样的，她只是去那里休息一下。您要知道，好多人都这样干过。”

柯克兰太太显得很惊讶。“噢，你不介意谈论这个吧，是吗？”她说，“我认为你完全没有必要回避。你妈妈能够意识到自己需要别人的帮助，就说明她是非常新派的。以前人们都不愿意承认他们有这方面的问题呢。我是小姑娘的时候——"

"好了，好了，说曹操曹操到。"柯克兰先生兴奋地说道。

亨利穿着一套暗色西服，迈着生硬的步伐，小心翼翼地从楼梯上咯吱咯吱地走下来。

弗朗西斯站起来。我也站起来。可是他没有看我们。

"过来吧，孩子，"柯克兰先生说，"自己拿瓶啤酒。"

"谢谢，不了。"亨利说。

他走近了，我才惊讶地发现他的脸色如此可怕。他面色发青，表情凝重，额头上布满一条条汗珠。

"今天下午，你们这些小伙子们在干些什么啊？"柯克兰先生含着满口的冰块问道。

亨利朝他眨了眨眼。

"嗯？"柯克兰先生挺高兴的，"在看美女杂志吗？还是在组装业余无线电收音机？"

亨利抬起一只手——我看见那只手在微微地颤抖——擦了一下额头。"我在看书。"他说。

"看书？"柯克兰先生问道，好像从来都没有听说过这种事情。

"是的，先生。"

"什么书？好看吗？"

"《奥义书》。"

"啊，你真是聪明。知道吗，我在地下室里有满满一柜子的书呢，你要是想看，尽管去看好了。其中还有一两本帕里·麦森的作品，那些书挺不错的，就跟电视上放的一样。只是帕里对德拉老是想入非非，有时候还说'他妈的'这样的脏话。"

柯克兰太太咳嗽了一声。

"亨利，"她平静地说，伸手去拿杯子，"这些年轻人肯定想看看他们住的地方。说不定还有行李在车上没拿下来吧。”

“好的。”

“你去看看楼下的卫生间，检查一下浴袍和毛巾够不够用。要是不够，你就去厅里的布巾室里拿。”

亨利点点头，但是还没来得及答话，柯克兰先生便突然站到他背后。“这个孩子，”他拍了拍亨利的后背——我看见亨利脖子处的肌肉收紧，牙齿紧紧地咬着下嘴唇——“真是百万中挑一。他简直就是个王子，对吗，凯西？”

“他确实帮了我们不少忙。”柯克兰太太冷静地说。

“我打赌他就是个王子。这一周以来，要是没有他，我都不知道该怎么办。你们这些孩子，”柯克兰先生的一只手紧紧地扒住亨利的肩膀，“最好庆幸自己有个像他这样的朋友。这样的好朋友不是每天都能交到的。为什么这么说呢，我永远都忘不了，邦尼在汉普顿大学过第一夜时，给我打电话时说的话。‘爸爸，’他告诉我，‘爸爸，你一定要来看看他们给我分配的室友，他简直就是个疯子。’‘要坚持下去，儿子，’我对他说，‘给他一个机会。’结果没等我回过来神呢，他就开始亨利这亨利那，还把自己的专业换成那个什么古希腊语，跟意大利完全扯不上关系。结果他还非常高兴。”他的眼睛里又聚满泪水，“这件事恰恰证明，”他有些粗鲁地摇了摇亨利的肩膀，但是那份温情溢于言表，“绝对不要以貌取人。老亨利也许看起来有些高傲，可是确实找不到比他更好的人了。唉，上次我跟老邦斯特谈话时，他还非常激动地说起要带这孩子去法国避暑呢——”

“够了，麦克。”柯克兰太太想阻止他，可是已经太晚了。他又哭了起来。

这一次的感觉没有第一次那么糟糕，但我还是很难受。他张开双臂，抱着亨利，脑袋抵着他脖子后面的衣领，抽泣着，而亨利只能站在原地不动，带着一种憔悴而淡泊的平静表情看着远处。

大家都很尴尬。柯克兰太太只顾埋头整理盆景，我感到耳根发烫，只能盯着自己的大腿。这时，门被撞开，两个年轻人从容地走进这个宽敞的、有着高梁大柱的大厅。我立即就认出了他们。阳光从他们身后照进来，我看不清楚他们的面容，但是看到他们那有说有笑的样子，上帝啊，我的胸口就像被插上了一刀，因为他们跟邦尼真是太像了。他们的笑声中有着跟邦尼一样的沙哑、嘲讽和回响。

他们根本就没在意父亲脸上残留的泪水，而是径直走到他面前。“嘿，老爸。”年纪较大的那个说。他头发鬈曲，三十岁左右，面容跟邦尼相似。一个婴儿戴着一顶小帽子（帽子上面印着“红袜”[1]两个字），被他高高地挟在怀里。

另一个兄弟——脸上有雀斑，更瘦一些，皮肤被晒得太黑，蓝色的眼睛下面有深深的黑眼圈——把婴儿接过去。“来吧，”他说，“跟爷爷问个好。”

柯克兰先生马上停止抽泣。他把婴儿朝空中高高举起，充满怜爱地抬头望着他。“恰普！”他喊道，“你跟爸爸和布拉迪叔叔出去玩了吗？”

“我们带他去了麦当劳，”布拉迪说，“给他买了开心乐园餐。”

柯克兰先生惊喜地伸长下巴。“你都吃完了吗？”他问孩子，“一整份开心乐园餐？”

“说是的啊，”孩子的爸爸喃喃地教儿子，“‘是的，爷爷。’”

“别胡扯了，泰德，”布拉迪笑着说，“他一口都没吃呢。”

“可是他拿到了一份小奖品，是不？是不是啊，宝宝？”

“我们来看看。”柯克兰先生一边说一边忙着把小孩的手指从盒子上掰开。

“亨利，”柯克兰太太说，“你帮这位小姐把行李搬到她的房间里去吧。布拉迪，你把小伙子们带到楼下去。”

柯克兰先生从小孩手中拿到奖品，原来是一架塑料飞机。他把飞机拿着飞来飞去，给孩子看。

“快看！”他的语气中有一丝假装出来的恐吓。

“你们既然只住一个晚上，”柯克兰太太对我们说，“那就挤一挤，应该没有问题吧？”

我们跟着布拉迪下楼去时，柯克兰先生已经把小孩放到壁炉前的地毯上，把他翻来翻去，逗弄着。我们一路上都能听见孩子兴奋而害怕的尖叫声。

我们得睡在地下室里。后面一堵墙下放着乒乓球台和台球桌，旁边支起几张行军床，角落里还放着一堆睡袋。

---

① 波士顿一支著名棒球队。

“这简直太糟糕了。”房间里刚只剩下我们俩人时，弗朗西斯便开口说道。

“好在只有今天这一个晚上。”

“我没办法跟这么多人在一个房间里睡觉。我这一整个晚上都会睡不着的。”

我坐在小床上。房间里弥漫着一股潮湿的气味，看来很久都没住过人了。台球桌上方挂着的那盏灯泛着青光，透出一丝压抑。

“还这么多灰，”弗朗西斯说，“我们还是去外面找个旅馆算了。”

他使劲用鼻子嗅着，一边抱怨这里的灰尘，一边找烟灰缸。可是在我看来，即使是致命的氡气渗进来，我也无所谓。我只关心凭借上天和仁慈的上帝的帮助，我怎样才能度过即将到来的那几个小时。我们来到这里，不过只有短短的二十分钟，但我已经恨不得把自己枪毙了。

他仍在抱怨，而我也仍然沉浸在绝望的思考中。这时，卡米拉下楼来了。她戴着一副黑色耳环，穿着真皮皮鞋，身上是一套整洁而且贴身的黑色天鹅绒套装。

“你好，”弗朗西斯跟她打招呼，顺手递给她一支香烟，“我们去拉马达旅店吧。”

她把香烟放在干枯的嘴唇之间。我这才发觉，我这些日子是多么思念她。

“咦，你们的情况还不算太糟糕，”她说道，“昨天晚上我还跟玛丽恩一起睡呢。”

“同一个房间吗？”

“同一张床。”

弗朗西斯睁大眼睛，眼神中充满钦佩和恐惧。“噢，真的吗？噢，老天，太可怕了。”他压低嗓门，满含敬意地说道。

“查尔斯现在还在楼上，跟她待在一起。她现在处于歇斯底里的状态，因为有人问了这个可怜的姑娘，知不知道跟你们一起开车来的人是谁。”

“亨利呢？”

“你还没见到他吗？”

“我看见了，但是没跟他讲话。”

她没说话，吐出一口烟雾。“你们看他的情况如何？”

“好像不太好。怎么回事儿?”

“他病了。头疼得厉害。”

“疼得特别严重吗?”

“他是这么说的。”

弗朗西斯不可置信地看着她。“那他怎么又起来了，还到处走动呢?”

“我也不知道。他在麻醉自己。他吃了止疼药，已经连续吃好多天了。”

“那他现在在哪儿呢? 为什么不在床上休息?”

“不知道。柯克兰太太刚刚让他去坎伯兰农场，给那该死的小孩买牛奶。”

“他能开车吗?”

“我一点都不知道。”

“弗朗西斯，”我说道，“你的烟。”

他跳起来，可是由于拿烟的动作太快，还是把手指给烫着了。他本来把烟放在台球桌的边上，香烟已经烧到了木头。黑暗中，那个烧焦的洞越变越大。

“小伙子们，”柯克兰太太在楼梯口伸着头喊道，“小伙子们，我可以下来看看暖气的情况吗?”

“快点，”卡米拉小声说，把手里的烟灭掉，“不让我们在这里抽烟的。”

“谁在那儿啊?”柯克兰太太厉声问道，“有东西烧着了吗?”

“没有，夫人。”弗朗西斯回答。在柯克兰太太走下楼梯的时候，他一边擦烧焦的破洞，一边手忙脚乱地把香烟藏起来。

这是我一生中感觉最糟糕的一个晚上。房子里到处都挤满人，我就这么浑浑噩噩的，脑海中只留下亲朋好友和邻居们来来往往的身影，孩子们的哭喊与喧闹，精心准备的菜肴，拥挤不堪的车道，响个不停的电话铃声，明亮而闪耀的灯光，一张张陌生的脸孔，一次次尴尬的谈话。一个举止粗俗、面容生硬的男人把我堵在一个角落里，夸夸其谈地吹嘘他在钓鲈鱼比赛上的成绩，还有他在芝加哥、纳什维尔、堪萨斯城的生意是多么红火，我好不容易才找了个借口离开。我把自己关在楼上的洗手间里，根本不理会在外面不停敲门的一个小孩。他可怜巴巴地哭求着，想让我开门放他进来。

晚餐在七点正式开始。摆在桌上的菜肴琳琅满目，令人目不暇接，它们或许会让美食家大谈特谈一番，却根本引不起我的食欲。有花式米饭、金巴利酒浸全鸭、鹅肝小馅饼，还有邻居们的手艺：鲔鱼什锦砂锅，装在塔珀牌塑料餐盘里的五彩果冻，以及一个我无法用言语来描述的外形可憎的甜点，名叫“怪味蛋糕”。每人的手里都拿着纸制一次性餐具，不停穿梭着。外面天色很暗，还下着雨。休·柯克兰穿着衬衫，拿着一瓶低度酒，从黑压压的嘈杂的人群中挤过去，走过我身边时连看都没看我一眼。在邦尼所有的兄弟中，他跟邦尼长得最像（邦尼的死开始变成一种可怕的再生行为，我放眼望去，好像看到越来越多的邦尼不停地冒出来，他们活像是被人从木头里雕刻出来的）。我看到他，就像看到未来的邦尼，知道了邦尼三十五岁时的模样。那种感觉就跟只要看到他的父亲，就能知道他六十岁时的模样。可是，我认识他，他不认识我。我有一种强烈的、几乎是抵挡不住的冲动，想跑过去一把抓住他的胳膊，就为了跟他说上几句话。其实我并不知道到底要说什么，只不过想再看看那些熟悉的表情，比如眉毛突然往下一沉，还有在天真而浑浊的眼睛中透露出的惊讶等。

是我用一把斧子砍死了那个做典当生意的老妇和她的妹妹莉萨维塔，然后偷走了她们的东西。①

一阵阵笑声让我头晕目眩。陌生人不停地朝我走过来，跟我说话。我费尽心思，才摆脱邦尼的一个十几岁的表弟——他一听说我是从加州来的，便忙不迭地跟我讨教起一些关于冲浪的非常复杂的问题。我在人群中费力地穿梭着，总算看到亨利的身影。他独自一人站在一扇玻璃门前，背对着大家，默默地抽着烟。

我走到他身旁站着。他既没看我，也没说话。门外的院子里没有什么花草，积满雨水：黑色的煤渣铺就的地面，几棵种在混凝土花盆里的女贞树，还有一尊白色的雕像，但这雕像被非常艺术地摔成碎片，散落在地上。斜斜落下来的雨丝，在灯光的照耀下，变成长长的生动的影子。整个院子既时尚，又有点后现代

① 这是妥思陀耶夫斯基《罪与罚》中的情节。

与古典相结合的感觉，就像来自庞贝古城的用浮石点缀的一座庭院。

“这是我见过的最难看的花园了。”我说。

“对，”亨利回答，他的脸色非常苍白，“像是碎石块和火山灰垒起来的。”

人们还在我们身后大笑，继续高谈阔论。灯光透过被雨水冲刷的玻璃门，照射在他的脸上，仿佛有一串串雨水正在从他的脸上滑落。

“也许你该躺下歇会儿。”我过了一会儿之后说道。

他咬了咬嘴唇。烟头上的烟灰已经有一英寸长。“我的药吃完了。”他说道。

我侧过头，望着他的脸，问道：“你能挺住吗？”

“除了挺住能怎么样呢，对不对？”他一动不动地回答。

卡米拉刚刚关上卫生间的门，我们两个就蹲在地上，在洗脸池下的那一大堆处方药里翻找。

“用于治疗高血压。”她读道。

“不要。”

“主治哮喘。”

有人在敲门。

“里面有人。”我大声喊道。

卡米拉把头深深埋进水管旁边的柜子里，屁股因此高高地翘出来。我听见她哗啦哗啦地翻动瓶子的声音。“治疗内耳炎症？”她问道，声音闷闷的，“每天两片？”

“我看看。”

她递给我一瓶抗生素，这瓶药看上去至少出厂十年了。

“这个没用，”我朝她凑得更近一些，“有没有看见有贴着‘原装’标签的药？比如由牙医开出来的那种？”

“没有。”

“表明服用后可能会出现头晕等副作用的药呢？禁止服用后开车或操作重型机械的药呢？”

那个人又在敲门，还转了一下把手。我也从里面敲一下门，然后把两个水龙头都开到最大。

我们找了半天，结果不太理想。亨利得的要是毒漆藤过敏、花粉热、风湿、红眼病，这里倒是有相关的药品，可是这里唯一的止疼药是伊克赛锭。我无可奈何地抓了一大把这样的药片，还有两种不知道是什么的药，这两种药的瓶子上都贴着"可能导致头晕"的标签，不过我怀疑它们也是辅助治疗感冒的抗组胺药。

我本以为那位神秘的敲门人已经走了，结果一出门，挺恼火地发现克鲁克悄悄地等在外面。他不屑地看了我一眼，可是当他看见卡米拉蓬头散发、衣衫不整地跟在我身后走出来时，便惊讶地睁大了眼睛。

卡米拉也许同样感到意外，但根本没表现出来。"哦，是你啊。"她打了声招呼，顺便弯下腰拍了拍膝盖上的灰。

"你好。"他回避卡米拉的眼神，故作随意地说道。大家都知道克鲁克对卡米拉有点儿意思，但不管如何，卡米拉不像那种会跟男孩在卫生间里胡闹的女孩。

她匆匆走过我们身边，朝楼下走去。我也准备跟着下楼，可克鲁克意味深长地咳嗽一声，我不得不转过身来。

他斜靠在墙上，眼睛盯着我，好像直到现在才真正看清我的面目。"这么说，"他的衬衫皱巴巴的，下摆朝外支棱着，眼睛红红的，我不知道他是刚刚服完药，还是真的累成了这副样子，"你还好吗？"

我在楼梯拐角处停下来。卡米拉已经走下去了，应该听不见我们的声音。"还行。"我答道。

"到底怎么回事儿？"

"你说什么？"

"可别让凯西逮住你们俩在她的卫生间里乱搞。她会让你们滚回车站去的。"

他的语气很平静。不过，他的神态让我想起我一周前跟莫娜的男友的那场过节。然而，不论是从身体条件还是别的方面来看，克鲁克根本无法对我构成任何威胁，他自己的麻烦已经够多的了。

"你瞧，"我说，"你完全误会了。"

"我不管。我只是提醒你。"

“好，我也只是告诉你一声。信不信由你，反正我无所谓。”

克鲁克懒洋洋地在口袋里摸索了一阵，抽出一包皱巴巴的万宝路香烟。烟盒被压得扁平，根本看不出里面会装着烟。他说：“我还以为她已经在跟人约会了。”

“看在上帝的分上。”

他耸耸肩。“这不关我的事儿，”他抽出一支已经被压得变了形的烟，然后把空烟盒揉成一团，“学校里老是有人烦我，因此我在来这里之前，一直睡在他们家的沙发上。我听见她给人打电话。”

“说什么了？”

“哦，没什么，可是在凌晨两三点钟打电话，声音又那么小，不得不让人好奇，”他神色黯然地笑了笑，“我猜她是以为我已经睡着了，不过跟你说老实话，我一直睡得不太好……好了，”他见我没有搭腔，说道，“看来你一点儿也不知道这件事。”

“我是不知道。”

“当然。”

“我真不知道。”

“那你们在这里干什么？”

我看了他一会儿，然后把手掌张开，给他看药片。

他凑过来，紧皱着眉头，然后他迷茫的眼神里突然透出灵气。他煞有介事地挑出一片药，就着灯光，仔细研究。“这是什么药？”他问道，“你认识吗？”

“感冒药，”我回答，“别操心了，这里什么药都没有。”

他咯咯地笑起来。“知道原因吗？”他看着我，眼神竟然第一次让我感受到一丝真正的亲切感，“因为你们没找对地方。”

“什么？”

他朝身后扫了一眼。“沿着大厅过去，在主卧室那边。你要是问我，我早就告诉你了。”

我惊呆了。“你怎么会知道？”

他把药片放进口袋，得意地扬了扬眉毛。“我其实是在这所房子里长大的，”

他说，“老凯西吃的药有不下十六种。”

我回头看了看紧闭的主卧室门。

“不，”他说，“现在不行。”

“为什么不行？”

“邦尼的奶奶在那儿。她吃完饭就得躺一会儿。我们稍后再来。”

楼下的情况稍微好了一点儿，但是变化不大。卡米拉不见踪影。查尔斯喝得醉醺醺，百无聊赖地靠着墙角，手里举着一个玻璃杯，杯子快要碰到太阳穴了。他正在听着泪流满面的玛丽恩在向他倾诉。玛丽恩头发全部向后梳拢，用一个从塔尔布莰邮购目录上购买的巨大蝴蝶结扎起来，打扮得像个大学预科生。我根本就没有机会跟查尔斯说话，因为我们一到这儿，玛丽恩就一直在缠着他。她为什么老纠缠着他？她根本就不搭理克鲁克，而邦尼的几个哥哥不是结婚了就是已经订婚，而在这些跟她年龄相当的男性当中——包括邦尼的表兄弟们，还有亨利、我、布拉姆·格恩西、鲁尼·温尼——查尔斯是长得最帅的一个。

查尔斯的眼神越过她的肩膀，看了我一眼。我根本没有胆子跑过去拯救他，于是转而看着别处。正在这时，一个蹒跚学步的小孩从他那个长着一对招风耳的大笑着的哥哥那里跑过来，撞到我的腿上，差点儿把我撞倒。

他们围着我转圈。年岁稍小的那个被吓坏了，尖叫着一边抓住我的膝盖，一边往地板上倒。“臭屁眼。”他抽抽搭搭地说。

另一个停下来，向后退一步，露出一副凶相，眼神算得上邪恶。“噢，爸爸，”他高声叫道，嗓子里像灌了蜜糖一样，“噢，爸——爸。”

在房间另一头，休·柯克兰转过身来，手里拿着一个玻璃杯。“可别想我过去，布兰登。”他说。

“可是科尼骂你是臭屁眼，爸——爸。”

“你才是臭屁眼呢，”小的那个继续抽泣，“是你，是你，你。”

我奋力把他从腿上拉开，过去找亨利。他和柯克兰先生正在厨房里，旁边围着一群人，他们站成一个半圆形。柯克兰先生的手搭在亨利的肩上，看上去好像很疲惫。

"现在，凯西和我，"他一板一眼地大声说，"总是张开我们的双臂，热烈地欢迎年轻人来做客。我们总是在饭桌上多留座位。你们要搞清楚的第一件事情就是，他们会来找我和凯西寻求帮助。比如说这孩子——"他朝亨利贴得更近一些，"我永远都不会忘记，那天晚上，他吃完晚饭后来找我。他说，'麦克——'孩子们都这么称呼我'——我想听听你的意见，那种男人给男人的建议。''好，在你说之前，孩子，'我对他说，'我想告诉你一件事。我觉得自己还是很了解男孩心思的。我养大五个男孩，而且我是和四个兄弟一起长大的，因此你完全可以把我看作是男孩问题专家……'"

他喋喋不休地继续自欺欺人地描述这段往事，而亨利面色苍白，看上去很虚弱，默默地忍受着他不时的推推搡搡，就像一条经过良好训练的狗忍受着一个淘气孩子的拳打脚踢。这个故事真是滑稽可笑。故事讲述的是一个活泼好动而且极其容易头脑发热的小亨利，不听父母的劝阻，急着要去买一架二手单引擎的飞机。

"可是这家伙已经下定了决心，"柯克兰先生接着说，"要么买下飞机，要么彻底失败。他讲完事情的经过，我坐着考虑了几分钟，然后深吸一口气，对他说道：'亨利，孩子，虽然这听起来是个好东西，但我还是要保守一点，同意你家人的看法。让我来跟你说说这里面的道理。'"

"嘿，爸爸，"帕特里克·柯克兰说道，他刚才进来给自己倒了杯酒。他比邦尼瘦，脸上长满雀斑，但是那头沙色的头发和挺直小巧的鼻子和邦尼如出一辙，"老爸，你完全搞混了。那事跟亨利没关系，那个人是休的老朋友沃尔特·伯林坦。"

"胡说。"柯克兰先生反驳道。

"当然就是他，而且他最后还是把那架飞机给买下来了。休？"他朝另一个房间喊道，"休，你还记得沃尔特·伯林坦吗？"

"当然记得了，"休回答，他的身影也在走廊里出现，他正抓着布兰登的手腕，而那个小孩使劲地扭动着身子，想摆脱他，"他怎么了？"

"沃尔特是不是最后还是把那架伯纳沙飞机给买下来了？"

"不是伯纳沙，"休毫不理会儿子的挣扎与喊叫，冷静地答道，"是比奇飞机。

不，我知道你在想什么，”他说，因为帕特里克和他爸爸显然都打算表示反对，“当时，我跟沃尔特一起开车去丹伯里，去看一架改装的伯纳沙飞机，可是卖主要价太高了。那架飞机的维修费用实在太高，而且老出问题，他是因为实在养不起才想卖的。”

“那这架比奇飞机现在情况如何呢？”柯克兰先生问道。他的手不再放在亨利肩上了，“听说它的外形还不错。”

“沃尔特也碰到了麻烦。他从《省钱专家报》上看到一个广告，广告是新泽西州一位退休的议员刊登的。这架飞机是他以前搞竞选拉选票时的交通工具——”

他气喘吁吁地往前栽了一步，手中的孩子顺势挣脱他的手，像个刚刚出膛的炮弹一样向房间的另一端冲过去。他一边躲避父亲的进攻，闪开帕特里克的追赶，一边向后看着，一不留神便重重地撞向亨利的小腹。

这一下可是撞得不轻。孩子哇的一声哭开了。亨利疼得连下巴都要掉下来，脸色变青。一时之间，我还以为他肯定会倒下去，没想到他还是挺住了，就像一头气度非凡的大象，庄重而稳妥地站住，而柯克兰先生看到这副情景，忍不住哈哈大笑起来。

我本来不是特别相信克鲁克说楼上有药的话，可是我再次跟他一起上去时，发现他并没有撒谎。主卧的旁边有间很小的化妆室，里面有个刷着黑漆的小化妆柜，柜子有许多小抽屉和一把很小的钥匙。其中一个抽屉里放着一小盒戈迪瓦牌巧克力，还有一盒包装精美的糖丸。开处方的医生名叫 E.G. 哈特，是位医学博士。尽管他的签名很漂亮，但从处方上来看，他应该是个不计后果的鲁莽医生。他真的相当慷慨，在开安非他明时更加毫不吝啬。用药的女士们到了柯克兰太太的这个年纪，吃安定片都吃得很凶，可是柯克兰太太中气十足，行动敏捷，速度很快，就像指挥地狱天使[①]干坏事的头头。

我紧张极了。房间里到处是新衣服和香水的气味，墙上还装着一面巨大的全

① 摩托车帮会。

身镜，把我们的每一个举动都照得清清楚楚，万一有人闯进来，我们连个退路都没有，也根本编不出待在这里的理由。我一直都在留意门上的动静，而克鲁克手脚麻利地在那一大堆瓶瓶罐罐中翻来翻去，熟练程度真是让我惊讶。

盐酸氟胺安定安眠药。黄色和橘色的。达尔丰镇痛药。红色和灰色的。布他比妥止痛剂。耐波他镇痛药。眠尔通安眠药。我从他手上每样拿了两瓶。

“怎么，”他说，“你不想一次多拿一点吗？”

“我不想被她发现。”

“去她的，”他又把另一个瓶子里的整整半瓶药都倒进口袋里，“想拿多少就拿多少。她肯定会以为是她的某个媳妇拿走的。唉，装点儿这个刺激的，”他又把瓶子里剩下的一大把药倒到我手上，“这玩意棒极了，配制的。在考试前，这种东西一片就得卖十到十五美元，钱来得容易啊。”

我走下楼去，夹克衫的左右两个口袋鼓鼓囊囊。弗朗西斯站在楼梯口。“喂，”我问道，“看见亨利了吗？”

“没。见到查尔斯没有？”

他好像快要发狂了。“你怎么了？”我说。

“他把我的车钥匙偷走了。”

“什么？”

“他从我的大衣口袋里拿了车钥匙，就走了。卡米拉看见他把车子开出了车道。他还把顶篷收起来了。那车一下雨就会熄火，再说，要是——妈的，”他烦躁地抓了抓头发，“你压根儿就不知道这事儿，是吗？”

“我一个小时前看见他了，当时他跟玛丽恩在一起。”

“对，我还跟玛丽恩说话来着。查尔斯说他要出去买盒烟，可已经过去一个小时了。你确实见过他了？你没有跟他说话吗？”

“没有。”

“他喝醉了吗？玛丽恩说他已经醉了。你觉得他像喝醉了吗？”

弗朗西斯自己看起来倒是醉醺醺的。“不太像，”我答道，“得了，帮我找找亨利在哪儿吧。”

“我已经告诉过你，我不知道他在哪儿。你找他干吗？”

“我有东西要给他。”

“什么东西？”他用希腊语问道，“是药吗？”

“是的。”

“那，给我也来点儿吧，看在上帝的分上。”他凑过身来，瞪大眼睛。

他已经醉得根本用不着吃安眠药了。我递给他一片埃克塞德林止痛药。

“谢谢，”他就着一大口威士忌把药吞下去，“但愿我能睡死过去。你说他到底会去哪儿啊？现在几点了？”

“大概十点钟。”

“你说他该不会是开车回去了吧，啊？也许他开车回汉普顿了呢。卡米拉说肯定不会的，因为明天就是葬礼。我当时没想到，可他就是没影儿了。他如果真是去买烟，你说他现在不是该回来了吗？我真的想不出他还能去哪儿。你觉得他可能去哪儿呢？”

“他会回来的，”我说道，“对了，真的抱歉，我得走了。回头见啊。”

我把整栋房子找了一遍，最后发现亨利独自躲在暗处，坐在地下室的一张行军床上。

他用眼角余光瞟了瞟我，但并未转过身来。“什么东西？”我把两粒药片递给他时，他问道。

“耐波他镇痛药，拿着。”

他接过药片放到嘴里，干咽下去。“你还有吗？”

“嗯。”

“都给我。”

“一次最多吃两片。”

“给我。”

我只好把药全给他。“亨利，我不是跟你开玩笑，”我说道，“你还是小心点。”

他看了看药，从口袋里拿出一个蓝色珐琅质药瓶，小心翼翼地将药片放进去。“你能不能，”他说，“上楼去帮我拿杯酒？”

“你吃了药，就不要再喝酒了。”

“我已经喝了不少。”

“我知道。”

我们沉默了一会儿。

“听着，”他顶了顶鼻梁上的眼镜，“我想要一杯苏格兰威士忌配苏打水。大杯。多放威士忌，少加苏打水，还要很多冰块。再要一杯白开水，不加冰。就要这些。”

“我不会去给你拿的。”

“你要是不上楼去帮我拿，”他说，“那我就自己去。”

于是，我去楼上的厨房，替他拿这些饮料，只不过我放了很多苏打水在饮料里。

“那是给亨利的吗？”卡米拉说道，我刚倒好第一杯，正从水龙头下接水，为他准备第二杯饮料时，她走进厨房。

“是的。”

“他在哪儿？”

“楼下。”

“他的情况怎么样？”

厨房里就我们两人。我警惕地盯着空荡荡的走廊，跟她讲述发生在化妆室里的事情。

“这挺符合克鲁克的风格，”她笑着说道，“他这个人其实挺不错，对不对？邦尼老是说，克鲁克总是让他想起你来。”

我有点儿疑惑，还为后半句话恼火。我本来想辩解两句，但不知怎么搞的，我放下杯子，说道：“你在凌晨两三点时给谁打电话啊？”

“什么？”

她那惊讶的神态简直无懈可击。问题在于，她真是个演技超群的演员，你很难在她这里弄清事情的真实性。

我定定地注视着她。她迎住我的目光，眼皮眨都没眨，眉头紧锁着。就在我觉得她的沉默有点儿不太正常时，她摇了摇头，大笑起来。“你到底是怎么回事儿？”她问，“你在说些什么啊？”

我也大笑起来。在这种游戏里，我不是她的对手。

“我不是存心让你难堪，”我说，“但是只要克鲁克还在你家，你打电话时要多加小心。”

她面无表情。“我是很小心。”

“但愿吧，因为他一直在偷听。”

“他不可能听到些什么。”

“是啊，不过不怕一万，只怕万一。”

我们站在那儿，互相注视着。她的眼睛下方有一颗针尖大小的暗红色美人痣，美得让人心跳加快。我实在无法控制冲动，便俯身吻了她一下。

她笑起来。“这是为什么？”她问道。

我为自己刚才的鲁莽行动而惊魂未定，有那么一两秒钟的时间，心脏甚至停止跳动，随后又开始狂野地怦怦直跳。我转过身，慌乱地擦着眼镜。“没什么，”我说，“就是觉得你很漂亮。”我如果不是看到淋得像落汤鸡一样的查尔斯急匆匆地从厨房的大门外闯进来，也许还会说几句别的话。弗朗西斯神色凝重地紧跟着他。

“你为什么不先告诉我呢？”弗朗西斯压着嗓门，怒冲冲地说道，他的脸涨得通红，气得浑身发抖，“先不说座椅被淋湿了，肯定要发霉或者烂掉，而我明天还要开车回汉普顿去。这些都可以先不管。我不在乎。我最想不到的就是，你竟然特意来翻我的外套，把钥匙拿走，然后——”

“我记得，你以前在下雨时也把顶篷收起来过。”查尔斯敷衍道。他站在台子前，背朝着弗朗西斯，给自己倒了一杯饮料。他的头发紧紧地贴着头皮，从头发上滴下来的雨水在他站着的那块油毡周围形成一圈小小的水坑。

“胡说，”弗朗西斯咬牙切齿地回答，“从来没有过。”

“是的，你干过的。”查尔斯反驳道，依然没有转过身来。

“你举个例子。”

“好的。那天下午，你跟我在曼彻斯特，大概是开学前两个星期，我们准备去埃昆诺克斯豪斯——”

“那是在夏天，下的是毛毛雨。”

“不是。雨下得大极了。你现在只是不想谈这个罢了，因为你那天下午想让我跟你——”

“你疯了，”弗朗西斯说，“那件事情跟这个没关系。今天天色这么暗，雨又下得这么大，再说你又喝醉了。你没撞死人真是个奇迹。不说了，你到底去哪儿买的烟，啊？这附近根本连一家商店都没有——”

“我没醉。”

“哈，哈。告诉我，你在哪儿买的烟？我想知道。我敢打赌——”

“我说了我没醉。”

“好，没问题。我敢打赌，你根本就没有买烟。你要是买了烟，烟肯定湿透了。好了，你买的烟呢？”

“少来烦我。”

“哦，是吗？把烟给我看看。我倒想看看这些名不虚传的——”

查尔斯重重地放下杯子，转过身来。“说了别烦我。”他尖声说道。

这声音听着不像是从他喉咙里发出来的，他的脸色也反常得可怕。弗朗西斯惊呆了，嘴巴都张开了。在足足十秒钟的时间里，房间里静得出奇，我们只听得见水珠从查尔斯那湿漉漉的衣服上滴答滴答地掉到地板上的声音。

我拿着给亨利准备的加了一大堆冰块的威士忌和苏打水，还有没加冰的白水，从弗朗西斯身边走过，走出那扇摇晃的门，朝地下室走去。

雨下了一整晚。积尘已久的睡袋刺得我的鼻子痒痒，而地下室的地板——混凝土上面铺了一层薄薄的室内外两用地毯——睡得浑身酸痛，不论怎么翻身都不舒服。雨点嗒嗒地敲着天窗，探照灯的灯光从窗外照进来，投射在墙壁上，就好像一缕缕黑水从天花板上一直流到地板上。

查尔斯大张着嘴，睡在小床上打着呼噜。弗朗西斯喃喃地说着梦话。屋外，车辆偶尔从雨中穿过，车灯把整个房间照得透亮，能看得见屋里的台球桌、墙上的雪鞋、划船练习架，还有那把扶手椅。亨利一动不动地坐在扶手椅上，一只手拿着杯子，另一只手夹着一支烟。他的脸像幽灵的脸，苍白而警觉。车开近时，车灯便会将他的脸照亮，而随着车辆远去，那张脸又会慢慢退回至黑暗之中。

早上，一阵不知从哪里传来的拉动百叶窗的声音将我吵醒，我只觉得浑身酸痛，完全分不清东南西北。雨比昨天下得更猛，雨水一阵阵地冲刷着厨房的玻璃窗。厨房里灯火通明，客人们围坐在餐桌旁，默默地吃着早餐。早餐是美味的咖啡和果酱饼干，但大家显然都没什么胃口。

柯克兰一家正在楼上穿衣打扮。克鲁克、布拉姆和鲁尼坐在桌前，一边喝着咖啡，一边低声交谈着。他们刚刚洗过澡，刮了胡子，身上穿着正式套装，一副趾高气扬的样子。但这镇定的神态中隐隐透出一丝紧张，好像他们就要上法庭一样。弗朗西斯眼睛浮肿，满头的红发一绺绺地纠结在一起，身上还穿着睡袍。他起来晚了，楼下水箱里的热水早已用完。他的满腔怒火无处发泄。

他和查尔斯面对面地坐着，两个人都尽量回避对方的眼神。玛丽恩的头上夹满电热卷，眼睛里布满了血丝，也神情抑郁、一言不发地坐在一旁。她身穿一袭水军蓝色套装，腿上是肉色丝袜，脚蹬一双粉色绒面平跟鞋，显得非常得体。她不时用手摸一摸头上的电热卷，看它们变凉了没有。

亨利是我们当中唯一一个抬棺人——其他的抬棺人不是家庭成员，就是柯克兰先生的生意伙伴。我在想，棺材是否真有那么沉，竟然需要那么多人来抬，而棺材如果真的很沉，亨利是不是抬得动。他闻着有一股淡淡的夹杂着氨味的汗味，还有一股威士忌味，但是看着根本就不像已经喝醉。那些药片让他陷入一种麻木的平静，让人捉摸不透。一阵袅袅的烟雾从无过滤嘴的香烟上升起，烟头上的火快烧到指尖了，而他浑然不觉。若不是他现在跟平时没什么两样，你肯定会怀疑他是不是刚刚吸过毒。

厨房里的钟显示此刻为九点半过几分。葬礼定在十一点开始。弗朗西斯起身去换衣服，玛丽恩也拆掉头上的电热卷，其他人依然坐在饭桌旁。我们感觉很不自在，虽然没什么心情，却还是装出正在享受第二或者第三杯咖啡的样子。正在这时，泰迪的老婆走进来。她是位面色严厉的漂亮女律师，总是不停地抽烟，喜欢用一根中式筷子把头发高高地挽起来。休的妻子跟她在一起：她个子娇小，举止轻柔，实在难以相信她竟然生了那么多孩子。不知道是不是一种不幸的巧合，她们俩都叫丽莎，同样的名字给家里带来了不少麻烦。

“亨利，”第一个丽莎开口，凑到桌子跟前，顺手把吸了一半的香烟狠狠地摁灭在烟灰缸里，她喷的是乔治·阿玛尼牌香水，但喷得太多，“我们要开车去教堂布置摆在圣坛上的鲜花，还要在仪式开始前收集名片。泰迪的妈妈——”这两个丽莎都不喜欢柯克兰太太，两人在这一点上达成惊人的一致“——说你要跟我们一起去，这样你就能见到其他的抬棺者了。行吗？”

亨利好像根本就没有听到她的话，任由灯光在他的金属镜框上折射出来。我正准备在桌子下面踢亨利一脚，以示提醒时，亨利缓缓地抬起头来。

“为什么？”他问道。

“所有的抬棺者都要在十点一刻在前厅集合。”

“为什么？”亨利又问了一遍，神态很平静，好像修炼过一般。

“我不知道为什么。我只是在向你转告她说的话。这些事情都是事先安排好的，就跟花样游泳这种东西一样。你准备现在就走呢，还是再待一会儿？”

“好了，布兰登，”休的妻子有气无力地对小儿子说道，那孩子刚刚跑进厨房，正想吊在他妈妈胳膊上玩荡秋千，“求你了，你会把妈妈弄伤的，布兰登。”

“丽莎，你可不能让他那样吊在你身上。”第一个丽莎边说边看了看表。

“求求你了，布兰登。妈妈该走了。”

“他年纪不小了，不能再那样玩了，这个你也知道。我如果是你，会把他带到浴室里痛打一顿。”

二十分钟后，柯克兰太太下来了。她穿着黑色双绉纱裙，腰间系着一条镶拼皮带，她走起路来时皮带沙沙作响。“人都在哪里呢？”她看见只有卡米拉、苏菲·迪尔伯德和我在奖杯展示柜附近晃荡时，便问道。

没有一个人回答她的问题，于是她在楼梯处停住脚步，显然有些恼火。“嗯？”她问道，“是不是都走了？弗朗西斯呢？”

“我想他还在穿衣服呢。”我回答，很高兴总算能插上话，而且还用不着撒谎。她站在楼梯上，视野跟我们其他人应该不一样。我们透过起居室的玻璃门，能清楚地看到外面的情况：克鲁克、布拉姆、鲁尼、查尔斯，他们站在露台的屋檐下抽着大麻，一副飘飘欲仙的样子。我看见查尔斯也跟他们一起抽大麻，真心怪怪的。在我看来，他吸毒只是因为这玩意儿能够让他振作起来，就跟喝烈酒一样。但靠吸毒振作只是哗众取宠。我十二三岁时，每天都要在学校里给自己来点儿刺激——不是因为喜欢，因为这东西总是让我冷汗直冒，心跳加速——而是因为在低年级的同学眼中，那些抽大麻的瘾君子值得大家顶礼膜拜，而我这个人又特别善于隐藏吸毒导致的妄想狂之类的症状。

柯克兰太太盯着我，那神态就像她听见有人喊了一句纳粹口号。“穿衣服？”她问道。

“我想是的。”

“他难道现在还没有起来吗？你们早上都在干什么啊？”

我不知道该说些什么才好。她一步一步从楼梯上走下来，视线不再受到栏杆遮挡，能够把院子里的景象一览无余。她只要愿意朝那个方向看去，就能看见被雨水冲刷的玻璃窗，还有窗外那些忘乎所以的吸大麻者。我们的心全都提到了嗓子眼，似乎马上就能蹦出来。有时候，母亲们即使看见大麻，也不知道那是什么东西。但柯克兰不可能不认识。

她啪地合上手里的坤包，眼神犀利而敏锐地扫视着房间——这显然是她同我父亲唯一的相似之处。

“所以呢？”她问道，“有谁能上去催他一下？”

卡米拉跳起来。“我去告诉他，柯克兰太太。”她答道。可是她一走到墙角，就飞快地跑到露台的门边。

“谢谢你，亲爱的，”柯克兰太太说道，她已经找到自己要找的东西——一副太阳眼镜——并且顺手戴上，“我真搞不懂你们这些年轻人到底是怎么回事儿，”她说道，“当然，我不是在针对你。可是现在的情况很糟糕，我们承受的压力很大，因此大家要尽力保证事情能平缓地进行下去。”

克鲁克听到卡米拉轻轻敲着玻璃门的声音，不解地抬起头来，眼睛里布满血丝。接着，他将目光移到起居室，脸色突然之间就变了。妈的，我看见他无声地骂了一句，嘴里冒出一大团烟雾。

查尔斯也看见了，而且差点儿呛出声来。克鲁克从布拉姆手里一把夺过烟卷，马上用大拇指和食指掐灭。

谢天谢地，柯克兰太太戴着那副庞大的黑色墨镜，对发生在她身后的这戏剧性的一幕一无所知。“要知道，教堂离这里还有点儿远，”她说道，而卡米拉则躲在她背后，偷偷地转身去找弗朗西斯。“我和麦克坐旅行车去，你们可以跟我们或者其他人一起去。你们大概得坐三辆车，或许挤一挤，两辆车也能够坐得下——别在奶奶家里乱跑。”她厉声朝布兰登和他表弟尼尔喊道。可是，这两个孩子根本没有理会她，径直从她身旁跑过，冲进起居室来。他们都穿着蓝色小西服套装，戴着简易领结，穿着做礼拜时的鞋子，鞋子走在地板上时，发出特别刺耳的“咔哒”声。

布兰登喘着气，躲到沙发后面。“奶奶，他刚才打我了。”

“因为他骂我是癞皮狗。”

“我没有。”

“你说了。”

“孩子们，”柯克兰太太大声吼道，“你们应该为自己的行为感到羞愧。你们的邦尼叔叔死了，知道这是什么意思吗？就是说他永远地走了，你们再也看不到他了，”她狠狠地盯着他们，“今天是个特殊的日子。你们应该乖乖地坐着，回忆邦尼叔叔替你们做过的事情，而不是到处乱跑，还把奶奶刚刚装修过的地板给刮坏了。”

孩子们都不吭声了。尼尔闷闷地踢了布兰登一下。“有一次，邦尼叔叔说我是个小杂种。”尼尔说道。

我不知道柯克兰太太是真的没有听见呢，还是故意装作没有听见。从她脸上那一成不变的表情来看，我觉得更有可能是后者。接着，露台的门被打开，克鲁克、查尔斯、布拉姆和鲁尼走了进来。

“哦，原来你们在这儿，”柯克兰太太带着一丝狐疑说道，“外面下着雨呢，你们待在外面干什么？”

“呼吸新鲜空气。”克鲁克说。他绝对是一副刚吸完毒的样子。在他西服那个装手帕的口袋里，还能看见一个眼药水瓶子的盖子。

他们全都是一副瘾君子的模样。可怜的查尔斯双眼鼓鼓的，额头上不停地冒冷汗。这副情景是他完全没有想到的：明亮的灯光，自己又兴奋过了头，还必须面对一个充满敌意的家长。

她看着他们。不知道她是不是看出什么来了。有那么一会儿工夫，我还以为她会说上两句，可她只是伸出手去，一把抓住布兰登的胳膊。“好了，你们都得准备走了，”她言简意赅，弯下腰用手梳理一下那孩子满头的乱发，“时间不早了，要是再不动身，座位就不好安排了。”

根据《国家历史名胜》记载，这座教堂建造于十七世纪。由于年代久远，砖块已经发黑，看起来像一座地牢。这幢建筑后面是一片小型墓地，所有的墓碑摇摇欲坠，不过这幅景象倒与它坐落其上的起伏的乡间小路非常相配。我们抵达时，弗朗西斯的汽车座椅全部浸湿，潮乎乎的，很不舒服。道路两旁已经停满车，好像有一大群人正在赶来参加乡间舞会或者宾果游戏。这条路一直向前，缓缓地延伸到满是杂草的水沟里。天色阴沉沉的，下着毛毛细雨。我们在乡村俱乐部附近距离教堂约四分之一英里的地方停下来，然后便默默无言地踩着泥泞的小路，往前走去。

教堂的外面阴沉沉的，可是我一走进去，就被一片亮晃晃的蜡烛照得睁不开眼睛。我等眼睛适应之后，便看见了铁制的烛台，阴冷的石块铺就的地板，还有摆满四周的鲜花。我还惊讶地看到，圣坛那边有一堆鲜花摆出的“二十七”这个数字。

“我还以为他是二十四岁呢。”我小声对卡米拉说。

“不，”她回答，“那个是他在足球队的号码。”

教堂里挤满人。我想找亨利，但没看见他，却看见一个人挺像朱利安，可是他转过来的时候，我才发现认错了人。我们几个人围成一团站在那里，不知道该干什么。后面的那堵墙下摆了一溜儿铁制折叠椅，以备容纳到访客人。可是我们中有人眼尖，看见一排靠背长椅上还没坐满，于是弗朗西斯、苏菲、双胞胎和我，便朝那里走过去。查尔斯紧跟在卡米拉后面，显然快要发狂了。很明显，教堂里的这种沉闷而恐怖的气氛把他吓坏了，只知道瞪大双眼，四处张望，而卡米拉紧紧拉着他的胳膊，拽着他往前走。玛丽恩也不见了踪影，后来我看见她跟一个从汉普顿开车过来的人坐在一起。克鲁克、布拉姆和鲁尼就更不知道到哪里去了，也许他们正在教堂和那些汽车之间的某个地方待着吧。

祭奠仪式进行了很长时间。牧师讲了大概半个小时，演讲的内容很普通，而且在有些人看来，根本没有什么人情味。他宣讲了一段摘自《哥林斯前书》的圣保罗布道辞，主题是关于爱的。（“难道你们不觉得这段文章极其不合适吗？”朱利安曾说过，他觉得死亡是令人忧郁的，而且死亡还伴随着对于不确定性的恐惧，这是异教徒的观点。）接下来发言的是休·柯克兰（他说邦尼是“世界上最好的弟弟”）。然后是邦尼以前的球队教练，他跟那些国际青年商会的成员一样，活力十足，不仅跟我们大谈特谈邦尼的团队精神，还讲了一则非常煽情的小故事。他说邦尼曾经力挽狂澜，带领着大家大败来自“下”康涅狄格州的一个强队。（“他的意思是指黑人球队。”弗朗西斯小声说。）他讲到故事的结尾时停顿下来，眼睛盯着诵经台足足有十秒钟的时间，然后很诚恳地抬起头。“关于天堂，”他说，“我知道的也不多。我的工作就是教孩子们打球，并且把球打好。今天，我们在这里怀念一位早早退出这项运动的孩子。但这并不是说，他在球场上的时候，并没有奉献出他的全部。这也并不是说，他不是一位胜利者。”然后又是一阵长久而紧张的沉默。“邦尼·柯克兰，”他哑着嗓子说，“是一位赢家。”

人群中传来一阵长长的清晰的呜咽。

除了在电影《浮生梦痕》中之外，我还没有见过如此精彩而且催人泪下的演讲。他回到座位上时，教堂里有一半的人已经泣不成声——包括教练本人在内。大家对最后一位发言的人，也就是亨利，没有太在意。亨利走上讲坛，用低得几乎听不见的声音，朗诵了 A.E. 休斯曼的一首短诗，没说其他任何话。

诗的名字叫《我的心头充满哀伤》。我不知道他为什么选择这首诗。我们都知道，柯克兰家的人想让他读点儿什么东西，而且他们也相信他会选择一篇合适的文章。说实话，他要选一篇比较合适的文章，简直易如反掌。看在上帝的分上，他完全可以从《利西达斯》① 或者《奥义书》上选择一篇美文，而绝不应该选择这首邦尼已经耳熟能详的诗。邦尼一直很喜欢他上小学时就学过的那些老掉牙的诗歌：《轻骑兵进击》《在弗兰德斯的田野上》，以及许多其他这种古怪而伤

① 弥尔顿一首悼念亡友的诗。

感的老诗，但我记不住诗篇名和作者名。我们其他人对这些东西不屑一顾，而且为邦尼的这种品位感到羞愧，觉得这跟他对别人家的奶油蛋糕的喜好如出一辙。我经常听见邦尼大声朗读休斯曼的这首诗——喝醉时神情严肃，而清醒时神情戏谑——因此，这首诗的一字一句都已经连同他抑扬顿挫的背诵声深深地印在我的脑海里。所以，我听到亨利用那种学者独白似的语气进行朗诵（他的朗诵技巧实在太糟糕了），看到成排的蜡烛、颤巍巍的鲜花，听到人们那响成一片的哭声，心中涌起一阵短促而强烈的苦痛，好像正在经受能在最短的时间内给人造就最深重痛苦的日式古怪酷刑。

这首诗短小而精悍。

我的心头充满哀伤
为了珍贵的朋友，
其中有许多嘴唇鲜艳的少女
和许多脚步轻盈的少年。
在宽得难以跨越的小溪旁
脚步轻盈的少年们躺下了；
那些嘴唇鲜艳的少女
也沉睡在玫瑰凋零的田野里。

仪式快要结束，所有人都在祷告时（祷告时间显然太久），我感觉自己已经快站不稳，将脚抵在新鞋的鞋帮上，才没有倒下去。教堂里很闷，人们都在抽泣。接着，我听到耳边传来一阵嗡嗡声，开始时很近，又渐渐远去。我担心自己已经晕过去，产生了幻觉。后来我发现，这声音是一只在我们头顶胡乱飞翔盘旋的黄蜂发出来的。弗朗西斯拿着一张纪念仪式的程序表，朝它胡乱挥舞，结果不但没有赶走黄蜂，反倒惹恼了它。黄蜂朝着正在啜泣的苏菲的脑袋直冲过来，可是黄蜂看见她没有什么反应，便在半空中折返，飞到长椅背后聚集能量了。卡米拉悄悄地弯下腰，脱掉一只鞋，可是她还没动手，查尔斯便抄起一本《祷告书》，啪的一声将它拍死。

牧师正祷告到重要关头，听到这声音，吓了一跳。他睁开双眼，看见查尔斯仍然在挥舞着那本犯下罪行的祷告书。“也许他们的悲伤不会徒劳无功，”他稍稍提高嗓门，“那些失去希望的人也无需哀痛，你透过他们的眼泪，将会看到……”

我赶快低下头。那只黄蜂的一条黑色触须还黏在长椅的边上。我呆呆地盯着它，不由得想起邦尼。可怜的邦尼啊，他可是消灭这种小飞虫的专家，一份卷起来的《汉普顿观察家报》，就是他对付这些飞虫的最好武器。

仪式开始前，查尔斯和弗朗西斯一言不发。仪式进行时，两人却格外话多，好像要把之前没说的话全部说出来。人们带着无比的悲伤和同情，默默说出最后那声“阿门”之后，他俩便悄悄沿着边上的走道来到外面空荡荡的走廊上。我瞥了一眼，看见他们匆匆地沿着走廊往前走，没有说话，然后转身进了男洗手间。弗朗西斯进去之前，紧张地向后看了一眼，确认没有人跟上来，便将手伸进外衣的口袋里——我知道他要拿什么，我之前看见他从衣帽间里拿了一个扁平的一品脱酒瓶之类的东西。

教堂的墓地满是泥泞，天色阴暗。雨虽然停了，天空却依然黯淡，风也不小。有人在摇着教堂的铃铛，显然并不擅长此事。铃声时大时小，哐里哐当，跟降神会上的铃声没什么两样。

人们步履蹒跚地走到各自的车子旁边，衣服被大风吹得鼓起来，帽子被紧紧地按在头顶上。在我前面几步远的地方，卡米拉踮着脚尖，使劲把被风吹得高高的雨伞往下拽。风推动着雨伞，已经把她吹得踉踉跄跄，使她看上去活像穿着黑色丧服的玛丽·波平斯①。我走过去，想帮她一把，可是我还没靠近她，伞已经被吹翻。那把伞好像一下子具有了生命，伞骨不停地翻动扑腾，就像一只在空中飞舞的翼龙。卡米拉发出一声尖叫，即刻松了手，伞便向上飞起十英尺高，其间翻了一两个跟头，最后落在一棵岑树高高的树枝上。

“该死，”卡米拉向上看了看，又低头看着自己的手指，手指上面渗出一处血迹，“该死，该死，真该死。”

① 美国作家特拉弗斯童话中会魔法的保姆。

“你没事儿吧？”

她把被划伤的手指放进嘴里吮吸。“手倒没什么，”她怒气冲冲地回答，抬头看了头顶的树枝一眼，“那是我最喜欢的一把伞。”

我在口袋里找了找，把手绢递给她。她把手绢抖开，将手指包起来（我眼前出现一幅这样的景象：一片挥舞的白色，被风吹乱的头发，还有阴沉的天空）。我看着眼前这一幕，时间仿佛已经停止，突然浮现出来的记忆像一把锋利的尖刀，即刻刺中我：那天的天色跟今天一样，也是如此灰暗阴沉，还有新生的树叶，她的头发也是像今天这样被风吹乱，挡住了她的嘴巴……

（那一片挥舞的白色。）

（……在那个山谷中。她跟亨利是一起下去，但比他先上来，我们其余的人都在悬崖边上等着。寒风一阵阵地刮着，我们都战战兢兢，一看见她便跳起来，把她拉上来。死了吗，他……卡米拉从口袋里掏出一条手绢，擦拭手上的泥浆，根本不理会我们。真的，那天她的头发也被风向后吹起，在天空的映衬下显得特别明亮，而她脸上的表情非常冷漠，好像对周遭的一切都满不在乎……）

在我们身后，有人大声喊道：“爸爸！”

我被吓了一跳，心里涌起一阵悔意。原来是休。他步伐很快，差不多算是在小跑了，不一会儿就追上他父亲。“爸爸！”他又喊了一声，将手搭上老爸的肩膀。他看见爸爸没有反应，又轻轻地晃了晃他。走在前面的抬棺者（我看不清哪个是亨利，不过他肯定就在其中）正在把棺木放到敞开的灵车上。

“爸爸，”休说道，显然是气坏了，“爸爸，你得听我说句话。”

灵车门砰地合上。柯克兰先生慢腾腾地转过身来。他怀里抱着的孩子叫恰普，他今天抱着孩子时显得挺不舒服。他那张宽大而松弛的脸上的表情既痛苦又漠然。他呆呆地盯着儿子，好像从来没见过他。

“爸爸，”休说道，“猜猜我今天看见谁了。你猜猜是谁来了。万德菲勒先生。”他急切地说道，捏了父亲的胳膊一把。

在柯克兰一家人听来，这个名字如雷贯耳，他们对这个名字就像对上帝一样崇敬。儿子大声说出的这几个音节，似乎对柯克兰先生产生了神奇的效果。“万德菲勒来了？”他问道，四处张望，“在哪儿？”

这位令人敬畏的人物，这位备受柯克兰一家推崇的人物，是一家慈善机构的负责人——该机构是由他那愈发令人敬畏的爷爷出资创建的，他碰巧也拥有柯克兰先生的银行的控股权。这使得他能够参与董事会议，偶尔出席一些社会活动，柯克兰一家因此收集了不少关于保罗·万德菲勒的"令人快慰"的逸闻趣事，比如他如何有欧洲人的风范，如何是名人中的"智者"等等。柯克兰一家津津乐道的关于他的那些睿智的语言，在我看来很没有品位（就连汉普顿大学保卫处的保安也比他说话更有水平），但柯克兰一家乐此不疲，不时发出一阵阵文雅而相当真诚的笑声。邦尼最喜欢以下列方式随意地开启一个话题："那天，我爸爸和保罗·万德菲勒一起吃午饭时……"

现在，这位伟大的人物亲自驾临，他那耀眼的万丈光芒快把我们给烤焦了。我朝着休指给父亲的方向看去，看到一位长相非常普通的男人，一副养尊处优的样子，大概有四十好几了；他的衣着很考究，不过，除了鼻梁上那副非常难看的眼镜，还有比普通人矮一截儿的个头，从他身上再也找不到其他特别能够体现"欧洲风范"的地方。

柯克兰先生的脸上慢慢现出一种无法言说的温柔表情。他二话不说，把手里的孩子往休身上一推，急匆匆穿过草地，朝那边走过去。

也许是因为柯克兰家是爱尔兰人，也许是因为柯克兰先生出生在波士顿，反正这整个家族的人都不由自主地觉得，自己肯定跟肯尼迪家族有着某种神秘的联系。他们也在极力给人营造这样的印象——柯克兰太太尤其如此，只要看看她的发型和杰姬式的眼镜就知道了——但是他们和肯尼迪家族在外表上确实有相似的地方。比如，布拉迪和帕特里克都有点儿龅牙，皮肤晒得太黑，身形也比较消瘦，跟波比·肯尼迪有几分相似。而其他的几个兄弟，包括邦尼在内，则有点儿像泰德·肯尼迪，身材更魁梧一些，脸庞中部的线条都要柔和许多。如果说他们都是某个家族的成员，或者是表亲，别人一点也不会觉得奇怪。弗朗西斯曾跟我谈过他跟邦尼一起去波士顿的某家餐馆就餐的经历。当时餐馆里人很多，排着好长的队。侍者问起他们姓名时，邦尼语调轻快地说"肯尼迪"，并且还向后踮了踮脚跟，结果餐馆里将近半数的员工都忙活起来，很快便给他们铺好了桌子。

也许是因为残存在脑海中的那些老旧的记忆，也许是因为我以前见过的唯一的葬礼就是电视上转播的国葬仪式，不管怎么说，这次葬礼——冗长的流程，穿着黑色丧服的人群，经受雨水洗礼的车队（其中当然少不了万德菲勒先生的那辆宾利）——就像一场梦，把一场又一场的葬礼串了起来，使得那些葬礼好像一长串名贵的轿车。我们慢慢向前行进着。那些堆满鲜花的敞篷车——跟那些可怕的玫瑰花展上的敞篷车没有区别——跟在搭着篷幔的灵车后面，缓缓前进。车上摆满剑兰和菊花，还有点缀着棕榈叶的花枝。风依然猛烈地刮着，那些鲜艳的花瓣被吹落下来，在车队中间飞舞，有些紧紧地贴在挡风玻璃上，远远看去，就像五彩的纸屑。

墓地坐落在高速公路旁边。我们停下来，走下野马车（车门关上时，照旧发出沉闷的噼啪声），眯着眼睛，站在那儿看着杂乱的路肩。就在离我们不到十英尺的地方，一辆辆汽车呼啸着从沥青路面上飞驰而过。

这块墓地面积很大，毫无遮拦，地势平缓，而且没有名字。那一排排竖立着的墓碑，看上去就像一幢幢设计雷同的村屋。林肯丧葬公司的司机穿着笔挺的制服，下来为柯克兰太太打开车门。柯克兰太太手上抱着（我也不知道为什么）一小束玫瑰花蕾。帕特里克伸出胳膊，她那戴着手套的手便顺势滑进他的臂弯，那双在深色眼镜后面的眼眸深不可测，而她的神态就像一位新娘子一样平静。

灵车的后门已经打开，棺木滑了出来。人们默默无言地将它抬到空地上，棺木就像航行在草的海洋上的一艘小船。棺盖上的黄色丝带欢快地飞舞着。天空显得高远而充满敌意。我们走过一个小孩子的墓地，墓碑前面还放着一个咧着嘴笑、已经褪色的塑料南瓜灯。

邦尼的墓地上方已经支起一个绿色条纹的遮阳篷，就是开露天派对常用的那种篷子。把这东西放在这里似乎很愚蠢，它就这么在一大块空地上支棱着，显得空洞、老套而且粗俗。我们停住脚步，一小撮一小撮地站在那里，感到很尴尬。不知何故，我原本以为情况会比现在还要糟糕。四处散落的垃圾已经被草坪上的割草机给碾碎，但是还能够分辨出烟头、图科斯牌包装纸之类的东西。

这真是太傻了，我想道，心里突然一阵慌乱，怎么会这样？

高速路上的车辆依然在飞驰。

墓穴带给人的恐怖是难以言表的，我以前还从没有见过墓穴。这地方简直太野蛮了，地上出现一个黑黑的大洞，一侧放着给家人准备的摇摇晃晃的折叠椅，另一侧堆着新挖出来的泥土。我的上帝啊，我默念着。我似乎在一瞬间能够无比清晰地洞察一切。如果他们只是要把他埋进土里，盖上土，然后就回家，为什么要用棺材啊，为什么要这么不厌其烦地准备遮阳篷和别的东西啊？这么做有什么意义吗？难道只是为了把他像扔掉垃圾一样丢在这里不管吗？

邦尼，我对自己说，噢，邦尼，我真的很抱歉。

牧师主持的仪式进行得很快，他那张和蔼的脸庞被遮阳篷映成绿色。朱利安也在——我现在看见他了，他正盯着我们四个人。先是弗朗西斯，然后是查尔斯和卡米拉，都跑过去跟他站在一起，但是我不在乎，我的脑子里一片空白。柯克兰一家非常安静地坐在那儿，手都放在膝盖上。他们怎么能坐在那里呢？我想，怎么能这么无动于衷地坐着，什么事情都不干呢？那天是星期三。每周三上午十点，我们都要上希腊散文写作这门课，大家本来都应该待在教室里面。棺木被静静地放到墓穴旁边。我知道他们不会打开棺材，但是我希望他们会这么做。我现在才开始意识到，我再也见不到他了。

抬棺木的人都穿着深色丧服，排成排，站在棺木后面，就像悲剧中唱诗班里的大孩子。亨利是年纪最小的一个。他静静地站着，双手合着放在前面——他的手又大又白，像学者的手，看起来非常灵巧，保养得也很好。不过，也正是这么一双手，伸进邦尼的脖子里试探脉搏，并且还前后摆动他的脑袋，检查脖子到底摔断了没有，而我们其他人站在悬崖边往下看，大气都不敢出一口。即使隔了那么远，我们也能看到他的脖子已经被摔变了形，鞋子也是歪的，还有血从鼻子和嘴巴里流出来。亨利用拇指合上邦尼的眼睑，并且很小心地不去碰头顶上已经扭曲的眼镜。他的一条腿不停地抽搐着，抽动速度渐渐变慢，然后猛地抽了一下，不动了。卡米拉的手表上是有秒针的。我们看见他们俩无声地交换一下意见。亨利用手扶着膝盖，跟在她后面爬上来。然后，他在裤腿上擦了擦手，像个大夫一样毫无表情地微微点一下头，算是回答了我们这群人唧唧喳喳地提出的“他死了没有”这个问题……

——哦，主啊，我们恳求您，我们为您忠诚的仆人，我们的兄弟埃德蒙·格雷登·柯克兰的离去感到悲伤时，还谨记，自己也将步上他的后尘。让我们为这最后的时刻做好准备吧，也恳请您保佑我们，不再经受这样突如其来、毫无准备的死亡……

他根本就看不到这一刻的到来。他甚至都无法理解这一点，因为他没有时间了。他就像站在游泳池边上的一个人，摇摇欲坠。人们唱起滑稽的岳得尔小调，转动着手臂，然后他便坠入深渊，就像在做一场噩梦。在这个世界上，竟然还是有人不知道什么是死亡，还是有人即使亲眼看到了，也相信死亡。他永远都不会想到，死亡竟然会以这种方式降临。

乌鸦在拍打着翅膀，闪亮的甲壳虫在地上爬动着。一小块天空，永恒地留在他那模糊的视网膜上，全部反映在地上的一个水洼里。呵，存在与虚无，仅在一念之间。

我要重生，我就是生命；那些相信我的人，即使死了，也将永生；不论是谁，只要对我有信念，就永远不会逝去……

抬棺者凭借长长的被压得吱吱作响的皮带，才把棺木放进墓穴里。由于使劲，亨利的肌肉在颤抖；他的牙关也紧咬着。他的后背完全被汗水浸湿，湿印子已经透到夹克衫外面。

我摸了摸外衣的口袋，看看有没有带止疼片。回程也要很久。

皮带被拉起来。牧师为棺木祝福，洒上了几滴圣水。尘土和黑暗瞬间包围棺木。柯克兰先生双手遮着脸，一个人无声地抽泣着。遮阳篷依旧被风刮得哗啦啦响。

第一铲泥土洒进去。泥土拍打在棺盖上的声音既黑暗又空洞，让我觉得恶心。柯克兰太太——她的一边站着帕特里克，另一边是镇定自如的泰迪——向前迈出一步。她那戴着手套的手一挥，将那一小束玫瑰扔进墓穴。

亨利带着药物制造的那种令人难以理解的平静，缓缓地弯下腰，抓起一把泥土。他把土举到墓穴上方，让土粒从他指间慢慢滑落。接着，他依然带着这种可怕的平静，向后退了一步，看似漫不经心地把手伸向胸口，任由污秽的泥土在他的衣襟、领带、还有浆洗得笔挺的白色衬衫上留下印迹。

我呆呆地望着他。朱利安、弗朗西斯、双胞胎，都被吓呆了。可是亨利似乎根本没有意识到自己刚才的惊人之举。他一动不动地站在那里，任凭风把他的头发吹乱，任凭昏暗的光线照射着他的眼镜框。

第八章

对于葬礼后在柯克兰家举行的那次聚会，我已经记得不太清楚了，这也许是因为在回去的路上，我吞下的那一大把止疼片起了作用。可是，就连吗啡也无法彻底消除葬礼留给我的恐惧。朱利安也去了，这对于我而言多少是些宽慰。他像个好心肠的天使，在派对上不停穿梭，跟人们礼貌地闲聊，说着无关痛痒的话——他知道该对什么样的人说些什么样的话。而且，他对柯克兰一家展现出极其优雅的外交才能（其实他很讨厌他们，而柯克兰一家对他也没什么好感），就连柯克兰太太对这一点也甚感欣慰。此外，让柯克兰一家的荣耀更上一层楼的是，朱利安碰巧还是保罗·万德菲勒的旧识。弗朗西斯告诉我，当时他碰巧站在旁边，这一辈子都忘不了柯克兰先生脸上的那种表情。万德菲勒认出朱利安，于是走过来，跟朱利安打个招呼，然后他们互相拥抱，还在脸颊上互亲了一下。（“典型的欧洲风格。”我后来听见柯克兰太太跟邻居们描述道。）

柯克兰家的那帮小孩子——早上那些悲伤的场景似乎激发了他们潜在的能量——兴高采烈地在屋子里到处乱窜。羊角面包到处乱飞，尖叫声和笑声不绝于耳，孩子们在人群中你追我赶，争抢着一个会放屁的玩具。就连派对的承办者也振作起来——为宴会准备的酒水好像太多，吃的东西却又不够，还有一份菜单出了问题。泰迪和妻子一直在吵架。布拉姆·格恩西蔫蔫地躺在条纹沙发上休息。柯克兰先生在极度的快乐和极度的绝望中不断地挣扎着。

可惜，这种状况只持续了一会儿。后来，柯克兰太太去了楼上的卧室，再下来时脸上的表情可怕极了。她压低嗓门，告诉丈夫家里“遭劫”，这话——后来又被某个不怀好意的偷听者传到邻居们的耳中——立刻在房间里传开，并且导致了一连串不必要的担心。这事儿什么时候发生的？到底丢了什么东西？打电话报警了吗？人们马上被吸引，中止谈话，一边小声议论着，一边成群结队地围拢过去。柯克兰太太使尽全身解数，不断回避和躲闪人们的问题，就像一位殉道者。不，她回答，根本没必要叫警察，丢的都是些小玩意儿，不值几个钱，是她自己才用得上的几样小东西。

这件事情过去不久，克鲁克便借口离开了。亨利已经名正言顺地走了，没有人多说些什么。葬礼一结束，他就收拾好行李，马上开着自己的车走了。他走的时候，只跟柯克兰一家礼节性地道了别，但没和朱利安打招呼，而后者其实特别想跟他说两句话。“他的样子真可怜，”朱利安对我和卡米拉说道（我没有搭话，因为安定片的药劲儿还没有完全过去），“他应该去找个大夫看看。”

“对他而言，过去的这个星期确实太难熬了。”卡米拉回答。

“当然了。但是，我觉得亨利其实是个非常敏感的人。有很多事情，你都想不出他是怎么熬过来的。他跟埃德蒙比我们以为的还要亲密，”他叹了口气，“他朗读的那首诗很特别，对不对？我要是早知道他选这首诗，肯定会建议他从《斐多篇》[1] 中挑选一段。”

到了大约下午两点钟时，情况变得不太妙了。我们本来可以留下来吃晚餐——如果柯克兰先生的邀请算数的话（他当时已经醉得不省人事，在他身后，柯克兰太太脸上那僵硬的笑容在向我们暗示，她并不希望我们留下来）。柯克兰先生说，我们作为这个家庭的朋友，可以无限期地待下去，可以接着睡在地下室里特意为我们准备的那几张行军床上。欢迎大家跟柯克兰家族生活在一起，分享每一天的欢乐和悲伤，比如参与我们的节日，帮忙照看一下小孩子，偶尔帮着做点家务，一起工作等。要作为一个团队来行动（他强调道），这才是柯克兰家的方式。这种生活并不简单——他对孩子们一向都很严厉——但是这样的生活无疑是丰富的，可以完善你的性格，增强你的勇气，提升你的道德修养。而且他觉得，我们当中许多人的父母没花费太多心思在最后一点上。

我们一直待到四点才得以脱身。不知什么原因，查尔斯和卡米拉变得缄默不

① 柏拉图论证灵魂不朽的对话录。

语。也许，他们因为什么事情吵架了——我看见他们在院子里吵了两句。在回去的路上，他们始终直挺挺地坐在汽车后排座位上，眼睛盯着前方，双手抱着胸。我估计，他们自己恐怕没有意识到，这种完全相同的姿势其实挺滑稽的。

我虽然只离开了几天，但感觉好像离开了很长一段日子。我的房间显得小而凄凉，好像已经好几个星期都没有人住过。我打开窗子，仰面躺在凌乱的床上。床单闻着有一股霉味儿，天色已近黄昏。

过了好久，这种不适的感觉才过去，可是我依然感到莫名的沮丧。我周一就要上课：希腊语和法语。我已经有整整三个星期没上法语课了，一想到这个，心里就一阵焦虑。我还要写一篇学期论文。我想到这个，不由得在床上翻了个身。还有考试。而且还有一个半月暑假就到了，我应该去哪里打发这段时间呢？继续替罗兰博士工作，还是回普雷诺的加油站打工？

我坐起来，又吃了一片安定，然后再躺下。屋外的天色已经暗下来。邻居放的音乐从隔壁传过来：大卫·博伊的歌。他唱道："这对大汤姆是个大挑战……"

我听着音乐，目不转睛地盯着天花板上的阴影。

我在这种半梦半醒的奇怪状态中，来到一座墓地前，不是埋葬邦尼的那座墓地，而是完全不同的一座。它的年代似乎更加久远，名声也更大——墓地的四周围着厚厚的篱笆，大理石凉亭上出现裂纹，上面爬满常青藤的藤蔓。我沿着一条狭小的石板路，正在往前走。我转弯的时候，突然冒出来一朵白色的绣球花——就好像一团闪亮的白云，飘浮在这片阴影中——轻轻刮了一下我的脸颊。

我正在找寻着一位著名作家的墓地——马赛尔·普鲁斯特，或者乔治·桑。不论我找的人是谁，他肯定安息在这个地方，但是墓碑前的杂草都太高了，我根本就看不清上面的名字，而且天色越来越暗。

我在恍惚之间来到山顶上的一片黑色小松树林里。我的脚下是黑糊糊、雾蒙蒙的深深山谷。我转过身，回望来时的道路，只看见一排排矗立的尖顶，还有一片黑压压的陵墓，在越来越浓重的夜色的衬托之下，那些墓碑显得愈发苍白。在下面很远的地方，一束微弱的灯光——可能是一盏马灯，或者是个手电筒——正透过那一排排的墓碑，召唤着我。我往前走了一步，想看得更清楚一些，结果却被身后灌木丛里发出的一阵响声吸引了。

原来是柯克兰家那个叫恰普的孩子。他重重地摔了一跤，正想重新站起来。他努力了一番之后放弃了，干脆躺在地上不动。他赤着脚丫，被冻得瑟瑟发抖，肚子急速地一鼓一瘪。他什么衣服都没穿，只戴着一个尿不湿，胳膊上和腿上到处都是难看的刮痕。我被惊呆了，只知道盯着他看。柯克兰家的人确实考虑不周，但这样对待孩子实在太过分了。他们都是魔鬼，我对自己说，都是蠢货，他们怎么能把小孩就这么扔在地上，任其自生自灭呢?

小孩嘤嘤地哭起来，腿被冻得发紫。他的一只胖乎乎的小手里紧紧攥着开心乐园套餐附赠的塑料飞机。我弯下腰，想看看他的情况，结果听见有人故意清了一下嗓子。那声音非常近，带着明显的不悦。

接下来的事似乎在转瞬之间就发生了。我转头一望，隐隐看见一个身影站在我身后。我虽然只看了他一眼，却被吓得倒退了一步。我尖叫着，感觉自己在不停地下坠，仿佛要坠入深渊，但最后碰到了床。那张床突然从黑暗中闪现出来，拯救了我。随后我彻彻底底从梦中醒过来。我直挺挺地在床上躺了一会儿，身子不停地颤抖着，后来才摸索着打开灯。

映入眼帘的依次是桌子、大门和椅子。我往后靠了靠，依然在发抖。他的容貌已经扭曲变形，脸上结了一层厚厚的伤疤，就算灯开着，我也一刻都不愿意想到那副容貌。但我非常清楚他是谁，而且梦中的他也知道我知道。

我们几个经过最近几个星期发生的一连串变故，互相厌烦起来，不过这也在情理之中。开始那几天，我们单独行动，除了上课和去食堂吃饭，见面的机会很少。我猜，随着邦尼逝去和入土为安，大家的共同话题变少了，所有人都没有理由再熬到凌晨四五点。

我感受到一种前所未有的自由。我习惯了散步，习惯了独自去看电影，周五晚上还去参加了一个校外派对。那天，我站在某位老师家的后阳台上，一个人喝着啤酒。这时，我听见两个姑娘在小声地议论我:“他看起来真是伤透了心，你说呢?”那晚的夜色非常明亮，耳畔传来蟋蟀的鸣叫声，天空繁星密布。那姑娘长得很漂亮，是我喜欢的类型，明眸善睐，性情活泼。她主动过来跟我搭话，要是在以前，我肯定就跟着她走了。可是现在，我就这么和她调调情，就觉得足够了。我对她不失温柔，若即若离，就像电影中的那些悲剧角色（比如那些长期承受精神创伤的退伍军人或者垂头丧气的年轻鳏夫，他们被陌生的年轻女人吸引，又被挥之不去的黑暗过去困扰，而纯真无邪的年轻女人无法感受到这种感受）。看见她眼中浮现出同情之色，我很高兴。她希望把我从自我禁锢中拯救出来的良好愿望，我也心知肚明（对了，亲爱的，你不知道你给自己下达的是一项什么样的任务，你不知道！）。我还知道，我如果提出跟她共度良宵，绝对不会被拒绝。

然而，我没有这么做。因为不论那些好心的陌生人怎么想，我既不需要陪伴，也不需要安慰。我只想一个人待着。派对结束之后，我没有回宿舍，而是去了罗兰博士的办公室，没人知道能在那儿找到我。每逢夜晚和周末，那里就变得特别安静。我一从康涅狄格回来，就在那个地方度过了很多时光——比如读书，在沙发上小睡，干他分配给我的工作，偶尔干点儿自己的事情。

当时已经是深夜，看门人都走了。整栋房子漆黑一片。我把办公室的门锁好。桌上的那盏灯发出一圈温柔的光，光的颜色跟黄油差不多。我打开收音机，调低音量，把波段锁定在波士顿的古典音乐台，然后便坐在沙发上复习法语。我要是犯了困，就去找一本悬疑小说出来读，或者喝杯茶什么的提提神。在灯光的照射下，书柜反射出一种柔和而神秘的光芒。我尽管没做什么错事儿，却总觉得自己在过着一种偷偷摸摸的生活，那种感觉既美妙又短暂，我注定迟早会被人发现。

双胞胎仍然没有和好的迹象。有时候，他们竟然会前后间隔一个小时左右来吃午饭。我隐隐觉得，过错主要在查尔斯，因为他总是既傲慢又无礼，还不想跟人说话——最近他在课堂上也表现平平——而且总是喝得迷迷糊糊。弗朗西斯声称，他对他们之间的问题一无所知，但我觉得，他知道不少。

葬礼之后，我就没有跟亨利说过话，也没见过他。他既不跟我们一起吃饭，也不接电话。周六吃午饭的时候，我问道："你们知道亨利最近还好吗？"

"噢，他很好。"卡米拉回答，刀叉没闲着。

"你怎么知道？"

她愣住了，叉子停在半空中。她的眼神很犀利，就像一束探照灯，直直地照在我的脸上。“因为我刚刚还见过他。”

“在哪儿？”

“在他家。今天早上。”她答道，又埋头吃东西。

“那他怎么样了？”

“没事儿。还有点儿虚弱，但是已经没什么问题了。”

在她旁边，查尔斯一手托着下巴，愤怒地盯着面前根本没有动过的饭菜。

那天晚上，双胞胎都没有过来吃晚饭。弗朗西斯话很多，心情似乎不错。他刚刚从曼彻斯特大采购回来，带着大包小包，等不及要一样一样向我展示：夹克、袜子、裤子的背带，至少半打不同花色的条纹衬衫，一大堆让人眼花缭乱的领带，其中一条领带的偏绿的青铜底色丝绸上，点缀着橘色的圆点图案——那是他给我的礼物。弗朗西斯在衣服方面相当大方。他经常把成堆的旧衣服送给我和查尔斯。他比查尔斯高，又比我们俩都瘦，所以我们总要把衣服拿给裁缝改好之后才能穿。他给的好多衣服我到现在都还能穿，品牌包括苏尔卡、雅格斯丹，还有君皇仕①。

他还去了书店，买了一本科尔特斯②的自传，一本都尔城的格雷戈里主教的译著，还有一本哈佛大学出版社出版的对维多利亚时代的女杀手的研究报告。他也给亨利准备了礼物：克诺索斯③所编麦锡尼铭文集。

我随意翻看了一下他送给亨利的礼物。这本书实在太大了。书里除了一张接一张的图片，一个字都没有，那些图片全是残缺不全的碑文，碑文用古希腊的B类线形文字撰写，下面则是摹本。有些碑文的残片上只剩下一个字母。

“他会喜欢这个的。”我说。

“嗯，我想也是，”弗朗西斯回答，“这是我能找到的最无聊的书。我想吃了

① 英国著名高端男装品牌，创始于一七八五年。
② 西班牙殖民者，一五二三年征服墨西哥。
③ 曾著《法兰克人史》一书。

晚饭就去给他。”

“我说不定会跟你一起去。”我说道。

弗朗西斯点燃一支烟。“你要是愿意，也可以。但是我不进去，把书放在他家门廊上就走。”

“哦，这样啊，那好吧。”我回答，心里竟然感到莫名的轻松。

整个周日，我从早上十点开始就待在罗兰博士的办公室里。到晚上大概十一点时，我才想起来，自己这一整天都没有吃东西，只是喝了几杯咖啡，吃了几块从学生服务处的小卖部买的饼干。于是，我收拾好东西，锁上门，走到楼下，想看看设在地下室的德式餐馆是不是还在营业。

餐馆依然在营业。这间地下餐馆跟小吃店无异，供应的食物几乎都很恶心，但里面有两部弹球机和一台点唱机。你在这里买不到什么货真价实的酒，但能买到掺水的啤酒（装在塑料杯里），而且只需花上六十美分。

那天晚上，餐馆里吵吵嚷嚷，挤满了人。我在这儿时总是很紧张。对于贾德和弗兰克这样的人来说（他们是只要这里还开着门就会来的那种人），这个地方是他们与整个宇宙的联系纽带。他们现在就在这儿，他们那张桌子旁围着一群热火朝天的谄媚者和食客，原来他们正在玩一个游戏：用一块破玻璃片刺对方的手心。他们争论得唾沫横飞，有滋有味。

我穿过人群，挤到吧台前，点了一份匹萨饼和一杯啤酒。我等待匹萨饼被从烤箱中拿出来的工夫，竟然看见了查尔斯。他一个人坐在吧台的另一头。

我喊了一声，他略微转过身。他已经醉了，从他的坐姿就能看出这一点。他虽然还没醉成一团烂泥，但似乎变成了另外一个人——一个行动迟缓、闷闷不乐的人——这个人已经占据了他的身体。“哦，”他说，“好啊，原来是你。”

我不知道他待在这个鬼地方干什么，而且还独自喝着这种低劣的啤酒。要知道，他家里有一个酒柜，里面装满他喜欢的各种最好的酒。

他说了句什么，可是音乐声和人们的喊叫声都太大，我没听清。“你说什么？”我朝他那边靠得更近一些。

“我说，你能不能借我点儿钱？”

“要多少？”

他伸出手指头数了数。“五美元。”

我把钱给他。他醉得还不是特别厉害，因为他在接过钱时没有不停地向我道歉，不停地保证会马上还钱。

“我周五就去银行。”他说。

“没事儿。”

“不，真的。”他小心翼翼地从口袋里掏出一张皱巴巴的支票，“奶奶寄给我的，我周一就能兑现，没问题的。”

“别多想，”我说，“你在这儿干什么？”

“只是想出来转转。”

“卡米拉呢？”

“不知道。”

现在，他清醒了一点儿，不过仍不能一个人回家去。但是这家地下餐馆再过两个小时才会关门，而我又不想让他一个人待在这里。邦尼的葬礼之后，好些陌生人——包括社科系的秘书——主动来跟我搭话，想了解更多信息。我总是拒他们于千里之外，这是我从亨利那里学来的（面无表情，冷漠的目光，迫使那些不速之客尴尬地撤退）。在对付这些人时，这个方法几乎每一次都奏效。不过，你在清醒时可以这么做，要是喝醉了，恐怕就不行。我没醉，可是我不想继续在这个餐馆里耗费光阴，一直等到查尔斯走了才走。我心里明白，强行拉他走，只会让他更加坚定自己的主张。他喝醉的时候，总是执拗地跟人对着干。

“卡米拉知道你在这儿吗？”我问他。

他凑过来，手撑在吧台上，扶住身子。“你说什么？”

我又问了一遍，这次声音更大。他听到我的话，脸色沉下来。“这不关她的事。”他又埋头喝酒。

我的匹萨来了。我付了钱，对查尔斯说：“失陪一会儿，我马上回来。”

男洗手间在一条阴冷潮湿、臭气熏天的走廊上，从酒吧拐出去就是。我绕过去，走出查尔斯的视线，来到墙边的付费电话前。有个女孩正在用电话，她说德语。我等了好久，快等得不耐烦时，她总算挂断了电话。我从兜里搜出一枚二十五美分的硬币，塞进投币孔，拨通双胞胎家的电话。

双胞胎跟亨利不一样，他们如果在家，一般都会接电话。可我打的这通电话没人接。我又拨了一次，还看了看表，十一点二十分了。这么晚了，卡米拉会在哪里呢，难道正在来接查尔斯回去的路上？

我挂上电话，硬币跳出来。我把钱放回口袋，走回吧台。可是查尔斯不见了。我起初以为他到别人那儿去了，等了他一会儿又找了他一会儿之后，才发现他已经离开了。看来，他把手上的啤酒喝完就走了。

汉普顿突然变成一个绿色的天堂。许多鲜花都被这场突如其来的大雪冻死，只有那些花期较迟的幸存下来，比如金银花、丁香。可是树木比以前更加郁郁苍苍了，远望都是一片片浓郁的绿色。这一棵棵枝繁叶茂的树木使汉普顿北部的道路显得狭窄。走在路上，两旁的绿色都向你伸出手来，遮住阳光，脚下的路变得潮湿而阴暗。

星期一早上，我比平时稍早来到吕克昂。我来到朱利安的办公室，发现窗户都大开着，亨利正在往一个白色的花瓶里插牡丹花。他好像瘦了十到十五磅，虽然对于亨利这样的大个子来说，掉这点肉不算什么，可我发现他的脸也变得瘦削，胳膊和手也消瘦了好多。其实，关键还不是这个，在我上次跟他见过面之后，有某种说不清道不明的变化在他身上发生了。

朱利安正在和他交谈，说的是那种诙谐、嘲弄、而且学究气十足的拉丁语。他们就像两个在弥撒之前清扫小礼拜室的牧师。空气中弥漫着煎茶浓烈的气味。

亨利抬起头。“你好，朋友，”他说，那副僵硬、神情专注且拒人于千里之外的脸上闪过一丝兴奋，“你好吗？你怎么样？”

“你看起来不错。”我告诉他，他确实如此。

他微微点了点头。他的那双眼睛在他生病时那么黯淡和鼓胀，现在却变得跟蓝水晶一样清澈透亮。

“谢谢你的问候，”他说，“我感觉好多了。”

朱利安正在忙着把最后那点卷饼和果酱塞进嘴里——他和亨利一起吃早餐，早餐应该颇为丰盛——然后笑起来，说了句什么。我没听清楚他的话，好像是贺拉斯[1]的某句话，意思是吃肉有助于治疗伤痛。我看到他又变成以前那副睿智而宁静的样子，感到很高兴。他喜欢邦尼，尽管这一点一直令人费解。在他看来，表达强烈的情感是极为低俗的行为，现代人认为的正常的情感表达，在他看来都有故意卖弄和炫耀的嫌疑，让他感到震惊。但我非常确信，邦尼的死对他的影响比他表现给我们看的要深厚得多。不过我觉得，朱利安对生命与死亡的这种漠不关心的苏格拉底式态度，让他长期以来不会因任何事情感到过度悲伤。

弗朗西斯来了，然后是卡米拉。查尔斯没来，也许他还宿醉未醒。我们在那张大圆桌旁坐好。

“好了”，大家都安静下来之后，朱利安开口道，“大家是不是已经准备好离开这个知觉的世界，一起去探寻崇高与美好了？”

在那些日子里，我为自己获得的新的自由欢欣不已。大家都没事了，一直笼罩在我脑海中的那团巨大的阴影也消失了。在我看来，世界又重新变得新鲜而美好，一切都是那么绿油油的，充满生机和活力，到处都是全新的景象，我也以全新的眼光来看待一切。

我开始一个人步行，从汉普顿北部一直走到巴腾基尔河边，这是一段很长的路。我特别喜欢去汉普顿北部的那家乡间小杂货店（据说这家小店最早的经营者是一对母子，他们曾给七十年代最著名和畅销的一部恐怖故事集提供了灵感）买上一瓶葡萄酒，沿着河岸边走边喝，就在晕晕沉沉的醉意中度过一个个金色的下午时光——其实，这纯粹是浪费时间，我在课业上已经落后了，有一大堆论文要写，还有一大堆考试要准备，但当年的我只是个少不更事的孩子，没有考虑太多。我走在路上，两旁是芳草萋萋的景象，耳中是蜜蜂不停忙碌的声音，我仿佛刚刚从死神手中逃脱，回到洒满阳光的人世间。现在，我终于自由了，我觉得离我而去的生活回到我面前，变得无比珍贵与甜蜜。

就在这样的一个午后，我信步来到亨利家门口，看见他正在后院里挖花圃。他穿着一套园艺服——下身是一条旧裤子，上衣的袖子高高挽起，露出胳膊

① 古罗马著名抒情诗人。

肘——手推车里放着几株西红柿苗和黄瓜秧子，和带着土块的草莓、向日葵和红色天竺葵，三四株根部被麻绳系着的玫瑰花靠在篱笆上。

我从侧门走进去。我已经醉得挺厉害。“你好，”我说，“你好，你好，你……你……好。”

他放下手上的活计，斜靠在铁锹上。他稍稍晒黑了一些，鼻梁上泛着光。

“你在干吗呢？”我问道。

“种点儿莴苣。”

我们都沉默了好久。我看到那些蕨类植物，就是他在我们杀死邦尼的那个下午挖出来的。铁角蕨，我记得他是这么说的。卡米拉当时还说，这个名字不太吉利。他把这种植物种在房子背阴面靠近地窖的地方，它们在阴湿的环境中非常繁盛。

我一个踉跄，向后退了一步，幸亏门柱把我挡住，我才没有摔倒。“你今年暑假还会待在这里吗？”我说。

他仔细地看了看我，在裤腿上拍了拍手上的灰。“我想是的，”他说，“你呢？”

“不知道。”我回答。我还没有跟任何人提起，我在不久前向学生服务处申请了一个给人看房子的活儿，在布鲁克林，房主是一位历史学教授。暑假期间，教授要去英国进修。这工作听起来棒极了——不需要花一分钱房租，房子位于布鲁克林闹市区，除了给花浇浇水，喂养一对波士顿猎犬（因为有动物检疫制度，它们没有跟主人一同去英国）之外，没有其他任何事情要做。我因为有过跟那个嬉皮士利奥打交道的经验，开始申请这份工作时还非常谨慎，可是工作人员一再跟我强调，说这次的工作完全不同。她还给我看了许多以前干过这份工作的学生写来的感谢信。我从没去过布鲁克林，对那个地方一无所知，但是我喜欢住在城市里——任何城市都行，尤其是我没去过的——喜欢城市里的交通和熙熙攘攘的人群，喜欢在书店里工作，或者在咖啡店里当侍者，而且，谁知道我会过上一种什么样的离群索居的生活？一个人吃饭，晚上一个人去遛狗，没有任何人认识我。

亨利还在看着我，把鼻梁上的眼镜向上推了推。“要知道，”他说，“现在还挺早的。”

我笑了起来。我知道他在想什么：我精神崩溃了，先是查尔斯，现在轮到我了。

“我没事儿。”我回答。

“真的？”

“当然。”

他又埋头工作。他把铁锹深深地插进土里，穿着棕黄色长筒雨靴的一只脚使劲地踩着铁锹上缘。背带在他的背后交叉，形成一个黑色的大X。“那请你种莴苣吧，”他说，“工具房里还有一把铲子。”

那天深夜——大概是凌晨两点——我们宿舍的楼长咚咚地敲我的房门，还大声喊叫，说有人打电话找我。我迷迷糊糊地套上睡袍，跌跌撞撞地朝楼下走去。

是弗朗西斯。“什么事？”我问道。

“理查德，我的心脏病犯了。”

我眯起一只眼，看着楼长——她叫维诺尼卡还是维拉丽？我忘记她的名字了。她双手抱胸，站在电话机旁，脑袋偏向一边，好像挺关心我。我转过身。“你不会有事的，”我对着话筒说道，“回去睡觉吧。”

“你听我说，”他的声音很紧张，“我犯了心脏病，就快死了。”

“不，你不会的。”

“所有的症状都符合，左臂疼痛，胸部发紧，呼吸困难。”

“你想让我做什么？”

“我想让你过来，开车送我去医院。”

“你为什么不叫救护车？”我困得不行，眼皮直打架。

“因为我怕救护车……”弗朗西斯说，但我没听清他接下来说了什么，因为维诺尼卡听到救护车这几个字，马上激动地插话。

“你如果想找医护人员，保卫处的那几个人也懂心肺复苏技术，”她挺热心的，“从半夜十二点到凌晨六点，可以打他们的值班电话。他们还可以开车把人送到医院去。你要是愿意，我可以——”

“我不需要什么医护人员。”我说。弗朗西斯像疯了一样，在电话那头不停地叫着我的名字。

“我在听着。”我说。

“理查德？”他说话的声音很虚弱，喘气声很大，“你在跟谁说话？发生什么事了？”

“没什么。你听我说——”

“是谁在说要找医护人员？”

“没人。好了，听着，听好，”我说道，他正竭力想把我的声音压下去，“你冷静一下。跟我说说，你到底哪里不舒服。”

“我想让你过来。我真的觉得难受，刚才我的心脏好像停止跳动了。我——”

“他有没有吸毒？”维诺尼卡神秘兮兮地问道。

“你瞧，”我对她说，“你最好别插嘴，让我听听他到底要说什么。”

“理查德？”弗朗西斯说，“你过来找我好不好？求你了！”

一阵短暂的沉默。

“好吧，”我说，“等我几分钟。”然后我便挂断电话。

我到弗朗西斯的公寓时，发现他穿戴整齐，只是没穿鞋子，仰面躺在床上。“给我把把脉。”他说。

我为了让他高兴，照做了。他的脉搏快而有力。他蔫蔫地躺着，眼皮不停地跳动着。“你觉得是什么毛病？”他问道。

“不知道。”我说。他的脸稍微有点儿发烫，但整个人看起来没有那么糟糕。只不过——我知道在当时的情况下，这么说很蠢——他可能是食物中毒，得了阑尾炎，或者是别的什么毛病。

“你说我该去医院吗？”

“你说呢？”

他静静地躺了一会儿。“我不知道。我也许真的该去。”他回答。

“如果这样能让你好受点儿，那好吧。来吧，你坐起来。”

看来他病得不是特别厉害。在我们去医院的路上，他一直都在车里抽烟。

我们沿着车道绕了一大圈，最后才在被日光灯照得透亮的“急诊”牌子前停下来。我熄了火。我们俩静静地坐了一会儿。

“你确信自己想这么做吗?”我问。

他看着我，眼神里带着一丝惊讶和不屑。

“你以为我是装出来的?!”他说。

“不，不是的。”我很惊讶地回答。说老实话，我真的没这么想过。“我只是随便问问。”

他走下车，重重地甩上车门。

我们等了半个多小时。弗朗西斯填完表，神情严肃地坐着，翻看一本《史密斯学会》的过刊。可是，护士终于走过来叫他时，他没有站起来。

“叫你呢。”我提醒他。

他还是没有动弹。

“别闹了，去吧。”我说。

他没有回答，眼神里透出一丝狂乱。

“跟你说,”他总算开口,“我改变主意了。”

“什么?”

“我说我改变主意了。我想回家去。”

护士还站在走廊上，正饶有兴味地听着我们的这场谈话。

“这太蠢了,”我告诉他，快要发火了。“你等了这么久。”

“我已经改变主意了。”

“是你说要来的。”

我知道这话戳到了他的痛处。他被激怒，回避着我的目光，啪地合上杂志。然后他头也不回地向那扇双层玻璃门走去。

大概十分钟后，一位穿着消毒服的神情疲惫的医生向候诊室里探了探头。候诊室里面只有我一个人。

“你好,”他的声音很干脆,“跟阿伯那蒂先生一起来的?”

“对。”

“麻烦你跟我过来一下，好吗？”

我站起来，跟他一起走过去。弗朗西斯正坐在检查台边，穿戴齐整，身子却蜷缩成一团，一副痛苦不堪的样子。

“阿伯那蒂先生不愿意换上病号服，”大夫说，“也拒绝让护士给他抽血。他如果不愿意跟我们合作，我们恐怕没法给他检查。”

大家都没有说话。诊断室里的灯光异常明亮。我尴尬极了。

大夫走到水池边洗手。“你们今天晚上吸毒了？”他的口气很随意。

我觉得脸在发烧。“没有。”我说。

“一丁点可卡因？或者别的什么兴奋剂？”

“没有。”

“你的朋友要是嗑过药，而且你能告诉我们，那诊断就容易多了。”

“弗朗西斯？”我有气无力地问道，结果得到充满仇恨的目光。

“你怎么敢这么想？”他马上就回嘴，“我什么药都没吃。你对这一点再清楚不过了。”

“冷静一下，”大夫说，“没人怪你。但是你今天晚上的行为确实有点儿反常，你觉得呢？”

“我不这么想。”弗朗西斯满脸疑惑地思索了一会儿之后答道。

大夫洗完手，然后用毛巾把手擦干。“你不这么想？”他说，“你半夜三更跑到医院里来，说你心脏病发作，但又不让任何人接近你。你说，我要怎样才能知道你到底有什么毛病？”

弗朗西斯没有答话。他大口地喘着粗气，两眼盯着地面，面色潮红。

“我可不是个读心专家，”大夫最后说道，“不过，根据我的经验，你这个年纪的人如果声称自己有心脏病，那只有两种可能。”

“哪两种可能？”我忍不住问道。

“嗯！安非他命中毒，这是其中一种可能。”

“绝对不可能。”弗朗西斯抬起眼，愤怒地反驳。

“那好吧。另外一种可能就是恐慌症。”

“这是什么病？”我问道，小心翼翼地回避弗朗西斯的目光。

“就是患者会突然感到焦虑、害怕，经常伴随心悸症状。浑身发抖，直冒冷汗。症状还有可能比以上描述更严重。患者会觉得自己快要死了。”

弗朗西斯依然一言不发。

“怎么样？”大夫问道，“你觉得可能是这种情况吗？”

“不知道。”弗朗西斯满脸疑惑地沉默片刻后答道。

大夫背靠着洗手池，问道：“你曾经感到非常害怕吗？我说的是毫无理由的害怕。”

我们离开医院时已经是凌晨三点一刻。我们走到停车场时，弗朗西斯点燃一支香烟。他左手的手心里攥着大夫给他的纸条，纸条上面写着城里某个心理咨询专家的名字。

“你是不是气坏了？”我们一坐到车里，他便问道。

这已经是他第二次问这个问题了。“没有。”我回答。

“我知道你很生气。”

大街上一片荒凉，如梦似幻。我们放下车顶篷，从一幢幢黑糊糊的房子旁开过，开上一座廊桥。车胎压在桥面的木板上，发出嘎吱嘎吱的响声。

“请你别生我的气了。”弗朗西斯说。

我没理他。“你会去找那个心理医生吗？”我问。

“没什么用。我知道自己的麻烦是什么。”

我什么也没说。我一听到“心理医生”这个词，便有些慌乱。我本人并不太相信心理治疗这回事儿，但谁能保证心理医生那训练有素的眼睛不能通过个性测试、梦境解析，或者患者无意中说出来的一句话，看出些什么名堂来？

“我在很小的时候就接受过心理治疗，”弗朗西斯说道，好像快要哭了，“我当时大概只有十二三岁。妈妈当时迷上瑜珈，于是就把我从原来在波士顿的学校转到瑞士的那个破学校。大概是个什么学院吧。在那里，每个人穿凉鞋时都要穿袜子。学校开的课程有修行舞蹈和卡巴拉学派的什么东西。所有白色班——我上的那个年级，或者叫层次，管它叫什么呢——每天早上都要练中国气功，每周至少接受四个小时的赖希[1]式分析。我得接受六个小时的分析。”

“你们怎么分析一个十二岁的孩子？”

“做词汇联想，还要跟有着精确生理构造的洋娃娃一起做古怪的游戏。他们曾经把我和两个想溜出学校的法国小女孩抓个正着——你知道，我们成天吃那些所谓的长寿食品，都快饿死了，所以想去附近的香烟店买点儿巧克力吃。可是，他们想当然地以为这事跟性脱不了干系。倒不是说他们视性为洪水猛兽，只是他们想要你亲口承认。我当时什么也没说，现在想起来，我当时太蠢了。那两个法国小女孩早就知道他们那一套，编造了一个狂野的法国式故事让那些神经科的大夫开心——所谓在干草堆上发生的三角关系。你根本就想不到，他们觉得我超级变态，因为我竟然隐瞒这种事情。我要是知道他们会送我回家，肯定早就对他们这样说了。”他笑了，但似乎并不开心。“上帝啊。我还记得，当时那个校长问过我，我最认同哪个小说里的人物，我跟他说，是《绑架》里面的戴维·巴尔福。”

我们正开过一个转弯处。我突然在车灯中看见一头动物闯到路上。我猛地踩下刹车。我透过车窗玻璃，跟它四目对视了几秒钟时间。接着，它迅速跑开了。

我们坐了一会儿，都被这事儿给吓坏了，惊魂未定。

“是什么东西？”弗朗西斯问道。

“不知道，也许是头鹿。”

“肯定不是鹿。”

“那就是条狗。”

“我看那东西倒像只猫。”

其实，我也觉得像猫。“但是个头挺大的。”我说。

“也许是头美洲豹吧。”

“这儿没有美洲豹。”

“以前有过。人们叫它们山猫。山上的猫。跟‘卡特蒙特街’的发音一样。”

夜风非常寒冷。远处传来几声狗叫。晚上，这条路上的车辆并不多。

我又给车挂上挡。

---

① 赖希是著名心理学家，他认为性压抑会导致心理问题和社会问题。

弗朗西斯叫我不要把那天去看急诊的事情透露给别人。可是，星期天晚上，我在双胞胎家喝多了。晚饭后，我一不小心，把这事儿告诉了查尔斯。

查尔斯深表同情。他也喝了点酒，但是没我喝得多。他穿着一件泡泡纱旧衬衣，衣服松松垮垮地罩在他身上。他消瘦了不少，戴着一条磨旧了的苏尔卡牌的领带。

“可怜的弗朗西斯，”他说，“他真是个怪人。他真的要去见那个精神科的大夫吗？”

“搞不清楚。”

他从桌子上的一盒幸运牌香烟里抖出一支来，那盒烟是亨利留在那儿的。“我如果是他，”他说，在手腕上磕了磕烟，还不无戒备地看了看，确保客厅里没有别人，“我不会跟亨利提这事儿。”

我等着他往下说。他却点燃香烟，慢条斯理地吐出一口烟雾。

“我的意思是，我最近喝酒比往常多，”他平静地说道，“我是第一个承认这一点的人。上帝啊，我要对付那些警察，我必须对付他们。老天爷，我还要面对玛丽恩。她差不多每天晚上都给我打电话。应该让他跟玛丽恩谈谈，听听他是什么感受……我要是想每天喝一瓶威士忌，他恐怕找不出理由来制止我。我跟他说了，这不关他的事儿；而且，你想做什么，跟他也没有关系。”

“我？”

他看着我，眼神空洞，但带着些顽皮。接着，他笑了。

“哦，你还没听说吗？”他说道，“现在轮到你了。酒喝得太多。大白天就喝得烂醉，到处瞎逛。你在一步步地走向毁灭。”

我惊呆了。他看到我脸上的表情，又大笑起来。这时，我们听到脚步声，还有越来越近的冰块在鸡尾酒杯中晃动的声音——是弗朗西斯。他在门口往里探了探头，然后喋喋不休地谈论一些无关痛痒的事情。过了一会儿，我们拿起酒，跟着他回到起居室。

我们那天晚上过得很愉快，大家都很尽兴。屋内灯光明亮，杯盘交错，耳畔传来雨水重重地落到屋顶上的声音；屋外，隐约看得见树梢在不停地晃动和翻滚，发出哗啦啦的声音，就像苏打水在杯子里鼓泡泡的响声。窗子大开着，一阵潮湿的凉风透过窗帘吹进来，让人感到莫名的兴奋与甜蜜。

亨利的兴致非常高。他似乎很放松，双腿向前伸着，坐在扶手椅中，不过他的神态依然有些警觉。他不时说一两个笑话，给出一两个非常睿智的回答，看来休息得挺好。卡米拉非常迷人。她穿着一件橙红色紧身无袖连衣裙，裙子恰到好处地衬托出她那对美丽的锁骨，以及脖颈底部那娇柔的动脉血管。她还有漂亮的膝盖，柔美的脚踝，以及迷人的光洁而健美的小腿。这身衣服也凸显出她清新曼妙的身材，以及从骨子里透出来的活力与优雅。我爱她，爱她在讲故事时那甜美的姿态。她说话时结结巴巴的，偶尔会眯着眼看看你；她叼着香烟的姿势让我不由自主地想起查尔斯，烟就夹在她那修长的手指之间，让那被咬得乱七八糟的指甲更加显眼。

她和查尔斯好像已经重归于好。他们交谈不多，但是双胞胎的那种默契似乎回来。他们会坐在对方的椅背上，给对方拿酒水和饮料（这好像是双胞胎之间特有的某种仪式，形式复杂，寓意深刻）。我还不能完全明白这些现象的含义，但这大概表明一切已经恢复正常。他们也许真有过什么问题，而卡米拉看起来像是想息事宁人的一方。我以前把错误归咎于查尔斯的论断也许是错的。

壁炉上方的镜子是大家关注的焦点，那面镜子被镶嵌在蔷薇木镜框中，乍看起来并没有什么特别之处。这面镜子是他们在某个家庭举办的旧货甩卖会上淘来的。但是，你一踏进房间，就会看到这面镜子，上面的一道裂缝使它显得更为扎眼。那道裂纹从镜子正中向四周散开，就像一张巨大的蜘蛛网。关于镜子怎么会变成这副模样，查尔斯已经讲过好几遍，而且只有他自己才觉得那个经过非常可笑，真的——那天，他们又像往常一样做春季大扫除，屋里厚重的灰尘呛得他们不停地打喷嚏，难受极了。查尔斯在打一个喷嚏时没有站稳，从活动梯子上掉下来，一脚踩到镜子上。镜子之前被清洗干净，平放在地板上。

“我想搞清楚的是，”亨利说，“你是怎么把镜子扶起来，又不让镜片掉下来的。”

“那简直是个奇迹。我现在都不敢碰它。你不觉得这镜子现在看起来棒极了吗？”

确实如此，没人能否认这个事实。这面昏暗的破碎的镜子就像一个活生生的万花筒，把房间内的景象折射了千百遍。

我临走时才碰巧发现镜子被打破的真相。我站在壁炉前，手扶着壁炉台，漫不经心地朝里面望去。炉子没有生火，里面放着一块挡板和两个铁制柴火架，架上的柴火已经落满灰尘。我的目光接着向下看时，意外地看到了别的东西：一堆银色的、闪闪发光的东西。我仔细看了看，发现那是从镜子上掉落的尖尖的碎玻璃片，但几块不太一样的较大的碎片，应该是金边高脚玻璃酒杯上的，就是我手里拿着的那种杯子。看来，有人用了不小的劲，狠狠地把酒杯从房间的另一头扔过来，杯子不但摔得粉碎，还砸到我身后的这面镜子。

两天之后的晚上，我又被一阵敲门声吵醒。我有些疑惑，心烦意乱地打开灯，眯着眼去找手表。才凌晨三点钟。“谁啊？”我问道。

“是亨利。”我吃了一惊。

我开门让他进来，但心里颇不情愿。他没有坐。“听着，”他说，“很抱歉来打扰你，但这事儿确实很重要。我想请你帮个忙。”

他语速很快，一副公事公办的样子。我警觉起来，一屁股坐到床边。

“你在听我说话吗？”

“什么事？”我说。

“十五分钟前，警察局给我打了个电话。查尔斯被拘留了。他因为酒后驾车被关起来了。我想让你去把他保出来。”

我感到脖子一阵刺痛。“什么？”我问。

“他开的是我的车。他们从登记材料上查到我的名字。我完全不知道他现在是什么样的情况。”他伸出手，从口袋里掏出一个没有封口的信封，递给我。“我知道把他弄出来得花点钱，但是不知道具体得花多少。”

我打开信封。里面有一张支票，上面只有亨利的签名。另外还有一张二十美元的钞票。

“我已经跟警察说了，是我把车借给他的，”亨利说，“他们如果对这一点有任何疑问，让他们给我打电话。”他站在窗户旁，看着窗外。“天亮了我就会跟律师联系。现在，我只请求你尽快把他弄出来。”

我过了好一会儿才明白整件事情的来龙去脉。

“我该拿这笔钱？”我终于问道。

“他们要多少你就给多少。”

“我是指这二十美元。”

“你得打车去。我是打车过来的。司机就在楼下等着。”

我们沉默了好久。我还没有完全醒过来。我身上只穿了套内衣（下身是短裤），愣愣地坐在那儿。

我穿衣服的时候，亨利一直站在窗户旁。他双手扣在身后，聚精会神地盯着窗外那昏暗的草坪，根本就没有注意到我正笨手笨脚、睡眼惺忪地在衣柜里翻动衣架，弄出刺耳的响声。他很宁静，一副若有所思的样子，显然正完全沉浸在思考当中。

我把亨利送回家，回到车上，然后出租车司机带着我飞快地向昏暗的市中心开去时，我才意识到对自己将要去做的事情所知甚少。亨利什么都没告诉我。是不是发生了车祸？如果发生了车祸，有人受伤吗？再者，这件事情如果闹得很大——毕竟这辆车是亨利的——他为什么不一起去呢？

在一个空荡荡的十字路口，一盏孤零零的红绿灯摇摇晃晃地闪动着。

汉普顿市的监狱位于法院的增建部分。它面对一个广场，是唯一一幢在晚上的那个时候仍然亮着灯的建筑。我让出租车司机等着，走了进去。

两个警察坐在一个又大又亮的房间里。房间里有很多档案柜，小隔间里还有几张金属桌、一台老式的冷饮水箱，以及西维坦俱乐部（他们的口号是“你的零钱将改变一切”）赠送的一台糖果机。我认出其中一名警察——那个长着红胡子的家伙——他参加过搜救队。他们正在吃炸鸡，就是从廉价便利店里买来的那种。他们正在看电视，节目名叫《拉斐尔秀》①，是那种很便宜的便携式黑白小电

① 美国著名电视脱口秀节目。

视机。

“嗨。”我打了个招呼。

他们抬起头来。

“我来保释我的朋友。”

长着红胡子的那个警察拿起一片纸巾，擦了擦嘴。他块头很大，看起来很和善，大概三十多岁。“我猜你是为了查尔斯·麦考利来的吧。”他说。

听他说话的口气，好像查尔斯是他的老朋友。也许他们真的成了朋友吧。官方调查邦尼的死因时，查尔斯在警察局待过好长时间。他说过这些警察对他不错。他们给他订过三明治，还从自动售货机给他买过可乐。

“你不是刚才接我电话的那个人。”另一个警察说道。他块头也大，神态挺安详，大概四十岁，头发已经花白，嘴巴有青蛙那么大。“外面停的是你的车吗？”

于是我开始跟他们解释。他们一边吃着炸鸡，一边仔细地听着：这两个家伙都是大块头，而且都很友好，腰上别着警察专用的三八式手枪。房间的墙上贴满政府印制的海报：“预防新生儿出生缺陷”，“雇佣退伍军人”，“举报邮政欺诈”等。

“啊，是这样，我们不能把车给你，”那个红胡子警察说道，“温特先生必须亲自过来提取。”

“我不管车的事情，只想把朋友弄出去。”

另一个警察看了看手表。“好的，”他说，“你六小时之后再过来吧。”

他是在开玩笑吧？“我带了钱。”我说。

“我们没法让你保释他。这事由法官传讯他之后决定，也就是今天早上九点之后。”

传讯？我的心开始怦怦直跳。这他妈到底是怎么回事？

两位警察殷勤地看着我，好像在问：“你还需要帮忙吗？”

“你们能告诉我到底是怎么回事吗？”

“什么？”

我的声音听上去既平淡又陌生。“他到底犯了什么事儿？”

“州警察在迪普基尔路上截住他，”那位头发花白的警察说道，好像在朗诵一样，“他喝醉了。我们给他做了酒精测试，没有通过。然后，警察把他带过来，我们扣押了他。当时是凌晨两点二十五分。”

我还是糊里糊涂，可也想不出还有什么问题要问。最后，我问道：“我能见见他吗？”

“他很好，孩子，”红胡子警察说，“你明天一大早就能见到他。”

他们都朝我微笑，非常友好。看来多说无益。我说了声谢谢，离开了。

我走到外面，发现出租车已经走了。亨利给我的二十块钱，还剩下五块，可我如果想打电话叫车，还得再去一趟警察局。我可不愿意这样。于是我沿着大街一直朝南走，那里的一家便利店有投币电话。可电话是坏的。

我累极了，几乎一倒地就能睡着。我又走回广场——走过邮局、电脑店、电影院——电影院外面的广告灯箱已经关了。我看到厚厚的玻璃板、凹凸不平的人行道、明星的大幅海报，以及公共图书馆外墙上及腰的地方装饰着的山猫浅浮雕。我走了很久，路旁的商店越来越少，路面越来越暗。我沿着起起伏伏的高速公路朝前走，一直走到长途汽车站。月光中的车站显得异常冷清，这正是我对汉普顿的最初印象。车站还没有开门。我坐在外面的一张木头长椅上，沐浴着黄色的灯光，等待着车站开门。车站开门后，我可以进去打个电话，喝杯咖啡。

最早到来的车站职员是个双目无神的胖子，他在六点时来开了门。车站里只有我们两个人。我去男厕所洗了把脸，一连喝了两杯咖啡。咖啡是他用柜台后面的一个轻便电炉煮好的，我让他把咖啡卖给我时，他还挺不情愿的。

太阳出来了，可透过满是污垢的窗玻璃向外望去，也看不到什么东西。墙上贴满已经过期的发车时刻表，油布地毯上到处都是烟头和口香糖，电话亭的门上印满了手印。我关上亭子间的门，拨通亨利的电话，心里却有点希望他不要过来接听；结果出乎我的意料，电话只响了两声，他就拿起了听筒。

“你在哪儿？情况怎么样？”他问道。

我跟他解释了一下情况。电话那头是一阵不祥的沉默。

“他是一个人待在牢里吗？”他总算问道。

“不知道。”

“他脑子清醒吗？我是说，他能开口讲话吗？”

又是一阵长久的沉默。

“你看，”我说，“他九点就要去见法官。你能不能在法庭外面跟他见面？”

亨利好久都没有答话。最后，他说道：“这件事情最好由你出面做。我们还要把其他一些因素考虑进去。”

“如果还要考虑其他因素，最好能让我知道到底是什么因素。”

“你别生气，”他赶忙说道，“只不过是因为我跟警察已经打了太多交道。他们已经认识我了，当然也认识他。再说——”他犹豫了一下“——查尔斯现在最不想见的人恐怕就是我了。”

“为什么？”

“我们昨天晚上吵架了。说来话长，”我正要插嘴时，他又说道，“不过我上次见到他时，他的情绪就很低落。在我们几个人当中，现在你跟他关系最好。”

“嗯哼。”我说，我的怒气已经消了好多。

“查尔斯挺喜欢你的。你知道这一点。再说，警察也不认识你。我想，他们不会把你同那件事情联系起来。”

“我不觉得这两者之间有什么关系。”

“恐怕有关系，而且是比你所想的要严重得多的关系。”

我们都沉默了。在这阵沉默中，我感到一种无助的绝望。你永远别想搞清楚亨利到底在打什么主意。他就像政府部门的新闻发言人，讲话总是滴水不漏，一副例行公事的样子，而且只在有必要时才透露一点信息。“你到底想告诉我什么？”我问。

“现在还不是讨论这个问题的时候。”

“你要是想让我去那儿，就得告诉我。”

他又开口时，声音听上去既沙哑又遥远。“这么跟你说吧，过去这阵子，情况比你想象的要危急很多，简直是一触即发。查尔斯度过了一个艰难的时期。这不是任何人的错，只是他的肩上承载了太多的责任。”

沉默。

“我对你的要求并不过分。”

我挂上电话时，对自己说道，只是想让你告诉我真相。

沿着牢房，走过大厅，就到了法庭，其间要穿过两扇顶部装着玻璃的弹簧门。这里的法庭跟我见过的其他法庭没什么区别，大概是二十世纪五十年代建造的。地上铺着一层被虫蛀了的油毡布，墙砖颜色发黄，看起来黏黏糊糊，上面还涂了一层蜂蜜色的清漆。

我没想到会有那么多人。法官的座位前有两张桌子。一张桌子前站着两名州警察；另外一张桌子前是两三个不明身份的人，还有一名法庭记录员，面前放着一部可笑的打字机。观察席上还有三个身份不明的人，彼此坐得很开；观察席上还有一位形容枯槁的穷老太太，她穿着一件棕褐色雨衣，一副总是被谁暴打、虐待的样子。

法官到了，我们全体起立。法官首先审的就是查尔斯的案子。

查尔斯穿着长筒袜，像梦游者一样，晃晃荡荡地从门外走进来，身后紧跟着一名法警。他的脸色不太好，表情沉重。他们把他的腰带、领带和鞋子都收走了，因此他看起来就像穿着睡衣裤一样。

法官居高临下地看着他。他神情乖戾，看起来六十岁左右，嘴唇很薄，下巴肉乎乎的，跟大猎犬的下巴差不多。"你有代理律师吗？"他带着浓重的佛蒙特口音问道。

"没有，先生。"查尔斯说。

"有配偶或父母在场吗？"

"没有，先生。"

"有人保释你吗？"

"没有，先生。"查尔斯回答。他满头大汗，一副无所谓的样子。

我站起来。查尔斯没看见我，但法官看见了。"你是来保释麦考利先生的吗？"他说。

"是的。"

查尔斯转过头来盯着我，惊讶地张着嘴巴，脸上的表情就跟十二岁孩子一样，既空洞又迷惑。

“保释金是五百美元，请在大厅左手边的那个窗口交费，”法官用厌烦而平淡的语气说道，“你两周内还要再次出庭，我建议你请个律师。你是否会因工作需要用到这部车？”

站在前面的那位衣衫褴褛的中年男子说道：“法官大人，这车不是他的。”

法官盯着查尔斯，眼神突然变得凶恶起来。“是这样吗？”他问道。

“已经联系上车主了。车主名叫亨利·温特。他在大学读书。他说是他把车子借给麦考利先生的。”

法官哼了一声。他语调生硬地对查尔斯说道：“在做出判决之前，你的驾照被暂停使用，你让温特先生二十八号来出庭。”

整个事情结束得太快了。九点过十分时，我们就走到了法庭外面。

五月的早上，空气潮湿，凉意正浓。鸟儿还在阴暗的树梢上欢唱，而我已经快累垮了。

查尔斯双臂紧抱在胸前，说道：“老天，天气真冷。”

我从空无一人的街道和空荡荡的广场望过去，只看见银行职员刚刚把百叶窗打开。“你等等，”我说，“我去叫辆车。”

他一把抓住我的胳膊。他的酒还没醒，不过，前一晚的豪饮似乎对他身上的衣服损伤最大，他本人并无大碍。他的脸像孩子的脸庞一样红润，闪闪发光。“理查德。”他说。

“怎么了？”

“我们是朋友，对吗？”

我没心思待在法庭外的楼梯上，听他跟我说这样的话。“当然。”我回答，尽力想摆脱他的手。

可是他抓得更紧了。“亲爱的好理查，”他说道，“我知道你够朋友。你能来我真高兴。我只是想让你给我帮一个小忙。”

“什么忙？”

“别带我回家。”

“你是什么意思？”

"带我去乡下。去弗朗西斯家。我没有钥匙，但哈奇太太肯定会让我进去的，我也可以把窗户或者门打破，翻进去——不，听我说。听我说。我可以从地下室进去。我已经这样干过好多次了。等等，"他不容插嘴，又说道，"你也可以来。你去一趟学校，拿几件衣服，然后——"

"慢着，"我已经第三次这么说了，"我没法带你去任何地方，我没车。"

他的脸色一下就变了，松开手。"哦，那好吧，"他的声音突然充满痛楚，"非常感谢你。"

"你听我说，我没办法。我没车，我自己还是打车过来的。"

"我们可以开亨利的车去。"

"不行，警察把钥匙收走了。"

他气得双手发抖。他用手梳理一下乱糟糟的头发，说道："那你跟我一起回家吧。我不想一个人回去。"

"好，"我回答，已经累得眼冒金星，"好，你等等，我去叫出租车。"

"不，别打车，"他说着，向后退了一步，"我觉得不是太冷，宁愿走回去。"

法庭离位于北汉普顿的查尔斯的公寓路非常远，这段路程至少有三英里，而且有很长一段跟公路是平行的。

一辆辆车从我们身旁呼啸而过。我快累死了。我头疼，腿像灌了铅一样沉重。可是，早晨的空气凉爽而清新，查尔斯好像清醒了一些。我们走到半路时，他走进高速公路对面的一家荣军医院，那里面有一家灰蓬蓬的路边冷饮店。他在那儿买了一杯加了冰激凌的苏打水。

我们的脚踩在碎石路上嘎嘎作响。查尔斯点了一支烟，用一根红白相间的吸管吸着饮料。我听见耳畔有墨蚊在嗡嗡地飞。

"这么说，你跟亨利吵架了？"我为了找点话说，如此说道。

"谁告诉你的？他吗？"

"嗯。"

"我不记得了。这个没关系。我烦透了他，总是让我干这干那。"

"你知道我想问什么？"我说。

“什么？”

“不是问他为什么让我们干这干那。我想知道我们为什么总是照他说的话去做。”

“说不上来，”查尔斯说，“不过我们好像没得到什么好结果。”

“哦，我不知道。”

“你开玩笑吗？最先是模仿酒神去狂饮作乐的那个该死的念头——是谁想出来的？带邦尼去意大利又是谁的主意？又是谁他妈的写了那篇日记，然后又到处乱丢？就是那个狗娘养的。所有这一切都得怪他。再说，你还不知道，他们几乎要把我们给查出来了，就差那么一点点。”

“谁？”我吃了一惊，问道，“警察吗？”

“联邦调查局。我有很多事情没有告诉你们。亨利叫我发誓不说出来。”

“为什么？发生了什么事？”

他把烟往地上一扔。“嗯，我是说，他们把整个事情弄混了，”他说道，“他们以为克鲁克跟这事有牵连，还有很多其他设想。有意思。我们已经习惯亨利了，所以意识不到他在别人眼中是什么形象。”

“你是什么意思？”

“哦，不知道。我能举出一大堆的例子，”他睡眼惺忪地笑道，“我记得，去年夏天，亨利特别想租一处农庄，于是我就开车和他去北部，去见一位房产经纪人。这件事其实相当简单。他已经相中一所房子——那所房子建于十九世纪，陈旧但宽敞。房子位于一条尘土飞扬的马路的尽头，占地很广，里面还有给仆人准备的房子，一切都齐齐备备。经纪人给她的经理家打了个电话，让他来办公室。经理问了亨利一大堆问题，还给他的每一个推荐人都打了电话，每件事情都安排妥当了。可即使如此，他们还是不愿意把房子租给他。”

“为什么？”

他笑了起来。“嗯，因为亨利显得太完美了，完美得有些不真实，对不对？他们无法相信，亨利这样一个大学生，居然有钱租一处这么大而偏僻的房子，而且只是自己住，好学习十二种伟大的文化。”

“什么？他们难道以为他是个骗子吗？”

“这么说吧，他们觉得他不够坦诚。显然，联邦调查局的人也是这么想的。他们虽然没有怀疑他杀了邦尼，但觉得他有所隐瞒。很明显，他和邦尼在意大利吵了一架。玛丽恩知道这个，克鲁克知道，连朱利安也知道。你要是问我，我估计联邦调查局可能怀疑他和邦尼投资了克鲁克的毒品交易。那次罗马之旅绝对是个错误。他们本来可以不那么惹人耳目，但是亨利挥金如土。他们居然入住了豪华旅馆，看在上帝的分上。他们不论走到哪儿，人们都会记得他们。我是说，你了解亨利的个性，他就是这副德性，但其他人会怎么想他呢。他在意大利生病的事也很容易让人怀疑。他居然给美国的大夫打电话，请他开德美罗。还有那些去南美的机票。他做过的最蠢的事情，就是用信用卡买了机票。”

“他们发现了吗？”我吓坏了，问道。

“当然了。他们如果怀疑一个人参与了毒品交易，最先检查的就是这个人的财务状况——天哪，偏偏选择了南美洲。幸亏亨利的父亲在那里确实有一些产业，亨利能够编造一些勉强可信的故事——他们并不完全相信他，但实在找不到证据证明他说的是假话。”

“可是，我还是搞不懂，他们是怎么把这事儿跟毒品扯上关系的？”

“你想想他们会如何看待这个事情。警察知道克鲁克的毒品生意规模不小；他们还发现，他可能是某个毒品大亨毒品链上的一环。这件事跟邦尼的死没有什么明显的联系，但他俩都是邦尼最好的朋友，而且很有钱，又没法解释钱的来历。邦尼在人生最后几个月花钱也是大手大脚。当然，钱是亨利给他的，但是联邦调查局的人不知道。他们去豪华饭馆，穿意大利名牌服装。任何人一看到亨利就会疑惑。想想他的言行举止，穿衣风格。他看起来就像警匪片里的人物，鼻梁上架着一副角质架眼镜，还戴着臂章，就像阿尔·卡彭。”他点燃一支烟。“还记得他们发现邦尼尸体的前一天晚上吗？”他说，“我跟你去了那家乱糟糟的酒吧，有电视的那家，而且我还喝得醉醺醺的。”

“嗯。”

“那是我在一生中过得最糟糕的一个晚上。我和亨利的情况都不太妙。亨利差不多已经肯定自己第二天就会被捕。”

我惊呆了，过了好一会儿才缓过神来，问道：“怎么会？到底怎么回事？”

他深深地吸了一口烟。“当天下午联邦调查局的人就去找他了，”查尔斯说，“就在他们把克鲁克拘留之后不久。他们对亨利说，他们有足够的理由逮捕六个人，包括他在内，罪名是同谋或者窝藏证据。”

“上帝！”我目瞪口呆。“六个人吗？都有谁？”

“我不知道具体有哪些人。他们也许是在诱供，但亨利担心死了。他警告我说，他们很可能去我家找我，叫我赶快离开，不能在那里等着他们找上门来。他逼我保证不告诉你，也不告诉卡米拉。”

一阵长久的沉默。

“可是他们没逮捕你。”我说。

查尔斯笑了。我注意到，他的双手有点儿发抖。“我想这得感谢亲爱的汉普顿大学了，”他说道，“还有很多事情没办法对上，他们在询问克鲁克时已经发现了这一点。可是，他们也知道还没有发现真相，学校的态度如果更为合作，他们也许能追查到点什么。但邦尼的尸体一被发现，学校管理层就急于了结此事。但这样的负面宣传实在太糟糕。今年的新生申请率已经下降了百分之二十。本地警察——其实这事儿该他们管——在这种事情上一向都很配合学校。克鲁克的麻烦太多了，你知道的——他身上的一些毒品案子确实很严重，他们本来能把他关进去。可是，学校出面保释，他最后只被判在社区劳动五十个小时。但这件事都没有被记录在他的档案里。”

我花了好一会儿工夫才弄明白他的意思。身旁的一辆辆小轿车和大卡车依然呼啸而过。

过了一会儿，查尔斯笑起来。“真搞笑，”他把紧握的双拳往口袋里插得更深，“我们还以为把王牌人物推到了前台，其实，让其他人承担克鲁克的角色，说不定效果会更好。如果被推到前面的人是你，或者是弗朗西斯，再或者是我妹妹，我们也许可以避免现在一半的麻烦。”

“没关系了。已经结束了。”

“我不感激他。我才是那个不得不成天跟警察打交道的人。他得到了好处，可是我他妈的在该死的警察局里待着，而且一待就是好几个小时，一边喝着咖啡，一边跟那帮警察套近乎。你知道，我还要竭力跟他们证明，我们不过是一群再普通不过的孩子。我应付联邦调查局的人时情况更糟糕。他让我去给所有的人当冲锋枪，总是跑在最前面，一句话也不能说错，而且还要尽力揣摩他们的心思。我说话的时候还要完全按照他们的调调来，连一秒钟都不能松懈。我不仅要察言观色、性格开明，还要适度表现出关心，还不能显得过于紧张。其实我紧张得几乎连杯子都拿不起来，一直担心会把杯子弄洒。有一两次，我实在太紧张，差点儿晕过去或者精神崩溃什么的。你知道这种日子有多难熬吗？你觉得，亨利能够放下架子来做这样的事情吗？不可能。最后是我出面，问题解决了，而且他也不会惹上麻烦。那些人这辈子都没见过像亨利这样的人。我跟你说他到底都在担心些什么事情。比如，他是不是带了该带的课本，或者荷马是否会比托马斯·阿奎那更让人印象深刻。他就像个外星来客。他们如果只跟他一个人打交道，我们大家恐怕早就被送进毒气室了。”

一辆运木材的大卡车咔哒咔哒地开过去。

“我的上帝，”我好不容易才说道，震惊极了，“幸亏我不知道。”

他耸耸肩。“嗯，你是对的。好在一切都好。但我不喜欢他那种凌驾于其他人之上的样子。”

我们默默无言地走了好长一段路。

“你今年暑假准备在哪里过？”查尔斯问道。

“我还没想这件事”我回答。去布鲁克林的事情一直都没有什么消息，估计要黄了。

“我准备去波士顿，”查尔斯说，“弗朗西斯的姑奶奶在万宝路大街上有套公寓。公寓离公共花园不远。她夏天会去乡间避暑，弗朗西斯说，我如果想去，可以在那里住几天。”

“听起来不错。”

“那房子不小。你要是愿意，也来吧。”

“也许吧。”

“你会喜欢的。弗朗西斯那时会待在纽约，但他也会抽空过去看看。你以前去过波士顿吗？”

“没有。”

“我们可以参观佳德纳博物馆，还能去丽兹饭店的钢琴酒吧。”

他跟我谈起哈佛的一座博物馆，那个地方有上百万种由彩色玻璃拼成的各色花朵。就在此时，一辆黄色大众突然在对面的车道上一个急转弯，停在我们身旁。

是朱迪·普维的朋友特蕾西。她摇下车窗玻璃，脸上带着灿烂的微笑。“嗨，你们好，”她说道，“想搭便车吗？”

她把我们送到查尔斯家。已经十点了，卡米拉还没回来。

“上帝，”查尔斯说，照旧把外套从肩上甩下来。夹克衫掉到地板上，堆成一团。

“你感觉如何？”

“醉了。”

“想喝咖啡吗？”

“厨房里还有一点，”查尔斯一边打着哈欠，一边用手梳理着头发，“我想洗个澡，你不介意吧？”

“去吧。”

“我一会儿就出来。牢房里真的臭死了，我身上说不定已经长跳蚤了。”

他洗了可不止一会儿。我听见他打喷嚏，调试热水和凉水水龙头，哼歌。我走进厨房，给自己倒了一杯橙汁，放了几片葡萄面包进烤箱。

我在橱柜里找咖啡时，突然看见半罐霍利克牌麦乳精。标签似乎正责备地注视着我。邦尼是我们几个人当中唯一喜欢喝麦乳精的人。我把罐子推到柜子里面，藏到一瓶枫糖糖浆后面。

咖啡已经煮好了，我正在享用第二片面包时，听见锁孔里传来钥匙转动的声音，然后前门打开了。卡米拉朝厨房探进头来。

“嗨，你好。”她说。她的头发乱糟糟的，脸色苍白，神情戒备，看起来就像个小男孩。

“你好。想吃点儿早餐吗？”

她在我旁边坐下。“怎么样了？”她问道。

我告诉了她。她聚精会神地听着，伸手从我的盘子里拿了一小块抹了黄油的面包，默默地吃着。

“他还好吗？”她问道。

我不太明白她的意思。“还好，当然了。”我说。

一阵长长的沉默。楼下的收音机里隐隐传来一个明媚的女声唱着一首关于酸奶的广告歌曲，歌声中夹杂着奶牛的哼叫。

她吃完面包，起身准备给自己倒点儿咖啡。电冰箱轰鸣起来。我看着她在橱柜里翻找着杯子。

“你知道吗，”我说，“你们应该把那罐麦乳精扔掉。”

她过了一会儿才回答。“我知道，”她说，“储藏室里还有一条他的围巾，是他最后一次来时留下的。我总是能看见那条围巾。我现在还能闻到他身上的气味。”

“为什么不扔掉呢？”

“我总是希望不必这么做。我幻想着有一天我打开储藏室的门，它就自己消失得无影无踪了。”

“我听见你的声音了。”查尔斯说道。他在厨房门口站了多久？我根本没有注意到他。他的头发湿漉漉的，身上只披着一件浴袍，声音还是那种我熟悉的被烈酒浸透了的粗哑声音。“我还以为你在班上呢。”

“小班。朱利安早早就把我们放了。你感觉如何？”

“棒极了，”查尔斯说，大步走进厨房，湿答答的双脚在闪亮的橙红色油毡上印下脚印，但脚印瞬间就被蒸发无踪。他走到她身后，双手扶住她的肩膀，然后低垂着头，嘴唇几乎要碰到她的后脖颈。“不想给你这个刚刚被从监狱放出来的哥哥一个吻吗？”他柔声问道。

她半转着身子，似乎要吻他的脸颊，可是他腾出一只手来，托住她的脸，将自己的嘴唇完整地印在她的双唇上——这绝对不是兄妹之间的吻，我绝对不会弄错，这是一个冗长、舒缓、贪婪的吻，狂乱而且挑逗。他的浴袍微微敞开，左手情不自禁地从她的下巴滑到脖子、锁骨和前胸，指尖悄然伸进她那件圆点衬衣的领口，由于感受到肌肤的温润而微微颤抖。

我目瞪口呆。卡米拉却连眼皮都没眨一下，动都没有动。查尔斯停下来喘气时，她只不过把自己的椅子往桌子的方向挪了挪，去拿桌上的糖罐，好像啥事儿都没有发生过一样。勺子碰在瓷器上，发出清脆的响声。空气中弥漫着查尔斯发出的浓重气味——潮湿的酒精味，还有剃须膏发出的恬美的椴树花香。她举起杯子，喝了一小口。就在这时，我突然记起来：卡米拉喝咖啡不喜欢放糖。她只加奶，从不加糖。

我又一次目瞪口呆。我觉得自己该说些什么——什么都行——可就是想不出该说什么才好。

最后，打破沉默的人是查尔斯。"我快饿死了，"他说，把浴袍带子上的结重新打好，朝冰箱晃荡过去。那扇白色的门吱呀一声打开了。他凑近看了看，在冷冰冰的灯光下，他的脸显得神采飞扬。

"我想做个炒鸡蛋，"他说道，"有人想吃吗？"

那天下午，我回宿舍去洗了澡，小睡了一会儿之后，来到弗朗西斯家。

"进来，进来，"他非常热切地朝我挥手。他的希腊语课本摊开放在桌子上，塞得满满的烟灰缸里有一支燃烧着的烟。"昨晚到底发生了什么事？查尔斯被捕了吗？亨利一点都不愿意告诉我。我听卡米拉说了一点点，但是她也不太了解具体细节……请坐。你想喝点儿什么？我帮你拿。"

给弗朗西斯讲故事总是很令我开心。他会前倾身子，专注地听着每一个词，而且会在恰当的时候表现出惊讶、同情与沮丧。等我讲完，他又会问我一大堆问题。通常，我非常欣赏他这种全神贯注听故事的状态，总把故事尽量拉长。可是今天，在故事总算可以体面地告一个段落之后，我说道："我想问你点事儿。"

他又点燃一支烟。他听到这话，啪地合上打火机，眉头一沉，问道："什么事儿？"

我想了好几种提出问题的方式，可是，为了让事情变得简单明了，最好还是直奔主题。于是我问道："查尔斯和卡米拉上过床吗？"

他刚好吸进一大口烟。他听到我的问题，烟雾突然从鼻子里喷射出来。

"你说呢？"

他在咳嗽。“你怎么会问这个问题?”他总算问道。

我把自己今天早上看到的事情告诉他。他耐心地听着，眼睛被烟雾呛得通红，几乎要流下泪来。

“这个没什么，”他说，“也许他的酒还没醒呢。”

“你还没回答我的问题呢。”

他把燃着的香烟放进烟灰缸里。“好吧，”他眯缝着眼，说道，“你如果想知道我的观点，答案是肯定的。我认为，他们有时候会睡在一起。”

长久的沉默。弗朗西斯闭上双眼，用拇指和食指使劲揉着眼眶。

“我觉得这事儿不一定经常发生，”他说，“但是谁知道呢？邦尼经常提到，他有一次撞见他们俩在那个。”

我盯着他。

“他告诉了亨利，没告诉我。我不了解具体情况。他显然有他们家的钥匙，你还记得他以前总是连门都不敲就闯进别人的地方吧——得了，”他说，“你肯定觉察到了吧。”

“不，”我说，其实我早就有所察觉了，在第一次看到他们时就想到了这一点。我把这归因于我思想堕落与反常，或是我自己欲望的一种折射——因为他是她的哥哥，而且他们看起来是那么相像；再说，一想到他们两个在一起，我除了羡慕、踌躇不安和惊讶，还感到一种深刻的刺激。

弗朗西斯正专注地注视着我。突然，我意识到，他知道我正在想些什么。

“他们非常嫉妒对方，”他说，“查尔斯的程度更甚。我总觉得这种事情非常孩子气，但也非常好玩，你知道的，全是口头上的唇枪舌剑，以前朱利安老拿这个跟他们开玩笑呢——我是说，我是家中的独子，亨利也是，我们对这种兄妹之情又知道些什么呢？我们以前经常聊起要是有个姐妹该多好啊。”他咯咯地笑了，“这种关系好像很能让人开心，我们没想到它会那么好玩，”他说，“我不觉得这事儿有多可怕——从道德的角度来看，确实很可怕——而且这种关系也不像普通人的关系那么轻松而惬意。这种关系更糟糕，也更恶心。去年秋天，那个农夫……”

他的声音越来越小，后来我听不到了。然后，他坐在那儿抽了一会儿烟，脸上出现一丝厌烦和不易察觉的愤怒。

“后来呢？”我问，“发生了什么事儿？”

“具体的事？”他耸耸肩，“我也没法告诉你。那天晚上发生的事情，我记得的不太多，不过事态的进展还是挺明朗的……”他停顿一下，想接着说下去，后来又觉得还是不说为好，于是摇了摇头。“我是说，那天晚上之后，大家全都知道了，”他说，“不是说以前就没有过。只是，在那之后，查尔斯比我们想象得更糟糕。我……”

他望着星空，发了一会儿呆。后来，他摇摇头，又拿一支烟。

“我说不清楚，”他说，“其实这件事情极其简单。他们一直非常喜爱对方。我不是个故作正经的人，可他们之间的嫉妒让我惊讶。我得为卡米拉说句话，她在这件事上更理性。她也许不得不这样。”

“哪件事情？”

“查尔斯随便跟人上床这件事。”

“他跟谁上过床？”

他拿起杯子，喝了一大口。“比如我，”他说，“你不会感到奇怪吧？你如果像他那样喝那么多酒，我只怕也会跟你上床的。”

他用的是调侃的语气——他这样通常会把我惹毛的——但是我听出来他的声音里隐含着一股淡淡的哀伤。他喝干剩下的威士忌，然后便砰的一声把酒杯顿在茶几上。他顿了一会儿后说道：“这不经常发生。大概有三四次吧。第一次是我上大二他上大一时。我们深夜待在我房间里喝酒，事情就那么一件一件地发生了。那个雨夜我们玩得开心极了。你肯定还记得，第二天你和我一起吃了早餐，”他神情凄惨地笑了，“还记得邦尼死去的那个晚上吗？”他说，“当时我待在你的房间里，查尔斯就在那个不幸的时候闯进来打断了我们。”

我知道他准备告诉我什么。“你是和他一起离开我的房间的。”我说。

“是的。他醉得很厉害，已经到了危险的地步。这对他来说是件好事。第二天，他能轻而易举地装出一副什么都不记得的样子。查尔斯每次在我这里过夜，就特别容易得这种健忘症。”他用眼角瞅了瞅我。“他轻易就否定了整件事情，但他又希望我能够跟他一直这么玩下去，你知道的，让我也假装这种事情从来都没有发生过，”他说，“我觉得他这么做完全不是出于愧疚。其实，他是故意这么假装轻松，这也正是让我恼火的地方。”

我问道：“你挺喜欢他的，是吗？”

我不知道自己为什么要这么说。但弗朗西斯连眼睛都没眨一下。“我不知道，”他冷漠地答道，伸出细长的被尼古丁熏黄的手指去拿烟，“我也许是挺喜欢他的。我们是老朋友了。当然，我也不想说我们的关系仅此而已，那是自欺欺人。我们确实一起度过了很多开心的日子，比你跟卡米拉在一起的时间多得多，也开心得多。”

用邦尼的话来说，他的话就像一把尖刀插进我的心脏。我惊呆了，根本不知道该如何反驳他。

弗朗西斯对自己刚才的话非常满意，也认为我还挺得住。他慵懒地向后靠在椅子里，在阳光中，他的发梢泛着金属般的红光。他说道：“这很不幸，但事实确实如此。也许，真实的情况是，他们除了自己，谁都不在乎。他们喜欢站在同一战线上，但我不知道他们对对方真正的关心有多少。他们最喜欢做的事情是引诱他人——对，她确实在引诱你，”就在我要插嘴辩解时，他说道，“我亲眼看见她这么做。她也对亨利这样。亨利曾经为她发狂，这点你知道；据我所知，他现在还是如此。至于查尔斯嘛——他本性就喜欢围着姑娘们转。他要是喝醉了，找我也行。但是我每次决心要跟他一刀两断时，他就会变得非常温柔和甜蜜。我总是抵挡不住，也不知道为什么。”他沉吟了一会儿。“要知道，我们家的人没有长得特别漂亮的，清一色的大骨节、高颧骨和鹰钩鼻，”他说，“也许，正是因为如此，我才喜欢以貌取人，总是把外表美和一些根本无关的品质联系在一起。美丽的嘴唇，忧郁的眼神，都会对我产生强大的吸引力，让我不能自已，偷偷地喜欢上。所以，不要介意一个人的身旁总是围着五六个追求他的蠢货，这不过是因为他们都受到了这样一双眼睛的迷惑。”他抬起身，使劲地摁灭香烟。“卡米拉如果可以，肯定会跟他一样放荡；可是查尔斯的占有欲太强，总是对她管得很紧。你能想象到情况有多糟糕吗？他像个老鹰一样守着她。而且查尔斯还很穷——这个倒关系不大，”他好像突然发现是在跟我说话，急忙补充道，“但是他自己对这个很在意。你知道，他为自己的出身感到非常骄傲，也知道自己是个酒鬼。罗马文化对他产生了影响，但他把这些都归功于他妹妹。邦尼呢，根本就不想搭理卡米拉，连看都懒得看她一眼。他总是说，卡米拉不是他喜欢的那种类型，但我想，这家伙肯定知道卡米拉不是省油的灯。我的上帝……我记得，有一次，很久以前，我们在贝宁顿的一家古怪的中餐馆吃晚饭。餐馆的名字叫做'龙虾宝塔'，现在已经关张了。里面挂着红色的珠帘，摆着一个佛龛，还有一个人工瀑布。我们喝了好多酒，每一杯饮品上都插着那种小伞。查尔斯醉得人事不省——这不能怪他，真的，我们都喝醉了，那种地方卖的鸡尾酒，度数总是很高；再说，你也搞不清楚他们到底在里面放了些什么，对不对？餐馆外面有一座人行天桥直通停车场，下面是一道护城河，河里养着鸭子和金鱼。不知怎么的，我和卡米拉跟大家走散了，于是我们就在那里等着，玩算命游戏。她的扑克牌'期待梦中情人的温柔一吻'，这个理由再好不过了，于是我——我们当时都喝醉了，有点情不自禁——结果查尔斯不知道从哪里冒了出来，狠狠地一把揪住我的脖子，恨不得要把我扔到河里去。邦尼也出现了，他把查尔斯拉开，可查尔斯竟然还狡辩说他不过是想开个玩笑——可他绝不是在开玩笑，他弄伤了我，把我的双手扭到背后，我的胳膊快扭脱臼了。我不知道亨利当时在哪儿，说不定正在对着月亮背诵什么唐诗呢。"

他说的这些话让我忘了来找他的目的，但他一提到亨利的名字，我又想起那天早上查尔斯说的关于联邦调查局的事情，以及我想问的与亨利有关的一个问题。我正犹豫着要不要问他时，弗朗西斯突然打断我的沉思，像宣布什么坏消息似的说道："跟你说，我今天去看大夫了。"

我等着他接着说下去，但他没有再开口。

"为什么？"我忍不住问道。

"老毛病。头晕、胸闷。我经常半夜醒来，喘不上气。上周我也去了医院，让他们做了几个检查，结果没查出什么毛病。他们让我去找这个家伙。一个神经科大夫。"

"然后呢？"

他不安地在椅子里动了动。"他什么问题也没发现。这些乡下大夫都不过是些庸医。朱利安向我推荐了纽约的一个大夫；据说，就是这个医生治好了那位伊斯拉姆国王的病，就是那种血液病。所有的报纸上都报道了。朱利安说，他是这个国家最棒的诊断专家，也是全世界最棒的大夫之一。他的预约表已经排到两年之后了，但是朱利安如果亲自给他打个电话，说不定能约上。"

他又伸手去拿烟，烟灰缸里有一支燃着的烟，他根本没抽那支烟一口。

"你抽烟这么凶，"我说，"难怪会喘不过气来。"

"跟抽烟没关系，"他有些恼火，不耐烦地在手背上敲着烟，"是那些愚蠢的佛蒙特人告诉你的吧？别抽烟，别酗酒，别喝咖啡。我大半辈子都在抽烟呢。你以为我不知道这对健康有害吗？但是，人不是因为抽烟或者喝点小酒得上该死的心绞痛的。再说，我还有很多其他症状。心悸、耳鸣等。"

"抽烟确实能对你的身体带来忒不好的影响。"

弗朗西斯有个习惯，只要我说用在他看来非常加州式的表达方式，他总要抓住机会嘲笑我一番。"忒不好？"他模仿我的口音，语调乡里乡气，空洞而平缓，不怀好意，"整（真）的？"

我看着他没精打采地瘫软在椅子里：圆点领带，窄小的巴利牌皮鞋，狐狸一样的尖脸。他的笑容狡黠，露出满口牙齿。我对他厌烦透了。我站起来。房间里烟雾缭绕，我的眼泪快被熏出来了。"是啊，"我说，"我得走了。"

弗朗西斯脸上那副卑鄙的表情消失了。"你生气了，对不对？"他急切地问道。

"没有。"

"不，你确实生气了。"

"不，我没有。"我回答。他突然惊慌失措地求和，竟然比他刚才羞辱我时更让我光火。

"我很抱歉。别听我瞎说。我喝醉了，我有病，我不是故意的。"

突然之间，我仿佛看到弗朗西斯年老之后的情景——二十年后，五十多岁的他，待在轮椅里。我仿佛也看到了自己——我也变老了，和他一起坐在一个烟雾缭绕的房间里。房间里只有我们两个人，我们上千次地重复刚才的这番对话。我一度挺喜欢这个想法，至少我们不会断了联系；我们不是普通朋友，而是至死不渝的生死之交。在邦尼死后的那段艰难的日子里，这种想法是我唯一的安慰。现在这个想法让我感到恶心，因为我忽然觉得自己无路可逃。我已经永永远远跟他们绑在了一起，我们成了一条绳子上的蚂蚱，再也分不开了。

我走在从弗朗西斯家回去的路上，低垂着头，沉浸在一种无法言明的焦虑和抑郁中。我听见朱利安叫我的名字。

我转过身。他刚刚从吕克昂出来。我一看见他那张令人发笑的、和善的脸庞——那张脸那么仁慈、和蔼可亲，看见我又显得那么高兴——内心深处仿佛有什么东西刺痛了一下。

“理查德，”他又叫了我一声，好像他在这个世界上最想见到的人就是我。“你还好吗？”

“还好。”

“我准备到北汉普顿去。想跟我一起走着去吗？”

我看着那张无辜而兴奋的脸，想道：他要是知道了，肯定会被气死。

“朱利安，我很乐意，谢谢，”我说，“但是我得回去了。”

他仔细地注视着我，眼神中透露出来的那种关切让我恨死了自己。

“理查德，我现在很少见到你了，”他说，“我觉得你好像变成我生命中的一个影子了。”

从他身上散发出来的那种仁慈、精神上的平静那么清晰和真实，我在恍惚中感到萦绕心头的阴影不见了。这种如释重负的感觉让我差点哭出来；但是，我再次看着他的时候，感觉到邪恶的重压卷土重来了。“你确信自己能行吗？”

他永远都不会知道的。我们绝不能告诉他。

“噢，当然，”我回答，“我很好。”

关于邦尼的这场风波已经渐渐平息，学校却再也没能恢复往日的神采，在全校范围内开展的“警网擒凶”扫毒活动也无济于事。以前，你在从腊斯克勒尔回家的路上，会偶尔看见老师站在德宾斯托尔的地下室外那光秃秃的路灯下——比如马克思主义经济学家阿尼·维恩斯特恩（一九六九毕业于伯克利），或者那位讲授斯坦恩和笛福作品、形容枯槁且满头乱发的英国教授。可是现在，这样的夜晚再也不会有了。

这样的时光已经一去不返。我看着那些神情严肃的警卫拆除了地下的实验室，拖出一箱箱烧杯和铜管，德宾斯托尔的头号药剂师——一个个子矮小、满脸粉刺的来自阿克伦的名叫卡尔·克拉肯的男孩——站在一旁，痛哭流涕，仍然穿着标志性的高帮运动鞋和实验室工作服。那位二十年如一日一直讲授"声音与视角：卡洛斯·卡斯坦内达的思想"（这门课的一大特色就是，课程结束时，有一个强制性的抽大麻点营火仪式）的人类学教授突然宣布他要去墨西哥休假一年。阿尼·维恩斯特恩则经常去光顾城里的酒吧，尝试着跟那些充满敌意的店员讨论马克思主义。那位头发凌乱的英国人则恢复他最初的爱好，去追求那些比他至少年轻二十岁的小姑娘。

作为"加强禁毒意识"政策的一部分，汉普顿在全校范围内开展一次电视知识竞赛，来考查学生对于酒精与毒品的认识。竞赛的问题由酒精与滥用药物国家委员会编写开发。节目由当地电视名人（丽兹·奥卡维诺）主持，在第十二频道进行现场直播。

出乎大家的意料，这个智力竞赛节目竟然大受欢迎，大大超出投资方的预期。汉普顿派出一支顶尖队伍——而且，就跟电影里面的突击队一样，完全由亡命之徒组成，都是那些要钱没有、要命一条的人。这帮人竟然在竞赛中所向披靡、战无不胜。这是一个全明星组合：克鲁克·雷本，布拉姆·格恩西，杰克·泰特尔鲍姆，劳拉·斯朵拉，卡尔·克拉肯当仁不让地担任队长。卡尔希望参加这个活动有助于他下学期复学；克鲁克、布拉姆和罗拉参加是为了完成必需的社区服务时间；杰克参加只是为了好玩。他们的智慧联合起来不容小看。他们代表汉普顿大学，一路过关斩将，打败威廉斯、瓦萨、萨拉·劳伦斯，回答起问题来真是又快又准。问题包括：请列举出五种氯丙嗪类毒品，五氯酚对人体的作用是什么？

学校的毒品交易大受冲击，但克鲁克依然辛勤地忙碌着，只不过比以前要小心得多，这也在情理之中。一个星期四晚上，我在去参加派对之前来到朱迪家，想找她要点阿司匹林。结果，她家的房门紧锁着，有人在门后神秘地盘问了我几句才打开门。原来是克鲁克在里面，他把百叶窗全都放下来，正用朱迪的镜子和称量药品的天平忙活着。

“嗨，”他打了个招呼，放我进去，随后又迅速合上房门。“今晚能为你做点儿什么？”

“呃，不用了，谢谢，”我说，“我是来找朱迪的。她人呢？”

“噢，”他听到这话，便又埋头做起自己的事情来，“她在服装店里呢。我还以为是她派你过来的。我喜欢朱迪，可是她给自己揽的活儿实在太多了，什么事情都想插手，这可不太酷啊。不酷。”他小心翼翼地将称量好的一点毒品倒到一张叠好的纸片上。“一点也不酷。”他的手在颤抖，显然已经抽了不少。“可惜我不得不把自己的天平给丢掉，但你知道的，我要是不干这个，你说我还能他妈的干啥啊？去养老院待着吗？朱迪一天到晚都在到处跑，到处跟人揭我的老底儿，跟人说‘姑奶奶来了，姑奶奶来了’，还好，没人知道她这话是什么意思，可是，”他朝身旁的那本书点了点头，让我看——那是詹森的一本《艺术史》，已经快被裁成一堆破纸条。“她叫我用小纸包分装。非要我用这种纸叠出漂亮的纸包，上帝，然后客户一打开纸包，就能看到里面是一幅丁托列托的作品。我要是不小心把纸切坏了，让纸片上只有丘比特的半边屁股，或者图片不在纸的正中央，她就会生气。对了，卡米拉怎样了？”他抬起头，问道。

“还好。”我答道。我不想谈卡米拉，也不想谈任何跟希腊语或者那个希腊语班有关的事情。

“她觉得那个新地方怎么样？”克鲁克问。

“什么？”

他大笑起来。“你还不知道吗？”他说，“她搬家了。”

“什么？搬到哪儿去了？”

“不知道。也许就在那条街上。那天我顺道去双胞胎家——把那个刀片给我，谢谢——昨天我去看他们，碰巧亨利在那儿帮她收拾东西。”他现在已经不用天平称重了，而是把称好重量的毒品放在镜子上，用刀片切成一个个小条。“查尔斯要去波士顿过暑假，她待在这儿。她说不想一个人待在家里，可是把房子转租出去又太麻烦了。看起来，今年在这里过暑假的人还不少。”他把镜子和一个用二十美元卷成的纸筒递给我。“我和布拉姆现在正在找地方住呢。”

“这个很不错。”大概半分钟后，第一拨快感敲击着我的神经时，我说道。

“是啊，简直棒极了，对不对？尤其是在尝过劳拉做的那个烂玩意儿之后。联邦调查局的人把她的货拿去做了分析，说里面含有百分之八十的滑石粉什么的。”他擦了擦鼻子。“顺便问一句，他们找你谈了话吗？”

“联邦调查局吗？没有。”

“奇怪啊。他们应该跟所有人都灌输那个什么救生艇的故事的啊。”

“你在说什么啊？”

“上帝。他们说的都是些稀奇古怪的话。他们说肯定有个阴谋。他们说我、亨利和查尔斯跟那件事肯定有牵连。他们说我们几个都碰到了麻烦，而那艘救生艇只坐得下一个人，只有一个人能幸免于难。那个人只能是第一个跟警方开口的人。”他又抽了抽鼻子，还用手揉了揉。“从某种程度上说，我爸爸请了律师之后，事情变得更糟了。‘你如果无罪，为什么要请律师’，就是这种屁话。问题是，他妈的律师也搞不懂他们到底要我承认什么。他们不停地跟我说，我的朋友——查尔斯和亨利——已经交代了关于我的很多事情。还说什么他们才是有罪的，而我如果现在还不交代，可能会成为别人的替罪羊。”

我的心扑通扑通跳得很快，这不仅仅是因为可卡因。“交代？”我问道，“交代什么？”

“查我啊。我的律师叫我别担心，说他们说的全是鬼话。我问了查尔斯，他说他们跟他说的也是同样的话。我的意思是——我知道你喜欢亨利，但是我觉得这事儿已经把他弄得有点儿精神错乱了。”

“什么？”

“嗯，我是说，他的品行实在太端正了，连在图书馆借书都没有超期不还的记录，而该死的联邦调查局突然冒出来，对他进行全面调查。我不知道他到底跟他们说了些什么，但是他肯定不想把矛头指向自己。”

“那会指向谁呢？”

“比如我，”他伸手去拿烟，“还有，我不想这么说，但是他肯定也供出了你的名字。”

“我？”

“哥们，我从来没跟他们提你的名字。我跟你都不大认识。可是他们不知道从哪里知道了你。绝对不是我说的。”

“你是说他们真的提到了我的名字？”我惊得过了很久才问道。

“也许是玛丽恩跟他们说的，我不知道。天知道是怎么回事儿，他们的名单中有布拉姆、罗拉，甚至还有贾德·麦肯那……你的名字只出现了一两次，在后面。别问我为什么，但是我觉得联邦调查局的那帮家伙肯定去找过你了。我猜应该是在邦尼的尸体被发现的前一天晚上。他们本来打算再找查尔斯谈话的，这个我知道，但是亨利打来电话，跟他暗示说联邦调查局的人正在路上。当时，我就住在双胞胎家里。当然，我不想碰到他们，于是就去布拉姆那里了，至于查尔斯，肯定是去了城里的某个酒吧，在那里喝个烂醉。”

我的心脏跳动得更加猛烈，就好像有个红气球就要在我的胸腔里爆炸了。亨利是不是感到害怕了，想把联邦调查局的人引过来找我？这根本说不通。在我看来，他如果要栽赃给我，他自己不可能不被牵涉进去。但是，我转念又想到，(别胡思乱想了，我告诉自己，不能再这么想下去了)，说不定那天晚上，查尔斯在去酒吧的路上顺便过来找我，并不是个巧合。也许他已经察觉到亨利的动机，在亨利不知情的情况下，过来成功地将我从危险中解救了出来。

“老兄，好像很想喝一两杯。”克鲁克说道。

“是啊。”我回答。我已经默默坐了好久。“是啊，也许得来一杯。”

“今晚去‘村民酒吧’喝一杯，怎么样？‘饥渴的周四’也行，酒价打对折。”

“你去吗？”

“大家都去。妈的！你是说以前从来都没有去过那个酒吧吗？”

于是，我跟克鲁克、朱迪、布拉姆、苏菲·迪尔伯德，苏菲的一些朋友，还有很多我都不认识的人一起来到“饥渴的周四”酒吧。我不知道自己是什么时候回家的，第二天晚上六点，苏菲过来敲门时我才醒过来。我的肚子疼得厉害，头痛欲裂，但我还是披上袍子，开门让她进来。她刚刚上完制陶课，穿着一件T恤和一条褪色的牛仔裤。她给我带了从小吃店里买来的一个面包圈。

“你还好吗？”她问道。

“还行。”我说，其实我抓住椅背才能站直。

“你昨天晚上真的喝多了。”

“我知道。”我说。我从床上起来后觉得状态更差了，眼前开始冒金星了。

“我挺担心你的，所以觉得最好过来看看你。”她笑了起来。“大家一整天都没看见你了。有人跟我说看见保卫处降半旗，我还以为你死了。”

我坐在床上，一边大口喘着粗气，一边盯着她看。她的脸在我面前晃动着，让我恍惚记起几个含混不清的片断——那是在酒吧里吗？我问自己。确实是在酒吧，我喝着爱尔兰威士忌，跟布拉姆玩着弹球游戏，还看见过苏菲的脸。在俗丽的霓虹灯的照射下，她的脸发着蓝光。我还抽了点儿可卡因，有人把毒品放在CD盒上，用学生卡分成一段一段来吸食。后来，我们又坐着某人的大卡车去兜风，记得公路上有一个写着“海湾”的标牌。我们是不是还到谁家里去了？昨天晚上的其他部分就是一片漆黑了。不对，我好像还在恍惚中跟苏菲还进行了一次长久而真诚的谈话。我们待在厨房里，站在一个装满冰块的水槽旁，厨房里好像还摆着几瓶美斯特·布劳牌啤酒，还挂着一幅由纽约现代艺术博物馆印制的杰纳西风光的挂历。我是不是肯定没有——想到这里，我突然感到一阵揪心的害怕——肯定没有跟他们说什么关于邦尼的事情？肯定没有吗？我狂乱地在记忆中搜索着昨夜的片断。肯定没有。否则苏菲现在不会来这里，用这种眼神看着我，也不会给我带面包圈了。面包圈被放在纸盘上，那气味（洋葱味）让我作呕。

“我是怎么回来的？”我抬头看着她，问道。

“你不记得了吗？”

“不记得了。”我感到太阳穴处的血管快要爆裂了。

“你当时喝醉了。我们在杰克·泰特尔鲍姆家打电话叫了一辆出租车。”

“然后我们去了哪儿？”

“这儿。”

我们上床了吗？她的表情很平静，看不出一丝异样。我们如果睡了，我不会感到抱歉的——我喜欢苏菲，她对我也有好感；再说，她是汉普顿大学最漂亮的姑娘之一——可是，你会非常想弄清楚这种事情。我正在想着该如何巧妙地问她时，有人敲门。敲门声像枪炮声一样密集，我的脑袋被震得嗡嗡作响。

“请进。”苏菲说道。

弗朗西斯从门口探进头来。“好啊，看看啊。”他说。他也喜欢苏菲。“还是跟上次坐车旅行时一样的人，可是没人告诉我。”

苏菲站起来。“弗朗西斯！你好！最近怎么样？”

“很好，谢谢。葬礼之后，我还是第一次跟你说话呢。”

“我知道，我那天还想起你呢。你还好吗？”

我又躺回床上，肚子里面翻江倒海一样难受。他们两个人谈兴正浓。我希望这两个人都马上消失。

“好啊好啊，”在长长的寒暄之后，弗朗西斯的目光越过苏菲的肩膀，看着我，问道，“我们的小病人怎么了？”

“喝得太多了。”

他走到床边来。他走近时，神态似乎有些恼怒。“好啊，希望你已经吸取了教训，”他语调轻快地说道，然后又用希腊语说，“朋友，有重要消息。”

我的心往下一沉。我把事情搞砸了。我不小心说多了，说了不该说的话。“我干了些什么？”我问。

我是用英语问的。弗朗西斯也许很意外，但没有表现出来。“我一点都不知道，”他说，“你想喝茶还是喝别的？”

我尽力揣摩他说的话。我的头一阵阵发胀，我根本无法集中注意力。一阵恶心像一股绿色的巨浪猛然袭来，扩散到胸部，在那里下沉并重新生成。我心中充满绝望。我害怕地想道，我如果静静地躺着，独自思考一番，一切是否会变得好起来。

“不要，”我最后说道，“求你了。”

“求我什么？”

那阵恶心又泛上来。我翻了个身，发出一声长长的哀鸣。

苏菲领会我的意思。“来吧，”她对弗朗西斯说，“我们走吧。我们应该让他再睡会儿。”

我陷入一种痛苦的半梦半醒状态，几个小时之后，门上的一阵轻轻的敲门声将我唤醒。房间里已经黑下来。门打开一条缝，一股光亮从走廊里射进来。弗朗西斯溜进来，随手关上门。

他打开我的桌上那盏昏暗的台灯，把椅子拉到床边，坐在椅子上。“很抱歉，但我必须跟你谈谈，”他说，“发生了一件很奇怪的事。”

本来我已经忘却先前的恐慌——现在它似乎又气急败坏地回来了。“什么事？”

“卡米拉搬家了。她从公寓里搬出来了。她的一切东西都消失了。查尔斯现在在家里，恨不能把自己给灌死。他说，卡米拉现在住在阿尔伯马力酒店。你相信吗？阿尔伯马力酒店？”

我揉了揉眼睛，想整理一下思路。“这个我知道。”我最后说。

“你知道？”他惊讶极了，“谁告诉你的？”

“应该是克鲁克。”

“克鲁克？什么时候？”

我根据记忆，跟他解释了一遍。“我把这事儿给忘了。”我说。

“忘了？你怎么能把这样的事情都给忘了呢？”

我坐正一点，脑袋又感受到一股新的疼痛。“这件事很重要吗？”我有些恼怒地问道，“她如果想走，我不会怪她。查尔斯应该坚强起来。就这么回事儿。”

“可是她住的可是阿尔伯马力酒店啊，”弗朗西斯说，“你知不知道这家酒店有多贵？”

“我当然知道了。”我气呼呼地回答。阿尔伯马力是城里最高级的酒店，总统和明星都曾经下榻在那里。“那又怎么样？”

弗朗西斯双手捧着头。“理查德，”他说，“你真笨。你的脑子肯定进水了。”

“我不知道你在说什么。”

“你想想，一个晚上二百美元的房价，你觉得双胞胎负担得起吗？你知道是谁在负担酒店的房费吗？”

我瞪着他。

“亨利，就是他，”弗朗西斯说，“他趁查尔斯不在，过去帮卡米拉搬了家，锅碗瓢盆，一件都没落下。查尔斯回去的时候，发现她的东西全都不见了。你能想得到吗？他没法儿跟卡米拉联系，她是用另一个名字在酒店登记的。亨利什么都不愿意告诉他。亨利也什么都不愿意告诉我。查尔斯彻底抓狂了。他让我给亨利打电话，看能不能从他口里套出点什么来，我当然什么也套不出来，亨利就跟一堵墙一样，滴水不漏。”

“搬个家有什么了不起？他们为什么要搞得这么神秘？”

“不知道。我不知道卡米拉是怎么想的，但我觉得亨利是在犯傻。”

“也许卡米拉有她自己的理由。”

“卡米拉不是能干出这种事的人，”弗朗西斯有些恼火，“而我了解亨利。他会做这种事，这是他一贯的风格。可是，他即使有正当理由，也不该用这种错误的方式。特别是现在。查尔斯现在的状态很糟糕。亨利应该知道，发生了那天晚上的事情之后，他最不应该再给查尔斯雪上加霜。”

我惴惴不安地想起我和查尔斯那天从警察局回来的情景。“你看，我有点事情要告诉你。”我说，把查尔斯从警局回来的路上情感大爆发的事情告诉了他。

“噢，他早就生亨利的气了，”弗朗西斯简洁地说道，“他也跟我说过同样的话。他的大概意思是，亨利把所有的事情都推到他身上。但是，他还想怎么样呢？你好好想想，我看亨利没有给他那么大的负担。这不是他生气的真正原因。真正原因是卡米拉。你想知道我的理论吗？”

“是什么？”

“我觉得卡米拉和亨利已经偷偷好了好长一段时间。我看，查尔斯肯定也有所怀疑，但一直没法证实这件事。后来，他发现了蛛丝马迹。不过，我也不知道他是怎么发现的，”他抬起手，示意我不要插嘴，“但是这不难想象。我认为，他是在我们住在柯克兰家时发现的。他应该是听到或者看到了什么，而且肯定是在我们到达之前就发现了。他们跟克鲁克一起去康涅狄格的前一天晚上，一切都还好好的，可你也看到了，我们到那儿时查尔斯是什么样的状态。我们离开的时候，他跟卡米拉基本不说话了。”

我跟弗朗西斯说了克鲁克那天在楼上的走廊里跟我说的那番话。

“如果连克鲁克都发现了，那只有老天才知道发生了什么事儿，”弗朗西斯说，“亨利那时候病了，也许头脑不太清醒。你知道，我们回来后的那一周，他一直待在家里，卡米拉大概经常在那儿陪他。那天，我去把那本关于迈锡尼的书送给亨利时，就看到她也在那儿。我觉得，她有可能已经在那儿过了几次夜。但是，后来亨利身体好了，卡米拉回家了。后来，有那么一阵子，一切好像都恢复了正常。还记得吗？就是你送我去医院前后那段日子。”

“这个我倒不知道。”我回答。我还跟他说了在双胞胎家看到的那个扔在壁炉里的被摔碎的玻璃杯。

“是啊，谁知道到底发生了什么事？至少，他们看起来关系好多了。亨利的精神状态也变好了。接着，双胞胎吵架了，然后那天晚上查尔斯被关进了监狱。好像没人愿意多谈这件事的具体细节，但是我敢打赌，这事儿肯定跟卡米拉有关。现在事情又变成了这样。我的上帝！查尔斯快气疯了。”

“你说他跟她上床了吗？亨利跟她？”

“亨利没跟她上床，但他现在做的事情是想让查尔斯相信，他也许那么做过了。”他站了起来。“我来之前给查尔斯打过电话，”他说，“他不在家。我猜他肯定在阿尔伯马力。我准备开车过去，看看他的车是不是停在那儿。”

“你肯定能想办法搞清楚她到底住在哪个房间吧？”

“我已经想过这个问题了。从前台那儿根本什么都问不出来。跟女服务员搭讪搭讪，也许能套出来，只是我这个人不太擅长这种事情，”他叹了口气，“我想跟卡米拉谈谈，五分钟也行。”

“你要是找到她，有可能说服她回家去吗？”

“不知道。坦白说，我如果是卡米拉，可不愿意现在跟查尔斯住在一起。但我也觉得，亨利要是不搅到双胞胎中间，一切会好多了。”

弗朗西斯走后，我又睡着了。我醒来时，已经是凌晨四点。我已经昏睡了将近二十四小时。

那年春天的夜晚相当寒冷，那个晚上尤其冷，宿舍里的取暖器已全部打开——那些蒸气取暖器已经开到最大，使得屋内的空气相当沉闷，即使把窗子打开也是如此。我的床单摸起来好像被汗水浸透了，潮乎乎的。我起了床，把头伸到窗外，呼吸几口新鲜空气。屋外的冷空气清新宜人。我穿上衣服，想到外面去走一走。

天上挂着一轮满月，皎洁的月光静静地铺洒下来。周围的一切安静极了，只听得见几声蟋蟀的鸣叫，还有风儿吹动树叶的沙沙声。在玛丽恩工作的早教中心，几架秋千在风中轻轻地前后摇摆着，呈波浪状起伏的滑梯在月光中发出银光。

毫无疑问，操场上最引人注目的东西就是那个巨大的蜗牛雕塑。这是几个艺术系学生的作品，他们是根据电影《怪医杜立德》中那个大蜗牛来创作的。这个蜗牛是粉色的，由玻璃纤维制成，几乎有八英尺高。它其实就是一个大大的空壳，孩子们可以在里面玩耍。它在月光中静静地矗立着，就像个从山上爬下来的行动迟缓的史前动物：笨重而且孤单，静静地等待时机，仿佛根本就没有理会操场上的其他事物。

蜗牛的入口只能容小朋友通过，可能有两英尺高，就在蜗牛的尾部。我向隧道里面望进去，惊讶地看到一双成人的脚，脚上穿着我似曾相识的棕色和白色相间的运动鞋。

我趴下来，把头伸进隧道里，惊讶地闻到一股浓烈而纯正的威士忌的气味。我还在黑暗中听见轻微的鼾声。显然，这个蜗牛壳就好像一个装满白兰地的酒杯，那人散发出来的酒气在这个壳里面聚集、沉淀。我只待了一会儿，就被这气味给呛得喘不过气来。

我一把抓住一个瘦骨嶙峋的膝盖。“查尔斯，”我的声音在黑暗中不停回响。“查尔斯。”

他不耐烦地翻着身子，就像发现自己正躺在十英尺深的水中。我不厌其烦地跟他解释，他确认了我就是我之后，才重重地呼出一口气，又仰面倒下去。

“理查德，”他哑着嗓子说，“感谢上帝！我还以为你是外星人呢。”

开始，壳里面显得很暗，现在我的眼睛已经适应这里，看到一股微弱的、粉色的光，那股光线其实是月光，只能让我勉强分辨出人形，光是从那半透明的壳壁外照射进来的。“你待在这儿干吗？”我问道。

他打了个喷嚏。“我很沮丧，”他说，“我想，睡在这儿也许能让我心里好过一点儿。”

“你感觉好一点了吗？”

“没有。”他又开始打喷嚏，这次一连打了五六个，然后重重地倒在地上。

我脑子里浮现出这样一幅图画：第二天早上，幼儿园的小朋友爬进来，发现了查尔斯，那不就跟《格列佛游记》中，小人国的人围在沉睡的格列佛身边的情景一样吗？负责儿童中心的那位女士是位心理学家，她的办公室就在罗兰博士办公室所在大厅的另一头——在我看来，她就像一位和蔼可亲的老奶奶。不过我也能想得出来，她如果看见一个喝得烂醉如泥的人躺在她的操场上，会有什么样的表现。“醒醒，查尔斯。”我喊道。

“别管我。”

“你不能睡在这儿。”

“我想干吗就干吗。”他骄傲地回答。

“你要不跟我回家吧？咱们喝一杯。”

“我很好。”

“哦，来吧。”

“好吧——就一杯。”

他爬出来的时候，头撞到壳壁上，而且撞得不轻。几个小时后，那些来上学的孩子肯定会喜欢这里面马爹利的气味。

我们在去蒙默斯的路上上坡时，他不得不靠在我的身上。

“就喝一杯。”他提醒我说。

我也很狼狈，费了好大劲才把他拖到楼梯那儿。我们好不容易才来到我的房间，我把他放到床上。他顺从地躺在那儿，嘴里嘟囔着什么，我去了楼下的厨房。

我说请他喝酒，完全是个诡计。我在冰箱里迅速地翻找着，结果只找到一瓶可以拧开的糖浆状犹太食品，草莓口味，从犹太教光明节起，它就在那儿了。我之前想把它偷走，便尝了一口，结果不得不马上吐出来，把瓶子放回到架子上。这已经是好几个月前的事情了。我偷偷地把瓶子夹在胳膊下，可是我回到楼上时，查尔斯已经头抵着床头睡着了，还打起了呼噜。

我轻轻地把瓶子放到桌上，拿起一本书，离开了。我来到罗兰博士的办公室，躺在沙发上看书。我脱掉外套，把它盖在腿上，一直看书，直到太阳升起来。接着，我关了灯，躺在那儿睡着了。

大概十点钟时，我醒了。那天是周六，我想到这个后有点吃惊，我已经不知道时日了。我去了食堂，喝了点茶，吃了几个煎蛋，算是吃了份比较晚的早餐——这也是我从周四以来第一次吃东西。将近中午时，我来到自己的房间，准备换身衣服，发现查尔斯还在我床上睡着。我刮了胡子，换上一件干净衬衫，拿了几本希腊语课本，又去了罗兰博士的办公室。

我想洗个澡，所以大概十一点时回了家。但是我打开房门，打开灯时，发现查尔斯竟然还在我床上躺着。他还在睡觉，但是桌上的那瓶犹太酒已经被他喝得只剩下一半。他脸色通红。我使劲地晃着他，感觉他好像在发烧。

“邦尼，”他说，突然惊醒，“他去哪儿了？”

“你做梦了。”

“可他就在这儿，”他惊慌地朝四周望了望，“待了好久，我看见他了。”

“你做梦了，查尔斯。”

“可我确实看见他了。他就在这儿，坐在床边。”

我去隔壁借了一支温度计。他的体温高达华氏一百零三度。我给了他两片泰诺和一杯水，然后便去楼下给弗朗西斯打电话。他坐在那儿，一边揉着眼睛，一边继续瞎说些什么。

弗朗西斯不在。我决定给亨利打电话。出乎我的意料，接电话的人不是亨利，而是弗朗西斯。

“弗朗西斯吗？你在那儿干什么？”我说。

“哦，你好，理查德。”弗朗西斯说。他的语调很做作，好像是做给亨利看的。

“你现在好像不太方便说话啊。”

“是的。”

“听我说，我有事儿要问你。”我跟他说了查尔斯的情况，包括在操场上的事情。“他看来病得不轻。你说我该怎么办？”

“那个蜗牛吗？”弗朗西斯说，“你发现他躺在那个大蜗牛里面？”

“是的。我该怎么办？我有点儿担心。”

弗朗西斯用手盖住话筒。我模糊听见那头有人在讨论些什么。不一会儿，亨利过来接了电话。“你好，理查德，”他说，“什么事？”

我不得不又把情况跟他解释一遍。

“你说温度有多高？华氏一百零三度吗？”

“是的。”

“那真是挺高的啊，对不对？”

我说我也是这么想的。

“你给他吃了阿司匹林吗？”

“几分钟之前让他吃了。”

“那，你要不再等等看？我想他会好起来的。”

这正是我想听到的话。

“你说得对。”我说。

“也许他是睡在外面感冒了。我保证他明天早上就会好的。”

那天晚上，我还是躺在罗兰博士办公室的沙发上度过的。我吃过早饭，回到宿舍，手里拿着几块蓝莓蛋糕和一盒半加仑的橙汁。这些东西都是我费尽心机从食堂里的自助餐处偷来的。

查尔斯醒着，但仍在发烧，神志不清。床单凌乱不堪，毯子掉到地上，被套被拉开了，露出里面脏脏的被子，他昨天晚上显然并没有睡好。他说他不饿，但最后还是喝了几小口橙汁。我还发现，剩下的那半瓶犹太酒也被他喝光了，应该是他昨天晚上喝完的。

“你感觉怎样？”我问他。

他懒洋洋地靠在枕头上。“头疼，”他睡眼惺忪地说道，“我梦见但丁了。”

“阿利盖利·但丁？”

“是的。”

“他在你的梦里干吗了？”

“我们都在柯克兰家，”他喃喃道，“但丁也在。他带来一个胖朋友，那个人穿着格子花呢衬衣，朝我们吼叫。”

我量了一下他的体温，正好一百度。稍微低了一点儿，但一大早就这么高，还是高了些。我又给了他几片阿司匹林，写下罗兰博士办公室的电话号码，让他有事给我打电话。可是，他意识到我准备离开，便失望地把头往后一仰。我正在跟他解释，周末时交换台的人会如何把打进的电话转到各个行政办公室，可是看到他那茫然而无助的眼神，我便停下来。

“我或许可以呆在这里，”我说，“如果不太打扰你的话。”

他支起胳膊，坐起来。他的双眼布满血丝，但非常明亮。“别走，”他说，“我很害怕。求你再待一会儿。”

他让我给他读书，但是我手头除了希腊语课本，什么也没有，而他也不愿意我去图书馆借。于是我们打起尤卡，我把一本字典放在他腿上当桌子用，我们玩腻这个游戏后，又开始赌大小。前几盘都是他赢，后来他就开始输了。我们玩最后一把，是他坐庄。他根本就没有把牌洗开，本来他应该能轻而易举取胜的，但是他实在心不在焉，所以一直跟牌，错过了很多叫牌的机会。我抓牌的时候，不小心碰到他的手，那只手那么干枯、灼热，我吓了一跳。房间里非常温暖，他却冷得发抖。我又给他量了体温，又升到一百零三度了。

我去楼下给弗朗西斯打电话，可是他和亨利都不在。于是，我又回到楼上。毫无疑问，查尔斯的情况糟透了。我站在门口，看着他，然后说了一句“请稍等”，便朝走廊那头朱迪的房间走去。

朱迪正躺在床上，看一部由梅尔·吉布森主演的影片，放映机是她从录像厅借来的。她一边刷指甲油，一边抽烟，还喝着健怡可乐。

“看看梅尔，”她说，“怎么能让人不喜欢他？他如果给我打电话，让我嫁给他，我肯定会毫不犹豫地答应。”

“朱迪，你要是发烧到一百零三度，会怎么办？”

“去医院啊。”她回答，眼睛没有离开电视屏幕。

我跟她说了查尔斯的情况。“他真的病了，”我说，“你说我该怎么办？”

她甩了甩涂着红色指甲油的魔爪一样的手指，眼睛依然盯着屏幕。“带他去看急诊。”

“你这么想？”

“星期天下午医生都不在。想用我的车吗？”

“那太好了。”

“钥匙在桌上，”她心不在焉地说，“再见。”

我开车带着查尔斯去了红十字会医院。他两眼放光，非常安静地直视前方，右边的脸颊紧紧地贴着冰冷的车窗玻璃。在候诊室，我坐在那儿翻看以前就看过的几本杂志，他一动不动地坐在那儿，盯着对面墙上一幅六十年代的照片出神。那张照片已经褪色，上面是一个护士，她那涂着透明指甲油的手指压在涂着无色唇膏的、略带一丝色情意味的丰满双唇上，示意人们要在医院里保持安静。

当天的值班医生是位女士。她只给查尔斯诊断了五到十分钟，就拿着他的病历从诊断室里走出来。她靠在接待台上，简短地问了几句，接待员朝我努了努嘴。

大夫走过来，坐在我旁边。她是电视里常见的那种年轻又活泼的医生，穿着夏威夷风格的衬衫和网球鞋。“你好，”她说，“我刚刚看了看你的朋友。我们大概得让他在医院里待上一阵子。”

我把手头的杂志放下。我没想到这一点。“他怎么了？”我问道。

“好像是肺炎，脱水很严重。我想给他打点滴，还得让他退烧。他会好起来的，但是必须好好休息，服用很多抗生素。所以，至少在接下来的四十八小时内，我们必须给他打点滴。你们都在汉普顿上大学吗？”

“是的。”

“他是不是压力太大了？忙着写论文什么的？”

“他学习很刻苦，”我小心翼翼地说道，“怎么了？”

“哦，没什么。他好像没有好好吃东西。胳膊和腿上出现淤血症状，这是缺乏维生素 C 的表现，他可能也缺乏维生素 B 群。告诉我，他抽烟吗？”

我忍不住笑出声来。不管我怎么求她，她还是不让我见他。她说现在要赶在化验室的人离开之前，先给他抽血，于是我便开车去了双胞胎家，拿他的一些东西。那个地方干净得让人瘆得慌。我装好睡衣裤、牙刷、剃须用具，和几本平装书（P.G. 沃德豪斯的书，可能会让他高兴起来），然后把箱子送到医院，留在接待员那儿。

第二天一大早，在我去上希腊语课之前，朱迪敲门告诉我，楼下有我的电话。我以为是弗朗西斯或者亨利打来的——前一天晚上，我找了他们好久，也可能是卡米拉打来的——结果是查尔斯打来的。

"喂，"我说，"你感觉如何？"

"哦，挺好的，"他的语气中有一丝强装出来的高兴，"这儿挺舒服的，谢谢你把箱子送过来。"

"没事儿。你睡的是那种弹簧床吗？"

"是的，没错儿。听着，我想请你帮个忙。能帮我做件事儿吗？"

"当然了。"

"我想请你帮我带两样东西过来。"他提到一本书、信纸，还有在衣帽间里挂着的浴袍。"还有，"他急忙说道，"还有一瓶威士忌。就在我床头柜的抽屉里。今天上午能帮我带过来吗？"

"我得去上课啊。"

"那好，那就下课以后吧。你大概什么时候能来这儿？"

我告诉他，我还得去找别人借车。

"这个你别担心。打车过来吧，我付钱。要知道，我真的很需要这些东西。你什么时候过来？十点半？十一点？"

"可能十一点半吧。"

"也好。听着，我说话不太方便，现在我在病友活动室里。我得在他们发现之前，赶回病房去。你一定会来的，对吧？"

"我会去的。"

"还有浴袍和信纸。"

"好的。"

“别忘了酒。”

“不会的。”

卡米拉那天早上没来上课，但是弗朗西斯和亨利来了。我进去时朱利安已经到了，于是我跟他解释，查尔斯住院了。

朱利安在碰到各种困难情形时，总表现得特别和蔼，但有时候，我隐隐地觉得，他更多是出于优雅的礼貌，而不是出自真心的怜悯。但是，听到这个消息，他似乎真的很关心。“可怜的查尔斯，”他说，“没有那么严重吧，对吗？”

“我认为不太严重。”

“可以去探视他吗？我今天下午会给他打电话的。你知道他喜欢什么东西吗？医院里的伙食实在太差了。我还记得，好多年前，在纽约，我的一个好朋友在哥伦比亚长老教会医院住院——看在上帝的分上，他居然住在该死的哈克里斯大楼——猎手饭店的厨师每天把饭菜做好了，给她送过去……”

亨利坐在桌子对面，脸上的表情令人费解。我想看看弗朗西斯的眼神，他看了我一眼，咬了咬嘴唇，很快就移开了目光。

“……还有鲜花，”朱利安说，“你从来都没有看到过那么多鲜花，我怀疑有些花肯定是她自己送给自己的，”他大笑起来。“不说了，我想，不用多问，大家都知道卡米拉今天早上去哪儿了吧。”

我看见弗朗西斯猛然睁大眼睛。我很惊讶，朱利安已经想当然地以为——不过这样想也很自然——卡米拉在医院里守着查尔斯。

朱利安眉头一沉。“怎么了？”他问道。

他看到我们都完全没有反应，笑了。

“在这种事情上，我们没有必要显得那么坚强。”他沉默了好久之后，他和颜悦色地说道。我也舒了一口气，他跟往常一样，按照自己的理解，把事情完全弄混了。“埃德蒙是你们的朋友。他去世了，我非常难过。但是我觉得，你们也过于陷入悲痛之中了，这么做不仅无法帮助他，对你们也是种伤害。再说，死亡真的是那么糟糕的事情吗？也许很糟糕，因为你们还年轻，但是又有谁能说，他现在不会比你们更幸福呢？或者——如果说死亡是去往另一个地方的旅程——你们难道不会再次见到他吗？”

他打开词典，找到上次讲到的地方。“不要对你们一无所知的事情感到害怕，”他说，“你们就跟孩子害怕黑暗一样害怕死亡。”

弗朗西斯没有开车过来，于是，课后我便让亨利开车送我去查尔斯家。弗朗西斯也跟着去了——很紧张，坐立不安，一支接一支地抽着烟，在门廊处不停地踱步。亨利站在卧室门口，看着我收拾查尔斯的东西：他一言不发、毫无表情。他的眼神空洞而深奥，目光紧紧地跟随着我，让我根本就不好开口向他打听关于卡米拉的任何消息。我决定，只要我们两人单独在一起，我一定要问他——或者，也可以问问其他任何事情。

我拿了书、信纸和浴袍。我不知道该不该拿上威士忌。

“怎么了？”亨利问。

我把酒放回去，关上抽屉。“没什么。”我说。我知道，查尔斯肯定会大发雷霆，我得找个好的理由。

亨利朝关上的抽屉点点头。“他是不是让你给他带酒？”他问。

我现在不想跟亨利讨论关于查尔斯的私事。我说：“他还让我给他带烟，但是我觉得他现在不应该抽烟。”

弗朗西斯一直在外面的门廊上踱着步，就像一只流浪猫。他听到我们的谈话，在门口停住。我看见他神情古怪地朝亨利瞥了一眼。“嗯，你说……”他吞吞吐吐地说。

亨利对我说：“他如果想要——我是指那瓶酒——我想你最好还是按他说的，把东西带给他。”

他的语气真是让我恼火。“他病了，”我说，“你们都没看见他的样子。你们如果以为，这样做是在帮他——”

“理查德，他说得对，”弗朗西斯紧张地接上话，把烟灰磕进手上的杯子里，“这个我稍微知道一点儿。你如果经常喝酒，有时候，突然之间被禁酒，是很危险的。你会生病的，还可能死掉。”

我被他的这番话惊呆了。查尔斯喝酒还没有严重到他说的那种程度。可是，我没多说什么，只是回答说："好吧，他的情况也许那么糟，但他现在是待在医院里，是不是？"

"你什么意思？"弗朗西斯问，"你难道想让他们把他关进戒酒病房吗？你知不知道待在那种地方是个什么滋味？我妈妈第一次戒酒时，快发疯了。她总是有幻觉，跟护士打架，还老是扯着嗓门破口大骂。"

"我可不愿意想象查尔斯在卡塔蒙特纪念医院接受强制戒酒的情景。"亨利说。他走到床头柜旁，拿出那瓶酒。那是个五分之一加仑的瓶子，还剩下一小半。"这个瓶子太笨重了，不太好藏起来。"他举着瓶颈，说道。

"我们可以把酒倒到别的瓶子里去。"弗朗西斯说。

"我觉得，我们倒不如去给他买一瓶。这样，酒不容易漏出来。而且，如果给他买那种扁平瓶子装的酒，他能把酒塞在枕头底下，不会被人发现。"

那天上午下着毛毛细雨，天色阴沉沉的。亨利没有跟我们一起去医院，而是让我们把他送回家——他找了个堂而皇之的借口，但我记不清是什么借口了——他快下车时，随手塞给我一张百元大钞。

"拿着，"他说，"替我向查尔斯问好。麻烦你给他买点鲜花或者别的什么礼物。"

我看着那张钞票，不知道该说什么才好。弗朗西斯一把抓过钱，要还给他。"得了吧，亨利，"他说，语气中的那股愤怒让我颇惊讶，"别这样。"

"我想让你们拿着。"

"那好。看来我们得给他买一百美元的花。"

"别忘了把花包好，"亨利冷冷地说，"剩下的钱随便你们怎么花。如果愿意，可以把钱给他。我不在乎。"

他又把钱推给我，然后"咔哒"一声关上车门。关门声里饱含着他的不屑与傲慢。车开动，我看着他那僵硬的背影慢慢地走远。

我们给查尔斯带了一瓶威士忌，是装在扁平瓶子里的顺风牌。还有一篮子水果、一盒四色小茶点、一盒中国象棋，以及一盆虎兰——我们没有去城里的花店大肆采购康乃馨，而是买了这种花。虎兰黄色的花瓣上点缀着赤褐色的虎斑花纹，装在一个红土罐里。

在去医院的路上，我问弗朗西斯这个周末是怎么过的。

“太令人沮丧了，我现在根本不想谈，”他说，“我见到卡米拉了，在亨利那儿。”

“她怎么样？”

“还好。有点心不在焉，但基本上还好。她说不想让查尔斯知道她现在在哪儿，几乎没说别的话。我挺想跟她单独谈谈，但是亨利根本不愿意离开房间一步。”他焦急不安地在口袋里摸索着，最后摸出一支烟。“说来奇怪，”他说，“我见她之前，居然有点儿紧张，你知道吗？我总担心她会出事儿。”

我什么话也没说。我也不时担心她会出事。

“我的意思是——我倒不担心亨利会杀了她，但是你知道——这太奇怪了。她就那么突然失踪，一句话也没给我们留下。我——”他摇摇头，“我不想这么说，但我有时候真的很担心亨利，”他说道，“尤其是这种事情——嗯，你明白我的意思吧？”

我没有回答。我知道他的意思，我非常明白。但是我们两个人谁都没有胆量把话说明白。

查尔斯跟人合住一间病房。他的床靠近门口，床边挂着一道布帘，布帘将他与另一个病人隔开。我们后来发现，那个病人是汉普顿市的邮差，他住院是为了准备做手术。他那边摆满FTD公司派送的鲜花，墙上还贴着不少乡里乡气的贺卡。他的床被支起来，他靠着床板，正跟几个咋咋呼呼的家人说话。房间里弥漫着食品的气味，充斥着他们哈哈大笑的声音，让病房有了热闹而舒适的气氛。更多来看望邮差的人跟在弗朗西斯和我身后走进来，走过去的时候，都好奇地偷偷瞟了查尔斯一眼。查尔斯一言不发地躺在床上，胳膊上打着点滴。查尔斯的脸有些浮肿，皮肤显得干而粗糙，就像刚刚发完疹子。他的头发也很脏，变成了深棕色。他正在看卡通片，而且还是暴力卡通，那些本该很可爱的小动物个个都像黄鼠狼一样，疯狂地互相搏斗着，不停地砸汽车。

我们进去时，他挣扎着想要坐起来。弗朗西斯把我们身后的床帘拉好，而且是当着那几个来看望邮差的好事者的面。其中两个中年妇女还想好好看看查尔斯的样子，有一个还特意走过来，透过帘子之间的缝隙，跟我们说了一声“早上好”，好像很想跟我们聊上几句。

“多萝西！路易丝！”帘子那边有人喊道，“在这儿呢！”

油毡上传来一阵急促的脚步声，然后是一阵像母鸡一样唧唧喳喳的问候声和交谈声。

“去他妈的，”查尔斯说，他的嗓子哑了，声音非常小，“老是有人来看他。他们总是想过来看看我是什么样子。”

我为了分散他的注意力，把虎兰递给了查尔斯。

“真的吗？理查德，这是你买的吗？”他好像被感动了。我本来想跟他说，这是我们大家一起买的。但我不想提亨利的名字，也还没来得及说出口，弗朗西斯便对我使了个眼色，让我把想说的话都吞进了肚子里。

我们把礼物一件件打开。我本来以为，他看到那瓶顺风威士忌，会高兴得跳起来；可是，他当着我们的面把包装拆开，只是简单地说了声谢谢，就把酒塞进床底下那个灰色的塑料抽屉里。

“你们跟我的妹妹谈了吗？”他问弗朗西斯。他的语气冷酷极了，就好像在问：你们跟我的律师谈过了吗？

“谈了。”弗朗西斯说。

“她还好吗？”

“看起来还行。”

“她对自己的所作所为有什么说法吗？”

“我不明白你的意思。”

“我希望你跟她说了，我叫让她下地狱。”

弗朗西斯没有回答。查尔斯拿起一本我带过去的书，随意翻看起来。“谢谢你们能来，”他说道，“我现在有点儿累了。”

“他看起来糟透了。”我们一上车，弗朗西斯就对我说。

“我们一定得想办法让他们俩和好，”我说，“我们得让亨利给他打电话，向他道歉。”

“如果卡米拉一直待在阿尔伯马力，你觉得亨利道歉有用吗？”

“好吧。卡米拉现在还不知道查尔斯住院的事情吧？应该让她知道。”

“我不知道她是否知道。”

雨刷咔哒咔哒地来回擦拭着挡风玻璃。一名警察穿着雨衣，站在十字路口指挥着交通，就是那个红胡子警察。他认出亨利的车，朝我们笑了笑，示意我们开过去。我们也朝他微笑，挥了挥手，一副两个小伙子兴高采烈地出来兜风的样子。我们开过两个街区后，神情肃穆地沉默着。

“我们一定得做点儿什么。”最后，我开口说道。

“我看我们最好还是不要插手。”

“我就不信，她要是知道查尔斯现在病得那么厉害，不会马上跑到医院去看他。”

“我没开玩笑，”弗朗西斯说，“我觉得咱俩最好还是不要插手。”

“为什么？”

可是，他默默地又点燃一支烟，什么也不愿意说。我不管如何盘问，都无济于事。

我回到家，发现卡米拉正坐在桌旁看书。“你好，”她抬头跟我打招呼，“你的门开着，希望你别介意。”

我好像当头挨了一棒。这太出乎我的意料了，一股无名怒火从我的胸腔中升起。外面，雨下得很大，雨水正透过纱窗落进来。我走过去，关上窗子。

“你在这儿干吗？”我问她。

“我想跟你谈谈。”

“谈什么？”

“我哥哥怎么样了？”

“你怎么不自己去看看呢？”

她把书放下。啊，真美啊，我绝望地告诉自己，我真的爱她，一看见她就控制不住浓浓的爱意。她穿着一件柔软的灰绿色羊毛衫，在羊毛衫衬托下，她那双灰色眼眸带上了一丝灰绿色的光泽。“你以为自己应该跟谁站在一边，”她说，“其实你没有必要这样。”

“我没有跟谁站在一边。我只是觉得，你现在不管想做什么，都做得不是时候。”

“那什么时候才是时候呢？”她说道，“我想请你看样东西，你看。”

她撩起太阳穴上的一缕头发。那里有一个硬币大小的疤，显然，那是有人把头发从那里连根拔起之后留下的。我看到这一幕，惊讶得说不出话来。

“还有这个，”她把衣袖卷起来。她的手腕有些肿胀，皮肤苍白，但是让我触目惊心的是上臂内侧的一处烫伤留下的小小印记：是用烟头烫的，烟头被恶狠狠地摁进肉里。

我过了好久才能开口说话。“我的上帝，卡米拉！这都是查尔斯干的？”

她把衣袖放下来。“明白我的意思了？”她说。她的声音中没有一丝感情，脸上也没有笑容，但似乎带着些警惕。

“他这么对你有多长时间了？”

她没有理会我的问题。“我了解查尔斯，”她说，“比你更了解。在这个时候，你最好离他远点儿。”

“是谁叫你住在阿尔伯马力的？”

“是亨利的主意。”

“他跟这一切有什么关系？”

她没有回答。

我的脑子里突然闪过一个可怕的念头。“这些不是他干的，对吗？”

她惊讶地抬头望着我。“不是。你怎么会这么想？”

“我怎么知道该怎去想？”

太阳突然从雨云中冒出头来，就像一面瀑布，整个房间刹那间铺满阳光。卡米拉的脸色显得红润起来。我的心中油然升起一股甜蜜。突然之间，这一切——镜子、天花板、地板——都好像处在梦境中，晃动起来，发出柔和的光芒。我感觉到一股强烈的冲动，想一把抓住卡米拉那淤伤的手腕，把她的双手扭到背后，直到她大声向我讨饶，然后我把她一把扔到床上去：掐住她的脖子，跟她做爱——其实我不知道该干吗。正在此时，云彩又遮住太阳，一切恢复如常。

“你为什么来这儿？”我问。

“因为我想见你。”

“我不知道你是否真的在乎我的想法。”我讨厌自己的声音，但是我无法控制自己，我说出来的每个字都带上了那种傲慢而受伤的语气。“我不知道你是不是真的在乎我怎么想，但是，你待在阿尔伯马力，只能让事情变得更糟。”

“那你说，我该怎么做？”

“你为什么不去跟弗朗西斯住在一起呢？”

她大笑起来。“因为查尔斯会把可怜的弗朗西斯折磨死的，”她说，“弗朗西斯是一番好意，我知道。可是让他跟查尔斯在一起，他连五分钟都受不了的。”

“你只要找他要，他肯定会给你钱，让你离开。”

“我知道他会。他曾经跟我提过。”她伸出手，从口袋里掏出一支香烟。我一怔，因为烟是幸运星牌，亨利喜欢的牌子。

“你可以拿着钱，想去哪儿就去哪儿，”我说，“你没必要告诉他你在哪儿。”

“弗朗西斯已经跟我讨论过这个了，”她停顿了一下，“问题是，我怕查尔斯，而查尔斯又怕亨利。事情就是这样。”

她语调中的那种冷冰冰让我吃惊不小。

“就是这样吗？”我说。

“你什么意思？”

“你这么做是为了保护自己？”

“他想杀死我。”她简短地回答。她直视着我，眼睛清亮，目光诚恳。

“亨利难道不怕查尔斯？”

“他为什么要怕？”

“你知道的。”

她刚刚明白过来我的意思，就马上为查尔斯辩解，转变速度之快，让我难以接受。“查尔斯绝不会那样做。”她说，用的是孩子一样的赌气语气。

“假设他确实这么做了。假设他去找过警察。”

“可是，他绝对不会。”

“你怎么知道?”

“把大家都扯进去吗？包括他自己?”

“照现在的情况来看，我猜他可能不会在乎这个。”

我说这些话就是为了惹她生气，看来达到了目的。她惊讶地大睁着双眼，看着我。“也许吧，”她说，“但是，你得记住，他现在病了。他已经不是他自己。但我相信他知道这样做的后果。”她沉默了一会儿。“我爱查尔斯，”她说，“我爱他，而且比世界上的任何人都更了解他。可是，他的压力实在太大了，喝酒也太凶。他好像变成了另外一个人。谁的话都听不进去。我怀疑他不记得自己做过什么事情。因此，我感谢上帝，他现在待在医院里。他静静休息一两天，说不定又能够正常思考问题了。”

我不知道她如果知道亨利给查尔斯送了酒，会怎么想。

“你觉得亨利真心关心查尔斯吗?”我说。

“当然。”她回答，似乎有些意外。

“也关心你?”

“肯定啊。你为什么这么问?”

“你非常信任亨利，对吗?”我说。

“他从来都没有让我失望过。”

不知什么原因，我突然非常生气。“那查尔斯呢?”我说。

“不知道。”

“他很快就要出院了。你得去看看他。你准备到时候怎么办?”

“你为什么这么生我的气，理查德?”

我看了看自己的双手。我刚才毫未察觉自己已经气愤得浑身颤抖。

“你走吧，”我说，“请你离开。”

“怎么了?”

“走吧，求你了。”

她站起来，朝我走近一步。我往后一退。“好吧，”她说，“好的。”然后她转过身离开了。

雨下了整整一天，到晚上也没停。我吃了几片安眠药，然后去看了场电影。那是一部日本影片，我不大能看得懂。电影里的角色在一些空荡荡的房间里来回踱着步，没有一个人说话。影片晦涩而沉闷，我经常只能在大段时间里听到胶片转动的声音和雨点拍打在天花板上的声音。电影院里也没什么人，除了我之外，只有一个人在后排坐着。放映机发出的光线中有许多浮尘。我出来时还在下雨，天空中没有星星，黑得跟电影院的屋顶一样。大灯箱上的霓虹灯光投射在湿漉漉的人行道上，变成一道道白色光柱。我只好又走进那扇玻璃门内等车。大堂里铺着地毯，弥漫着一股爆米花的气味。我用付费电话给查尔斯拨了个电话，可是医院的总机不替我转。接线员说，现在尽管是探视时间，但是病人都已经上床睡觉了。我在同她理论时，叫的车到了。司机一个急刹车，把车停在路边。车轮溅起一排排低低的水花，车灯把斜斜落下的雨丝照得透亮。

那天晚上我做梦了，又梦到满天繁星。冬天的时候，我经常做这样的梦，但是在那之后，这还是我第一次做这样的梦。我好像又一次站在列奥家的铁楼梯上——薄薄的楼板已经生锈，楼梯旁没有栏杆——楼梯一直在往下延伸，通往未知之地。每一级楼梯的尺寸都不一样：有的很高，有的很矮，有的只有我的鼻子那么窄。这架楼梯没有头，也没有尾。不知道为什么，我很害怕掉下去，却一直在奔跑。我一直沿着楼梯往下跑，楼梯晃得越来越厉害，后来仿佛已经不是楼梯。在我的前面——不知怎么，我觉得这是最令我害怕的部分——还有一个人也在沿着楼梯往下跑，速度也非常快……

大概四点时，我醒了，再也无法入睡。也许是因为我吃了太多从柯克兰太太那儿偷来的安眠药，现在药物终于开始起作用了。现在，我白天都要吃这种药，可是没什么效果。我起了床，坐在窗户旁。我的心脏跳动得很厉害，指尖似乎也在跟着跳动。黑色的窗玻璃上映出像幽灵一样的身影。（为什么脸色这么苍白黯淡，亲爱的爱人?）我听见风在林中呼叫，漆黑的群山仿佛在一步步向我逼近。

我希望自己能停止胡思乱想。但是，我的脑袋里充满了疑问。比如：亨利为什么要让我参与进来，而且仅仅在两个月前才告诉我（这两个月像好几年，甚至一辈子那么漫长)?我现在觉得，很明显，这是他深思熟虑后的结果。他利用我的虚荣心，给我时间，让我自己去想明白。很好，他曾经靠在椅子里这么说过；我还清楚地记得他这么说时脸上的那副表情：很好，你就像我想的那么聪明。听到他这番话，我还沾沾自喜，而其实——我现在才明白，我当时被高兴冲昏了头，居然没有发现——他牵着我的鼻子走，一路上不停地哄我、奉承我。也许——这个想法让我冒出了一身冷汗——我先前的那些偶然发现是他一手安排好的。比如说，那本字典本来就是故意放在那儿的：亨利是不是故意把它偷走？因为他知道我一定会回去找。还有，他也知道我一定会去那个被搞得乱七八糟的房间？航班号码还有其他东西都是他事先放在电话旁边的？我现在想来，觉得亨利不会犯下这样的错误。也许，他本来就想让我找到。也许，他已经看透了我——他一丝不差地看出了我令人憎恶的胆小懦弱的本能，这种本能会引导我一步一步走进他设计好的圈套。

他这样做，不仅是为了让我保持缄默。我有些厌恶地看着自己映在窗玻璃上的有点模糊的影像，心里想道，因为如果没有我，他们根本就干不了这件事。邦尼曾经来找过我，而我却直接把他交到亨利的手里。而且，我当时没有丝毫的犹豫。

“理查德，你给我们敲响了警钟，”亨利曾经说过，“我知道，他如果想告诉别人，第一个找的人肯定就是你。他既然已经出手了，我们也要准备迎接将会连续迅速发生的一系列事件了。”

连续迅速发生的一系列事件。我回想起他说最后这几个字时的那种嘲讽，甚至有些幽默的语调，不由得心里一阵发毛——哦，上帝啊，我怎么会听任他指派呢？关于事件的迅速性，他说得没错。不到二十四个小时，邦尼就死了。我本人并没有参与实际的行动——我当时觉得，这一点非常重要，可是现在，这一点显得不那么重要了。

我仍然在尽力逃避记忆中那些最黑暗的片断。我只要稍微想起，就感觉浑身像有蚂蚁在叮咬一样，很不自在。如果计划失败，亨利会不会让我承担替罪羊的角色？如果是这样，我倒真不知道他打算怎么做到，可是，他如果真想这么做，这对他而言恐怕也不是什么难事儿。够了。我知道的都是些二手信息，我知道的都是他告诉我的。可是，我如果深究下去，肯定会发现很多内幕。这些事情都已经过去，没有什么直接的威胁了，但是有谁能保证它们明年抑或二十年、五十年之后不会卷土重来？我从电视上了解到，对谋杀罪的审判是没有限期的。只要发现了新证据，就可以开庭。报纸上经常有这样的报道。

天色依然很暗。屋檐下，已经有鸟儿在“啾啾”地欢唱了。我拉开抽屉，数了数剩下的安眠药：药片外面裹着一层漂亮的糖衣，在打印纸的映衬之下，显得非常明亮。药片还有不少，足够了。（不知道柯克兰太太看到这样一幅情景之后会作何感想：从她那里偷来的药片杀死了干掉他儿子的凶手。）我将药片一股脑吞进去：可是，我眯着眼，盯着台灯时，突然感到一阵恶心，大概马上就会吐出来。现在的黑暗很可怕，但我不敢去面对另外一种永恒的黑暗——面对那个泥坑和像果冻一样肿胀的尸体。我曾在邦尼的脸上看到过黑暗的影子——他被吓傻了；整个世界仿佛颠倒了过来；在乌鸦的一阵鸣叫声中，他的生命就这么消失了；他当时仰望着的那片天空，仿佛一瞬间变成一片白色的海洋。接着，一切都消失了。只剩腐败的树桩，在凋落的树叶中爬来爬去的小爬虫，以及无尽的尘土与黑暗。

我躺在床上。我的心里仿佛在敲着一面小鼓，仍然感到一阵阵恶心和疼痛。雨水顺着玻璃窗，一股股地流淌下来。外面的草坪吸满雨水，像沼泽般泥泞。太阳升起来之后，我看见，在微弱、冰冷的黎明光线中，外面的石板路上聚满蚯蚓：它们脆弱而污秽，好几百条，无助地扭曲着身体，纠缠在刚刚被雨水冲刷过的石板上。

星期二上课时，朱利安说他已经跟查尔斯打过电话了。“你说得对，”他小声说道，“他的情况不太妙。说起话来有些语无伦次，跟喝醉了一样，你们难道没发现吗？他们是不是给他服用过镇静剂了？”他笑了，一边快速整理手里的教案，“可怜的查尔斯。我问他，卡米拉在哪儿——我想跟卡米拉说上两句，可是我根本就听不懂他想跟我说什么，他居然说——”朱利安稍稍压低声音，在陌生人看来，他这是要模仿查尔斯的口吻。但他用的还是自己的声音，很优雅，咕哝咕哝，只是响亮了些。他在模仿别人时，也无法让自己改变原有的这种抑扬顿挫、像旋律一样优美的语气。“查尔斯用那种非常伤感的语气说道，‘她在躲着我。’他肯定是在做白日梦。不过，他这么说，真的很感人。于是，为了让他乐一乐，我说，‘那好，你把眼睛蒙住，数到十，她就回来了。’”

朱利安大笑起来。“可是，他竟然发脾气了，真的很有意思。‘不，’他说，‘她不会的。’‘你肯定在做梦吧。’我告诉他。‘不，’他说，‘我没做梦。这不是梦，这是真的。’”

医生搞不清楚查尔斯到底哪里出了毛病。他们在一个星期的时间里就用了两种抗生素，可是感染状况——不知是什么原因导致的——没有任何改善。第三种抗生素终于起作用了。弗朗西斯周三和周四都去看了查尔斯，医生告诉弗朗西斯，查尔斯的情况正在好转，如果一切顺利，他周末就能回家去了。

周五早上大概十点钟时，我在度过了另一个难以入眠的夜晚之后，去找弗朗西斯。那天早上非常闷热，树木似乎都被热得冒汗。我觉得口干舌燥、浑身筋疲力尽。温热的空气，黄蜂的嗡鸣声与剪草机的马达声夹杂在一起，似乎产生了共鸣。一对对雨燕唧唧喳喳地拍打着翅膀，从天空飞过。

我头疼得厉害，很后悔没戴副太阳镜出来。我应该等到十一点半去弗朗西斯家，可是我的房间快变成垃圾堆，衣服也好几个星期都没洗了。燥热的天气让我只想躺在乱糟糟的床上，但我躺着不动也一直流汗。更糟的是，我还要假装没有听见从外面不远处传来的轰隆隆的重低音。贾德和弗兰克正在科蒙斯前面的草坪上建造一个体积庞大、摇摇欲坠的现代派建筑，一大早，锤子和电钻就在工作。我不知道那是个什么东西，只听人七嘴八舌地说那是舞台布景，一个雕塑，像巨石阵那样的一个纪念碑，用来纪念那些逝去的人。可是，我第一次向窗外望去，在布他比妥的作用下，看到从草坪上拔地而起的脚手架，心中突然充满令我愤怒的恐惧：绞刑架。我想，他们正在竖起绞刑架，他们要在科蒙斯的草坪上实施绞刑……这种幻觉在我脑海中一闪而过，可似乎又以某种奇怪的方式留下来，就像超市里卖的恐怖小说的封面图画，以各种不同的方式表现自己。从这头翻，你能看到一个微笑着的金发碧眼的小孩；从另一头开始翻，你会看到一个在火中燃烧的骷髅。有时候，这个建筑物看起来有些媚俗、愚蠢，但并不丑；可是在清晨或者在黎明时分，鸟儿在天空低低地盘旋时，世界仿佛不复存在，只剩下一副绞架，散发着阴郁的中世纪色彩。在夜晚，它又在我那些断断续续的梦中留下挥之不去的阴影。

那个架子这么困扰我，从根本上说，是因为我吃了太多药。我总是把兴奋剂和镇静剂混在一起服用。镇静剂已不再能让我甜甜地入睡，却让我在白天处于一种晕晕乎乎的状态之中，总觉得自己处在黎明时分。我不吃药是无法入睡的，总是会想起一些童话故事，或者某个遥远的儿时梦想。我能从克鲁克、布拉姆或者其他什么人那里多弄点儿来，但我在减少镇静剂用量，有时决定暂时停一两天——从理论上说，这个想法不错，但是让我从那种接近怪诞的隐居生活中突然浮上来，应对这么强烈的光影和噪声的冲击，真的是种折磨。整个世界似乎变成一团糟，我仿佛听见一种尖锐刺耳、杂乱无章的噪音，看见一片浓绿的野草正肆无忌惮地从人行道上那裂开的大理石缝中冒出头来，爬满一块块白色的石板，然后被凛冽的一月寒风吹得东倒西歪。那些石板是某位百万富翁捐资铺设的，他曾在北汉普顿上过暑期学校，一九二〇年左右从帕克大街上某幢房子的窗户里纵身跃下，了结了自己的生命。山峦后面的天空依旧阴沉沉的，像石板那么阴暗。空气也令人窒息，一场大雨似乎即将来临。种在门前的一株株天竺葵在地上疯长，在略显苍白的门板的映衬下，那种红色显得狰狞而邪恶。

我沿着沃特大街往前走，这条大街向北延伸，正好经过亨利家门口。我快到他家时，看见后花园里有个穿着深色衣服的人在忙碌着。不，千万别是他，我对自己说。

但这个人恰好是他。他跪在地上，身旁放着一桶水和一块抹布。我走得更近些，发现他不是在冲洗石板路（我原来是这么认为的），而是在清理玫瑰花丛。他弯下身子，小心翼翼地擦拭着叶片，就像《爱丽丝漫游奇境》里的执著的园丁。

我本来以为，他随时都会停下来，可他没有。我只好自作主张地从后门走进去。“亨利，”我问道，“你在干吗？”

他平静地抬起头，看了我一眼，眼神中没有一丝惊奇。“清理蜘蛛卵，”他说，“今年春天天气太潮湿了。我已经喷过两次农药，可是要把这些卵彻底弄干净，恐怕还是得用手洗。”他顺手把抹布扔进桶里。我注意到，他的气色好极了。这是我第一次发现他这样，他放松下来，那种生硬而悲伤的待人处世的方式显得更加自然。我以前从来不觉得亨利长得帅——说老实话，我总是以为，他的长相算平庸，是一本正经的做派使他显得不那么平庸——可是现在，他不那么硬邦邦，专注于自己手头的事情时，产生了一种坚定而伟岸的优雅，其中蕴含敏捷和悠然，让我对他刮目相看。一缕头发被风吹散，贴到他的前额上。“这种花被称为雷恩的紫罗兰，”他指着玫瑰对我说，“是一个历史悠久的品种，花朵非常美丽，于一八六〇年引进。那边的叫艾萨克·佩雷尔夫人，闻起来有树莓的甜香。”

我问道：“卡米拉在这儿吗？”

他的脸色没有丝毫的变化，也看不出任何想掩饰的痕迹。“不在，”他又埋头干活，“我走的时候她还在睡觉。我不想吵醒她。”

我听到他谈起卡米拉时语气这么亲密，相当震惊。简直是现实版普鲁托和珀塞福涅[①]。我看着他，尽力想象他俩在一起时的情景。他的背影就像牧师的背影那样整洁，那双大手的指甲修剪得整整齐齐。

亨利突然问道：“查尔斯怎么样？”

“还好。”我尴尬地沉默了一会儿，答道。

“我猜，他大概不久就能回家了吧。”

屋顶上的那块肮脏的防水油布噼里啪啦地响着。他依然在埋头干活。他穿着一条深色工装裤，裤子的背带在背后交叉，在白色衬衫的映衬下，竟然给我些微阿米什教派的感觉。

“亨利。”我开口道。

他没有抬头。

“亨利，这不关我的事，可是我希望你能看在上帝的分上，想想你现在到底在干些什么。”我说。我停顿了一会儿，期待他能说些什么，可是没有得到任何回应。“你没看到查尔斯的样子，可是我看到了，你肯定想象不出他现在的模样。你要是不相信，就去问问弗朗西斯。就连朱利安也发现他不太正常。我不知道你

---

① 希腊神话中的冥王与冥后。

是否明白我的意思，但我已经尽力解释了。他要疯了。卡米拉不知道，我也不知道，他回家之后，我们该怎么办。我都不知道是否应该让他一个人待在家里。我是说——"

"对不起，"亨利打断我，"能不能麻烦你把那把大剪刀递给我？"

我们都沉默了好久。最后，亨利自己走过来，把剪刀拿过去。"好吧，"他的语气很轻快，"没关系。"他小心翼翼地分开花丛，斜斜地举着剪刀，将较细的一株拦腰剪断，尽量不碰到周围粗一些的植株。

"你到底是怎么回事？"我压抑住怒火，尽量不提高嗓门。楼上房间里的窗户大开着，正对着花园。我听见人们在说话，还听见收音机的声音，以及四处走动的脚步声。"你为什么要这么为难大家呢？"他根本没有回头。我一把从他手里夺过剪刀，呼啦一声，把它扔到水泥地上。"回答我。"我说。

有好久，我们直视着对方。我透过他的眼镜，看见他的眼神非常坚定、清澈。

最后，他平静地开口说道："跟我说说。"

他眼睛中的那种坚毅的神情吓住了我。"说什么？"

"你并不太在意别人的感受，是吧？"

我吓了一跳。"你在胡说些什么啊？"我回答，"我当然在意了。"

"是吗？"他怀疑地扬了扬眉毛，"我不这么认为。不过这没关系，"一阵长久而紧张的沉默过后，他说道，"我也不在乎。"

"你到底想说什么？"

他耸耸肩。"没什么，"他说，"只不过，我大部分的人生一直都是一潭死水，单调而且乏味。我是说，死气沉沉。对我来说，世界一直是个空虚的地方。我无法享受最简单的乐趣。我不论做什么，都觉得索然无味，"他掸了掸手上的灰，接着说道，"可是，后来一切都变了，在我杀死那个人的那天晚上。"

我被震撼了，也感到一阵害怕。他说这些话时。明目张胆，好像我们之间有一种协议、暗语，和一百种密码。

"那是我一生当中最为重要的一个夜晚，"他平静地说，"过了那一晚，我就能够按照自己的意志去行事了。"

“具体来说？”

“不用思考地活下去。”

金银花丛中的蜜蜂嗡嗡地叫。他又回过头去整理那片玫瑰花圃，给那些细小的植株剪枝。

“此前的我是一具行尸走肉，不过我当时没有意识到这一点，”他说道，“因为我思考得太多，生活在一个精神的世界里，很难做出决定，觉得自己被捆住了手脚。”

“那现在呢？”

“现在，”他说，“现在，我可以做自己想做的任何事情，”他抬起头，“而且，我也许是对的，你应该和我有类似的经历。”

“我不知道你到底在说什么。”

“哦，我想你应该知道。那是对权力、快感、自信和控制力的一种渴求，你会突然之间感受到世界的丰富多彩，以及无穷无尽的可能性。”

他在谈对那个沟壑的感受。让我感到恐惧的是，他所说的话不无道理。那个地方如此可怖，你却无法否认，我们在那里实施了对邦尼的谋杀后，一切似乎都带上了一层缤纷的色彩。而且，尽管那幅清晰的景象总是让人头脑紧张，却也无法否认，我想起它时心里并不全是厌恶的感觉。

“我不明白这个跟别的事情有什么联系。”我看着他的背影，说道。

“我也不知道两者之间有没有关系，”他说，检查花圃是否修剪得平整，然后又小心翼翼地将正中间的一株剪掉一点，“反正我现在觉得所有事情都没什么大不了的。过去半年时光正好印证了这一点。近来，我越发觉得有必要来找一两件事情来做做了。就这样。”

他有些走神。过了一会儿，他再度开口说道：“你看这样行吗？还是我应该把中间的那几株再剪掉一点？”

“亨利，”我说，“听我说。”

“我不想剪得太多了，”他含糊地说道，“我一个月前就应该剪枝了。现在剪枝，茎上会流出汁液来，可是，就像人们常说的，迟做总比不做好。”

“亨利，求你了，”我急得快流下泪来，“你到底怎么了？你是不是疯了？你难道还不明白正在发生什么事情吗?”

他站起来，拍了拍裤子上的土。“我得进屋去了。”他说。

我目睹他把铲子挂在铁钉上，走开了。直到最后一刻，我都幻想着他会回过头来，跟我说点什么，哪怕是说声再见，可他没有这么做。他直接进了屋，门砰地关上。

弗朗西斯公寓的门窗关得严严实实，只有几丝斑驳的光线透过百叶窗的缝隙投射出来。他还在睡觉。房间里充斥着一股酸酸的、灰蓬蓬的气味。一个盛姜汁酒的杯子里漂着几个烟头，光滑锃亮的床头柜上有一处气泡状的黑色烫痕。

我拉起百叶窗，让阳光照进来。他揉揉眼睛，叫出一个我不认识的人的名字，后来才认出是我。“哦，”他说。他的脸都睡歪了，白惨惨的，跟白化病人的脸一样。“是你！你来这儿干什么?”

我提醒他，我们说好一起去看查尔斯的。

“今天是星期几?”

“星期五。”

“星期五，”他松垮垮地倒回床上，“我讨厌星期五，还有星期三。绝对要倒霉。《玫瑰经悲惨神秘事件》，”他躺在床上，盯着天花板，说道，“你有没有觉得，会发生什么不幸的事情?”

我吓了一跳。“不会的，”我斩钉截铁地说，可实际上我的心里也在打鼓，“你认为会发生什么事?”

“我不知道，”他连动都没动，“说不定我搞错了。”

“你应该把窗户打开，”我说，“这里挺难闻的。”

“无所谓，我什么都没闻到。我有鼻窦炎，”他伸出一只手，在床头柜上胡乱摸索香烟，“上帝啊，我的心情糟透了，”他说，“我现在根本就没法儿去见查尔斯。”

“我们必须去。”

“现在几点了?”

“快十一点了。”

他沉默了一会儿，然后说道："你瞧，我有个主意。我们不如先弄点吃的，午饭过后再去看他？"

"我们肯定会一直担心他的。"

"那把朱利安也叫上吧。我打赌他肯定会去的。"

"你为什么想让朱利安一起去？"

"我心情不好。可是，我见到他心里就好受多了，"他翻了个身，"不过我的心情也许不会变好，谁知道呢。"

朱利安过来开了门。不过，就跟我第一次敲门时的情景一样，他只开了一条缝。他在看清楚是谁之后，把门开大了一些。弗朗西斯马上开门见山地问他，是否愿意跟我们一起共进午餐。

"当然，我很荣幸，"他爽朗地笑了起来，"今天早上真是太奇怪了。简直奇怪极了。我们路上再说。"

凡是朱利安所谓的古怪的事情，总是极其可笑的稀松平常。他同外界的接触非常少，因此总是把那些再平常不过的事物，比如自动柜员机，超市里的新奇玩意儿，吸血鬼造型的全麦饼干，装在易拉罐里的不用冷藏的酸奶，看作是稀奇古怪的东西。我们都喜欢听他在尝试二十世纪的这些新玩意儿时的故事，于是弗朗西斯便和我一起催促他告诉我们到底发生了什么事情。

"好吧，语言文学部的秘书刚刚来过，"朱利安说，"她给了我一封信。你们想必也知道，文学系的办公室里也有收发室，可以在那儿留言或者查看留言，虽然我从来没这么干过。其实，任何一个我乐于结识的人，都应该知道可以来这儿找我。这封信——"他向我们示意道。桌上放着一封已经拆开的信，旁边放着他的老花眼镜。"是写给我的，可是不知怎么被塞进了摩斯先生的邮箱，而他又恰好在休假。今天早上，他儿子过去帮他收信，才发现这封信被错放在他父亲的邮箱里。"

"是封什么信？"弗朗西斯凑过来问道，"谁写的？"

"邦尼。"朱利安回答。

我的心脏好像被人猛地插上一把明晃晃的尖刀。我们目瞪口呆地瞪着他，而朱利安只是朝我们微笑着，颇有兴趣地欣赏我们的惊讶，并看着它逐渐发展到极点。

“好了，当然，这封信并不真的是埃德蒙写的，”他说，“有人假冒他写的，而且手段也不高明。信是打出来的，既没有签名也没有日期。这样就不太可信了，对吗？”

弗朗西斯开口问道：“信是用打字机打出来的？”

“嗯。”

“邦尼根本就没有打字机。”

“是啊，我教了他整整四年，他从来没有交过任何打印出来的东西。在我的印象中，他都不知道怎么打字。他会打吗？”他满腹狐疑地看着我们。

“不，”弗朗西斯认真地踌躇一番后，回答，“不会，我同意您的看法。”我也随声附和，尽管我知道（弗朗西斯也心知肚明）邦尼其实是会打字的。他自己没有打字机——这是毋庸置疑的——经常借弗朗西斯的打字机用，或者用图书馆里的那台老式手动打字机。其实（我们俩谁都不会说破这一点）我们谁都没有向朱利安交过打印的作业。原因很简单，要在一台英文打字机上打出希腊语字母，完全是不可能的。亨利有一部便携式希腊语打字机，那是他在麦克诺斯度假时买的，但从来都没用过。他的理由是，这种打字机的键盘跟英文打字机的键盘不一样，他打个自己的名字就得花五分钟时间。

“居然有人开这样的玩笑，真是令人痛心，”朱利安说，“我真想不出来有谁会做出这种事情。”

“这封信放在邮箱里有多久了？”弗朗西斯问，“您知道吗？”

“哦，这也是一个问题，”朱利安说，“它可能是在任何时候被放进去的。秘书说，摩斯先生的儿子上次来给他爸爸拿信，还是三月份。也就是说，这封信也有可能是昨天才被塞进去的，”他朝放在桌上的那个信封点点头，“你看，信封正面只有我的名字，是打出来的，没有回邮地址，没有日期，当然也没有邮戳。显然是某个疯子干的。我实在想不出有谁会开一个这么残忍的玩笑。我本来想告诉系主任，可众所周知，我可不想在经历了那场风波之后，再把事情给搅起来。”

开始时的那种可怕的恐慌已经过去了，我的呼吸平缓了不少。“到底是封什么信？”我问他。

朱利安耸耸肩。“你要是愿意，可以自己看看。”

我拿起信，弗朗西斯也凑过来跟我一起看。信打在小开纸上，有五六页，单倍行距，不像是邦尼常用的那种信纸。这几张信纸大小差不多，但并不是统一的规格。有些字母的颜色半红半黑，是在色带卡住后打出来的。我可以从这一点断定，这封信是在夜间自习室的打字机上打出来的。

信有些语无伦次，但是（我吃惊不小）几乎句句都是实话。我匆匆浏览了一遍，几乎什么也没能记下来，所以根本无法在这里复述。但我记得自己当时想，信如果真是邦尼写的，那他当时的精神状态完全崩溃。信里写满骂人的脏话，我难以相信这是邦尼写的，他即使在最绝望的时候，也很少会说出这样的话，更何况是在给朱利安的信里。信没有签名，但是从其中几个地方，可以明显地看出这封信确实是邦尼·柯克兰或者某个打算假冒他之名的人写的。文字有很多拼写错误，也有很多邦尼常犯的语法错误，所幸这些对朱利安来说意义不大——因为邦尼的作文写得太臭了，他每次交作业之前，都要先让别人帮他检查一遍。信中提到了巴腾基尔的那次误杀案，但又有很多断章取义和妄想，我实在想不出信的作者会是谁。“他（指亨利，信中某处无意地提到过这一点）是个十足的魔鬼。他已经杀死了一个人，现在又想干掉我。所有的人都参与了。那个人是他们十月份干掉的，就在巴腾基尔镇。死者叫麦卡利。不知道是不是被他们活活打死的。”信中还有一些其他控诉——有些是真实的（比如双胞胎之间的关系），有些不是；可是信中的语言那么狂野，让其所言事情显得不可信。好在信里没有提到我的名字。这封信的字里行间透露出我似曾相识的绝望和迷惘。我过了很久才意识到这一点，到现在，我也相信，他当时肯定是在那个通宵自习教室里写下这些文字的，也就是他喝得醉醺醺地来找我的那个晚上——或许他直接从宿舍到自习室的，或许他写完了信之后才去找我——如果是这样，我在去科技楼给亨利打电话的路上，没有碰到他，真是不幸之中的万幸。信中只有一句话打动了我，我至今还记得这句话：“请帮帮我，这是我给您写信的目的，只有您才能够帮助我。”

“好了，我不知道这信是谁写的，”弗朗西斯最后说道，他的语调既随意又轻松，“不管这个人是谁，他的拼写肯定不行。”

朱利安大笑起来。我知道，他绝对不相信这封信是真的。

弗朗西斯拿着信，若有所思地翻动着。他在翻到倒数第二页时停住了——那张纸的颜色跟其他张稍有不同——后来又漫不经心地翻过去。“看起来——”他说，接着突然愣住。

“看起来怎么了？”朱利安兴致勃勃地问。

弗朗西斯略微踌躇了一会儿，接着说道：“不管这封信是谁写的，他都得换打字机色带了。”他回答。但这并非他真实的想法，也不是我的，或许也不是他原本要搪塞朱利安的话。他把那张非同寻常的信纸翻过去时，改变了主意，我随即也非常惊恐地发现了印在反面的东西。那是酒店的信纸，顶端印着精美的信头，信头里写着埃克塞饭店的详细地址：那正是邦尼和亨利在意大利旅行时所住的酒店。

后来，亨利双手抱头，告诉我们，邦尼死的前一天，叫他帮忙买一包新的信纸。邦尼要的那种信纸不便宜，奶白色，是从英格兰进口的，是镇上最好的信纸。“我要是当时给他买了——”他说，“他至少向我提过六次。可是，我觉得，这事儿没什么大不了的，你们看……”埃克塞酒店的信纸没有那么厚实，也不精美。亨利猜测（他也许是对的）邦尼用完了盒子里的信纸，便开始在桌上翻找，结果找到那张纸，尺寸相差不大，他一把抓住，翻过来就用了。

我尽量不去看那张纸，可它刺得我双眼生疼。纸上有蓝色墨水印出的一幅宫殿图案，花体字龙飞凤舞，跟意大利餐馆里菜单上的字一样。纸上还印着一圈蓝边，就是埃克塞酒店的，绝对不会错。

“跟你们说实话，”朱利安说，“其实我没有看完整封信。显然，这个捣蛋鬼稀里糊涂的。我们还不能这么说，但我觉得这肯定不是邦尼写的，你们说呢？”

“您如果这么想，我倒真的想象不出来会有哪个学生能做出这样的事情来，”弗朗西斯说，把信纸翻了过来。我们俩根本就不敢看对方。我非常清楚他心里正在想什么：我们怎么把这张纸偷走或者拿走？

我为了分散朱利安的注意力，走到窗边。“今天景色真美，是不是？”我背对着他俩说道，“就在不到一个月前，操场上还铺着雪呢，真让人不敢相信……”我喃喃地自顾自地说着话，根本不知道自己在说些什么，也不敢回头看。

“是啊，”朱利安很有礼貌地回答，“是啊，外面美极了。”可是他的声音不是从我期望的地方传过来的，而是从更远的、靠近书柜的地方传来。我转过身，看见他正在披上外套。我根据弗朗西斯脸上的表情知道，他没有得手。他半转着身子，用眼角的余光盯着朱利安。有一阵子，朱利安偏过头去咳嗽时，他差一点就要成功了。可惜就在此时，朱利安又转过身来，弗朗西斯只好装作若无其事的样子，把刚刚抽出一半的纸，又随意地放回原位，好像这一摞纸被弄乱了，他正在整理。

朱利安站在门边，对我们笑笑，说道：“你们准备好了吗？”

“当然。”弗朗西斯回答，带着假装出来的热情。他把那封信放回到桌上，折好。然后我俩便跟着他出了门。我和弗朗西斯在路上有说有笑，但我能感觉到弗朗西斯很紧张，而我自己必须咬着下嘴唇，让自己平静。

这顿午餐真的令人难受。我什么都不记得了，只记得当时天色晴好，我们坐的桌子离窗子太近，从外面射进来的明晃晃的阳光加剧了我的烦躁与不安。我们一直都在谈论那封信，说个没完没了。是不是有人对朱利安恨之入骨，所以写了信？还是有人对我们不满？弗朗西斯比我要平静多了，可是灌了一杯又一杯红酒，喝得额头上积满细密的汗珠。

朱利安认为信件明显是谁假冒邦尼的名义写的。可是，他如果看到那张信纸的信头，也许就不会这么想了，因为他跟我们一样，也知道邦尼和亨利一起在埃克塞住了一两个星期。我们现在只能求老天保佑，他会把那封信扔在一边，再也不会给别人看或者仔细研究。可是，朱利安又偏偏喜欢阴谋诡计，爱好那些神秘兮兮的东西，这件事情绝对能够让他凝神思考好几天。（“不！有没有可能是哪个老师干的呢？你们觉得呢？”）我一直在想他先前说过的把信给系主任看这事儿。我们得想办法把这封信弄到手。也许在课间休息时能找到机会。可是，他即使真的把信放在那儿，那个我们能接触到的地方，我们至少也要等六七个小时才能行动。

我在吃午饭时也喝了不少，吃完了饭，我依然很紧张，吃甜点时居然点了白兰地，而不是咖啡。午饭期间，弗朗西斯两次借故走开，去打电话。我知道他正竭力联系亨利，想让他趁着我们把朱利安困在芭瑟丽吃饭的当口，溜到教室去把那封信给搞出来。但我从他脸上那僵硬的笑容看出来，他的运气确实不太好，一直都没能联系上亨利。他第二次回来时，我突然冒出一个念头：他如果能抽空出去打电话，为什么不干脆从后门溜出去，开着他的车，亲自去拿走那封信呢？我要是有车钥匙，就会溜出去，把这件事情给解决了。可是，太晚了——弗朗西斯已经在结账——直到这时候，我才想到一个合情合理的借口：我把东西落在车里了，需要拿上弗朗西斯的车钥匙，打开车门，把东西拿出来。

在回学校的路上，在令人紧张的沉默中，我才意识到，原来，我们必须能够随时随地进行沟通。以前，我们碰到紧急情况，总是能够用希腊语进行沟通，说一些格言或者警句之类的话。可是现在，这是不可能的。

朱利安没有请我们回他的办公室。我们看着他沿着小路向前走，在走到吕克昂的后门那儿时，转过身来向我们挥了挥手。当时，时间已经差不多是下午一点半。

朱利安走进大楼，我们一动不动地在车里呆坐了一会儿。弗朗西斯脸上那种与人告别时的亲切的标志性微笑不见了。突然，他往前一扑，头猛撞在方向盘上，把我吓坏了。“见鬼！”他喊道，“真见鬼！真见鬼！”

我抓住他的胳膊，使劲摇晃。“别说了。”我说道。

“唉，真该死，”他哀号着，头往后仰，手腕紧紧地压住太阳穴，“该死，理查德，我真的受够了。”

“你闭嘴。”

“完了，我们这次躲不掉了，看来非得蹲大狱不可了。”

“快闭嘴。”我又说了一遍。奇怪的是，他的慌乱让我更加清醒。“我们得合计合计下一步到底该怎么办。”

“听着，”弗朗西斯说，“我们赶紧逃吧。如果现在动身，天黑时就能到蒙特利尔，没人能找到我们。”

“你简直在胡说八道。”

“我们在蒙特利尔待上一两天，把车卖掉，然后再坐大巴走，谁知道我们是谁呢，我们去萨斯喀彻温或者别的地方。我们去最边远的地方待着。”

“弗朗西斯，求你先冷静一下。我们能解决这个问题。”

“我们怎么解决？”

“嗯，我认为，咱们首先必须找到亨利。”

“亨利吗？”他极其惊讶地望着我，“你怎么会觉得他能帮得上忙？他现在已经精疲力竭，都不知道——”

“他不是有朱利安办公室的钥匙吗？”

他平静了一些。“对，”他说，“是的，他肯定有，至少曾经有过。”

“那就行了嘛，”我说，“我们先去找亨利，再开车带他过来。让他找个借口，把朱利安骗到办公室外面，然后我们拿着门钥匙，从后面的楼梯上去，偷偷溜进去。”

这个计划相当不错。唯一的问题就在于，找亨利可没有我们想象得那么简单。他不在公寓，我们开车去阿尔伯马力时，也没看到他的车停在那儿。

我们又开车回到学校，想看看他是不是在图书馆，然后又回到阿尔伯马力。这一次，弗朗西斯和我都从车上下来，在酒店门前的空地上来回踱着步。

阿尔伯马力酒店始建于十九世纪，是为那些有钱的病人修建的一个康复疗养院。酒店的装饰富丽堂皇，绿化也很不错，安装着高高的百叶窗，还有一个宽大而阴凉的门廊——从吉卜林到罗斯福总统，各色人等都曾经下榻此地——可是，这家酒店的面积比一座大型私宅大不了多少。

“你问过酒店前台了吗？”我问弗朗西斯。

“这个你想都别想。他们是以假名字登记的，而且，我敢打赌，亨利肯定跟酒店打过招呼了。那天晚上我想跟店主套近乎时，她立马就把门给关上了。”

“我们能不能不经过大堂，直接上去？”

“不知道。我妈妈跟克里斯在这里住过。这个地方并不大，我只知道一部楼梯，必须经过前台才能到楼梯那儿。”

“他们有没有可能就住在一楼呢？”

“他们肯定住在楼上。卡米拉曾经说过要把行李搬到楼上去这回事儿。也许酒店里还有消防梯，可是我不知道在哪儿。”

我们踏上门阶。我们透过玻璃门，看见一个昏暗而阴冷的大堂，接待台那儿坐着一个年近六旬的男子，他的半月形眼镜松松地架在鼻梁上，正在看《贝宁顿旗帜报》。

“你之前搭讪的是那个人吗？”我小声问道。

“不，是他老婆。”

“他以前见过你吗？”

“没有。”

我推开门，朝屋里探了探头，然后便走进去。店主停止阅读，抬起头来，用高傲的目光将我上下打量一番。他是典型的新英格兰人，跟街上随处可见的那种谨小慎微的退休老头没什么两样。他就是订阅古董杂志，使用公立电视台赠送的帆布袋的人。

我极尽所能地给了他一个最友好的微笑。我看到桌子后面有一个专门放置房间钥匙的钥匙柜。它们是按照楼层逐层排列的。二楼有三把钥匙被拿走了，分别是B、C和E，而三楼只有A房间的钥匙不在。

他神色冷峻地盯着我们。“我能为您做点什么？”他问。

“对不起，”我说，“我想问一下，我们的父母是不是已经到了？他们是从加州来的。”

他很惊讶，翻开登记簿。“请问贵姓？”

“雷本。克鲁克·雷本先生和夫人。”

“没有预约记录。”

“我不知道他们是不是预约了。”

他从镜片上面看着我。“一般来说，我们要求客人预订房间，而且要提前四十八小时支付定金”。他说道。

“他们觉得现在这个季节没必要预订。”

“是嘛？那就没办法保证在他们来的时候还有房间了。”他的语气很尖锐。

我本来想指出，他的酒店入住率不到一半，而且我也没有看见顾客盈门的情景。可是，我再次露出笑容，说道：“那就看他们的运气了。他们的航班中午到了阿尔巴尼，随时可能到这儿来。”

“好。”

“您是否介意我们在这儿等一会儿？”

很明显，他介意。可是他又不能说出来。他点点头，表示许可，嘴唇抿得紧紧的。他肯定是在想待会儿怎么给我们的父母好好上一课，让他们了解清楚这里的预订政策。他故弄玄虚地在桌上乱翻一阵，然后又读起报纸。

我们在一个狭窄的维多利亚式沙发上坐下，尽量离那个接待台远点儿。

弗朗西斯神经兮兮，眼睛不断地四处张望。“我不想待在这儿，”他小声说道，嘴巴离我的耳朵很近，嘴唇基本没有动，“我担心他老婆随时会回来。”

“这家伙简直不是人，对吧？”

“他老婆更差劲。”

店主刻意不看我们这边。他正背对着我们。我把手放在弗朗西斯的胳膊上。“我很快回来，”我小声说，“他如果问你，你就跟他说我去找男厕所了。”

楼梯上铺着地毯，我轻手轻脚地走上去，没有发出太多声响。我急匆匆地沿着走廊往前走，看到了2C号房，然后是2B号房。门上全都是光秃秃的，给人一种不祥的感觉。我没有时间犹豫。我敲了敲2C的房门，没人。我又敲了一遍，比上次要重。“卡米拉！”我喊道。

走廊那一头2E房间里的一条小狗听到敲门声，大叫起来。不要！我心里说。我准备去敲第三个房间的门的时候，门突然打开，一个穿着高尔夫裙装的中年妇女出现在我面前。“对不起，”她说，“请问你是在找人吗？”

真好笑，我想道，朝最后的那段楼梯冲过去，预感到他们应该住在楼上。我在走廊上跟一个矮胖的六十岁左右的妇人不期而遇。她穿着印花套裙，戴着一副杂色眼镜，棱角分明的脸显得凶巴巴的，就像只恶狠狠的狮子狗。“等等！”她喊道，“你去哪儿？”

但是我已经走过她身边，沿着走廊，来到3A号房的门口。我一边使劲嘭嘭地敲着门，一边喊道：“卡米拉！是我，理查德！你开门哪！”

没想到，她真的就出现在我眼前了，这简直是个奇迹。灿烂的阳光从她身后照射进走廊里。她赤着脚，惊讶地眯起眼睛。“你好！”她说，“你好！你来这儿干什么？”站在我身后的店主的妻子也问道：“你在干什么？你是谁？”

“没事了。”卡米拉说。

我上气不接下气。“让我进去吧。”我气喘吁吁地说。

她一手把门关上。房间很漂亮——橡木壁板，壁炉，但是只有一张床。我注意到，房间另一头的地板上堆着一摊床上用品……“亨利在这儿吗？”我问。

“怎么了？”她的脸一下子红了，“又是查尔斯，是不是？发生了什么事？”

查尔斯。我已经把他忘了个干净。我尽力让自己平静下来。“和他无关，”我说，“现在没时间解释。我们必须马上找到亨利，他在哪儿？”

“怎么了？”她看了看表，“他应该在朱利安的办公室。”

“朱利安？”

“是啊，有什么不对吗？”她看到我脸上惊恐的表情，问道，“他们应该约好了下午两点见面。”

我急急忙忙地跑下楼，想赶在店主和他老婆碰面之前找到弗朗西斯，不然我们就会被戳穿了。

“我们该怎么办？”我们开车回校的路上，弗朗西斯问道，“待在外面，等他出来？”

“我担心会碰不上他。要不我们谁先上楼去找他？”

弗朗西斯点了一支烟，火柴上的火苗上下蹿动着。“这样也行，”他说，“说不定亨利已经拿到信了。”

“不好说。”我回答，其实我的想法跟他一样。亨利如果看到了那个信头，我敢保证他肯定会设法把信拿到手，而且我也坚信他的效率要比我或者弗朗西斯要高。再说——这话虽然听起来有点儿嫉妒，但事实确实如此——亨利是朱利安最得意的学生。朱利安要是别有用心，完全可以借口说要把信交给警方鉴定，从而强迫我们把整个事情的来龙去脉交代得清清楚楚，谁知道他之后会怎么做呢？

弗朗西斯斜着眼瞅瞅我。“要是朱利安发现了这事儿，”他说，“你说他会怎么做？”

“不知道。”我回答，我确实不知道。这件事情的前景实在太难以预料，我想到的都是他各种难以置信的样子。朱利安心脏病突然发作，朱利安精神彻底崩溃，泪如泉涌。

“我不相信他会出卖我们。”

“难说。”

“他不会的，他爱我们。”

我什么也没说。我不知道朱利安对我的感受，我毫无疑问对他真的具有非常真诚的爱与信任。父母对我越来越疏远——后来很多年里，他们逐渐淡出我的生活——朱利安逐渐变成我生命中唯一的父辈，或者说，我从他身上感受到了某种慈爱。对我而言，他似乎就是我在这世界上唯一的保护人。

“这是个错误，”弗朗西斯说，“他必须理解这一点。”

“也许吧。”我回答。我想象不出被他发现之后会是什么情景，但是如果让我设想一下该如何向别人解释这一不幸的前因后果，我觉得向朱利安解释这一切要比向其他人解释容易得多。说不定，我想，他的反应会跟我的反应类似呢。也许，他只会把两桩命案看作是一件悲惨而野蛮的事故，是我们对无法摆脱之事的特别处理方式（“我什么事情都干过，”托尔斯泰曾经这么吹嘘，“甚至还杀过人。”），不能据此认为我们本性自私而邪恶。

“你还记得朱利安以前经常提的一件事吗？”

“哪件事？”

“他说，一个印度教教徒，即使在战场上杀掉了一千个人，他只要自己不觉得有罪，那他就是无罪的。”

我确实听朱利安说过这件事，但是从来都没弄懂他的意思。“可惜我们不是印度教徒。”我说。

“理查德，”朱利安说，语气既表达出欢迎，也暗示我现在来找他真的不是时候。

“亨利在吗？我得跟他谈谈。”

他很惊讶。“当然。”他把门打开。

亨利就坐在我们上课的课桌旁。朱利安刚才坐在靠窗那一边，现在把椅子朝桌子旁边拉了拉。那封信在桌面上，离他很近，旁边还有一些其他资料。亨利抬起头，显然并不愿意见到我。

“亨利，能跟你说点事儿吗？”

“没问题。”他冷冷地回答。

我转过身，准备去走廊，可他连动都没动。他在回避我的目光。去他妈的，我暗暗骂道。他肯定以为我还想跟他谈上次在花园里谈过的事情。

“你能出来一会儿吗？”我说。

“什么事？”

“我必须跟你谈谈。”

他扬起一边的眉毛。“你是说，想跟我私下谈谈？”他问道。

我真该杀了他。朱利安彬彬有礼地站在一旁，假装没有听到我们的对话，其实他已经非常好奇。他站在椅子后面，耐心地等待着。“哦，天哪，”他说，“但愿没出什么事。需要我回避一下吗？”

“哦，不用，朱利安，”亨利没有看朱利安，而是盯着我说道，“不必麻烦了。”

“一切都还好吧？”朱利安问我。

“是的，是的，”我说，“我只想跟亨利说一小会儿话。这事儿挺重要的。”

“难道不能等会儿吗？”亨利问。

信被摊开，放在桌子上。出乎我的意料，他正慢慢地翻看着，好像在阅读一本书，而且还假装把每一页都看得挺仔细。他还没有看到那个信头，他根本就不知道这个信头的存在。

“亨利，”我说，“情况很紧急。我得马上跟你谈。”

我话音中的急迫感震惊了他。他转过椅子，看着我——眼神是直勾勾的——他转身的时候，也随手把那一页信纸翻过去。我心里真是七上八下。信头就这么醒目地出现在了桌子上——用蓝色花体字里有一座白色宫殿。

“好吧。”亨利说。接着，他又转身对朱利安说：“抱歉，我们很快就回来。”

“当然了。”朱利安回答。他的神态很庄重，也很关切。“但愿没什么事。”

我真想大喊一声。亨利总算注意我了，我已经如愿以偿，可这不是我想要的。信头已经醒目地出现在桌子上。

“什么事？”亨利问道，眼睛直直地盯着我。

他很警觉，像只惊恐的小猫。朱利安也在看着我。那封信就放在桌上，在他们两人之间。只要朱利安的双眼往下一扫，就能直接看到。

我飞快地瞟了那封信一眼，又看了看亨利。他马上就明白了，迅速而镇定地将那一页翻了过去。可惜他的动作不够快，就在那半秒钟的时间里，朱利安也往桌上瞟了一眼——心不在焉，好像刚刚记起一件事，但是他比亨利快了一点点。

我不愿意回想接下来的那阵沉默。朱利安凑过来，盯着信笺上印刷的抬头看了好久。然后，他拿起那张纸，仔细研究起来。埃克塞。维涅托大街。蓝色的城跺。我突然感到一阵莫名的轻松和解脱。

朱利安戴上眼镜，坐下来。他把信又从头到尾、仔仔细细地看了一遍。我听见远处传来孩子们若隐若现的笑声。最后，他把信叠好，放在夹克衫的内袋里。

“好，”他终于说道，“好啊，好啊，好。”

我对这样的反应毫无防备，就像对人生中其他第一次经历的事情毫无防备一样。我站在那儿，既不觉得恐惧，也不感到哀伤，只是感觉到一种可怕的、让我无地自容的羞耻，这是我自孩提时代结束以后就再也未曾经历的可悲的、让人脸红的羞辱。更糟的是，我看见了亨利的表情，知道他的感受也跟我一样。如果硬要说我们的感受有何不同，可能是他的感受会比我的更为精确一些。我恨透了他——我真想杀掉他——可不知怎的，我也没准备好见到他的这副模样。

大家谁都没有开腔。一束阳光投射进来，灰尘在光束中胡乱飞舞。我想起待在阿尔伯马力的卡米拉，躺在医院里的查尔斯，还有坐在车里期待地等着的弗朗西斯。

“朱利安，”亨利说，“请听我解释。”

“请吧，”朱利安说。

他那副冷冰冰的腔调让我的骨头都凉了。他和亨利都有着同样冷酷的气质——有时候，你会觉得他们周围的温度比其他地方的温度低几度。我以前总以为，亨利的冷酷是出于本性，深入骨髓，而朱利安的那种冷酷只不过是他温暖而和善的本性之外的伪装。可是现在，我觉得朱利安眼中的那种光芒，有些呆板而阴沉。就好像那层漂亮的舞台幕布被拉开，我第一次真正看清他的本来面目：他不再是那个仁慈的德高望重的长者，不再是我梦想中的那个纵容和保护我的父亲般的人物，而是一个让人捉摸不透、在精神上保持中立的人。他那副和蔼可亲、爱生如子的外表下，是个警惕、多变、无情的人。

亨利开始絮絮叨叨地说起来。听他说那番话，真的是一种折磨（亨利啊）。他结结巴巴、语无伦次，我无法完全复述他的原话。按照他的一贯风格，他开始时还想为自己辩解，可是朱利安直勾勾注视的目光让他马上打消了这个念头。后来——我现在想到这一点还吓得发抖——他悄然在语气中加入绝望与乞求。“当然了，我不喜欢撒谎。”不喜欢！他好像在谈论一条难看的领带，或者一场无聊的晚宴。“我们从来都没想过要欺骗您，但是没有办法。也就是说，我觉得只能这样。第一次的事情纯粹是个意外；根本就没必要拿这件事情来打扰您，您说对不对？至于邦尼……他在最后那几个月，并不是太开心。这个您肯定也知道。他碰上了很多个人问题，还有家庭问题……”

他不停地说着。朱利安依旧沉默着，他的沉默铺天盖地，冷冰冰的。我脑子里回响着一种黑暗的轰鸣声。我真的受不了啦，我对自己说，我必须离开，可是亨利没有停下来，而我也依旧站在那儿。亨利的声音似乎变得越来越沉重，朱利安脸上的表情也愈发阴郁。

我终于无法忍受这种折磨，转身准备离开。朱利安冷冷地看着我。

突然，他打断亨利。“够了！”他说。

一阵骇人的静默。我瞪着他，完了，我想，感到一阵强烈的恐慌。他不愿意听下去了，不想跟亨利单独待在一起。

朱利安把手伸进衣服的口袋，脸上是一副令人捉摸不透的表情。他把信拿出来，交给亨利。“你最好留着这个。”他说。

他没有站起来。我们两个一言不发地离开他的办公室。现在回想起来，最后一幕情景真是有些好笑。那是我最后一次见到朱利安。

我和亨利在走廊里都没有说话。我们慢慢地走出去，回避对方的目光。我顺着楼梯下了楼，而他还站在平台的窗户旁边，向外看着，一副无所见也无所闻的模样。

弗朗西斯一看到我脸上的那副表情，就乱了阵脚。“噢，不，”他说，“哦，我的上帝。发生什么事了？”

过了好久，我才能开口说话。“朱利安看到了。”我说。

“什么？”

“他看见了那个信头。不过信现在在亨利手上。”

“他怎么拿到的？”

“朱利安给他的。”

弗朗西斯高兴坏了。“朱利安给他了？他把信给亨利了？”

“是的。”

“那他也不会告诉别人喽？”

“嗯，我想是的。”

他对我眼中的那种抑郁的神情表示不解。

“那现在又是怎么回事呢？”他尖声说道，“你们拿到信了，对不对？现在没事了。一切都好了，难道不是吗？”

我从车窗向外望去，看着朱利安办公室的窗子。

“嗯，”我说，“对，现在应该没事了。”

几年前，我在一个旧笔记本中写道：“朱利安身上最为可贵的品质就是，他无法看清一个人或者一件事物的真实面目。”我在这行字下面用另一种颜色的墨水写道：“或许，这也是我身上最为可贵的品质？”

我总是给他罩上一层浪漫的色彩。我喜欢他的很多方面。因为和他在一起，我才学会了添油加醋、阿谀奉承。简单地说，就是捏造事实。我想，这是因为朱利安本人一直都在不停地对周围的人和事进行重新塑造，给根本就不具备那些性质的行为加上和善、智慧、勇敢、有魅力等词汇。这也是我这么爱戴他的原因之一：他看我时目光中充满赞赏，我跟他相处时仿佛变成了另一个人，他让我变成了自己想成为的那种人。

当然，我很容易走向另一个极端。我敢说，朱利安永远魅力的秘密就是，他懂得如何控制那些自我感觉良好的年轻人。他具有独特的天赋，能够把自卑感转变成高人一等的傲慢。我还敢说，他这么做并非出于利他主义，而是出于私心，为了一己私利。关于这一点，我能够详细、精确地写出一大篇文章。可是，这还是无法解释他与生俱来的性格魅力，或者为什么（即使发生了后来的那些事情）我还是强烈地希望能够再次见到他，希望我们第一次见面的情景能够重现：一个智慧的老者，突然从一条荒无人烟的马路上冒出来，只是为了让我能够实现自己所有的梦想。

即使在童话故事中，这样有魔力的和蔼可亲的老者也不总是貌如其人。让我接受这个事实理应并不太困难。可是，不知道出于什么原因，我就是难以接受。无论如何我得说，朱利安得知了我们的所作所为之后，被气得面容扭曲。但愿我还能说，他把头枕在桌上，啜泣起来，不停地哭啊哭，为了邦尼，为了我们，为了命运跟我们开的这个大玩笑，为了他自己，他竟然这么愚昧，一次又一次地拒绝去发现事情的真相。

问题在于，我非常想说他确实这样干了，但这根本不是事实。

乔治·奥威尔，一个善于穿透那些闪闪发光的华丽事物（社会的或者其他）的外表，捕捉其下隐藏的真相的目光敏锐的作家，同朱利安见过几面，而且不喜欢他。他在给朋友的信中写道："一个人初次见到朱利安·莫罗时，会觉得他是一个极其富有同情心、极其和善的人。可是，我觉得，你所谓的他的这种'亚洲式平静'其实是一副面具，以掩盖其骨子里的极度冷酷和无情。他是个典型的见什么人说什么话的人，往往给人一种温情款款、真心关切你的假象，其实他是个相当冷淡和浅薄的人，就跟一面镜子一样。埃克顿——"这里显然指的是哈罗德·埃克顿，他当时也在巴黎，是奥威尔和朱利安共同的朋友，"——不同意我的看法，但我还是觉得朱利安这个人不可信任。"

我思考了这段话好久，还想起邦尼以前说过的一句有意思的话。"你听着，"他说，"朱利安就是会把盒子里他喜欢的巧克力全部拿光，把剩下的送给别人的那种人。"乍一听，这句话相当令人费解，可仔细一想，没有什么语言比这句话更为恰当地形容了朱利安的性格。乔治·拉法格也跟我说过一句类似的话，当时我恨不能要把朱利安吹到天上去。"朱利安，"他简短地说，"绝对当不了一流的学者，因为他根据自己的需要来看待事物。”

我当时不同意，委婉地问他一个人毕生只注意两件事物有什么不好，而且这两样事物又是艺术与美，拉法格回答道：“追求美是无可厚非的。可是，美本身是非常浮浅的，除非把它和一个有意义的事物结合起来看待。我并不是说朱利安选择只去关注那些肯定高尚的事物，我是说，他也选择忽略其他同样重要的事物。”

真好笑。我回忆往事时，一直尽力避免以感伤的态度想起朱利安，而是把他描绘得像个圣人一般——从本质上说，这么做就是在捏造他的形象——这样我们对他的顶礼膜拜才会变得合情合理。把崇拜变得不仅仅是种崇拜，简言之，就是要让人觉得，这并不是美化有趣味之人的错误倾向。我知道我先前说过他是个完美无缺的人，可他远远算不上完美。他也许很愚蠢、狂妄自大、冷漠，甚至有些残忍，可我们仍然爱他，也许这正是因为他就是这样的人。

查尔斯第二天出院了。弗朗西斯一再邀请他去自己家里待上一阵子，但查尔斯坚持要回自己的公寓。他双颊深陷下去，瘦了不少，头发也长得非理不可了。他精神萎靡，神情沮丧。我们没敢把已经发生的事情告诉他。

我真的为弗朗西斯感到惋惜。我看得出来，他是真的担心查尔斯，而且，他看见查尔斯这么激动，不愿与人沟通，心里也很难受。“你想吃午饭吗？”他问查尔斯。

“不用。”

“来吧。我们去芭瑟丽吃一顿。”

“我不饿。”

“那里不错。我给你买你喜欢的那种甜卷当点心。”

我们一同去了芭瑟丽。那是早上十一点钟。不知道是不是一个不幸的巧合，侍者领我们坐到一张靠窗的桌子旁，那恰恰就是不到十二小时前，我、弗朗西斯和朱利安坐的桌子。查尔斯不看菜单，直接点了两杯血腥玛丽，咕隆咕隆地喝光了。接着，他又点了第三杯。

弗朗西斯和我不安地放下手中的刀叉，交换一下眼神。

“查尔斯，”弗朗西斯说，“你要不要来份煎蛋卷什么的？”

“我跟你说过了，我不饿。”

弗朗西斯拿起菜单，飞快地看了一遍。然后，他示意侍者过来。

“我说了，我他妈的不饿。”查尔斯连头都没抬，骂道。他激动得连手上的烟都夹不稳。

之后，我们都没有说什么话。我们吃完饭，付了账。查尔斯在我们吃完之前喝了三杯酒，还点了第四杯。我们吃完饭之后，只好把他连抱带拖地弄到车上。

我实在不想去上希腊语课，可是到了周一，我还是起了床，动身去了。亨利和卡米拉没有一起来——也许是怕查尔斯也来上课吧——感谢上帝，查尔斯没来。我注意到，亨利气喘吁吁的，脸色非常苍白。他一直望着窗外，好像根本就没看见我和弗朗西斯。

卡米拉很紧张——也许，是亨利的表现让她感到尴尬。她很想了解查尔斯的情况，问了一大堆的问题，而我和弗朗西斯几乎没回答他的问题。很快，时钟走过十点，然后十点一刻到了。

“朱利安从来没有这么晚来过。”卡米拉看着表说道。

突然，亨利清了清嗓子。他的声音听起来那么陌生和沙哑，好像很久没有开口说过话。“他不来了。”他说。

我们都转过去看着他。

“什么？”弗朗西斯问。

“我猜他今天应该不会来了。”

正在这时，我们听到一阵脚步声，然后有人敲门。敲门的不是朱利安，而是教学部的主任。他把门打开一条缝，向里张望着。

“好了，好了。”他说道。他是个生性圆滑的秃头男人，年纪刚刚五十出头，据说总是有点儿自作聪明。“原来圣地的内部是这个样子的啊。真是圣地中的圣地啊。我还一次都没来过这里呢。”

我们都望着他。

“还不错，”他若有所思地说，“我记得，大概在十五年前，新的科学楼还没有修好时，他们不得不让一部分辅导员在这里办公。当时，有一位心理辅导员总是喜欢把办公室的门开着，她觉得这是一种友好的表现。‘早上好，’只要朱利安走过她门前，她就会向他问好，‘祝你愉快。’你们能相信吗？朱利安居然给查宁·威廉斯——就是我的那位坏心肠的前任打电话，威胁说除非她搬走，不然他就辞职，”他咯咯地笑了起来，“‘那个可怕的女人，’他就这么称呼她，‘我实在忍受不了，我每次碰巧路过，那个可怕的女人就会故意跟我搭话。’”

这个小故事在汉普顿流传很广，主任说的这个版本已经有所删节。那位心理辅导员不仅把自己的门开着，还想说服朱利安也把办公室的门开着。

“说实话，”主任说，“我还以为这里的装饰会更加古典。油灯、掷铁饼者，还有在操场上角斗的裸体青年男子。”

“你想干什么？”卡米拉说，语气很不友善。

他并没有因为被打断而生气，反而向卡米拉讨好地一笑，说道：“我们得谈谈，就一小会儿，”他说，“我刚刚得到通知，朱利安突然离开学校。他请了长假，谁也不知道他什么时候能回来。毋庸讳言，”他面带嘲讽表情，品味着这个成语，“你们在学业上的处境因此变得极其微妙了，尤其是，离期末只剩下短短三个星期。我听说，他不大给学生安排笔试？”

我们全都瞪大眼睛，看着他。

“你们写论文吗？还是唱歌呢？他怎么评估你们，给你们分数？”

“我们接受口试，”卡米拉说，“而且所有的文化类课程都有学期论文。”她是我们当中唯一一个能镇定地开口说话的人。“至于写作课，我们做翻译练习，从英文翻译到希腊语，文章由他选定。”

主任装出一副仔细思考的样子。接着，他深吸一口气，说道：“我相信你们也知道自己面临的问题，我们现在没有别的老师能给你们代课。德尔加多先生能读懂希腊语，可是他本学期的工作量太多了，他即使愿意批你们的作文，恐怕也没时间。朱利安在这件事情上做得很不地道。我让他推荐一两名代课老师，他竟然说他也不认识什么希腊语老师。”

他从口袋里抽出一张纸来。“我有三个方案供你们选择。第一个方案是，你们先停课，到秋季学期再补课。然而这个方案的问题在于，我现在根本不能保证，文学与语言系会再聘用一位古典学老师。对这门课程感兴趣的学生实在太少了，学校的普遍看法是，这种专业应该被逐步淘汰。我们现在正准备设立一个符号语言学系。”

他深深地吸了一口气。“第二个方案是你们先停课，然后在暑期班补课。第三个方案就是，我们聘请一位——我要提醒你们，这是临时的——代课教师。注意，汉普顿以后不一定会授予古典学学士学位。你们当中如果有谁还想读下去，我敢保证英语系会非常欢迎的，而且会尽量少让大家弥补学分。但是，你们要想达到系里的要求，顺利地毕业，还得赶着学完至少两个学期的课程。就是这样，”他看了看手里的单子，“你们大概都听说过哈克特吧，男生预科班，”他说，“哈克特在古典学领域非常有威望。我今天早上给哈克特的校长打了电话，他说他很乐意派一名老师过来给你们上课，每周两次。这对大家来说也许是最好的选择，可绝不是最理想、最可靠的选择，因为这毕竟不是出于——”

就在这个时候，查尔斯从门外冲进来。

他四处张望，跌跌撞撞地走向我们。他当时可能并未吸毒，可是在校方看来，他是一副刚喝了酒、吸了毒的模样。他的衬衣下摆松松垮垮的，又脏又长的头发一缕缕地紧贴在眼睛上面。

“怎么了？”过了一会儿，他问道，“朱利安在哪儿？”

“你怎么不敲门？”主任问道。

查尔斯踉踉跄跄地转过身。“你到底是谁？”

“我，”主任和颜悦色地回答，“是教学部的主任。”

“你把朱利安怎么了？”

“他离开你们了。我敢说，他这个举动相当突然。据说政府突然打电话找他，而且他也不知道——或许是没有想过——什么时候回来。他说这是国防部打来的，关于那个伊斯拉米政府的事情。我觉得咱们应该庆幸，公主虽然在这里上过学，但咱们没惹上这种麻烦。也许有人会觉得，有这么一个学生该是多么荣耀的事情啊，哎呀，他们居然根本就没有考虑到这种事情的后果。我这辈子也想不通，那些伊斯拉米人到底想从朱利安身上得到些什么。他是汉普顿的萨尔曼·拉什迪，”他颇为得意地咯咯笑了起来，然后又看手上的那张纸，“无论如何，我已经安排了哈克特的校长明天跟大家见面，就在这儿，下午三点。希望这个时间跟你们的安排没有冲突。但是，如果碰巧有冲突，请大家衡量一下孰轻孰重，因为他只有这个时间有空见你们……”

我知道卡米拉已经一个多星期没有看到查尔斯了，我也知道，卡米拉看到他这副模样，一点准备都没有，可是她盯着查尔斯看时的表情，与其说是惊讶，倒不如说是慌乱和恐惧。亨利倒是被卡米拉的样子吓了一跳。

“……还有，你们当然也得准备好做出让步，因为——”

“什么？”查尔斯突然打断他，问道，“你刚才说什么？你说朱利安走了？”

“年轻人，我要祝贺你，你对英语语言的理解和掌握完全正确。”

“发生什么事了？他就这样收拾东西走了吗？”

“从本质上说，是这样。”

一阵短暂的沉默。接着，查尔斯大声而清楚地说道：“亨利，为什么我老觉得这事儿跟你有关系呢？”

接下来是一阵长久而令人尴尬的沉默。后来，查尔斯猛然起身，风风火火地出去了，顺手嘭地一声甩上房门。

主任清了清嗓子。

“我刚才说到——”他继续说道。

即使到现在，我向别人讲述自己在汉普顿的学业即将泡汤这件事时，竟然还会感到沮丧——这是一种非常奇怪却真实的感觉。主任说到“额外的两个学期”时，我的心凉透了。我相当肯定，白天过后就是黑夜，我无法让父母资助我多上一年学。钱不多，但我自己可弄不出来。我已经浪费了不少光阴，换了三次专业，还从加州转学到这里。我要是再次转学，损失就更大了——我即使能够顺利转入另一所学校，并且能够凭借着我那不太稳定的学习成绩获得另一笔奖学金，恐怕也不行。可是，我又问自己，天哪，我怎么会那么蠢，为什么不在一开始就选定一个科目，坚持学下去呢？我怎么上到了大学三年级，还依然一事无成呢？

更让我气愤的是，其他人似乎都对这种改变毫不介意。我知道，对他们来说，这根本没有任何区别。多上一个学期学又有什么关系呢？毕不了业，甚至休学回家，又算得上什么呢？他们有家可回。他们有基金、零花钱、股票，还有溺爱他们的奶奶，神通广大的叔叔，以及疼爱他们的家人。对于他们来说，大学只是人生的一个驿站，年轻岁月中的一项娱乐。可是，这是我的一次重要机会，唯一的一次机会，但我把它白白浪费掉了。

我心急火燎地在房间里踱来踱去——我已经把这个房间当成了“我的”，可其实不是，我顶多还能在这里待上三个星期，然后就得搬走，现在房间里已经开始透露出一丝冷冰冰的气息来。我还得给贷款办公室写备忘录，这是我能够让自己比较体面地在学校里继续待下去的唯一方式，希望汉普顿同意为我承担这额外一年的所有费用。我不无气愤指出，朱利安的离去并不是我造成的。我罗列出了我从高中开始获得的每一个奖励和荣誉，还指出，我学习了一年希腊古典文学，这非常有利于我学习英语文学。

我终于写完了申请。我太激动，字迹有些潦草。然后我一头倒在床上，很快就睡着了。十一点时，我醒了，换了身衣服，稍微收拾一下仪容，走到通宵自习室，准备去把申请打出来。我在邮局门口停下来，令我倍感欣慰的是，信箱里有封信，这封信说我已经得到了布鲁克林的工作，教授还想下周跟我见面，谈谈时间安排等问题。

好了，暑假总算有事干了，我告诉自己。

那天晚上美极了，天空中是一轮满月，草地泛着银光，一幢幢房子在草地上投射下轮廓清晰的黑色剪影。大部分窗子里都没有灯光，大家都早早上床睡觉了。我匆匆穿过草地，朝着图书馆里灯火通明的自习室走去。“永恒学习室”，在那些美好的日子里，邦尼总是这么称呼它。它位于顶层，里面的黄白色灯光穿过树梢，投射出来。我从外面的楼梯走上去——两旁是铁栏杆，就像救生梯，更像在我的梦境中出现的那种楼梯——我的脚踩在楼梯上，咔哒作响。我的神经高度紧张，因此没有那么心烦意乱了。

后来，我透过窗户，看见了一个孤独的深色背影。原来是亨利。他的面前堆满了书，可他没有在学习。不知为何，我突然想起二月的那个晚上，他站在罗兰博士办公室窗外时的情景。当时，他也穿着深色的衣服，孤零零地站在那里，双手插在外衣口袋中，陪伴着他的只有街灯下漫天飞舞着的雪花。

我把门带上。“亨利，”我说道，“亨利，是我。”

他没有抬头。“我刚刚从朱利安家过来。”他自言自语地说。

我坐了下来。“然后呢?”

“门关着。他走了。”

一阵长久的沉默。

“你知道，我很难相信他会这么做。”他的眼镜片后面闪着星星点点的光。在那乌黑发亮的头发的映衬下，他的脸色显得异常苍白。“这种行为真的是太懦弱了。你知道，他就是因为那件事才离开的。他害怕了。”

纱窗大开着。一股湿漉漉的风从树丛中吹过。远处，云彩在月亮上方急速而狂野地流动着。

亨利取下眼镜。我挺不习惯看见他不戴眼镜的样子，不习惯那种赤裸裸的、脆弱的眼神。

“他是个懦夫，”他说道，“他要是我们，在当时的情况下，只怕会做出同样的事情来。只不过他这个人太好面子，不会承认这一点。”

我什么也没说。

“他不管邦尼是死是活。他如果是因为邦尼的死而离开，那我倒能够原谅他，可他不是。我们即使杀了六七个人，他也不会在乎的。他只是不希望自己受到牵连。这也是我昨天晚上跟他谈话时，他亲口跟我说的。”

“你去见他了?”

“是的。他认为，这件事情不仅会让他个人生活的平静被打破。他要是把我们出卖了，倒是令人敬佩。不过我不是说我希望他去出卖我们。可是，他现在的行为就是明明白白的懦弱的表现，他居然就这样仓皇逃跑了。”

他语气中的那种痛苦和失望像尖刀一样，一下一下刺在我的心坎上，尽管我之前很生他的气。

“亨利。”我说道。我本来想说出一些更深刻的话来，比如朱利安也是凡人，况且年纪也大了，跟我们一样都是血肉之躯，而我们超越老师的那一刻迟早会到来等。可是，我发现自己竟然一句话都说不出来。

他转过头来看着我，眼神空洞而苍白。

“我对他的爱超过对父亲的爱，”他说，“我爱他胜过世上的一切。”

风大了。一阵微微的细雨轻轻洒落在屋顶上。我们在那儿坐了很久，一言不发。

第二天下午三点，我去上新老师的课。

我一走进朱利安的办公室，吓了一跳。里面被搬空了。书、小地毯，还有那个大圆桌，全都不见了。只剩下窗帘，还有邦尼送给朱利安的一幅日本风情画。卡米拉和弗朗西斯看起来挺不自在的，亨利站在窗户旁边，背对那个陌生人。

那位老师从食堂搬了几把椅子过来。他长着一张圆脸，浅色头发，大概三十出头，身穿一件翻领T恤，下身是一条牛仔裤。他那粉嘟嘟的手指上戴着一枚亮闪闪的婚戒，身上散发出须后水的浓烈气味。“欢迎，”他伸出手来跟我握手，我从他的声音中听出一股刻意的热情和屈尊，就像那种经常跟青春期的少年打交道的人，“我叫迪克·斯宾赛。你呢？”

那一个小时的课真是一场噩梦。我实在没有心情描绘他从一开始就采取的那种居高临下的语气（他把从《新约》当中复印的一页发给我们，说道：“当然，我不指望你们能够注意到其中的微妙之处，你们弄懂大意就可以了。”），还有那种突然而至的怪怪的惊讶（“是吗！对本科生来说，真是很棒了！”），以及辩解的口吻（“我已经很久没有碰到你们这种水平的学生了。”），最后，是尴尬。他是哈克特学校的牧师，但他只是在神学院学了点希腊语的皮毛，连我都不如。他是极其强调死记硬背的那种教语言的老师（“阿伽同。知道我是怎么学会这个单词的吗？‘阿伽莎·克里斯蒂的侦探小说写得棒极了。’”）。这时，亨利脸上那种不屑一顾的神情已经非常明显。我们其他人默不作声，感受到一种莫大的羞辱。课上了二十分钟，查尔斯跌跌撞撞地跑进来后，情况更糟糕了——他显然又喝醉了。他的出现让我们再一次领略了老师先前的那番客套（“欢迎！我叫迪克·斯宾赛。你呢？”）。最让人难以置信的是，他竟然又把阿伽同的例子说了一遍。

课终于上完（老师偷偷地看了一眼手表，说道：“好了！看来我们今天只能先讲到这里了！”），我们五个人神情严肃地一个接一个走出去。

“只需要再熬两个星期。”我们一走到外面，弗朗西斯就说。

亨利点燃一支烟。“我再也不去上课了。”他说。

“是啊，”查尔斯满含嘲讽地接了茬，“让他自己心里明白。”

“可是，亨利，”弗朗西斯说，“你一定要去。”

亨利正噘着嘴唇，狠命地吸着烟。“不，我不去。”亨利回答。

“只需要坚持两个星期。”

“可怜的家伙，”卡米拉说，“他已经尽力了。”

“不过对他来说，这个老师显然还不够好，”查尔斯大声说道，“他想要个什么样的老师啊？我操，是他妈的那个里奇蒙·拉第摩尔①吗？”

“亨利，你要是不去上课，会不及格的。”弗朗西斯说。

“我不在乎。”

“他根本就不用来上学，”查尔斯说，“他想干吗就他妈的能干吗。我操，他即使所有的课都不及格，他老爸每个月照样给他寄一大笔零花钱——”

“不要张开闭口都是‘我操’。”亨利说道，语气平静，但有一股威慑在里面。

“我操。怎么了，亨利？你难道从来没听过这个词吗？你每天晚上不都对我妹妹干这个吗？”

我还记得在我小时候，父亲有一次无缘无故地殴打母亲。他有时候也这么对我，但我根本就没有意识到他这么做纯粹是因为脾气不好，还以为他妄下的那些论断（“你的话太多”，“不要这么看着我”）都是有道理的。可是，我看见他殴打母亲那天（只是因为母亲无意中提到，邻居们都在加盖房子，他就说母亲激怒了他，因为她竟敢质疑他这个养家糊口的男人的能力，而母亲也泪眼婆娑地点头同意），我意识到，自孩童时代起，法规制定者的父亲的根深蒂固的形象，是完全错误的。我们不得不完全依赖这个男人，但他不仅自欺欺人，愚昧无知，而且在任何方面都是一事无成。不仅如此，我还知道母亲永远都无法和他平起平坐。这种感觉就像你走进飞机的驾驶员舱，发现机长和副驾驶竟然都喝得酩酊大醉。站

---

① 美国著名古典文学翻译家。

在吕克昂的门外，我突然被一种黑暗的、深沉的恐惧包围，而这种恐惧跟我十二岁时在普雷诺，坐在我家阳光灿烂的厨房的小凳子上产生的那种恐惧感不太一样。到底是谁在控制着一切？我垂头丧气地问自己，到底是谁在驾驶这架飞机？

查尔斯和亨利必须在一周之内一同出庭，为了亨利的车子的事情。

我知道，卡米拉快担心死了。我不知道她以前为什么事情这么害怕过。我看见她如此沮丧，心里一阵阵窃喜，亨利和查尔斯只要在一个房间里，就肯定会大吵起来。现在他们要一同去见法官，还要表现出友善与合作的态度，结果只能是灾难。

亨利聘请了本地的一名律师。第三方也许能够平息这两人之间的怒气，卡米拉燃起一点希望。可是在他们预定见律师那个下午，我竟然接到她打来的电话。

"理查德，"她说，"我得找你和弗朗西斯谈谈。"

她的语气把我吓坏了。我赶到弗朗西斯的公寓，看见弗朗西斯非常震惊，卡米拉泪流满面。

我只见过一次她哭，而且那一次，我觉得，还是因为她紧张，压力大。可这一次不同。她双目无神，每一个动作和表情都透露出深深的绝望。

"卡米拉，"我说道，"怎么了？"

她没有马上回答我，只是一根接一根地抽着烟。然后，她才一点点地告诉我事情的经过。亨利和查尔斯已经去见过律师，卡米拉作为和事老，也去了。刚开始，一切进展得非常顺利，似乎不会有什么问题。显然，亨利聘请律师，也不完全是出于替查尔斯考虑，因为他俩要去面见的法官素来对酒后驾驶者处罚极为严厉，极有可能的情况是——查尔斯既没有有效驾照，也不享受亨利的保险——亨利被吊销驾照，或者车被扣，或者两样处罚都有。查尔斯尽管觉得自己在这一事件中充当了受难者的角色，但同意合作。不过，他对任何一个愿意倾听他的人都会说，这不是因为他对亨利有丝毫同情心，而是因为他从此以后再也不想为亨利所做的事情背黑锅，况且，亨利的驾照如果被吊销，那么他的麻烦也会没完没了。

可是，这次见面是一场灾难。查尔斯在办公室里一直阴沉着脸，不说话。他这副样子只是令人尴尬，可是——也许是律师让他来了兴致——他突然令人毫无准备地胡说八道起来，一副在所不惜的样子。“你听听他是怎么说的，”卡米拉说，“他跟亨利说，他根本就不在乎亨利的车能不能拿回来，还说根本不怕法官是不是要判他们两个人五十年的徒刑。亨利呢——唉，你想也想得出他的反应。他大发雷霆。律师以为他们两个人疯了。律师一直想让查尔斯冷静下来，要讲道理。可是查尔斯说：‘我不管他会发生什么事。他即使死了，我也不在乎。我就是想看见他去死。’”

事情越来越糟，她说，最后律师只能把他们赶出去。走廊上其他房间的门都开了：保险经纪人、报税员、穿着白大褂的牙医，都从屋子里探出头来，想看看外面到底是谁在吵闹。查尔斯怒气冲冲地走了——朝家的方向，上了一辆出租车。卡米拉也不知道他去了哪儿。

“那亨利呢？”

她摇摇头，说道：“他快气昏了。”她的声音听起来既疲惫，又绝望。“我跟着他到停车的地方时，律师把我拉到一旁。‘你瞧，’他说道，‘我不知道是怎么回事儿，但是你哥哥显然情绪不太正常。请你一定让他明白，他如果不冷静下来，他的麻烦会比他预想的多得多。他们即使像两个温顺的小羊羔那样走进法庭，这个法官也不会对他们手软。你哥哥很有可能会被判接受酒瘾治疗，不过根据我今天看到的他的情况，也许对他来说，这不一定是件坏事。法官很可能会让他保释，但这种事情也是说起来容易，做起来难。至于他到底是会去坐牢，还是会待在曼彻斯特的某个封闭的戒酒室里，我们得赌一把，看他到底运气如何。’”

她说完这些话后沮丧极了。弗朗西斯的脸色也变得灰白。

“亨利怎么说呢？”我问她。

“他说他根本就不在乎车子，”卡米拉说，“他对什么都不在乎。‘让我去坐牢吧。’他说。”

“你见过那个法官？”弗朗西斯问我。

“对。”

“他长什么样儿？”

“跟你说实话，他就像那种特别挑剔的顾客。”我回答。

弗朗西斯点燃一支烟。“查尔斯要是不出庭，”他说，“会怎么样？”

“不知道。不过，我几乎可以肯定，他们一定会去找他。”

“但他们要是找不到他呢？”

“你到底想说什么？”我说道。

“我觉得咱们应该让查尔斯出城避避风头，”弗朗西斯说，看上去既严肃又忧虑，“学校快放假了，他继续待在这里也没什么意义。我想咱们得帮他收拾收拾，让他去纽约，到我妈妈和克里斯那里待上一两个星期。”

“以他现在这副样子？”

“你是说他醉醺醺的样子吗？你觉得我妈妈会讨厌醉鬼吗？他在那儿会像个婴儿一样安全。”

“我觉得，”卡米拉说，“你不一定能说服他去。”

“我可以自己带他去。”弗朗西斯说。

“那他要是跑了呢？”我指出，“佛蒙特的事情是个问题，可他要是在纽约惹了什么麻烦，估计更不好收场。”

“好吧，”弗朗西斯有些气恼，“好吧，这只是我的一个想法，”他抓了抓头发，“知道我们还能做什么吗？我们可以把他带到乡下去。”

“去你那里，是吗？”

“没错。”

“那又有什么用呢？”

“至少，带他去那儿很容易。而且，他一旦到了那里，又能干什么呢？他连车都没有，那地方离公路远得很。汉普顿的出租车司机不管有多喜欢你和你的钱，都不可能让他去那儿接你啊。”

卡米拉若有所思地看着他。

“查尔斯喜欢住在乡下。”卡米拉说道。

“我就知道，”弗朗西斯挺得意，“难道还有更简单的办法吗？而且我们也不必让他在那儿久留。理查德和我可以陪他一起待在那儿。我去买一箱香槟，咱们要弄得像开派对一样。”

查尔斯过来开门可不是件容易的事儿。我们在那儿足足敲了半个小时的门。

卡米拉给了我们一把钥匙，可是不到万不得已，我们不想用。不过，正当我们考虑要用钥匙时，门把手转动了一下。查尔斯把门拉开一条缝，眯着眼，看着我们。

他看起来糟透了。“你们想干吗？”他问道。

“没什么，”弗朗西斯故作轻松地说道，不过语气中还有着一丝难以察觉的惊奇，“我们能进去吗？”

查尔斯前后打量了我们一下。“还有别人吗？”

“没。”弗朗西斯说。

他打开门，让我们进去。百叶窗全都放了下来，屋子里散发着一股刺鼻的垃圾气味。我的双眼慢慢适应昏暗的光线，看见脏盘子、苹果核和发酸的罐头瓶子，散落在房间的各个角落。在冰箱旁边整整齐齐地码放着一排喝得精光的威士忌酒瓶，好像被谁整理过一样。

一团黑糊糊的东西从厨房的台子上冲过来，在那堆脏盘子和空奶盒之间穿梭。我的上帝，那不是老鼠吗？可不一会儿，这东西又跳到地板上，尾巴向上翘着，这个时候我才看清楚，原来是只猫。它的双眼在黑暗中盯着我们，发着绿光。

“在一个空的垃圾箱里找到的。”查尔斯说。我注意到，他身上没有散发出酒气，却有一股浓重的薄荷味。“它还不是很乖。”他卷起睡袍的袖子，给我们看前臂上一块已经褪色的、抓伤并感染后留下的十字形伤疤。

“查尔斯，”弗朗西斯紧张地摆弄着汽车钥匙，说道，“我们正开车去乡下，所以来你这里看看。出去散散心，也会有好处。你想来吗？”

查尔斯眯起眼睛。他把袖子放下来，说道：“是亨利派你们来的吗？”

“上帝，不是。”弗朗西斯感到很不解。

“你保证？”

“我已经好多天没见到他了。”

查尔斯还是一副不相信的样子。

“我们都不怎么跟他说话了。”我说。

查尔斯转过头来，看着我。他的眼睛水汪汪的，目光散乱。“理查德，”他说，

“嗨。”

“嗨。”

“你知道，”他说，“我一直都挺喜欢你的。”

“我也喜欢你。”

“你不会出卖我的，对吧？”

“当然不会。”

“因为，”他朝弗朗西斯点点头，“我知道他会。”

弗朗西斯张开嘴，想辩解两句，却又合上嘴巴。他就像被人扇了一耳光，尴尬极了。

“你小看了弗朗西斯。”我语调平静，缓缓地对查尔斯说。别人经常误解了他，一厢情愿地想跟他好好讲道理，其实他只希望别人把他当成孩子一样来看待。“弗朗西斯非常喜欢你。他是你的朋友，我也是。”

“是吗？”他说。

“当然。”

他拉出一把椅子，重重地坐在上面。那只猫跑过来，在他脚下撒娇。“我担心，”他声音嘶哑地说，“我担心亨利会杀了我。”

弗朗西斯和我对视一眼。

“为什么？”弗朗西斯说，“他为什么要那么做？”

“因为我碍着他的事儿了，”他抬头看着我们，“要知道，就是为了两分钱，”他说，“他也会干的。”他朝桌子上的一个小小的、没贴标签的药瓶点点头。“看见那个了吗？”他说，“那是亨利给我的，就在几天前。”

我把药瓶拿起来。我一认出那是我在柯克兰家给亨利偷的耐波他，便感到一阵寒意。

“我不知道那是什么，”查尔斯说着，把挡住眼睛的一缕肮脏的头发拨开，“他说这东西可以帮助我的睡眠。上帝知道，我确实需要吃点药，但是我不敢吃那个东西。”

我把瓶子递给弗朗西斯。他看了看，然后便望着我，一脸惊恐。

“还有胶囊，”查尔斯说，“天知道他往里面塞了什么东西。”

可是亨利完全没有必要这样，事情就坏在这里。我记得我以前竭力想让亨利知道，这种东西跟酒精混合在一起，会有多么危险。我现在回想起当时的情景，只觉得恶心。

查尔斯擦了擦眼睛。“我曾经看见他晚上在这儿附近溜达，”他说，“远远地。我不知道他想干吗。”

“亨利吗？”

“是的。他如果想对我干点什么，”他说，“那将会是他这辈子犯下的最大错误。”

诱使他上车比我想象得要容易多了。他一上车就开始夸夸其谈，故作幽默，但这难以掩饰他的怀疑，好在这种情绪因为我们的关切而平复了一些。他不停地问我们，亨利是否知道我们准备去哪儿。“你们还没告诉他吧，是吗？”

“没有，”我们向他保证，“当然没有。我们不会告诉他的。”

他坚持要带上那只猫。我们费了不少功夫才抓住它。弗朗西斯和我在昏暗的厨房里踮着脚跑来跑去，撞倒碗盘，只是想把它逼到热水器后面。查尔斯心急火燎地站在一旁，不停地喊着“来啊”“好咪咪”之类的话。最后，我绝望地抓住它的一条黑色的、骨瘦如柴的后腿。它转过身来，朝我的胳膊狠狠咬了一口。后来，我们齐心协力，用毛巾把它包好，只让它露出脑袋。它的眼睛向外突出，耳朵因为紧张竖起来，紧贴在头皮上。我们把这个像木乃伊似的尖叫着的东西交给查尔斯。“好了，抱紧点，”弗朗西斯在车里一直这样说，不时焦虑地朝后视镜里看看，“小心，别让它跑了——”

可是，它当然还是跑出来了，还跳到前排座椅上，弗朗西斯差点把车开到路边去。接着，弗朗西斯慌乱地又是刹车，又是踩油门。弗朗西斯既不想碰它，又想把它踢开。它最后停在我脚下，突然拉起肚子来，然后怒目圆睁、汗毛直竖，陷入恍惚状态。

从邦尼去世前的那一周开始，我就再也没去过弗朗西斯在乡下的别墅。现在，路两旁的树木都已经郁郁葱葱，院子里的花草也长得茂盛。一群群蜜蜂在百合花丛中忙碌地飞舞着。哈奇先生在距离我们大约三十英尺的地方修剪草坪，朝我们点点头，挥了挥手，算是打过招呼了。

屋子里非常凉爽。有些家具被盖了起来，硬木地板的灰尘积成一团团小球。我们把猫锁在楼上的一间浴室里。查尔斯下楼去了厨房，说要给自己弄点吃的。他回来的时候，手上多了一罐花生米，还有一杯双份马爹利。他拿着这些东西进了自己的房间，顺手带上门。

在接下来的三十六个小时左右的时间里，我们很少看到查尔斯的影子。他坐在自己的房间里，一边吃着花生米，一边看着窗外的景象，就像《金银岛》里的那个老海盗。有一次，他来到书房。我和弗朗西斯正在玩牌，可他不愿意加入。他在书柜上漫无目的地找了一番，一本书都没有拿，然后上楼去了。早上，他穿着弗朗西斯的旧睡袍，下来喝咖啡，然后坐在厨房的窗台上，心事重重地看着外面的草坪，好像在等什么人。

"你说他上次洗澡是什么时候？"弗朗西斯悄悄问我。

查尔斯已经对那只猫一点兴趣都没有了。弗朗西斯让哈奇先生去买了点猫粮回来。每天早晚，查尔斯在浴室里面喂它（"滚开，"我曾听见他嘟哝，"滚开，你这个魔鬼。"），出来时手上总是有一卷皱巴巴的报纸，应该是用来赶猫的。

我们待在那儿的第三天下午六点左右，弗朗西斯在阁楼上找一罐古钱币。他姑姑曾说，他如果找得到，就给他。我则躺在楼下的沙发上，一边喝着冰茶，一边背着法语中的不规则虚拟动词（离期终考试还有不到一个星期的时间了）。厨房里的电话响了。我走过去接电话。

是亨利。"原来你们在那儿呢。"他说。

"是的。"

接着是一阵长久的沉默，只听得见电话中的杂音。最后，他说道："我能跟弗朗西斯谈谈吗？"

"他现在不能过来接电话，"我说，"什么事？"

"我猜你们已经把查尔斯带到那里去了吧。"

"听着，亨利，"我说，"你为什么要把那些安眠药给查尔斯？"

他的声音清脆而冷静。“我不知道你在说什么。”

“不，你知道。我看见那些药了。”

“你是说你给我的那些药吗？”

“是的。”

“好吧，他如果有，肯定是他自己从我的药箱里面拿的。”

“他说是你给他的，”我说，“他认为你想毒死他。”

“那是胡说八道。”

“是吗？”

“他就在那里，对吗？”

“是的，”我说，“我们前天把他带过来的……”接着我便不再说话，因为我说刚才那句话时，隐约听到一声清脆的咔哒声，有人拿起了分机。

“好吧，听着，”亨利说，“你们要是能够让他在那里多待上一两天，我感激不尽。大家似乎都以为这件事里有什么大秘密，可是说真的，我希望他这阵子不要掺和进来。他不出庭，法庭会进行缺席审理，不过我觉得他们也不可能给他太严重的处罚。”

我好像听见电话里传来沉重的呼气声。

“什么声音？”亨利突然警觉起来，问道。

我和亨利都没有说话。

“查尔斯？”我说，“查尔斯，是你吗？”

从楼上传来摔电话的声音。

我跑上楼，去敲查尔斯的房门。没人回答。我拧了拧把手，发现门上了锁。

“查尔斯，”我说，“让我进去。”

还是没人回答。

“查尔斯，没什么大不了的，”我说，“是他自己突然打电话过来的。我只是接了个电话而已。”

还是没人应声。我在走廊上站着等了几分钟，看那午后的阳光投射在打磨过的橡木地板上，地板发出金色的光芒。

“真的，查尔斯，我觉得你有点儿犯傻。亨利不会伤害你的。你在这儿是最安全的。”

“放屁。”里面传来沙哑的声音。

没有什么好说的。我下了楼，继续看虚拟动词。

我倒在沙发上睡着了，醒来后不知道时间——不过肯定不算太晚，因为外面的天色还算明亮——是弗朗西斯把我给摇醒的，动作一点都不温柔。

“理查德，”他说，“理查德，快醒醒。查尔斯走了。”

我坐起来，揉了揉眼睛。“走了？”我说道，“他能到哪里去呢？”

“不知道，可他不在这里。”

“你确定吗？”

“我到处都找遍了。”

“他肯定在哪里待着呢，说不定在院子里。”

“我在院子里没找到他。”

“他也许躲起来了。”

“起来帮我找找看。”

我跑上楼去，弗朗西斯冲出门外，把门重重地摔上。

查尔斯的房间里一团糟。床头柜上放着一瓶喝了一半的孟买姜汁酒——是从书房的酒柜里拿的。他的东西都还在。

我把楼上的所有房间都搜了一遍，还去阁楼看了看。阁楼里面堆放着灯罩、画框、薄纱材质的晚礼服（因为年代久远，已经开始发黄）。地板上铺着灰色的宽木条，木条老得开始起毛。一束灰蒙蒙的光线透过房子正面的那扇天窗，照射进来。天窗的玻璃上积满灰尘。

我沿着后面的楼梯走下去——楼梯非常窄，还不到三英尺宽，走在上面会产生幽闭恐惧。我穿过厨房和餐具室，来到屋后的门廊。不远处，弗朗西斯和哈奇先生正站在行车道上交谈。我从来都没怎么听过哈奇先生开口说话，他好像总是不太自在。他现在不停地用手挠着头皮，看上去既阿谀奉承又满怀歉意。

我迎上回到屋子来的弗朗西斯。

“唉，”他说，“这事儿真的闹大了，”他看起来吃惊不小，“哈奇先生说，大概一个半小时之前，他把自己卡车的钥匙给了查尔斯。”

“什么？”

“他说查尔斯来找他，查尔斯说他必须出去办点事，还保证十五分钟后就把车还给哈奇先生。”

我们互相看了看。

“你说他会去哪儿？”我问。

“我怎么会知道？”

“你说他是不是刚刚才走？”

“好像是的，你说呢？”

我们又回到屋子里——现在光线已经暗下来——坐在窗户旁的一个长沙发上。沙发上面铺着一层织物，房间里温暖的空气中有百合的芳香。我们听见哈奇先生正在草坪那头发动割草机。

弗朗西斯双手交叉放在沙发背上，下巴抵着胳膊。他朝窗外望去。“我不知道该怎么办，”他说，“他开着一辆卡车跑了。”

“他也许会回来的。”

“他恐怕会撞车的，也许到时候送他回来的是警察。我敢打赌，他肯定喝醉了。我真希望他因为酒后驾车被拦下来。”

“我们是不是该出去找他？”

“我不知道该从哪里找起。他说不定已经快到波士顿了。”

“那我们怎么办呢？坐在这里等着电话响吗？”

我们先去各个酒吧里找：农夫酒吧、村民酒吧、顽石滩酒吧、诺丁松酒吧。还有诺奇酒吧、四乡绅酒吧、肯特人酒吧等。那是个朦胧而美好的夏日黄昏，砾石铺就的停车场上停满各式各样的卡车，可是哈奇先生的卡车不在其中。

我们好像被鬼使神差般，开车经过一家州立酒水店。店内宽敞明亮，可是空荡荡的，没什么顾客，酒架上摆着包装绚丽的朗姆酒（“赌马比赛获胜者在热带小岛旅游！”），外形朴素、好似药瓶一样的伏特加和姜汁酒并排陈列在一起。一个推广冷酒器的纸版广告从天花板上垂吊下来。酒吧里没什么顾客，只有一个前臂上文着裸女图像的胖胖的佛蒙特人斜靠在收银台前，跟一个在隔壁迷你玛超市工作的小子闲聊着。

“于是，”我听见他压低嗓门说道，“于是那家伙掏出一把枪管被锯短的手枪。埃米特就站在我旁边，也就是我现在的这个位置。‘我们没有收银机的钥匙。’埃米特说。然后，那家伙扣动扳机。我看见埃米特脑浆四溅，”他做了个手势，“都溅到后面那堵墙上了……”

我们开车到学校，去了图书馆（“他肯定不在那儿，”弗朗西斯说，“我跟你赌一百万美元。”），然后又去酒吧里找。

“他肯定出城了，”弗朗西斯说，“我知道。”

“你说哈奇先生会报警吗？”

“如果是你的卡车丢了，你会怎么做？他会跟我商量后再采取行动，可是，查尔斯如果一直不回来，比如说，他如果到明天下午还没有回来……”

我们最后决定去阿尔伯马力看看。亨利的车停在酒店前面。弗朗西斯和我小心翼翼地走进大堂，不知道该怎么跟店主打交道。可奇怪的是，前台的接待处居然一个人都没有。

我们直接上楼去了3A房间。卡米拉开门让我们进去。她和亨利正在吃晚餐，晚餐是服务员送上来的——有羊排、勃艮第葡萄酒，桌上还有一瓶黄色玫瑰。

亨利显然不太乐意见到我们。“我能为你们二位做些什么？”他放下刀叉，问道。

“是查尔斯的事儿，”弗朗西斯说，“他不辞而别了。”

弗朗西斯把丢车的事情告诉他们。我在卡米拉旁边坐下。我饿坏了，而她盘子里的羊排勾起了我的食欲。她看见我的样子，心不在焉地把盘子推过来。“来，你尝尝吧。”她说道。

我不仅吃了羊排，还喝了点儿酒。亨利一边吃，一边专心地听着。“你说他会去哪儿？”弗朗西斯一说完，亨利便问道。

“我怎么会知道呢？”

“你可以让哈奇先生不起诉他，对吧？”

“他如果拿不回车，或者查尔斯把车给毁了，就没办法了。”

“像那样一辆卡车值多少钱？如果车不是你姑姑买给他的话。”

“这跟一辆卡车值多少钱没关系。”

亨利用餐巾擦了擦嘴，从口袋里掏出一支烟来。“查尔斯会是个大麻烦，”他说，“你们知道我怎么想吗？我一直在考虑，请一个私人护工要花多少钱。”

“你的意思是，让他戒酒？”

“当然。显然，我们不能再送他去医院了。我们如果在哪个酒店包下一个房间——当然不能是这儿了，别的地方——而且，我们如果能找到一个值得信赖的人，也许是一个英语说得不太好的人……”

卡米拉的脸色看起来不佳。她软绵绵地坐在椅子里，问道：“亨利，你想干什么？绑架他吗？”

“绑架这个词不准确。”

“我担心他会出车祸。咱们应该出去找找他。”

“我们已经把全城都找遍了，”弗朗西斯说，“我估计他已经不在汉普顿了。”

“你们给医院打过电话吗？”

“没有。”

“我觉得，咱们现在应该报警，”亨利说道，“问问是否有什么车祸发生。你说，哈奇先生会不会同意，称是他把卡车借给查尔斯的？”

“他确实是把车子借给了查尔斯。”

“如果是这样，”亨利说，“那就没有什么问题了。当然，除非，他因为酒后驾驶被警察拦了下来。”

“或者，我们根本找不到他。”

“按照我的观点，”亨利说，“查尔斯现在能做的最正确的事情，就是从地球上彻底消失。”

突然，门口传来一阵巨大而疯狂的敲门声。我们面面相觑。

卡米拉突然放松下来，但依然毫无表情。“查尔斯，”她喊道，“查尔斯，”她从椅子上跳起来，向门口跑去。门其实没锁，因此她还没走到门边，门就被哗地打开了。

来人正是查尔斯。他站在门口，醉醺醺地眯着眼，扫视整个房间。我看见他真是又惊又喜，可是这种感觉很快就烟消云散，因为我发现，他手里捏着一柄枪。

他走进来，用脚啪地带上房门。他手上拿着的，正是弗朗西斯的姑姑放在床头柜里的贝莱塔手枪，也就是去年秋天我们用来练习射击的那把枪。我们都目瞪口呆地盯着他。

最后，卡米拉开口了，她的声音还算镇定："查尔斯，你想干什么？"

"快闪开。"查尔斯说，他醉得不轻。

"这么说，你是来杀我的喽？"亨利说道，仍然叼着那支烟。他的表情相当镇静。"是这样吗？"

"是的。"

"你觉得这样能解决什么问题吗？"

"你毁了我的一生，你这个狗娘养的。"他把枪直接指向亨利的胸膛。我突然记起他的枪法是多么好，心不禁往下一沉。我还记得他是如何把那一排排玻璃罐子各个击破的。

"别犯傻了。"亨利厉声道。这时，我第一次在脖子上感到慌乱引起的刺痛。这种咄咄逼人的威吓口吻可能对弗朗西斯，乃至对我，都会有用，可是对查尔斯最不应该采取的就是这种策略。"如果说你的问题需要由谁来负责，那个人就是你自己。"

我想让亨利住嘴，可是我开口说话之前，查尔斯突然闪到一旁，做好射击准备。卡米拉走过来挡住他。"查尔斯，把枪给我。"她说。

查尔斯用手臂拨开遮住眼睛的一缕头发，另一只手依然稳稳地举着枪。"告诉你，米尼。"这个称呼是查尔斯给卡米拉取的，但很少用。"你最好闪到一边去。"

"查尔斯，"弗朗西斯说，他的脸像鬼脸一样惨白，"你坐下来，喝点儿酒。过去的事儿先不要再提了。"

房间的窗户大开着，蟋蟀的一阵阵鸣叫声从外面传来，声音大得刺耳。

"你这个混蛋。"查尔斯向后退一步，骂道。我过了一会儿才回过神来，原来他既不是在骂亨利，也不是在骂弗朗西斯，而是在骂我。“我相信你，你却跟他说了我在哪儿。”

我被吓呆了，不知道该说什么才好，只是朝他眨了眨眼睛。

“我知道你在哪儿，”亨利冷冷地说道，“查尔斯，你如果想一枪毙了我，开枪吧。这会是你这辈子干过的最愚蠢的事情。”

“我这辈子干过的最愚蠢的事情，就是事事都听你的指挥。”查尔斯回答。

接下来的事情一转眼就发生了。查尔斯抬起手臂准备开枪；站得离他最近的弗朗西斯马上行动起来，拿着一杯酒，朝着他的脸摔去。与此同时，亨利也从椅子上跳起来，冲过来。我听到四声连续的枪响，声音就跟玩具手枪发出的一样。我听到第二声枪响过后，又听见窗户玻璃破裂的声音。我听见第三声枪响后，感觉到肚脐左边的地方又热又疼。

亨利用两只手紧紧抓住查尔斯的右手臂，将它高高地架过查尔斯的头顶，把查尔斯逼得直往后退。查尔斯挣扎着，想用左手把枪给抢回来，可是亨利把他的手腕反手一拧，手枪掉到地毯上。查尔斯想扑过去，可是亨利的动作更快一步。

我站在原地。我被击中了，我告诉自己，我被击中了。我的手向下摸着，碰到了肚子。鲜血。我的白色衬衣上有个小洞，小洞边缘已经被烧焦：我的保罗·史密斯牌衬衫啊，我不禁有些心疼地感叹道。我花了整整一个星期的薪水，才在旧金山买到这件衬衫。我感到肚子一阵灼热，热浪从伤口处向四周辐射。

亨利拿到了枪。他把查尔斯的手臂扣到身后，用枪抵着他的脊柱，把他从门口拖开。查尔斯疯了似的跳动着，挣扎着。

我依然没有明白过来刚刚发生的事情。我也许该坐下来歇会儿，我想。子弹还留在我身体里吗？我是不是快要死了？这个想法真的很可笑，这似乎是根本不可能发生的事。我的肚子依然烫得厉害，但是我相当平静。我以前经常想象中枪后有多痛，但其实没那么痛。我小心翼翼地往后退，最后腿碰到刚才我坐着的那把椅子的后背。于是，我坐了下来。

查尔斯有一只手臂被扣在身后，所以只能用另一只胳膊的胳膊肘捅亨利的肚子。亨利顺势将他一推，于是，查尔斯便跌跌撞撞地坐到房间另一头的一把椅子上。“坐下。”亨利说道。

查尔斯想站起来，亨利狠狠地按住他。他第二次想站起来时，亨利用空着的那只手啪地给了他一个耳光，声音比枪声还要响亮。接着，亨利拿着手枪，走到窗户旁，把百叶窗放下来。

我用手按住衬衫上的那个枪眼。我稍稍朝前倾了一下身子，便感到一阵锥心的疼痛。我希望大家都停下来，看看我的情况。可是没人这么做。我不知道是否应该设法引起他们的注意。

查尔斯的头紧紧地贴在椅背上，我看见他的嘴角正在流血，目光很呆滞。

亨利用那只没有受伤的手拿着手枪，有些笨拙地抬起另一只手，把眼镜取下来，用衬衫的前襟擦拭镜片。然后，他又把眼镜架到鼻梁上。“好了，查尔斯，”他说，“你现在如愿以偿了。”

我听到楼下有一阵骚动，声音是从开着的窗户传进来的：脚步声、谈话声，还有摔门的声音。

“你说会有人听见吗？”弗朗西斯焦急地问道。

“我想应该有人听到了。”亨利回答。

卡米拉走到查尔斯身边。他依然醉醺醺的，想把她推开。

“离他远点儿。”亨利说。

“我们该拿这扇窗户怎么办？”弗朗西斯说。

“我该怎么办？”我问道。

他们都转过头来，看着我。

“他击中了我。”

不知怎么回事，这句话根本没有起到我期望中的效果。我还没来得及详细说明，楼梯上便传来凌乱的脚步声，接着便有人敲门。

“里面怎么了？”我听出来，那是店主的声音，“发生了什么事？”

弗朗西斯用手蒙住脸。“哦，见鬼。”他说道。

“把门打开。”

查尔斯带着醉意，嘟哝两句，想把头抬起来。亨利咬了咬嘴唇，走到窗户旁，从百叶窗的边上向外望去。

接着，亨利转过身，手里依然拿着枪。“你过来。”他对卡米拉说道。

卡米拉惊恐万状地看着他，我和弗朗西斯也都吓坏了。

亨利晃了晃手枪。“过来，”他说，“快点。”

我快晕倒了。他要干什么？我完全被弄糊涂了。

卡米拉往后退了一步，眼神异常惊恐。“不，亨利，”她说，“你别……”

奇怪的是，亨利朝她笑笑。“你以为我要伤害你吗？”他说，“过来吧。”

卡米拉走了过去。亨利吻了吻她的眉间，然后轻声对着她的耳朵说了句什么——我一直都想搞清楚他到底说了什么。

“我有钥匙，”店主喊道，仍在使劲地敲门，“我要用了。”

整个房间似乎都在旋转。白痴，我胡乱想道，拧拧门把手门就开了。

亨利又吻了吻卡米拉。“我爱你，”他说。接着，他便大声说道，“请进。”

门呼啦一声被打开。亨利抬起手臂，举起枪。他要打死这些人了，我晕晕沉沉地想道。店主，还有紧随其后的店主夫人，恐怕也是这么想的，因为他们只往房间里走了三步，便停住不动——可是，我接着却听到卡米拉的尖叫声：“不，亨利！”可是太迟了，我到这时才明白亨利的意图。

他用枪指着自己的太阳穴，开了两枪。两声沉闷的枪响，他的头被打歪了。我想，枪反弹了一下，扳机碰到他的手指，所以才有了第二枪。

他的嘴巴张得大大的。从敞开的门口吹进来的一股风，把长长的窗帘吹到了窗户外面。有那么一小会儿，窗帘碰到纱窗，颤抖着；接着，窗帘又被风吹起，好像在叹息；亨利紧闭着双眼，膝盖一软，砰的一声倒在地毯上。

啊呀，可怜的先生，
从他身上看不到青春的影子，
只有这些影子的残迹。

——约翰·福特《破碎的心》

尾　声

我侥幸逃脱了在下周举行的法语考试，因为我有个冠冕堂皇的借口：我的肚子上有枪伤。

医院的人说我很幸运，我想大概是吧。子弹恰好在肠壁和脾脏之间的狭小缝隙穿过，又从入口右边一英寸半的地方穿了出去。我平躺在救护车上，感受着夏夜的燥热与神秘，眼前闪过骑着自行车的孩子、在街灯下乱舞的蛾子这一幕幕影像，思考着人在将要死去的时候，生命是否会加快离去的步伐。临死前的感受就是这样吗？鲜血汩汩地往外涌着，感觉似乎越来越迟钝。我一直在想，这本该是一次通往阴间的黑暗之旅，但通道被壳牌石油和汉堡王照得敞亮，真是好笑。那个坐在车厢里的医护人员比我大不了多少，也只是个孩子，皮肤不太好，胡子只是一片绒毛。他这是第一次见到枪伤，于是不停地问我，感觉如何？是觉得麻木呢还是刺痛？是有疼痛感呢还是烧灼感？我只觉得脑袋不停地旋转，自然无法给他一个完整的答复，不过，我模模糊糊地记得，那种感觉跟我第一次喝醉或者第一次跟女孩上床的感觉差不了多少。说实话，那种感觉与我先前的想象真的是相差甚远。可是你中了枪之后，又会立即觉得，中枪后就应该是这个样子。几个大大的霓虹灯在我眼前晃过：第六汽车旅馆，乳品皇后。灯光如此耀眼，似乎快要把我的心脏照碎了。

毫无疑问，亨利死了。他的头连中两枪，我想象不到他要怎么活下来。不过，他依然挺了十二个多小时才离去，大夫们惊叹不已（我当时正在昏迷中，这是他们后来告诉我的）。他们还说，大部分人受这么重的伤，会立即毙命。我想，这是否意味着他不想离去，如果真是这样，他为什么又要向自己开枪呢？阿尔伯马力当时的情况非常糟糕，但我总觉得还是有补救的办法。他并不是因为绝望才这么做的，肯定也不是出于恐惧。朱利安的事情给他留下了阴影，朱利安的不辞而别深深地伤害了他。我想，他肯定觉得自己有必要摆出一种高尚的姿态，向我们，也向他自己证明，朱利安传授给我们的那一套曲高和寡的原则真的可以应用在实际生活当中——所谓的责任、孝心、忠诚和牺牲。我还记得从镜子中看到他把手枪对准自己脑袋时的景象。他的表情那么专注，还透出一丝胜利在望时的喜悦，就像一名高台跳水的运动员，正冲向跳台的顶端。他的眼神也那么专注和欢快，仿佛正等待着纵身入水那一瞬间的完美演出。

我经常回想他脸上当时的表情。我想起许多事情。比如，我第一次看到白桦树，最后一次见到朱利安。还有我学到的第一个希腊语句子：美是残酷的。

我终于要从汉普顿大学毕业，不过拿到的将是英语文学学位。我也去了布鲁克林，不过肚子上缠了一圈圈绷带，就像个刚跟人打完架的小混混（“哦！”教授说道，“这里是布鲁克林高地，不是本森赫斯特区！”）。整个暑假，我在他那幢别墅的屋顶上打瞌睡，偶尔也抽根烟，或者读读普鲁斯特的文章，思考着死亡、懒惰、美好、时间之类的东西。枪伤终于痊愈，只是我的肚子上留下了一个清晰可见的伤疤。秋天，我又回到学校。那年的九月秋高气爽，美丽极了，尤其是校园里的树木。我看到清朗的天空和洒满落叶的沟渠。我不论走到哪里，都能听到有人小声议论。

弗朗西斯没有回来上课，双胞胎也是。我们编的故事相当简单，但能自圆其说：亨利想自杀，我在夺他的枪的过程中，枪不慎击中我，我受伤了，而他死了。从某种程度上说，这对亨利是不公平的，可是我仔细一想，觉得没有什么不公平。再说，这种说法让我感觉稍微好受一点：我仿佛成了一个英雄，毫无畏惧地扑过去，要夺下他手中的枪。我有点不愿接受真实情况：我是一名旁观者，自己一不小心撞到枪口上。

在亨利的葬礼那天，卡米拉带着查尔斯回了弗吉尼亚。巧的是，那天正是亨利和查尔斯本该出庭的日子。葬礼在圣路易斯举行，我们当中除了弗朗西斯，谁都没有出席葬礼。我当时仍然待在医院里，昏迷不醒，眼前总是浮现出在地毯上滚动着的被打翻的酒杯，还有那家酒店标志性的橡树枝图案的墙纸。

就在几天前，亨利的妈妈在去太平间见过亨利之后，还特地跑过来看我。对于她的造访，我已经不记得什么了。我只是依稀记得有这么一位女士来过，长着深色头发和一双跟亨利一样眼睛的漂亮女士。来看我的人似乎络绎不绝，她不过是这许多人当中的一位。这些人也许真的来过，也许是我想象出来的。他们一个个飘进我的房间，好像永远都有人在我床边守护着。来看我的人当中，有我已经去世的爷爷，还有漫不经心地剪着手指甲的邦尼。

她紧紧地握住我的手，我想要救下她儿子的性命。房间里还有一名医生，或许还有一两位护士。我在她身后看见了亨利，他穿着那套旧园艺服，站在房间的角落里。

我办了出院手续，准备离开医院时，在一大堆衣物当中发现了亨利的车钥匙。然后我才记起亨利的妈妈跟我说的事情。她在整理亨利的遗物时，发现亨利在自杀前已经在办理车辆过户手续，要把他的那辆车转到我名下。这正好与我们说法不谋而合：一位想自杀的年轻人，想把财产赠送给别人。没有任何人（包括警察）把他的这种行为同这样的事实联系起来：亨利死前，已经觉察到自己有可能失去这辆车。不论如何，这辆宝马已经是我的了。亨利的妈妈说，这是她亲自挑选的车，作为亨利十九岁的生日礼物送给他。她实在没有心情把这车卖掉，也不敢再看这辆车一眼。这些就是她来看我时跟我说的话，当时她就坐在我床边的一把椅子上，一边说着，一边轻轻地抽泣。而亨利似乎就在她身后，专注而小心地整理着一瓶凌乱的鲜花，那帮护士好像根本就没有留意到他。

你也许会觉得，在经历了这么多风风雨雨之后，弗朗西斯和双胞胎之间的联系会更加紧密。可是，亨利死后，联系着我们的那根线好像突然被扯断了。我们不久就各奔东西。

我待在布鲁克林的那一整个暑假，弗朗西斯待在曼哈顿。那段时间，我们大概通了五次电话，见了两次面。两次见面地点都是上东区的一家酒吧，就在他妈妈所住公寓的楼下。据他说，他不想去离家太远的地方，熙熙攘攘的人群会让他心神不宁。他还说，他走两个街区那么远的路，就会觉得那些高楼大厦似乎要朝他身上倒下来。他说话的时候，手一直在摆弄着烟灰缸。他说他正在看医生，还读了不少书。看来他是这个酒吧的常客，酒吧里的好多人都认识他。

双胞胎待在弗吉尼亚，住在奶奶家，我根本无法联系上他们。那年暑假，卡米拉给我寄过三张明信片，打过两次电话。十月份，我已经回去上学后，她写信告诉我，查尔斯已经戒酒了，有一个多月滴酒未沾。她还给我寄过圣诞卡。二月份，我收到了她寄来的生日贺卡——很奇怪，她这次根本就没有提及查尔斯的任何情况。后来，我很久都没有她的任何消息。

我快毕业的时候，又跟他们有了些联系。“有谁会想到，”弗朗西斯在信中写道，“你会是我们这些人当中唯一毕业的人。”卡米拉也写信向我表示祝贺，还打过一两个电话来。他们俩都说过要来汉普顿，看着我走上典礼台。可是他们并没有来，不过我也没有太失望。

我在大三时就开始跟苏菲·迪尔伯德约会了。到最后一个学期，我搬到她在校外的公寓，跟她同居。那座房子坐落在沃特大街，离亨利的房子不远。在他家的后花园里，他种下的那些皮埃尔夫人玫瑰开得正艳（在我的印象中，他在有生之年从来都没能看到这些花儿尽情绽放。这种玫瑰闻起来有着树莓的甜香）。而他的那头拳师犬，也是他那些化学试验的唯一幸存者，在我每次经过时都要冲我吼上两声。我们毕业之后，苏菲在洛杉矶的一家舞蹈公司找到一份工作。我们都以为找到了真正的爱情，甚至谈到了结婚。不过在我的潜意识中，一切都在告诫着我不要这样（我晚上会梦到车祸、高速公路上的狙击手、郊区停车场上那些野狗的闪闪发亮的眼睛）。我只是给南加州的一些研究生院提交了申请。

我跟苏菲住到一起不到半年，就分手了。据她说，我这个人无法交流。她从来都不知道我脑子里在想些什么。而且，有时候，我早上醒来后看着她的样子，让她感到害怕。

我把所有的时间都花在泡图书馆上，专心研读詹姆士一世时期的戏剧，包括韦伯斯特、米德尔顿、图尔尼尔和福特的作品。这个研究方向比较冷门，但是他们所描绘的那个充满黑暗和背叛的社会——罪恶得不到惩处，良知被毁灭——引起了我极大的兴趣。在我看来，那些剧作的标题极具诱惑力，就像一扇扇暗含着机关的门，看似平凡的外表下，隐藏着某种美好或邪恶的事物，比如《不满者》《白魔》《破碎的心》。我贪婪地阅读着，书的空白处被我写满笔记。这个时期的剧作家对灾难有着深刻的领悟。他们似乎认为，不单邪恶本身邪恶，掩饰邪恶的各种美好外衣和技巧也是邪恶。我感觉，他们看待事物一针见血，一眼就看透了这个世界的腐朽。

我向来就喜欢克里斯多夫·马洛的作品，近来对他的思考也渐渐多了起来。一位当代作家称他为“仁慈的小马洛”。他是一位名副其实的学者，是罗利和拉什的朋友，也是剑桥大学最为杰出、学识最为丰富的才子。他出入那些非常高尚的文学与政治圈。在所有同时代的诗人中，他是唯一被莎士比亚直接提及的一位。可他还是个造假者、凶手，生活也极端风流放荡、不拘小节，在二十九岁时英年早逝，满嘴胡言乱语、骂骂咧咧地死在一家小酒馆里。当时在场的只有一名间谍、一个小偷，还有一个“矮矮胖胖的酒保”。其中一个人用匕首刺中马洛的眼睛上方：“这一刀刺下去，这位克里斯多夫·马洛立刻毙命。”

我经常思考他在《浮士德博士》中写的一些句子：

我觉得主人很快就要死了，
因为他已经把所有的财产都给了我……

还有下面的这句旁白，当时浮士德穿着一身黑袍，去皇帝的法庭上：

其实，他更像个巫师。

我写关于图尔尼尔的《复仇者的悲剧》的论文时，我收到弗朗西斯的来信。

亲爱的理查德：

本想告诉你，这封信很难下笔，结果却不是这样。这么多年来，我的生活越来越放浪，而现在，我重新做人的时候到了。

因此，这封信是我最后一次有机会跟你说这些话，至少在这个世界上是如此。我想告诉你，努力干吧，祝你和苏菲幸福（他不知道我们已经分手了）。请你原谅我以前所做的一切，也请你原谅我没去做那些事。

然而，真的，我在痛哭流涕！黎明时分令人伤感①。这句话多么忧伤，又多么优美啊。我一直在希望，有那么一天，能够有机会说出这句话。也许，在我即将前去的那个国度里，黎明时分会不那么令人伤感。在雅典人眼中，死亡只是一场睡眠而已。不久之后，我自己就能搞清楚这个问题。

不知道我在那一边能不能碰到亨利。如果能，我一定要问他，他当时为什么不把我们大家都打死。这样一切就都了结了。

看到这些话，千万不要想得太多，真的。

祝你幸福。

弗朗西斯

我已经有三年没见过他了。信封上盖着波士顿的邮戳，信是四天前发出的。我放下手头的一切，开车去了机场，赶上飞往洛根的头班飞机。我抵达之后，在布里格汉姆和妇女医院的病床上找到了他。他正在接受康复治疗，手腕上留着两道用剃须刀割出的刀口。

他看起来糟透了，脸白得像一片纸。他说，女佣在浴缸里发现了他。

他住的是单间。雨点哗啦啦地洒落在灰色的玻璃上。我见到他，真的是乐坏了，我想他的感觉和我一样。我们一口气说了好几个小时，不过什么实质性的东西都没有谈到，真的。

“你听说我要结婚了吗？”他突然问道。

“没有。”我很惊讶。

我还以为他在开玩笑。可是，他从床上坐起来一点儿，在床头柜里翻找了一番，找到她的照片，拿给我看。她是个金发碧眼的姑娘，衣着很有品位，跟玛丽

① 原文为希腊语。

恩的风格挺相似。

“很漂亮。”

“她是个蠢货，”弗朗西斯激动地说，“我恨死她了。你知道我的表兄弟们怎么说她吗？他们叫她黑洞。”

“为什么？”

“因为她走到一个地方，大家会立刻中止谈话。没什么好谈的了。”

“那你为什么要跟她结婚呢？”

他好久都没有回答我的问题。后来，他说道：“我在跟一个人约会。他是个律师。他喝酒有点儿多，但这个问题不大。他是哈佛毕业的，你会喜欢他的，他叫金。”

“后来呢？”

“后来我爷爷发现了。他的反应特别夸张，你能想象得出来。”

他伸手去拿香烟。他的手受伤了，我给他点燃了香烟。他割腕时，伤到了连接大拇指和手臂的一条肌腱。

“于是，”他吐出了一团烟雾，“我不得不结婚。”

“否则就怎样？”

“否则我爷爷就一个子儿也不留给我。”

“你不会自己去赚吗？”我说。

“不行。”

他说这话时语气相当肯定，这种语气激怒了我。

“我可以。”我说。

“那是因为你习惯了。”

正在这时，门开了。原来是他的护士——不是医院的，而是他妈妈特地聘请的。

“阿伯那蒂先生！”她兴冲冲地说道，“有人想见你！”

弗朗西斯无奈地闭上双眼，然后又睁开。“是她。”他说。

护士走了，我们互相看了一眼。

“别见她了，弗朗西斯。”我说。

“我没办法。”

门开了，照片上的那位金发女郎满面笑容、摇摇摆摆地走进来。她穿着一件粉色的毛衫，上面有雪花图案，头发用一根粉色的彩带绑在脑后。她长得确实不错。在她带来的一大堆礼物中，有毛毛熊、玻璃纸包着的糖豆、几本《GQ》杂志，还有《大西洋月刊》《君子》等杂志。我的天，弗朗西斯从什么时候开始看杂志的？

她走到床边，在他的额头上响亮地亲了一下。“好了，亲爱的，”她对弗朗西斯说，“我们已经说好了不抽烟的。”

出乎我的意料，她竟然径直把香烟从弗朗西斯手上夺下来，塞进烟灰缸里。接着，她回过头来看着我，一脸灿烂的笑容。

弗朗西斯用缠了绷带的手抓了抓头发。“普里西拉，”他毫无表情地说道，“这是我的朋友理查德。”

她的那双蓝眼睛立刻睁得老大。“嗨！”她说，“我早就听说过你了！”

“我也是。”我礼貌地回答。

她拉过一把椅子，放到弗朗西斯床边。她依然满面笑容，兴高采烈地坐下来。

我们好像被施了魔法一般，谈话就此结束。

卡米拉第二天也到了波士顿。她也收到了一封弗朗西斯的来信。

我当时正坐在床边的椅子上打着瞌睡。我睡着之前在读小说《我们共同的朋友》给弗朗西斯听。现在回想起，这一幕来都好笑。我待在波士顿的医院里陪伴着弗朗西斯，竟然跟亨利在佛蒙特的医院里陪伴着我时这么相似。我是被弗朗西斯的惊呼声给吵醒的。我一抬头，便看见在波士顿灰暗天色映衬下的卡米拉。我感觉就像在做梦。

她更成熟了，脸颊变得消瘦。她换了发型，头发剪得非常短。我之前已经把她当成鬼魂来想念。可是现在看见她就这么活生生地站在我面前，我不由得在心里欢欣雀跃，心脏狂跳。我担心自己会激动得当场死掉。

弗朗西斯从床上坐起来，伸出手去。“亲爱的，”他说，“过来。”

我们三个人在波士顿一起待了四天，那几天一直在下雨。弗朗西斯在卡米拉到达后第二天就出院了——那天碰巧是圣灰节。

我以前从来都没来过波士顿，总觉得它应该跟我从未去过的伦敦有些相似。灰蒙蒙的天空，被煤烟熏黑了的砖砌房子，还有在浓雾中绽放的中国广玉兰。卡米拉和弗朗西斯都想去做弥撒，我便跟他们一起去了。教堂里虽然人多，通风倒还不错。我跟着他们去圣坛取圣灰，走在长长的队伍中，慢慢地移动着脚步。牧师驼背，穿着一身黑衣，非常苍老。他用拇指在我的额头上划了个十字，喃喃说道："你来自尘土，终将归于尘土。"圣餐仪式要开始时，我站了起来，可是卡米拉抓住我的手，急忙拉着我坐下。座椅上的人依次起身，排成长长的队伍，再次缓慢地走向圣坛。我们三个待在座位上纹丝不动。

"知道吗，"我们出来后，弗朗西斯说，"我曾经犯了个错误，问邦尼是否想到过罪孽。"

"他是怎么回答的？"卡米拉问。

弗朗西斯哼了一声。"他说：'不，当然没有。我可不是天主教徒。'"

我们一整个下午都在博斯屯大街上的一个昏暗的小酒吧里消磨时光，抽着烟，喝着爱尔兰威士忌。谈话不知怎么转到查尔斯身上。在过去的几年中，他好像还不时来弗朗西斯这里做客。

"大概两年前，弗朗西斯借给他一大笔钱，"卡米拉说，"他是一番好意，不过他真的不该这样做。"

弗朗西斯耸耸肩，把杯子里剩下的酒喝完。显然，这个话题令他感到尴尬。"我想这样。"他辩解道。

"你再也看不到这笔钱了。"

"没关系。"

我非常好奇，问道："查尔斯到底在哪儿呢？"

"哦，他过得还可以。"卡米拉说。显然，这个话题也让她感到不舒服。"他给我们的叔叔干过一阵子。后来，他得到一个在酒吧弹琴的工作——不过，你也想得到，他干得不怎么样。奶奶快被他折磨疯了。最后，她让叔叔转告他，他如果不振作起来好好干，就得从家里搬出去。后来，他就开始来这里。你真的是太好了，"卡米拉说，"竟然能够忍受他那样对待你。"

弗朗西斯紧盯着杯中的酒。"哦，"他说，"这没什么。"

"你对他实在是太好了。"

"他曾经是我的朋友。"

"弗朗西斯把钱借给查尔斯，"卡米拉说，"想让他去一个治疗中心戒酒——是医院开的。可他在那儿只待了一个星期，然后就跟一个在戒瘾室认识的三十岁女人一起跑了。有整整两个月的时间，谁都没有他们两个人的消息。最后，那个女人的丈夫——"

"她结婚了？"

"是的，还有个小孩。一个小男孩。总之，那个女人的丈夫请了私家侦探，在圣安东尼奥找到了他们。他们就住在垃圾场里，查尔斯在一家小饭馆里洗盘子，而她——嗯，我不知道她到底在干吗。他们俩的情况都不太好，可是谁都不愿意回家。他们说，现在很幸福。"

她停下来，喝了一小口酒。

"后来呢？"我说。

"他们现在还那样，"她说，"不过已经不在圣安东尼奥了，在得克萨斯州。他们曾经在科珀斯克里斯蒂住过一阵。最近，我们听说他们已经搬到加尔维斯顿去了。"

"他难道不打电话吗？"

卡米拉好久都没再说话。最后，她说道："我跟查尔斯几乎不怎么说话。"

"一句都不说吗？"

"不，"她又喝了一口威士忌，"这件事情让奶奶伤透了心。"

在这个烟雨蒙蒙的黄昏，我们一起穿过街心公园，步行去弗朗西斯家。此时已经是华灯初上时分。

突然，弗朗西斯冒出这样一句话："知道吗，我总是希望亨利能够从哪里冒出来。"

听到这话，我不知怎的竟然有点儿不安。我没说出口，也一直在想着同样的事情。我一踏上波士顿的土地，就总能在人群中找到他的影子：那些穿着深色套装的人，急匆匆地冲过去打车，然后又忽然消失在一幢幢写字楼中。

"知道吗，我躺在浴缸里时，好像看见他了，"弗朗西斯说，"水龙头在滴着水，到处都是血。我仿佛看见他穿着浴袍站在那里——知道吗，就是那件有很多口袋的浴袍，他总是把香烟和其他东西都放在浴袍口袋里面——他就站在窗户旁，稍稍背对着我，用那种非常令人厌恶的口气，跟我说道：'好啊，弗朗西斯，希望你现在真的感到幸福。'"

我们没有停下脚步，谁也没有开口说话。

"真可笑，"弗朗西斯又说，"我真的很难相信他确实死了。我的意思是——我知道他不可能假死——但是，要知道，如果有谁能想出办法重返人间，那个人就是他。就跟夏洛克·福尔摩斯一样，福尔摩斯在莱辛巴赫瀑布跌下深渊，然后又活过来。我一直都在暗自期望，这一切不过是个玩笑，他任何时候都有可能会再次出现在我们眼前，跟我们把情况从头到尾详细解释一遍。"

我们正从桥上走过。街灯投射下的黄色光柱照在乌黑的水面上，水面闪闪发亮。

"也许你真的见到他了。"我说。

"你是什么意思？"

"我也觉得见到了他，"我思索很久后说道，"在我的房间里，我在医院住院时。"

"好啊，你知道朱利安会怎么说吗？"弗朗西斯说，"确实有鬼魂存在。世界各地的人似乎都知道这个。我们对鬼魂深信不疑，跟荷马一样。只是现在我们换了个说法。比如记忆、潜意识等。"

"能否换个话题？"卡米拉猛然说道，"求你们了。"

卡米拉要在周五早上离开。她说她奶奶身体不太好，她必须赶回去。我待到下个星期回加州也不迟。

我跟她一起站在站台上。她一边不耐烦地用脚敲击着地面，一边探出身子朝远处的铁轨望去。我实在不舍得她离去。弗朗西斯在拐角处给她买书，好让她在火车上阅读。

“我不想你走。”我说。

“我也不想走。”

“那就别走了。”

“可是我没办法。”

我们站在那儿，看着对方。外面正下着雨。她的眼神跟这阴雨一样，让人捉摸不透。

“卡米拉，我爱你，”我说，“我们结婚吧。”

她有很久都没有说话，沉默是那样漫长。最后，她终于开口说道：“理查德，你知道我做不到。”

“为什么？”

“我做不到。我无法胡乱收拾一下，就去加州。我奶奶年纪大了。她没法子自己随意走动，需要有人照顾她。”

“那就别管加州了，我搬到东部来。”

“理查德，别这样。你的论文怎么办呢？学业怎么办呢？”

“我不管学校怎么想。”

我们再一次长久地注视着对方。最后，她移开目光。

“你不知道我现在是怎么生活的，理查德，”她说，“奶奶的身体糟糕得很。我只能尽力照顾好她，还有那所大房子。我根本就没有一个同龄的朋友，我都不记得上一次看书是什么时候了。”

“我可以帮你。”

“我不希望这样。”她抬起头，看着我。她的眼神坚定而且恬美，我就像被人打了吗啡一样，立刻迷醉其中。

“你如果希望，我可以跪下来向你求婚，”我说，“真的，我会的。”

她闭上眼，我看见深深的黑眼圈。她真的老了，不再是我曾经爱恋着的那个有着明亮双眸的小姑娘，可是她的美却没有因此而打丝毫的折扣。现在的她，美得让我心痛，而不是让我兴奋。

“我不能嫁给你。”她说。

“为什么?”

我还以为她会说，因为我不爱你，这差不多是事实。可是，出乎我的意料，她竟然说：“因为我爱的是亨利。”

“亨利死了。”

“我控制不了自己。我仍然爱着他。”

“我也爱过他。”我说。

有那么一会儿，我似乎看见她有些踌躇。但接着，她看着别处。

“我知道，”她说，“但光爱他是不够的。”

回加州的路上，雨水一直陪伴着我。我知道，我如果就这么突然离开，可能会过于仓促；我如果真的要离开东部，只能慢慢地。于是，我租了一辆车，不停地往前开，直到眼前的地貌发生变化，我才发现自己已经来到了中西部。和卡米拉吻别之后，我只记得哗啦啦的雨滴。雨水滴落在我面前的挡风玻璃上，收音机的声音变得断断续续。我眼前出现灰色而广袤的土地，土地上点缀着金黄色的玉米地。我曾经跟她说过一次再见，可是这一次的道别似乎耗尽了我所有的情感。可怜的俄耳甫斯最后一次回头看了一眼他所爱之人的鬼魂；而就在那一刻，他永远失去了她。① 泪水无声地滑落②。

现在，我该向大家介绍一下故事中其他几个主要人物的去向了。

最令人惊讶的是克鲁克·雷本，他居然考上了法学院。他现在在纽约的美邦律师事务所担任助理律师，专攻企业并购。有意思的是，休·柯克兰刚刚当上那

① 俄耳甫斯到冥界寻找亡妻，冥王答应他可以带回妻子，但条件是他不能回头望妻子。俄耳甫斯忍不住望了一眼，结果妻子永远留在了冥界。

② 原文为希腊语。

里的合伙人。据说，这份工作正是休给他帮的忙。这话也许是真的，也许不是真的，但我倾向于认为它是真的。因为克鲁克但凡是参加考试或者面试，总是表现平平。他的住所离弗朗西斯和普里西拉住的地方不远，就在列克星敦大道和八十一大道交叉处（顺便说一句，弗朗西斯会拥有一套特别豪华的公寓；普利西拉的爸爸是做房地产生意的，他要把那套公寓送给他们作为结婚礼物）。弗朗西斯现在还有失眠的毛病，据他说，在凌晨时分，他去那家韩国熟食店买烟时，偶尔还会碰到也去买烟的克鲁克。

朱迪·普维现在小有名气。她成了一名健身教练，定期在有线电视上的一档名叫《动感节拍》的健身节目上出现，带着一群身形健美的美女们蹦来跳去。

弗兰克和贾德毕业之后合资买下农夫酒店，那里现在成了汉普顿大学学生们的流连之所。据说，他们的生意相当红火。他们招聘了不少汉普顿毕业生，其中包括杰克·泰特尔鲍姆、鲁尼·温尼。这是我不久前在一本校友杂志上看到的。

有人跟我说，布拉姆·格恩西被招募进特种部队，我觉得这不太可信。

乔治·拉法格继续留在汉普顿大学的文学与语言系，他的那些所谓的政敌们依然没能整垮他。

罗兰博士从教学一线退下来。他住在汉普顿市区，出版了一本关于汉普顿校园景色的照片集。他受到城里好多俱乐部的邀请，经常在各种正餐之后发表演说。也正是因为他，我差点儿没能读成研究生，因为他在给我写推荐信时——这封信写得很好——一直都称我为“杰里”。

查尔斯捡到的那只野猫后来成了一只相当乖巧的宠物猫，真的令人惊奇。它跟弗朗西斯的表妹米尔德里德非常投缘，过完暑假到秋天的时候，它就跟着主人一起搬到波士顿。现在，它被叫做“公主”，非常悠闲自在地住在埃克塞特大街上的一套有十个房间的公寓里。

玛丽恩跟布拉迪·柯克兰结了婚。他们住在纽约州的塔里城——这样布拉迪进城上班也非常方便——他们现在也有了个小孩，是个小丫头。她是整个柯克兰家族中多少代以来降生的第一个女孩，因此博得了所有人的喜爱。据弗朗西斯说，柯克兰先生对小女孩非常着迷，对她的疼爱超越所有的儿子、孙子，甚至是宠物。她被取名为玛丽·凯瑟琳，可是这个名字已经被用得越来越少了，柯克兰家的人出于他们自己的原因，给了她一个昵称："邦尼"。

偶尔，我会听到苏菲的消息。她的腿受了伤，有一段时间没法跳舞，但是最近在一部新歌舞剧中得到重要角色。我们有时候出去吃吃饭。通常，是她很晚打电话过来，想跟我谈谈她男朋友。我喜欢苏菲，也许她也算得上是我在这儿最好的朋友。但是，我永远都无法原谅她让我又回到这个鬼地方。

我自从那天下午在办公室跟亨利一起见过朱利安之后，就再也没有见过他。弗朗西斯费了老大的工夫，在亨利的葬礼前两天跟他取得联系。他说，朱利安非常和善地同他打了招呼，很礼貌地听他说完亨利的死讯，然后说道："我很感激你告诉我，弗朗西斯。不过，我恐怕真的帮不上什么忙。"

大概一年前，弗朗西斯向我透露一条消息——后来我们发现那完全是谣传——朱利安被任命为东非苏阿里兰王储的御用教师。这个故事是虚构的，却再次激起我无边的想象。成为苏阿里王国的实权人物，或者是把学生变成一个哲人王，这不是朱利安最好的归宿吗？（故事中的这位王子只有八岁。我如果在八岁时就开始接受朱利安的教导，不知道现在会变成什么样子。）我愿意相信他会跟亚里士多德①一样，能够培养出一个征服世界的伟人来。

但是，也许正像弗朗西斯所说，这些都不是真的。

我也不知道达文波特警官后来的境况——但愿他依然居住在新罕布什尔州的纳舒阿——可是斯科拉警探死了。他大概在三年前死于肺癌。我是在电视里一个很晚的公共事务通告节目中看到的。他神情肃穆而庄重地站在一个黑色的布景前，说道："你们看到这个通告时，我已经离开人世了。"他接着又说，他不是死于执法行动，而是死于每天两包香烟的不良习惯。我看到这则通告时大约是凌晨三点，一个人待在公寓里，看着一台信号特别不好的黑白电视机。屏幕上不停地出现雪花点，还有噪音。他好像只是为了对我一个人说出这一番话，仿佛已经从电视屏幕里走了下来。我心里一阵慌乱，有点不知所措。鬼魂是不是能够附着在电波、电子网点或者显像管上，获得生命呢？死亡是什么呢，是电波和能量的转换吗？是已经死亡的星星发出的光芒吗？

① 亚里士多德是马其顿国王亚历山大的老师。

顺便说一句，刚才那句话也是朱利安经常挂在嘴边的。我记得他在讲解《伊利亚特》时这么说过。帕特洛克罗斯出现在阿基里斯的梦里时，有一段非常动人的描写：阿基里斯看到这个魂灵，顿时欢欣雀跃，想伸出双臂，拥抱这个昔日的好友，结果魂灵消失了。死人会出现在我们的梦里，朱利安说道，因为他们只有这样做，我们才能再看到他们。不过，我们看到的只是从很远的地方投射过来的投影，已经死亡的星星发出的光芒……

顺便说一句，我看了这个电视通告后还想起了前两天做的一个梦。

我走在一座陌生而荒芜的城市里。这是一座跟伦敦一样古老的城市，也许是因为战乱，也许是因为瘟疫，没有多少居民。那时正是夜晚，街道漆黑一片，到处是轰炸造成的废墟，还有废弃的房屋。有好久，我毫无目的地闲逛。我走过一座座被炸毁的公园，被毁坏的雕像，一片片荒废的土地，上面已经长满了野草，还有一座座被炸得七零八落的房子，里面的钢筋和混凝土架子露出来，就这么支棱在外，好像一根根肋骨。可是，我透过这一幢幢废弃的公共建筑物，看到了新建的房屋，它们被一条条具有未来派风格的走道连接起来，灯光是从地底冒出来的。还有一座座高大而冰冷的现代建筑从废墟上冒出来，发出闪闪的磷光，看上去很怪异。

我走进其中一座新式建筑。这房子看起来像个图书馆，也像博物馆。我的脚步踩在铺地砖的地面上，发出回声。不远处站着一群男子，他们都抽着烟斗，围在一件展品前。展品放在一个玻璃盒子里，在昏暗的灯光照射下闪闪发光，光从下面投射上去，把他们的脸庞映衬得跟鬼脸一样诡异。

我走近一些。盒子里的那台仪器被放在一个转盘上，缓缓转动着。仪器上的金属部件不停地进进出出，自由组合成各种不同的形象。刚才还是印加的神庙……咔哒咔哒咔哒……变成了金字塔……过一会儿，又变成巴特农神庙。历史正在我的眼皮底下一刻不停地变幻着。

“我估计能在这儿碰到你。”有人在我身边说道。

原来是亨利。在昏暗光线的映衬下，他的目光显得坚定而冷漠。在他的耳朵上方，眼镜腿压着的地方，我还能依稀分辨出伤口处的烧伤，右太阳穴上是子弹留下的黑色洞口。

我很高兴能见到他，不过不是特别惊奇。“你知道吗，”我说，“大家都说你已经死了。”

他目光向下盯着那台仪器。罗马圆形大剧场……咔哒咔哒咔哒……万神殿。“我没死，”他说，“只是护照出了点儿问题。”

“什么？”

他清了清嗓子。“我的行动受到了限制，”他说道，“我再也不能像以前那样随意去旅行了。”

伊斯坦布尔的圣索菲亚清真寺。威尼斯的圣马克教堂。“这是什么地方？”我问他。

“这是机密，很抱歉。”

我好奇地四处看了看。我好像是唯一的参观者。“这个地方对外开放吗？”我问。

“通常不对外开放。”

我看着他。我想问他的问题，还有我想告诉他的话，实在是太多了。可是，不知怎么的，我知道现在没有时间，而且，即使有时间，好像也没有什么意义。

“你在这儿开心吗？”我终于问道。

他考虑了一会儿。“不算开心，”他说，“可是，你在你待着的那个地方，好像也不是太开心。”

莫斯科的圣巴西略大教堂、沙特尔大教堂、索尔兹伯里大教堂和亚眠大教堂。他看了手表一眼。

“抱歉，请原谅，”他说，“我要赶一个约会。”

他转过身，大步走开。我注视着他的背影渐渐消失在宽大而光亮的大厅里。

即使在笼中，也要思念飞翔

作者唐娜·塔特凭借此书获选《时代》杂志“年度最具影响力 100 位人物”

纽约大都会博物馆发生爆炸，男孩西奥的母亲丧命，十三岁的西奥奇迹般幸存。但由于父亲早已遗弃他们母子，西奥只能寄住在有钱的同学家。陌生的环境令他不知所措，崭新的人际关系令他倍感挫折，但最令他难以忍受的是失去母亲的伤痛。

但他意外拥有了博物馆的名画《金翅雀》。这幅画是他在回忆起母亲时的唯一慰藉，将他带进了幽深黑暗的艺术世界……

成年后的西奥游走在名人画室和自己工作的古董店之间。他并未与这个世界变得亲近，他爱上了一个女孩。他并不知道的是，自己处于一个正在逐渐缩小的危险的圆圈中心。

《金翅雀》由美国著名女作家唐娜·塔特耗费十余年时间创作，一部会让你挑灯夜读、推荐给所有朋友的伟大小说。